KB016890

多 小說

교과서
소설
다보기

4

교과서 소설 다보기 4

2015 교육 과정 반영

개정판 1쇄 발행 2021년 6월 14일
개정2판 2쇄 발행 2023년 9월 8일

엮은이 씨앤에이논술연구팀
펴낸이 이재종
펴낸곳 (주)C&A에듀
주소 서울시 강남구 도곡로 63길 23, 성진회관 302호
전화 02-501-1681
팩스 02-569-0660
전자우편 rainbownonsul@kakao.com
ISBN 978-89-6703-253-1 44810
978-89-6703-867-0 (세트)

多小說 교과서 소설 다보기 4

씨앤에이논술연구팀 엮음

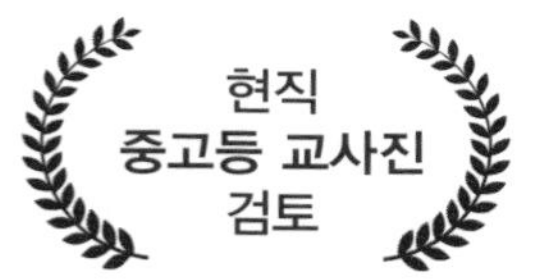

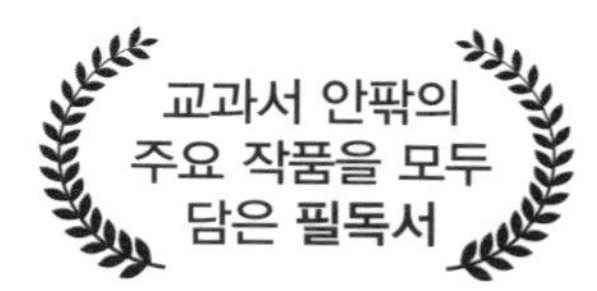

개정판을 펴내며

현대 사회는 날마다 새로운 정보와 지식이 쌓이는 지식 정보화 시대입니다. 이러한 사회에서 자라나는 세대에게 필요한 능력은 지식과 정보를 제대로 판별해 내는 능력입니다. '스스로 생각하는 능력'과 '습득한 지식을 재구조화하는 능력'이 바로 그것입니다. 이 두 가지 능력은 요즘 교육의 화두인 창의력이나 문제 해결 능력을 이루는 중요한 구성 요소입니다. 또한 이전에는 객관적이고 타당한 지식과 정보를 교사가 학생들에게 가르치고 학생들은 이를 습득하는 것에 머물렀다면, 이제는 학생들이 스스로 습득한 지식을 재생산할 수 있어야 합니다. 지식이 개인에 의해 창조되고, 구성되고, 재조직될 때 비로소 지식으로서 의미가 있는 시대가 되었습니다. 이제는 학생이 지식을 구성해 나가는 과정을 존중해 주어야 하고, 그러려면 지식과 정보를 온전히 학생 자신의 것으로 표현하는 서술형·논술형 시험이 적합한 시대가 된 것입니다.

이러한 시대적 요구에 답하기 위해 씨앤에이논술연구팀이 기획한 것이 바로《교과서 소설 다보기》입니다. '한 사람이 열 권의 책을 읽는 것보다 열 사람이 한 권의 책을 읽고 토론하는 것이 더 좋다.'라는 말이 있습니다. 이에 연구팀은 국어 교과서에 수록된 단편 소설을 엄선하여, 중고등학생들이 우리 문학을 더 깊이 있게 이해하며 감상을 함께 나눌 수 있는 책을 기획하게 되었습니다.

소설은 단순한 이야기가 아니라 주인공이 다양한 환경에서 현실을 접하는 가운데 스스로 삶의 의미를 찾아 나가는 과정을 담은 새로운 세상입니다. 그리고 이러한 소설을 읽는 일 역시 단순히 이야기를 즐기는 것이 아니라, 소설 속에서 주인공이 겪는 모험을 독자가 체험함으로써 세상살이의 숨은 의미를 깨달아 나가는 행위입니다. 더 나아가 우리 학생들에게는 세계나 사회, 타자와 자신의 관계에 대해 혹은 '이 세계 속에서 어떻게 살아야 하는지'에 대한 존재론적이거나 윤리적인 물음의 답을 조금씩 찾아 나가는 계기가 될 수 있습니다.

《교과서 소설 다보기》 4권에서는 현행 중고등학교 국어·문학 교과서에 수록된 작품을 중심으로 총 열두 편을 선정하여 그 작품들을 네 가지 주제로 분류하였습니다. 1부 '일제 강점기, 사라져 가는 고향'에서는 고향의 상징적 의미를 이해하고 고향 상실이 개인에게 미치는 영향을 살펴 일제 강점기 농촌 사회의 제도적 모순에 대해 생각해 봅니다. 2부 '무대에서 밀려난 사람들'에서는 근대 전환기 조선인과 사회의 모습을 살펴 전통적 가치관과 근대적 가치관을 비교해 보고, 3부 '식민지 현실 속 방황하는 지식인'에서는 일제 강점기 지식인의 삶과 갈등을 살펴 바람직한 지식인상을 생각해 보며 다양한 근대 소설의 기법을 이해하여 소설을 감상합니다. 4부 '해방 전후 : 환희와 혼돈의 시대'에서는 해방 이후 한국 사회와 개인의 도덕적 변화를 살펴 그 원인을 분석하고 해방 전후 대표적인 문학 작품들에 대한 비판적인 관점을 가지도록 합니다. 나아가 작품을 입체적으로 감상할 수 있도록 다양한 배경지식을 소개하고, 작품의 어휘 풀이를 본문에 함께 실어 독자의 편의를 돕고자 했습니다. 작품을 읽은 후에는 좀 더 깊이 있는 이해를 위해 다양한 토의·토론·논술 문제를 제시했습니다.

이 책을 통해 작가의 입장에서 또는 작중 인물의 입장에서 생각해 보기도 하고, 다른 친구들의 감상도 들어 보며 '생각하는 즐거움', '인식의 지평이 넓어지는 즐거움'을 만끽하는 등 살아 있는 문학 작품을 만날 수 있을 것입니다. 특히 각 주제별로 마련된 토의·토론 문제로 친구들과 함께 이야기를 나눈다면, 비판적인 사고력도 키우면서 소통의 즐거움까지 느낄 수 있는 문학 수업이 될 것입니다.

《교과서 소설 다보기》는 문학적 상상력을 길러 주어 학생들이 가슴 따뜻한 미래의 리더로 성장하는 데 도움을 줄 시리즈입니다. 오랜 기간 준비하여 펴낸 《교과서 소설 다보기》가 학생들에게 좋은 선물이 되기를 바랍니다.

짜임과 활용

작품읽기

교과서에 실린 작품 전문을 수록하고,
어려운 단어를 알기 쉽게 풀이하였습니다.

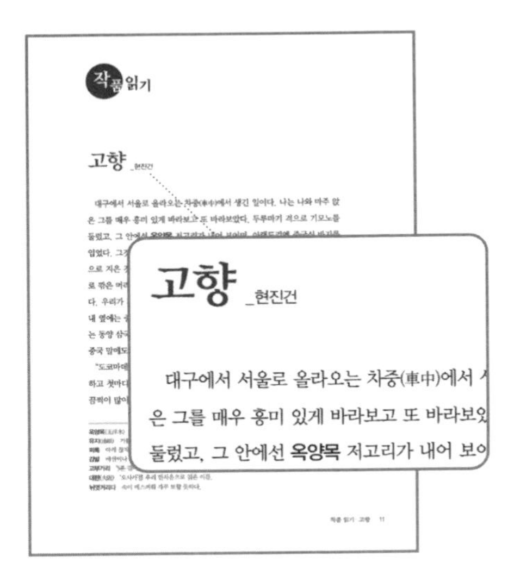

작품읽기

고향 _현진건

대구에서 서울로 올라오는 차중(車中)에서
은 그를 매우 흥미 있게 바라보고 또 바라보았
둘렀고, 그 안에선 **옥양목** 저고리가 내어 보이

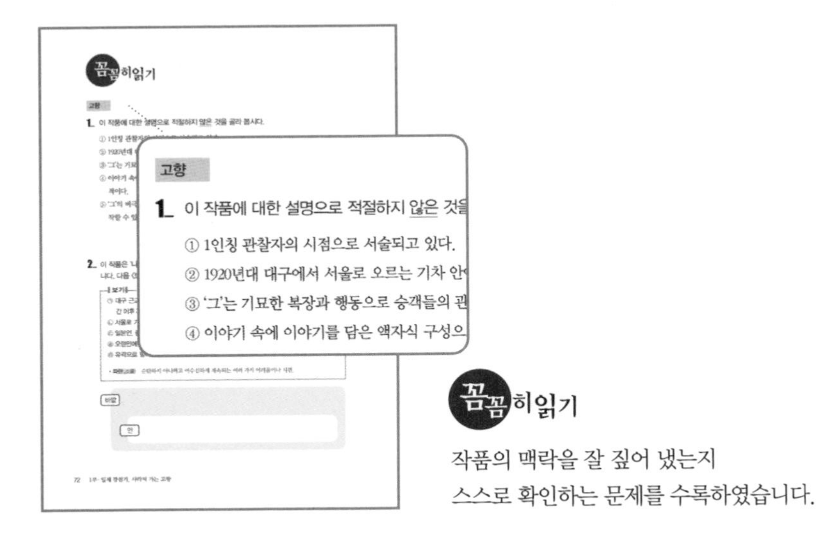

꼼꼼히읽기

고향

1. 이 작품에 대한 설명으로 적절하지 않은 것을

① 1인칭 관찰자의 시점으로 서술되고 있다.

② 1920년대 대구에서 서울로 오르는 기차 안

③ '그'는 기묘한 복장과 행동으로 승객들의 관

④ 이야기 속에 이야기를 담은 액자식 구성으

꼼꼼히읽기

작품의 맥락을 잘 짚어 냈는지
스스로 확인하는 문제를 수록하였습니다.

토의·토론 과정을 통해 자신의 생각을
논리적으로 표현하는 능력을 키울 수 있습니다.

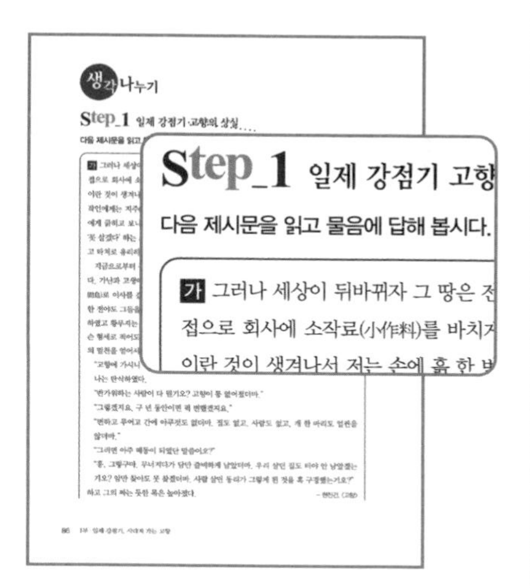

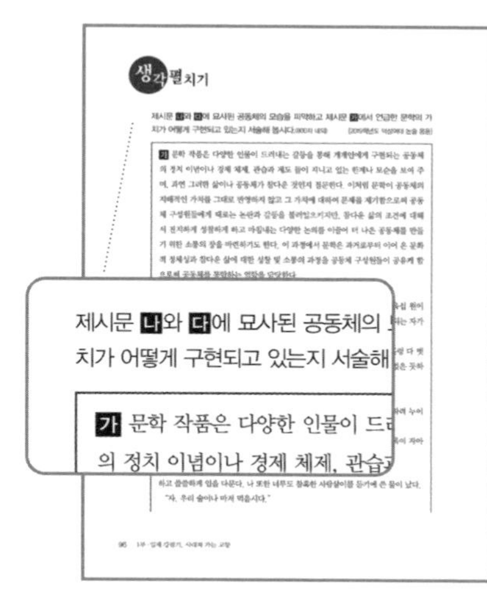

다양한 주제의 글쓰기 과제를 수행하면서
기본적인 문장력, 글 구성 능력을 다집니다.

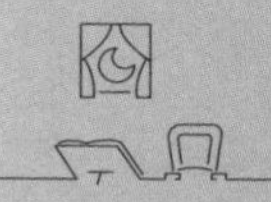

차례

3부 식민지 현실 속 방황하는 지식인

4부 해방 전후 : 환희와 혼돈의 시대

01 일제 강점기, 사라져 가는 고향

작품 읽기

- 현진건, 〈고향〉
- 김유정, 〈떡〉
- 김유정, 〈만무방〉

학습 목표

1. '고향'의 상징적 의미를 이해하고, '고향' 상실이 개인에게 미치는 영향을 말할 수 있다.
2. 일제 강점기 농촌 공동체가 붕괴되는 모습을 살펴보고, 그 원인을 분석할 수 있다.
3. 일제 강점기 농촌 사회의 제도적 모순을 살펴보고, 이에 대해 비판할 수 있다.
4. 문학 작품에 드러난 공동체의 모습을 파악하고, 그 문학적 가치를 말할 수 있다.

여러분의 '고향'은 어떤 곳인가요? 그 '고향'을 떠올리면 어떤 감정이 느껴지나요? 냉혹한 세상에서 하루를 지내고 집으로 돌아왔을 때의 안도감, 세상이 손가락질하는 못난 처지일지라도 안아 주고 토닥여 주는 부모님의 품과 같은 포근함, 혹은 어릴 적 천진한 자신이 뛰어놀던 풍요롭고 넉넉한 세계에 대한 그리움 등이 느껴지나요?

현진건의 〈고향〉은 일제 강점기인 1920년대 중반 농촌 하층민의 가난하고 궁색한 현실을 사실적으로 그려 냄으로써 일제의 식민 정책에 대한 강한 비판 의식을 드러낸 작품으로, 고향을 잃은 한 사내의 이야기가 중심축을 이루며 전개됩니다. 서술자인 '나'는 서울행 기차 안에서 기이한 차림의 사내인 '그'를 만나게 되는데, 기차는 근대 문명의 대표적인 상징으로서 일제에 의한 근대화의 산물이었던 만큼 밝은 미래를 의미하지는 않습니다. 그래서 '나'가 기차 안에서 만난 '그'는 당시 우리 민족의 비극적 삶을 대표하는 인물로, 기차는 '그'의 유랑하는 삶의 공간으로 각각 그려지고 있지요.

작품에 나타난 '그'의 삶의 역정(歷程)을 따라, 민족의 삶이 뿌리째 흔들린 일제 강점기 조선 민중의 고단한 삶을 살피며 '고향'의 의미를 다시 한번 돌아봅시다.

현진건(玄鎭健, 1900~1943)

경북 대구 출생. 호는 빙허. 1920년 11월 《개벽》에 단편 소설 〈희생화〉를 통해 등단했고, 1921년에는 단편 소설 〈빈처〉와 〈술 권하는 사회〉를 발표하면서 문단의 인정을 받았다. 사실주의적 기법으로 다져진 비극적 아름다움을 문학적으로 형상화한 주옥같은 작품을 다수 남겼다. 주요 작품으로는 〈운수 좋은 날〉, 〈B 사감과 러브레터〉, 〈고향〉, 〈할머니의 죽음〉, 《무영탑》, 《적도》 등이 있다.

고향 _현진건

대구에서 서울로 올라오는 차중(車中)에서 생긴 일이다. 나는 나와 마주 앉은 그를 매우 흥미 있게 바라보고 또 바라보았다. 두루마기 격으로 기모노를 둘렀고, 그 안에선 **옥양목** 저고리가 내어 보이며, 아랫도리엔 중국식 바지를 입었다. 그것은 그네들이 흔히 입는, **유지** 모양으로 번질번질한 암갈색 **피륙**으로 지은 것이었다. 그리고 발은 **감발**을 하였는데 짚신을 신었고, **고부가리**로 깎은 머리엔 모자도 쓰지 않았다. 우연히 이따금 기묘한 모임을 꾸민 것이다. 우리가 자리를 잡은 찻간에는 공교롭게 세 나라 사람이 다 모이었으니, 내 옆에는 중국 사람이 기대었다. 그의 옆에는 일본 사람이 앉아 있었다. 그는 동양 삼국 옷을 한 몸에 감은 보람이 있어 일본 말로 곧잘 철철대이거니와 중국 말에도 그리 서툴지 않은 모양이었다.

"도코마데 오이데 데스카(어디까지 가십니까)?"

하고 첫마디를 걸더니만 동경이 어떠니 **대판**이 어떠니, 조선 사람은 고추를 끔찍이 많이 먹는다는 둥, 일본 음식은 너무 싱거워서 처음에는 속이 **뉘엿거**

옥양목(玉洋木) 생목보다 발이 고운 무명. 빛이 희고 얇다.
유지(油紙) 기름을 먹인 종이.
피륙 아직 끊지 아니한 베, 무명, 비단 따위의 천을 통틀어 이르는 말.
감발 버선이나 양말 대신 발에 감는 좁고 긴 무명천. 주로 먼 길을 걷거나 막일을 할 때 쓴다.
고부가리 '5푼 길이로 자른 머리'라는 뜻의 일본어. 1푼은 약 0.3cm에 해당한다.
대판(大阪) '오사카'를 우리 한자음으로 읽은 이름.
뉘엿거리다 속이 메스꺼워 자꾸 토할 듯하다.

린다는 둥 횡설수설 지껄이다가, 일본 사람이 엄지와 검지손가락으로 짧게 끊은 꼿꼿한 윗수염을 비비면서 마지못해 까땍까땍하는 고개와 함께 "소우데스카(그렇습니까)."란 한마디로 **코대답**을 할 따름이요 잘 받아 주지 않으매, 그는 또 중국인을 붙들고 실랑이를 한다.

"네쌍 나을 취(어디까지 가십니까)?"

"을 씽 섬마(성함은 무엇입니까)?"

하고 덤벼 보았으나 중국인 또한 그 기름 끼인 **뚜한** 얼굴에 수수께끼 같은 웃음을 띨 뿐이요 별로 대꾸를 하지 않았건만, 그래도 무에라도 연해 웅얼거리면서 나를 보고 웃어 보였다.

그것은 마치 짐승을 놀리는 요술쟁이가 구경꾼을 바라볼 때처럼 훌륭한 제 재주를 갈채해 달라는 웃음이었다. 나는 쌀쌀하게 그의 시선을 피해 버렸다. 그 **주적대는** 꼴이 어쭙잖고 밉살스러웠음이다. 그는 잠깐 입을 닥치고 무료한 듯이 머리를 더억더억 긁기도 하며 손톱을 이로 물어뜯기도 하고 멀거니 창밖을 내다보기도 하다가 암만해도 **지절대지** 않고는 못 참겠던지 문득 나에게로 향하며,

"어데꺼정 가는기오?"

라고 경상도 사투리로 말을 붙인다.

"서울까지 가오."

"그런기오? 참 반갑구마. 나도 서울꺼정 가는데 그러면 우리 동행이 되겠구마."

나는 이 지나치게 반가워하는 말씨에 대하여 무어라고 대답할 말도 없고

코대답(–對答) 탐탁하지(모양이나 태도, 또는 어떤 일 따위가 마음에 들어 만족하지) 아니하거나 대수롭지 아니하게 여겨 건성으로 하는 대답.
뚜하다 말이 없고 언짢아하는 기색이 있다.
주적대다 주책없이 잘난 체하며 자꾸 떠들다.
지절대다 낮은 목소리로 자꾸 지껄이다.

또 굳이 대답하기도 싫기에 덤덤히 입을 닫아 버렸다.

"서울에 오래 살았는기오?"

그는 또 물었다.

"육칠 년이나 됩니다."

조금 성가시다 싶었으되 대꾸 않을 수도 없었다.

"에이구 오래 살았구마. 나는 처음 길인데 우리 같은 막벌이꾼이 차를 나려서 어데로 찾아가야 되겠는기오? 일본으로 말하면 '**기진야도**' 같은 것이 있는기오?"

하고 그는 답답한 제 신세를 생각했던지 찡그려 보였다. 그때 나는 그의 얼굴이 웃기보다 찡그리기에 가장 적당한 얼굴임을 발견하였다. 군데군데 찢어진 **경성드뭇한** 눈썹이 알알이 일어서며 아래로 축 처지는 **서슬**에 양미간에는 여러 가닥 주름이 잡히고 광대뼈 위로 뺨 살이 실룩실룩 보이자 두 볼은 쪽 빨아든다. 입은 **소태**나 먹은 것처럼 왼편으로 삐뚤어지게 찢어 올라가고, 조이던 눈엔 눈물이 괴인 듯 삼십 세밖에 안 되어 보이는 그 얼굴이 십 년가량은 늙어진 듯하였다. 나는 그 **신산스러운** 표정에 얼마쯤 감동이 되어서 그에게 대한 반감이 풀려지는 듯하였다.

"글쎄요, 아마 노동 숙박소란 것이 있지요."

노동 숙박소에 대해서 미주알고주알 묻고 나서,

"**시방** 가면 무슨 일자리를 구하겠는기오?"

라고 그는 매달리는 듯이 또 **채쳤다**.

기진야도 '싸구려 여인숙'을 가리키는 일본어.
경성드뭇하다 많은 수효가 듬성듬성 흩어져 있다.
서슬 강하고 날카로운 기세.
소태 소태나무의 껍질. 약재로 쓰이는데 맛이 아주 쓰다.
신산스럽다(辛酸---) 보기에 사는 것이 힘들고 고생스러운 데가 있다.
시방(時方) 말하는 바로 이때. 지금.
채치다 일을 재촉하여 다그치다.

"글쎄요, 무슨 일자리를 구할 수 있을는지요."

나는 내 대답이 너무 냉랭하고 불친절한 것이 죄송스러웠다. 그러나 일자리에 대하여 아무 지식이 없는 나로서는 이외에 더 좋은 대답을 해 줄 수가 없었던 것이다. 그 대신 나는 은근하게 물었다.

"어데서 오시는 길입니까?"

"흥, 고향에서 오누마."

하고 그는 휘 한숨을 쉬었다. 그러자 그의 신세타령의 실마리는 풀려 나왔다. 그의 고향은 대구에서 멀지 않은 K군 H란 외딴 동리였다. 한 백 호 남짓한 그곳 주민은 전부가 **역둔토**를 파먹고 살았는데, 역둔토로 말하면 **사삿집** 땅을 부치는 것보다 떨어지는 것이 후하였다. 그러므로 넉넉지는 못할망정 평화로운 농촌으로 남부럽지 않게 지낼 수 있었다. 그러나 세상이 뒤바뀌자 그 땅은 전부 **동양 척식 회사**의 소유에 들어가고 말았다. 직접으로 회사에 소작료(小作料)를 바치게나 되었으면 그래도 나으련만, 소위 중간 소작인이란 것이 생겨나서 저는 손에 흙 한 번 만져 보지도 않고 **동척**엔 소작인 노릇을 하며 **실작인**에게는 지주(地主) 행세를 하게 되었다. 동척에 소작료를 물고 나서 또 중간 소작인에게 긁히고 보니, 실작인의 손에는 **소출**의 삼 할도 떨어지지 않았다. 그 후로 '죽겠다', '못 살겠다' 하는 소리는 중이 염불하듯 그들의 입길에서 오르내리게 되었다. **남부여대하고** 타처로 **유리하는** 사람만 늘고 동리는 점점 **쇠진해** 갔다.

역둔토 역의 경비를 충당하는 역토와 역에 주둔하는 군대가 자급자족을 위해 경작하는 둔토를 아울러 이르는 말.
사삿집 개인의 살림하는 집.
동양 척식 회사[東洋拓殖株式會社] 1908년 일제가 대한 제국의 경제를 독점·착취하기 위하여 설립한 국책 회사.
동척 '동양 척식 주식회사'를 줄여 이르는 말.
실작인(實作人) 실제의 경작자.
소출(所出) 논밭에서 나는 곡식. 또는 그 곡식의 양.
남부여대하다(男負女戴--) (비유적으로) 가난한 사람들이 살 곳을 찾아 이리저리 떠돌아다니다. '남자는 지고 여자는 인다.'는 뜻에서 나온 말이다.
유리하다(流離--) 일정한 집과 직업이 없이 이곳저곳으로 떠돌아다니다.
쇠진하다(衰盡--) 점점 쇠퇴하여 바닥이 나다.

지금으로부터 구 년 전, 그가 열일곱 살 되던 해 봄에(그의 나이는 실상 스물 여섯이었다. 가난과 고생이 얼마나 사람을 늙히는가.) 그의 집안은 살기 좋다는 바람에 서간도(西間島)로 이사를 갔었다. 쫓겨 가는 이의 운명이어든 어디를 간들 **신신하랴.** 그곳의 비옥한 **전야**도 그들을 위하여 열려질 리 없었다. 조금 좋은 땅은 먼저 간 이가 모조리 차지를 하였고 황무지는 비록 많다 하나 그곳 당도하던 날부터 아침거리 저녁거리 걱정이라, 무슨 형세로 적어도 일 년이란 장구한 세월을 먹고 입어 가며 거친 땅을 풀 수가 있으랴. 남의 밑천을 얻어서 농사를 짓고 보니 가을이 되어 얻는 것은 빈 주먹뿐이었다. **이태** 동안을 사는 것이 아니라 억지로 버티어 갈 제 그의 아버지는 우연히 병을 얻어 타국의 외로운 혼이 되고 말았다. 열아홉 살밖에 안 된 그가 홀어머니를 모시고 악으로 악으로 모진 목숨을 이어 가던 중, 사 년이 못 되어 영양 부족한 몸이 심한 노동에 지친 탓으로 그의 어머니 또한 죽고 말았다.

"모친꺼정 돌아갔구마."

"돌아가실 때 흰죽 한 모금도 못 자셨구마."

하고 이야기하던 이는 문득 말을 뚝 끊는다. 그의 눈이 번들번들함은 눈물이 쏟아졌음이리라. 나는 무엇이라고 위로할 말을 몰랐다. 한동안 머뭇머뭇이 있다가 나는 차를 탈 때에 친구들이 사 준 정종 병마개를 빼었다. 찻잔에 부어서 그도 마시고 나도 마시었다. **악착한** 운명이 던져 준 깊은 슬픔을 술로 녹이려는 듯이 연거푸 다섯 잔을 마신 그는 다시 말을 계속하였다. 그 후 그는 부모 잃은 땅에 오래 머물기 싫었다. 신의주로 안동현으로 품을 팔다가 일본으로 또 벌이를 찾아가게 되었다. **구주** 탄광에 있어도 보고, 대판 철공장에

신신하다(新新--) 새로운 데가 있다.
전야(田野) 논밭으로 이루어진 들.
이태 두 해.
악착하다 일을 해 나가는 태도가 매우 모질고 끈덕지다.
구주(九州) 일본 '규슈'를 우리 한자음으로 읽은 이름.

도 몸을 담가 보았다. 벌이는 조금 나았으나 외롭고 젊은 몸은 자연히 방탕해졌다. 돈을 모으려야 모을 수 없고, 이따금 울화만 치받치기 때문에 한 곳에 **주접**을 하고 있을 수 없었다. 화도 나고 고국산천이 그립기도 하여서 훌쩍 뛰어나왔다가 오래간만에 고향을 둘러보고 벌이를 구할 겸 구경도 할 겸 서울로 올라가는 길이라 한다.

"고향에 가시니 반가워하는 사람이 있습디까?"

나는 탄식하였다.

"반가워하는 사람이 다 뭔기오? 고향이 통 없어졌더마."

"그렇겠지요. 구 년 동안이면 퍽 변했겠지요."

"변하고 무어고 간에 아무것도 없더마. 집도 없고, 사람도 없고, 개 한 마리도 얼씬을 않더마."

"그러면 아주 **폐동**이 되었단 말씀이오?"

"흥, 그렇구마. 무너지다가 담만 즐비하게 남았더마. 우리 살던 집도 터야 안 남았겠는기오? 암만 찾아도 못 찾겠더마. 사람 살던 동리가 그렇게 된 것을 혹 구경했는기오?"

하고 그의 짜는 듯한 목은 높아졌다.

"썩어 넘어진 **서까래**, 뚤뚤 구르는 **주추**는! 꼭 무덤을 파서 해골을 헐어 젖혀 놓은 것 같더마. 세상에 이런 일도 있는기오? 백여 호 살던 동리가 십 년이 못 되어 통 없어지는 수도 있는기오? 후!"

하고 그는 한숨을 쉬며 그때의 광경을 눈앞에 그리는 듯이 멀거니 먼 산을 보다가 내가 따라 준 술을 꿀꺽 들이켜고,

---

주접(住接) 한때 머물러 삶.
폐동(廢洞) 동(洞, 마을)을 폐하여 없앰.
서까래 마룻대에서 도리 또는 보에 걸쳐 지른 나무.
주추 기둥 밑에 괴는 돌 따위의 물건.

"참! 가슴이 터지더마, 가슴이 터져."

하자마자 굵직한 눈물 두어 방울이 뚝뚝 떨어진다.

나는 그 눈물 가운데 음산하고 비참한 조선의 얼굴을 똑똑히 본 듯싶었다.

이윽고 나는 이런 말을 물었다.

"그래, 이번 길에 고향 사람은 하나도 못 만났습니까?"

"하나 만났구마, 단지 하나."

"친척 되시는 분이던가요?"

"아니구마, 한 이웃에 살던 사람이구마."

하고 그의 얼굴은 더욱 침울해진다.

"여간 반갑지 않으셨겠지요?"

"반갑다마다, 죽은 사람을 만난 것 같더마. 더구나 그 사람은 나와 까닭도 좀 있던 사람인데……."

"까닭이라니?"

"나와 혼인 말이 있던 여자구마."

"하—."

나는 놀란 듯이 벌린 입이 다물어지지 않았다.

"그 신세도 내 신세만이나 하구마."

하고 그는 또 이야기를 계속하였다. 그 여자는 자기보다 나이 두 살 위였는데, 한 이웃에 사는 탓으로 같이 놀기도 하고 싸우기도 하며 자라났었다. 그가 열네댓 살 적부터 그들 부모 사이에 혼인 말이 있었고 그도 어린 마음에 매우 탐탁하게 생각하였었다. 그런데 그 처녀가 열일곱 살 된 겨울에 별안간 간 곳을 모르게 되었다. 알고 보니 그 아비 되는 자가 이십 원을 받고 대구 **유곽**에 팔아먹은 것이었다. 그 소문이 퍼지자 그 처녀 가족은 그 동리에서 못

유곽(遊廓) 많은 창녀를 두고 매음 영업을 하는 집. 또는 그런 집이 모여 있는 곳.

살고 멀리 이사를 갔는데, 그 후로는 물론 피차에 한 번 만나 보지도 못하였다. 이번에야 빈 터만 남은 고향을 구경하고 돌아오는 길에 읍내에서 그 아내 될 뻔한 댁과 마주치게 되었다. 처녀는 어떤 일본 사람 집에서 아이를 보고 있었다. **궐녀**는 이십 원 몸값을 십 년을 두고 갚았건만 그래도 주인에게 빚이 육십 원이나 남았었는데, 몸에 몹쓸 병이 들고 나이 늙어져서 산송장이 되니까 주인 되는 자가 특별히 빚을 탕감해 주고 작년 가을에야 놓아준 것이었다. 궐녀도 자기와 같이 십 년 동안이나 그리던 고향에 찾아오니까 거기는 집도 없고 부모도 없고 쓸쓸한 돌무더기만 눈물을 자아낼 뿐이었다. 하루해를 울어 보내고 읍내로 들어와서 돌아다니다가 십 년 동안에 한 마디 두 마디 배워 두었던 일본 말 덕택으로 그 일본 집에 있게 된 것이었다.

"암만 사람이 변하기로 어째 그렇게도 변하는기오? 그 숱 많던 머리가 훌렁 다 벗어졌더마. 눈은 푹 들어가고 그 **이들이들하던** 얼굴빛도 마치 **유산**을 끼얹은 듯하더마."

"서로 붙잡고 많이 우셨겠지요?"

"눈물도 안 나오더마. 일본 우동집에 들어가서 둘이서 정종만 한 열 병 따려 누이고 헤어졌구마."

하고 가슴을 짜는 듯이 괴로운 한숨을 쉬더니만, 그는 지난 슬픔을 새록새록이 자아내어 마음을 새기기에 지치었음이더라.

"이야기를 다 하면 무얼 하는기오?"

하고 쓸쓸하게 입을 다문다. 나 또한 너무도 참혹한 사람살이를 듣기에 쓴 물이 났다.

궐녀(厥女) 말하는 이와 듣는 이가 아닌 여자를 이르는 삼인칭 대명사.
이들이들하다 번들번들 윤기가 돌고 부들부들하다.
유산(硫酸) 황산(黃酸). 무색무취의 끈끈한 불휘발성 액체. 강한 산성으로, 금과 백금을 제외한 대부분의 금속을 녹인다.

"자, 우리 술이나 마저 먹읍시다."

하고 우리는 서로 주거니 받거니 한됫병을 다 말리고 말았다. 그는 **취흥**에 겨워서 우리가 어릴 때 멋모르고 부르던 노래를 읊조리었다.

> 볏섬이나 나는 전토는
> 신작로가 되고요—.
> 말마디나 하는 친구는
> 감옥소로 가고요—.
> 담뱃대나 떠는 노인은
> 공동묘지 가고요—.
> 인물이나 좋은 계집은
> 유곽으로 가고요—.

취흥(醉興) 술에 취하여 일어나는 흥취.

우리나라에서 떡은 언제부터 만들어졌을까요? 대개 시루의 역사를 따져 삼국 시대 이전 농경 사회 때부터라고 얘기되는데, 《삼국유사》에는 농업을 주산업(主産業)으로 한 우리 민족이 풍년을 빌고 추수를 감사하던 농경의례 때 차리던 음식 중 하나로 떡을 기록하고 있습니다. 이후 떡은 그 재료가 다양해져 종류도 많아지고 혼례·제례 등의 필수 음식이 되었을 뿐 아니라, '좋은 일에 더욱 좋은 일이 겹침.'을 뜻하는 '밥 위에 떡'과 같은 속담으로도 쓰이는 등 민족 고유의 음식으로 자리 잡습니다.

1935년에 발표된 이 작품에도 시루팥떡, 백설기, 주악 등 온갖 떡이 나옵니다. 하지만 우리 전통의 음식이라기보다 어린아이의 목숨을 앗을 뻔한 섬뜩한 음식으로 등장합니다. 작품 속 동네에서 제일 가난하고 게으른 사내인 덕희의 일곱 살 된 딸아이 옥이가 죽도 배불리 먹을 수 없는 가난을 못 견뎌 마을 잔칫집에 갔다가, 권하는 대로 밥과 떡들을 무리하게 먹고는 봉변을 당하기 때문입니다. 이때 잔칫집에서 지나치게 먹는 옥이를 방관하며 재밋거리로 삼는 마을 사람들이나, 살아난 옥이를 향해 원망과 욕지거리를 내뱉는 아버지 덕희의 비인간적인 태도는 당시의 몰인정한 세태를 보여 줍니다.

이 작품을 통해 식민지 시대 피지배 민족으로서 모진 식량 위기를 겪던 민중의 비참한 삶에 대해 살피고, 떡이 작품 속에서 어떤 의미를 갖는지 함께 생각해 봅시다.

김유정(金裕貞, 1908~1937)

강원 춘천 출생. 1935년 《조선일보》 신춘문예에 〈소낙비〉가 당선되면서 등단했다. 김유정 소설의 가장 큰 특징은 '농촌'과 '해학'으로, 그는 농촌을 배경으로 소작농의 고단한 삶을 해학적으로 그렸다. 폐결핵으로 시달리다가 스물아홉 살에 요절했는데, 죽기 전 2년여 동안 30편에 가까운 작품을 남길 만큼 문학적 열정이 강했다. 주요 작품으로 〈봄·봄〉, 〈금 따는 콩밭〉, 〈동백꽃〉, 〈따라지〉, 〈산골 나그네〉 등이 있다.

떡 _김유정

원래는 사람이 떡을 먹는다. 이것은 떡이 사람을 먹은 이야기다. 다시 말하면 사람이 즉 떡에게 먹힌 이야기렷다. 좀 황당한 소리인 듯싶으나 그 사람이라는 게 역시 황당한 존재라 하릴없다. 인제 겨우 일곱 살 난 계집애로 게다가 겨울이 왔건만 솜옷 하나 못 얻어 입고 겹저고리 **두렁이**로 떨고 있는 옥이 말이다. 이것도 한 개의 완전한 사람으로 칠는지! 혹은 말는지! 그건 내가 알 바 아니다. 하여튼 그 애 아버지가 동리에서 제일 가난한 그리고 게으르기가 곰 같다는 바로 덕희다. 놈이 우습게도 꾸물거리고 **엄동**과 주림이 닥쳐와도 눈 하나 끔벅 없는 **신청부**라 우리는 가끔 그 눈곱 낀 얼굴을 놀릴 수 있을 만치 흥미를 느낀다.

여보게 이 겨울엔 어떻게 지내려나. 올엔 자네 꼭 굶어 죽었네. 하면 친구 대답이 이거 왜 이랴, 내가 누구라구, 지금은 밭뙈기 하나 부칠 거 없어도 이랴 봬두 한때는 다— 하고 펄쩍 뛰고는 지난날 소작인으로서 땅 팔 수 있었던 그 행복을 다시 맛보려는 듯 먼 산을 우두커니 쳐다본다. 그러나 업신받는 데 약이 올라서 자네들은 뭐 좀 **난상부른가** 하고 낯을 붉히다가는 풀밭에 슬며시 쓰러져서 늘어지게 아리랑 타령. 그러니까 내 생각에 저것도 사람이

두렁이 어린아이의 배와 아랫도리를 둘러서 가리는 치마같이 만든 옷. 겹으로 만들거나 솜을 두어 만든다.
엄동(嚴冬) 몹시 추운 겨울.
신청부 근심 걱정이 많아 사소한 일을 돌아볼 여유가 없는 사람.
난상부른가 나은 성싶은가.

려니 할 수밖에. 사실 집에서 지내는 걸 본다면 당최 무슨 재미로 사는지 영문을 모른다. 그 집도 제 것이 아니요 개똥네 집이다. 원체 식구라야 몇 사람 안 되고 또 거기다 산 밑에 외따로 떨어진 집이라 건넌방에 사람을 들이면 좀 덜 호젓할까 하고 빌린 것이다. 물론 그때 덕희도 방을 얻지 못해서 **비대발괄**로 뻰찔 드나들던 판이었지만. 보수는 별반 없고 농사 때 바쁜 일이나 있으면 좀 거들어 달라는 요구뿐이었다. 그래서 덕희도 얼씨구나 하고 무척 좋았다. 허나 사람은 방만으로 사는 것이 아니다. 이 집 건넌방은 유달리 납작하고 비스듬히 쏠린 헌 벽에다 우중충하기가 일상 굴속 같은데 겨울 같은 때 좀 들여다보면 썩 가관이다. 윗목에는 옥이가 누더기를 들쓰고 앉아서 배가 고프다고 킹킹거리고 아랫목에는 화가 치뻗친 아내가 나는 모른단 듯이 벽을 향하여 쪼그리고 누워서는 꼼짝 안 하고 놈은 아내와 딸 사이에 한 자리를 잡고서 천장으로만 눈을 멀뚱멀뚱 둥글리고 들여다보는 얼굴이 다 **무색할** 만치 꼴들이 말 아니다. 아마 먹는 날보다 이렇게 지내는 날이 하루쯤 더할는지도 모른다. 그 꼴에 **궐자**가 술이 **호주**라서 툭하면 한잔 안 사려나, 가 인사다. 지난 봄만 하더라도 놈이 술에 어찌나 **감질**이 났던지 제 집에 모아 놓았던 **뒹**을 지고 가서 술을 먹었다. 뒹 퍼다 주고 술 먹긴 동리에서 처음 보는 일이라고 계집들까지 입에 올리며 소문은 이리저리 돌았다. 하지만 놈은 이런 것도 모르고 술만 들어가면 세상이 고만 제 게 되고 만다. 음 음 하고 코에선지 입에선지 묘한 소리를 내어 가며 만나는 사람마다 붙잡고 잔소리다. 한편 술은 놈에게 근심도 되는 것 같다. 전에 생각지 않던 집안 걱정을 취하면 곧잘 한다. 그

비대발괄 억울한 사정을 하소연하면서 간절히 청하여 빎.
무색하다(無色--) 겸연쩍고 부끄럽다.
궐자(厥者) '그'를 낮잡아 이르는 말.
호주(好酒) 술을 좋아함.
감질(疳疾) 바라는 정도에 아주 못 미쳐 애타는 마음.
뒹 똥.

언제인가 만났을 때에도 술이 담뿍 취하였다. 음 음 해 가며 제 집 살림살이 이야기를 개소리 쥐소리 한참 지껄이더니 놈이 나중에 한단 소리가 그놈의 계집애나 죽어 버렸으면! 요건 먹어도 캥캥거리고 안 먹어도 캥캥거리고 이거 온— **사세**가 딱한 듯이 이렇게 탄식을 하더니 뒤를 이어 설명이 없는 데는 어린 딸년 하나 더한 것도 큰 걱정이라고 이걸 듣다가 기가 막혀서 자네 데릴사위 얻어서 부려먹을 생각은 않나 하고 물은즉, 아 어느 **하가**에 그동안 먹여 키우진 않나 하고 골머리를 내젓는 꼴이 당길 맛이 아주 없는 모양이었다. 짜장 이토록 딸이 원수로운지 아닌지 그건 여기서 끊어 말하기 어렵다. 아마는 애비 치고 제가 난 자식 밉달 놈은 없으리라마는 그와 동시에 놈이 가끔 들어와서 죽으라고 모질게 쥐어박아서는 울려 놓는 것도 사실이다. 그러다 울음이 정말 **된통** 터지면 이번에는 칼을 들고 울어 봐라 이년, 죽일 터이니 하고 씻은 듯이 울음을 걷어 놓고 하는 것이다.

눈이 푹푹 쌓이고 그 덕에 나무 값은 부쩍 올랐다. 동리에서는 너나없이 앞을 다투어 나뭇짐을 지고 읍으로 들어간다. 눈이 정강이에 차는 산길을 휘돌아 이십 리 **장로**를 걷는 것이다. 이 바람에 덕희도 수가 터지어 좁쌀이나마 양식이 생겼고 따라 딸과의 **아귀다툼**도 훨씬 줄게 되었다. 그는 자다가도 꿈결에 새벽이 되는 것을 용하게 안다. 밝기가 무섭게 일어나 앉아서는 옆에 누운 아내의 치맛자락을 끌어당긴다. 소위 덕희의 마른세수가 시작된다. 두 손으로 그걸 펼쳐서는 꾸물꾸물 눈곱을 떼고 그러고 나서 얼굴을 쓱쓱 문대는 것이다. 그다음 죽이 들어온다. 얼른 한 그릇 훌쩍 마시고는 지게를 지고 내뺀다. 물론 아내는 남편이 죽 마실 동안에 밖에 나와서 나뭇짐을 만들어야 된

사세(事勢) 일이 되어 가는 형세.
하가(何暇) 어느 겨를.
된통 아주 몹시.
장로(長路) 매우 먼 길.
아귀다툼 각자 자기의 욕심을 채우고자 서로 헐뜯고 기를 쓰며 다투는 일.

다. 지게를 **보태 놓고** 덜덜 떨어 가며 **검불**을 올려 싣는다. 짐까지 꼭꼭 묶어 주고 가는 남편 향하여 괜히 술 먹지 말구 양식 사 오게유, 하고 몇 번 몇 번 당부를 하고는 방으로 들어온다. 옥이가 늘 일어나는 것은 바로 이때다. 눈을 비비며 어머니 앞으로 곧장 달려든다. 기실 여지껏 잤느냐면 깨기는 벌써 전에 깨었다. 아버지의 숟가락질하는 댈가락 소리도 짠지 씹는 쩍쩍 소리도 죄다 두 귀로 분명히 들었다. 그뿐 아니라 아버지의 죽 그릇이 감은 눈 속에서 왔다 갔다 하는 것까지도 똑똑히 보았다. 배고픈 생각이 불현듯 불끈 솟아서 곧바로 일어나고자 궁둥이까지 들먹거려도 보았다. 그럴 동안에 군침은 솔솔 스며들며 입으로 하나가 된다. 마는 일어만 났다가는 아버지의 주먹 주먹. 이 년아 넌 뭘 한다구 벌써 일어나 캥캥거려 하고는 그 주먹 커다란 주먹. 군침을 가만히 도로 넘기고 꼬물거리던 몸을 다시 방바닥에 꼭 붙인 채 색색 생코를 안 골 수 없다. 어머니는 아버지와 딴판으로 퍽 귀여워한다. 아버지가 나무를 지고 확실히 간 것을 알고서야 비로소 옥이는 일어나 어머니 곁으로 달려들어서 그 죽을 둘이 퍼먹고 하였다.

이러던 것이 그날은 유별나게 어느 때보다 일찍 일어났다. 덕희의 말을 빌리면 고 **배라먹을** 년이 그예 일을 저지르려고 새벽부터 일어나 **재랄**이었다. 하긴 재랄이 아니라 배가 몹시 고팠던 까닭이지만. 아버지의 숟가락질 소리를 들어 가며 침을 삼키고 삼키고 몇 번을 그래 봤으나 나중에는 더 참을 수가 없었다. 그렇다고 벌떡 일어앉자니 주먹이 무섭기도 하려니와 한편 **넉적기도** 한 노릇. 눈을 감은 채 이 궁리 저 궁리 하였다. 다른 때도 좋으련만 왜 하필 아버지 죽 먹을 때 깨게 되는지! 곯은 배는 그중에다 방바닥 냉기에 쑤

보태 놓다 버티어 놓다.
검불 가느다란 마른 나뭇가지, 마른 풀, 낙엽 따위를 통틀어 이르는 말.
배라먹다 남에게 구걸하여 거저 얻어먹다.
재랄 법석을 떨며 분별없이 하는 행동을 낮잡아 이르는 말.
넉적다 '열적다(열없다, 좀 겸연쩍고 부끄럽다)'의 방언.

시는지 저리는지 분간을 모른다. 아버지는 한 그릇을 다 먹고 아마 더 먹는 모양. 죽을 옮겨 쏟는 소리가 주루룩 뚝뚝 하고 난다. 이때 고만 정신이 번쩍 났다. 용기를 내었다. 바른팔을 뒤로 돌려 가장 무엇에나 물린 듯이 대구 긁죽거린다. 급작스레 응아 하고 소리를 내지른다. 그리고 비슬비슬 일어나 앉아서는 두 손등으로 눈을 비벼 가며 우는 것이다. 아버지는 이 꼴에 화를 벌컥 내었다. 손바닥으로 뒤통수를 딱 때리더니 이건 죽지도 않고 말썽이야 하고 썩 마뜩지 않게 **뚜덜거린다.** 어머니를 향하여는 저년 아무것도 먹이지 말고 오늘 종일 굶기라고 부탁이다. 들었는지 못 들었는지 어머니는 눈을 깔고 잠자코 있다. 아마 아버지가 두려워서 아무 대꾸도 못하는 모양. 딱 때리고 우니까 다시 딱 때리고. 그럴 적마다 조꼬만 옥이는 마치 오뚝이 시늉으로 **모두** 쓰러졌다가는 다시 일어나 울고 울고 한다. 죽은 안 주고 때리기만 한다. 망할 새끼 저만 처먹으려고 얼른 죽어 버려라 염병을 할 자식. 모진 욕이 이렇게 입 끝까지 제법 나왔으나 그러나 그러나 뚝 부릅뜬 그 눈. 감히 얼굴도 못 쳐다보고 이마를 두 손으로 받쳐 들고는 으악 으악 울 뿐이다. 암만 울어도 소용은 없지만. 나뭇짐이 읍으로 들어간 다음에서야 비로소 겨우 운 보람 있었다. 어머니는 **힝하게** 죽 한 그릇을 떠 들고 들어온다. 옥이는 대뜸 달려들었다. 왼편 소맷자락으로 눈의 눈물을 훔쳐 가며 **연송** 퍼 넣는다. 깡좁쌀죽은 묽직한 국물이라 숟갈에 뜨이는 게 얼마 안 된다. 떠 넣으니 이것은 차라리 들고 마시는 것이 편하리라. 쉴 새 없이 숟가락은 열심껏 퍼들인다. 어머니가 한 숟갈 뜰 동안이면 옥이는 두 숟갈 혹은 세 숟갈이 올라간다. 그래도 행여 밑질까 봐서 숟가락 빠는 어머니의 입을 가끔 쳐다보고 하였다. 반쯤 먹다 어

뚜덜거리다 남이 알아듣기 어려울 정도의 낮은 목소리로 자꾸 불평을 하다.
모두 모로.
힝하다 휑하다(무슨 일에나 막힘이 없이 다 잘 알아 매우 환하다)의 방언.
연송 끊임없이 잇따라 자꾸.

머니는 슬며시 숟가락을 내려놓았다. 두 손을 다리 밑에 파묻고는 딸을 내려다보며 묵묵히 앉아 있다. 한 그릇 죽은 다 치웠건만 그래도 배가 고팠다. 어머니의 허리를 꾹꾹 찔러 가며 졸라 댄다.

요만한 어린아이에게는 먹는 것 지껄이는 것 이것밖에 더 큰 취미는 없다. 그리고 이것밖에 더 **가진반** 재주도 없다. 옥이같이 혼자만 꽁허니 있을 뿐으로 동무들과 놀려 하지도 지껄이려 하지도 않는 아이에 있어서는 먹는 편이 월등 발달되었고 결말에는 그걸로 한 오락을 삼는 것이다. 게다 일상 곯아만 온 그 배때기. 한 그릇 죽이면 넉넉히 양도 찼으련만 얘는 그걸 모른다. 다만 배는 늘 고프려니 하는 막연한 의식밖에는. 이번 일이 벌어진 것은 즉 여기서 시작되었다. 두 시간이나 넘어 꼬박이 울었다. 마는 어머니는 아무 대답도 없었다. 배가 아프다고 쓰러지더니 아이구 아이구 하고는 신음만 할 뿐이다. 냉병으로 하여 이따금 이렇게 앓는다. 옥이는 가망이 아주 없는 걸 알고 일어나서 방문을 열었다. 눈은 첩첩이 쌓이고 눈이 부신다. 윙윙 하고 **봉당**으로 몰리는 눈송이. 다르르 떨면서 마당으로 내려간다. 북편 벽 밑으로 솥은 걸렸다. 뚜껑이 열린다. 아닌 게 아니라 어머니 말대로 죽커녕 네미나 찢어 먹으라, 다. 그러나 얼뜬 눈에 띄는 것이 솥바닥에 얼어붙은 두 개의 **시래기** 줄기 그놈을 손톱으로 뜯어서 입에 넣고는 씹어 본다. 제걱제걱 얼음 씹히는 그 맛밖에는 아무 맛이 없다. 솥을 도로 덮고 허리를 펴려 할 제 얼른 묘한 생각이 떠오른다. 옥이는 사방을 **도릿거려** 본 다음 봉당으로 올라서서 개똥네 방문 **구녁**에다 눈을 들이댄다.

개똥 어머니가 옥이를 눈의 가시같이 미워하는 그 원인이 즉 여기다. 정말

가진반 골고루 갖춤.
봉당(封堂) 안방과 건넌방 사이의 마루를 놓을 자리에 마루를 놓지 아니하고 흙바닥 그대로 둔 곳.
시래기 무청이나 배춧잎을 말린 것. 새끼 따위로 엮어 말려서 보관하다가 볶거나 국을 끓이는 데 쓴다.
도릿거리다 도리반거리다. 눈을 크게 뜨고 요기조기를 자꾸 휘둘러 살펴보다.
구녁 '구멍'의 방언.

인지 거짓말인지 자세는 모르나 말인즉 고년이 우리 식구만 없으면 밤이구 낮이구 할 거 없이 어느 틈엔가 들어와서는 세간을 모조리 집어 간다우, 하고 **여호** 같은 년 골방쥐 같은 년 도적년 뭣해 욕을 늘어놓을 제 나는 그가 옥이를 끝없이 미워하는 걸 얼른 알 수 있었다. 그러나 세간을 집어냈느니 뭐니 하는 건 아마 멀쩡한 거짓말일 게고 이날도 **잿간**에서 뒤를 보며 벽 틈으로 내다보자니까 고년이 날감자 둘을 한 손에 하나씩 두렁이 속에다 감추고는 방에서 살며시 나오는 걸 보았다는 이것만은 사실이다. **오작** 분하고 급해야 밑도 씻을 새 없이 그대로 뛰어나왔으랴. 소리를 질러서 혼을 내고는 싶었으나 제 에미가 또 방에서 끙끙거리고 앓는 게 안됐어서 그냥 눈만 잔뜩 흘겨 주니까 고년이 대번 얼굴이 발개지더니 얼마 후에 감자 둘을 자기 발 앞에다 내던지고는 깜찍스럽게 뒷짐을 지고 바깥으로 나가더라 한다. 하지만 이것은 나의 이야기에 아무 상관이 없는 것이다. 오직 옥이가 개똥네 방엘 왜 들어갔을까 그 까닭만 말하여 두면 고만이다. 이 집이 먼저 개똥네 집이라 하였으나 그런 것이 아니라 실상은 요 개울 건너 **도사** 댁 소유이고 개똥 어머니는 말하자면 그 댁의 대대로 내려오는 **씨종**이었다. 그래 그 댁 집에 들고 그 댁 땅을 부쳐먹고 그 댁 세력에 살고 하는 덕으로 개똥 어머니는 가끔 **상전댁**에 가서 빨래도 하고 다듬이도 하고 또는 큰일 때는 음식도 맡아보기도 하고 해서 맛좋은 음식을 뻔질 몰아들인다. 나리 댁 생신이 오늘인 것을 알고 고년이 음식을 뒤져 먹으러 들어왔다가 없으니까 감자라도 먹을 양으로 하고 지껄이던 개똥 어머니의 추측이 조금도 틀리지는 않았다. 마을에 먹을 거 났다 하면 이

여호 '여우'의 방언.
잿간(-間) 거름으로 쓸 재를 모아 두는 헛간.
오작 오죽.
도사(都事) 조선 시대에 벼슬아치의 감찰 및 규탄을 맡아보던 종오품 벼슬.
씨종 대대로 내려가며 종노릇을 하는 사람.
상전댁(上典宅) 상전의 집.

옥이만치 잽싸게 먼저 알기는 좀 어려우리라. 그러나 옥이가 개똥 어머니만 따라가면 밥이고 떡이고 좀 얻어 주려니 하고 앙큼한 생각으로 살랑살랑 따라왔다고는 하지만 그것은 옥이를 무시하는 소리에 지나지 않는다.

옥이가 뒷짐을 딱 짚고 개똥 어머니의 뒤를 따를 제 아무 계획도 없었다. 방엘 들어가자니 어머니가 아프다고 짜증만 내고 싸리문 밖에서 섰자니 춥고 떨리긴 하고. 그렇다고 나들이를 좀 가 보자니 갈 곳이 없다. 그래 멀거니 떨고 섰다가 개똥 어머니가 개울길로 가는 걸 보고는 이게 저 갈 길이나 아닌가 하고 **대선** 그뿐이었다. 이때 무슨 생각이 있었다면 그것은 이 새끼가 얼른 와야 죽을 쒀 먹을 텐데 하고 아버지에게 대한 미움과 **간원**이 뒤섞인 초조였다. 그 증거로 옥이는 도사 댁 문간에서 개똥 어머니를 놓치고는 혼자 우두커니 떨어졌다. 인제는 또 갈 데가 없게 되었으니 이럴까 저럴까 다시 망설인다. 그러나 결심을 한 것은 이 순간의 일이다. 옥이는 과연 중문 안으로 대담히 들어섰다. 새로운 희망. 아니 혹은 맛있는 음식을 쭉쭉거리는 그 입들이나마 한번 구경하고자 한 걸지도 모른다. 시선을 이리저리로 둘러 가며 주볏주볏 우선 부엌으로 향하였다. 그 태도는 마치 개똥 어머니에게 무슨 급히 전할 말이 있어 온 양이나 싶다. 부엌에는 **어중이떠중이** 동네 계집은 얼추 모인 셈이다. 고깃국에 밥 마는 사람에 찰떡을 씹는 사람! 이쪽에서 북어를 뜯으면 저기는 투정하는 자식을 주먹으로 때려 가며 **누렁지**를 혼자만 쩍쩍거린다. 부엌 문으로 불쑥 데미는 옥이의 대가리를 보더니 조런 여우 년. 밥주머니 왔니. 냄새는 잘도 맡는다. 이렇게들 제각기 욕 한마디씩. 그러고는 까닭없이 깔깔댄다. 옥이네는 이 댁의 종도 아니요 **작인**도 아니다. 물론 여기에

대서다 바짝 가까이 서거나 뒤를 잇대어 서다.
간원(懇願) 간절하게 원함.
어중이떠중이 여러 방면에서 모여든, 탐탁하지 못한 사람들을 통틀어 낮잡아 이르는 말.
누렁지 '누룽지'의 방언.
작인(作人) 다른 사람의 농지를 빌려 농사를 짓고 그 대가로 사용료를 지급하는 사람.

들어와 맛 좋은 음식 벌어진 이 판에 한 다리 뻗을 자격이 없다. 마는 남이야 욕을 하건 말건 옥이는 한구석에 잠자코 **시름없이** 서 있다. 이놈을 바라보고 침 한번 삼키고 저놈 걸 바라보고 침 한번 삼키고. 마침 이때 **작은아씨**가 내려왔다. 옥이 왔니 하고 반기더니 왜 어멈들만 먹느냐고 계집들을 나무란다. 그리고 옆에 섰는 개똥 어멈에게 얘가 얼마든지 먹는단 애유 하고 옥이를 가리키매 그 대답은 다만 싱글싱글 웃을 뿐이다. 작은아씨도 따라 웃었다. 노랑 저고리 남치마 열서넛밖에 안 된 어여쁜 작은아씨. 손수 솥뚜껑을 열더니 큰 대접에 국을 뜨고 거기에다 하얀 **이밥**을 말아 수저까지 꽂아 준다. 옥이는 황급히 얼른 잡아채었다. 이밥, 이밥. 그 분량은 어른이 한때 먹어도 양은 좋이 차리라. 이것을 옥이가 뱃속에 집어넣은 시간을 따져 본다면 고작 칠팔 분밖에는 더 허비치 않았다. 고기 우러난 국맛은 입에 달았다. 잘 먹는다 잘 먹는다 하고 옆에서들 **추어주는** 칭찬은 또한 귀에 달았다. 양쪽으로 신바람이 올라서 곁도 안 돌아보고 막 퍼 넣은 것이다. 계집들은 깔깔거리고 소곤거리고 하였다. 그러나 눈을 크게 뜨고 서로를 맞쳐다볼 때에는 한 그릇을 다 먹고 배가 불러서 웅크리고 앉은 채 뒤로 털썩 주저앉는 옥이를 보았다. 얻다 태워먹었는지 군데군데 뚫어진 검정 두렁치마. 그나마도 폭이 좁아서 볼기짝은 통째 나왔다. 머리칼은 가시덤불같이 흩어져 어깨를 덮고. 이 꼴로 배가 불러서 식식거리며 떠는 것이다. 그래도 속은 고픈지 대접 밑바닥을 닥닥 긁고 있으니 작은아씨는 생긋이 웃더니 그 손을 이끌고 마루로 올라간다. 날이 몹시 추워서 마루에는 아무도 없었다. 찬장 앞으로 가더니 손뼉만 한 시루팥떡이 나온다. 받아 들고는 또 널름 집어치웠다. 곧 뒤이어 다시 팥떡

시름없이 아무 생각이 없이.
작은아씨 예전에, 지체가 낮은 사람이 시집가지 아니한 처녀를 높여 이르던 말.
이밥 입쌀(멥쌀)로 지은 밥.
추어주다 실제보다 과장되게 칭찬하다.

이 나왔다. 그러나 이번에는 옥이는 손도 아니 내밀고 무언으로 거절하였다. 왜냐하면 이때 옥이의 배는 최대한도로 늘어났고 거반 바람 넣은 **풋볼**만치나 가죽이 탱탱하였다. 그것이 앞으로 늘다 못하여 마침내 옆구리로 퍼져서 잘 움직이지도 못하고 숨도 어깨를 치올려 식식하는 것이다. 아마 음식은 목구멍까지 꽉 찼으리라. 여기에 이상한 것이 하나 있다. 역시 떡이 나오는데 본즉 이것은 팥떡이 아니라 밤 대추가 여기저기 삐져나온 백설기. 한번 덥석 물어 떼면 입 안에서 그대로 스르르 녹을 듯싶다. 너 이것두 싫으냐 하니까 옥이는 좋다는 뜻으로 얼른 손을 내밀었다. 대체 이걸 어떻게 먹었을까. 그 공기만 한 떡 덩어리를. 물론 용감히 먹기 시작하였다. 처음에는 빨리 먹었다. 중간에는 천천히 먹었다. 그러다 이내 다 먹지 못하고 반쯤 남겨서는 작은아씨에게 도로 내주고 모로 고개를 돌렸다. 옥이가 그 배에다 백설기를 먹은 것도 기적이려니와 또한 먹다 내놓는 이것도 기적이라 안 할 수 없다. 하기는 가슴속에서 떡이 목구멍으로 바짝 치뻗치는 바람에 못 먹기도 한 거지만. 여기다가 더 넣을 수가 있다면 그것은 다만 입 안이 남았을 뿐이다. 그러면 그다음 꿀 바른 **주악** 두 개는 어떻게 먹었을까. 상식으로는 좀 판단키 어려운 일이다. 하여간 너 이것은 하고 주악이 나왔을 때 옥이는 조금도 서슴지 않고 받았다. 그리고 한 놈을 손끝으로 집어서 그 꿀을 쪽쪽 빨더니 입속에 집어넣었다. 그 꿀을 한참 오기오기 씹다가 꿀떡 삼켜 본다. 가슴만 뜨끔할 뿐 즉시 떡은 도로 넘어온다. 다시 씹는다. 어깨와 머리를 앞으로 꾸부려 용을 쓰며 또 한 번 꿀떡 삼켜 본다. 이것은 도시 사람의 일로는 생각되지 않는다. 허나 주의할 것은 일상 곯아만 온 굶주린 창자의 착각이다. 배가 불렀는지 혹은 곯았는지 하는 건 이때의 문제가 아니다. 한갓 자꾸 먹어야 된다

풋볼(football) 미국에서 발달한, 럭비와 축구를 혼합한 경기. 여기서는 그 경기에 쓰이는 공을 말한다.
주악 웃기떡(흰떡에 물을 들여 여러 모양으로 만든 떡)의 하나.

는 **걸쌈스러운** 탐욕이 옥이 자신도 모르게 활동하였고 또는 옥이는 제가 먹고 싶은 걸 무엇무엇 알았을 그뿐이었다. 거기다 맛깔스러운 그 떡맛. 생전 맛 못 보던 그 미각을 한번 즐겨 보고자 기를 쓴 노력이다. 만약 이 떡의 순서가 주악이 먼저 나오고 백설기 팥떡 이렇게 나왔다면 옥이는 주악만으로 만족했을지 모른다. 그러고 백설기 팥떡은 단연 아니 먹었을 것이다. 너는 보도 못하고 어떻게 그리 남의 일을 잘 아느냐. 그러면 그 장면을 **목도한** 개똥 어머니에게 좀 설명하여 받기로 하자. 아 참 고년 **되우**는 먹읍디다. 그 밥 한 그릇을 다 먹구 그래 떡을 또 먹어유. 그게 배때기지유. 주악 먹을 제 나는 인제 죽나 부다 그랬슈. 물 한 모금 안 처먹고 꼬기꼬기 씹어서 꼴딱 삼키는데 아 눈을 요렇게 뒵쓰고 꼴딱 삼킵디다. 온 이게 사람이야. 나는 간이 콩알만 했지유. 꼭 죽는 줄 알고. 추워서 달달 떨고 섰는 꼴 하고 참 깜찍해서 내가 다 소름이 쪼옥 끼칩디다. 이걸 가만히 듣다가 그럼 왜 말리진 못했느냐고 **탄하니까** 제가 일부러 먹이기도 할 텐데 그렇게는 못하나마 배고파 먹는 걸 무슨 혐의로 못 먹게 하겠느냐고 되려 성을 발끈 낸다. 그러나 요건 빨간 거짓말이다. 저도 다른 계집 마찬가지로 마루 끝에 서서 잘 먹는다 잘 먹는다 이렇게 여러 번 칭찬하고 깔깔대고 했었음에 틀림없을 게다.

옥이의 이 봉변은 여지껏 동리의 한 이야깃거리가 되어 있다. 할 일이 없으면 계집들은 몰려 앉아서 그때의 일을 찧고 까불고 서로 떠들어 댄다. 그리고 옥이가 마땅히 죽어야 할 걸 그래도 살아난 것이 퍽이나 이상한 모양 같다. 딴은 사날이나 먹지를 못하고 몸이 끓어서 펄펄 뛰며 앓을 만치 옥이는 그렇게 혼이 났던 것이다. 하지만 처음부터 짜장 가슴을 죄인 것은 그래두 옥이

걸쌈스럽다 게걸스럽다. 보기에 남에게 지려고 하지 않고 억척스러운 데가 있다.
목도하다(目睹--) 눈으로 직접 보다.
되우 아주 몹시.
탄하다 남의 말을 탓하여 나무라다.

어머니 하나뿐이었다. 아파서 드러누웠다 방으로 들어오는 옥이를 보고 고만 벌떡 일어났다. 왜 배가 이 모양이냐 물으니 대답은 없고 옥이는 가만히 방바닥에 가 눕더란다. 그 배를 건드리지 않도록 반듯이 눕는데 아구 배야 소리를 **복고개**가 터지라고 내지르며 냉골에서 이리 때굴 저리 때굴 구르며 혼자 법석이다. 그러나 빰 위로 먹은 것을 꼬약꼬약 **도르고는** 필경 까무러쳤으리라. 얼굴이 해쓱해지며 사지가 축 늘어져 버린다. 이 서슬에 어머니는 그의 표현대로 하늘이 무너지는 듯 눈앞이 캄캄하였다. 그는 딸을 붙들고 자기도 어이구머니 하고 울음을 놓고 이를 어째 이를 어째 몇 번 그래 소리를 치다가 아무도 돌봐 주러 오는 사람이 없으니까 허겁지겁 곤두박질을 하여 밖으로 뛰어나왔다. 그의 생각에 이 **급증**을 돌리려면 점쟁이를 불러 **경**을 읽는 수밖에 다른 도리가 없을 듯싶어서이다. 물론 대낮부터 북을 뚜드려 가며 경을 읽기 시작하였다. 점쟁이의 말을 들어 보면 과식했다고 죄다 이래서는 살 사람이 없지 않느냐고. 이것은 음식에서 난 병이 아니라 늘 따르던 **동자 상문**이 어쩌다 접해서 일테면 귀신의 놀음이라는 해석이었다. 그렇다면 내가 생각건대 옥이가 도사 댁 문전에 나왔을 제 혹 귀신이 접했는지도 모른다. 왜냐 그러면 옥이는 문 앞 언덕을 내리다 고만 눈 위로 낙상을 해서 곧 한참을 꼼짝 않고 고대로 누웠었다. 그만치 몸의 자유를 잃었다. 다시 일어나 눈을 몇 번 털고는 걸어 보았다. 다리는 천근인지 한번 딛으면 다시 떼기가 쉽지 않다. 눈까풀은 빽빽거리고 게다 선하품은 자꾸 터지고. 어깨를 치올리어 여전히 식, 식, 거리며 눈 속을 이렇게 조심조심 걸어간다. 삐끗만 하였다가는 배가 터진다. 아니 정말은 배가 터지는 그 염려보다 우선 배가 아파서 삐끗도 못할 형

복고개 보꾹. 지붕의 안쪽.
도르다 먹은 것을 게우다.
급증(急症) 아주 위급한 병.
경(經) 무당이나 박수가 사람의 액을 쫓거나 병을 낫게 할 목적으로 외는 기도문과 주문.
동자 상문(童子喪門) 사내아이의 죽은 귀신.

편. 과연 옥이의 배는 동네 계집들 말마따나 **헐없이** 애 밴 사람의, 그것도 만삭된 이의 괴로운 배 그것이었다. 개울 길을 내려오자 우물이 눈에 띄자 얘는 갑작스레 **조갈**을 느꼈다. 엎드려 바가지로 한 모금 꿀꺽 삼켜 본다. 이와 목구멍이 다만 잠깐 저렸을 뿐 물은 곧바로 다시 넘어온다. 그뿐 아니라 뒤를 이어서 떡이 꾸역꾸역 쏟아진다. 잘 씹지 않고 **얼김**에 삼킨 떡이라 삭지 못한 그대로 덩어리 덩어리 넘어온다. **우물전** 얼음 위에는 삽시간에 떡이 한 무더기. 옥이는 다시 눈 위에 기운 없이 쓰러지고 말았다. 이러던 애가 어떻게 제 집엘 왔을까 생각하면 여간 큰 노력이 아니요 참 장한 모험이라 안 할 수 없는 일이다.

내가 옥이네 집을 찾아간 것은 이때 썩 지나서이다. 해넘이의 바람은 차고 몹시 떨렸으나 옥이에 대한 소문이 흉함으로 퍽 궁금하였다. 허둥거리며 방문을 펄떡 열어 보니 어머니는 딸 머리맡에서 무르팍에 눈을 비벼 가며 여지껏 훌쩍거리고 앉았다. 냉병은 아주 가셨는지 노상 노랗게 고민하던 그 상이 지금은 **불콰하니** 눈물이 흐른다. 그리고 놈은 쭈그리고 앉아서 나를 보고도 인사도 없다. 팔짱을 떡 찌르고는 맞은 벽을 뚫어 보며 무슨 결끼나 먹은 듯이 바로 위엄을 보이고 있다. 오늘은 일찍 나온 것을 보면 나무도 잘 판 모양. 얼마 후 놈은 옆으로 고개를 돌리더니 여보게 참말 죽지는 않겠나 하고 물으니까 봉구는 눈을 끔벅끔벅하더니 죽기는 왜 죽어 한나절토록 경을 읽었는데 하고 자신이 있는 듯 없는 듯 **얼치기** 대답이다. 제 딴은 경을 읽기는 했건만 조금도 효험이 없으매 저로도 의아한 모양이다. 이 봉구란 놈은 번시가 **날탕**

헐없이 영락없이.
조갈(燥渴) 입술이나 입 안, 목 따위가 타는 듯이 몹시 마름.
얼김 어떤 일이 벌어지는 바람에 자기도 모르게 정신이 얼떨떨한 상태.
우물전 우물을 둘러막아 쌓아 올렸거나 방틀을 짜 놓은 윗부분.
불콰하다 얼굴빛이 술기운을 띠거나 혈기가 좋아 불그레하다.
얼치기 이것도 저것도 아닌 중간치.
날탕 허풍을 치거나 듣기 좋은 말로 남을 속임. 또는 그렇게 하는 사람.

이다. 계집에 노름에 혹하는 그 수단은 당할 사람이 없고 또 이것도 재주랄지 못하는 게 별반 없다. 농사로부터 노름질 침주기 점치기 **지우질** 심지어 도적질까지. 경을 읽을 때에는 눈을 감고 중얼거리는 것이 바로 장님이 왔고 **투전장**을 뽑을 때에는 그 눈깔이 밝기가 부엉이 같다.

그러건만 뭘 믿는지 마을에서 병이 나거나 일이 나거나 툭하면 이놈을 불러대는 게 버릇이 되었다. 이까짓 놈이 점을 친다면 참이지 나는 용 뿔을 빼겠다. 덕희가 눈을 찌끗하고 소금을 더 좀 먹여 볼까 하고 물을 제 나는 그 대답은 않고 경은 무슨 경을 읽는다고 그래 건방지게 그 **사관**이나 좀 틀게나 하고 낯을 붉히며 봉구에게 소리를 빽 질렀다. 왜냐면 지금은 경이니 소금이니 할 때가 아니다. 아이를 포대기를 덮어서 뉘었는데 그 얼굴이 노랗게 질렸고 눈을 감은 채 가끔 다르르 떨고 다르르 떨고 하는 것이다. 그리고 입으로는 아직도 게거품을 섞어 밥풀이 꼴깍꼴깍 넘어온다. 손까지 싸늘하고 핏기는 멎었다. 시방 생각하면 이때 죽었을 걸 혹 사관으로 살았는지도 모른다. 내가 서두는 바람에 봉구는 주머니 속에서 조고만 대통을 꺼냈다. 또 그 속에서 녹슨 침 하나를 꺼내더니 입에다 한 번 쭉 빨고는 쥐가 뜯어먹은 듯한 **칼라** 머리에다 쓱쓱 문지른다. 바른손을 놓은 다음 왼손 엄지손가락으로 침이 또 들어갈 때에서야 비로소 옥이는 정신이 나나 보다. 으악, 소리를 지르며 깜짝 놀란다. 그와 동시에 푸드득 하고 포대기 속으로 똥을 갈겼다. 덕희는 이걸 뻔히 바라보고 있더니 골피를 접으며 어이 배랄먹을 년 웬걸 그렇게 처먹고 이 지랄이야 하고는 욕을 **오라지게** 퍼붓는다. 그러나 나는 그 속을 빤히 보았

지우질 지위('목수'의 높임말)질.
투전장(鬪牋張) 투전(노름 도구의 하나)목의 한 장 한 장.
사관(四關) 양쪽의 팔꿈치와 무릎 관절을 통틀어 이르는 말. 여기서 '사관을 틀다'는 손발의 관절에 침을 놓는다는 뜻이다.
칼라(カラー) 양복이나 와이셔츠의 깃.
오라지다 상당히 마음에 맞지 아니함을 속되게 이르는 말.

다. 저와 같이 먹다가 이렇게 되었다면 아마 이토록은 노엽지 않았으리라. 그 귀한 음식을 돌르도록 처먹고도 애비 한 쪽 갖다줄 생각을 못한 딸이 지극히 미웠다. 고년 그래 싸 웬 떡을 배가 터지도록 처먹는담 하고 입을 삐쭉대는 그 낯짝에 시기와 증오가 역력히 나타난다. 사실로 말하자면 이런 경우에는 저도 반드시 옥이와 같이 했으련만 아니 놈은 꿀 바른 주악을 다 먹고도 또 막걸리를 준다면 물다 뱉는 한이 있더라도 어쨌든 덥석 물었으리라 생각하고는 나는 그 얼굴을 다시 한번 쳐다보았다.

홍수와 가뭄 등 자연재해는 농작물 수확에 타격을 입힘으로써 농부들을 시름에 빠지게 합니다. 지금 처럼 일기 예보도 없던 일제 강점기에는 그 상황이 더 심해서 이로 인한 기근 또한 심각했습니다. 특히 농지가 척박한 강원도와 충청도 산간 지방에서의 피해는 대단해서 농민이 벼를 도둑질하는 경우도 허다했고, "생활난으로 유랑하는 농부가 급증"이라든가 "사방에 굶어 앉은 아이들의 밥 달라는 소리" 등과 같이 기근과 관련한 이야기가 종종 신문 기사로 등장했습니다. 게다가 국내 생산된 곡물을 일본의 식량 수급을 위해 수출하는 조선 총독부의 수탈 정책이 더해지면서 일제 강점기 농민들은 이루 말할 수 없는 고통의 나날을 지내게 됩니다.

이 작품에는 식량 사정이 악화되던 1930년대 농촌 사회를 살아가는 두 형제가 등장합니다. 성실한 농민이었으나 가난으로 인해 떠도는 신세가 되어 도박과 절도를 일삼는 파렴치한이 된 응칠이와, 그가 그리워하는 동생이자 모범적 소작인인 응오가 그 주인공입니다. 이 작품에서 고생스럽게 일하는 사람들과 대조적으로 반사회적 행동을 일삼고도 그들보다 자유롭고 평화롭게 묘사되는 응칠이와, 자신의 벼를 훔쳐야 먹고 살 수 있는 응오의 상황은 당대 현실에 대한 아이러니입니다.

김유정 특유의 반어와 해학을 고려하여, 작가가 말하고자 한 진짜 만무방이 누구일지 살피며 이 작품을 감상해 봅시다.

김유정(金裕貞, 1908~1937)

강원 춘천 출생. 1935년《조선일보》신춘문예에〈소낙비〉가 당선되면서 등단했다. 김유정 소설의 가장 큰 특징은 '농촌'과 '해학'으로, 그는 농촌을 배경으로 소작농의 고단한 삶을 해학적으로 그렸다. 폐결핵으로 시달리다가 스물아홉 살에 요절했는데, 죽기 전 2년여 동안 30편에 가까운 작품을 남길 만큼 문학적 열정이 강했다. 주요 작품으로〈봄·봄〉,〈금 따는 콩밭〉,〈동백꽃〉,〈따라지〉,〈산골 나그네〉등이 있다.

만무방 _김유정

산골에, 가을은 무르녹았다.

아람드리 노송은 빽빽이 늘어박혔다. 무거운 **송낙**을 머리에 쓰고 건들건들. 새새이 끼인 도토리, 벚, 돌배, 갈잎들은 울긋불긋. 잔디를 적시며 맑은 샘이 쫄쫄거린다. 산토끼 두 놈은 한가로이 마주 앉아 그 물을 할짝거리고. 이따금 정신이 나는 듯 가랑잎은 부수수 하고 떨린다. 산산한 산들바람. 귀여운 들국화는 그 품에 새뜩새뜩 넘논다. 흙내와 함께 향긋한 땅김이 코를 찌른다. 요놈은 싸리버섯, 요놈은 잎 썩은 내, 또 요놈은 송이— 아니, 아니, 가시넝쿨 속에 숨은 박하풀 냄새로군.

응칠이는 뒷짐을 딱 지고 어정어정 노닌다. 유유히 다리를 옮겨 놓으며 이 나무 저 나무 사이로 **호아든다**. 코는 공중에서 벌렸다 오므렸다, 연신 이러며 훅, 훅. **구붓한** 한 송목(松木) 밑에 이르자 그는 발을 멈춘다. 이번에는 지면에 코를 얕이 갖다 대고 한 바퀴 비잉, 나무를 끼고 돌았다.

'아하, 요놈이로군!'

썩은 솔잎에 덮여 흙이 봉곳이 돋아 올랐다.

그는 손가락을 꾸짖으며 정성스레 살살 헤쳐 본다. 과연 귀여운 송이. 망할

만무방 염치가 없이 막된 사람.
송낙 예전에 여승이 주로 쓰던, 소나무에 기생해서 사는 송라(松蘿)를 우산 모양으로 엮어 만든 모자.
호아들다 똑바로 다니지 않고 이쪽저쪽으로 왔다 갔다 하면서 드나들다.
구붓하다 약간 굽은 듯하다.

녀석, 조금만 더 나오지. 그걸 뚝 따 들곤, 뒷짐을 지고 다시 어실렁어실렁. 가끔 **선하품**은 터진다. 그럴 적마다 두 팔을 떡 벌리곤 먼 하늘을 바라보고 늘어지게도 기지개를 늘인다.

때는 한창 바쁠 추수 때이다. 농군 치고 **송이 파적** 나올 놈은 생겨나도 않았으리라. 허나 그는 꼭 해야만 할 일이 없었다. 싫으면 하고 말면 말고 그저 그뿐. 그러함에는 먹을 것이 더러 있느냐면 있기는커녕 부쳐먹을 농토조차 없는, 계집도 없고 집도 없고 자식도 없고. 방은 있대야 남의 곁방이요 잠은 새우잠이요. 하지만 오늘 아침만 해도 한 친구가 찾아와서 벼를 털 텐데 일 좀 와 해 달라는 걸 마다하였다. 몇 푼 바람에 그까짓 걸 누가 하느냐. 보다는 송이가 좋았다. 왜냐면 이 땅 삼천리강산에 늘려 놓인 곡식이 말짱 뉘 것이람. 먼저 먹는 놈이 임자 아니냐. 먹다 걸릴 만치 그토록 양식을 쌓아 두고 일이 다 무슨 **난장맞을** 일이람. 걸리지 않도록 먹을 궁리나 할 게지. 하기는 그도 한 세 번이나 걸려서 **구메밥**으로 사관을 틀었다. 마는 결국 제 밥상 위에 올라앉은 제 몫도 자칫하면 먹다 걸리긴 매일반—.

올라갈수록 덤불은 우거졌다. 머루며 다래, 칡, 게다 이름 모를 잡초. 이것들이 위아래로 이리저리 서리어 좀체 길을 내지 않는다. 그는 잔딧길로만 돌았다. 넓적다리가 **벌쭉이는** 찢어진 고의 자락을 아끼며 조심조심 사려 딛는다. 손에는 칡으로 엮어 든 일곱 개 송이. 늙은 소나무마다 가선 두리번거린다. 사냥개 모양으로 코로 쿡, 쿡, **내를 한다**. 이것도 송이 같고 저것도 송이 같고. 어떤 게 알짜 송이인지 분간을 모른다. 토끼똥이 소보록한데 갈잎이 한

선하품 몸에 이상이 있거나 흥미 없는 일을 할 때에 나오는 하품.
송이 파적(松耳破寂) 심심함을 잊고 시간을 보내기 위하여 송이버섯을 캐는 일.
난장맞을(亂杖--) 난장(여러 사람이 한꺼번에 덤비어 때리는 매)을 맞을 만하다는 뜻으로, 아주 몹쓸.
구메밥 예전에, 옥에 갇힌 죄수에게 벽 구멍으로 몰래 들여보내던 밥.
벌쭉이다 벌어졌다 오므려졌다 하며 속의 것이 보였다 안 보였다 하다.
내를 하다 냄새를 맡다.

잎 똑 떨어졌다. 그 잎을 살며시 들어 보니 송이 **대구리**가 불쑥 올라왔다. 매우 큰 송인 듯. 그는 반색하여 그 앞에 무릎을 털썩 꿇었다. 그리고 그 위에 두 손을 내들며 열 손가락을 다 펴들었다. 가만가만히 살살 흙을 헤쳐 본다. 주먹만 한 송이가 나타난다. 얘 이놈 크구나. 손바닥 위에 따 올려놓고는 한참 들여다보며 싱글벙글한다. 우중충한 구석으로 바위는 벽같이 깎아질렀다. 그 중턱을 얽어 나간 칡잎에서는 물이 쪼록쪼록, 흘러내린다. 인삼이 썩어 내리는 약수라 한다. 그는 돌 위에 걸터앉으며 또 한 번 하품을 하였다. 간밤 쓸데없는 노름에 밤을 **팬** 것이 몹시 나른하였다. 따사로운 햇발이 숲을 새어든다. 다람쥐가 솔방울을 떨어치며, 어여쁜 할미새는 앞에서 알씬거리고. 동리에서는 타작을 하느라고 와글거린다. 흥겨워 외치는 목성, 그걸 엎누르고 공중에 웅, 웅, 진동하는 벼 터는 기계 소리. 맞은쪽 산 속에서 어린 목동들의 노래는 처량히 울려온다. 산 속에 묻힌 마을의 전경을 멀리 바라보다가 그는 눈을 찌긋하며 다시 한번 하품을 뽑는다. 이 웬 놈의 하품일까. 생각해 보니 어제 저녁부터 여지껏 창자가 곯리던 것이다. 불현듯 송이 꾸러미에서 그중 크고 먹음직한 놈을 하나 뽑아 들었다.

응칠이는 그 송이를 물에 써억써억 비벼서는 떡 벌어진 대구리부터 걸쌈스레 덥석 물어 떼었다. 그리고 넓죽한 입이 움질움질 씹는다. 혀가 녹을 듯이 만질만질하고 향기로운 그 맛. 이렇게 훌륭한 놈을 입맛만 다시고 못 먹다니. 문득 옛 추억이 혀끝에 뱅뱅 돈다. 이놈을 맛보는 것도 참 **근자**의 일이다. **감불생심**이지 어디 냄새나 똑똑히 맡아 보리. 산속으로 쏘다니다 **백판** 못 따기도 하려니와 더러 딴다는 놈은 행여 상할까 봐 손도 못 대게 하고 집에 내

대구리 '대가리'의 방언.
패다 한숨도 자지 아니하고 밤을 지내다.
근자(近者) 요 얼마 되는 동안.
감불생심(敢不生心) 감히 엄두도 내지 못함.
백판(白板) 전혀 생소하게.

려다 모으고 모으고 하는 것이다. 그러나 요행히 한 꾸러미 차면 금시로 장에 가져다 판다. 이틀 사흘씩 공들인 거로되 잘하면 사십 전, 못 받으면 이십오 전. 저녁거리를 기다리는 아내를 생각하며 좁쌀 서너 되를 손에 사 들고 어두운 **고개티**를 터덜터덜 올라오는 건 좋으나 이 신세를 뭣에 쓰나, 하고 보면 **을프냥궂기**가 짝이 없겠고— 이까짓 걸 못 먹어 그래 횟김에 또 한 놈을 뽑아 들고 이번엔 물에 흙도 씻을 새 없이 그대로 텁석거린다. 그러나 다른 놈들도 별수 없으렷다. 이 산골이 송이의 본 고향이로되 아마 일 년에 한 개조차 먹는 놈이 드물리라.

'흥, 썩어진 두상들!'

그는 폭넓은 얼굴을 일그리며 남이나 들으란 듯이 이렇게 비웃는다. 썩었다 함은 **데생겼다** 모멸하는 그의 **언투**였다. 먹다 나머지 송이 꽁댕이를 바로 자랑스러이 입에다 **치뜨리곤** 트림을 섞어 가며 우물거린다.

송이 두 개가 들어가니 이제는 더 먹을 재미가 없다. 뭔가 좀 든든한 걸 먹었으면 좋겠는데. 떡, 국수, 말고기, 개고기, 돼지고기, 그렇지 않으면 쇠고기냐. 아따 궁한 판이니 아무거나 있으면 **속종**으로 여러 가질 먹으며 시름없이 앉았다. 그는 눈꼴이 슬그머니 돌아간다. 웬 놈의 닭인지 암탉 한 마리가 조 아래 무덤 앞에서 뺑뺑 맨다. 골골거리며 감도는 걸 보매 아마 **알자리**를 보는 맥(脈)이라. 그는 돌에서 궁둥이를 들었다. 낮은 하늘로 외면하여 못 본 척하고 닭을 향하여 저 켠으로 널찍이 돌아내린다. 그러나 무덤까지 왔을 때 몸을 돌리며,

---

고개티 고개를 넘는 가파른 비탈길.
을프냥궂다 우울하고 언짢다.
데생기다 생김새나 됨됨이가 완전하게 이루어지지 못하여 못나게 생기다.
언투(言套) 말을 하는 버릇이나 본새.
치뜨리다 아래에서 위로 향하여 던져 올리다.
속종 마음속에 품은 소견.
알자리 어미가 알을 낳거나 알을 품는 자리.

"후, 후, 후, 이 자식이 어딜 가, 후—."

두 팔을 벌리고 쫓아간다. 산꼭대기로 치모니 닭은 허둥지둥 갈 길을 모른다. 요리 매낀 조리 매낀, 꼬꼬댁거리며 속만 태울 뿐. 그러나 바위틈에 끼어 **왁살스러운** 그 주먹에 모가지가 둘로 나기에는 불과 몇 분 못 걸렸다.

그는 으슥한 숲 속으로 찾아들었다. 닭의 껍질을 홀랑 까고서 두 다리를 들고 찢으니 **배창**이 옆구리로 **꿰진다**. 그놈을 긁어 뽑아서 껍질과 한데 뭉쳐 흙에 묻어 버린다.

고기가 생기고 보니 연하여 나느니 막걸리 생각. 이걸 부글부글 끓여 놓고 한 사발 떡 켰으면 똑 좋을 텐데 제—기. 응칠이의 고기는 어디 떨어졌는지 술집까지 못 가는 고기였다. 아무려나 고기 먹고 술 먹고 거꾸론 못 먹느냐. 그는 닭의 가슴패기를 입에 들이대고 쭉쭉 찢어 가며 먹기 시작한다. 쫄깃쫄깃한 놈이 제법 맛이 들었다. 가슴을 먹고 넓적다리 볼기짝을 먹고 거반 반쪽을 다 해내고 나니 어쩐지 맛이 좀 적었다. 결국 음식이란 양념을 해야 하는군.

수풀 속으로 그냥 내던지고 그는 설렁설렁 내려온다. 솔숲을 빠져 화전께로 내리려 할 제 별안간 등 뒤에서,

"여보게, 거 응칠이 아닌가!"

고개를 돌려 보니 대장간 하는 성팔이가 작달막한 **체수**에 **들갑작거리며** 고개를 넘어온다. 그런데 무슨 긴한 일이나 있는지 부리나케 달려들더니,

"자네 응고개 논의 벼 없어진 거 아나?"

응칠이는 그만 가슴이 덜컥 내려앉았다. 이 바쁜 때 농군의 몸으로 응고개까지 애를 써 갈 놈도 없으려니와 또한 하필 절 보고 벼의 없어짐을 말하는

왁살스럽다 '우악살스럽다'의 준말. 보기에 대단히 무지하고 포악하며 드센 데가 있다.
배창 '배창자'의 북한어.
꿰지다 내미는 힘을 받아 약한 부분이 미어지거나 틀어막았던 데가 터지거나 하다.
체수(體─) 몸의 크기.
들갑작거리다 몸을 몹시 흔들며 까불거리다.

것이 여간 심상치 않은 일이었다.

잡담 제하고 응칠이는,

"자넨 어째서 응고개까지 갔던가?"

하고 대담스레도 그 눈을 쏘아보았다. 그러나 성팔이는 조금도 겁먹는 기색 없이,

"아 어쩌다 지났지 뭘 그래."

하며 도리어 **얼레발**을 치고 덤비는 수작이다. 고얀 놈, 응칠이는 입때 다녀야 동무를 팔아 배를 채우는 그런 비열한 짓은 안 한다. 낯을 붉히자 눈에 불이 보이며,

"어쩌다 지났다?"

응칠이가 이 동리에 들어온 것은 어느덧 달이 넘었다. 인제는 물릴 때도 되었고, 좀 떠 보고자 생각은 간절하나 아우의 일로 말미암아 망설거리는 중이었다.

그는 오라는 데는 없어도 갈 데는 많았다. 산으로 들로 해변으로 발부리 놓이는 곳이 즉 가는 곳이었다.

그러나 저물며는 그대로 쓰러진다. 남의 방앗간이고 헛간이고 혹은 강가, **시새장**. 물론 수가 좋으면 **괴때기** 위에서 밤을 편히 잘 적도 있었다. 이렇게 하여 강원도 어수룩한 산골로 이리 넘고 저리 넘고 못 간 데 별로 없이 유람 겸 **편답하였다**.

그는 한 구석에 머물러 있음은 가슴이 답답할 만치 되우 괴로웠다.

그렇다고 응칠이가 본시 **역마직성**이냐 하면 그런 것도 아니다. 그도 오 년

얼레발 '엉너리(남의 환심을 사기 위하여 어벌쩡하게 서두르는 짓)'의 방언.
시새장(--場) 가늘고 고운 모래밭.
괴때기 괴끌. 타작을 할 때에 생기는 벼 낟알이 섞인 짚북데기.
편답하다(遍踏--) 이곳저곳을 널리 돌아다니다.
역마직성(驛馬直星) 늘 분주하게 이리저리 떠돌아다니는 사람을 이르는 말.

전에는 사랑하는 아내가 있었고 아들이 있었고 집도 있었고, 그때야 어딜 하루라도 집을 떨어져 보았으랴. 밤마다 아내와 마주 앉으면 어찌 하면 이 살림이 좀 늘어 볼까 불어 볼까, 애간장을 태우며 갖은 궁리를 **되하고** 되하였다. 마는 별 뾰족한 수는 없었다. 농사는 열심히 하는 것 같은데 알고 보면 남는 건 겨우 남의 빚뿐. 이러다가는 결말엔 봉변을 면치 못할 것이다. 하루는 밤이 깊어서 코를 골며 자는 아내를 깨웠다. 밖에 나가 우리의 세간이 몇 개나 되는지 세어 보라 하였다. 그리고 저는 벼루에 먹을 갈아 붓에 찍어 들었다. 벽에 바른 신문지는 누렇게 그을었다. 그 위에다 아내가 불러 주는 **물목**대로 일일이 내려 적었다. 독이 세 개, 호미가 둘, 낫이 하나로부터 밥사발, 젓가락, 짚이 석 단까지. 그 다음에는 제가 빚을 얻어 온 데, 그 사람들의 이름을 쭉 적어 놓았다. 금액은 제각기 그 아래다 달아 놓고, 그 옆으론 조금 사이를 떼어 역시 **조선문**으로 나의 소유는 이것밖에 없노라. 나는 오십사 원을 갚을 길이 없으매 죄진 몸이라 도망하니 그대들은 아예 싸울 게 아니겠고 서로 의논하여 억울치 않도록 분배하여 가기 바라노라 하는 의미의 성명서를 벽에 남기자 안으로 문들을 걸어 닫고 울타리 밑구멍으로 세 식구 빠져나왔다.

이것이 응칠이가 팔자를 고치던 첫날이었다.

그들 부부는 돌아다니며 밥을 빌었다. 아내가 빌어다 남편에게, 남편이 빌어다 아내에게. 그러자 어느 날 밤 아내의 얼굴이 썩 슬픈 빛이었다. 눈보라는 살을 에인다. 다 쓰러져 가는 물방앗간 한구석에서 **섬**을 두르고 어린애에게 젖을 먹이며 떨고 있더니 여보게유, 하고 고개를 돌린다. 왜, 하니까 그 말

되하다 다시 하거나 도로 하다.
물목(物目) 물건의 목록.
조선문(朝鮮文) 일제 강점기에, 우리말로 된 문장을 이르던 말.
섬 곡식 따위를 담기 위하여 짚으로 엮어 만든 그릇.

이, 이러다간 우리도 고생일 뿐더러 첫째 어린애를 잡겠수, 그러니 서로 갈립시다, 하는 것이다. 하긴 그럴 법한 말이다. 쥐뿔도 없는 것들이 붙어 다닌댔자 별수는 없다. 그보담은 서로 갈리어 제 맘대로 빌어먹는 것이 오히려 **가뜬하리라**. 그는 선뜻 응낙하였다. 아내의 말대로 개가를 해 가서 젖먹이나 잘 키우고 몸 성히 있으면 혹 연분(緣分)이 닿아 다시 만날지도 모르니까 마지막으로 아내와 같이 땅바닥에 나란히 누워 하룻밤을 떨고 나서 날이 훤해지자 그는 툭툭 털고 일어섰다.

매팔자란 응칠이의 팔자이겠다.

그는 버젓이 **게트림**으로 길을 걸어야 걸릴 것은 하나도 없다. 논 맬 걱정도, **호포** 바칠 걱정도, 빚 갚을 걱정, 아내 걱정, 또는 굶을 걱정도. **회동그라니** 털고 나서니 팔자 중에는 아주 상팔자다. 먹고만 싶으면 도야지구, 닭이구, 개구, 언제나 옆을 떠날 새 없겠지. 그리고 돈, 돈도—.

그러나 **주재소**는 그를 노려보았다. 툭하면 오라, 가라, 하는데 **학질**이었다. 어느 동리고 가 있다가 불행히 일만 나면 누구보다도 그부터 붙들려 간다. 왜냐면 그는 전과 사범이었다. 처음에는 도박으로, 다음엔 절도로, 또 고담에도 절도로, 절도로. 그러나 이번 멀리 아우를 방문함은 생활이 궁하여 **근대러** 왔다거나 혹은 일을 해 보러 온 것은 결코 아니었다. 혈족이라곤 단 하나의 동생이요 또한 오래 못 본지라 **때 없이** 그리웠다. 그래 모처럼 찾아온 것이 뜻

가뜬하다 마음이 가볍고 상쾌하다.
매팔자(-八字) 빈들빈들 놀면서도 먹고사는 걱정이 없는 경우를 이르는 말.
게트림 거만스럽게 거드름을 피우며 하는 트림.
호포(戶布) 집집마다 봄과 가을에 무명이나 모시 따위로 내던 세금.
회동그랗다 일이 모두 끝나고 남은 것이 없어 가뿐하다.
주재소(駐在所) 일제 강점기에, 순사가 머무르면서 사무를 맡아보던 경찰의 말단 기관.
학질(瘧疾) 말라리아 병원충을 가진 학질모기에게 물려서 감염되는 전염병. 괴롭거나 어려운 상황을 빗대어 말한다.
근대다 몹시 성가시게 하다.
때 없이 정해진 때나 시간이 없이.

밖에 덜컥 일을 만났다.

지금까지 논의 벼가 서 있다면 그것은 성한 사람의 짓이라 안 할 것이다.

응오는 응고개 논의 벼를 여태 베지 않았다. 물론 응오가 베어야 할 것이나, 누가 듣든지 그 형 응칠이를 먼저 의심하리라. 그럼 여기에 따르는 모든 책임을 응칠이가 혼자 지지 않으면 안 될 것이다.

응오는 진실한 농군이었다. 나이 서른하나로 무던히 철났다 하고 동리에서 쳐주는 모범 청년이었다. 그런데 벼를 베지 않는다. 남은 다들 거둬들였고 털기까지 하련만 그는 벨 생각조차 않는 것이다.

지주라든 혹은 그에게 **장리**를 놓은 김 참판이든 뻔질 찾아와 벼를 베라 독촉하였다.

"얼른 털어서 낼 건 내야지."

하면 그 대답은,

"계집이 죽게 됐는데 벼는 다 뭐지유……."

하고 한결같이 내뱉는 소리뿐이었다.

하기는 응오의 아내가 지금 **기지사경**이매 틈은 없었다 하더라도 돈이 **놀아서** 약을 못 쓰는 이 판이니 **진시** 벼라도 털어야 할 것이다.

그러면 왜 안 털었던가—.

그것은 작년 응오와 같이 지주 문전에서 타작을 하던 친구라면 묻지는 않으리라. 한 해 동안 애를 졸이며 **홑자식** 모양으로 알뜰히 가꾸던 그 벼를 거둬들임은 기쁨에 틀림없었다. 꼭두새벽부터 엣, 엣, 하며 괴로움을 모른다. 그

장리(長利) 돈이나 곡식을 꾸어 주고, 받을 때에는 한 해 이자로 본디 곡식의 절반 이상을 받는 변리(일정한 비율의 돈).

기지사경(幾至死境) 거의 죽을 지경에 이름.

놀다 드물어서 귀하다.

진시(趁時) 진작. 좀 더 일찍이.

홑자식 하나뿐인 자식.

러나 캄캄하도록 털고 나서 지주에게 **도지**를 제하고, 장리쌀을 제하고, **색조**를 제하고 보니 남는 것은 등줄기를 흐르는 식은땀이 있을 따름. 그것은 슬프다 하니보다 끝없이 부끄러웠다. 같이 털어 주던 동무들이 뻔히 보고 섰는데 빈 지게로 덜렁거리며 집으로 돌아오는 건 진정 열없기 짝이 없는 노릇이었다. 참다 참다 응오는 눈에 눈물이 흘렀던 것이다.

가뜩한데 엎치고 덮치더라고 올해는 고나마 흉작이었다. **샛바람**과 비에 벼는 깨깨 **배틀렸다**. 이놈을 가을하다간 먹을 게 남지 않음은 물론이요, 빚도 다 못 가릴 모양. 에라, 빌어먹을 거. 너들끼리 캐다 먹든 말든 멋대로 하여라, 하고 내던져 두지 않을 수 없다. 벼를 거뒀다고 말만 나면 빚쟁이들은 우 몰려들 거니깐.

응칠이의 죄목은 여기에서도 또렷이 드러난다. **국으로** 가만만 있었으면 좋은 걸, 이 **사품**에 뛰어들어 지주의 뺨을 제법 갈긴 것이 응칠이였다.

처음에야 그럴 작정이 아니었다. 그는 여러 곳 물을 마신 만치 어지간히 속이 트인 건달이었다. 지주를 만나 까놓고 썩 좋은 소리로 의논하였다. 올 농사는 **반실**이니 도지도 좀 감해 주는 게 어떠냐고. 그러나 지주는 암말 없이 고개를 모로 흔들었다. 정 이러면 하여튼 일 년 품은 빼야 할 테니 나는 그 논에다 불을 지르겠수, 하여도 잠자코 응치 않는다. 지주로 보면 자기로도 그 벼는 넉넉히 거둬들일 수는 있다. 마는 한번 버릇을 잘못 해 놓으면 어느 작

도지(賭地) 남의 논밭을 빌려서 부치고 논밭을 빌린 대가로 해마다 내는 벼.
색조(色租) 세곡(조세로 바치는 곡식)이나 환곡(백성에게 꾸어 주었다가 회수하는 곡식)을 받을 때나 타작할 때에 정부나 지주가 덧붙여 받던 곡식.
가뜩한데 지금의 사정도 매우 어려운데 그 위에 더.
샛바람 '동풍'을 이르는 말.
배틀리다 바싹 꼬이면서 틀리다.
국으로 제 생긴 그대로. 또는 자기 주제에 맞게.
사품 어떤 동작이나 일이 진행되는 바람이나 겨를.
반실(半失) 절반가량 잃거나 손해를 봄.

인까지 행실을 버릴까 염려하여 겉으로 독촉만 하고 있는 터였다. 실상이야 고까짓 벼쯤 있어도 고만 없어도 고만— 그 심보를 눈치채고 응칠이는 화를 벌컥 낸 것만은 좋으나, 저도 모르게 대뜸 주먹뺨이 들어갔던 것이다.

이렇게 문제 중에 있는 벼인데 귀신의 놀음 같은 **변괴**가 생겼다. 다시 말하면 벼가 없어졌다. 그것도 병들어 쓰러진 쭉정이는 제쳐 놓고 무얼로 그랬는지 **말짱** 이삭만 따 갔다. 그 면적으로 어림하면 아마 못 돼도 한 댓 말가량은 될는지!

응칠이가 아침 일찍이 그 논께로 노닐자 이걸 발견하고 기가 막혔다. 누굴 성가시게 하려고 그러는지. 산속에 파묻힌 논이라 아직은 본 사람이 없는 모양 같다. 허나 동리에 이 소문이 퍼지기만 하면 저는 어느 모로 보든 혐의를 받아 페는 좋이 입어야 될 것이다.

응칠이는 송이도 송이려니와 실상은 궁리에 바빴다. 속중으로 지목 갈 만한 놈을 여럿 들어 보았으나 이렇다 짚을 만한 증거가 없다. 어쩌면 재성이나 성팔이 이 둘 중의 짓이리라, 하고 결국 이렇게 생각 든 것도 응칠이가 아니면 안 될 것이다.

원수는 외나무다리에서 만났다.

응칠이는 저의 짐작이 들어맞음을 알고 당장에 일을 낼 듯이 성팔이의 눈을 **들이** 노렸다.

성팔이는 신이 나서 떠들다가 그 눈총에 어이가 질리어 고만 벙벙하였다. 그리고 얼굴이 **해쓱하여** 마주 대고 쳐다보더니,

"그래, 자네 왜 그케 노하나. 지내다 보니깐 그렇길래 일테면 자네 보고 얘

변괴(變怪) 이상야릇한 일이나 재변.
말짱 속속들이 모두.
들이 세차게 마구.
해쓱하다 얼굴에 핏기나 생기가 없어 파리하다.

기지 뭐…….”
하고 **뒷갈망**을 못하여 우물쭈물한다.
“노하긴 누가 노해—.”
응칠이는 **빼팅겼던** 몸에 좀 더 힘을 올리며,
“응고개를 어째 갔더냐 말이지?”
“놀러 갔다 오는 길인데 우연히…….”
“놀러 갔다. 거기가 노는 덴가?”
“글쎄, 그렇게까지 물을 게 뭔가. 난 응고개 아니라 서울은 못 갈 사람인가.”
하다가 성팔이는 속이 타는지 코로 흐응, 하고 날숨을 길게 뽑는다.

이렇게 나오는 데는 더 물을 필요가 없었다. 성팔이란 놈도 여간내기가 아니요 구장네 솥인가 뭔가 떼다 먹고 한 번 다녀온 놈이었다. 많이 사귀지는 못했으나 동리 평판이 그놈과 같이 다니다가는 엉뚱한 일 만난다 한다. 이번에 응칠이 저 역시 그 **섭수**에 걸렸음을 알고,

“그야 응고개라고 못 갈 리 없을 테—.”
하고 한번 **엇먹다**, 그러나 자네두 알다시피 거 어디야, 거기 바로 길이 있다든지, 사람 사는 동리라면 혹 모른다 하지마는 성한 사람이야 응고개엘 뭘 먹으러 가나, 그렇지 자네야 심심하니까, 하고 앞을 꽉 눌러 등을 떠본다. 여기에는 대답 없고 성팔이는 덤덤히 쳐다만 본다. 무엇을 생각했는가 한참 있더니 호주머니에서 **단풍** 갑을 꺼낸다. 우선 제가 한 개를 물고 또 하나를 뽑아내대며,

“궐련 하나 피우게.”

뒷갈망 일의 뒤끝을 맡아서 처리함.
빼팅기다 버티다.
섭수 ‘수단’의 방언. 일을 처리하여 나가는 솜씨와 꾀를 말함.
엇먹다 사리에 맞지 않는 말과 행동으로 비꼬다.
단풍 일제 시대에 나왔던 담배 상표.

매우 **든직한** 낯을 해 보인다.

이놈이 **이**에 밝기가 몹시 밝은 성팔이다. 턱없이 궐련 하나라도 **선심**을 쓸 궐자가 아니리라. 생각은 하였으나 그렇다고 예까지 **부르대는** 건 도리어 저의 처지가 불리하다. 그것은 짜장 그 손에 넘는 짓이니,

"아, 웬 궐련은이래—."

하고 슬쩍 **눙치며**,

"성냥 있겠나?"

일부러 불까지 **거대게** 하였다.

응칠이에게 **액**을 떠넘기어 이용하려는 고 야심을 생각하면 곧 달려들어 다리를 꺾어 놔야 옳을 것이다. 그러나 이 마당에 떠들어 대고 보면 저는 드러누워 침 뱉기. 결국 도적은 뒤로 잡지 앞에서 얼르는 법이 아니다. 동리에 소문이 퍼질 것만 두려워하며,

"여보게, 자네가 했건 내가 했건 간."

하고 과연 정다이 그 등을 툭 치고 나서,

"우리 둘만 알고 동리에 말을 내지 말게."

하다가 성팔이가 이 말에 되우 놀라며 눈을 말똥말똥 뜨니,

"그까진 벼쯤 먹으면 어떤가!"

하고 껄껄 웃어 버린다.

성팔이는 한 **굽** 접히어 말문이 메었는지 얼떨하여 입맛만 다신다.

든직하다 사람됨이 경솔하지 않고 무게가 있다.
이(利) 이익이나 이득.
선심(善心) 남에게 베푸는 후한 마음.
부르대다 남을 나무라기나 하는 듯이 거친 말로 야단스럽게 떠들어 대다.
눙치다 마음 따위를 풀어 누그러지게 하다.
거대다 그어 대다.
액(厄) 모질고 사나운 운수.
굽 등등하던 기세.

"아예 말은 내지 말게, 응 알지."

하고 다시 다질 때에야 겨우 주저주저 입을 열어,

"내야 무슨 말을 내겠나."

하고 조금 사이를 떼어 또,

"내야 무슨 말을……. 그건 염려 말게."

하더니 비실비실 몸을 돌리어 저 갈 길을 내걷는다. 그러나 저 앞 고개까지 가는 동안에 두 번이나 돌아다보며 이쪽을 살피고 살피고 한 것만은 사실이었다.

응칠이는 그 꼴을 이윽히 바라보고 입 안으로 죽일 놈, 하였다. 아무리 도적이라도 같은 동료에게 제 죄를 넘겨씌우려 함은 도저히 의리가 아니다.

그건 그렇다 치고 응오가 더 딱하지 않은가. 기껏 힘들여 지어 놓았다 남 좋은 일 한 것을 안다면 눈이 뒤집힐 일이겠다.

이래서야 어디 이웃을 믿어 보겠는가.

확적히 증거만 있어 이놈을 잡으면 대번에 요절을 내리라 결심하고 응칠이는 침을 탁 뱉어 던지고 산을 내려온다.

그런데 그놈의 **행태**로 가늠 보면 응칠이 저만치는 때가 못 벗은 도적이다. 어느 미친놈이 논두렁에까지 **가새**를 들고 오는가. 격식도 모르는 **풋둥이**가. 그러려면 바로 조 낟가리나 수수 낟가리 말이지. 그 속에 들어앉아 가새로 속닥거려야 들킬 리도 없고 일도 편하고. 두 포대고 세 포대고 마음껏 딸 수도 있다. 그러다 틈 보고 집으로 나르면 고만이지만 누가 논의 벼를 다—. 그렇게도 벼에 걸신이 들렸다면 바로 남의 집 머슴으로 들어가 한 달포 동안 주인

확적히(確的―) 정확하게 맞아 조금도 틀리지 아니하게.
행태(行態) 행동하는 양상. 주로 부정적인 의미로 쓴다.
가새 '가위'의 방언.
풋둥이 '애송이'의 비표준어.

앞에 얼렁거리는 것이어니와 신용을 얻어 놨다가 주는 옷이나 얻어 입고 다 들 잠들거든 볏섬이나 두둑이 짊어 메고 덜렁거리면 그뿐이다. 이건 맥도 모르는 게 남도 못살게 굴려고. 에—이 망할 자식두. 그는 분노에 살이 다 부들부들 떨리는 듯싶었다. 그러나 이런 좀도적이란 **뽕이 나기** 전에는 바짝 물고 덤비는 법이었다. 오늘 밤에는 요놈을 지켰다 꼭 붙들어 가지고 정강이를 분질러 놓으리라. 밥을 먹고는 태연히 막걸리 한 사발을 껄떡껄떡 들이키자,

"커, 가을이 되니깐 맛이 한결 낫군!"

그는 주먹으로 입가를 쓱쓱 훔친 다음 송이 꾸러미에서 세 개를 뽑는다. 그리고 그걸 갈퀴같이 마른 주막 할머니 손에 내어 주며,

"옜수, 송이나 잡숫게유."

하고 술값을 치렀으나,

"아이, 송이두 고놈 참."

간사를 피우는 것이 겉으로는 반기는 척하면서도 좀 **시쁜** 모양이다. 제 딴은 한 개에 삼 전씩 치더라도 구 전밖에 안 되니깐.

응칠이는 슬며시 화가 나서 그 얼굴을 유심히 들여다보았다. 움푹 들어간 볼때기에 저건 또 왜 저리 멋없이 불거졌는지 툭 나온 광대뼈하고 치마 아래로 남실거리는 발가락은 자칫 잘못 보면 황새 발목이니 이건 언제 잡아가려고 남겨 두는 거야……. 보면 볼수록 하나 이쁜 데가 없다. 한두 번 먹은 것도 아니요 언젠간 울타리께 풀을 베어 주고 술 사발이나 얻어먹은 적도 있었다. 그렇게 **야멸치게** 따질 건 뭔가. 그는 눈살을 흘낏 맞추고는 하나를 더 꺼내어,

"옜수, 또 하나 잡숫게유."

뽕이 나다 (속되게) 비밀이 드러나다.
간사(奸詐) 나쁜 꾀가 있어 거짓으로 남의 비위를 맞추는 태도가 있음.
시쁘다 마음에 차지 아니하여 시들하다.
야멸치다 태도가 차고 여무지다.

내던져 주곤 댓돌에 가래침을 탁 뱉었다.

그제야 식성이 좀 풀리는지 그 **가축**으로 웃으며,

"아이구 이거 자꾸 주면 어떡해."

"어떡허긴, 자꾸 살찌게유."

하고 한마디 툭 쏘고 일어서다가 무엇을 생각함인지 다시 툇마루에 주저앉는다.

"그런데 참 요즘 성팔이 보셨수?"

"아—니, 당최 볼 수가 없더구먼."

"술두 안 먹으러 와유?"

"안 와."

하고는 입 속으로 뭐라고 **종잘거리며** 의아한 낯을 들더니,

"왜, 또 뭐 일이……?"

"아니유, 본 지가 하 오래니깐."

응칠이는 말끝을 얼버무리고 고개를 돌리어 **한데**를 바라본다. 벌써 점심때가 되었는지 닭들이 요란히 울어 댄다. 논둑의 미루나무는 부 하고 또 부 하고 잎이 날리며 팔랑팔랑 하늘로 올라간다.

"성팔이가 이 마을에서 얼마나 살았지유?"

"글쎄, 재작년 가을이지 아마."

하고 **장죽**을 빡빡 빨더니,

"근데 또 떠난대던걸. 홍천인가 어디 즈 성님한테로 간대."

하고 그게 옳지, 여기서 뭘 하느냐, 대장간이라고 일이나 많으면 모르거니와

가축 물품이나 몸 따위를 알뜰히 매만져서 잘 간직하거나 거둠. 여기서는 '(그제야 만족한 듯) 꾸며서.'라는 의미로 쓰였다.

종잘거리다 수다스럽게 종알거리다.

한데 사방, 상하를 덮거나 가리지 아니한 곳. 곧 집채의 바깥을 이른다.

장죽(長竹) 긴 단뱃대.

밤낮 파리만 날리는걸. 그보다는 저의 형이 크게 농사를 짓는다니 그 뒤나 거들어 주고 국으로 얻어먹는 게 신상에 편하겠지. 그래 **불일간** 처자식을 데리고 아마 떠나리라고 하고,

"농군은 그저 농사를 지야 돼."

"낼 술 먹으러 또 오지유."

간단히 인사만 하고 응칠이는 다시 일어났다.

주막을 나서니 옷깃을 스치는 개운한 바람이다. 밭 둔덕의 대추는 척척 늘어진다. 머지않아 겨울은 또 오렷다. 그는 응오의 집을 바라보며 그간 죽었는지 궁금하였다.

응오는 봉당에 걸터앉았다. 그 앞 화로에는 약이 바글바글 끓는다. 그는 정신없이 들여다보고 앉았다.

우중충한 방에서는 아내의 가쁜 숨소리가 들린다. 색, 색 하다가 아이구, 하고는 까무러지게 콜록거린다. 가래가 치밀어 몹시 괴로운 모양— 뽑아 줄 사이가 없이 풀들은 뜰에 엉겼다. 흙이 드러난 지붕에서 망초가 휘어청휘어청. 바람은 가끔 찾아와 싸리문을 흔든다. 그럴 적마다 문은 을씨년스럽게 삐—꺽 삐—꺽. 이웃의 발발이는 부엌에서 한창 바쁘게 달그락거린다. 마는 아침에 아내에게 먹이고 남은 **조죽**밖에야. 아니 그것도 참 남편이 마저 긁었으니 사발에 붙은 찌꺼기뿐이리라.

"거, 다 졸았나 부다."

응칠이는 약이란 다 졸면 못쓰니 고만 짜 먹이라 하였다. 약이라야 어제 저녁 울 뒤에서 옮아 들인 구렁이지만…….

그러나 응오는 듣고도 흘렸는지 혹은 못 들었는지 잠자코 고개도 안 든다.

불일간(不日間) 며칠 걸리지 아니하는 동안.
조죽(-粥) 좁쌀로 쑨 죽.

"옜다, 송이 맛이나 봐라."

하고 형이 손을 내밀 제야 겨우 시선을 들었으나 술이 거나한 그 얼굴을 거북살스레 훑어본다. 그리고 송이를 고맙지 않게 받아 방에 치뜨리고는,

"이거나 먹어."

하다가,

"뭐?"

소리를 크게 질렀다. 그래도 잘 들리지 않으므로,

"뭐야 뭐야, 좀 똑똑히 하라니깐?"

하고 골피를 찌푸린다.

그러나 아내는 손짓만으로 무슨 소린지 알 수가 없다. 음성으로 치느니보다 종이 비비는 소리랄지, 그걸 듣기에는 지척도 멀었다.

가만히 보다 응칠이는 제가 다 불안하여,

"뒤보겠다는 게 아니냐!"

"그럼 그렇다 말이 있어야지."

남편은 이내 짜증을 내며 몸을 일으킨다. 병약한 아내의 음성이 날로 변하여 감을 시방 안 것도 아니련만……. 그는 방바닥에 늘어져 꼬치꼬치 마른 반송장을 조심히 일으키어 등에 업었다.

울 밖 밭머리에 잿간은 놓였다. 머리가 눌릴 만치 납작한 굴속이다. 게다 거미줄은 **예제없이** 엉키었다. **부춛돌** 위에 내려놓으니 아내는 벽을 의지하여 웅크리고 앉는다. 그리고 남편은 눈을 멀뚱멀뚱 뜨고 지키고 섰는 것이다.

이 꼴들을 멀거니 바라보다 응칠이는 마뜩찮게 코를 횅, 풀며 입맛을 다셨다. 응오의 짓이 어리석고 울화가 터져서이다. 요즘 응오가 형에게 잘 말도

예제없이 여기나 저기나 구별이 없이.

부춛돌 예전에, 부출(뒷간 바닥의 좌우에 깔아 놓은 널빤지) 대신 놓아서 발로 디디고 앉아서 뒤를 보게 한 돌.

않고 왜 **어뜩비뜩하는지** 그 속은 응칠이도 모르는 바 아닐 것이다.

응오가 이 아내를 찾아올 때 꼭 삼 년간을 머슴을 살았다. 그처럼 먹고 싶던 술 한잔 못 먹었고, 그처럼 침을 삼키던 그 개고기 한 **매** 물론 못 샀다. 그리고 **사경**을 받는 대로 꼭꼭 장리를 놓았으니 후일 **선채**로 썼던 것이다. 이렇게까지 **근사를 모아** 얻은 계집이련만 단 두 해가 못 가서 이 꼴이 되고 말았다.

그러나 이 병이 무슨 병인지 도시 모른다. 의원에게 한 번이라도 변변히 보여 본 적이 없다. 혹 안다는 사람의 말인즉 **노점**이니 어렵다 하였다. 돈만 있다면이야 노점이고 **염병**이고 알 바가 못 될 거로되 사날 전 거리로 쫓아 나오며,

"성님!"

하고 팔을 챌 적에는 응오도 어지간히 급한 모양이었다.

"왜?"

응칠이가 몸을 돌리니 허둥지둥 그 말이, 인제는 별 도리가 없다. 있다면 꼭 한 가지가 남았으니 그것은 엊그저께 산신을 부리는 노인이 이 마을에 오지 않았는가. 그 도인이 응오를 특히 동정하여 십오 원만 들여 **산치성**을 올리면 씻은 듯이 낫게 해 주리라는데,

"성님은 언제나 돈 만들 수 있지유?"

"거, 안 된다. 치성 들여 날 병이 안 낫겠니."

어뜩비뜩하다 행동이 바르거나 단정하지 못하다.
매 곡식 섬이나 곡식 단 따위를 묶을 때 쓰는 새끼나 끈을 세는 단위.
사경(私耕) 머슴이 주인에게서 한 해 동안 일한 대가로 받는 돈이나 물건.
선채(先綵) 전통 혼례에서, 혼례를 치르기 전에 신랑 집에서 신부 집으로 보내는 채단(푸른색과 붉은색의 비단).
근사(勤仕)를 모으다 부지런히 힘을 쓰는 일을 오랫동안 계속하여 공을 들이다.
노점(癆漸/勞漸) 몸이 점점 수척해지고 쇠약해지는 증상. 폐결핵 따위에서 볼 수 있다.
염병(染病) '장티푸스'를 속되게 이르는 말.
산치성(山致誠) 산신령에게 정성을 드리는 일.

하여 여전히 딱 떼고 그러게 내 뭐라던, **애전**에 계집 다 내버리고 날 따라나 서랬지 하고,

"그래 농군의 살림이란 제 목 매기라지!"

그러나 아우가 암말 없이 몸을 홱 돌리어 집으로 들어갈 제 응칠이는 속으로 또 괜한 소리를 했구나, 하였다.

응오는 도로 아내를 업어다 방에 뉘었다. 약은 다 졸았다. 불이 삭기 전 짜야 할 것이다. 식기를 기다려 약사발을 입에 대어 주니 아내는 군말 없이 그 구렁이 물을 껄떡껄떡 들이마신다.

응칠이는 마당에 우두커니 앉았다. 사람의 목숨이란 과연 중하군, 하였다. 그러나 계집이라는 저 물건이 저렇게 떼기 어렵도록 중할까, 하니 암만해도 알 수 없고.

"너 참 요 건너 성팔이 알지?"

"……."

"너허구 친하냐?"

"……."

"성이 뭐래는데 거 대답 좀 하렴."

하고 소리를 빽 질러도 아우는 대답은 말고 고개도 안 든다.

그러나 응칠이는 하늘을 쳐다보고 트림만 끄윽, 하고 말았다. 술기가 코를 콱콱 찔러야 할 터인데 이건 풋김치 냄새만 코밑에서 뱅뱅 돈다. 공짜 김치만 퍼먹을 게 아니라 한잔 더 했다면 좋았을걸. 그는 일어서서 **대**를 허리에 꽂고 궁둥이의 흙을 털었다. 벼 도적맞은 이야기를 할까, 하다가 아서라 가뜩이나 울상이 속이 쓰릴 것이다. 그보다는 이놈을 잡아 놓고 나중 **희짜를 뽑는** 것이

애전 애초

대 담뱃대.

희짜를 뽑다 가진 것이 없으면서 짐짓 분수에 넘치게 굴다.

점잖겠지.

그는 문 밖으로 나와 버렸다.

답답한 아우의 살림을 보니 역시 답답하던 제 살림이 연상되고 가슴이 두몫 답답하였다.

이런 때에는 무가 **십상**이다. 사실 하느님이 무를 마련해 낸 것은 참으로 은혜로운 일이다. **맥맥할** 때 한 개를 씹고 보면 꿀꺽 하고 쿡 치는 그 멋이 좋고, 남의 무밭에 들어가 하나를 쑥 뽑으니 **가랑무**. 이키, 이거 오늘 운수 대통이로군. 내던지고 그 다음 놈을 뽑아 들고 개울로 내려온다. 물에 쓱쓱으 닦아서는 꽁지는 이로 베어 던지고 어썩 깨물어 붙인다.

개울 둔덕에 포플러는 호젓하게도 **매초롬히** 컸다. 자갈돌은 고 밑에 옹기종기 모였다. **가생이**로 잔디가 소보록하다. 응칠이는 나가자빠져 마을을 건너다보며 눈을 멀뚱멀뚱 굴리고 누웠다. 산에 빽빽 둘리어 숨이 콕 막힐 듯한 그 마을—.

아리랑 아리랑 아라리요
아리랑 띄여라 노다 가세
증기차는 가자고 왼 고동 트는데
정든 님 품 안고 낙누낙누
아리랑 아리랑 아라리요
아리랑 띄여라 노다 가세
낼 갈지 모레 갈지 내 모르는데

십상 일이나 물건 따위가 어디에 꼭 맞는 것.
맥맥하다 생각이 잘 돌지 아니하여 답답하다.
가랑무 제대로 굵게 자라지 못하고 밑동이 두세 가랑이로 갈라진 무.
매초롬히 젊고 건강하여 아름다운 태가 있게.
가생이 '가장자리'의 방언.

옥씨기 강낭이는 심어 뭐 하리
아리랑 아리랑 아라리요
아리랑 띄여라……

그는 콧노래를 이렇게 흥얼거리다 갑작스레 강릉이 그리웠다. 펄펄 뛰는 생선이 좋고 아침 햇발에 비끼어 힘차게 출렁거리는 그 물결이 좋고. 이까짓 **둠** 구석에서 쪼들리는 데 대다니. 그래도 제 딴은 무어 농사 좀 지었답시고 악을 복복 쓰며 잘도 떠들어 댄다. 하지만 그런 중에도 어디인가 형언치 못할 쓸쓸함이 떠돌지 않는 것도 아니다. 삼십여 년 전 술을 빚어 놓고 쇠를 울리고 흥에 질리어 어깨춤을 덩실거리고 이러던 가을과는 저 딴 쪽이다. 가을이 오면 기쁨에 넘쳐야 될 시골이 점점 살기만 띠어 옴은 웬일일꼬. 이렇게 보면 재작년 가을 어느 밤 산중에서 낫으로 사람을 찍어 죽인 강도가 문득 머리에 떠오른다. 장을 보고 오는 농군을 농군이 죽였다. 그것도 많이나 되었으면 모르되 빼앗은 것이 한껏 동전 네 닢에 수수 일곱 되. 게다가 흔적이 탄로 날까 하여 낫으로 그 얼굴의 껍질을 벗기고 **조깃대강이** 이기듯 끔찍하게 남기고 **조긴** 망나니다. 흉악한 자식. 그 알량한 돈 사 전에, 나 같으면 가여워 덧돈을 주고라도 왔으리라. 이번 놈은 그 따위 **각다귀**나 아닐는지 할 때 찬 김과 아울러 치미는 소름에 머리끝이 다 쭈뼛하였다. 그간 아우의 농사를 대신 돌봐 주기에 이럭저럭 날이 늦었다. 오늘 밤에는 이놈을 다리를 꺾어 놓고 내일쯤은 봐서 설렁설렁 뜨는 것이 옳은 일이겠다. 이 산을 넘을까 저 산을 넘을까 주저거리며 속으로 점을 치다가 슬그머니 코를 골아 올린다.

옥씨기 '옥수수'의 방언.
둠 두메.
조깃대강이 조기의 대가리.
조기다 마구 두들기거나 패다.
각다귀 남의 것을 뜯어먹고 사는 사람을 비유적으로 이르는 말.

밤이 내리니 만물은 고요히 잠이 든다. 검푸른 하늘에 산봉우리는 울퉁불퉁 물결을 치고 흐릿한 눈으로 별은 떴다. 그러다 구름떼가 몰려 닥치면 깜깜한 절벽이 된다. 또한 마을 한복판에는 거친 바람이 오락가락 쓸쓸히 **궁글고** 이따금 코를 찌르는 후련한 **산사** 냄새. 북쪽 산밑 미루나무에 싸여 주막이 있는데 유달리 불이 반짝인다. 노세, 노세, 젊어서 놀아. 노랫소리는 나직나직 한산히 흘러온다. 아마 벼를 **뒷심** 대고 외상이리라.

응칠이는 잠자코 벌떡 일어나 바깥으로 나섰다. 그리고 다 나와서야 그 집 친구에게 눈치를 안 채이도록,

"내 잠깐 다녀옴세!"

"어딜 가나?"

친구는 웬 영문을 몰라서 뻔히 쳐다보다 밤이 이렇게 늦었으니 나갈 생각 말고 어여 이리 들어와 자라 하였다. 기껏 둘이 앉아서 **개코쥐코** 떠들다가 갑자기 일어서니깐 꽤 이상한 모양이었다.

"건너 마을 가 담배 한 봉 사 올라구."

"담배 여깄는데 또 사 뭐 하나?"

친구는 호주머니에서 굳이 **희연봉**을 꺼내어 손에 들어 보이더니,

"이리 들어와 섬이나 좀 쳐주게."

"아 참 깜빡……."

하고 응칠이는 미안스러운 낯으로 뒤통수를 긁적긁적한다. 하기는 섬을 좀 쳐 달라고 며칠째 당부하는 걸 노름에 몸이 팔려 그만 잊고 잊고 했던 것이다. 먹고 자고 이렇게 신세를 지면서 이건 썩 안됐다, 생각은 했지만,

---

궁글다 소리가 웅숭깊다.
산사 산사나무. 장미과의 낙엽 활엽 교목.
뒷심 뒷셈. 어떤 일이 끝난 다음에 하는 셈. 또는 그런 일.
개코쥐코 쓸데없는 이야기로 이러쿵저러쿵하는 모양.
희연봉 일제 시대 생산된 담배의 상표.

"내 곧 다녀올걸 뭐……."

어정쩡하게 한마디 남기곤 그 집을 뒤에 남긴다. 그러나 이 친구는,

"그럼, 곧 다녀오게!"

하고 때를 **재치는** 법은 없었다. 언제나 **여일같이**,

"그럼 잘 다녀오게!"

이렇게 그 신상만 편하기를 비는 것이다.

응칠이는 모든 사람이 저에게 그 어떤 경의를 갖고 대하는 것을 가끔 느끼고 어깨가 으쓱거린다. 백판 모르는 사람도 데리고 앉아서 몇 번 말만 좀 하면 대번 구부러진다. 그렇게 장한 것인지 그 일을 하다가, 그 일이라야 도적질이지만, 들어가 욕보던 이야기를 하면 그들은 눈을 커다랗게 뜨고,

"아이구, 그걸 어떻게 당하셨수!"

하고 적이 놀라면서도,

"그래 그 돈은 어떻게 했수?"

"또 그럴 생각이 납디까유?"

"참, 우리 같은 농군에 대면 호강살이유!"

하고들 한편 썩 부러운 모양이었다. 저들도 그와 같이 진탕 먹고 살고는 싶으나 주변 없어 못 하는 그 울분에서 그런 이야기만 들어도 다소 위안이 되는 것이다. 응칠이는 이걸 잘 알고 그 누구를 논에다 거꾸로 박아 놓고 달아나다가 붙들리어 경치던 이야기를 부지런히 하며,

"자네들은 **안적** 멀었네, 멀었어."

하고 흰소리를 치면 그들은, 옳다는 뜻이겠지, 묵묵히 고개만 꺼떡꺼떡하며 속없이 술을 사 주고 담배를 사 주고 하는 것이다.

재치다 '재우치다'의 북한어. 빨리 몰아치거나 재촉하다.
여일같이(如一---) 처음부터 끝까지 한결같이.
안적 아직.

그런데 이번 벼를 훔쳐 간 놈은 응칠이를 마구 넘보는 모양 같다.

이렇게 생각하면 응칠이는 더욱 괘씸하였다. 그는 물푸레 몽둥이를 벗 삼아 논둑길을 질러서 산으로 올라간다.

이슥한 그믐은 **칠야**—.

길은 어둡고 흐릿한 언저리만 눈앞에 아물거린다.

그 논까지 칠 **마장**은 느긋하리라. 이 마을을 벗어나는 어귀에 고개 하나를 넘는다. 또 하나를 넘는다. 그러면 그 다음 고개와 고개 사이에 수목이 울창한 산중턱을 **비겨대고** 몇 마지기의 논이 놓였다. 응오의 논은 그중의 하나였다. 길에서 썩 들어앉은 곳이라 잘 뵈도 않는다. 동리에 그런 소문이 안 났을 때에는 천행(天幸)으로 본 놈이 없을 것이나 반드시 성팔이의 **성행**임에는…….

응칠이는 공동묘지의 첫 고개를 넘었다. 그리고 다음 고개의 마루턱을 올라섰을 때 다리가 주춤하였다. 저 왼편 높은 산고랑에서 불이 반짝하다 꺼진다. 짐승 불로는 너무 흐리고…… 아—하, 이놈들이 또 왔군. 그는 가던 길을 옆으로 새었다. 더듬더듬 나뭇가지를 짚으며 큰 산으로 올라탄다. 바위는 미끌려 내리며 발등을 찧는다. 딸기 가시에 종아리는 따갑고 엉금엉금 기어서 바위를 끼고 감돈다.

산, 거반 꼭대기에 바위와 바위가 어깨를 맞대고 움쑥 들어간 굴이 있다. 풀들은 뻗치어 굴문을 막는다.

그 속에 돌아앉아서 다섯 놈이 머리들을 맞대고 수군거린다. 불빛이 샐까 염려다. 남폿불을 얕이 달아 놓고 몸들을 바싹바싹 여미어 가린다.

칠야(漆夜) 아주 캄캄한 밤.
마장 거리의 단위. 오 리나 십 리가 못 되는 거리를 이를 때, '리' 대신 쓰인다.
비겨대다 비스듬하게 기대다.
성행(性行) 성품과 행실을 아울러 이르는 말.

"어서 후딱후딱 쳐, 갑갑해서 원."

"이번엔 누가 빠지나?"

"이 사람이지 뭘 그래."

"다시 섞어, 어서 이 따위 수작이야."

하고 한 놈이 골을 내고 화투를 빼앗아서 제 손으로 섞다가 깜짝 놀란다. 그리고 버썩 대드는 응칠이를 벙벙히 쳐다보며 얼떨한다.

그들은 응칠이가 오는 것을 **완고척히** 싫어하는 눈치였다. 이런 애송이 노름판인데 응칠이를 들였다가는 맥을 못 쓸 것이다. 속으로는 되우 꺼렸다마는 그렇다고 응칠이의 비위를 건드림은 더욱 좋지 못하므로,

"아, 응칠인가? 어서 들어오게."

하고 선웃음을 치는 놈에,

"난 올 듯하기에, 자넬 기다렸지."

하며 **어수대는** 놈,

"하여튼 한 **케** 떠 보세."

이놈들은 손을 잡아들이며 썩들 환영이었다.

응칠이는 그 속으로 들어서며 무서운 눈으로 좌중을 한번 훑어보았다.

그런데 재성이도 그 틈에 끼어 있는 것이 아닌가. 사날 전만 해도 응칠이더러 먹을 양식이 없으니 돈 좀 **취하라던** 놈이. 의심이 부썩 일었다. 도둑이란 흔히 이런 노름판에서 씨가 퍼진다. 고 옆으로 기호도 앉았다. 이놈은 며칠 전 제 계집을 팔았다. 그 돈으로 영동 가서 장사를 하겠다던 놈이 노름을 왔다. 제깟 주제에 딸 듯싶은가. 하나는 용구. 농사엔 힘 안 쓰고 노름에 몸이

완고척하다 완고스럽다.
어수대다 어울리지 않게 우쭐대다.
케 '켜'의 방원. 노름하는 횟수를 세는 단위.
취하다 남에게서 돈이나 물품 따위를 꾸거나 빌리다.

달았다. 시키는 부역도 안 나온다고 동리에서 **손도**를 맞은 놈이다. 그리고 남의 집 머슴 녀석. 뽐을 내고 멋없이 점잔을 피우는 중늙은이 상투쟁이, 이 물건은 어서 날아왔는지 보지도 못하던 놈이다. 체, 이것들이 뭘 한다고—.

응칠이는 기호의 등을 꾹 찍어 가지고 밖으로 나왔다.

외딴 곳으로 데리고 와서,

"자네 돈 좀 없겠나?"

하고 돌아서다가,

"웬걸 돈이 어디……."

눈치만 남고 어름어름하니,

"아내와 갈렸다지, 그 돈 다 뭐 했나?"

"아 이 사람아, 빚 갚았지!"

기호는 눈을 내리깔며 매우 거북한 모양이다.

오른편 엄지로 한 코를 막고 흥 하고 내풀더니 이번 빚에 졸리어 죽을 뻔했네 하고 묻지 않은 발뺌까지 얹어서 **설대**로 등어리를 긁죽긁죽한다.

그러나 응칠이는 속으로 이놈, 하였다.

응칠이는 실눈을 뜨고 기호를 유심히 쏘아 주었더니,

"꼭 사 원 남았네."

하고 선뜻 알리고,

"빚 갚고 뭣 하고 흐지부지 녹았어."

어색하게도 혼잣말로 우물쭈물 웃어 버린다.

응칠이는 퉁명스러이,

"나 이 원만 **최게.**"

손도(損徒) 도덕적으로 잘못한 사람을 그 지역에서 내쫓음.

설대 담배통과 물부리 사이에 끼워 맞추는 가느다란 대.

최다 '취하다'의 방언. 빌리다.

하고 손을 내대다 그래도 잘 듣지 않으매,

"따서 둘이 나눌 테야, 누가 떼먹나!"

하고 소리가 한번 빽 안 나올 수 없다.

이 말에야 기호도 비로소 안심한 듯, **저고리섶**을 쳐들고 훔칫거리다 주뼛주뼛 꺼내 놓는다. 딴은 응칠이의 솜씨이면 **낙자**는 없을 것이다. 설혹 재간이 모자라 잃는다면 **우격**이라도 도로 몰아갈 게니깐…….

"나두 한 케 떠 보세."

응칠이는 **우좌스레** 굴로 기어든다. 그 콧등에는 자신 있는 그리고 흡족한 미소가 떠오른다. 사실이지 노름만큼 그를 행복하게 하는 건 다시없었다. 슬프다가도 화투나 투전장을 손에 들면 공연스레 어깨가 으쓱거리고 아무리 일이 바빠도 노름판은 옆에 못 두고 지난다. 그는 이놈 저놈의 눈치를 슬쩍 한번 훑고,

"두 패루 **너느지**?"

응칠이는 재성이와 용구를 데리고 한옆으로 비켜 앉았다. 그리고 신바람이 나서 화투를 섞다가 손을 따악 짚으며,

"**튀전**이래지 이깐 화투는 하튼 뭘 할 텐가. **녹빼낀**가, 켤 텐가?"

"**약단**이나 그저 보지—."

사방은 매섭게 조용하였다. 바위 위에서 혹 바람에 모래 구르는 소리뿐이다. 어쩌다,

저고리섶 저고리의 깃 아래에 달린 긴 헝겊.
낙자(落字) 글을 쓰는 과정이나 인쇄 과정에서 빠진 글자. 여기서 '낙자는 없을'이란 '돈을 잃지 않을'이라는 뜻이다.
우격 억지로 우김.
우좌스럽다 우쭐대거나 잘난 체하다.
너느다 나누다. 편을 가르다.
튀전 '투전(鬪牋, 노름 도구의 하나)'의 방언.
녹빼끼 녹배기. 화투 놀이의 한 가지.
약단(約短) 화투 놀이에서, 약(約)과 단(短)을 아울러 이르는 말.

"옜다 봐라."

하고 화투짝이 쩔꺽, 한다. 그리곤 다시 쥐 죽은 듯 잠잠하다.

그들은 **이욕**에 몸이 달아서 이야기고 뭐고 할 여지가 없다. 행여 속지나 않는가, 하얀 눈들이 빨개서 서로 독을 올린다. 어떤 놈이 뜯는 놈이고 어떤 놈이 뜯기는 놈인지 영문 모른다.

응칠이가 한 장을 내던지고 **명월 공산**을 보기 좋게 떡 젖혀 놓으니,

"이거 왜 **수짜질**이야!"

용구가 골을 벌컥 내며 쳐다본다.

"뭐가?"

"뭐라니, 아 이 공산 자네 밑에서 빼내지 않았나?"

"봤으면 고만이지 그렇게 노할 건 또 뭔가!"

응칠이는 어설피 입맛을 쩍쩍 다시다,

"그럼 이번엔 **파토**지?"

하고 손의 화투를 땅에 내던지며 껄껄 웃어 버린다.

이때 한옆에서 별안간,

"이 자식, 죽인다!"

악을 쓰는 것이니 모두들 놀라며 시선을 몬다. 머슴이 마주 앉은 상투의 뺨을 갈겼다. 말인즉 **매조** 다섯 끗을 엎어 쳤다고.

허나 정말은 돈을 잃은 것이 분한 것이다. 이 돈이 무슨 돈이냐 하면 일 년 품을 판 피 묻은 사경이다. 이런 돈을 송두리 먹다니…….

"이 자식, 너는 야마시(사기)꾼이지. 돈 내라."

이욕(利慾) 사사로운 이익을 탐내는 욕심.
명월 공산(明月空山) 공산명월. 8월을 상징하는 화투패.
수짜질 수작질. 수작하는 짓.
파토 파투(破鬪). 화투 놀이에서, 잘못되어 판이 무효가 됨. 또는 그렇게 되게 함.
매조(梅鳥) 화투에서, 매화가 그려져 있는 화투장.

멱살을 움켜잡고 다시 두 번을 때린다.

"허, 이놈이 왜 이러누, 어른을 몰라보구."

상투는 책상다리를 잡숫고 허리를 쓰윽 펴더니 점잖이 호령한다. 자식뻘 되는 놈에게 뺨을 맞는 건 말이 좀 덜 된다. 약이 올라서 곧 일을 칠 듯이 엉덩이를 번쩍 들었으나 그러나 그대로 주저앉고 말았다. 악에 바짝 받친 놈을 건드렸다가는 결국 이쪽이 손해다. 더럽단 듯이 허허 웃고,

"버릇없는 놈 다 봤고!"

하고 꾸짖은 것은 잘됐으나 기어이 어이쿠, 하고 그 자리에 푹 엎어진다. 이마가 터져서 피가 흘렀다. 어느 틈엔가 돌멩이가 날아와 이마의 가죽을 터친 것이다.

응칠이는 싱글거리며 굴을 나섰다. 공연스레 쑥스럽게 일이나 벌어지면 성가신 노릇이다. 그리고 돈 백이나 될 줄 알았더니 다 봐야 한 사십 원 될까 말까. 그걸 바라고 어느 놈이 앉았는가—.

그가 딴 것은 **본밑**을 **알라** 구 원하고 팔십 전이다. 기호에게 오 원을 내주고,

"자, 반이 넘네. 자네 계집 잃고 돈 잃고 호강이겠네."

농담으로 비웃어 던지고는 숲으로 설렁설렁 내려온다.

"여보게, 자네에게 청이 있네."

재성이 목이 말라서 바득바득 따라온다. 그 청이란 묻지 않아도 알 수 있었다. 저에게 돈을 다 빼앗기곤 **구문**이겠지. 시치미를 딱 떼고 나 갈 길만 걷는다.

"여보게 응칠이, 아 내 말 좀 들어."

그제서는 팔을 잡아낚으며 살려 달라 한다. 돈을 좀 늘릴까, 하고 벼 열 말

본밑(本–) 자본으로서 실제로 들여놓은 본디의 기본 자산(資産).
알라 아울러.
구문(口文) 구전(口錢). 흥정을 붙여 주고 그 보수로 받는 돈.

을 팔아 해 보았더니 다 잃었다고. 당장 먹을 게 없어 죽을 지경이니 노름 밑천이나 하게 몇 푼 달라는 것이다. 그러나 벼를 털었으면 거저 먹을 것이지 어쭙잖게 노름은…….

"그런 걸 왜 너보고 하랬어?"

하고 돌아서며 소리를 빽 지르다가 가만히 보니 눈에 눈물이 글썽하다. 잠자코 돈 이 원을 꺼내 주었다.

응칠이는 돌에 앉아서 팔짱을 끼고 덜덜 떨고 있다.

사방은 뺑— 돌리어 나무에 둘러싸였다. 거무튀튀한 그 형상이 헐없이 무슨 도깨비 같다. 바람이 불 적마다 쏴— 하고 쏴— 하고 **음충맞게** 건들거린다. 어느 때에는 쨱, 쨱, 하고 목을 따는지 비명도 울린다.

그는 가끔 뒤를 돌아보았다. 별일은 없을 줄 아나 호옥 뭐가 덤벼들지도 모른다. 서낭당은 바로 등 뒤다. 족제빈지 뭔지, **요동** 통에 돌이 무너지며 바스락바스락한다. 그 소리가 묘—하게도 등줄기를 쪼옥 긋는다. 어두운 꿈속이다. 하늘에서 이슬은 내리어 옷깃을 축인다. 공포도 공포려니와 냉기로 하여 좀체로 견딜 수가 없었다.

산골은 산신까지도 주렸으렷다. 아들 낳아 달라고 떡 갖다 바칠 이 없을 테니까. 이놈의 영감님 홧김에 덥석 달려들면. 앞뒤를 다시 한번 휘돌아본 다음 설대를 뽑는다. 그리고 **오금팽이**로 불을 가리고는 한 대 빽빽 피워 물었다. 논은 여남은 칸 떨어져 그 아래 누웠다. 일심정기(一心正氣)를 다하여 나무 틈으로 뚫어보고 앉았다. 그러나 땅에 대를 털려니깐 풀숲이 이상스러이 흔들린다. 뱀, 뱀이 아닌가. 구시월 뱀이라니 물리면 고만이다. 자리를 옮겨 앉으며 손으로 입을 막고 하품을 터친다.

음충맞다 성질이 매우 음충한 데가 있다.
요동(搖動) 흔들리어 움직임. 또는 흔들어 움직임.
오금팽이 오금(무릎의 구부러지는 오목한 안쪽 부분)이나, 오금처럼 오목하게 팬 곳을 낮잡아 이르는 말.

아마 두어 시간은 더 넘었으리라. 이놈이 필연코 올 텐데 안 오니 이 또 무슨 조화일까. 이 짓이란 소문이 나기 전에 한번 더 와 보는 것이 원칙이다. 잠을 못 자서 눈이 뻑뻑한 것이 **제물에** 슬금슬금 감긴다. 이를 악물고 눈을 **뒵쓰면** 이번에는 허리가 노글거린다. 속은 쓰리고 골치는 때리고. 불꽃 같은 노기가 불끈 일어서 몸을 옥죄인다. 이놈의 다리를 못 꺾어 놔도 애비 없는 후레자식이겠다.

닭들이 세 **홰**를 운다. 멀—리 산을 넘어오는 그 음향이 퍽은 서글프다. 큰비를 몰아드는지 검은 구름이 잔뜩 낀다. 하긴 지금도 빗방울이 뚝, 뚝, 떨어진다.

그때 논둑에서 희끄무레한 허깨비 같은 것이 얼씬거린다. 정신을 바짝 차렸다. 영락없이 성팔이, 재성이, 그들 중의 한 놈이리라. 이 고생을 시키는 그놈! 이가 북북 갈리고 어깨가 다 식식거린다. 몽둥이를 잔뜩 우려쥐었다. 그리고 벌떡 일어나서 나무줄기를 끼고 조심조심 돌아내린다. 허나 도랑쯤 내려오다가 그는 **멈씰하여** 몸을 뒤로 물렸다. 늑대 두 놈이 짝을 짓고 이편 산에서 저편 산으로 설렁설렁 건너가는 길이었다. 빌어먹을 늑대, 이것까지 말썽이람. 이마의 식은땀을 씻으며 도로 제자리로 돌아온다. 어쩌면 이번 이놈도 재작년 강도 짝이나 안 될는지. 급시로 불길한 예감이 뒤통수를 탁 치고 지나간다.

그는 옷깃을 여미며 한 대를 더 붙였다. 돌연히 풍세(風勢)는 심하여진다. 산골짜기로 몰아드는 억센 놈이 가끔 발광이다. 다시금 더르르 몸을 떨었다. 가을은 왜 이 지경인지. 여기에서 밤새울 생각을 하니 기가 찼다.

얼마나 되었는지 몸을 좀 녹이고자 일어나 서성서성할 때였다. 논으로 다

제물에 저 혼자 스스로 바람에.
뒵쓰면 '뒤에 쓰다(눈알이 위쪽으로 몰려서 흰자위만 나타나게 뜨다)'의 방언.
홰 새벽에 닭이 올라앉은 나무 막대를 치면서 우는 차례를 세는 단위.
멈씰하다 '멈칫하다'의 방언.

가오는 희미한 그림자를 분명히 두 눈으로 보았다. 그러고 보니 피로고, **한고**이고 다 딴소리다. 고개를 내대고 딱 버티고 서서 눈에 쌍심지를 올린다.

흰 그림자는 어느 틈엔가 어둠 속에 사라져 보이지 않는다. 그리고 다시 나올 줄을 모른다. 바람 소리만 왱, 왱, 칠 뿐이다. 다시 암흑 속이 된다. 확실히 벼를 훔치러 논 속으로 들어갔을 것이다. **여갱이** 같은 놈이 궂은 날씨를 **기화** 삼아 맘껏 하겠지. 의리 없는 썩은 자식, **격장**에서 같이 굶는 터에……. 오냐 **대거리**만 있어라. 이를 한번 부욱 갈아붙이고 차츰차츰 논께로 내려온다.

응칠이는 논께로 **바특이** 내려서서 소나무에 몸을 착 붙였다. 섣불리 서둘다간 낫의 횡액을 입을지도 모른다. 다 훔쳐 가지고 나올 때만 기다린다.

몽둥이는 잔뜩 힘을 올린다.

한 **식경**쯤 지났을까, 도적은 다시 나타난다. 논둑에 머리만 내놓고 사면을 두리번거리더니 그제서 기어 나온다. 얼굴에는 눈만 내놓고 수건인지 뭔지 헝겊이 가렸다. 봇짐을 등에 짊어메고는 허리를 구붓이 **뺑손**을 놓는다. 그러나 응칠이가 날쌔게 달려들며,

"이 자식, 남의 벼를 훔쳐 가니!"

하고 대포처럼 고함을 지르니 논둑으로 고대로 데굴데굴 굴러서 떨어진다. 얼결에 호되게 놀란 모양이었다.

응칠이는 덤벼들어 우선 허리께를 내려 조졌다. 어이쿠쿠, 쿠— 하고 처

한고(寒苦) 심한 추위로 인한 괴로움.
여갱이 '여우'의 방언.
기화(奇貨) 뜻밖의 이익을 얻을 수 있는 물건. 또는 그런 기회.
격장(隔牆/隔墻) 담 하나를 사이에 두고 이웃함.
대거리(對--) 상대편에게 맞서서 대듦. 또는 그런 말이나 행동.
바특이 두 대상이나 물체 사이가 조금 가깝게.
식경(食頃) 밥을 먹을 동안이라는 뜻으로, 잠깐 동안을 이르는 말.
뺑손 뺑소니. 몸을 빼쳐서 급히 몰래 달아나는 짓.

참한 비명이다. 이 소리에 귀가 번쩍 띄어 그 고개를 들고 **필**부터 벗겨 보았다. 그러나 너무나 어이가 없었음인지 시선을 치걷으며 그 자리에 **우두망찰한다**.

그것은 무서운 침묵이었다. **살뚱맞은** 바람만 공중에서 **북새**를 논다.

한참을 신음하다 도적은 일어나더니,

"성님까지 이렇게 못살게 굴기유?"

제법 눈을 부라리며 몸을 홱 돌린다. 그리고 느끼며 울음이 복받친다. 볏짐도 내버린 채,

"내 것 내가 먹는데 누가 뭐래?"

하고 **되퉁스러이** 내뱉고는 비틀비틀 논 저쪽으로 없어진다.

형은 너무 꿈속 같아서 멍하니 섰을 뿐이다. 그러나 얼마 지나서 한 손으로 그 볏짐을 들어 본다. 가뿐하니 끽 **말가웃**이나 될는지. 이까짓 걸 요렇게까지 해가려는 그 심정은 실로 알 수 없다. 벼를 논에다 도로 털어 버렸다. 그리고 아내의 치마이겠지, 검은 보자기를 척척 개서 들었다. 내 걸 내가 먹는다—그야 이를 말이랴. 허나 내 걸 내가 훔쳐야 할 그 운명도 얄궂거니와 형을 배반하고 이 짓을 벌인 아우도 아우이렷다. 에—이 고얀 놈, 할 제 볼을 적시는 것은 눈물이다. 그는 주먹으로 눈물을 쓱, 비비고 머리에 번쩍 떠오르는 것이 있으니 **두리두리한** 황소의 눈깔. 시오 리를 남쪽 산속으로 들어가면 어느 집 바깥 뜰에 밤마다 늘 매여 있는 투실투실한 그 황소. 아무렇게 따지든 칠십 원은 갈 데 없으리라. 그는 부리나케 아우의 뒤를 밟았다.

필 천. 여기서는 '복면한 천'을 말한다.
우두망찰하다 정신이 얼떨떨하여 어찌할 바를 모르다.
살뚱맞다 언행 따위가 당돌하고 독살스럽다.
북새 많은 사람이 야단스럽게 부산을 떨며 법석이는 일.
되퉁스럽다 되통스럽다. 찬찬하지 못하거나 미련하여 일을 잘 저지를 듯하다.
말가웃 한 말 반쯤의 분량.
두리두리하다 둥글고 커서 시원하고 보기 좋다.

공동묘지까지 거반 왔을 때에야 가까스로 만났다. 아우의 등을 탁 치며,

"얘, 좋은 수 있다. 네 원대로 돈을 해 줄게 나하구 잠깐 다녀오자."

씩씩한 어조로 기쁘도록 달랬다. 그러나 아우는 입 하나 열려 하지 않고 그대로 실쭉하였다. 뿐만 아니라 어깨 위에 올려놓은 형의 손을 부질없단 듯이 몸으로 털어 버린다. 그리고 삐익 달아난다. 이걸 보니 하 엄청이 나고 기가 콱 막히었다.

"이놈아!"

하고 악에 받치어,

"명색이 성이라며?"

대뜸 몽둥이는 들어가 그 볼기짝을 후려갈겼다. 아우는 모로 몸을 꺾더니 시나브로 찌그러진다. **뒤미처** 앞정강이를 때리고 등을 팼다. 일어나지 못할 만치 매는 내렸다. 체면을 불구하고 땅에 엎드려 엉엉 울도록 매는 내렸다.

홧김에 하긴 했으되 그 꼴을 보니 또한 마음이 편할 수 없다. 침을 퉤 뱉어 던지곤 팔자 드센 놈이 그저 그렇지 별수 있나. 쓰러진 아우를 일으키어 등에 업고 일어섰다. 언제나 철이 날는지 딱한 일이었다. 속 썩는 한숨을 후— 하고 내뿜는다. 그리고 **어청어청** 고개를 묵묵히 내려온다.

뒤미처 그 뒤에 곧 잇따라.
어청어청 키가 큰 사람이나 짐승이 이리저리 천천히 걷는 모양.

고향

1_ 이 작품에 대한 설명으로 적절하지 않은 것을 골라 봅시다.

① 1인칭 관찰자의 시점으로 서술되고 있다.

② 1920년대 대구에서 서울로 오르는 기차 안에서 시작되는 이야기이다.

③ '그'는 기묘한 복장과 행동으로 승객들의 관심을 한몸에 받고 있다.

④ 이야기 속에 이야기를 담은 액자식 구성으로, 작품의 주제 의식을 전달하는 데에 효과적이다.

⑤ '그'의 비극적인 삶의 모습에서 당시 조선 농민들의 수난과 고통으로 얼룩진 현실을 짐작할 수 있다.

2_ 이 작품은 '나'와 '그' 사이의 바깥 이야기와 '그'에게 벌어진 안 이야기로 이루어져 있습니다. 다음 〈보기〉의 ㉠~㉤을 '바깥' 이야기와 '안' 이야기로 나누어 봅시다.

보기

㉠ 대구 근교에서 농사를 짓다가 동양 척식 주식회사에 농토를 빼앗기고 고향을 떠나 간도로 간 이후 **파란** 많은 유랑 생활을 지냄.

㉡ 서울로 가는 기차 안에서 기이한 옷차림을 한 그를 보게 됨.

㉢ 일본인, 중국인, 나의 등장

㉣ 오랜만에 돌아간 고향에서 무덤과 해골을 연상시키는 현실을 마주함.

㉤ 유곽으로 팔려 갔다 늙고 병들어서 고향으로 돌아온, 혼담이 오갔던 고향 여인을 만남.

• **파란(波瀾)** 순탄하지 아니하고 어수선하게 계속되는 여러 가지 어려움이나 시련.

바깥

안

3_ 다음 제시문에 나타난 '그'의 특징을 시대적 상황과 연관 지어 써 봅시다.

> 대구에서 서울로 올라오는 차중(車中)에서 생긴 일이다. 나는 나와 마주 앉은 그를 매우 흥미 있게 바라보고 또 바라보았다. 두루마기 격으로 기모노를 둘렀고, 그 안에선 옥양목 저고리가 내어 보이며, 아랫도리엔 중국식 바지를 입었다. 그것은 그네들이 흔히 입는, 유지 모양으로 번질번질한 암갈색 피륙으로 지은 것이었다. 그리고 발은 감발을 하였는데 짚신을 신었고, 고무가리로 깎은 머리엔 모자도 쓰지 않았다. 우연히 이따금 기묘한 모임을 꾸민 것이다. 우리가 자리를 잡은 찻간에는 공교롭게 세 나라 사람이 다 모이었으니, 내 옆에는 중국 사람이 기대었다. 그의 옆에는 일본 사람이 앉아 있었다. 그는 동양 삼국 옷을 한 몸에 감은 보람이 있어 일본 말로 곧잘 철철대이거니와 중국 말에도 그리 서툴지 않은 모양이었다.

4_ 이 작품의 '나'는 이야기가 전개되면서 '그'를 대하는 심리상 변화를 겪습니다. 〈보기〉를 참고하여 빈칸에 해당 심리를 써 봅시다.(2개 이상 복수의 답도 가능)

보기

호기심　　거부감　　동정심　　거리감　　경멸감　　동질감

(1) 괴상한 복장으로 일어, 중국어를 하는 그를 보았을 때　(　　　)

(2) 대화하다가 새로운 점을 발견하게 되었을 때　(　　　)

(3) 기구하게 살아온 그의 과거 이야기를 듣게 되었을 때　(　　　)

(4) 그가 '나'와 같은 조선 사람이라는 것을 깨달았을 때　(　　　)

5_ 제시문 **가**에 나타난 '그'의 삶을 압축적으로 표현한 두 어절의 말을 제시문 **나**에서 찾아 봅시다.

가 한 백 호 남짓한 그곳 주민은 전부가 역둔토를 파먹고 살았는데, 역둔토로 말하면 사삿집 땅을 부치는 것보다 떨어지는 것이 후하였다. 그러므로 넉넉지는 못할망정 평화로운 농촌으로 남부럽지 않게 지낼 수 있었다. 그러나 세상이 뒤바뀌자 그 땅은 전부 동양 척식 회사의 소유에 들어가고 말았다. 직접으로 회사에 소작료(小作料)를 바치게나 되었으면 그래도 나으련만, 소위 중간 소작인이란 것이 생겨나서 저는 손에 흙 한 번 만져 보지도 않고 동척엔 소작인 노릇을 하며 실작인에게는 지주(地主) 행세를 하게 되었다. (중략) 그 후로 '죽겠다', '못 살겠다' 하는 소리는 중이 염불하듯 그들의 입길에서 오르내리게 되었다. 남부여대하고 타처로 유리하는 사람만 늘고 동리는 점점 쇠진해 갔다.

지금으로부터 구 년 전, 그가 열일곱 살 되던 해 봄에(그의 나이는 실상 스물여섯이었다. 가난과 고생이 얼마나 사람을 늙히는가.) 그의 집안은 살기 좋다는 바람에 서간도(西間島)로 이사를 갔었다. 쫓겨 가는 운명이어든 어디를 간들 신신하랴. (중략) 그의 아버지는 우연히 병을 얻어 타국의 외로운 혼이 되고 말았다. 열아홉 살밖에 안 된 그가 홀어머니를 모시고 악으로 악으로 모진 목숨을 이어 가던 중, 사 년이 못 되어 영양 부족한 몸이 심한 노동에 지친 탓으로 그의 어머니 또한 죽고 말았다.

나 "썩어 넘어진 서까래, 뚤뚤 구르는 주추는! 꼭 무덤을 파서 해골을 헐어 젖혀 놓은 것 같더마. 세상에 이런 일도 있는기오? 백여 호 살던 동리가 십 년이 못 되어 통 없어지는 수도 있는기오? 후!"

하고 그는 한숨을 쉬며 그때의 광경을 눈앞에 그리는 듯이 멀거니 먼 산을 보다가 내가 따라 준 술을 꿀꺽 들이켜고,

"참! 가슴이 터지더마, 가슴이 터져."

하자마자 굵직한 눈물 두어 방울이 뚝뚝 떨어진다.

나는 그 눈물 가운데 음산하고 비참한 조선의 얼굴을 똑똑히 본 듯싶었다.

[6~7] 다음 제시문을 읽고 물음에 답해 봅시다. [2014학년도 3월 고2 학력평가(B) 응용]

"나와 혼인 말이 있던 [여자] 구마." / "하―."

나는 놀란 듯이 벌린 입이 다물어지지 않았다.

"그 신세도 내 신세만이나 하구마."

하고 [그]는 또 이야기를 계속하였다. 그 여자는 자기보다 나이 두 살 위였는데, 한 이웃에 사는 탓으로 같이 놀기도 하고 싸우기도 하며 자라났었다. 그가 열네댓 살 적부터 그들 부모 사이에 혼인 말이 있었고 그도 어린 마음에 매우 탐탁하게 생각하였었다. 그런데 그 처녀가 열일곱 살 된 겨울에 별안간 간 곳을 모르게 되었다. 알고 보니 그 아비 되는 자가 이십 원을 받고 대구 유곽에 팔아먹은 것이었다. 그 소문이 퍼지자 그 처녀 가족은 그 동리에서 못 살고 멀리 이사를 갔는데, 그 후로는 물론 피차에 한 번 만나 보지도 못하였다. 이번에야 빈 터만 남은 고향을 구경하고 돌아오는 길에 읍내에서 그 아내 될 뻔한 댁과 마주치게 되었다. 처녀는 어떤 일본 사람 집에서 아이를 보고 있었다. 궐녀는 이십 원 몸값을 십 년을 두고 갚았건만 그래도 주인에게 빚이 육십 원이나 남았었는데, 몸에 몹쓸 병이 들고 나이 늙어져서 산송장이 되니까 주인 되는 자가 특별히 빚을 탕감해 주고 작년 가을에야 놓아준 것이었다. 궐녀도 자기와 같이 십 년 동안이나 그리던 고향에 찾아오니까 거기는 집도 없고 부모도 없고 쓸쓸한 돌무더기만 눈물을 자아낼 뿐이었다. (중략)

"암만 사람이 변하기로 어째 그렇게도 변하는기오? 그 숱 많던 머리가 훌렁 다 벗어졌더마. 눈은 푹 들어가고 그 이들이들하던 얼굴빛도 마치 유산을 끼얹은 듯하더마."

"서로 붙잡고 많이 우셨겠지요?"

"눈물도 안 나오더마. 얼른 우동집에 들어가서 둘이서 정종만 한 열 병 따려 누이고 헤어졌구마."

하고 가슴을 짜는 듯이 괴로운 한숨을 쉬더니만, 그는 지난 슬픔을 새록새록 자아내어 마음을 새기기에 지치었음이더라.

"이야기를 다 하면 무얼 하는기오."

하고 쓸쓸하게 입을 다문다. 나 또한 너무도 참혹한 사람살이를 듣기에 쓴 물이 났다.

"자, 우리 술이나 마저 먹읍시다."

하고 우리는 주거니 받거니 한됫병을 다 말리고 말았다. 그는 취흥에 겨워서 우리가 어릴 때 멋모르고 부르던 노래를 읊조리었다.

[A]
벳섬이나 나는 전토(田土)는
신작로가 되고요—.
말마디나 하는 친구는
감옥소로 가고요—.
담뱃대나 떠는 노인은
공동묘지 가고요—.
인물이나 좋은 계집은
유곽으로 가고요—.

6_ '여자'와 '그'의 재회가 작품 전개상 갖는 의미에 대해 가장 적절하게 설명한 것을 골라 봅시다.

① 이야기의 사실성을 더해 주고 있다.
② 인물들 간 경제적 격차를 강조하고 있다.
③ 장차 전개될 '그'의 운명을 예고하고 있다.
④ '나'와 '그 여자'의 유대감을 강화하는 계기가 되고 있다.
⑤ '그'와 '그 여자'가 겪은 삶의 비극적 성격을 부각시키고 있다.

7_ 민요인 [A]의 의미와, 이 민요가 작품 속에서 갖는 효과를 각각 써 봅시다.

• 의미: ________________

____

• 효과: ________________

____

8_ 다음 제시문을 참고하여 이 작품을 감상한 내용으로 적절하지 않은 것을 골라 봅시다.

> 〈고향〉이 1920년대 식민지 조선의 **피폐**함을 사실적으로 잘 드러낼 수 있었던 것은 작가 현진건이 신문 기자였다는 점과 관련이 있다. 그는 기사를 통해 국내 농촌의 피폐함뿐만 아니라 해외 동포들의 비극적인 삶에 대해 자주 접할 수 있었다. 이러한 환경 속에서 일본의 폭력적 식민 지배가 낳은 **폐단**을 고발하고 그 직접적인 피해 계층이 조선 민중이라는 사실을 집약적으로 드러내는 〈고향〉이 창작되었고, 이는 당시 민중이 품고 있던 반일 및 민족에 대한 연민의 감정을 고조시키는 계기를 마련하였다.
>
> • **피폐**(疲弊) 지치고 쇠약하여짐.
> • **폐단**(弊端) 어떤 일이나 행동에서 나타나는 옳지 못한 경향이나 해로운 현상.

① 고향을 둘러본 '그'가 괴로워하는 것은 일제의 수탈을 피해 고향을 버렸던 사람들이 지닌 죄책감을 반영하고 있군.

② 농민에 대한 동양 척식 주식회사와 중간 소작인의 횡포는 일본의 폭력적 식민 지배가 낳은 폐단을 집약적으로 보여 주는군.

③ '그'가 겪은 서간도에서의 삶과 일본 탄광에서의 노동 등은 작가가 접한 해외 동포들의 비극상에 바탕을 둔 것이겠군.

④ 온갖 고난을 겪다가 고향까지 잃어버린 '그'의 모습을 통해 식민 지배의 직접적인 피해 계층이 한국 민중임을 구체적으로 보여 주고 있군.

⑤ '그'의 고달픈 삶을 통해 당시 암울했던 우리 민족의 삶을 짐작할 수 있도록 의도했군.

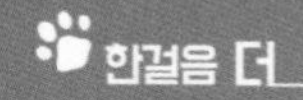

사실주의 문학의 개척자였던 현진건

현진건은 1921년 《조선일보》에 기자로 입사한 이래 《시대일보》를 거쳐 《동아일보》 사회 부장으로 1936년 일장기 말소 사건(日章旗抹消事件, 당시 독일 베를린에서 개최된 하계 올림픽 남자 마라톤에서 손기정이 우승한 사실을 보도하면서 일장기를 삭제한 사건)에 연루되어 옥고를 치르기까지 작가와 기자 생활을 겸했다. 그는 기자 생활을 통해 당대 현실과 민중의 삶을 냉철하게 보는 눈을 가지게 되었고, 이러한 시선이 그의 작품 세계에도 반영되어 사물을 있는 그대로 묘사하여 그 본질과 내면의 의미를 포착하려는 '사실주의 문학'을 선도하는 개척자가 되었다.

떡

1. 소설 구성 단계에 맞게 〈떡〉의 주요 내용을 연결해 봅시다.

① 발단 •

② 전개 •

③ 위기 •

④ 절정 •

⑤ 결말 •

• ㉠ 동리에서 제일 가난하고 게으른 덕희는 굶주려 칭얼대는 자신의 어린 딸 옥이를 미워하고 구박한다.

• ㉡ 옥이가 지나치게 많은 음식을 먹어 탈이 났는데도, 부모는 제대로 된 치료를 할 생각은 않고 점쟁이 봉구를 불러 경을 읽게 한다.

• ㉢ 옥이는 동네 부잣집 잔치에 따라가 동네 여자들에게 비난과 놀림을 받지만, 옥이를 반기는 부잣집 작은아씨에게서 갖가지 음식을 대접받는다.

• ㉣ 눈이 쌓인 덕에 나무 값이 부쩍 올라 여느 동리 사람들처럼 덕희는 나뭇짐을 지고 읍내로 가고, 옥이는 아버지 덕희가 읍내로 가기를 기다려 죽을 먹지만 곯은 배가 채워지지 않는다.

• ㉤ 무리하게 음식을 먹고 죽을 지경에 처했던 옥이는 침을 맞은 후 포대기 속에 똥을 갈기며 겨우 생기를 되찾지만, 덕희는 귀한 음식을 혼자 먹은 옥이를 시기하고 증오한다.

[2~5] 다음 제시문을 읽고 물음에 답해 봅시다.

가 그러면 그 장면을 목도한 개똥 어머니에게 좀 설명하여 받기로 하자. 아 참 고년 되우는 먹읍디다. 그 밥 한 그릇을 다 먹구 그래 떡을 또 먹어유. 그게 배때기지유. 주악 먹을 제 나는 인제 죽나 부다 그랬슈. 물 한 모금 안 처먹고 꼬기꼬기 씹어서 꼴딱 삼키는데 아 눈을 요렇게 뒵쓰고 꼴딱 삼킵디다. 온 이게 사람이야. ㉠나는 간이 콩알만 했지유. 꼭 죽는 줄 알고. 추워서 달달 떨고 섰는 꼴 하고 참 깜찍해서 내가 다 소름이 쪼옥 끼칩디다. 이걸 가만히 듣다가 그럼 왜 말리진 못했느냐고 탄하니까 제가 일부러 먹이기도 할 텐데 그렇게는 못하나마 배고파 먹는 걸 무슨 혐의로 못 먹게 하겠느냐고 되려 성을 발끈 낸다. ㉡그러나 요건 빨간 거짓말이다. 저도 다른 계집 마찬가지로 마루 끝에 서서 잘 먹는다 잘 먹는다 이렇게 여러 번 칭찬하고 깔깔대고 했었음에 틀림없을 게다.

나 옥이의 이 봉변은 여지껏 동리의 한 이야깃거리가 되어 있다. 할 일이 없으면 계집들은 몰려 앉아서 그때의 일을 찧고 까불고 서로 떠들어 댄다. 그리고 옥이가 마땅히 죽어야 할 걸 그래도 살아난 것이 퍽이나 이상한 모양 같다. 딴은 사날이나 먹지를 못하고 몸이 끓어서 펄펄 뛰며 앓을 만치 옥이는 그렇게 혼이 났던 것이다. 하지만 처음부터 짜장 가슴을 죄인 것은 그래두 옥이 어머니 하나뿐이었다. 아파서 드러누웠다 방으로 들어오는 옥이를 보고 고만 벌떡 일어났다. ㉢왜 배가 이 모양이냐 물으니 대답은 없고 옥이는 가만히 방바닥에 가 눕더란다. 그 배를 건드리지 않도록 반듯이 눕는데 아구 배야 소리를 복고개가 터지라고 내지르며 냉골에서 이리 때굴 저리 때굴 구르며 혼자 법석이다. 그러나 뺨 위로 먹은 것을 꼬약꼬약 도르고는 필경 까무러쳤으리라. 얼굴이 해쓱해지며 사지가 축 늘어져 버린다. 이 서슬에 어머니는 그의 표현대로 하늘이 무너지는 듯 눈앞이 캄캄하였다.

다 ㉣내가 옥이네 집을 찾아간 것은 이때 썩 지나서이다. 해넘이의 바람은 차고 몹시 떨렸으나 옥이에 대한 소문이 흉함으로 퍽 궁금하였다. 허둥거리며 방문을 펄떡 열어 보니 어머니는 딸 머리맡에서 무르팍에 눈을 비벼 가며 여지껏 훌쩍거리고 앉았다. 냉병은 아주 가셨는지 노상 노랗게 고민하던 그 상이 지금은 불콰하니 눈물이 흐른다. 그리고 놈은 쭈그리고 앉아서 나를 보고도 인사도 없다. 팔짱을 떡 찌르고는 맞은 벽을 뚫어 보며 무슨 결끼나 먹은 듯이 바로 위엄을 보이고 있다. 오늘은 일찍 나온 것을 보면 나무도 잘 판 모양. ㉤얼마 후 놈은 옆으로 고개를 돌리더니 여보게 참말 죽지는 않겠나 하고 물으니까 봉구는 눈을 끔벅끔벅하더니 죽기는 왜 죽어 한나절토록 경을 읽었는데 하고 자신이 있는 듯 없는 듯 얼치기 대답이다. 제 딴은 경을 읽기는 했건만 조금도 효험이 없으매 저로도 의아한 모양이다.

라 아이를 포대기를 덮어서 뉘었는데 그 얼굴이 노랗게 질렸고 눈을 감은 채 가끔 다르르 떨고 다르르 떨고 하는 것이다. 그리고 입으로는 아직도 게거품을 섞어 밥풀이 꼴깍꼴깍 넘어온다. 손까지 싸늘하고 핏기는 멎었다. 시방 생각하면 이때 죽었을 걸 혹 사관으로 살았는지도 모른다. 내가 서두는 바람에 봉구는 주머니 속에서 조고만 대통을 꺼냈다. 또 그 속에서 녹슨 침 하나를 꺼내더니 입에다 한 번 쭉 빨고는 쥐가 뜯어먹은 듯한 칼라 머리에다 쓱쓱 문지른다. 바른손을 놓은 다음 왼손 엄지손가락으로 침이 또 들어갈 때에서야 비로소 옥이는 정신이 나나 보다. 으악, 소리를 지르며 깜짝 놀란다. 그와 동시에 푸드득 하고 포대기 속으로 똥을 갈겼다. ⓐ덕희는 이걸 빤히 바라보고 있더니 골피를 접으며 어이 배랄먹을 년 웬걸 그렇게 처먹고 이 지랄이야 하고는 욕을 오라지게 퍼붓는다. 그러나 나는 그 속을 빤히 보았다. 저와 같이 먹다가 이렇게 되었다면 아마 이토록은 노엽지 않았으리라. 그 귀한 음식을 돌르도록 처먹고도 애비 한 쪽 갖다줄 생각을 못한 딸이 지극히 미웠다. 고년 그래 싸 웬 떡을 배가 터지도록 처먹는담 하고 입을 삐죽대는 그 낯짝에 시기와 증오가 역력히 나타난다.

2_ 제시문을 통해 알 수 있는 내용으로 적절하지 않은 것을 골라 봅시다.

① 옥이는 음식을 너무 많이 먹은 나머지 탈이 났다.
② 옥이는 봉구의 침을 맞고 난 후 생기를 되찾는다.
③ '나'는 옥이에 대한 개똥 어머니의 말을 신뢰하지 않는다.
④ 덕희는 자신의 집에 찾아온 '나'에게 별 관심을 보이지 않는다.
⑤ 동네 사람들은 옥이가 음식 때문에 봉변을 당한 일을 안타까워한다.

3_ 제시문의 ㉠~㉤ 중 〈보기〉의 밑줄 친 부분과 가장 관련이 깊은 것을 골라 봅시다.

보기

이 작품은 전체적으로 1인칭 관찰자 시점이지만 부분적으로 전지적 작가 시점을 취하고 있다. 이러한 시점의 혼란은 <u>전지적 시점에 있는 창자(唱者)가 수시로 작중에 개입하여 자신의 주관적인 생각을 드러내는 판소리 사설의 서술 방식과 유사하다</u>고 볼 수 있다.

① ㉠ ② ㉡ ③ ㉢ ④ ㉣ ⑤ ㉤

4_ 제시문 **라**의 ⓐ에 드러나는 '덕희'에 대한 '나'의 생각을 써 봅시다.

5_ 작품의 제목이자 중심 소재인 '떡'에 대한 설명으로 적절하지 <u>않은</u> 것을 골라 봅시다.

① 옥이의 식탐을 자극하는 소재이다.
② 덕희의 부성애가 드러나는 음식이다.
③ 옥이가 평소에 맛보기 어려운 음식이다.
④ 옥이가 죽을 위기에 처하게 된 계기이다.
⑤ 옥이에 대한 덕희의 시기심을 유발한 대상이다.

만무방

[1~3] 다음 제시문을 읽고 물음에 답해 봅시다.

㉠응칠이가 이 동리에 들어온 것은 어느덧 달이 넘었다. 인제는 물릴 때도 되었고, 좀 떠 보고자 생각은 간절하나 아우의 일로 말미암아 망설거리는 중이었다.

ⓐ그는 오라는 데는 없어도 갈 데는 많았다. 산으로 들로 해변으로 발부리 놓이는 곳이 즉 가는 곳이었다.

그러나 저물며는 그대로 쓰러진다. 남의 방앗간이고 헛간이고 혹은 강가, 시새장. 물론 수가 좋으면 괴때기 위에서 밤을 편히 잘 적도 있었다. 이렇게 하여 ㉡강원도 어수룩한 산골로 이리 넘고 저리 넘고 못 간 데 별로 없이 유람 겸 편답하였다.

(중략)

밤마다 아내와 마주 앉으면 어찌 하면 이 살림이 좀 늘어 볼까 불어 볼까, 애간장을 태우며 갖은 궁리를 되하고 되하였다. 마는 별 뾰족한 수는 없었다. ⓑ농사는 열심히 하는 것 같은데 알고 보면 남는 건 겨우 남의 빚뿐. 이러다가는 결말엔 봉변을 면치 못할 것이다. 하루는 밤이 깊어서 코를 골며 자는 아내를 깨웠다. 밖에 나가 우리의 세간이 몇 개나 되는지 세어 보라 하였다. 그리고 저는 벼루에 먹을 갈아 붓에 찍어 들었다. 벽에 바른 신문지는 누렇게 그을었다. 그 위에다 아내가 불러 주는 물목대로 일일이 내려 적었다. ⓒ독이 세 개, 호미가 둘, 낫이 하나로부터 밥사발, 젓가락, 짚이 석 단까지. (중략) 나는 오십사 원을 갚을 길이 없으매 죄진 몸이라 도망하니 그대들은 아예 싸울 게 아니겠고 서로 의논하여 억울치 않도록 분배하여 가기 바라노라 하는 의미의 성명서를 벽에 남기자 안으로 문들을 걸어 닫고 ㉢울타리 밑 구멍으로 세 식구 빠져나왔다.

이것이 응칠이가 ⓓ팔자를 고치던 첫날이었다.

㉣그들 부부는 돌아다니며 밥을 빌었다. 아내가 빌어다 남편에게, 남편이 빌어다 아내에게. 그러자 어느 날 밤 아내의 얼굴이 썩 슬픈 빛이었다. 눈보라는 살을 에인다. 다 쓰러져 가는 물방앗간 한구석에서 섬을 두르고 어린애에게 젖을 먹이며 떨고 있더니 여보게유, 하고 고개를 돌린다. 왜, 하니까 그 말이, 이러다간 우리도 고생일뿐더러 첫째 어린애를 잡겠수, 그러니 서로 갈립시다, 하는 것이다. ⓔ하긴 그럴 법한 말이다. 쥐뿔도 없는 것들이 붙어 다닌댔자 별수는 없다. 그보담은 서로 갈리어 제 맘대로 빌어먹는 것이 오히려 가뜬하리라. ㉤그는 선뜻 응낙하였다.

1_ 이 작품의 특징으로 적절하지 않은 것을 골라 봅시다.

① 간결하고 사실적인 문체를 사용하고 있다.

② 인물의 과거가 요약적으로 제시되어 있다.

③ 다양한 인물들의 경험을 삽화 형식으로 나열하고 있다.

④ 토속적인 어휘를 사용하여 현실을 생동감 있게 묘사하고 있다.

⑤ 시간적·공간적 배경이 사건 전개에 중요한 요소로 기능하고 있다.

2_ 제시문의 ㉠~㉤을 사건이 일어난 순서대로 배열해 봅시다.

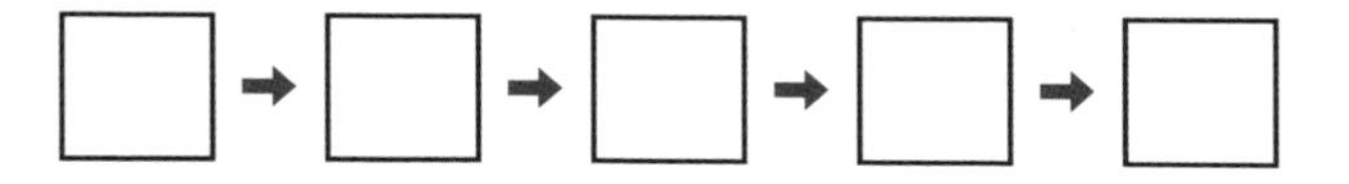

3_ 제시문의 ⓐ~ⓔ에 대한 설명으로 적절하지 않은 것을 골라 봅시다.

① ⓐ: 떠돌아다니는 신세를 의미한다.

② ⓑ: 식민지 농촌 사회의 구조적 모순 때문에 비참한 생활을 하는 농민들의 현실이 담겨 있다.

③ ⓒ: 보잘것없는 살림살이로 매우 가난함을 보여 준다.

④ ⓓ: 삶의 터전을 잃고 떠돌게 된 비참한 상황을 반어적으로 표현했다.

⑤ ⓔ: 아내의 제안에 동의한 것으로 운명을 극복하고자 하는 태도가 담겨 있다.

4_ 다음 제시문에서 농부들이 응칠이를 부러워하는 이유를 써 봅시다.

> 응칠이는 모든 사람이 저에게 그 어떤 경의를 갖고 대하는 것을 가끔 느끼고 어깨가 으쓱거린다. 백판 모르는 사람도 데리고 앉아서 몇 번 말만 좀 하면 대번 구부러진다. 그렇게 장한 것인지 그 일을 하다가, 그 일이라야 도적질이지만, 들어가 욕보던 이야기를 하면 그들은 눈을 커다랗게 뜨고, (중략)
> "참, 우리 같은 농군에 대면 호강살이유!"
> 하고들 한편 썩 부러운 모양이었다.

5_ 다음은 '응칠'의 행동을 정리한 내용입니다. 이를 통해 판단한 것으로 적절하지 않은 것을 찾아봅시다. [2007학년도 수능(홀수형) 응용]

> ㄱ. 응칠이는 먼 곳에서 동생을 찾아온다.
> ㄴ. 응칠이는 담판을 지으려고 지주를 만난다.
> ㄷ. 응칠이는 지주의 빰을 때린다.
> ㄹ. 응칠이는 논에 가서 도적을 기다린다.
> ㅁ. 응칠이는 도적을 잡기 위해 다짜고짜로 달려든다.

① ㄱ, ㄴ을 통해 동생을 생각하는 응칠이의 마음을 읽을 수 있다.
② ㄱ, ㄹ에서 응칠이가 도적과 관계됨을 알 수 있다.
③ ㄴ, ㄷ, ㅁ을 통해 호락호락하지 않은 응칠이의 성격을 알 수 있다.
④ ㄴ, ㄹ을 통해 문제를 해결하고자 하는 응칠이의 의지를 볼 수 있다.
⑤ ㄹ, ㅁ은 응칠이가 자신에게 미칠지 모를 혐의를 벗기 위해 한 행위일 수 있다.

6_ 작품 전문의 내용을 참고하여 다음 빈칸을 채워 봅시다.

- '만무방'의 사전적 의미: 염치가 없이 막된 사람.
- 작품에서 가리키는 대상: ______________________

____

- 이들이 만무방이 된 이유: ______________________

____

7_ 이 작품을 〈보기〉와 같은 방법으로 감상하지 않은 학생을 골라 봅시다.

보기

1935년 모(某) 신문에 연재된 이 작품의 끝부분에는 "부득이한 사정으로 전 회에 수십 행 약(略)하였다."는 말이 쓰여 있다. 이는 일제 당국의 검열 때문으로, 생략된 부분은 일제 당국을 자극하는 내용이었을 것이라고 짐작되었다. 이에 생략된 내용을 유추해 보는 것이 필요하다고 생각되어 그렇게 작품을 이해하고 감상하였다.

① 기훈: 작품을 꼼꼼히 읽어 보니, 가족이 야반도주한 상황을 두고 팔자를 고쳤다는 등 반어적 표현이 많음을 알 수 있었어.

② 혜진: 작가의 다른 작품을 함께 읽어 보니, 이 작품에 나타난 식민지 시대의 현실을 좀 더 깊이 있게 이해할 수 있었어.

③ 정호: 식민지 농촌의 소작 제도를 연구한 책을 참고했더니, 주요 등장인물의 가난은 개인의 게으름 때문이 아니라는 것을 알 수 있었어.

④ 지혜: 식민지 농촌 문제를 다룬 이광수, 이기영 등의 작품과 비교해 보니, 이 작품의 현실 인식이 상당한 수준임을 알 수 있었어.

⑤ 종철: 소설사를 참고해 보니, 같은 시대의 몇몇 농촌 계몽 소설처럼 이 작품도 모순된 현실에 대해 적극적인 해결 방안을 찾지 않은 점이 한계라고 생각돼.

Step_1 일제 강점기 고향의 상실

다음 제시문을 읽고 물음에 답해 봅시다.

가 그러나 세상이 뒤바뀌자 그 땅은 전부 동양 척식 회사의 소유에 들어가고 말았다. 직접으로 회사에 소작료(小作料)를 바치게나 되었으면 그래도 나으련만, 소위 중간 소작인이란 것이 생겨나서 저는 손에 흙 한 번 만져 보지도 않고 동척엔 소작인 노릇을 하며 실작인에게는 지주(地主) 행세를 하게 되었다. 동척에 소작료를 물고 나서 또 중간 소작인에게 긁히고 보니, 실작인의 손에는 소출의 삼 할도 떨어지지 않았다. 그 후로 '죽겠다', '못 살겠다' 하는 소리는 중이 염불하듯 그들의 입길에서 오르내리게 되었다. 남부여대하고 타처로 유리하는 사람만 늘고 동리는 점점 쇠진해 갔다.

지금으로부터 구 년 전, 그가 열일곱 살 되던 해 봄에(그의 나이는 실상 스물여섯이었다. 가난과 고생이 얼마나 사람을 늙히는가.) 그의 집안은 살기 좋다는 바람에 서간도(西間島)로 이사를 갔었다. 쫓겨 가는 이의 운명이어든 어디를 간들 신신하랴. 그곳의 비옥한 전야도 그들을 위하여 열려질 리 없었다. 조금 좋은 땅은 먼저 간 이가 모조리 차지를 하였고 황무지는 비록 많다 하나 그곳 당도하던 날부터 아침거리 저녁거리 걱정이라, 무슨 형세로 적어도 일 년이란 장구한 세월을 먹고 입어 가며 거친 땅을 풀 수가 있으랴. 남의 밑천을 얻어서 농사를 짓고 보니 가을이 되어 얻는 것은 빈 주먹뿐이었다. (중략)

"고향에 가시니 반가워하는 사람이 있습디까?"

나는 탄식하였다.

"반가워하는 사람이 다 뭔기오? 고향이 통 없어졌더마."

"그렇겠지요. 구 년 동안이면 퍽 변했겠지요."

"변하고 무어고 간에 아무것도 없더마. 집도 없고, 사람도 없고, 개 한 마리도 얼씬을 않더마."

"그러면 아주 폐동이 되었단 말씀이오?"

"흥, 그렇구마. 무너지다가 담만 즐비하게 남았더마. 우리 살던 집도 터야 안 남았겠는기오? 암만 찾아도 못 찾겠더마. 사람 살던 동리가 그렇게 된 것을 혹 구경했는기오?"

하고 그의 짜는 듯한 목은 높아졌다.

– 현진건, 〈고향〉

나 그렇다고 응칠이가 본시 역마직성이냐 하면 그런 것도 아니다. 그도 오 년 전에는 사랑하는 아내가 있었고 아들이 있었고 집도 있었고, 그때야 어딜 하루라도 집을 떨어져 보았으랴. 밤마다 아내와 마주 앉으면 어찌 하면 이 살림이 좀 늘어 볼까 불어 볼까, 애간장을 태우며 갖은 궁리를 되하고 되하였다. 마는 별 뾰족한 수는 없었다. 농사는 열심히 하는 것 같은데 알고 보면 남는 건 겨우 남의 빚뿐. 이러다가는 결말엔 봉변을 면치 못할 것이다. 하루는 밤이 깊어서 코를 골며 자는 아내를 깨웠다. 밖에 나가 우리의 세간이 몇 개나 되는지 세어 보라 하였다. (중략) 독이 세 개, 호미가 둘, 낫이 하나로부터 밥사발, 젓가락, 짚이 석 단까지. 그 다음에는 제가 빚을 얻어 온 데, 그 사람들의 이름을 쭉 적어 놓았다. 금액은 제각기 그 아래다 달아 놓고, 그 옆으론 조금 사이를 떼어 역시 조선문으로 나의 소유는 이것밖에 없노라. 나는 오십사 원을 갚을 길이 없으매 죄진 몸이라 도망하니 그대들은 아예 싸울 게 아니겠고 서로 의논하여 억울치 않도록 분배하여 가기 바라노라 하는 의미의 성명서를 벽에 남기자 안으로 문들을 걸어 닫고 울타리 밑구멍으로 세 식구 빠져나왔다.

이것이 응칠이가 팔자를 고치던 첫날이었다.

– 김유정, 〈만무방〉

다 고향에 고향에 돌아와도
그리던 고향은 아니러뇨.

산꿩이 알을 품고
뻐꾸기 제철에 울건만,

마음은 제 고향 지니지 않고
머언 항구로 떠도는 구름.

오늘도 **뫼** 끝에 홀로 오르니
흰 점 꽃이 인정스레 웃고,

어린 시절에 불던 **풀피리** 소리 아니 나고
메마른 입술에 쓰디쓰다.

고향에 고향에 돌아와도
그리던 하늘만이 높푸르구나.

– 정지용, 〈고향〉

• **뫼** 메('산'을 예스럽게 이르는 말).
• **풀피리** 풀잎피리. 두 입술 사이에 풀잎을 대거나 물고 부는 것.

1_ 다음 <보기>를 참고하여 제시문 **가**, **나**의 등장인물이 처한 공통적인 상황을 쓰고 이를 통해 알 수 있는 당시 농민들의 처지를 써 봅시다.

보기

반영론적 관점으로 작품을 해석할 때는 작품이 대상으로 삼은 실제 현실과 작품 속에 반영된 세계를 비교하며 연구한다. 그리하여 시대상과 인물들의 특징이 잘 묘사된 작품은 당시 역사를 연구하는 **문학 사회학**의 자료가 된다. 이로써 반영론적 관점은 문학 작품이 단순히 작가 개인의 상상력만으로 이루어진 것이 아니라 구체적인 현실을 바탕으로 하여 만들어졌다는 것을 깨닫게 해 준다. 또한 작품 속 인물과 현실의 관계를 분석하면서 작품 밖 현실의 사회적·문화적·역사적 관계를 이해할 수 있게 해 준다.

- **문학 사회학**(文學社會學) 문학 작품과 그것을 산출(産出)한 사회와의 관계에 주목하는 비평 이론. 문학 작품은 그 주제나 형식에 작가가 산 시대 및 사회 상황을 반영한다고 본다.

2_ 문제 1번의 답을 바탕으로 제시문 **가**의 등장인물과 제시문 **다**의 시적 화자가 마주한 '고향'의 모습을 쓰고 이것이 의미하는 바를 유추해 봅시다.

Step_2 고향과 함께 사라진 것

다음 제시문을 읽고 물음에 답해 봅시다.

가 산새가 벌판을 날아다니고 눈구덩이에 토끼가 더러 빠지기도 하는 눈이 많이 온 겨울날. 한가한 아이들은 ㉠국수에 넣을 꿩을 잡겠다며 어둡도록 꿩 사냥을 하고 어머니는 밤중에 **움막**으로 가서 김치를 꺼내오는 등, 마을은 국수를 만들어 즐길 생각에 **흥성흥성** 들떠 있다. 이제 오래도록 익어 온 메밀로 국수틀에서 국수사리를 뽑아내면 마을은 오랜 전통인 국수 만들기에 흥겨워질 것이다. 마침 동치미 국물에 고춧가루를 넣고 꿩고기를 얹은 국수 한 사발이 준비되면 국수 냄새가 여기저기 퍼질 테고, 함박눈이 쌓인 겨울밤 마을 사람들이 함께 모여 나눠 먹는 국수의 맛은 그지없이 **고담하고** 소박하게 느껴질 것이다.

이는 백석의 시 〈국수〉에 나타난 정경을 산문으로 풀어 쓴 것이다. 백석은 이 작품에서 '국수란 무엇인가?'라는 질문을 풀어냄으로써 풍요로운 고향에 대한 그리움을 드러내고 있다. 더불어 우리 민족의 모든 것이 사라져도 우리들이 일상적으로 먹는 국수의 맛과 빛깔, 냄새 속에 할머니와 할아버지의 넋, 정 많고 의젓하고 소박한 마음 등 우리 민족의 정서적 **자산**은 영원히 지속될 것이라는 믿음이 드러나 있다.

나 원래는 사람이 ㉡떡을 먹는다. ⓐ이것은 떡이 사람을 먹은 이야기다. 다시 말하면 사람이 즉 떡에게 먹힌 이야기렷다. 좀 황당한 소리인 듯싶으나 그 사람이라는 게 역시 황당한 존재라 하릴없다. 인제 겨우 일곱 살 난 계집애로 게다가 겨울이 왔건만 솜옷 하나 못 얻어 입고 겹저고리 두렁이로 떨고 있는 옥이 말이다. 이것도 한 개의 완전한 사람으로 칠는지! 혹은 말는지! 그건 내가 알 바 아니다. 하여튼 그 애 아버지가 동리에서 제일 가난한 그리고 게으르기가 곰 같다는 바로 덕희다. (중략)

이러던 것이 그날은 유별나게 어느 때보다 일찍 일어났다. 덕희의 말을 빌리면 고 배라먹을 년이 그예 일을 저지르려고 새벽부터 일어나 재랄이었다. 하긴 재랄이 아니라 배가 몹시 고팠던 까닭이지만. 아버지의 숟가락질 소리를 들어 가며 침을 삼키고 삼키고 몇 번을 그래 봤으나 나중에는 더 참을 수가 없었다. 그렇다고 벌떡 일어앉자니 주먹이 무섭기도 하려니와 한편 넉적기도 한 노릇. 눈을 감은 채 이 궁리 저 궁리 하였다. 다른 때도 좋으련만 왜 하필 아버지 죽 먹을 때 깨게 되는지! 곯은 배는 그중에다 방바닥 냉기에 쑤시는지 저리는지 분간을 모른다. 아버지는 한 그릇을 다 먹고 아마 더 먹는 모양. 죽을 옮겨 쏟는 소리가 주루룩 뚝뚝 하고 난다. 이때 고만 정신이 번쩍 났다. 용기를 내었다. 바른팔을 뒤로 돌려 가장 무엇에나 물린 듯이 대구 긁죽거린다. 급작스레 응아 하고 소리를 내지른다. 그리고 비슬비슬 일어나 앉아서는 두 손등으로 눈을 비벼 가며 우는 것이다. 아버지는 이 꼴에 화를 벌컥 내었다. 손바닥으로 뒤통수를 딱 때리더니 이건 죽지도 않고 말썽이야 하고 썩 마뜩지 않게 뚜덜거린다. 어머니를 향하여는 저녁 아무것도 먹이지 말고 오늘 종일 굶기라고 부탁이다. 들었는지 못 들었는지 어머니는 눈을 깔고 잠자코 있다. 아마 아버지가 두려워서 아무 대꾸도 못하는 모양. 딱 때리고 우니까 다시 딱 때리고. 그럴 적마다 조꼬만 옥이는 마치 오뚝이 시늉으로 모두 쓰러졌다가는 다시 일어나 울고 울고 한다. 죽은 안 주고 때리기만 한다. 망할 새끼 저만 처먹으려고 얼른 죽어 버려라 염병을 할 자식.

– 김유정, 〈떡〉

다 김유정 소설에서 '가족'은 중요한 문학적 제재(題材) 중의 하나이다. 그의 소설은 가족의 형성과 **존속**, 붕괴와 해체의 과정을 재현(再現)하고 있는데, 이때 가족은 종종 극도의 가난으로 인해 윤리성을 상실한 모습을 보여 준다. 그의 소설에서 가족은 전통적 대가족의 모습이 아니라 대개 남편과 아내, 자식으로 구성된 **단출한** 가족의 형태를 띠며, 내적·외적 상황에 의해 끊임없이 존속을 위협받는 모습으로 제시된다. 이는 가족을 국가의 소규모적 형태로 인식한 결과로, 정상적인 가족이란 온전한 국가 체제와 사회 구조 안에서만 가능하다는 것을 보여 줌으로써 1930년대 식민지 시대의 국가적 위기가 가족의 위기를 불러오고 있음을 말하고자 했다.

– 홍순애, 〈김유정 소설의 반(反)가족주의와 '가(家)' 형성·존속의 이데올로기〉

- **움막(–幕)** 땅을 파고 위에 거적 따위를 얹고 흙을 덮어 추위나 비바람만 가릴 정도로 임시로 지은 집.
- **흥성흥성(興盛興盛)** 여러 사람이 계속 활기차게 떠들며 흥겹고 번성한 분위기를 이루는 모양.
- **고담하다(枯淡––)** 글이나 그림 따위의 표현이 꾸밈이 없고 담담하다.
- **자산(資産)** 개인이나 집단이 미래에 성공하거나 발전할 수 있는 바탕이 될 만한 것을 비유적으로 이르는 말.
- **존속(存續)** 어떤 대상이 그대로 있거나 어떤 현상이 계속됨.
- **단출하다** 식구나 구성원이 많지 않아서 홀가분하다.

1_ 제시문 **가**의 ㉠ '국수'와 제시문 **나**의 ㉡ '떡'이 소재로서 갖는 공통된 의미를 써 봅시다.

2_ 문제 1번의 답을 바탕으로 제시문 **나**의 ⓐ가 의미하는 바를 쓰고 이를 통해 짐작할 수 있는 당시 사회상을 써 봅시다.

3_ 제시문 **가**~**나**에 나타난 공동체의 모습을 비교해 보고, 제시문 **다**를 참고하여 그러한 변화가 일어난 이유를 함께 써 봅시다.

Step_3 진짜 만무방은 누구인가

다음 제시문을 읽고 물음에 답해 봅시다.

가 그러면 왜 안 털었던가—.

그것은 작년 응오와 같이 지주 문전에서 타작을 하던 친구라면 묻지는 않으리라. 한 해 동안 애를 졸이며 홑자식 모양으로 알뜰히 가꾸던 그 벼를 거둬들임은 기쁨에 틀림없었다. 꼭두새벽부터 엣, 엣, 하며 괴로움을 모른다. 그러나 캄캄하도록 털고 나서 지주에게 도지를 제하고, 장리쌀을 제하고, 색조를 제하고 보니 남는 것은 등줄기를 흐르는 식은땀이 있을 따름. 그것은 슬프다 하니보다 끝없이 부끄러웠다. 같이 털어 주던 동무들이 뻔히 보고 섰는데 빈 지게로 덜렁거리며 집으로 돌아오는 건 진정 열없기 짝이 없는 노릇이었다. 참다 참다 응오는 눈에 눈물이 흘렀던 것이다.

가뜩한데 엎치고 덮치더라고 올해는 고나마 흉작이었다. 샛바람과 비에 벼는 깨깨 배틀렸다. 이놈을 가을하다간 먹을 게 남지 않음은 물론이요, 빚도 다 못 가릴 모양. 에라, 빌어먹을 거. 너들끼리 캐다 먹든 말든 멋대로 하여라, 하고 내던져 두지 않을 수 없다. 벼를 거뒀다고 말만 나면 빚쟁이들은 우 몰려들 거니깐. (중략)

응칠이는 모든 사람이 저에게 그 어떤 경의를 갖고 대하는 것을 가끔 느끼고 어깨가 으쓱거린다. 백판 모르는 사람도 데리고 앉아서 몇 번 말만 좀 하면 대번 구부러진다. 그렇게 장한 것인지 그 일을 하다가, 그 일이라야 도적질이지만, 들어가 욕보던 이야기를 하면 그들은 눈을 커다랗게 뜨고, (중략)

"참, 우리 같은 농군에 대면 호강살이유!" / 하고들 한편 썩 부러운 모양이었다.(중략)

"성님까지 이렇게 못살게 굴기유?"

제법 눈을 부라리며 몸을 홱 돌린다. 그리고 느끼며 울음이 복받친다. 봇짐도 내버린 채,

"내 것 내가 먹는데 누가 뭐래?"

하고 되퉁스러이 내뱉고는 비틀비틀 논 저쪽으로 없어진다.

형은 너무 꿈속 같아서 멍하니 섰을 뿐이다.

– 김유정, 〈만무방〉

나 1910년대 **토지 조사 사업**이 식민지 조선의 토지를 빼앗고 한국 농촌을 일제의 **항구적**인 식량 공급 기지로 만드는 계기를 마련하였다면, 1920년에 시작된 **산미 증식 계획**은 한국 농업을 식민지적 경제 구조로 재편성하려는 정책이었다. 이를 통해 일제는 한국의

쌀을 최대한 **약탈**하고, 일본인 농장주나 토지 소유자를 내세워 농토를 약탈하였을 뿐 아니라 빼앗은 토지에서 **반봉건적** 소작 관계를 형성하여 높은 이율의 소작료까지 거두어들였다.

이들 일본인이 경영하는 농장은 일본 정부와 조선 총독부의 지원 아래 동양 척식 회사와 **조선 식산 은행**에서 빌린 자금으로 대지주 경영 농장으로 커 나갔다. 이때 산미 증식 계획은 일제의 과잉 인구를 조선에 이주시켜 토지 소유자로 만들고 그들을 식민 통치의 사회적 기반으로 삼는 데 **일조했다.** 이들 일본인 이주민의 대부분은 불량배나 건달이었으나, 조선으로 이주한 이후에는 총독부의 정치적 보호와 동양 척식 회사 등속의 재정적 원조로 일약 지주로 발돋음하면서 한국 농촌에 대한 약탈 정책의 현지 집행자로 행세하였다.

산미 증식 계획은 조선 농촌 사회를 불안정하게 만들면서 농민의 빈곤을 가속화하기도 하였다. 조선 농민은 일제의 곡식 약탈과 높은 이율의 소작료를 비롯한 조세 및 세수(收稅) 그리고 일본인 지주와 동양 척식 회사에 의한 토지 수탈 등으로 점차 몰락해 갔다. 그리하여 조선의 순 소작농은 산미 증식 계획이 시작되기 전해인 1919년 100만 3,775호로 전체 농가 비율의 37.6%였으나, 산미 증식 계획이 진행된 이후부터 지속적으로 증가하더니 1932년에는 154만 6,456호로 전체 농가의 54.2%를 차지하게 되었다. 이는 산미 증식 계획에 의해서 조선 농민의 몰락이 얼마나 급격하게 진행되었는지를 말해 준다.

결국 토지 조사 사업과 산미 증식 계획으로 인한 착취로 한국 농민들 대부분은 소작농으로 **전락하였고,** 생존을 위협받는 경제적 빈곤은 농민들의 의식 성장과 함께 일제에 대한 저항으로 나아가도록 만들었다.

다 홉스나 로크와 달리, 루소는 주권을 **양도한다**는 생각 자체에 반대합니다. 그는 사람들이 그들 자신의 공동체를 만들기 위해 공동체 전체와 개인 사이에 계약을 맺은 것이라고 주장합니다. 더구나 로크처럼 일부의 권리를 양도하는 계약이 아니라 공동체에 자기의 권리를 전면적으로 양도하는 계약이라고 말하지요.

사실 자기를 포함하는 공동체에 권리를 양도하는 것이므로 자신이 자기 권리의 주인이라는 의미가 달라지는 것은 아닙니다. 그래서 루소의 사회 계약은 권력자나 왕과 맺는 복종 계약이나 통치 계약이 아니라 공동체 전체와 그 구성원인 개인이 맺는 '결합 계약'이라고 불리기도 합니다. 이것을 루소는 본능에서 정의로, 충동에서 의무로, 욕망에서 권리로 전환하는 것이라고 말합니다. 이에 대해 자연적 자유를 포기하고 시민적 자유를 찾는다고도 하지요.

이처럼 공동체에 자기의 권리를 전면적으로 양도한 사람들의 의지가 한데 모여진 것을 루소는 '일반 의지'라 하는데, 일반 의지에의 복종은 나의 의지에의 복종이기도 합니다. 이때 일반 의지라는 말이 약간 어렵지만 간단하게 공동체 전체의 의지라고 생각하면 됩니다. 이러한 일반 의지의 행사가 주권이고 그것은 법으로 나타납니다. 그러므로 법을 정하는 권리는 한 사람이나 몇 사람의 통치자에게 있는 것이 아니라 일반 의지를 구성하는 시민 전체에게 있습니다. '법은 우리 자신의 일반 의지를 기록하는 것'이 되고 '사람들이 법을 지키면 그것은 자신의 의지를 지키는 것'이 되는 것입니다.

– 김영란, 《김영란의 열린 법 이야기》

- **토지 조사 사업**(土地調査事業) 일제가 우리나라의 토지를 빼앗기 위하여 벌인 대규모의 조사 사업.
- **항구적**(恒久的) 변하지 아니하고 오래가는.
- **산미 증식 계획**(産米增殖計劃) 1920년부터 1934년까지, 일제가 조선을 식량 공급지로 만들기 위하여 실시한 식민지 농업 정책.
- **약탈**(掠奪) 폭력을 써서 남의 것을 억지로 빼앗음.
- **반봉건적**(反封建的) 봉건적 사상이나 제도에 반대하는. 또는 그런 것.
- **조선 식산 은행**(朝鮮殖産銀行) 일제 강점기인 1918년 산업 기관에 자금을 대출할 목적으로 설립한 특수 은행. 동양 척식 주식회사의 실질적인 지배를 받으면서 일제의 한국에 대한 경제적 침략에 큰 역할을 하였으며, 광복 이후 한국 식산 은행으로 되었다가 1952년에 한국 산업 은행에 흡수되었다.
- **일조하다**(一助--) 얼마간의 도움이 되다.
- **전락하다**(轉落--) 나쁜 상태나 타락한 상태에 빠지다.
- **양도하다**(讓渡--) 재산이나 물건을 남에게 넘겨주다.

1_ 제시문 **가**에 그려진 응오의 행동이 세상에 알려졌다면 어떻게 되었을지 제시문 **나**를 근거로 추론해 봅시다.

2_ 문제 1번의 답과 제시문 **다**를 바탕으로 당대의 법에 대해 평가해 봅시다.

3_ 다음 <보기>를 참고하여 제시문 **가**에 등장하는 '응오'와 '응칠'의 현실 대응 방식에 대한 자신의 생각을 써 봅시다.

보기

<만무방>은 동시대의 작품들이 지니고 있던 경직된 계급 투쟁적 저항을 드러내기보다 반어적인 기법으로 당대 상황을 그려 냈다. 특히 <만무방>의 결말은 소설 속 사회적 상황에서 적절하다고 할 수 있다. 왜냐하면 소설 속에 제시된 상황에서는 현실에 대한 적극적인 저항이 어려울 것이며, 작가의 작품 경향으로 보아 분노와 저항을 그대로 표출하는 결말은 어울리지 않기 때문이다. 이를 통해 작가는 물질적인 결핍이 정신적인 파탄으로 이어져 만무방이 될 수밖에 없었던 당대 농민들의 모습을 애정 어린 시선으로 그려 내며 부조리하고 모순된 당대 사회를 고발하고자 했다.

제시문 나와 다에 묘사된 공동체의 모습을 파악하고 제시문 가에서 언급한 문학의 가치가 어떻게 구현되고 있는지 서술해 봅시다.(800자 내외) [2019학년도 덕성여대 논술 응용]

가 문학 작품은 다양한 인물이 드러내는 갈등을 통해 개개인에게 구현되는 공동체의 정치 이념이나 경제 체제, 관습과 제도 등이 지니고 있는 한계나 모순을 보여 주며, 과연 그러한 삶이나 공동체가 참다운 것인지 질문한다. 이처럼 문학이 공동체의 지배적인 가치를 그대로 반영하지 않고 그 가치에 대하여 문제를 제기함으로써 공동체 구성원들에게 때로는 논란과 갈등을 불러일으키지만, 참다운 삶의 조건에 대해서 진지하게 성찰하게 하고 마침내는 다양한 논의를 이끌어 더 나은 공동체를 만들기 위한 소통의 장을 마련하기도 한다. 이 과정에서 문학은 과거로부터 이어 온 문화적 정체성과 참다운 삶에 대한 성찰 및 소통의 과정을 공동체 구성원들이 공유케 함으로써 공동체를 통합하는 역할을 담당한다.

나 궐녀는 이십 원 몸값을 십 년을 두고 갚았건만 그래도 주인에게 빚이 육십 원이나 남았었는데, 몸에 몹쓸 병이 들고 나이 늙어져서 산송장이 되니까 주인 되는 자가 특별히 빚을 탕감해 주고 작년 가을에야 놓아준 것이었다. (중략)

"암만 사람이 변하기로 어째 그렇게도 변하는기오? 그 숱 많던 머리가 훌렁 다 벗어졌더마. 눈은 푹 들어가고 그 이들이들하던 얼굴빛도 마치 유산을 끼얹은 듯하더마."

"서로 붙잡고 많이 우셨겠지요?"

"눈물도 안 나오더마. 일본 우동집에 들어가서 둘이서 정종만 한 열 병 따려 누이고 헤어졌구마."

하고 가슴을 짜는 듯이 괴로운 한숨을 쉬더니만, 그는 지난 슬픔을 새록새록이 자아내어 마음을 새기기에 지치었음이더라.

"이야기를 다 하면 무얼 하는기오?"

하고 쓸쓸하게 입을 다문다. 나 또한 너무도 참혹한 사람살이를 듣기에 쓴 물이 났다.

"자, 우리 술이나 마저 먹읍시다."

하고 우리는 주거니받거니 한됫병을 다 말리고 말았다. 그는 취흥에 겨워서 우리가 어릴 때 멋모르고 부르던 노래를 읊조리었다.

벗섬이나 나는 전토는
신작로가 되고요—.
말마디나 하는 친구는
감옥소로 가고요—.
담뱃대나 떠는 노인은
공동묘지 가고요—.
인물이나 좋은 계집은
유곽으로 가고요—.

– 현진건, 〈고향〉

다 이러던 것이 그날은 유별나게 어느 때보다 일찍 일어났다. 덕희의 말을 빌리면 고배라먹을 년이 그예 일을 저지르려고 새벽부터 일어나 재랄이었다. 하긴 재랄이 아니라 배가 몹시 고팠던 까닭이지만. 아버지의 숟가락질 소리를 들어 가며 침을 삼키고 삼키고 몇 번을 그래 봤으나 나중에는 더 참을 수가 없었다. 그렇다고 벌떡 일어앉자니 주먹이 무섭기도 하려니와 한편 넉적기도 한 노릇. 눈을 감은 채 이 궁리 저 궁리 하였다. 다른 때도 좋으련만 왜 하필 아버지 죽 먹을 때 깨게 되는지! 곯은 배는 그중에다 방바닥 냉기에 쑤시는지 저리는지 분간을 모른다. 아버지는 한 그릇을 다 먹고 아마 더 먹는 모양. 죽을 옮겨 쏟는 소리가 주루룩 뚝뚝 하고 난다. 이때 고만 정신이 번쩍 났다. 용기를 내었다. 바른팔을 뒤로 돌려 가장 무엇에나 물린 듯이 대구 긁죽거린다. 급작스레 응아 하고 소리를 내지른다. 그리고 비슬비슬 일어나 앉아서는 두 손등으로 눈을 비벼 가며 우는 것이다. 아버지는 이 꼴에 화를 벌컥 내었다. 손바닥으로 뒤통수를 딱 때리더니 이건 죽지도 않고 말썽이야 하고 썩 마뜩지 않게 뚜덜거린다. 어머니를 향하여는 저년 아무것도 먹이지 말고 오늘 종일 굶기라고 부탁이다. 들었는지 못 들었는지 어머니는 눈을 깔고 잠자코 있다. 아마 아버지가 두려워서 아무 대꾸도 못하는 모양. 딱 때리고 우니까 다시 딱 때리고. 그럴 적마다 조꼬만 옥이는 마치 오뚝이 시늉으로 모두 쓰러졌다가는 다시 일어나 울고 울고 한다.

– 김유정, 〈떡〉

02 무대에서 밀려난 사람들

작품 읽기

- 김동리, 〈화랑의 후예〉
- 이태준, 〈달밤〉
- 이태준, 〈복덕방〉

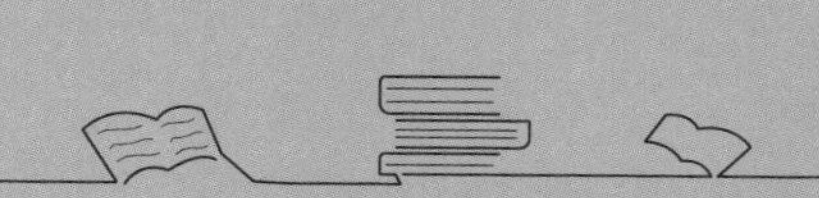

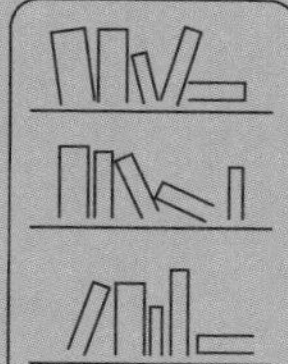

학습 목표

1. 근대 전환기의 조선인과 사회의 모습을 살펴보고, 자신의 비판적 의견을 말할 수 있다.
2. 근대 전환기 세대 갈등의 양상과 원인을 파악하여 말할 수 있다.
3. 근대화 과정에서 소외된 사람들의 삶을 살펴보고 근대적 공간의 상징성을 말할 수 있다.
4. 전통적 가치관과 근대적 가치관을 비교하여 논술할 수 있다.

우리나라의 근대화 시점에 대해서는 다양한 의견이 존재하지만, 개화기 전후 조선 민초(民草)들의 봉기로 봉건적 신분제인 양반제가 흔들리고 대한민국 임시 정부 수립 이후 독립운동이 확대되면서 민주국가 수립으로 나아가려는 근대적 기운이 들끓은 건 사실입니다. 이러한 근대 전환기에 서구 문물이 유입되고 일제의 식민지 정책으로 우리 민족의 전통 가치가 폄하되면서 많은 사람들이 새로운 문물과 사상에 적응해야 했는데, 이러한 변화에 재빠르게 발맞추며 새로운 사고방식과 삶의 모습을 갖춘 사람은 그다지 많지 않았습니다.

1935년에 발표된 김동리의 〈화랑의 후예〉에는 근대 전환기를 살아가면서도 과거 봉건 의식에 사로잡힌 채 신라 화랑의 후손임을 자처하며 살아가는 황 진사라는 시대착오적 인물이 등장합니다. 작품 속 황 진사는 시대의 변화에도 불구하고 《주역》과 《시경》을 읊조리며 문벌과 족벌을 들먹이는 전근대적 인물로, 별 가치 없는 물건을 팔려고 들거나 길거리에서 가짜 약을 파는 등 경제적으로 몰락한 처지임에도 불구하고 정신적 자만과 허세를 부리는 모습으로 그려지고 있습니다.

변화된 시대에 적응하지 못하고 낡은 관념을 고수하며 살아가는 몰락한 양반 계층을 대표하는 황 진사. 그를 풍자적으로 그리면서도 연민 어린 시선으로 바라보는 작가의 시선을 좇아 작품을 감상해 봅시다.

김동리(金東里, 1913~1995)

경북 경주 출생. 1934년 시 〈백로(白鷺)〉가 《조선일보》 신춘문예에 당선되어 등단했다. 이후 1935년 《중앙일보》 신춘문예에 〈화랑의 후예〉, 1936년 《동아일보》 신춘문예에 〈산화(山火)〉가 당선되어 소설가로서의 입지를 다졌다. 초기 작품에는 우리나라 전통 세계와 고유의 토속성을 담아낸 반면, 6·25 전쟁 이후에는 인간과 이념의 갈등을 그리는 데 집중하였다. 주요 작품으로는 〈역마〉, 〈황토기〉, 〈귀환 장정〉, 《사반의 십자가》, 《을화》 등이 있다.

화랑의 후예 _김동리

1

황(黃) **진사**를 처음 알게 된 것은 지난해 가을이었다.

아침을 먹고 등산을 할 양으로 신발을 신노라니 윗방에서 숙부님이 부르셨다.

"오늘 너 날 따라가 볼래?"

숙부님은 방문을 열고 툇마루로 나오시며 이렇게 물었다.

"어디요?"

"저 지리산에서 도인(道人)이 나와 **사주**와 **관상**을 보는데 아주 재미나단다."

"싫어요, 숙부님께서나 가슈."

나는 단번에 거절하였다.

"왜, 싫긴?"

"난 등산할 참인데……."

"것두 좋긴 하지만……. 오늘은 특별히 한번 따라와 봐……. 무슨 사주 관상 보이는 게 재미나단 말이 아니라, 그런 데서도 배울 게 있느니……. 더

화랑(花郎) 신라 때에 둔, 청소년의 민간 수양 단체. 문벌과 학식이 있고 외모가 단정한 사람으로 조직하였다.
후예(後裔) 후손. 자신의 세대에서 여러 세대가 지난 뒤의 자녀를 통틀어 이르는 말.
진사(進士) 조선 시대에, 과거의 예비 시험인 소과(小科)의 복시에 합격한 사람에게 준 칭호. 또는 그런 사람.
사주(四柱) 사람이 태어난 연월일시의 네 간지(干支). 또는 이에 근거하여 사람의 길흉화복을 알아보는 점.
관상(觀相) 수명이나 운명 따위와 관련이 있다고 믿는 사람의 생김새, 얼굴 모습. 또는 얼굴을 보고 운명, 성격 따위를 판단하는 일.

구나 거기 모여드는 인물들이란 그대로 조선의 **심벌**들이야."

"조선의 심벌이요?"

나는 반쯤 웃는 얼굴로 이렇게 물은즉, 숙부님도 따라 웃으며,

"그렇지, 심벌이지."

하였다.

이리하여 '조선의 심벌'이란 말에 마음이 솔깃해진 나는 등산하려던 신발을 끄르기 시작하였다.

파고다 공원에서 뒷문으로 빠지면 서울 중앙 지점치고는 의외로 번거롭지도 않은 넓은 거리가 두 갈래로 갈라져 있고, 바로 그 두 갈래로 갈려지는 길목에 '중앙 여관'이란 간판을 걸고 동남쪽으로 대문이 난 여관이 있고, 이 여관에 소란한 **차마** 소리와, 사람의 아우성과, 입김과 먼지와, 기계의 비명이 주야로 쉬지 않는 도시의 심장 속에— **접신 통령**의 간판을 내걸고 손님을 기다리고 있는 '도인'이 있다.

방 안에는 많은 사람이 있었다. 술이 묻고 때가 전 옷을 입고 눈에 핏발들을 세우고 볼에 살이 빠져 광대뼈들이 불거진 불우한 **정객** 불평 지사들이며, 문학가, 철학가, 실업가, 저널리스트, 은행원, 회사원 들이 무수히 출입하고 **금광쟁이**, **기미꾼** 들이 방구석에 뒹굴고 있었다.

나는 무슨 아편굴 속에나 들어온 것처럼 기분이 불쾌했다. 내가 얼굴을 붉히며 숙부님을 향해 얼른 다녀 나가자는 눈짓을 했을 때, 그러나 숙부님은 나

심벌(symbol) 추상적인 사물이나 관념 또는 사상을 구체적인 사물로 나타내는 일. 또는 그 사물.
차마(車馬) 수레와 말.
접신(接神) 사람에게 신이 내려서 서로 영혼(靈魂)이 통함. 또는 그렇게 하는 행위.
통령(通靈) 정신이 신령과 서로 통함.
정객(政客) 직업적으로 정치 활동을 하는 사람.
금광쟁이(金鑛--) 금광에 들어가 금을 파내는 일을 직업으로 하는 사람.
기미꾼(期米-) 현물 없이 쌀을 팔고 사는 일을 하는 사람. 이때 '기미'는 실제 거래를 목적으로 하는 것이 아니고 쌀의 시세를 이용하여 약속으로만 거래하는 일종의 투기 행위이다.

의 눈짓에 응한다기보다는 분명히 묵살을 하고 나를 좌중에 소개를 시키셨다. 바로 그때,

"아, 이분이 김 선생 조카 되시는 분이구랴."

하고, 거무추레한 두루마기에 얼굴이 누르퉁퉁한, 나이 한 육십가량 된 영감 하나가 방구석에서 **육효**를 뽑다 말고 얼굴을 돌리며 어눌한 음성으로 이렇게 물었다. 그는, 하도 살아갈 **지모**가 나지 않아 육효를 뽑아 보았노라 하면서 반가운 듯이 삼촌 곁으로 다가앉았다. 그의 까닭 없이 벗겨진 이마 밑의 두 눈엔 불그스름한 핏물 같은 것이 돌고 있었다. 내가 자리를 고치고 머리를 굽히려니까,

"괘, 괜찮우, 거, 거 자리에 앉으우."

하고 손을 내저으며,

"나 황일재(黃逸齋)우. 이 와, **완장** 선생과는 참 마, **막역지간**이우."

하는 것이었다.

좌중의 시선이 모두 나에게 집중된 듯하였다. 바로 그때였다. 나와 바로 마주 앉은 접신 통령의 도인은 그 손톱자국과도 같이 생긴 조그마한 새빨간 눈으로 몇 번 나의 얼굴을 흘낏흘낏 보고 나더니,

"부모와는 일찍이 이별할 상(相)이야."

불쑥 이렇게 외쳤다.

"형제도 많지 않고, **초년**은 퍽 고독해야."

하고, 또 **인당**이 명료하고 **미목**이 수려하니 학문에 이름이 있으리라 하고,

육효(六爻) 역(易)에서, 점괘(占卦)의 여섯 가지 획수.
지모(智謀) 슬기로운 꾀.
완장(阮丈) 남의 삼촌을 높여 이르는 말.
막역지간(莫逆之間) 서로 거스르지 않는 사이라는 뜻으로, 허물이 없는 아주 친한 사이를 이르는 말.
초년(初年) 사람의 일생에서 초기, 곧 젊은 시절을 이르는 말.
인당(印堂) 관상에서, 양쪽 눈썹 사이를 이르는 말.
미목(眉目) 얼굴 모습을 이르는 말.

준두와 **관골**이 방정(方正)해서 **중정**에 왕운이 있으리라 하고, 끝으로 비록 부모가 없더라도 부모에 못지않은 삼촌이 계셔서 나의 입신출세에 큰 도움이 되리라 하였다.

나는 어쩐지 쑥스럽고 거북하여져서 얼굴을 붉히며 그만 자리를 일어나 버렸다. 내 뒤를 이어 숙부님이 일어나시고 숙부님을 따라 황일재 황 진사가 밖으로 나왔다.

파고다 공원 뒤에서 황 진사는 때 묻은 헝겊 조각 같은 모자를 벗어 쥐고 그저 몇 번이나 절을 하고 나서 공원으로 들어가 버렸다.

"어디루 가우?"

숙부님이 물으신즉,

"나 여기 공원에서 친구 좀 만나구……."

했다.

해는 **오정**에 가까웠다. 구름 한 점 없이 갠 하늘엔 북한산이 멀리 솟아 있었다. 안타까움에 내 몸은 봄날같이 피곤하였다.

2

나뭇잎이 다 지고 그해 가을도 깊어졌을 때다. 삼촌은 금광에 분주하시느라고 **외처**에 계시고 없는 어느 날 아침 막 밥상을 받고 있으려니까, 문밖에서 '에헴', '에헴' 연달아 헛기침 소리가 나더니,

"일 오너라—."

준두(準頭) 코의 끝.
관골(顴骨) 광대뼈.
중정(中停) 관상학에서 얼굴을 3부분으로 나눌 때, 눈썹부터 시작하여 코를 중심으로 광대뼈를 포함하는 부분.
오정(午正) 정오. 낮 열두 시. 곧 태양이 표준 자오선을 지나는 순간을 이른다.
외처(外處) 본고장이 아닌 다른 곳.

하고, 부르는 소리가 났다. 밥숟가락을 놓고 문밖으로 나가 보니, 어느 날 관상소에서 육효를 뽑고 있던 그 황 진사였다. 이날은 처음부터 그 '조선의 심벌'이란 생각을 머릿속에 가지지 않은 탓인지, 처음 보았을 때처럼 그렇게 불쾌하거나 우울하지도 않고, 그보다도 다시 보게 된 것이 나는 오히려 반갑기도 하였다.

"웬일로 이 추운 아침에 이렇게……."

인사를 한즉,

"괘, 괜찮우, 거 완장 어른 안 계슈?"

하는 소리는 전날보다도 더 어눌하였다. 그 푸르죽죽하고 거무추레한 **고약** 때 오른 **당목** 두루마기 깃 밖으로 누런 털실이 내다뵈는 것으로 보면 전날보다 재킷 한 벌은 더 입은 모양인데도 그렇게 몹시 추운 기색이었다.

"네, 숙부님 마침 **출타하셨어요.**"

한즉,

"어디 출타하신 곳 몰우, 예서 얼마나 머, 멀리 나가셨슈?"

"네."

"언제쯤 도, 돌아오실 예, 예정……."

"글쎄올시다, 아마 수일 후라야……."

한즉, 갑자기 그는 실망한 듯이,

"아아 이."

하는 소리가 저 목구멍 속에서 육중한 신음과도 같이 들려왔다.

"어쩐 일로 오셨다가…… 춘데 잠깐 들오시죠."

한즉, 그는 두루마기 속에 찌르고 있던 손을 빼어 모자를 쥐려다 말고 한참

고약(膏藥) 주로 헐거나 곪은 데에 붙이는 끈끈한 약.
당목(唐木) 두 가닥 이상의 가는 실을 되게 한 가닥으로 꼰 무명실로 나비가 넓고 발이 곱게 짠 피륙.
출타하다(出他--) 집에 있지 아니하고 다른 곳에 나가다.

동안 무엇을 망설거리며 내 눈치를 보곤 하더니, 모자를 잡으려던 손으로 콧물을 닦으며 왼편 손은 사뭇 두루마기 속에서 무엇을 더듬어 찾고 있었다.

"이거 대, 대, 댁에 잘 간수해 두."

하며 종잇조각에 싼 것을 주는데 받아서 보니 이건 흙에다 겨 가루를 섞은 것 같아 보였다.

"……?"

내가 잠자코 의아한 낯빛으로 그를 쳐다보려니까, 그는 어느덧 **오연한** 태도를 가지며 위엄 있는 음성으로,

"거 쇠똥 위에 개똥 눈 겐데 아주 며, 며, **명약**이유."

한다. 나는 그의 말뜻을 바로 이해할 수 없어 어리둥절해 있으려니까,

"허어, 어떻게 귀중한 약인데그랴!"

하며 그 물이 도는 두 눈에 독기를 띠고 나를 노려보았다. 내가 민망해서,

"대개 어떤 병에 쓰는 게죠?"

하고 물은즉,

"아, 거야 만병에 좋은걸 뭐."

하며 나를 흘겨보고 나서,

"거 어떻게 소중한 약이라구……. 필요할 때는 대, 대갓집에서두 못 구해서들 쩔쩔매는 겐데, 괜히……."

그는 목을 내두르며 무척 억울한 듯한 시늉을 하였다. 나는 왜 그가 이렇게 공연히 분개하고 억울해 구는지를 알 수 없어, 한순간 내 자신을 좀 반성해 보고 있으려니까 그도 실쭉해서 잠자코 있더니, 갑자기,

"괘엔히 모르고들그랴."

오연하다(傲然--) 태도가 거만하거나 그렇게 보일 정도로 담담하다.
명약(名藥) 효험이 좋아 이름난 약.

또 한 번 고함을 질렀다.

내가 막 아침 밥상을 받았다 두고 나간 것을 언짢이 생각하고 몇 번이나 힐끔힐끔 밖을 내다보시고는 하던 숙모님이, 기다리다 못해,

"얘, 무얼 밖에서 그러니?"

하고, **어지간하거든** 손님을 모시고 안으로 들어오라는 듯이 '밖에서'란 말에 힘을 주어 주의를 시킨다. 바로 그때였다.

"거, 아침밥 자시고 남았거든 좀……."

하며, 입가에 비굴한 웃음을 띠고 고개질을 하고 하는 양은 조금 전에 흙가루를 내놓고 호령할 때와는 딴판이었다.

나는 그를 방에 안내한 뒤 나의 점심밥을 차려 내오게 하였더니 그는 밥상을 받으며 진정 만족한 얼굴로,

"이거 미안하게 됐소구랴."

하였다.

그는 밥을 한입에 삼킬 듯이 불이 나게 퍼먹고 찌개 그릇을 긁고 하더니, 숟가락을 놓기가 바쁘게 곧 모자를 쥐며 자리에서 일어났다. 몇 번이나 절을 하곤 했으나, 아까 하던 약 말은 아주 잊어버린 듯이 다시는 아무런 말도 없었다.

그 후 사흘째 되던 날 아침에 또 황 진사가 찾아왔다. 이번에는 그의 친구라면서 그보다 키는 더 크고 흰 두루마기는 입었으되 그에 지지 않게 눈과 코와 입이 실룩거리는 위인이었다. 이 흰 두루마기 친구는 어깨에 먼지투성이 된 자그마한 책상 하나를 메고 왔다. 황 진사는,

"이거 댁에 사 두."

하고 거의 명령하듯이 이렇게 말했다.

어지간하다 정도나 형편이 기준에 크게 벗어나지 아니한 상태에 있다.

"글쎄올시다, 별루……."

"아아이, 값이 아주 **염하니** 염려 말구 사 두."

"그래두 별루 소용이 없는걸……."

"아아이, 값이 아주 염하대두 그래."

"……."

"자 오십 전 인 주."

황 진사는 그 누르퉁퉁하고 때가 묻은 손바닥을 내 앞에 펴 보였다.

"글쎄, 온, 소용이……."

"그럼 제에길, 이십 전만 내구 맡아 두."

"……."

"것두 싫우?"

"……."

"그럼 꼭 십 전만 빌려주."

황 진사는 어느덧 콧구멍을 벌름거리며 애걸을 하였다.

"나 그날 댁에서 그렇게 포식한 이래, 여태 굶었수다. **여북** 시장해서 이 친구를 찾아갔겠수. 아 그랬더니 이 친구도 사정이 딱했던지 사무 보는 이 책상을 내주는구랴."

그는 손으로 콧물을 닦아 가며 한참 신이 나서 떠들어 대었다. 그의 친구란 사람은 연방 입을 실룩거리며 외면을 하고 서 있었다.

한 오 분 뒤, 내가 안에 들어가 돈 이십 전을 **주선해** 나와 그들에게 주었을 때, 그들 두 사람은 무수히 절을 하고 나서 책상을 도로 메고 가 버렸다.

염하다(廉--) 값이 싸다.
여북 '얼마나', '오죽', '작히나'의 뜻으로 정도가 매우 심하거나 상황이 좋지 않을 때 쓰는 말.
주선하다(周旋--) 일이 잘되도록 여러 가지 방법으로 힘쓰다.

3

길바닥이 얼어붙고 먼 산에 눈이 치고 그해는 이른 겨울부터 몹시 추웠다. 그동안 숙부님은 몇 번이나 집에 다녀가시고 관상소 출입도 더러 있는 듯하였다. 그러나 황 진사의 얼굴은 그 뒤로 보이지 않았다. 다만 삼촌을 통해서 그의 시골이 충청도 어디란 것과, 그의 **문벌**이 놀라운 양반이란 것과, 그의 조상에는 정승 판서 따위가 많이 났다는 것과, 그 자신도 현재 진사 구실을 한다는 것과, 그의 머릿속은 자기 **가벌**에 대한 자존심으로 가득 차 있다는 것들이었다.

그런데 그 가운데 한 가지 우스운 것은 그가 곧장 진사 노릇을 한다는 것이다. 그것도 처음 관상소에서 어느 장난꾼이 농담 삼아 그에게 **서전**과 춘추를 외게 하여 급제를 주고 진사라 부르기 시작한 것인데 그 후로 만나는 사람마다 반 조롱으로 '황 진사', '황 진사' 부르게 되니, 그러나 '황 진사' 자신은 조금도 어색해하지 않고 오히려 그럴싸하게 여겨 이즘 와서는 아주 뽐내고 진사 행세를 한다는 것이다.

어느 몹시 추운 날이었다. 아궁에 불을 넣고 방구석에 숯불을 피우고 나는 온종일 책상에서 일을 하고 있었다. 낮이 **짐짓했을** 때다. 밖에서,

"일 오너라—."

하는 소리가 마치 '사람 살리우' 하는 소리같이 바람결에 싸여 들어왔다. 나가 보니 황 진사가 연방 손으로 콧물을 닦고 서 있는 것이다. 나는 대체 얼어 죽지나 않았나 하고 궁금해하던 차라 이렇게 다시 보게 된 것이 진정 반가웠다.

나는 곧 그를 나의 방에 안내한 뒤,

문벌(門閥) 대대로 내려오는 그 집안의 사회적 신분이나 지위.
가벌(家閥) 한집안의 사회적 지위.
서전(書傳) 유학(儒學)의 다섯 가지 경서(經書)인 오경(五經. 《시경》, 《서경》, 《주역》, 《예기》, 《춘추》가 있다.)의 하나인 《서경》에 주해(註解)를 달아 알기 쉽게 풀이한 책.
짐짓하다 어떤 때가 지난 듯하다.

"그런데, 그동안 어떻게 지냈어요?"

한즉,

"거야 친구 집에서 지냈지유, 뭐. 흐흐……."

하며, 재미난 듯이 웃었다.

"아, 참, 완장 선생은 여태 안 왔시우?"

"수차 다녀가셨지요."

"아, 그렁 거루 난 여태 한번두 못 뵈었으니 이거 죄송해서 흐흐……."

그는 숯불을 안고 앉아 또 히히거리고 웃었다.

흰떡을 사다 숯불에 구워서 그에게 대접을 하고 나는 아까 하다 둔 일을 마저 해치울 양으로 잠깐 책상에 앉아 있으려니까, 그는 언 것 구운 것도 가리지 않고 한참 부지런히 집어 먹더니 그동안 흥이 났는지 아주 목청을 뽑아서,

"관관저구(關關雎鳩)는 재하지주(在河之洲)로다, 요조숙녀(窈窕淑女)는 군자호구(君子好逑)로다[짝지어 우는 징경이(물수리)는 황하의 섬에 있도다, 곱고 얌전한 아가씨는 군자의 좋은 짝이로다]."

하는 **대문**을 외곤 하였다.

나는 그동안 책상에 앉아 있느라고 모른 체하고 있으니까,

"아, 성인께서도 실수가 있단 말야!"

그는 나를 바라보며 이렇게 소리를 질렀다.

"아, 공자님께서 **시전**에 **음문**을 두셨거든!"

그는 무슨 큰 문제나 발견한 듯이 나 있는 쪽을 곁눈질로 흘겨보며 마구 기를 뽑아 이렇게 외쳤다.

그래도 내가 모른 체하고 있으려니까 그는 화로 곁에서 일어서더니, 두루

대문(大文) 주해가 있는 책의 본문. 여기서 인용된 부분은 《시경(詩經)》의 〈주남관저周南關雎〉 편이다.
시전(詩傳) 《시경》의 내용을 알기 쉽게 풀이한 책.
음문(淫文) 음란한 글.

마기 자락을 뒤로 젖히고 저고리섶을 위로 쳐들고 손을 넣어 무엇을 꺼내는 시늉을 하였다. 나는 속으로 옷의 이를 잡아내어 숯불에 넣으려는 겐가 하고 있는데 그는 또 한 번 나 있는 쪽을 흘겨보고 나서 배에 두르고 있던 때 묻은 **전대** 하나를 꺼내었다. 전대 속에서는 네 **귀**가 다 이지러지고 종이 빛까지 우중충하게 묵은 **모필 사책** 한 권과, 백지로 싸서 노끈으로 친친 감아 맨 솔잎 한 줌과, 휴지 조각 몇 장이 나왔다.

"거 무슨 책이유."

내가 이렇게 물은즉,

"아, 《주역》 책이지그랴."

하고 된소리를 질렀다. 과연 그 이지러진 네 귀마다 넓적넓적한 **괘**가 그려져 있는 것으로 보아 《주역》 책임에 틀림은 없는 모양이었다. 그런데 《주역》 책은 왜 하필 전대에 넣어서 두르고 다니느냐고 물은즉,

"아, 공자님께서도 《역(易)》은 **삼천 독**을 하셨다는데그랴."

하고, 된소리를 질러 놓고 나서, 다시 조용히 음성을 낮추어,

"아, 여북해 **지략**의 **조종**이요, 조화의 근본 아니오."

하였다. 나는 처음 관상소에서 그를 보았을 때부터 '하도 지모가 나지 않아 육효를 뽑아 보았노라.' 한 것을 들은 일이 있어서 그가 평소 얼마나 이 '지략'과 '조화'를 부려 보고 싶어 하는 위인인가를 짐작은 할 수 있었지만, 이와 같이 언제나 몸에 지닌 솔잎 한 줌과 네 귀 모지라진 《주역》 속에서 우러난 음양오행의 지모 조화가 겨우 '쇠똥 위에 개똥 눈' 흙가루 약과, 친구의 책상을

전대(纏帶) 돈이나 물건을 넣어 허리에 매거나 어깨에 두르기 편하도록 만든 자루.
귀 모가 난 물건의 모서리.
모필 사책(毛筆寫冊) 짐승의 털로 만든 붓을 갖고 손으로 베껴 쓴 책
괘(卦) 중국 고대(古代)의 전설상 제왕인 복희씨(伏羲氏)가 지었다는 글자.
삼천 독(三千讀) 삼천 번 읽음.
지략(智略) 어떤 일이나 문제든지 명철하게 포착하고 분석·평가하며 대책을 능숙하게 세우는 뛰어난 슬기와 계략.
조종(祖宗) 가장 근본적이며 주요한 것을 비유적으로 이르는 말.

들고 다니는 것쯤인가 하고 생각할 때 나 자신도 모르게 한숨이 새어 나왔다.

저녁때가 되어 그는 전대를 다시 배에 두르고 돌아갔다. 종종 오라고 한즉, 매양 신세를 끼쳐서 미안하다고 하며 절을 몇 번이나 하였다.

그해 겨울 그는 내가 성이 가시도록 자주 나를, 아니 내 삼촌을 찾아왔다. 그는 언제나 나를 볼 때마다 오랫동안 삼촌께 못 뵈어 죄송하다고 하였다.

그는 나에게 한시를 지어 달라면서 사오 차(次)나 **운자**를 가지고 왔다. 어디 쓰느냐고 물으면 친구의 환갑잔치에 내놓으려고 한다. 친구가 누구냐고 물으면, 이 참봉, 윤 승지, 무슨 참판, 어디 남작, 하고 모조리 서울에서도 유수한 대가와 부자들의 이름만 꼽지만 거리에서 그가 어울려 다니는 것을 보나 가끔 친구라고 데리고 오는 것을 보면 그의 말과는 딴판으로 황 진사 자신보다 별로 **유여한** 축들도 아니었다.

좋은 규수가 있으니 장가를 들지 않겠느냐고, 그는 여러 차례 나를 졸랐다. '좋은 규수'가 어디 있느냐고 물으면, 단번에 친구의 딸이라 하고, 어떤 친구냐고 하면 무슨 승지, 무슨 자작 하는 예의 대갓집 따위를 꼽았다. 색시 얼굴이 어떻게 생겼더냐고 하면 매양 자기의 누르퉁퉁하게 부은 얼굴을 가리키며 이렇게 아주 유복스레 생겼다고 한다. 내가 웃으며, 색시가 일재 선생 같아서야 좀 재미적다고 하면,

"아, 일등 규수라는데그랴."

하고, 화를 내었다.

"그렇지만 너무 육중해서야."

하면,

"아, 거기 **식록**이 들었는걸그랴. 아, 여북해 일등 규수라는데 그래도 못 믿

운자(韻字) 한시의 운(각 시행의 동일한 위치에 규칙적으로 쓰인, 음조가 비슷한 글자)으로 다는 글자.
유여하다(有餘--) 여유가 있다.
식록(食祿) 녹봉. 벼슬아치에게 일 년 또는 계절 단위로 나누어 주던 금품을 통틀어 이르는 말.

어서그랴."

하고 기를 쓰곤 하였다.

4

눈에 고인 물이 눈물이라면 황 진사의 두 눈에는 언제나 눈물이 있었다. 그는 가끔 나에게 그가 혈육 없는 것을 한탄하였다. '친구' 집 회갑잔치 같은 데서 떡국 그릇이나 배불리 얻어먹고 술기라도 얼근해서 돌아오는 날은,

"아, 명가 종손으로 혈육 한 점이 없다니, **천도**가 무심하지그랴."

대개 이런 말을 했다.

"혼담은 사방 있지만, 어디 **천량**이 있어야지."

이런 말도 하였다.

언젠가 숙모님이, 그의 맘에 제일 드는 규수의 나이와 이름을 물었더니, 하나는 열아홉 살이고 하나는 갓 스물인데 열아홉짜리는 성이 오씨고 갓 스물짜리는 윤씨라 하였다.

"열아홉 살?"

듣던 사람이 놀라니,

"아, 자식을 봐야지유."

하였다.

숙모님이,

"좀 나이 짐짓해두 넉넉할걸 뭐."

하니,

천도(天道) 하늘이 낸 도리나 법.
천량 개인 살림살이의 재산.

"그야 그렇지유, 허지만 암만하면 젊은 규수를 당할라고."
하는 것이, 아무래도 그 열아홉 살인가 갓 스물인가 난 규수에게 마음이 많은 모양이었다.

이런 일이 있은 지 며칠 뒤, 숙모님이 황 진사의 중매를 들게 되었다. 그 즈음 황 진사는 거의 날마다 우리 집에 들르게 되어 그의 딱한 형편을 은근히 걱정하고 있던 숙모님은, 그때 마침 집에 돌아와 계시던 숙부님과 의논하고, 그를 건넛집 젊은 과부에게 장가를 들게 해 주자고 하였다. 나는 물론 그리 되기를 원했다. 숙부님도 웃는 얼굴로,

"몰라, 허기야 저도 과부지만 그렇게 늙은 사람과 잘 살라구 할는지."
하셨다. 그러나 숙모님이,

"젊고 예쁜 홀아비가 어딨어요. 딸린 자식 없구 한 것만 해두……."
하고 자신 있게 말하는 것을 듣고 나도 적이 안심이 되었다.

그날 저녁 때 황 진사가 온 것을 보고 숙부님이,

"일재, 여기 젊고 돈 있는 색시가 있는데 장가 안 들라우?"
하고 물어본즉,

"아, 들면야 좋지만 선생도 아시다시피 천량이 있어야지."
하는 그의 얼굴에는 완연히 **희색**이 넘쳤다.

그의 얼굴에 희색이 넘침을 보신 숙모님은, 돈이 없어도 장가를 들 수 있다는 것과, 장가만 들게 되면 깨끗한 의복에 좋은 음식도 먹을 수 있으리라 하는 것을 일러주신즉,

"아 그럼야 여북 좋갔수, 규수 나인 몇 살이구……. 집안도 이름 있구……."

그는 연방 입이 벌어져 침을 흘리며 두 눈에 난데없는 광채를 띠고 숙모님께로 달려드는 판이었다.

희색(喜色) 기뻐하는 얼굴빛.

"과부래야 이름 아깝지 뭐. 이제 나이 삼십 다 못 된걸……."

숙모님도 신명이 나는 모양으로 이렇게 자랑 삼아 말한즉, 황 진사는 갑자기 낯빛이 확 변하며,

"아 규, 규수가, 시방 말씀한 그 규수가 과, 과, 과부란 말씀유?"

이렇게 물었다.

"왜 그류."

한순간 침묵이 흘렀다. 황 진사의 닫힌 입 가장자리에 미미한 경련이 일어나며, 힘없이 두 무르팍 위에 놓인 그의 두 손은 불불불 떨리고 있었다. 벽에 걸린 시계 소리가 '뚝딱 뚝딱' 하고 들리었다. 그는 조용히 고개질부터 좌우로 돌렸다.

"당찮은 말씀유……. 흥, 과, 과부라니 당치 않은 말씀을……."

그는 곧 호령이라도 내릴 듯이 누렇게 부은 두 볼이 꿈적꿈적하며 노기 띤 눈을 부라리곤 하더니, 엄숙한 목소리로,

"황후암(黃厚庵) 육대 **종손**이유."

하고, 다시,

"황후암 육대 손이 그래 남의 가문에 출가했던 여자한테 장갈 들다니 당하기나 한 소리요……. 선생도 너무나 과도한 말씀이유."

그는 분함을 누르느라고 목소리에 강한 굴곡이 울리었고 낯에는 비통한 **오뇌**의 경련이 일어나 있었다.

"내일이래두 그럼 어린 규수 골라 혼인하시지요, 뭐……."

하고, 숙모님도 무안해서 일어났다.

숙부님도 딱했던지,

종손(宗孫) 종가의 대를 이을 맏손자.

오뇌(懊惱) 뉘우쳐 한탄하고 번뇌함.

"일재, 일재 염려 말우, 농담했수. 그럼 일재 되구야 한번 **타문**에 출가했던 사람과 혼인을 하다니 될 말이유? 내가 어디 황후암을 몰우, 황익당을 몰우?"

한즉, 그때야 그도,

"아, 아무렴그랴, 그렇지 거 어디라구, 함부루 어림없이들……. 황후암이 누구며 황익당이 누군데그랴?"

얼굴을 펴고 이렇게 높은 소리로 외쳤다.

5

해가 바뀌고 새해가 되었다.

숙부님은 사뭇 금광에 계시느라고 새해맞이까지도 숙모님과 나와 단 둘이서 쓸쓸히 하게 되었다. 섣달 중순 즈음에서 한 보름 동안 일절 얼굴을 뵈지 않던 황 진사가 정월 초하룻날 아침에 대문 밖에서

"일 오너라."

하고, 언제보다도 **호기** 있게 불렀다. 그 고약 때가 찌든 두루마기를 빨아 입은 위에 어이한 색안경까지 시커먼 걸로 하나 쓰고는, 숙부님께 새해 인사를 드리러 왔노라고 하였다. 숙부님이 안 계신다고 하니 그러면 숙모님이나 뵙고 가겠다고 하였다.

숙모님은 마침 있는 음식에 반갑게 구시며, 떡과 술상을 차려 내주셨다. 그는 몇 번이나 완장 선생을 못 뵈어 죄송스럽다고 유감의 뜻을 표하고는, 술을 몇 잔 들이켜고 나더니,

---

타문(他門) 자신이 속하지 않은 문중(門中)이나 집안.
호기(豪氣) 씩씩하고 호방한 기상. 꺼드럭거리는 기운.

"**일배 일배 부일배**로 우리 군자 사람끼리 설쇰을 이렇게 해야지."

흥취에 못 배기겠다는 듯이 손으로 무르팍을 치곤 하였다.

숙모님이,

"새해에는 장……."

하다가 말끝을 움츠러들여 버리자, 그는 그 말끝을 잡아서,

"금년 **신운**은 청룡이 **농주**랬지만, 아 천량이 생겨야 장갈 들지."

하였다.

이튿날도 찾아왔다. 사흘째도 왔다. 이리하여 정월 한 달 동안을 거의 매일같이 숙부님께 새해 인사를 드려야 할 것이라면서 찾아왔다. 그러나 그는 결국 숙부님께 새해 인사를 드리지 못하고 말았다.

그 뒤 한 철 동안을 그는 아주 우리 집에 발길을 끊고 나타나지 않았다. 검은 둥치에 새 움이 트고 버들가지에 물기가 흐르는 봄 한 철을 나는 궁금한 가운데 보냈다.

봄도 지나 여름이 되었다. 새는 녹음 속에 늙고 물은 산골을 울리며 흘렀다.

그때 돌연히 숙부님이 어떤 사건으로 **피검**이 되자, 나는 시골 어느 절간에 가 지내려던 피서 계획을 포기하고 괴로운 여름 한 철을 서울서 나게 되었다. 물론 숙부님의 사건이란 건 당시 나도 잘 몰랐는데, 세상에서 들리는 말로는 만주에서 발단된 '**대종교 사건**'의 **연루**라는 것으로 숙부님 검거, 금광 채굴 중

일배 일배 부일배(一杯一杯復一杯) 한 잔 한 잔 또 한 잔. 당나라 시인으로 풍류를 노래한 이태백의 〈산중여유인대작(山中與幽人對酌)〉의 한 구절이다.

신운(身運) 운수. 이미 정하여져 있어 인간의 힘으로는 어쩔 수 없는 천운(天運)과 기수(氣數).

농주(弄珠) 나무를 깎아 만든 6~7개의 공을 하나씩 연거푸 높이 던져 올렸다 받았다 하면서 놀리는 공놀이. 여기서 '청룡(靑龍)'과 함께 쓰여 '푸른 용이 여의주를 제멋대로 가지고 놀다.'라는 의미로 쓰였다.

피검(被檢) 수사 기관에 잡혀감.

대종교 사건(大倧教事件) 일제 강점기에 단군 숭배 사상을 기초로 한 우리나라 고유의 민족 종교인 대종교 교도들이 일으킨 애국 의거. 당시 대종교의 포교 활동은 독립운동의 일환이어서, 숙부님이 대종교에 연관되었음을 통해 독립운동을 돕고 있던 애국 지사였음을 추측할 수 있다.

연루(連累/緣累) 남이 저지른 범죄에 연관됨.

지, 가택 수색, 이 세 가지를 한꺼번에 당하게 되었던 것이었다.

어느 날은 서대문 밖에 숙부님을 면회하고 돌아오는 길에 광화문통을 지나 오려니까,

"아, 이건 **노상 해후**로구랴!"

하는 소리가 났다. 고개를 들어 보니, 연녹색 **인조견** 조끼에 검은 유리 안경을 쓴 황 진사가 빨아 말린 두루마기를 왼쪽 팔에 걸고, 해묵은 누런 **맥고모**는 뒤통수에 **잦혀** 쓰고, 그 벗겨진 알이마를 햇살에 번쩍거리며 총독부 쪽에서 걸어오고 있는 것이다.

"네, 일재 선생 오래간만이올시다."

하고, 내가 인사를 한즉,

"댁에서들 모두 태평하시구, 완장 선생께도 소식 자주 듣구……. 아 이건 참 노상 해후로구랴!"

또 한 번 감탄하고 나더니,

"이리 잠깐 오. 날 좀 보."

하고, 그는 나를 한쪽 구석에 불러 놓고, 지극히 중대한 사실을 발견했노라고 한다. 나는 사정이 전과 다른 형편에 있던 터이라 혹시나 이런 데서 무슨 자세한 내용이나 알게 되나 하여 두근거리는 가슴을 누르며 긴장한 낯으로 그를 쳐다보고 있는 것인데, 그는

"아, 내 조상께서도 모르고 지낸 윗대 조상을 **근일**에 와서 **상고**했구랴."

이런 엉뚱한 소리를 하였다.

노상 해후(路上邂逅) 길거리나 길의 위에서 오랫동안 헤어졌다가 뜻밖에 다시 만남.
인조견(人造絹) 사람이 만든 명주실로 짠 비단.
맥고모(麥藁帽) 맥고(밀짚이나 보릿짚)로 만든 모자. 개화기에 젊은 남자들이 주로 썼다.
잦히다 뒤로 기울이다.
근일(近日) 과거의 매우 가까운 날. 또는 과거로부터 오늘까지의 여러 날 동안.
상고(詳考) 꼼꼼하게 따져서 검토하거나 참고함.

나는 너무 어이없어 어리둥절해 있노라니,

"왜 그루, 어디 편찮우."

한다. 괜찮으니 얼른 마저 이야기하라고 하니,

"아, 이럴 수가……. 온, 내 조상이 대체 신라 적 화랑이구랴!"

하고 혼자 감개해서 못 견디는 모양이었다. 그건 또 어떻게 알아냈느냐고 한즉, 근일에 여러 가지 서적을 상고하던 중 우연히 발견하게 된 것이라 하였다.

황 진사를 광화문통에서 만난 뒤, 두 달이 지난 어느 날 나는 숙모님을 모시고 병원에 갔다가 총독부 앞에서 전차를 내려 필운동으로 들어가노라니 **'모루히네'** 환자 치료소 옆에서 하마터면 못 보고 지나칠 뻔하다가 그를 보게 되었다.

머리가 더부룩한 거지 아이 몇 놈과 아편 중독자 몇과 그 밖에 중풍쟁이, 앉은뱅이, 수족 병신들이 몇 둘러싼 가운데에 한 두어 뼘 길이쯤 되는 무슨 과자 상자를 거꾸로 엎어 놓고, 그 위에 삐쩍 마른 두꺼비 한 마리와, 그 옆의 똥그란 양철통에 흙빛 연고약을 넣어 두고 약 쓰는 법을 설명하는 위인이 있다.

"두꺼비 기름, 두꺼비 기름, 에헴, 두꺼비 기름이올시다. 옻 오른 데도 쓰고, 옴 오른 데도 쓰고, **등창**, **둔창**, 화상, 동상, 충치, 풍치, 이 앓는 데도 쓰고, 어린애 귀젓 앓는 데, 머리가 자꾸 헐어 들어가 **하게아다마** 되랴는 데, 남녀노소, 어른 애, 계집 사내 할 것 없이, 서울내기 시골뜨기, 물을 것 없이, 거저 누구든지 헌 데는 독물을 빼고, 벌레가 먹는 데는 벌레

모루히네 모르핀(Morphine, 아편의 주성분이 되는 알칼로이드)의 일본식 발음. 일제 강점기 총독부는 1930년 4월부터 모르핀 전매제와 함께 중독자 등록제를 실시했는데, 모르핀 중독자로 등록하면 '치료'라는 명목하에 저렴하게 모르핀을 공급하는 아편 정책 이후 모르핀 중독자가 급속히 증가했다.

등창(-瘡) 등에 나는 큰 부스럼.

둔창(臀瘡) 볼기에 나는 부스럼.

하게아다마[禿頭] 대머리를 뜻하는 일본어.

를 내고, 고름이 생기는 데는 고름 뿌리를 빼고, 살이 썩는 데는 **거구생신**을 하고, 자, 깊이깊이 감춰 두면 반드시 한 번씩은 찾게 되는 약, 첩첩이 싸서 깊이깊이 넣어 두면 언제든지 한 번은 보배가 되는 약! 자아, 두꺼비 기름이올시다. 두꺼비 코에서 짠 두꺼비 기름, 자아, 그러면 이 두꺼비가 얼마나 무서운 **신효**가 있는지를 여러분의 두 눈 앞에 보여 드릴 터이니까 단단히 보시오."

그는 약물에다 흙빛 고약을 찍어 넣어서 저으며,

"자아, 단단히 보시오, 우리 몸에 있는 썩은 피가 두꺼비 코끝만 들어가면 그만 이렇게 **홍로일점설**, 봄철의 눈과 같이 흔적도 없이 사라져 버립니다!"

하고, 약물 접시를 들어 여러 사람 앞에 한 번 내두르고 나서 기침을 한 번 새로 하더니,

"여러분, 여기 계시는 이 분은 우리 조선에서 유명한 선생이올시다. 그런데 선생께서는 두 달 전부터 충치를 앓으셔서 병석에 누워 계시다가 이 약으로 말미암아 어저께 벌레를 내고 오늘부터 이렇게 이곳까지 나와 주시게 되었습니다."

하고, 궐자가 손으로 가리키는 바로 그 곁에는, 전날에 보던 그 검정색 안경을 쓴 우리 황 진사가 점잖게 먼 산을 바라보고 앉아 있었다. 궐자는 다시 말을 이어,

"선생께서는 또 이 방면에 대한 연구가 대단히 깊으실 뿐 아니라, 곰의 쓸개, 오리 혀, 지렁이 오줌, 쥐의 똥, 고양이 간 같은 걸로 훌륭한 약을 지어서 일만 가지 **병마**를 퇴치시킬 수도 있는, 말하자면 **이인**과 같은 능력을 가

거구생신(去舊生新) 묵은 것을 제거하여 새롭게 생겨나게 함.
신효(神效) 신기한 효과나 효험이 있음. 또는 그 효과나 효험.
홍로일점설(紅爐一點雪) 빨갛게 달아오른 화로 위에 떨어진 한 점 눈.
병마(病魔) '병'을 악마에 비유하여 이르는 말.
이인(異人) 재주가 신통하고 비범한 사람.

지신 어른이올시다!"
할 즈음에 순사가 왔다. 에워싸고 있던 거지, 아편쟁이, 수족 병신 들은 각기 제 구석을 찾아 헤어졌다.

이 꼴을 보신 숙모님은 나에게 눈짓을 하시며 앞서 가셨다. 나도 숙모님 뒤를 좇아 한참 오다 돌아본즉, 아까 연설을 하던 작자는 빈 과자 상자에 마른 두꺼비와 고약 통을 담아 가슴에 안고, 황 진사는 점잖게 두 손을 두루마기 옆구리에 찌른 채 순사를 따라 건너편 파출소를 향해 걸어가고 있었다.

1933년에 발표된 이태준의 〈달밤〉은 우둔하지만 순진한 황수건이라는 인물을 '나'의 시선으로 따뜻하게 그려 낸 단편 소설입니다. 작품 속 '나'는 한밤중에 찾아와 엉뚱한 이야기를 하는 황수건에게 황당함을 느끼지만, 곧 그의 순수함에 동화되어 그를 좋아하게 됩니다. 그리고 황수건의 거듭된 실패를 안타까워하고 그를 위해 장사 밑천을 내놓기도 하는 등, 당대 지식인인 '나'가 황수건을 바라보는 시선에는 동시대를 살아가는 소외된 사회적 약자에 대한 연민과 동정이 담겨 있습니다.

그러한 '나'의 바람과 달리 황수건은 학교 급사, 신문 보조 배달원, 참외 장사 등을 하며 열심히 살려고 하지만 매번 실패를 겪습니다. 이러한 황수건의 비극적 현실에도 이 작품은 절망적인 분위기로 흐르지 않는데, 황수건의 우스꽝스러운 행동을 통해 웃음을 자아내는가 하면 서술자인 '나'의 온정 어린 시선이 그의 순박한 성격을 두드러지게 하기 때문입니다. 특히 결말에서 달밤이 흐르는 장면은 애상적이고 서정적인 분위기를 연출함으로써 작품이 비극적으로 흐르는 것을 막아 줍니다.

개성적 인물의 묘사를 통해 그들이 처한 고통스러운 상황을 객관적으로 보여 주고, 이를 통해 독자가 그 사회의 부조리함을 비판적으로 바라볼 수 있게 하는 이 작품을 '나'와 함께 감상해 봅시다.

이태준(李泰俊, 1904~?)

강원 철원 출생. 1935년 《시대일보》에 〈오몽녀(五夢女)〉를 발표하면서 등단했다. 일제 강점기 민족의 과거와 현실적 고통을 비교하는 문제의식을 가지고 작품을 썼으며, 간결하면서도 호소력 있는 문장으로 독자의 큰 호응을 받았다. 그의 소설 속 인물들은 대개 가난하고 무력하지만 인간미가 있고 우리의 전통적인 삶의 의식을 잘 드러낸다. 그는 해방 직후 조선 문학가 동맹에 가담했다가 1946년에 월북하였다. 주요 작품으로는 〈달밤〉, 〈돌다리〉, 〈까마귀〉, 〈해방 전후〉, 《황진이》, 《농토》 등이 있다.

달밤 _이태준

성북동(城北洞)으로 이사 나와서 한 대엿새 되었을까, 그날 밤 나는 보던 신문을 머리맡에 밀어 던지고 누워 새삼스럽게,

"여기도 정말 시골이로군!"

하였다.

무어 바깥이 컴컴한 걸 처음 보고 시냇물 소리와 쏴— 하는 솔바람 소리를 처음 들어서가 아니라 황수건이라는 사람을 이날 저녁에 처음 보았기 때문이다.

그는 말 몇 마디 사귀지 않아서 곧 못난이란 것이 드러났다. 이 못난이는 성북동의 산들보다, 물들보다, 조그만 지름길들보다, 더 나에게 성북동이 시골이란 느낌을 풍겨 주었다.

서울이라고 못난이가 없을 리야 없겠지만 **대처**에서는 못난이들이 거리에 나와 행세를 하지 못하고, 시골에선 아무리 못난이라도 마음 놓고 나와 다니는 때문인지, 못난이는 시골에만 있는 것처럼 흔히 시골에서 잘 눈에 뜨인다. 그리고 또 흔히 그는 태고 때 사람처럼 그 우둔하면서도 천진스런 눈을 가지고, 자기 동리에 처음 들어서는 손에게 가장 순박한 시골의 정취를 돋워 주는 것이다.

대처(大處) 도회지. 사람이 많이 살고 상공업이 발달한 번잡한 지역.

그런데 그날 밤 황수건이는 열 시나 되어서 우리 집을 찾아왔다.

그는 어두운 마당에서 꽥 지르는 소리로,

"아, 이 댁이 **문안**서……."

하면서 들어섰다. 잡담 제하고 큰일이나 난 사람처럼 건넌방 문 앞으로 달려들더니,

"저, 저 문안 서대문 거리라나요, 어디선가 나오신 댁입쇼?"

한다.

보니, **핫삐**는 안 입었으되 신문을 들고 온 것이 신문 배달부다.

"그렇소, 신문이오?"

"아, 그런 걸 사흘이나 저, 저 건너쪽에만 가 찾었습죠. 제기……."

하더니 신문을 방에 들여뜨리며,

"그런뎁쇼, 왜 이렇게 죄꼬만 집을 사구 와 겝쇼. 아, 내가 알었더면 이 아래 큰 개와집도 많은걸입쇼……."

한다. 하 말이 황당스러 유심히 그의 생김을 내다보니 눈에 얼른 두드러지는 것이 빡빡 깎은 머리로되 보통 크다는 정도 이상으로 골이 크다. 그런 데다 옆으로 보니 짱구 대가리다.

"그렇소? 아무튼 집 찾노라고 수고했소."

하니 그는 큰 눈과 큰 입이 일시에 히죽거리며,

"뭘입쇼, 이게 제 업인뎁쇼."

하고 날래 물러서지 않고 목을 길게 빼어 방 안을 살핀다. 그러더니 묻지도 않는데,

"저는입쇼, 이 동네 사는 황수건이라 합니다……."

문안(門-) 사대문 안. 조선 시대 서울에 있던 동쪽의 홍인지문, 서쪽의 돈의문, 남쪽의 숭례문, 북쪽의 숙정문 안쪽을 이른다.

핫삐[法被/半被] 등이나 깃에 '상호가 찍힌 겉옷'을 이르는 일본어.

하고 인사를 붙인다. 나도 깍듯이 내 성명을 대었다. 그는 또 싱글벙글하면서,

"댁엔 개가 없구먼입쇼."

한다.

"아직 없소."

하니,

"개 그까짓 거 두지 마십쇼."

한다.

"왜 그렇소?"

물으니 그는 얼른 대답하는 말이,

"신문 보는 집엔입쇼, 개를 두지 말아야 합니다."

한다. 이것 재미있는 말이다 하고 나는,

"왜 그렇소?"

하고 또 물었다.

"아, 이 뒷동네 **은행소**에 댕기는 집엔입쇼, 망아지만한 개가 있는뎁쇼, 아, 신문을 배달할 수가 있어얍죠."

"왜?"

"막 깨물랴고 덤비는걸입쇼."

한다. 말 같지 않아서 나는 웃기만 하니 그는 더욱 신을 낸다.

"그눔의 개, 그저 한번, **양떡**을 멕여 대야 할 텐데……."

하면서 주먹을 부르대는데 보니, 손과 팔목은 머리에 비기어 반비례로 작고 가느다랗다.

은행소(銀行所) '은행'의 전 용어.
양떡 문맥상 '주먹쑥떡(남에게 욕을 하는 뜻으로, 주먹을 쥔 손을 다른 쪽 손으로 감쌌다가 앞으로 내미는 행동)'을 뜻함.

"어서 곤할 텐데 가 자시오."

하니 그는 마지못해 물러서며,

"선생님, 참 이 선생님 편안히 주뭅쇼. 저이 집은 여기서 얼마 안 되는걸입쇼."

하더니 돌아갔다.

그는 이튿날 저녁, 집을 알고 오는데도 아홉 시가 지나서야,

"신문 배달해 왔습니다."

하고 소리를 치며 들어섰다.

"오늘은 왜 늦었소?"

물으니,

"자연 그럽죠."

하고 다른 이야기를 꺼냈다.

자기는 원래 이 아래 있는 삼산 학교에서 일을 보다 어떤 선생하고 뜻이 덜 맞아 나왔다는 것, 지금은 신문 배달을 하나 원배달이 아니라 보조 배달이라는 것, 저희 집엔 양친과 형님 내외와 조카 하나와 저희 내외까지 식구가 일곱이란 것, 저희 아버지와 저희 형님의 이름은 무엇무엇이며, 자기 이름은 황가인 데다가 목숨 수 자하고 세울 건 자로 황수건이기 때문에, 아이들이 노랑수건이라고 놀리어서 성북동에서는 가가호호에서 노랑수건 하면, 다 자긴 줄 알리라고 자랑스럽게 이야기하다가 이날도,

"어서 그만 다른 집에도 신문을 갖다줘야 하지 않소?"

하니까 그때서야 마지못해 나갔다.

우리 집에서는 그까짓 **반편**과 무얼 대꾸를 해 가지고 그러느냐 하되, 나는 그와 지껄이기가 좋았다.

반편(半偏) 반편이. 지능이 보통 사람보다 모자라는 사람을 낮잡아 이르는 말.

그는 아무것도 아닌 것을 가지고 열심스럽게 이야기하는 것이 좋았고, 그와는 아무리 오래 지껄이어도 힘이 들지 않고, 또 아무리 오래 지껄이고 나도 웃음밖에는 남는 것이 없어 기분이 거뜬해지는 것도 좋았다. 그래서 나는 무슨 일을 하는 중만 아니면 한참씩 그의 말을 받아 주었다.

어떤 날은 서로 말이 막히기도 했다. 대답이 막히는 것이 아니라 무슨 말을 해야 할까 하고 막히었다. 그러나 그는 늘 나보다 빠르게 이야깃거리를 잘 찾아냈다. 오뉴월인데도 "꿩고기를 잘 먹느냐?"고도 묻고 "양복은 저고리를 먼저 입느냐, 바지를 먼저 입느냐?"고도 묻고 "소와 말과 싸움을 붙이면 어느 것이 이기겠느냐?"는 둥, 아무튼 그가 얘깃거리를 취재하는 방면은 기상천외로 여간 범위가 넓지 않은 데는 도저히 당할 수가 없었다. 하루는 내가 "평생 소원이 무엇이냐?"고 그에게 물어보았다. 그는 "그까짓 것쯤 얼른 대답하기는 누워서 떡 먹기"라고 하면서 평생 소원은 자기도 원배달이 한번 되었으면 좋겠다는 것이었다.

남이 혼자 배달하기 힘들어서 한 이십 부 떼어 주는 것을 배달하고, 월급이라고 원배달에게서 한 삼 원 받는 터이라 월급을 이십여 원을 받고, 신문사 옷을 입고, 방울을 차고 다니는 원배달이 제일 부럽노라 하였다. 그리고 방울만 차면 자기도 뛰어다니며 빨리 돌 뿐 아니라 그 은행소에 다니는 집 개도 조금도 무서울 것이 없겠노라 하였다.

그래서 나는 "그럴 것 없이 아주 신문사 사장쯤 되었으면 원배달도 바랄 것 없고 그 은행소에 다니는 집 개도 상관할 바 없지 않겠느냐?" 한즉 그는 뚱그레지는 눈알을 한참 굴리며 생각하더니 "**딴은** 그렇겠다."고 하면서, 자기는 **경난**이 없어 거기까지는 바랄 생각도 못하였다고 무릎을 치듯 가슴을 쳤다.

딴은 남의 행위나 말을 긍정하여 그럴 듯도 하다는 뜻을 나타내는 말.
경난(經難) 어려운 일을 겪음. 또는 그 어려움.

그러나 신문 사장은 이내 잊어버리고 원배달만 마음에 박혔던 듯, 하루는 바깥마당에서부터 무어라고 떠들어 대며 들어왔다.

"이 선생님? 이 선생님 곕쇼? 아, 저도 내일부턴 원배달이올시다. 오늘 밤만 자면입쇼……."

한다. 자세히 물어보니 성북동이 따로 한 구역이 되었는데, 자기가 맡게 되었으니까 내일은 배달복을 입고 방울을 막 떨렁거리면서 올 테니 보라고 한다. 그리고 "사람이란 게 그러게 무어든지 끝을 바라고 붙들어야 한다."고 나에게 일러주면서 신이 나서 돌아갔다. 우리도 그가 원배달이 된 것이 좋은 친구가 큰 출세나 하는 것처럼 마음속으로 진실로 즐거웠다. 어서 내일 저녁에 그가 배달복을 입고 방울을 차고 와서 **쭐럭거리는** 것을 보리라 하였다.

그러나 이튿날 그는 오지 않았다. 밤이 늦도록 신문도 그도 오지 않았다. 그다음 날도 신문도 그도 오지 않다가 사흘째 되는 날에야, 이날은 해도 지기 전인데 방울 소리가 요란스럽게 우리 집으로 뛰어들었다.

'어디 보자!'

하고 나는 방에서 뛰어나갔다.

그러나 웬일일까, 정말 배달복에 방울을 차고 신문을 들고 들어서는 사람은 황수건이가 아니라 처음 보는 사람이다.

"왜 전엣사람은 어디 가고 당신이오?"

물으니 그는,

"제가 성북동을 맡았습니다."

한다.

"그럼, 전엣사람은 어디를 맡았소?"

쭐럭거리다 쭐렁거리다. 매우 가볍고 경망스럽게 자꾸 행동하다.

하니 그는 픽 웃으며,

"그까짓 반편을 어딜 맡깁니까? 배달부로 쓸랴다가 똑똑치가 못하니까 안 쓰고 말았나 봅니다."

한다.

"그럼 보조 배달도 떨어졌소?"

하니,

"그럼요, 여기가 따루 한 구역이 된걸이오."

하면서 방울을 울리며 나갔다.

이렇게 되었으니 황수건이가 우리 집에 올 길은 없어지고 말았다. 나도 가끔 문안엔 다니지만 그의 집은 내가 다니는 길옆은 아닌 듯 길가에서도 잘 보이지 않았다.

나는 가까운 친구를 먼 곳에 보낸 것처럼, 아니 친구가 큰 사업에나 실패하는 것을 보는 것처럼, 못 만나는 섭섭뿐이 아니라 마음이 아프기도 하였다. 그 **당자**와 함께 세상의 **야박함**이 원망스럽기도 하였다.

한데 황수건은 그의 말대로 노랑수건이라면 온 동네에서 유명은 하였다. 노랑수건 하면 누구나 성북동에서 오래 산 사람이면 먼저 웃고 대답하는 것을 나는 차츰 알았다.

내가 잠깐씩 며칠 보기에도 그랬거니와 그에겐 우스운 일화도 한두 가지가 아니었다.

삼산 학교에 **급사**로 있을 시대에 삼산 학교에다 남겨 놓고 나온 일화도 여러 가지라는데, 그중에 두어 가지를 동네 사람들의 말대로 옮겨 보면, 역시

당자(當者) 당사자. 어떤 일이나 사건에 직접 관계가 있거나 관계한 사람.
야박하다(野薄--) 야멸치고 인정이 없다.
급사(給仕) 관청이나 회사, 가게 따위에서 잔심부름을 시키기 위하여 부리는 사람.

그때부터도 이야기하기를 대단 즐기어 선생들이 교실에 들어간 새, 손님이 오면 으레 손님을 앉히고는 자기도 걸상을 갖다 떡 마주 놓고 앉는 것은 물론, 마주 앉아서는 곧 자기류의 **만담** 삼매로 빠지는 것인데, 한번은 도 **학무국**에서 **시학관**이 나온 것을 이따위로 대접하였다. 일본 말은 못하니까 만담은 할 수 없고 마주 앉아서 자꾸 일본 말을 연습하였다.

"센세이 히, 오하요 고자이마스까? ……히히 아메가 후리마쓰. 유키가 후리마스까? 히히……(선생님, 안녕하십니까? 가는 비가 옵니다. 눈이 옵니까?)."

시학관도 인정이라 처음엔 웃었다. 그러나 열 번 스무 번을 되풀이하는 데는 성이 나고 말았다. 선생들은 아무리 기다려도 종 소리가 나지 않으니까, 한 선생이 나와 보니 종 칠 것도 잊어버리고 손님과 마주 앉아서 "오하요 유키가 후리마스까……." 하는 판이다.

그날 수건이는 선생들에게 단단히 몰리고 다시는 안 그러겠노라고 했으나, 그 버릇을 고치지 못해서 그예 쫓겨 나오고 만 것이다.

그는,

"너의 색시 달아난다."

하는 말을 제일 무서워했다 한다. 한번은 어느 선생이 장난엣말로,

"요즘 같은 따뜻한 봄날엔 옛날부터 색시들이 달아나기를 좋아하는데 어제도 저 아랫말에서 둘이나 달아났다니까 오늘은 이 동네에서 꼭 달아나는 색시가 있을걸……."

했더니 수건이는 점심을 먹다 말고 눈이 휘둥그레졌다 한다. 그리고 그날 오후에는 어서 바삐 **하학**을 시키고 집으로 갈 양으로 오십 분 만에 치는 종을

만담(漫談) 재미있고 익살스럽게 세상이나 인정을 비판·풍자하는 이야기를 함. 또는 그 이야기.
학무국(學務局) 대한 제국 때에, 학부에 속하여 각 학교와 외국 유학생에 관한 일을 맡아보던 관청.
시학관(視學官) 일제 강점기에, 학무국에 속하여 관내(管內)의 학사 시찰을 맡아보던 고등관.
하학(下學) 학교에서 그날의 수업을 마침.

이십 분 만에, 삼십 분 만에 함부로 **다가서** 쳤다는 이야기도 있다.

하루는 나는 거의 그를 잊어버리고 있을 때,

"이 선생님 곕쇼?"

하고 수건이가 찾아왔다. 반가웠다.

"선생님, 요즘 신문이 걸르지 않고 잘 옵쇼?"

하고 그는 배달 감독이나 되어 온 듯이 묻는다.

"잘 오, 왜 그류?"

한즉 또,

"늦지도 않굽쇼, 일즉이 제때마다 꼭꼭 옵쇼?"

한다.

"당신이 돌릴 때보다 세 시간은 일즉이 오고 날마다 꼭꼭 잘 오."

하니 그는 머리를 벅적벅적 긁으면서,

"하루라도 걸르기만 해라. 신문사에 가서 대뜸 일러바치지……."

하고 그 빈약한 주먹을 **부르댄다**.

"그런뎁쇼, 선생님?"

"왜 그류?"

"삼산 학교에 말씀예요, 그 제 대신 들어온 급사가 저보다 **근력**이 세게 생겼습죠?"

"나는 그 사람을 보지 못해서 모르겠소."

하니 그는 은근한 말소리로 히죽거리며,

"제가 거길 또 들어가 볼랴굽쇼, 운동을 합죠."

한다.

다그다 시간이나 날짜를 예정보다 앞당기다. 어떤 일을 서두르다.
부르대다 남을 나무라기나 하는 듯이 거친 말로 야단스럽게 떠들어 대다.
근력(筋力) 근육의 힘. 또는 그 힘의 지속성.

"어떻게 운동을 하오?"

"그까짓 거 날마다 사무실로 갑죠. 다시 써 달라고 졸라 댑죠. 아 그랬더니 새 급사란 녀석이 저보다 크기가 무척 큰뎁쇼, 이 녀석이 막 **불근댑니다**그려. 그래 한번 쌈을 해야 할 턴뎁쇼, 그 녀석이 근력이 얼마나 센지 알아야 뎀벼들 턴뎁쇼…… 허."

"그렇지, 멋모르고 대들었다 매만 맞지."

하니 그는 한 걸음 다가서며 또 은근한 말을 한다.

"그래섭쇼, 엊저녁엔 큰 돌멩이 하나를 굴려다 삼산 학교 대문에다 놨습죠. 그리구 오늘 아침에 가 보니깐 없어졌는뎁쇼. 이 녀석이 나처럼 억지루 굴려다 버렸는지, 뻔쩍 들어다 버렸는지 그만 못 봤거든입쇼, 제길……."

하고 머리를 긁는다. 그러더니 갑자기 무얼 생각한 듯 손뼉을 탁 치더니,

"그런뎁쇼, 제가 온 건입쇼, 댁에선 **우두**를 넣지 마시라구 왔습죠."

한다.

"우두를 왜 넣지 말란 말이오?"

한즉,

"요즘 **마마**가 다닌다구 모두 우두들을 넣는뎁쇼, 우두를 넣으면 사람이 근력이 없어지는 법인뎁쇼."

하고 자기 팔을 걷어올려 우두 자리를 보이면서,

"이걸 봅쇼. 저두 우두를 이렇게 넣었기 때문에 근력이 줄었습죠."

한다.

"우두를 넣으면 근력이 준다고 누가 그럽디까?"

물으니 그는 싱글거리며,

불근대다 흥분하여 자꾸 성을 벌컥 내다.
우두(牛痘) 천연두를 예방하기 위하여 소에서 뽑은 면역 물질.
마마 '천연두'를 일상적으로 이르는 말.

"아, 제가 생각해 냈습죠."

한다.

"왜 그렇소?"

하고 캐니,

"뭘…… 저 아래 윤금보라고 있는데 기운이 장산뎁쇼. 아 삼산 학교 그 녀석두 우두만 넣었다면 그까짓 것 무서울 것 없는뎁쇼, 그걸 모르겠거든입쇼……."

한다. 나는,

"그렇게 용한 생각을 하고 일러 주러 왔으니 아주 고맙소."

하였다. 그는 좋아서 벙긋거리며 머리를 긁었다.

"그래, 삼산 학교에 다시 들기만 기다리고 있소?"

물으니 그는,

"돈만 있으면 그까짓 거 누가 '**고스까이**' 노릇을 합쇼. 밑천만 있으면 삼산 학교 앞에 가서 뻐젓이 장사를 할 텐뎁쇼."

한다.

"무슨 장사?"

"아, 방학 될 때까지 **차미** 장사도 하굽쇼, 가을부턴 군밤 장사, 왜떡 장사, 습자지, 도화지 장사 막 합죠. 삼산 학교 학생들이 저를 어떻게 좋아하겝쇼. 저를 선생들보다 낫게 치는뎁쇼."

한다.

나는 그날 그에게 돈 삼 원을 주었다. 그의 말대로 삼산 학교 앞에 가서 뻐젓이 참외 장사라도 해 보라고. 그리고 돈은 남지 못하면 돌려오지 않아도 좋

고스까이[小使] 관청이나 회사, 가게 따위에서 잔심부름을 시키기 위하여 고용한 사람인 '사환(급사)'의 일본어.
차미 '참외'의 방언.

다 하였다.

그는 삼 원 돈에 덩실덩실 춤을 추다시피 뛰어나갔다. 그리고 그 이튿날,

"선생님 잡수시라굽쇼."

하고 나 없는 때 참외 세 개를 갖다 두고 갔다.

그러고는 온 여름 동안 그는 우리 집에 얼른하지 않았다.

들으니 참외 장사를 해 보긴 했는데 이내 장마가 들어 밑천만 까먹었고, 또 그까짓 것보다 한 가지 놀라운 소식은 그의 아내가 달아났단 것이다. 저희끼리 금슬은 괜찮았건만 동서가 못 견디게 굴어 달아난 것이라 한다. 남편만 남 같으면 따로 살림 나는 날이나 기다리고 살 것이나 평생 동서 밑에 살아야 할 신세를 생각하고 달아난 것이라 한다.

그런데 요 며칠 전이었다. 밤인데 **달포** 만에 수건이가 우리 집을 찾아왔다. 웬 포도를 큰 것으로 대여섯 송이를 종이에 싸지도 않고 맨손에 들고 들어왔다. 그는 벙긋거리며 첫마디로,

"선생님 잡수라고 사왔습죠."

하는 때였다. 웬 사람 하나가 날쌔게 그의 뒤를 따라 들어오더니 다짜고짜로 수건이의 멱살을 움켜쥐고 끌고 나갔다. 수건이는 그 우둔한 얼굴이 새하얗게 질리며 꼼짝 못하고 끌려 나갔다.

나는 수건이가 포도원에서 포도를 훔쳐 온 것을 **직각하였다**. 쫓아 나가 매를 말리고 포도 값을 물어 주었다. 포도 값을 물어 주고 보니 수건이는 어느 틈에 사라지고 보이지 않았다.

나는 그 다섯 송이의 포도를 탁자 위에 얹어 놓고 오래 바라보며 아껴 먹었다. 그의 은근한 **순정**의 열매를 먹듯 한 알을 가지고도 오래 입안에 굴려 보

달포 한 달이 조금 넘는 기간.
직각하다(直覺--) 보거나 듣는 즉시 곧바로 깨닫다.
순정(純情) 순수한 감정이나 애정.

며 먹었다.

어제다. 문안에 들어갔다 늦어서 나오는데 불빛 없는 성북동 길 위에는 밝은 달빛이 **깁**을 깐 듯하였다.

그런데 포도원께를 올라오노라니까 누가 맑지도 못한 목청으로,

"사……케……와 나……미다가 다메이……키……가……(술은 눈물인가 한숨인가)."

를 부르며 큰길이 좁다는 듯이 휘적거리며 내려왔다. 보니까 수건이 같았다. 나는,

"수건인가?"

하고 아는 체하려다 그가 나를 보면 무안해할 일이 있는 것을 생각하고, 휙 길 아래로 내려서 나무 그늘에 몸을 감추었다.

그는 길은 보지도 않고 달만 쳐다보며, 노래는 그 이상은 외우지도 못하는 듯 첫 줄 한 줄만 되풀이하면서 전에는 본 적이 없었는데 담배를 다 퍽퍽 빨면서 지나갔다.

달밤은 그에게도 유감한 듯하였다.

깁 명주실로 바탕을 조금 거칠게 짠 비단.

동네 어귀에 한두 곳쯤 자리하고 있는 부동산 중개업소를 살펴본 적이 있나요? 지금은 대개 현대식으로 깔끔하게 단장한 이들 업소가 과거에는 '복덕방'이라 불리는, 나이가 들어 더 이상 일거리가 없는 동네 노인들이 모여 하릴없이 바둑을 두거나 하는 장소였답니다.

1937년 《조광》에 발표된 이 단편 소설의 공간적 배경인 복덕방에는 일제 강점기에 생활의 기반을 잃어버린 세 노인, 즉 안 초시, 서 참위, 박희완 영감이 출현합니다. 이들은 사회의 중심에서 밀려난 인물들로, 근대 사회에 적응하지 못한 채 전통적인 윤리와 가치관을 추구하는 소외된 세대로 그려지고 있습니다. 이들과 달리 안 초시의 딸인 안경화는 개인과 자아를 중시하는 근대적 가치관을 지닌 새로운 세대로 등장합니다. 일확천금을 꿈꾸지만 현실적으로는 안경다리 하나 고칠 돈이 없을 만큼 경제적 궁핍에 처한 안 초시와 일선에서 밀려난 두 노인이, 신식 서양 무용가로 돈과 명성을 얻은 만큼 출세 지향적이고 매우 타산적인 인물인 안경화와 겪는 갈등은 이 시대의 세대 간 갈등입니다.

작품의 초반에 추석 준비로 바쁜 이웃집의 모습과 옥양목처럼 하얀 구름은 빨지 못한 안 초시의 적삼과 대조를 이루며 쓸쓸하고 초라한 복덕방 노인들의 모습을 부각시킵니다. 이들을 연민의 눈으로 바라보는 작가의 시선을 좇아, 식민지 근대화에 정신적·경제적 몰락을 겪으며 고통받던 우리 민족의 이야기를 감상해 봅시다.

이태준(李泰俊, 1904~?)

강원 철원 출생. 1935년 《시대일보》에 〈오몽녀(五夢女)〉를 발표하면서 등단했다. 일제 강점기 민족의 과거와 현실적 고통을 비교하는 문제의식을 가지고 작품을 썼으며, 간결하면서도 호소력 있는 문장으로 독자의 큰 호응을 받았다. 그의 소설 속 인물들은 대개 가난하고 무력하지만 인간미가 있고 우리의 전통적인 삶의 의식을 잘 드러낸다. 그는 해방 직후 조선 문학가 동맹에 가담했다가 1946년에 월북하였다. 주요 작품으로는 〈달밤〉, 〈돌다리〉, 〈까마귀〉, 〈해방 전후〉, 《황진이》, 《농토》 등이 있다.

복덕방 _이태준

철썩, 앞집 **판장** 밑에서 물 내버리는 소리가 났다. **주먹구구**에 **골독했던** 안(安) **초시**에게는 놀랄 만한 폭음(爆音)이었던지, 다리 부러진 돋보기 너머로, 똑 모이를 쪼려는 닭의 눈을 해 가지고 **수채구멍**을 내다본다. 뿌연 뜨물에 휩쓸려 나오는 것이 여러 가지다. 호박 꼭지, 계란 껍질, **거피해** 버린 녹두 껍질.

"녹두 **빈자떡**을 부치는 게로군. 흥……."

한 오륙 년째 안 초시는 말끝마다 "젠장……."이 아니면 "흥!" 하는 코웃음을 잘 붙이었다.

"추석이 벌써 낼모레지! 젠장……."

안 초시는 저도 모르게 입맛을 다시었다. 기름내가 코에 풍기는 듯 대뜸 입 안에 침이 흥건해지고 전에 괜찮게 지낼 때, 충치니 **풍치**니 하던 것은 거짓말이었던 것처럼 아래윗니가 송곳 끝같이 날카로워짐을 느끼었다.

복덕방(福德房) 가옥이나 토지 같은 부동산을 매매하는 일이나 임대차를 중개하여 주는 곳. 현재 부동산 중개업소를 말한다.
판장(板牆) 널빤지로 친 울타리.
주먹구구(--九九) 손가락으로 꼽아서 하는 셈. 어림짐작으로 대충 하는 계산을 이르는 말.
골독하다(汨篤--) '골똘하다'의 원말. 한 가지 일에 온 정신을 쏟아 딴생각이 없다.
초시(初試) 예전에, 한문을 좀 아는 유식한 양반을 높여 이르던 말.
수채구멍 '수채(집 안에서 버린 물이 집 밖으로 흘러 나가도록 만든 시설)'의 방언.
거피하다(去皮--) 콩, 팥, 녹두 따위의 껍질이나 소, 돼지, 말 따위의 가죽을 벗기다.
빈자떡(貧者-) 빈대떡.
풍치(風齒) 썩거나 상하지 않은 채 풍증으로 일어나는 치통.

안 초시는 그 날카로워진 이를 빈 입인 채 빠드득 소리가 나게 한번 물어 보고 고개를 들었다.

하늘은 천리같이 트였는데 조각구름들이 여기저기 널리었다. 어떤 구름은 깨끗이 바래 말린 옥양목처럼 흰빛이 눈이 부시다. 안 초시는 이내 자기의 때 묻은 적삼 생각이 났다. 소매를 내려다보는 그의 얼굴은 날래 들리지 않는다. 거기는 한 **조박**의 녹두 빈자나 한 잔의 약주로써 어쩌지 못할, 더 슬픔과 더 **고적**함이 품겨 있는 것 같았다.

혹혹 소매 끝을 불어 보고 손끝으로 튀겨 보기도 하다가 목침을 세우고 눕고 말았다.

"이사는 팔하고 사오는 이십이라 천이 되지……. 가만…… 천이라? 사로 했으니 사천이라 사천 평……. 매 평에 아주 줄여 잡아 오 환씩만 하게 돼두 사 환 칠십오 전씩이 남으니, 그럼…… 사사는 십육 일만 육천 환하구……."

안 초시가 다시 주먹구구를 거듭해서 얻어 낸 총액이 일만 구천 원, 단 천 원만 들여도 일만 구천 원이 되리라는 셈속이니, 만 원만 들이면 그게 얼만가? 그는 벌떡 일어났다. 이마가 화끈했다. 도사렸던 무릎을 얼른 곧추세우고 뒤나 보려는 사람처럼 쪼크렸다. **마코** 갑이 번연히 빈 것인 줄 알면서도 다시 집어다 눌러 보았다. 주머니에는 단돈 십 전, 그도 안경다리를 고친다고 벌써 세 번짼가 네 번째 딸에게서 사오십 전씩 얻어 가지고는 번번이 담뱃값으로 다 내어보내고 말던 최후의 십 전, 안 초시는 주머니에 손을 넣어 그것을 집어내었다. **백통화** 한 푼을 얹은 야윈 손바닥, 가만히 떨리었다. 서(徐)

조박(糟粕) 술을 거르고 남은 찌꺼기. 여기서는 '음식의 작은 조각'을 뜻함.
고적(孤寂) 외롭고 쓸쓸함.
마코 일제 강점기에 판매되던 담배 상표 이름.
백통화(--貨) 백동화(白銅貨).

참위의 투박한 손을 생각하면 너무나 얇고 **잔망스러운** 손이거니 하였다. 그러나 이따금 술잔은 얻어먹고, 이렇게 내 방처럼 그의 복덕방에서 잠까지 빌려 자건만 한 번도, 집 거간(居間)이나 해먹는 서 참위의 생활이 부럽지는 않았다. 그래도 언제든지 한번쯤은 무슨 수가 생기어 다시 한번 내 집을 쓰게 되고, 내 밥을 먹게 되고, 내 힘과 내 낯으로 다시 한번 세상에 부딪쳐 보려니 믿어졌다.

초시는 전에 어떤 관상쟁이의 "엄지손가락을 안으로 넣고 주먹을 쥐어야 재물이 나가지 않는다."는 말이 생각났다. 늘 그렇게 쥐노라고는 했지만 문득 생각이 나 내려다볼 때는, 으레 엄지손가락이 얄밉도록 밖으로만 쥐어져 있었다. 그래 **드팀전**을 하다가도 실패를 하였고, 그래 집까지 잡혀서 **장전**을 내었다가도 그만 화재를 보았거니 하는 것이다.

"이놈의 엄지손가락아, 안으로 좀 들어가아, 젠장."

하고 연습 삼아 엄지손가락을 먼저 안으로 넣고 아프도록 두 주먹을 꽉 쥐어 보았다. 그리고 당장 내어보낼 돈이면서도 그 십 전짜리를 그렇게 쥔 주먹에 단단히 넣고 담배 가게로 나갔다.

이 복덕방에는 흔히 세 늙은이가 모이었다.

언제 누가 와, 집 보러 가잘지 몰라, 늘 갓을 쓰고 앉아서 행길을 잘 내다보는, 얼굴 붉고 눈방울 큰 노인이 주인 서 참위다. 참위로 다니다가 합병 후에는 다섯 해를 놀면서 시기를 엿보았으나 별수가 없을 것 같아서 이럭저럭 **심심파적**으로 갖게 된 것이 이 가옥 중개업(家屋仲介業)이었다. 처음에는 겨우

참위(參尉) 대한 제국(1897~1910) 때에 둔, 무관(武官)의 맨 아래 계급.

잔망스럽다(孱妄---) 보기에 몹시 약하고 가냘픈 데가 있다. 태도나 행동이 자질구레하고 가벼운 데가 있다.

드팀전(--廛) 베, 비단, 무명 같은 온갖 천을 팔던 가게. 인조 직물과 신식 상점의 등장으로 점차 퇴조했다.

장전(欌廛) 장롱 따위의 세간을 만들어 파는 가게.

심심파적(--破寂) 심심풀이. 심심함을 잊고 시간을 보내기 위하여 어떤 일을 함. 또는 그런 일.

굶지 않을 만한 수입이었으나 **대정** 팔구 년 이후로는 시골 부자들이 세금에 몰려, 혹은 자녀들의 교육을 위해 서울로만 몰려들고, 그런 데다 돈은 흔해져서 관철동(貫鐵洞), 다옥정(茶屋町) 같은 중앙 지대에는 그리 **고옥**만 아니면 만 원대를 예사로 훌훌 넘었다. 그 판에 봄가을로 어떤 달에는 삼사백 원 수입이 있어, 그러기를 몇 해를 지나 가회동(嘉會洞)에 수십 칸 집을 세웠고 또 몇 해 지나지 않아서는 창동(倉洞) 근처에 땅을 장만하기 시작하였다. 지금은 중개업자도 많이 늘었고 **건양사** 같은 큰 건축 회사가 생기어서 당자끼리 직접 팔고 사는 것이 원칙처럼 되어 가기 때문에 중개료의 수입은 전보다 훨씬 준 셈이다. 그러나 이십여 칸 집에 학생을 치고 싶은 대로 치기 때문에 서 참위의 수입이 없는 달이라고 쌀값이 밀리거나 나무 값에 졸릴 형편은 아니다.

"세상은 먹구살게는 마련야……."

서 참위가 흔히 하는 말이다. 칼을 차고 훈련원에 나서 병법을 익힐 제는, 한번 호령만 하고 보면 산천이라도 물러설 것 같던 그 기개와, 오늘의 자기. 한낱 **가쾌**로 복덕방 영감으로 기생, 갈보 따위가 사글셋방 한 칸을 얻어 달래도 녜녜 하고 따라나서야 하는, 만인의 심부름꾼인 것을 생각하면 서글픈 눈물이 아니 날 수도 없는 것이다. 워낙 술을 즐기기도 하지만 어떤 때는 남몰래 이런 감회(感懷)를 이기지 못해서 술집에 들어선 적도 여러 번이다.

그러나 **호반**들의 기개란 흔히 혈기(血氣)에서 나오는 것이기 때문인지 몸에서 혈기가 줆을 따라 그런 감회를 일으킴조차 요즘은 적어지고 말았다. 하루는 집에서 점심을 먹다 듣노라니 무슨 장사치의 외는 소리인데 아무래도 귀

대정(大正) '다이쇼[1912~1926. 일본 다이쇼 천황 시대의 연호(年號)]'를 우리 한자음으로 읽은 이름.

고옥(古屋) 지은 지 오래된 집.

건양사(建陽社) 일제 강점기인 1919년에 정세권에 의해 세워진 건축 청부 회사. 당시 지방 빈농이 대거 유입되고 일본인이 눈에 띄게 이주하면서 서울에 주택이 달리자, 대규모 한옥을 사들여 여러 채로 쪼개 짓는 방법으로 근대식 한옥을 공급했다.

가쾌(家儈) 집 흥정을 붙이는 일을 직업으로 가진 사람.

호반(虎班) 무반. 무관(武官)의 반열.

에 익은 목청이다. 자세히 귀를 기울이니 점점 가까이 오는 소리인데 제법 무엇을 사라는 소리가 아니라 "유리병이나 간장통 팔거쏘!" 하는 소리이다. 그런데 그 목청이 보면 꼭 알 사람 같아, 일어서 마루 **들창**으로 내어다보니 이번에는 "가마니나 신문 잡지 팔거쏘!" 하면서 가마니 두어 개를 지고 한 손에는 저울을 들고 중노인이나 된 사나이가 지나가는데 아는 사람은 확실히 아는 사람이다. 그러나 그를 어디서 알았으며 성명이 무엇이며 애초에는 무엇을 하던 사람인지가 감감해지고 말았다.

"오오라! 그렇군……. 분명…… 저런!"

하고 그는 한참 만에 고개를 끄덕이었다. 그 유리병과 간장통을 외는 소리가 골목 안으로 사라져 갈 즈음에야 서 참위는 그가 누구인 것을 깨달아 낸 것이다.

"**동관** 김 참위……. 허!"

나이는 자기보다 훨씬 연소(年少)하였으나 학식과 재기가 있는 데다 호령소리가 좋아 상관에게 늘 칭찬을 받던 청년 무관이었었다. 이십여 년 뒤에 들어도 갈데없이 그 목청이요, 그 모습이었다. 전날의 그를 생각하고 오늘의 그를 보니 적이 감개에 사무치어 밥숟가락을 멈추고 냉수만 거듭 마시었다.

그러나 전에 혈기 있을 때와 달라 그런 기분이 오래가지는 않았다. 중학교 졸업반인 둘째 아들이 학교에 갔다 들어서는 것을 보고, 또 싸전에서 쌀값 받으러 와 마누라가 선선히 시퍼런 **지전**을 내어 세는 것을 볼 때, 서 참위는 이내 속으로,

'거저 살아야지 별수 있나. 저렇게 개가죽을 쓰고 돌아다니는 친구도 있는데……. 에헴.'

들창(-窓) 들어서 여는 창. 벽의 위쪽에 자그맣게 만든 창.
동관(同官) 한 관아에서 일하는 같은 등급의 관리나 벼슬아치.
지전(紙錢) 종이에 인쇄를 하여 만든 화폐.

하였을 뿐 아니라 그런 절박한 친구에다 대면 자기는 얼마나 훌륭한 지체냐 하는 자존심도 없지 않았다.

'지난 일 그까짓 생각할 건 뭐 있나. 사는 날까지……. 허허.'

여생을 웃으며 살 작정이었다. 그래 그런지 워낙 좀 실없는 티가 있는 데다 요즘 와서는 누구에게나 농지거리가 늘어 갔다. 그래 늘 눈이 달리고 뾰로통한 입으로는 말끝마다 '젠장' 소리만 나오는 안 초시와는 성미가 맞지 않았다.

"**쫌보**야, 술 한잔 사 주랴?"

쫌보라는 말이 자기를 업신여기는 것 같아서 안 초시는 이내 발끈해 가지고,

"네깟 놈 술 더러 안 먹는다."

한다.

"화투패나 밤낮 떼면 너이 어멈이 살아온다뎬?"

하고 서 참위가 발끝으로 화투장들을 밀어 던지면 그만 얼굴이 새빨개져서 쌔근쌔근하다가 부채면 부채, 담뱃갑이면 담뱃갑, 자기의 것을 냉큼 집어들고 다시 안 올 듯이 새침해 나가 버리는 것이다.

"조게 계집이문 천생 남의 첩감이야."

하고 서 참위는 껄껄 웃어 버리나 안 초시는 이렇게 돼서 올라가면 한 이틀씩 보이지 않았다.

한번은 안 초시의 딸의 **무용회** 날 밤이었다. 안경화(安京華)라고, 한동안 **토월회**에도 다니다가 대판(大阪)에 가 있느니 동경(東京)에 가 있느니 하더니 오륙 년 뒤에 무용가노라 이름을 날리며 서울에 나타났다. 바로 제1회 공연 날

쫌보(-甫)　졸보(拙甫). 재주도 없고 졸망하게 생긴 사람을 낮잡아 이르는 말.

무용회(舞踊會)　음악에 맞추어 율동적인 동작으로 감정과 의지를 표현하는 예술 발표회. '무용'은 일제 강점기 서구 문화를 향유하던 계층에 의해 '춤'과 구별되는, 유럽식 현대 무용을 지칭하는 용어로 사용되었다.

토월회(土月會)　우리나라의 신극 극단. 1923년에 일본 도쿄 유학생인 박승희·김을한·김기진 등이 중심이 되어 구성한 것으로, 신파극에 대항하여 본격적인 근대극 운동을 펼쳤다.

밤이었다. 서 참위가 조르기도 했지만, 안 초시도 딸의 사진과 이야기가 신문마다 나는 바람에 어깨가 으쓱해서 **공표**를 얻을 수 있는 대로 얻어 가지고 서 참위뿐 아니라 여러 친구를 **돌라줬던** 것이다.

"허! 저기 한가운데서 지금 한창 다릿짓하는 게 자네 딸인가?"

남은 다 **멍멍히** 앉았는데 서 참위가 해괴한 것을 보는 듯, 마땅치 않은 어조로 물었다.

"무용이란 건 문명국일수록 벗구 한다네그려."

약기는 한 안 초시는 미리 이런 대답으로 막았다.

"모르겠네 원……. 지금 총각 놈들은 모두 등신인가 봐……."

"왜?"

하고 이번에는 다른 친구가 탄하였다.

"우린 총각 시절에 저런 걸 보면 그냥 못 배기네."

"빌어먹을 녀석……. 나잇값을 못하구, 개야 저건 개……."

벌써 안 초시는 분통이 발끈거려서 나오는 소리였다.

한 가지가 끝나고 불이 환하게 켜졌을 때다.

"도루 차라리 여배우 노릇을 댕기라구 그래라. 여배운 그래두 저렇게 넓적다린 내놓구 덤비지 않더라."

"그 자식 오지랖 **경치게** 넓네. 네가 안방 건넌방이 몇 칸이요나 알았지 뭘 쥐뿔이나 안다구 그래? 보기 싫건 나가렴."

하고 안 초시는 화를 발끈 내었다. 그러니까 서 참위도 안방 건넌방 말에 화가 나서 꽤 높은 소리로,

공표(空票) 값을 치르지 않고 거저 얻은 입장권이나 차표.
돌라주다 몫을 갈라서 따로따로 나누어 주다.
멍멍히 정신이 빠진 것같이 어리벙벙하게.
경치다(黥--) 혹독하게 벌을 받다. 여기서는 아주 심한 상태를 못마땅하게 여겨 이르는 말로 쓰였다.

"넌 또 뭘 아니? 요 쫌보야."
하고 일어서 버리었다.

이 일이 있은 후 안 초시는 거의 달포나 서 참위의 복덕방에 나오지 않았었다. 그런 걸 박희완(朴喜完) 영감이 가서 데리고 왔었다.

박희완 영감이란 세 영감 중의 하나로, 안 초시처럼 이 복덕방에 와 자기까지는 안 하나 꽤 **쑬쑬히** 놀러 오는 늙은이다. 아니, 놀러 오기만 하는 것이 아니라 와서는 공부도 한다. 재판소에 다니는 조카가 있어 **대서업** 운동을 한다고 **《속수 국어 독본》**을 노상 끼고 와 그 《삼국지(三國志)》 읽던 투로,

"긴상 도꼬에 유키이마스까(김 선생 어디 가십니까)."

어쩌고를 외고 있는 것이다.

그러나 《속수 국어 독본》 뚜껑이 손때에 절고, 또 어떤 때는 목침 위에 받쳐 베고 낮잠도 자서 머리때까지 새까맣게 절어 '조선 총독부 편찬(朝鮮總督府編纂)'이란 잔글자들은 보이지 않게 되도록, 대서업 허가는 **의연히** 나오지 않는 모양이었다.

"너나 내나 다 산 것들이 업은 가져 뭘 허니. 무슨 세월에……. 흥!"
하고 어떤 때, 안 초시는 한나절이나 화투패를 떼다 안 떨어지면 그 화풀이로 박희완 영감이 들고 중얼거리는 《속수 국어 독본》을 툭 채어 행길로 팽개치며 그랬다.

"넌 또 무슨 재술 바라구 밤낮 화토패나 떨어지길 바라니?"

"난 심심풀이지."

쑬쑬히 품질이나 수준, 정도 따위가 웬만하여 기대 이상으로.
대서업(代書業) 남을 대신하여 관청 행정이나 법률 행위에 필요한 서류를 작성하여 주고 보수를 받는 직업.
《속수 국어 독본(速修國語讀本)》 총독부가 일본어 보급을 위해 펴낸 책자. 여기서 '국어'는 '일본어'를 뜻하는데, 《삼국지》 읽던 억양으로 읽는다는 건 그 발음이 일본어 억양과 맞지 않음을 말한다.
의연히(依然-) 전과 다름이 없이.

그러나 속으로는 박희완 영감보다 더 세상에 대한 야심이 끓었다. 딸이 평양으로 대구로 다니며 지방 순회까지 하여서 제법 돈냥이나 걷힌 것 같으나 연구소를 내느라고, 집을 뜯어고친다, **유성기**를 사들인다, 교제를 하러 돌아다닌다 하느라고, 더구나 귀찮게만 아는 이 애비를 위해 쓸 돈은 예산에부터 들지 못하는 모양이었다.

"얘? 낡은 솜이 돼 그런지, 삯바느질이 돼 그런지, 바지 솜이 모두 치어서 어떤 덴 **홑옷**이야. 암만해두 샤쓸 한 벌 사 입어야겠다."

하고 딸의 눈치만 보아 오다 한번은 입을 열었더니,

"어련히 인제 사 드릴라구요."

하고 딸은 대답은 선선하였으나 샤쓰는 그해 겨울이 다 지나도록 구경도 못하였다. 샤쓰는커녕 안경다리를 고치겠다고 돈 일 원만 달래도 일 원짜리를 굳이 바꿔다가 오십 전 한 닢만 주었다. 안경은 돈을 좀 주무르던 시절에 장만한 것이라 테만 오륙 원 먹는 것이어서 오십 전만으로 그런 다리는 어림도 없었다. 오십 전짜리 다리도 있지만 살 바에는 **조촐한** 것을 택하던 초시의 성미라 더구나 면상에서 짝짝이로 드러나는 것을 사기가 싫었다. 차라리 종이 노끈인 채 쓰기로 하고 오십 전은 담뱃값으로 나가고 말았다.

"왜 안경다린 안 고치셨어요?"

딸이 그날 저녁으로 물었다.

"흥……."

초시는 말은 하지 않았다. 딸은 며칠 뒤에 또 오십 전을 주었다. 그러면서 어떻게 들으라고 하는 소리인지,

유성기(留聲機) 축음기. 원통형 레코드 또는 원판형 레코드에 녹음한 음을 재생하는 장치. 음반이 발매된 1907년 이후부터 대중적으로 보급된 개화기 신문물로 신문화와 부(富)를 상징한다.

홑옷 한 겹으로 지은 옷.

조촐하다 외모나 모습 따위가 말쑥하고 맵시가 있다.

"아버지 보험료만 해두 한 달에 삼 원 팔십 전씩 나가요."
하였다. 보험료나 타 먹게 어서 죽어 달라는 소리로도 들리었다.

"그게 내게 상관 있니?"

"아버지 위해 들었지, 누구 위해 들었게요 그럼?"

초시는 '정말 날 위해 하는 거면 살아서 한 푼이라두 다오. 죽은 뒤에 내가 알 게 뭐냐.' 소리가 나오는 것을 억지로 참았다.

"오십 전이문 왜 안경다릴 못 고치세요?"

초시는 설명하지 않았다.

"지금 아버지가 좋구 낮은 것을 가리실 처지야요?"

그러나 오십 전은 또 마코 값으로 다 나갔다. 이러기를 아마 서너 번째다.

"자식도 소용없어. 더구나 딸자식……. 그저 내 수중에 돈이 있어야……."

초시는 돈의 **긴요성**을 날로 날로 더욱 심각하게 느끼었다.

"돈만 가지면야 좀 좋은 세상인가!"

심심해서 운동 삼아 좀 나다녀 보면 거리마다 짓느니 고층 건축(高層建築)들이요, 동네마다 느느니 그림 같은 **문화 주택**들이다. 조금만 정신을 놓아도 물에서 갓 튀어나온 메기처럼 미끈미끈한 자동차가 등덜미에서 소리를 꽥 지른다. 돌아다보면 운전수는 눈을 부릅떴고 그 뒤에는 금시계 줄이 번쩍거리는 살진 중년 신사가 빙그레 웃고 앉았는 것이었다.

"예순이 낼모레……. 젠장할 것."

초시는 늙어 가는 것이 원통하였다. 어떻게 해서나 더 늙기 전에 적게 돈만 원이라도 붙들어 가지고 내 손으로 다시 한번 이 세상과 교섭해 보고 싶었

긴요성(緊要性) 매우 중요한 성질.
문화 주택(文化住宅) 생활하기에 편리하고 보건 위생에 알맞은 새로운 형식의 주택. 일본식과 서양식을 절충한 주택으로, 일제 강점기 경성(지금의 서울)의 인구수가 폭증하면서 1920년대부터 보급되었다. 이 때문에 문화 주택 개발지의 기존 거주민이었던 조선의 하층민은 점점 더 경성의 중심부로터 밀려나게 되었다.

다. 지금 이 꼴로서야 문화 주택이 암만 서기로 내게 무슨 상관이며 자동차, 비행기가 개미 떼나 파리 떼처럼 퍼지기로 나와 무슨 인연이 있는 것이냐. 세상과 자기와는 자기 손에서 돈이 떨어진, 그 즉시로 인연이 끊어진 것이라 생각되었다.

'그러면 송장이나 다름없지 뭔가?'

초시는 이런 질문을 자신에게 던진 지가 이미 오래였다.

'무슨 수가 없을까?'

또,

'무슨 그루터기가 있어야 비비지!'

그러다가도,

'그래도 돈냥이나 엎질러 본 녀석이 벌기도 하는 게지.'

하고, 그야말로 무슨 그루터기만 만나면 꼭 벌기는 할 자신이었다.

그러다가 박희완 영감에게서 들은 말이었다. **관변**에 있는 모 **유력자**를 통해 비밀리에 나온 말인데 황해 연안(黃海沿岸)에 제2의 **나진**이 생긴다는 말이었다. 지금은 관청에서만 알 뿐이나 **축항** 용지(用地)는 비밀리에 매수되었으므로 **불원하여** 당국자로부터 공표가 있으리라는 것이다.

"그럼, 거기가 황무진가? 전답들인가?"

초시는 눈이 뻘게 물었다.

"밭이라대."

관변(官邊) 정부나 관청 쪽. 또는 그 계통.
유력자(有力者) 세력이나 재산이 있는 사람.
나진(羅津) 함경북도 북부에 있는 항구 도시. 1930년대 일제가 본격적인 대륙 진출을 꾀하면서 이곳을 대륙 침탈과 수탈을 위한 핵심 거점으로 개발하였다.
축항(築港) 항구를 구축함. 또는 그 항구.
불원하다(不遠--) 시일이 오래지 아니하다.

"밭? 그럼 매 평 얼마나 간다나?"

"좀 올랐대. 관청에서 사는 바람에 아무리 시굴 사람들이기루 그만 눈치 없겠나. 그래두 무슨 일루 관청서 사는진 모르거든……."

"그래."

"그래, 그리 오르진 않았대……. 아마 평당 이십오륙 전씩이면 살 수 있다나 보대. 그러니 **화중지병**이지 뭘 허나 우리가……."

"음……."

초시는 관자놀이가 욱신거리었다. 정말이기만 하면 한 시각이라도 먼저 덤비는 놈이 더 먹는 판이다. 나진도 오륙 전 하던 땅이 한번 개항된다는 소문이 나자 **당년**으로 오륙 전의 백 배 이상이 올랐고 삼사 년 뒤에는, 땅 나름이지만 어떤 **요지**는 천 배 이상이 오른 데가 많다.

'다 산 나이에 오래 끌 건 뭐 있나. 당년으로 넘겨두 최소한도 오 환씩야 **무려할** 테지…….'

혼자 생각한 초시는,

"대관절 어디란 말야 거기가?"

하고 나앉으며 물었다.

"그걸 낸들 아나?"

"그럼?"

"그 모씨라는 이만 알지. 그리게 날더러 단 만 원이라도 자본을 운동하면 자기는 거기서도 어디어디가 요지라는 걸 설계도를 복사해 낸 사람이니까, 그 요지만 산단 말이지, 그리구 많이두 바라지 않어. 비용 죄다 제치구 순

화중지병(畫中之餠) 그림의 떡.
당년(當年) 일이 있는 바로 그해.
요지(要地) 정치, 문화, 교통, 군사 따위의 핵심이 되는 곳.
무려하다(無慮--) 믿음직스러워 아무 염려할 것이 없다.

이익의 이 할만 달라는 거야."

"그럴 테지……. 누가 그런 자국을 일러주구 구경만 하자겠나……. 이 할이라…… 이 할……."

초시는 생각할수록 이것이 훌륭한, 그 무슨 그루터기가 될 것 같았다. 나진의 선례도 있거니와 박희완 영감 말이 만주국이 되는 바람에 중국과의 관계가 미묘해지므로 황해 연안에도 으레 나진과 같은 사명을 갖는 큰 항구가 필요할 것은 우리 상식으로도 추측할 바이라 하였다. 초시의 상식에도 그것을 믿을 수 있었다.

오늘은 오래간만에 **피죤**을 사서, 거기서 아주 한 대를 피워 물고 왔다. 어째 박희완 영감이 종일 보이지 않는다. 다른 데로 자금 운동을 다니나 보다 하였다. 서 참위는 점심 전에 나간 사람이 어디서 흥정이 한 자리 떨어지느라고인지 아직 돌아오지 않는다. 안 초시는 미닫이틀 위에서 낡은 화투를 꺼내었다.

"허, 이거 봐라!"

여간해선 잘 떨어지지 않던 거북패가 단번에 뚝 떨어진다. 누가 옆에 있어 좀 보아 줬으면 싶었다.

"아무래두 이게 심상치 않어……. 이제 재수가 틔나 부다!"

초시는 반도 타지 않은 담배를 행길로 내어던졌다. 출출하던 판에 담배만 몇 대를 피고 나니 목이 컬컬해진다. 앞집 수채에는 뜨물에 떠내려가다 막힌 녹두 껍질이 그저 누렇게 보인다.

'오냐, 내년 추석엔…….'

초시는 이날 저녁에 박희완 영감에게서 들은 이야기를 딸에게 하였다. 실

피죤(Pigeon) 1930년대 후반 마코와 더불어 가장 인기가 있었던 담배 중 하나. 일제 강점기 담배, 소금, 인삼 등을 독점 판매하던 조선 총독 전매국에서 만든 담배이다.

패는 했을지라도 그래도 십수 년을 상업계에서 논 안 초시라 **출자**를 권유하는 수작만은 딸이 듣기에도 딴사람인 듯 놀라웠다. 딸은 즉석에서는 가부를 말하지 않았으나 그의 머리 속에서도 이내 잊혀지지는 않았던지 다음 날 아침에는, 딸 편이 먼저 이 이야기를 다시 꺼내었고, 초시가 박희완 영감에게 묻던 이상을 시시콜콜히 캐어물었다. 그러면 초시는 또 박희완 영감 이상으로 손가락으로 가리키듯 소상히 설명하였고, 일 년 안에 **청장**을 하더라도 최소한도로 오십 배 이상의 순이익이 날 것이라 장담 장담하였다.

딸은 솔깃했다. 사흘 안에 연구소 집을 어느 신탁 회사(信託會社)에 넣고 삼천 원을 돌리기로 하였다. 초시는 금시 **발복**이나 된 듯 뛰고 싶게 기뻤다.

"서 참위 이놈, 날 은근히 멸시했것다. 내 굳이 널 시켜 네 집보다 난 집을 살 테다. 네깟 놈이 천생 가쾌지 별거냐……."

그러나 신탁 회사에서 돈이 되는 날은 웬 처음 보는 청년 하나가 초시의 앞을 가리며 나타났다. 그는 딸의 청년이었다. 딸은 아버지의 손에 단 일 전도 넣지 않았고 꼭 그 청년이 나서 돈을 쓰며 처리하게 하였다. 처음에는 팩 나오는 노염을 참을 수가 없었으나 며칠 밤을 지내고 나니, 적어도 삼천 원의 순이익이 오륙만 원은 될 것이라, 만 원 하나야 어디로 가랴 하는 타협이 생기어서 안 초시는 으슬으슬 그, 이를테면 사위 녀석 격인 청년의 뒤를 따라나섰다.

일 년이 지났다.

모두 꿈이었다. 꿈이라도 너무 악한 꿈이었다. 삼천 원어치 땅을 사 놓고 날마다 신문을 훑어보며 수소문을 하여도 거기는 축항이 된단 말이 신문에

출자(出資) 자금을 내는 일.
청장(淸帳) 장부(帳簿)를 청산한다는 뜻으로, 빚 따위를 깨끗이 갚음을 이르는 말.
발복(發福) 운이 틔어서 복이 닥침. 또는 그 복.

도, 소문에도 나지 않았다. 용당포(龍塘浦)와 다사도(多獅島)에는 땅값이 삼십 배가 올랐느니 오십 배가 올랐느니 하고 졸부들이 생겼다는 소문이 있어도 여기는 감감소식일 뿐 아니라 나중에, 역시 이것도 박희완 영감을 통해 알고 보니 그 관변 모씨에게 박희완 영감부터 속아 떨어진 것이었다. 축항 후보지로 측량까지 하기는 하였으나 무슨 결점으로인지 중지되고 마는 바람에 너무 **기민하게** 거기다 땅을 샀던, 그 모씨가 그 땅 처치에 곤란하여 꾸민 연극이었다.

돈을 쓸 때는 일 원짜리 한 장 만져도 못 봤지만 벼락은 초시에게 떨어졌다. 서너 끼씩 굶어도 밥 먹을 정신이 나지도 않았거니와 밥을 먹으러 들어갈 수도 없었다.

"재물이란 친자 간의 의리도 배추 밑 도리듯 하는 건가?"

탄식할 뿐이었다. 밥보다는 술과 담배가 그리웠다. 물론 안경다리는 그저 못 고치었다. 그러니 이제는 오십 전짜리는커녕 단 십 전짜리도 얻어 볼 길이 없다.

추석 가까운 날씨는 해마다의 그때와 같이 맑았다. 하늘은 천리같이 트였는데 조각구름들이 여기저기 널리었다. 어떤 구름은 깨끗이 바래 말린 옥양목처럼 흰빛이 눈이 부시다. 안 초시는 이번에도 자기의 때 묻은 적삼 생각이 났다. 그러나 이번에는 소매 끝을 불거나 떨지는 않았다. 고요히 흘러내리는 눈물을 그 더러운 소매로 닦았을 뿐이다.

여름이 극성스럽게 덥더니, 추위도 그럴 징조인지 예년보다 **무서리**가 일찍 내리었다. 서 참위가 늘 지나다니는 **식은 관사**에는 울타리가 넘게 피었던 코

기민하다(機敏--) 눈치가 빠르고 동작이 날쌔다.
무서리 늦가을에 처음 내리는 묽은 서리.
식은 관사(殖銀官舍) 한국 산업 은행의 전신인 '조선 식산 은행(朝鮮殖産銀行)' 직원이 살았던 사택.

스모스들이 끓는 물에 데쳐 낸 것처럼 시커멓게 무르녹고 말았다.

참위는 머리가 띵하였다. 요즘 와서 울기 잘하는 안 초시를 한번 위로해 주려, 엊저녁에는 데리고 나와 청요릿집으로, 추탕 집으로 새로 두 **점**을 치도록 돌아다닌 때문 같았다. **조반**이라고 몇 술 뜨기는 했으나 혀도 그냥 뻑뻑하다. 안 초시도 그럴 것이니까 해는 벌써 오정 때지만 끌고 나와 해장술이나 먹으리라 하고 부지런히 내려와 보니, 웬일인지 복덕방이라고 쓴 베 발이 아직 내어걸리지 않았다.

"이 사람 봐아……. 어느 땐 줄 알구 코만 고누……."

그러나 코 고는 소리는 들리지 않았다. 미닫이를 밀어젖힌 서 참위는 정신이 번쩍 났다. 안 초시의 입에는 피, 얼굴은 잿빛이다. 방 안은 움 속처럼 음습한 바람이 휑 끼친다.

"아니……?"

참위는 우선 미닫이를 닫고 눈을 비비고 초시를 들여다보았다. 안 초시는 벌써 아니요, 안 초시의 시체일 뿐, 둘러보니 무슨 약병인 듯한 것 하나가 굴러져 있다.

참위는 한참 만에야 이 일이 슬픈 일인 것을 깨달았다.

"허……."

파출소로 갈까 하다 그래도 자식한테 먼저 알려야겠다 하고 말만 듣던 그 안경화 무용 연구소를 찾아가서 안경화를 데리고 왔다. 딸이 한참 울고 난 뒤다.

"관청에 어서 알려야지?"

"아니야요. 아스세요."

점 예전에, 시각을 세던 단위. 괘종시계의 종치는 횟수로 세었다.
조반(朝飯) 아침 끼니로 먹는 밥.

딸은 펄쩍 뛰었다.

"아스라니?"

"저……."

"저라니?"

"제 명예도 좀……."

하고 그는 애원하였다.

"명예? 안 될 말이지. 명옐 생각하는 사람이 애빌 저 모양으로 세상 떠나게 해?"

"……."

안경화는 엎드려 다시 울었다. 그러다가 나가려는 서 참위의 다리를 끌어안고 놓지 않았다. 그리고,

"절 살려 주세요."

소리를 몇 번이나 거듭하였다.

"그럼, 비밀은 내가 지킬 테니 나 하자는 대로 할까?"

"네."

서 참위는 다시 앉았다.

"부친 위해 보험 든 거 있지?"

"네, **간이 보험**이야요."

"무슨 보험이던……. 얼마나 타게 되누?"

"사백팔십 원요."

"부친 위해 들었으니 부친 위해 다 써야지?"

"그럼요."

"에헴, 그럼……. 돌아간 이가 늘 속샤쓸 입구퍼 했어. 상등 털 샤쓰를 사다

간이 보험(簡易保險) 일반적으로 보험 금액이 적고 계약 수속이 간편한 보험.

입히구, 그 우에 **진견**으로 **수의 일습** 구색 맞춰 짓게 허구……. **선산**이 있나, 묻힐 데가?"

"웬걸요, 없어요."

"그럼 공동묘지라도 특등지루 널찍하게 사구……. 장례식을 장하게 해야 말이지 초라하게 해 버리면 내가 그저 안 있을 게야. 알아들어?"

"네에."

하고 안경화는 그제야 핸드백을 열고 눈물 젖은 얼굴을 닦았다.

안 초시의 소위 **영결식**이 그 딸의 연구소 마당에서 열리었다.

서 참위와 박희완 영감은 술이 거나하게 취해 갔다. 박희완 영감이 무얼 잡혀서 가져왔다는 **부의** 이 원을 서 참위가,

"장례비가 넉넉하니 자네 돈 그 계집애 줄 거 없네."

하고 우선 술집에 들러 거나하게 곱빼기들을 한 것이다.

영결식장에는 제법 반반한 조객들이 모여들었다. 예복을 차리고 온 사람도 두엇 있었다. 모두 고인을 알아 온 것이 아니요, 무용가 안경화를 보아 온 사람들 같았다. 그중에는 고인의 슬픔을 알아 우는 사람인지, 덩달아 기분으로 우는 사람인지 울음을 삼키느라고 끅끅 하는 사람도 있었다. 안경화도 제법 눈이 젖어 가지고 신식 상복이라나 공단 같은 새까만 양복으로 관 앞에 나와 향불을 놓고 절하였다. 그 뒤를 따라 한 이십 명 관 앞에 와 꾸벅거리었다. 그리고 무어라고 지껄이고 나가는 사람도 있었다.

진견 품질이 좋은 비단.
수의(壽衣) 염습(시신을 씻긴 뒤 베로 묶는 일) 때에 송장에 입히는 옷 한 벌.
일습(一襲) 옷, 그릇, 기구 따위의 한 벌. 또는 그 전부.
선산(先山) 조상의 무덤이 있는 산.
영결식(永訣式) 장사 지내기 전에, 죽은 사람을 영원히 떠나보낸다는 뜻으로 행하는 의식.
부의(賻儀) 상가(喪家)에 부조로 보내는 돈이나 물품. 또는 그런 일.

그들의 분향이 거의 끝난 듯하였을 때,

"에헴!"

하고 얼굴이 시뻘건 서 참위도 한마디 없을 수 없다는 듯이 나섰다. 향을 한 움큼이나 집어 놓아 연기가 시커멓게 올려 솟더니 불이 일어났다. 후후 불어 불을 끄고, 수염을 한번 쓰다듬고 절을 했다. 그리고 다시,

"헴……."

하더니 **조사**를 하였다.

"나 서 참월세, 알겠나? 흥……. 자네 참 **호살**세 호사야……. 잘 죽었느니, 자네 살았으문 이만 호살 해 보겠나? 인전 안경다리 고칠 걱정두 없구……. 아무튼지……."

하는데 박희완 영감이 들어서더니,

"이 사람 취했네그려."

하며 서 참위를 밀어 냈다.

박희완 영감도 가슴이 답답하였다. 분향을 하고 무슨 소리를 한마디 했으면 속이 후련히 트일 것 같아서 잠깐 멈칫하고 서 있어 보았으나,

"으흐흑……."

하고 울음이 먼저 터져 그만 나오고 말았다.

서 참위와 박희완 영감도 묘지까지 나갈 작정이었으나 거기 모인 사람들이 하나도 마음에 들지 않아 도로 술집으로 내려오고 말았다.

조사(弔詞/弔辭) 죽은 사람을 슬퍼하여 조문(弔問)의 뜻을 표하는 글이나 말.
호사(豪奢) 호화롭게 사치함. 또는 그런 사치.

화랑의 후예

1_ 이 작품의 서술 방식에 대한 설명으로 적절하지 않은 것을 골라 봅시다.

① 서술자는 인물과 어느 정도 거리를 유지하고 있다.

② 황 진사에 대한 '나'의 관찰이 작품의 주된 내용을 이루고 있다.

③ 유사한 일화의 반복을 통해 인물의 성격을 드러내고 있다.

④ 서술자가 인물에 대해 직접적인 평가를 내리고 있다.

⑤ 희극적인 소재와 행동으로 대상을 **희화화하고** 있다.

• **희화화하다**(戲畫化--) 어떤 인물의 외모나 성격, 또는 사건을 의도적으로 우스꽝스럽게 묘사하거나 풍자하다.

2_ 이 작품에 등장하는 인물과 그 특징을 올바르게 연결해 봅시다.

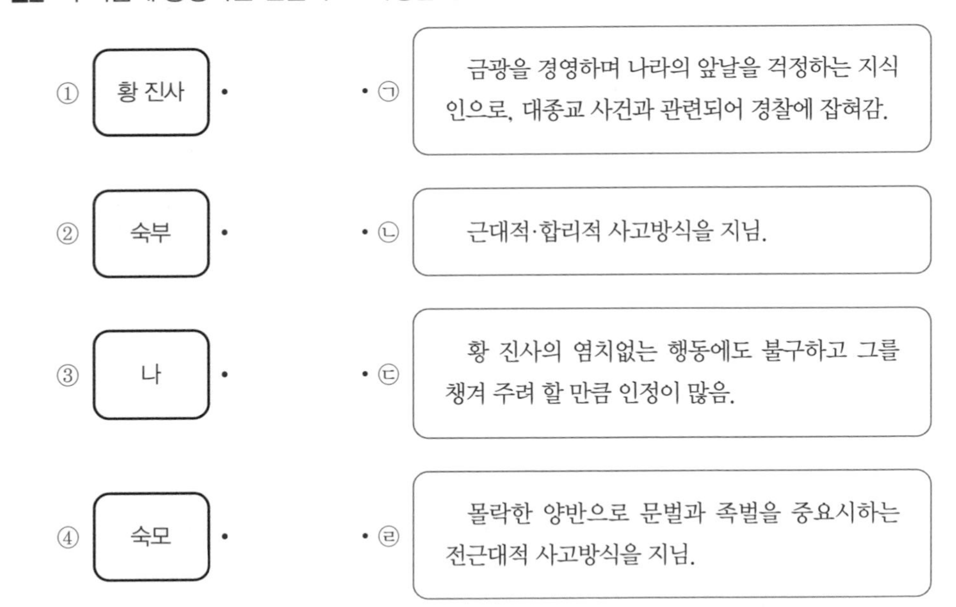

[3~6] 다음 제시문을 읽고 물음에 답해 봅시다. [2002학년도 수능 응용]

황(黃) 진사를 처음 알게 된 것은 지난해 가을이었다.

아침을 먹고 등산을 할 양으로 신발을 신노라니 윗방에서 숙부님이 부르셨다.

"오늘 너 날 따라가 볼래?"

숙부님은 방문을 열고 툇마루로 나오시며 이렇게 물었다.

"어디요?"

"저 지리산에서 도인(道人)이 나와 ㉠사주와 관상을 보는데 아주 재미나단다."

"싫어요, 숙부님께서나 가슈."

나는 단번에 거절하였다.

"왜, 싫긴?"

"난 등산할 참인데……."

"것두 좋긴 하지만……. 오늘은 특별히 한번 따라와 봐……. 무슨 사주 관상 보이는 게 재미나단 말이 아니라, 그런 데서도 배울 게 있느니……. 더구나 거기 모여드는 인물들이란 그대로 ㉡조선의 심벌들이야."

"조선의 심벌이요?"

나는 반쯤 웃는 얼굴로 이렇게 물은즉, 숙부님도 따라 웃으며,

"그렇지, 심벌이지." / 하였다. (중략)

내가 얼굴을 붉히며 숙부님을 향해 얼른 다녀 나가자는 눈짓을 했을 때, 그러나 ⓐ숙부님은 나의 눈짓에 응한다기보다는 분명히 묵살을 하고 나를 좌중에 소개를 시키셨다. 바로 그때,

"아, 이분이 ⓑ김 선생 조카 되시는 분이구랴."

하고, 거무추레한 두루마기에 얼굴이 누르퉁퉁한, 나이 한 육십가량 된 ⓒ영감 하나가 방구석에서 육효를 뽑다 말고 얼굴을 돌리며 어눌한 음성으로 이렇게 물었다. 그는, 하도 살아갈 지모가 나지 않아 육효를 뽑아 보았노라 하면서 반가운 듯이 ⓓ삼촌 곁으로 다가앉았다. 그의 까닭 없이 벗겨진 이마 밑의 두 눈엔 불그스름한 핏물 같은 것이 돌고 있었다. 내가 자리를 고치고 머리를 굽히려니까,

"괘, 괜찮우, 거, 거 자리에 앉으우." / 하고 손을 내저으며,

"나 황일재(黃逸齋)우. 이 와, ⓔ완장 선생과는 참 마, 막역지간이우."

3_ 제시문의 밑줄 친 ㉠에 대한 작중 인물 '나'의 태도로 가장 적절한 것을 골라 봅시다.

① 호기심 ② 불신감 ③ 공포감 ④ 배신감 ⑤ 동정심

4_ 제시문의 밑줄 친 ㉡이 의미하는 바를 써 봅시다.

____

____

5_ 제시문의 ⓐ~ⓔ 중 가리키는 대상이 다른 하나를 골라 봅시다.

① ⓐ ② ⓑ ③ ⓒ ④ ⓓ ⑤ ⓔ

6_ 구술 면접시험에서 이 작품에 대해 설명하라는 요구를 받았을 때, 그 대답으로 가장 적절한 것을 골라 봅시다.

① 인물의 고통스러운 삶을 통해서 일제 식민 통치의 만행을 사실적으로 폭로했다고 생각합니다.
② 전통에 집착하는 인물의 일그러진 삶을 통해서 우리 자신을 되돌아보게 했다고 생각합니다.
③ 인물과 인물의 갈등을 통해서 인간의 이타적 속성을 상징적으로 그려 냈다고 생각합니다.
④ 유교 경전의 해석과 수용을 통해서 전통의 현대적 의미를 부각시켰다고 생각합니다.
⑤ 사투리를 활용하여 우리말의 아름다움과 전통적 가치를 환기했다고 생각합니다.

7_ 다음 제시문의 '《주역》 책'이 내용 전개상 어떤 기능을 하고 있는지 써 봅시다.

> "거 무슨 책이유."
> 내가 이렇게 물은즉,
> "아, 《주역》 책이지그랴."
> 하고 된소리를 질렀다. 과연 그 이지러진 네 귀마다 넓적넓적한 괘가 그려져 있는 것으로 보아 《주역》 책임에 틀림은 없는 모양이었다. 그런데 《주역》 책은 왜 하필 전대에 넣어서 두르고 다니느냐고 물은즉,
> "아, 공자님께서도 《역(易)》은 삼천 독을 하셨다는데그랴."
> 하고, 된소리를 질러 놓고 나서, 다시 조용히 음성을 낮추어,
> "아, 여북해 지략의 조종이요, 조화의 근본 아니오."
> 하였다.

8_ 이 작품의 제목인 '화랑의 후예'에 대한 설명 중 잘못된 것을 골라 봅시다.

> 황 진사가 자신의 조상이 신라 시대 '화랑'이었음을 밝히는 장면은 그의 가벌 의식에 대한 과시가 최고조에 도달하는 부분이다. 그리하여 제목인 '화랑의 후예'는 ①황 진사의 초라하고 한심한 현실과의 극명한 대비를 효과적으로 드러내 주는 장치이자, ②현실 인식이 부족한 인물에 대한 풍자의 의도를 담고 있다. 또한 현실적 체면을 벗어던지지 못한 채 화랑의 후손이라는 과거의 긍지만을 내세우는 황 진사를 상징하여, ③변화하는 현실에 대한 냉철한 인식이 부족했던 당대의 사고 풍조를 강한 어조로 야유하고, ④그와 같은 현실 인식의 결여가 나라를 병들게 한 근본 원인이었다는 작가의 의식이 담겨 있다. 이로써 '화랑의 후예'는 ⑤근대화 시기에 우리 민족이 어떠한 자세로 근대 문물을 수용할 것인지에 대한 문제를 제기하고자 했다.

달밤

1_ 다음 제시문과 같이 '나'가 성북동을 시골로 느낀 이유를 써 봅시다.

> 성북동(城北洞)으로 이사 나와서 한 대엿새 되었을까, 그날 밤 나는 보던 신문을 머리맡에 밀어 던지고 누워 새삼스럽게,
> "여기도 정말 시골이로군!"
> 하였다.

2_ 작품 전문의 내용을 통해 알 수 있는 황수건의 성격을 정리해 봅시다.

내용	성격
신문사 옷을 입고 방울을 차고 다니는 원배달이 되고 싶어 함.	㉠( )
학교 어느 선생이 따뜻한 봄날이라 아내가 달아날지도 모른다고 농담했을 때, 황수건은 점심을 먹다 눈이 휘둥그레져서 학교 종을 빨리 치고 일찍 귀가하려 함.	천진하고 순박함.
쫓겨난 삼산 학교에 다시 들어가기 위해 새 급사의 근력을 알아야 된다며 운동을 하고, 날마다 학교 사무실로 가서 다시 써 달라고 조름.	문제의 근본적인 원인과 해결책을 제대로 파악하지 못하는 엉뚱함.
우두를 넣으면 근력이 없어진다고 생각함.	㉡( )
장사를 하면 성공할 것이라고 생각함.	㉢( )

3_ 황수건이 다음 제시문의 밑줄 친 부분과 같이 행동한 이유를 써 봅시다.

> "그까짓 거 날마다 사무실로 갑죠. 다시 써 달라고 졸라 댑죠. 아 그랬더니 새 급사란 녀석이 저보다 크기가 무척 큰뎁쇼, 이 녀석이 막 불근댑니다그려. 그래 한번 쌈을 해야 할 턴뎁쇼, 그 녀석이 근력이 얼마나 센지 알아야 뎀벼들 턴뎁쇼…… 허."
> "그렇지, 멋모르고 대들었다 매만 맞지."
> 하니 그는 한 걸음 다가서며 또 은근한 말을 한다.
> "그래섭쇼, 엊저녁엔 큰 돌멩이 하나를 굴려다 삼산 학교 대문에다 놨습죠. 그리구 오늘 아침에 가 보니깐 없어졌는뎁쇼. 이 녀석이 나처럼 억지루 굴려다 버렸는지, 뻰쩍 들어다 버렸는지 그만 못 봤거든입쇼, 제길……."
> 하고 머리를 긁는다.

4_ 이 작품의 내용 전개상 중요한 소재와 그 의미에 대해 써 봅시다.

소재	의미
돈 삼 원	황수건에 대한 '나'의 ㉠(　　　　　　)이(가) 드러나는 소재
㉡(　　　), (　　　)	'나'에 대한 황수건의 고마운 마음을 드러내는 소재
㉢(　　　)	황수건의 답답한 삶을 상징하는 소재
일본 노래	삶에 지친 황수건의 심리를 대변하는 소재

[5~7] 다음 제시문을 읽고 물음에 답해 봅시다.

가 그러나 웬일일까, 정말 배달복에 방울을 차고 신문을 들고 들어서는 사람은 황수건이가 아니라 처음 보는 사람이다.

"왜 전엣사람은 어디 가고 당신이오?" / 물으니 그는,

"제가 성북동을 맡았습니다." / 한다.

"그럼, 전엣사람은 어디를 맡았소?" / 하니 그는 픽 웃으며,

"그까짓 반편을 어딜 맡깁니까? 배달부로 쓸랴다가 똑똑치가 못하니까 안 쓰고 말았나 봅니다." / 한다.

"그럼 보조 배달도 떨어졌소?" / 하니,

"그럼요, 여기가 따루 한 구역이 된걸이오." / 하면서 방울을 울리며 나갔다. (중략)

나는 가까운 친구를 먼 곳에 보낸 것처럼, 아니 친구가 큰 사업에나 실패하는 것을 보는 것처럼, 못 만나는 섭섭뿐이 아니라 마음이 아프기도 하였다. 그 당자와 함께 세상의 야박함이 원망스럽기도 하였다.

나 일본 말은 못하니까 만담은 할 수 없고 마주 앉아서 자꾸 일본 말을 연습하였다.

"센세이 히, 오하요 고자이마스까? ……히히 아메가 후리마쓰. 유키가 후리마스까? 히히……(선생님, 안녕하십니까? 가는 비가 옵니다. 눈이 옵니까?)."

시학관도 인정이라 처음엔 웃었다. 그러나 열 번 스무 번을 되풀이하는 데는 성이 나고 말았다. 선생들은 아무리 기다려도 종 소리가 나지 않으니까, 한 선생이 나와 보니 종 칠 것도 잊어버리고 손님과 마주 앉아서 "오하요 유키가 후리마스까……." 하는 판이다.

그날 수건이는 선생들에게 단단히 몰리고 다시는 안 그러겠노라고 했으나, 그 버릇을 고치지 못해서 그예 쫓겨 나오고 만 것이다.

다 그는,

"너의 색시 달아난다."

하는 말을 제일 무서워했다 한다. 한번은 어느 선생이 장난엣말로,

"요즘 같은 따뜻한 봄날엔 옛날부터 색시들이 달아나기를 좋아하는데 어제도 저

아랫말에서 둘이나 달아났다니까 오늘은 이 동리에서 꼭 달아나는 색시가 있을 걸…….”

했더니 수건이는 점심을 먹다 말고 눈이 휘둥그레졌다 한다. 그리고 그날 오후에는 어서 바삐 하학을 시키고 집으로 갈 양으로 오십 분 만에 치는 종을 이십 분 만에, 삼십 분 만에 함부로 다가서 쳤다는 이야기도 있다.

5_ 이 작품에 대한 설명으로 적절하지 않은 것을 골라 봅시다.

① 섬세하고 감각적인 묘사를 통해 인물과 사건을 형상화하고 있다.

② **역순행적 구성**을 취하여 단순한 사건 전개를 피하고 있다.

③ 여러 소재를 통해 일제 강점기라는 시대적 상황을 살필 수 있다.

④ 일화를 중심으로 '황수건'에 대한 '나'의 심정을 보여 주고 있다.

⑤ 작품 밖 서술자가 객관적 관점에서 인물을 서술하고 있다.

• **역순행적 구성**(逆順行的構成) 시간의 흐름이 자연적인 시간의 흐름과 달리 현재에서 과거로 거슬러 가는 방식의 구성.

6_ 황수건에 대한 동네 사람들의 인식이 드러나는 한 단어를 제시문에서 찾아 써 봅시다.

7_ 제시문 **나**와 **다**의 두 일화를 통하여 작가가 전달하고자 하는 바를 골라 봅시다.

① 황수건의 부정적인 삶의 태도에 대한 비판

② 황수건의 불성실한 태도에 대한 권선징악적 주제

③ 세상의 빠른 변화 속에서 도태되어 가는 인물에 대한 비웃음

④ 순박한 품성을 지닌 사람들이 살아가기 어려운 삭막한 현실

⑤ 천진하고 어수룩하게 보이는 인물의 이중적 태도를 고발

8_ 제목인 '달밤'의 작품 내 의미와 기능을 고려하여 빈칸에 알맞은 말을 써 봅시다.

소재	• 서정적·애상적 분위기를 조성함. • 밝은 달밤 아래 방황하는 황수건의 모습은 ㉠(　　　　　　)(이)면서도 애처롭게 느껴짐. • 황수건에 대한 '나'의 ㉡(　　　　　　)의 정서를 부각함. • 황수건이 처해 있는 불우한 시대의 정황과 그의 모자라지만 천진한 성격이 묘한 ㉢(　　　　　　)을(를) 이루는 배경임.

황수건이 살아가는 시대가 어두운 밤과 같이 힘겹지만 환한 달빛이 비치는 것을 통해 결말이 ㉣(　　　　　　)(으)로 흐르는 것을 막아 주고 있음.

복덕방

1_ 다음은 이 작품에 등장하는 주요 인물들의 대조적인 특징을 정리한 표입니다. 빈칸에 알맞은 내용을 써 봅시다.

인물	안 초시·서 참위·박희완 영감	안경화
세대	구세대	신세대
중시하는 가치관	______________	______________
근대 사회에서의 입지	______________	______________

2_ 다음 제시문에서 밑줄 친 부분의 문맥상 의미를 써 봅시다.

> 돈을 쓸 때는 일 원짜리 한 장 만져도 못 봤지만 벼락은 초시에게 떨어졌다. 서너 끼씩 굶어도 밥 먹을 정신이 나지도 않았거니와 밥을 먹으러 들어갈 수도 없었다.
> "재물이란 친자 간의 의리도 배추 밑 도리듯 하는 건가?"

3_ 안 초시가 스스로 목숨을 끊은 이유를 작품 전문의 내용을 참고하여 정리해 봅시다.

- 표면적 이유:
- 이면적 이유:

4_ 안경화가 아버지의 죽음을 관청에 알리기를 꺼리는 이유를 추측해 봅시다.

[5~8] 다음 제시문을 읽고 물음에 답해 봅시다. [2007학년도 9월 고3 모의평가 응용]

안 초시의 소위 영결식이 그 딸의 연구소 마당에서 열리었다.

서 참위와 박희완 영감은 ⓐ술이 거나하게 취해 갔다. 박희완 영감이 무얼 잡혀서 가져왔다는 부의 이 원을 서 참위가,

"장례비가 넉넉하니 자네 돈 그 계집애 줄 거 없네."

하고 우선 술집에 들러 거나하게 곱빼기들을 한 것이다.

영결식장에는 ⓑ제법 반반한 조객들이 모여들었다. 예복을 차리고 온 사람도 두엇 있었다. 모두 고인을 알아 온 것이 아니요, 무용가 안경화를 보아 온 사람들 같았다. 그 중에는 고인의 슬픔을 알아 우는 사람인지, ⓒ덩달아 기분으로 우는 사람인지 울음을 삼키느라고 끅끅 하는 사람도 있었다. 안경화도 ⓓ제법 눈이 젖어 가지고 ⓔ신식 상복이라나 공단 같은 새까만 양복으로 관 앞에 나와 향불을 놓고 절하였다. 그 뒤를 따라 한 이십 명 관 앞에 와 꾸벅거리었다. 그리고 무어라고 지껄이고 나가는 사람도 있었다.

그들의 분향이 거의 끝난 듯하였을 때,

"에헴!" / 하고 얼굴이 시뻘건 서 참위도 한마디 없을 수 없다는 듯이 나섰다. 향을 한 움큼이나 집어 놓아 연기가 시커멓게 올려 솟더니 불이 일어났다. 후후 불어 불을 끄고, 수염을 한번 쓰다듬고 절을 했다. 그리고 다시,

"헴……." / 하더니 조사를 하였다.

"나 서 참윌세, 알겠나? 흥……. 자네 참 호살세 호사야……. 잘 죽었느니, 자네 살았으문 이만 호살 해 보겠나? 인전 안경다리 고칠 걱정두 없구……. 아무튼지……."

하는데 박희완 영감이 들어서더니,

"이 사람 취했네그려." / 하며 서 참위를 밀어 냈다.

박희완 영감도 가슴이 답답하였다. 분향을 하고 ㉠무슨 소리를 한마디 했으면 속이 후련히 트일 것 같아서 잠깐 멈칫하고 서 있어 보았으나,

"으으흑……." / 하고 울음이 먼저 터져 그만 나오고 말았다.

서 참위와 박희완 영감도 묘지까지 나갈 작정이었으나 거기 모인 사람들이 하나도 마음에 들지 않아 도로 술집으로 내려오고 말았다.

5_ 이 작품에 나타난 작가의 창작 의도로 적절하지 않은 것을 골라 봅시다.

① 신세대의 윤리 의식의 부재를 비판하려 하였다.
② 근대화에 따른 가족의 해체를 드러내고자 하였다.
③ 사회에서 소외된 계층에 대한 관심을 유도하려 하였다.
④ 허황된 꿈을 좇는 인물들을 그려 냄으로써 부동산 투기 그 자체의 위험성을 경고하려고 하였다.
⑤ 근대화의 물결 속에서 좌절하고 비애를 느끼는 구세대 인물들을 그리고자 하였다.

6_ 제시문을 바탕으로 영상물을 제작한다고 할 때, 적절하지 않은 것을 골라 봅시다.

① 공간적 배경을 '술집→영결식장→술집'의 순서로 연출하자.
② 영결식장에서는 조용한 음악을 삽입하는 것이 좋겠어.
③ 서 참위와 박희완 영감의 잘 차려 입은 행색이 부각되도록 해야지.
④ 박희완 영감 역을 맡은 배우는 서글픈 표정이 잘 드러나도록 연기해야 해.
⑤ 서 참위, 박희완 영감 역을 맡은 배우는 조문객들을 곱지 않은 시선으로 바라보도록 연기해야지.

7_ 제시문의 ⓐ~ⓔ 중에서 환기하는 의미가 가장 이질적인 것을 골라 봅시다.

① ⓐ ② ⓑ ③ ⓒ ④ ⓓ ⑤ ⓔ

8_ 제시문의 밑줄 친 ㉠에서 '박희완 영감'이 말하려고 했던 바를 짐작하여 써 봅시다.

Step_1 시대와 인물

다음 제시문을 읽고 물음에 답해 봅시다.

가 "것두 좋긴 하지만……. 오늘은 특별히 한번 따라와 봐……. 무슨 사주 관상 보이는 게 재미나단 말이 아니라, 그런 데서도 배울 게 있느니……. 더구나 거기 모여드는 인물들이란 그대로 조선의 심벌들이야."

"조선의 심벌이요?"

나는 반쯤 웃는 얼굴로 이렇게 물은즉, 숙부님도 따라 웃으며,

"그렇지, 심벌이지." (중략)

"그럼 꼭 십 전만 빌려주."

황 진사는 어느덧 콧구멍을 벌름거리며 애걸을 하였다.

"나 그날 댁에서 그렇게 포식한 이래, 여태 굶었수다. 여북 시장해서 이 친구를 찾아갔겠수. 아 그랬더니 이 친구도 사정이 딱했던지 사무 보는 이 책상을 내주는구랴."

그는 손으로 콧물을 닦아 가며 한참 신이 나서 떠들어 대었다. 그의 친구란 사람은 연방 입을 실룩거리며 외면을 하고 서 있었다.

한 오 분 뒤, 내가 안에 들어가 돈 이십 전을 주선해 나와 그들에게 주었을 때, 그들 두 사람은 무수히 절을 하고 나서 책상을 도로 메고 가 버렸다. (중략)

"아, 이럴 수가……. 온, 내 조상이 대체 신라 적 화랑이구랴!"

하고 혼자 감개해서 못 견디는 모양이었다. 그건 또 어떻게 알아냈느냐고 한즉, 근일에 여러 가지 서적을 상고하던 중 우연히 발견하게 된 것이라 하였다. – 김동리, 〈화랑의 후예〉

나 동네 건달들은 아Q를 볼 때마다 "야아, 반짝반짝해졌는걸! 이제 보니 등잔이 여기 있었군." 하고, 그의 머리를 쿵쿵 쥐어박곤 했다. 그들은 아Q가 단단히 혼쭐이 났으리라고 생각했지만, 아Q는 십 초도 안 되어서 승리감으로 의기양양해졌다. 자신을 짐짓 벌레처럼 하찮은 존재로 생각해 버리는 것이었다. 그렇게 되면 건달들은 결국 벌레를 괆려 준 꼴이 되는 것이니까.

'네놈 따위가 뭐야. 나는 버러지야, 버러지라구.'

아Q는 자신을 경멸할 수 있는 첫 번째 사람은 바로 자기 자신이라고 생각했다. 거기에서 자신을 경멸한다는 말을 빼 버린다면 남는 것은 '첫 번째 사람'이라는 것뿐이었다. 어디에서든 '첫 번째'는 좋은 것이었다. 이렇게 묘한 방법으로 승리를 하고 나면 아Q는 금방 기분이 좋아졌다. (중략)

아Q에 대한 소문은 당장 온 마을에 퍼졌다. 사람들은 새 옷을 입고 나타난 아Q가 어떻게 돈을 모았는지 알고 싶어 했다. 주막에서, 찻집에서, 사당 처마 밑에서 사람들은 아Q에 대한 이야기를 주고받았고, 어느 틈에 아Q는 그들에게 존경받는 인물이 되어 있었다. (중략)

한편 건달패들은 아Q에게 돈을 벌게 된 내막을 꼬치꼬치 캐물었다. 아Q는 숨기려는 기색도 없이 오히려 우쭐거리며 자기 경험을 털어놓았다. 사실은 거인 영감 댁에서 일을 한 게 아니라 도둑질을 하였다는 것이다. 그렇다고 아Q가 직접 담을 넘은 것은 아니고, 자기는 단지 밖에서 물건만 받아 냈다고 했다. 그리하여 사람들은 아Q가 좀도둑에 불과하다는 것을 곧 알게 되었다. 이로 인해서 마을 사람들은 '역시 아Q는 두려워할 만한 존재'가 못 된다고 생각하였다.

– 루쉰, 〈아Q정전(阿Q正傳)〉

다 〈화랑의 후예〉는 김동리의 데뷔작으로, 그의 소설 경향을 단적으로 보여 주는 작품이다. 그는 전통 세계를 소재로 삼아 그 전통 세계의 현재적 **위상**을 탐구하는 작품을 많이 발표했는데, 이 소설에서 형상화하고 있는 전통성은 이른바 '조선의 심벌'로 등장하는 황 진사의 정신적 전통이다. 따라서 황 진사에게 내포되어 있는 전통적 정신 세계의 허(虛)와 실(實)을 **구상화하는** 것이 이 소설의 주제 의식이라고 볼 수 있다.

주인공 황 진사의 성품은 대단히 부정적이다. 거들먹거리기만 하고 실속은 없고, 허풍쟁이에다가 위선적이기까지 하며, 명분을 중시하면서도 명분에 어긋난 행동을 서슴없이 한다. 작가는 그러고도 일말의 죄의식을 갖지 않는 황 진사의 부정적 성품을 비판하고 풍자하려는 듯 보이지만, 황 진사를 부정적으로만 그리지는 않는다. 허풍이나 허세로 보이는 황 진사의 행동 밑바탕에는 자존심이라는 정신적 올곧음이 있으며 선비다운 일면이 보이기도 한다.

현재적 관점에서 보면 황 진사는 분명 시대착오적 인물이지만 그 나름의 가치를 지니고 있으며, 작가는 어차피 사라져 가게 되어 있는 것에 대한 연민의 정서로 작품을 썼을 가능성이 높다. 즉, 이 작품은 전통적 의식의 일면을 드러내 그것을 희화화함으로써 그것의 부정적 요소를 비판하고 있는 가운데, 그 부정성 속에 감추어진 긍정적 측면을 따뜻한 시선으로 바라보면서 사라져 가는 것에 대한 애틋한 향수를 형상화한 작품이다.

라 중국 현대 문학의 창시자로 불리는 루쉰[魯迅, 1881~1936]은 1881년 1만여 평의 논을 소유한 부유한 집안에서 태어났다. 하지만 할아버지가 아버지의 과거 합격을 위해 부정을 저지르다 수감되고 아버지가 **병사하는** 등 계속되는 불행으로 집안이 몰락하면서 고향에서 냉대를 받고 자라게 되면서 루쉰은 점차 사회 비판에 눈을 뜬다.

1902년에는 국비 유학생(國費留學生)으로 선발되어 일본으로 유학하게 되었는데, 고분 학원을 거쳐 1904년 센다이 의학 전문학교에 입학한 그는 강의 중 상영된 영상에서 처형을 당하면서도 멍한 눈빛을 짓고 있던 중국인들을 본 후 학교를 그만두고 귀국길에 오른다. 이후 몸보다 정신을 고치는 게 더 시급하다는 생각을 하게 된 그는 '국민정신(國民精神)의 개조를 위한 문예 활동'에 전념했다. 당시 그의 눈에 비친 중국인은 비겁하고 무기력하며 노예근성(奴隷根性)에 젖어 있으면서도 **소영웅주의**를 버리지 못하고 있었다. 그러한 현실을 형상화하여 '아Q'라는 인물에 대입한 것이 〈아Q정전〉이다. (중략)

루쉰의 중편 소설 〈아Q정전〉에는 **아편 전쟁** 이후 거듭되는 실패에도 현실을 직시하지 못하고 과거의 영광에 빠져 있던 청 왕조와 서구 열강에 **잠식**되어 가던 나라의 위기를 인식하지 못하던 당대 중국인들의 모습이 나타난다. 그리고 1911년 중국의 민주주의 혁명으로 중화민국을 탄생시킨 신해혁명 이후에도 공화정에 대한 약속이 지켜지지 않던 중국의 **굴곡진** 현대사가 이야기 속에 녹아들어 있다. (중략)

루쉰은 1936년 폐결핵으로 세상을 떠나기까지 소설과 산문을 통해 중국 사회에 드리운 암흑의 근원을 파헤치는 데 혼신을 바쳤다.

- **위상**(位相) 어떤 사물이 다른 사물과의 관계 속에서 가지는 위치나 상태.
- **구상화하다**(具象化--) 머릿속에서 생각하던 것을 실현되게 하다.
- **병사하다**(病死--) 병으로 죽다.
- **소영웅주의**(小英雄主義) 자기가 무슨 큰 영웅이나 되는 것처럼 행동하고 생각하는 태도.
- **아편 전쟁**(阿片戰爭) 1840년 아편 문제를 둘러싸고 청나라와 영국 사이에 일어난 전쟁. 1842년에 청나라가 패하여 난징 조약을 맺음으로써 끝이 났다.
- **잠식**(蠶食) 누에가 뽕잎을 먹듯이 점차 조금씩 침략하여 먹어 들어감.
- **굴곡지다**(屈曲--) 사람이 살아가면서 잘되거나 잘 안되거나 하는 일이 번갈아 나타나는 변동이 있다.

1_ 제시문 **가**의 황 진사를 '조선의 심벌'로 볼 수 있을지에 대한 자신의 의견을 써 봅시다.

2_ 제시문 **가**의 '황 진사'와 제시문 **나**의 '아Q' 간의 공통점을 찾아 써 봅시다.

3_ 제시문 **다**와 **라**를 참고하여 두 작가가 제시문 **가**와 **나**의 두 인물을 통해 말하고자 하는 바를 써 봅시다.

Step_2 변화하는 사회, 갈 곳 잃은 사람들

다음 제시문을 읽고 물음에 답해 봅시다.

가 "왜 안경다린 안 고치셨어요?"

딸이 그날 저녁으로 물었다.

"흥……."

초시는 말은 하지 않았다. 딸은 며칠 뒤에 또 오십 전을 주었다. 그러면서 어떻게 들으라고 하는 소리인지,

"아버지 보험료만 해두 한 달에 삼 원 팔십 전씩 나가요."

하였다. 보험료나 타 먹게 어서 죽어 달라는 소리로도 들리었다.

"그게 내게 상관 있니?"

"아버지 위해 들었지, 누구 위해 들었게요 그럼?"

초시는 '정말 날 위해 하는 거면 살아서 한 푼이라두 다오. 죽은 뒤에 내가 알 게 뭐냐.' 소리가 나오는 것을 억지로 참았다.

"오십 전이문 왜 안경다릴 못 고치세요?"

초시는 설명하지 않았다.

"지금 아버지가 좋구 낮은 것을 가리실 처지야요?"

그러나 오십 전은 또 마코 값으로 다 나갔다. 이러기를 아마 서너 번째다.

"자식도 소용없어. 더구나 딸자식…… 그저 내 수중에 돈이 있어야……."

초시는 돈의 긴요성을 날로 날로 더욱 심각하게 느끼었다.

"돈만 가지면야 좀 좋은 세상인가!"

– 이태준, 〈복덕방〉

나 안경화는 돈에 대한 욕망뿐만 아니라 명예욕도 강하다. 아버지의 자살로 자신의 이미지가 **실추**되는 게 두려운 나머지, 안 초시의 죽음을 신고하려는 서 참위의 바짓가랑이를 붙잡고 늘어질 정도로 자신이 쌓아 올린 명예와 자부심을 끔찍하게 여긴다. 이처럼 안경화는 돈과 명예를 중시하고 혈육의 정은 아랑곳하지 않는 속물적인 인물로 그려진다. 안경화 못지않게 안 초시도 속물근성을 가지고 있다. 돈을 가장 중요한 가치로 여기고 부동산 투기를 딸에게 권하는 인물이 안 초시이다. 하지만 작가 이태준은 안 초시에 대해서는 연민의 시선을 보내지만 피해자일 수 있는 안경화에 대해서는 차가운 시선을 **고수한다**.

다 에밀 뒤르켐(Emile Durkheim, 1858~1917)의 《자살론》(1897)에 따르면, 인간은 동물과는 달리 외부의 통제가 없으면 무한히 욕망하는 존재입니다. 사회 계층이나 다양한 생활 조건, 직업, 사회적 기여도 등에 따라 욕망하는 수준은 달라지겠지만, 더 많은 것을 갖고 싶어 하는 인간 본성은 모든 사람에게 존재한다는 겁니다. 그는 이러한 욕망을 외부적 통제, 즉 사회적 규제를 통해 제한해야 한다고 보았습니다. 이러한 규제는 개인이 존중하고 권위를 부여한 사회만이 할 수 있으며, 사람들이 사회의 규제와 규율을 정당한 것으로 받아들일 때에만 유용합니다.

하지만 그는, "사회가 고통스러운 위기를 겪거나 유익하지만 급작스러운 변화를 맞이하는 경우, 사회는 개인을 통제할 영향력을 일시적으로 상실하게 된다."고 주장합니다. 기존에 전통으로 받아들여졌던 규범이 사회 변동으로 인해 더 이상 구성원들을 통제할 수 없게 되면 개인의 욕망은 통제를 받지 않게 되면서 일종의 무규범·무규율 상태가 되는데, 바로 이러한 상태를 '아노미' 상태라고 말합니다. 그리고 아노미 상태에서 혼란을 받아들이지 못한 개인이 자살과 같은 일탈 행동을 하게 될 때 이를 '아노미성 자살'이라고 불렀습니다.

– 《고등학교 사회·문화》

라 복덕방이 언제 생겼는지는 확실하지 않지만 대략 조선 시대 말이나 대한 제국 말 무렵일 것으로 **추정**된다. 화폐 경제의 급속한 발달로 집이 보유 재산의 주요한 수단이란 인식이 자리 잡고, 거주지 이전(移轉)이 어느 정도 자연스럽게 받아들여지는 조선 후기의 사회 분위기 속에서 집을 사고파는 복덕방의 개념이 생기게 된 것이다. 이처럼 복덕방은 전근대 사회에서 근대 사회로 이행하는 과정 속에서 등장했다. 따라서 소설 속 인물 서 참위가 복덕방을 차리게 된 대목에서 '복덕방'을 통해 드러나는 근대 사회의 모습을 찾아볼 수 있다.

하지만 어제의 새로운 것이 오늘날에 낡은 것이 되듯이 사회 변화의 속도가 빨라질수록 제도와 문화는 쉽게 낡은 것이 되어 버린다. 소설 속 '복덕방'도 '큰 건축 회사가 생기어서 당자끼리 직접 팔고 사는 것이 원칙처럼 되어' 가는 변하는 시대의 흐름에 뒤처져 '낡은 것'이 되어 버렸다. 근대화의 **부산물**이었으나 어느새 '낡은 것'이 되어 버린 복덕방의 성격은 그곳에 모이는 인물들을 통해서도 드러난다. '복덕방'에 모이는 세 인물인 서 참위, 안 초시, 박희완 영감은 인생의 황혼기에 접어든 노인들로 근대화와는 거리가 먼

인물이다. '세 늙은이'인 이들은 봉건적 가치관을 바탕으로 한 '과거' 인물들로, 오히려 근대화에 소외되어 있다. (중략)

복덕방이 전근대적인 의미를 띠는 공간임은 안경화의 '무용 연구소'와의 대비를 통해서도 드러난다. 복덕방에서 노인들이 주로 하는 일은 과거의 잘나가던 시절을 회상하거나, 화투 패나 떼어 보며 운명에 순응하는 일들이다. 반면에 무용 연구소는 '신식 교육'을 받은 안경화의 공간으로 그곳에서의 주된 일은 '문명국의 문화'인 무용을 연구하는 일이다. 복덕방이 '아버지, 안 초시, 과거 지향, 노인, 기다림'의 의미를 내포하고 있다면, 무용 연구소는 '딸, 안경화, 미래 지향, 젊은이, 명예'의 의미를 가진다. 즉, 복덕방과 무용 연구소는 각각 전근대와 근대의 공간을 상징한다.

이러한 두 공간의 상징적 대립이 눈에 띄게 두드러진 부분은 안 초시가 스스로 목숨을 끊는 대목이다. (중략) 근대화에 뒤처져 소외된 안 초시가 죽음을 선택한 장소는 전근대의 상징적 공간인 '복덕방'이고, 전근대의 죽음을 근대화된 '무용 연구소'에서 애도하는 식이다.

– 홍은설, 〈이태준 단편 소설 〈복덕방〉의 교육적 가치와 지도 방안 연구〉

- **실추**(失墜) 명예나 위신 따위를 떨어뜨리거나 잃음.
- **고수하다**(固守--) 차지한 물건이나 형세 따위를 굳게 지키다.
- **추정**(推定) 미루어져 생각되어 판정함.
- **부산물**(副産物) 어떤 일을 할 때에 부수적으로 생기는 일이나 현상.

1_ 제시문 **가**에 드러난 갈등 양상을 정리해 봅시다.

2_ 제시문 **나**와 **다**를 참고하여 제시문 **가**의 두 인물 '안 초시'와 '안경화'에 대해 평가해 봅시다.

3_ 다음 물음에 답해 봅시다.

(1) 제시문 **라**를 참고하여 작품의 제목인 '복덕방'이 작품 내에서 어떤 의미로 쓰였는지 적어 봅시다.

- 사전적 의미 : 가옥이나 토지 같은 부동산을 매매하는 일이나 임대차(賃貸借, 당사자 가운데 한쪽이 상대편에게 물건을 사용하게 하고, 상대편은 이에 대하여 일정한 임차료를 지급할 것을 내용으로 하는 계약)를 중계하여 주는 곳.

- 작품 내 의미 :

(2) (1)번의 답을 바탕으로 현대 사회에 그와 유사한 공간으로 어떤 곳이 있는지 써 봅시다.

Step_3 그들이 진짜 바라던 삶은 무엇이었을까

다음 제시문을 읽고 물음에 답해 봅시다.

가 아리스토텔레스는 세상 전체가 항상 목적을 갖고 이를 완성하고자 하는 사물들의 작용으로 가득 차 있다는 목적론적 세계관에 기반하여 그의 저서 《니코마코스 윤리학》에서 인간의 '행복'을 설명하고 있다. 그의 목적론은 인간이 행하는 모든 활동이 '좋음'을 추구한다는 사실에서 출발하며, 개별 행위의 목적은 그 자체를 위한 것이 아니라 좀 더 좋은 목적을 위한 수단이 된다. 이러한 수단과 목적의 연쇄적 작용이 계속 이어져 마침내 더 이상 오를 수 없는, 더 이상 다른 것의 수단이 될 수도 없고 단지 목적이기만 한 최고점에 놓여 있는 것을 그는 '행복(eudaimonia)'이라고 말했다. 그에 따르면, 최상의 좋음으로서의 행복은 인간이 인간으로서 자신의 고유한 기능, 즉 이성을 최대한 발휘하여 탁월성에 도달했을 때 얻어지는 결과물로서 일생을 통해 이성의 탁월성이 꾸준히 발휘될 때 비로소 실현된다.

나 식민지 치하라는 치명적인 조건하에서 '식민지 개인들은 행복할 수 있는가?' 또는 '식민지 작가는 행복할 수 있는가?'라는 물음은 식민지 시대 **피식민지** 작가에 의해 창조된 문학 작품을 읽어 내는 데 가장 본질적인 질문일 수 있다. (중략)

이태준은 **식민주의**를 비롯한 여러 이념과 사상에 의해 개인들의 삶이 **왜곡**되고 억압되던 시절, 갖은 물질적·관념적 권위에 의해 '진정한 자기 자신'을 붙드는 게 어려웠던 그 시절, 행복을 실현하려 애쓴 작가이다. '진정한 자기 자신을 쓰는 일'이야말로 그가 추구한 행복한 삶의 핵심이자, 예술가로서 행복한 삶을 성취하는 길이었다. (중략)

세속적 일상은 인간이 행복을 추구할 수 있는 근본 조건이자 토대이기에 인간에게 가장 소중한 것이다. 그러므로 세속적 일상은 삶 그 자체이다. 인간이 성스럽고 초월적인 영역에 대해 추구할 수 있는 것도 어디까지나 일상적이고 평범한 생활 세계를 통해서 이루어지며, 영적이고 정신적인 영역에 대한 신앙과 그 신앙에 부응하는 실천도 하찮은 일상 세계에서 실현된다. (중략)

이태준은 가난한 사람, 못 배운 사람, **농투성이**, 늙은이 등 사회의 중심부에서 밀려난 사람들을 작품의 주인공으로 많이 등장시켰다. 그리하여 현실 사회가 요구하는 능력을 지니지는 못했지만 순진하며 순박한 이들의 세속적 일상이 좌절될 수밖에 없는 각박한 당시 세태에 대해 문제를 제기하고자 했다. (중략) 그리하여 그는 식민주의로 인해 인간의 존엄성을 무시받고 점령국의 경찰과 치안의 논리에 의해 감시와 경계의 대상이 되어버린 조선인들이 선량하고 높은 이상을 품은 주인공에서 '범죄자'로 그 **정체성**이 탈바꿈되는 모습을 통해 그들을 에워싼 식민지의 현실이 절대적인 역할을 한다는 점을 지적하고자 했다. (중략)

제국주의에 의해 조국이 점령당한 식민 시대에 피식민인들은 삶의 **잠재성**을 자유롭게 사용할 수 없었으므로 온전히 행복할 수 없었을 것이다. 그럼에도, 그렇게 행복한 삶의 실현 가능성이 매우 제한받았던 그 시대에도 식민지 개인들, 그리고 식민지 작가들은 행복한 삶을 살고자 열망했다. 그들은 피식민인 이전에 '인간'이었기 때문에 행복은 그들의 삶이 겨냥하는 본질적이고 **당위적**인 목표였다.

– 박신현, 〈피식민인과 행복한 삶〉

다 하루는 내가 "평생 소원이 무엇이냐?"고 그에게 물어보았다. 그는 "그까짓 것쯤 얼른 대답하기는 누워서 떡 먹기"라고 하면서 평생 소원은 자기도 원배달이 한번 되었으면 좋겠다는 것이었다.

남이 혼자 배달하기 힘들어서 한 이십 부 떼어 주는 것을 배달하고, 월급이라고 원배달에게서 한 삼 원 받는 터이라 월급을 이십여 원을 받고, 신문사 옷을 입고, 방울을 차고 다니는 원배달이 제일 부럽노라 하였다. 그리고 방울만 차면 자기도 뛰어다니며 빨리 돌뿐 아니라 그 은행소에 다니는 집 개도 조금도 무서울 것이 없겠노라 하였다.

그래서 나는 "그럴 것 없이 아주 신문사 사장쯤 되었으면 원배달도 바랄 것 없고 그 은행소에 다니는 집 개도 상관할 바 없지 않겠느냐?" 한즉 그는 뚱그레지는 눈알을 한참 굴리며 생각하더니 "딴은 그렇겠다."고 하면서, 자기는 경난이 없어 거기까지는 바랄 생각도 못하였다고 무릎을 치듯 가슴을 쳤다. (중략)

"그까짓 반편을 어딜 맡깁니까? 배달부로 쓸랴다가 똑똑치가 못하니까 안 쓰고 말았나봅니다." / 한다.

"그럼 보조 배달도 떨어졌소?" / 하니,

"그럼요, 여기가 따루 한 구역이 된걸이오." / 하면서 방울을 울리며 나갔다.

이렇게 되었으니 황수건이가 우리 집에 올 길은 없어지고 말았다. 나도 가끔 문안엔 다니지만 그의 집은 내가 다니는 길옆은 아닌 듯 길가에서도 잘 보이지 않았다.

나는 가까운 친구를 먼 곳에 보낸 것처럼, 아니 친구가 큰 사업에나 실패하는 것을 보는 것처럼, 못 만나는 섭섭뿐이 아니라 마음이 아프기도 하였다. 그 당자와 함께 세상의 야박함이 원망스럽기도 하였다.

– 이태준, 〈달밤〉

라 딸은 솔깃했다. 사흘 안에 연구소 집을 어느 신탁 회사(信託會社)에 넣고 삼 천 원을 돌리기로 하였다. 초시는 금시 발복이나 된 듯 뛰고 싶게 기뻤다.

"서 참위 이놈, 날 은근히 멸시했것다. 내 굳이 널 시켜 네 집보다 난 집을 살 테다. 네깟 놈이 천생 가쾌지 별거냐……."

그러나 신탁 회사에서 돈이 되는 날은 웬 처음 보는 청년 하나가 초시의 앞을 가리며 나타났다. 그는 딸의 청년이었다. 딸은 아버지의 손에 단 일 전도 넣지 않았고 꼭 그 청년이 나서 돈을 쓰며 처리하게 하였다. (중략)

일 년이 지났다.

모두 꿈이었다. 꿈이라도 너무 악한 꿈이었다. 삼천 원어치 땅을 사 놓고 날마다 신문을 훑어보며 수소문을 하여도 거기는 축항이 된단 말이 신문에도, 소문에도 나지 않았다. 용당포(龍塘浦)와 다사도(多獅島)에는 땅값이 삼십 배가 올랐느니 오십 배가 올랐느니 하고 졸부들이 생겼다는 소문이 있어도 여기는 감감소식일 뿐 아니라 나중에, 역시 이것도 박희완 영감을 통해 알고 보니 그 관변 모씨에게 박희완 영감부터 속아 떨어진 것이었다. 축항 후보지로 측량까지 하기는 하였으나 무슨 결점으로인지 중지되고 마는 바람에 너무 기민하게 거기다 땅을 샀던, 그 모씨가 그 땅 처치에 곤란하여 꾸민 연극이었다.

돈을 쓸 때는 일 원짜리 한 장 만져도 못 봤지만 벼락은 초시에게 떨어졌다. 서너 끼씩 굶어도 밥 먹을 정신이 나지도 않았거니와 밥을 먹으러 들어갈 수도 없었다.

– 이태준, 〈복덕방〉

- **피식민지**(被植民地) 정치적·경제적으로 다른 나라에 예속(隷屬)되어 국가로서의 주권을 상실한 나라.
- **식민주의**(植民主義) 식민지의 획득과 유지를 지향하는 대외 정책. 경제적·정치적인 세력을 국외의 영토로 확장하고, 정치적 종속 관계를 통해 그 지역을 자국의 영토로 삼는 제국주의적 침략 정책을 이른다.
- **왜곡**(歪曲) 사실과 다르게 해석되거나 그릇되게 함.
- **농투성이**(農---) '농부'를 낮잡아 이르는 말.
- **정체성**(正體性) 변하지 아니하는 존재의 본질을 깨닫는 성질. 또는 그 성질을 가진 독립적 존재.
- **잠재성**(潛在性) 겉으로 나타나지 않고 속에 숨어 있는 성질.
- **당위적**(當爲的) 마땅히 그렇게 하거나 되어야 하는 것.

1_ 제시문 **가**와 **나**의 '행복'에 대한 공통적인 견해를 정리하고, 이를 바탕으로 '세속적 일상'의 가치를 써 봅시다.

2_ 제시문 **다**와 **라**의 두 인물이 꿈꾸던 세속적 일상을 정리하고, 이들이 소망하던 바가 이루어지지 못한 까닭을 제시문 **나**를 참고하여 써 봅시다.

	다 황수건	**라** 안 초시
꿈꾸던 일상		
소망이 이뤄지지 못한 까닭		

3_ 문제 1번과 2번의 답을 바탕으로 진정한 행복을 누리기 위해 필요한 것이 무엇일지 자신의 생각을 써 봅시다.

제시문 **가**와 **나**에서 인물이 대상을 대하는 태도를 비교 분석한 후, 이를 바탕으로 제시문 **다**와 **라**에 드러난 현상에 대한 자신의 생각을 써 봅시다.(1,000자 내외)

가 "천금이 쏟아진대두 난 땅은 못 팔겠다. 내 아버님께서 손수 이룩허시는 걸 내 눈으루 본 밭이구, 내 할아버님께서 손수 피땀을 흘려 모으신 돈으루 장만허신 논들이야. (중략) **느르지논둑**에 선 느티나문 할아버님께서 심으신 거구, 저 사랑 마당에 은행나무는 아버님께서 심으신 거다. 그 나무 밑에를 설 때마다 난 그 어른들 동상(銅像)이나 다름없이 경건한 마음이 솟아 우러러보군 헌다. 땅이란 걸 어떻게 일시 이해(利害)를 따져 사구팔구 허느냐? 땅 없어 봐라, 집이 어딨으며 나라가 어딨는 줄 아니? 땅이란 천지만물의 근거야. 돈 있다구 땅이 뭔지두 모르구 욕심만 내 문서 쪽으로 사 모으기만 하는 사람들, 돈놀이처럼 변리(邊利)만 생각허구 제 조상들과 그 땅과 어떤 인연이란 건 도시 생각지 않구 헌신짝 버리듯 하는 사람들, 다 내 눈엔 괴이한 사람들루밖엔 뵈지 않드라." / "……."

"네가 뉘 덕으루 오늘 의사가 됐니? 내 덕인 줄만 아느냐? 내가 땅 없이 뭘루? 밭에 가 절하구 논에 가 절해야 쓴다. 자고로 하늘 하늘 허나 하늘의 덕이 땅을 통허지 않군 사람헌테 미치는 줄 아니? 땅을 파는 건 그게 하늘을 파나 다름 없는 거다." / "……."

– 이태준, 〈돌다리〉

나 그러다가 박희완 영감에게서 들은 말이었다. 관변에 있는 모 유력자를 통해 비밀리에 나온 말인데 황해 연안(黃海沿岸)에 제2의 나진이 생긴다는 말이었다. 지금은 관청에서만 알 뿐이나 축항 용지(用地)는 비밀리에 매수되었으므로 불원하여 당국자로부터 공표가 있으리라는 것이다.

"그럼, 거기가 황무진가? 전답들인가?"

초시는 눈이 뻘게 물었다.

"밭이라대."

"밭? 그럼 매 평 얼마나 간다나?"

"좀 올랐대. 관청에서 사는 바람에 아무리 시굴 사람들이기루 그만 눈치 없겠나.

그래두 무슨 일루 관청서 사는진 모르거든……."

"그래." (중략)

초시는 관자놀이가 욱신거리었다. 정말이기만 하면 한 시각이라도 먼저 덤비는 놈이 더 먹는 판이다. 나진도 오륙 전 하던 땅이 한번 개항된다는 소문이 나자 당년으로 오륙 전의 백 배 이상이 올랐고 삼사 년 뒤에는, 땅 나름이지만 어떤 요지는 천 배 이상이 오른 데가 많다. (중략)

"아무래두 이게 심상치 않어……. 이제 재수가 틔나 부다!"

초시는 반도 타지 않은 담배를 행길로 내어던졌다. 출출하던 판에 담배만 몇 대를 피고 나니 목이 컬컬해진다. 앞집 수채에는 뜨물에 떠내려가다 막힌 녹두 껍질이 그저 누렇게 보인다.

'오냐, 내년 추석엔…….'

– 이태준, 〈복덕방〉

다 집은 인간 존엄을 위한 필수재다. 하지만 비바람을 피하는 것만으로는 충분치 않다. 소득이 늘고 생활 수준이 높아지며 욕망은 꿈틀댄다. 누구나 **선망하는** 지역에서 더 넓고 쾌적하게 살기를 원한다.

분출하는 욕망을 감당하기에 땅은 **희소하다.** 수요에 따라 공급을 무한정 늘릴 수 없다. 모든 이가 욕망하는 집이 **지위재**가 되고, 자산으로 변모한다. 주택의 금융화는 중산층에 부동산 사다리를 놓았다. 사다리는 다시 자산 증식의 지렛대가 되었다. 한편에선 집을 통한 수익의 정당성에 관해 묻는다. **불로 소득** 혹은 **지대**는 노동의 대가가 아니다.

여기에 한국 사회의 특수성까지 더해진다. 제자리걸음인 소득, 쪼그라드는 연금, 성긴 사회 안전망은 불안하다. 경제적 동물의 합리적 선택은 부동산을 향해 움직인다. 누군가는 '영혼을 끌어모아' 집에 매달린다. 또 누군가는 탐욕이라고 비난한다. 불로 소득과 투기 세력이란 도식은 욕망을 옭아맨다. 재산권·기본권의 무력화 논란으로 **확전한다.**

오늘, 한국의 집은 켜켜이 쌓인 시간과 구조의 복합체다. 더 좋은 곳에 살려는 욕망을 규제하는 사회에 묻는다. 집에 대한 욕망, 잘못된 것인가.

– 〈더 좋은 집 살겠다는 욕망, 잘못됐습니까〉(《중앙일보》, 2020. 09. 29.)

라 마민지 감독은 다큐멘터리 〈버블 패밀리〉(2017)에서 소싯적 중소 주택 건설업자였던 부모의 파란만장한 삶을 이해하려 시도한다. 그 과정에서 한국 사회에서 '땅'은 어떤 의미를 가지고 있는지 추적한다. 한국인들은 '땅'을 소유함으로써 미래에 대한 불안을 달랬다. 하지만 누구나 '땅'을 가질 수 있는 건 아니다. '땅'을 가질 수 있는 사람만이 미래에 대한 불안을 잠재울 수 있었다. 따라서 대한민국이 '땅'에 미치게 된 건 당연한 일이었다. '땅'이 뭇 사람들의 불안을 해소시킬 수 있었던 배경에는 끝을 모르고 치솟는 땅값이 있었다. (중략)

집은 일차적으로 인간 생활의 3요소인 의식주의 하나로 기본권적 성질을 가진다. '집 나가면 개고생'이라는 말이 역설적으로 드러내듯, 사람들은 집에서 본능적으로 편안함을 느낀다. 《참여와 혁신》이 노동자 205명을 대상으로 진행한 설문 조사에서도 마찬가지였다. '집이라는 말에서 연상되는 것을 자유롭게 적어 달라.'는 질문에 대다수 노동자들은 집에서 '휴식', '안정', '가족', '생활' 등을 연상했다. 물론 연령대별로 중점을 두는 지점이 '안정감', '공동체'(40~50대) 혹은 '자유', '내 공간'(20~30대) 등으로 약간 차이를 보이기도 했지만, 대체로 집을 편안한 공간으로 여기고 있었다.

다른 한편으로 집은 경제 영역에도 큰 비중을 차지한다. 한국은행과 통계청이 발표한 '2019년 국민대차대조표'에 따르면, 주거용 건물과 부속 토지를 합한 주택의 2019년 평가 금액은 전년 대비 7.4% 증가한 5,056조 8,000억 원을 기록했다. 같은 시기 물가 상승률이 0.4%인 것을 감안하면, 이는 주택 자산에 수많은 돈과 사람이 몰리고 있음을 보여 준다. (중략)

많은 노동자들이 내 집 마련에 도전한다. 노동자들은 내 집 마련을 포기해서 단념하거나, 성공해서 재테크 수단으로 활용한다. 이 배경에는 굳건한 부동산 **불패** 신화가 있다. 그러나 한편으로 노동자들은 부동산 불패 신화를 만든 장본인이기도 하다. 내 집 마련에 도전하는 사람들의 흐름 자체가 부동산 가격을 올렸기 때문이다.

> "경제 흐름 속에서 게임의 룰을 잡고 있었던 것은 더 많이 가진 사람들이었다. 열심히, 성실하게 살면 나의 길을 만들어 나갈 수 있을 거라 믿었다. 부모님이 선택한 부동산이라는 해법은 어쩌면 가장 현실적인 방안일지도 모르겠다. 결국 우리는 지는 게임을 하도록 정해져 있다." (마민지, 〈버블 패밀리〉 중에서)

그렇다고 내 집 마련에 대한 욕구를 마냥 비난할 수 없다. 부동산 불패 신화가 유지되는 상황에서 내 집 마련에 도전하는 것은 지극히 '합리적인 선택'이다. 그러나 개인의 합리적 행동이 사회 전체적으로 좋지 않은 결과를 낳았다. 단적으로 집을 구입할 수 없는 처지의 많은 사람들의 삶은 계속 어려워진다는 점이다. 현재의 부동산 시장은 '열심히, 성실하게 살아도', 즉 열심히 '일'해도 게임에서 지는 사람들이 발생할 수밖에 없는 구조다. 부동산 문제를 꽤나 심각한 위기로 생각해야 하는 이유다.

– 《참여와 혁신》(2020. 10. 10.)

- **느르지논둑** '느르지논(농부가 열심히 갈고 닦은 좋은 논)'의 가장자리에 높고 길게 쌓아 올린 방죽.
- **선망하다**(羨望--) 부러워하여 바라다.
- **희소하다**(稀少--) 매우 드물고 적다.
- **지위재**(地位財) 희소하거나 다른 사람들이 대체재보다 선호하기 때문에 가치가 생기는 재화(財貨).
- **불로 소득**(不勞所得) 직접 일을 하지 아니하고 얻는 수익.
- **지대**(地代) 지상권자가 토지 사용의 대가로 토지 소유자에게 지급하는 금전이나 그 외의 물건.
- **확전하다**(擴戰--) 싸움을 더욱 크게 벌임.
- **불패**(不敗) 지지 아니함. 또는 실패하지 아니함.

03 식민지 현실 속 방황하는 지식인

작품 읽기

- 현진건, 〈술 권하는 사회〉
- 박태원, 〈소설가 구보 씨의 일일(一日)〉
- 이상, 〈날개〉

학습 목표

1. 일제 강점기 지식인의 삶과 갈등을 살펴보고, 바람직한 지식인상을 제시할 수 있다.
2. 모더니스트들의 특성을 파악하고, 근대적 공간에 대한 그들의 인식을 파악할 수 있다.
3. 다양한 근대 소설의 기법을 이해하고, 소설을 감상할 수 있다.
4. 고현학적 관점에서 현대 사회에 대한 자신만의 성찰적 글을 쓸 수 있다.

이 작품은 바늘에 찔린 '아내'가 고요한 밤의 풍경을 가르며 비명을 내지르는 장면으로 시작됩니다. 이로써 남편을 기다리는 '아내'의 외로움이 도드라지고, 독자들은 자연스레 '아내'가 이끄는 회상 장면으로 빠져듭니다.

1921년 《개벽》에 발표된 이 작품에서 관찰자인 '아내'는 신학문을 배우지 못한 여성으로, 일본 유학을 다녀온 남편과의 대화에서 어려움을 겪습니다. 게다가 봉건적인 사고방식을 가진 아내는 남편을 이해하고 싶지만, 그가 했다는 '공부'나 그가 말하는 '사회'가 무엇인지조차 모르는 무지로 인해 남편을 답답하게 만듭니다. 이러한 아내의 모습은 식민지 현실에 그대로 순응하고 살 수밖에 없었던 우리 민중의 한 모습으로, 지식인 남편의 내적 고뇌를 이해할 수 없는 아내의 간접적인 시선을 통해 남편의 괴로움이 드러납니다. 한편 시대의 부조리와 모순을 알면서도 울분을 터뜨리고 술을 마시며 좌절할 뿐인 남편은 당시의 소극적이고 자조적인 식민지 지식인의 모습이라 할 수 있습니다.

남편과 의사소통이 되지 않아 어쩌지도 못하는 현실에 절망하는 아내와, 자신의 능력을 발휘할 수 없는 식민지 현실에 낙망하면서도 이를 아내에게조차 이해받지 못하는 남편의 모습. 이를 통해 일제 강점기의 삶과 갈등에 대해 생각하며 이 작품을 감상해 봅시다.

현진건(玄鎭健, 1900~1943)

경북 대구 출생. 호는 빙허. 1920년 11월 《개벽》에 단편 소설 〈희생화〉를 통해 등단했고, 1921년에는 단편 소설 〈빈처〉와 〈술 권하는 사회〉를 발표하면서 문단의 인정을 받았다. 사실주의적 기법으로 다져진 비극적 아름다움을 문학적으로 형상화한 주옥같은 작품을 다수 남겼다. 주요 작품으로는 〈운수 좋은 날〉, 〈B 사감과 러브레터〉, 〈고향〉, 〈할머니의 죽음〉, 《무영탑》, 《적도》 등이 있다.

술 권하는 사회 _현진건

"아이그 아야."

홀로 바느질을 하고 있던 아내는 얼굴을 살짝 찌푸리고 가늘고 날카로운 소리로 부르짖었다. 바늘 끝이 왼손 엄지손가락 손톱 밑을 찔렀음이다. 그 손가락은 가늘게 떨며 하얀 손톱 밑으로 앵두 빛 같은 피가 비친다. 그것을 볼 사이도 없이 아내는 얼른 바늘을 빼고, 다른 손 엄지손가락으로 그 상처를 누르고 있다. 그러면서 하던 일가지를 팔꿈치로 고이고이 밀어 내려놓았다. 이윽고 눌렀던 손을 떼어 보았다. 그 언저리는 인제 다시 피가 아니 나려는 것처럼 혈색이 없다. 하더니, 그 희던 꺼풀 밑에 다시금 꽃물이 차츰차츰 밀려온다. 보일 듯 말 듯한 그 상처로부터 좁쌀낟 같은 핏방울이 송송 솟는다. 또 아니 누를 수 없다. 이만하면 그 구멍이 아물었으려니 하고 손을 떼면 또 얼마 아니 되어 피가 비치어 나온다.

인제 헝겊 **오락지**로 처매는 수밖에 없다. 그 상처를 누른 채 그는 **바느질고리**에 눈을 주었다. 거기 쓸 만한 오락지는 **실패** 밑에 있다. 그 실패를 밀어내고 그 오락지를 두 새끼손가락 사이에 집어 올리려고 한동안 애를 썼다. 그 오락지는 마치 풀로 붙여 둔 것같이 고리 밑에 착 달라붙어 세상 집혀지지 않

오락지 '오라기(실, 헝겊, 종이, 새끼 따위의 길고 가느다란 조각)'의 방언.
바느질고리 반짇고리. 바늘, 실, 골무, 헝겊 따위의 바느질 도구를 담는 그릇.
실패 반짇고리 제구의 하나. 바느질할 때 쓰기 편하도록 실을 감아 두는 작은 도구.

는다. 그 두 손가락은 헛되이 그 오라지 위를 긁적거리고 있을 뿐이다.

"왜 집혀지지를 않아!"

그는 마침내 울 듯이 부르짖었다. 그리고 그것을 집어 줄 사람이 없나 하는 듯이 방 안을 둘러보았다. 방 안은 텅 비어 있다. 어느 뉘 하나 없다. 호젓한 **허영**만 그를 휩싸고 있다. 바깥도 죽은 듯이 고요하다. 시시로 퐁퐁 하고 떨어지는 수도의 물방울 소리가 쓸쓸하게 들릴 뿐. 문득 전등불이 광채를 더하는 듯하였다. 벽상에 걸린 괘종의 거울이 번들하며 새로 한 점을 가리키려는 시침이, 위협하는 듯이 그의 눈을 쏜다. 그의 남편은 그때껏 돌아오지 않았었다.

아내가 되고, 남편이 된 지는 벌써 오래의 일이다. 어느덧 칠팔 년이 지내었으리라. 하건만 같이 있어 본 날을 헤아리면 단 일 년이 될락 말락 한다. 막 그의 남편이 서울서 중학을 마쳤을 제 그와 결혼하였고 그러자마자 그만 동경에 **부급**한 까닭이다. 거기서 대학까지 졸업을 하였었다. 이 길고 긴 세월에 아내는 얼마나 괴로웠으며 외로웠으랴! 봄이면 봄, 겨울이면 겨울, 웃는 꽃을 한숨으로 맞았고 얼음 같은 베개를 뜨거운 눈물로 덥히었다. 몸이 아플 제, 마음이 쓸쓸할 제, 얼마나 그가 그리웠으랴! 하건만 아내는 이 모든 고생을 이를 악물고 참았었다. 참을 뿐이 아니라 달게 받았었다. 그것은 남편이 돌아오기만 하면! 하는 생각이 그에게 위로를 주고 용기를 준 까닭이었다. 남편이 동경에서 무엇을 하고 있나? 공부를 하고 있다. 공부가 무엇인가? 자세히는 모른다. 또 알려고 애쓸 필요도 없다. 어찌하였든지 이 세상에 제일 좋고 제일 귀한 무엇이라 한다. 마치 옛날이야기에 있는 도깨비의 부자 방망이 같은 것이어니 한다. 옷 나오라면 옷 나오고, 밥 나오라면 밥 나오고, 돈 나오라

허영(虛影) 빈 그림자. 실체가 없는 모습.
부급(負笈) 책 상자를 진다는 뜻으로, 타향으로 공부하러 감을 이르는 말.

면 돈 나오고……. 저 하고 싶은 무엇이든지, 청해서 아니 되는 것이 없는 무엇을, 동경에서 얻어 가지고 나오려니 하였었다. 가끔 놀러 오는 친척들의 비단옷 입은 것과 **금지환** 낀 것을 볼 때에 그 당장엔 그윽이 부러워도 하였지만 나중엔,

"남편만 돌아오면!"

하고 그것에 경멸하는 시선을 던지었다.

남편이 돌아왔다. 한 달이 지나가고 두 달이 지나간다. 남편의 하는 행동이 자기의 기대하던 바와 조금 **배치**되는 듯하였다. 공부 아니 한 사람보다 조금도 다른 것이 없었다. 아니다. 다르다면 다른 점도 있다. 남은 돈벌이를 하는데 그의 남편은 도리어 집안 돈을 쓴다. 그러면서도 어디인지 분주히 돌아다닌다. 집에 들면 정신없이 무슨 책을 보기도 하고, 또는 밤새도록 무엇을 쓰기도 하였다.

'저러는 것이 참말 부자 방망이를 맨드는 것인가 보다.'

아내는 스스로 이렇게 해석하였다.

또 두어 달 지나갔다. 남편의 하는 일은 늘 한 모양이었다. 한 가지 더한 것은 때때로 깊은 한숨을 쉬는 것뿐이었다. 그리고 무슨 근심이 있는 듯이 얼굴을 펴지 않았다. 몸은 나날이 **축**이 나간다.

'무슨 걱정이 있는고?'

아내도 따라서 근심을 하게 되었다. 하고는 그 여윈 것을 보충하려고 갖가지로 애를 썼다. 곧 될 수 있는 대로 그의 밥상에 맛난 반찬 가지를 **붇게** 하며 또 **곰** 같은 것도 만들었다. 그런 보람도 없이 남편은 입맛이 없다 하며 그것

금지환(金指環) 금가락지. 금으로 만든 가락지.
배치(背馳) 서로 반대로 되어 어긋남.
축(縮) 근심이나 병으로 몸이 야윈 것.
붇다 분량이나 수효가 많아지다.
곰 고기나 생선을 진한 국물이 나오도록 푹 삶은 국.

을 잘 먹지도 않았었다.

또 몇 달 지나갔다. 인제 출입을 뚝 끊고 늘 집에 붙어 있다. 걸핏하면 성을 낸다. 입버릇 모양으로 화난다, 화난다 하였다.

어느 밤 새벽, 아내가 어렴풋이 잠을 깨어, 남편의 누웠던 자리를 더듬어 보았다. 쥐이는 것은 이불자락뿐이다. 잠결에도 조금 실망을 아니 느낄 수 없었다. 잃은 것을 찾으려는 것처럼, 눈을 부스스 떴다. 책상 위에 머리를 쓰러뜨리고, 두 손으로 그것을 움켜쥐고 있는 남편을 보았다. 흐릿한 의식이 돌아옴을 따라 남편의 어깨가 들썩들썩 움직임도 깨달았다. 흑흑 느끼는 소리가 귀를 울린다. 아내는 정신을 바짝 차리었다. 불현듯 몸을 일으켰다. 이윽고 아내의 손은 가볍게 남편의 등을 흔들며, 목에 걸리고 잘 나오지 않는 소리로,

"왜 이러고 계셔요?"

라고 물어보았다.

"……."

남편은 아무 대답이 없다. 아내는 손으로 남편의 얼굴을 **괴어** 들려고 할 즈음에, 그것이 뜨뜻하게 눈물에 젖은 것을 깨달았다.

또 한 두어 달 지나갔다. 처음처럼 다시 출입이 자조로웠다. 구역이 날 듯한 술 냄새가 밤늦게야 돌아오는 남편의 입에서 나게 되었다. 그것은 요사이 일이다. 오늘 밤에도 지금까지 돌아오지 않았다. 초저녁부터 아내는 별별 생각을 다 하면서 남편을 **고대고대하고** 있었다. 지루한 시간을 속히 보내려고 치웠던 일가지를 또 꺼내었었다. 그것조차 뜻같이 아니 되었다. 때때로 바늘은 헛되이 움직이었다. 마침내 그것에 찔리고 말았다.

"어데를 가서 이때껏 오시지 않아!"

괴다 기울어지거나 쓰러지지 않도록 아래를 받쳐 안정시키다.
고대고대하다(苦待苦待--) 몹시 애타게 기다리다.

아내는 인제 아픈 것도 잊어버리고 짜증을 내었다. 잠깐 그를 떠났던 공상과 환영이 다시금 그의 머리를 떠돌기 시작하였다. 이상한 꽃을 수놓은, 흰 보 위에 맛난 요리를 담은 접시가 번쩍인다. 여러 친구와 술을 권커니 작커니 하는 광경이 보인다. 어떤 기생 년이 애교가 흐르는 웃음을 띠고, 살근살근 제 남편에게로 다가드는 꼴이 보인다. 그의 남편은 미친 듯이 껄껄 웃는다. 나중에는 검은 휘장이 스르르 덮이는 듯이 그 모든 것이 사라져 버리더니 **낭자한** 요리상만이 보이기도 하고 술병만 희게 빛나기도 하고, 아까 그 기생이 한 팔로 땅을 짚고 진저리를 쳐 가며 웃는 꼴이 보이기도 하였다. 또는 남편이 길바닥에 쓰러져 우는 것도 보이었다.

"문 열어라!"

문득 대문이 덜컥 하고 혀가 꼬부라진 소리로 부르는 듯하였다.

"네."

저도 모르게 대답을 하고 급히 마루로 나왔다. 잘못 신은, 발에 아니 맞는 신을 질질 끌면서 대문으로 달렸다. 중문은 아직 잠그지도 않았고 **행랑방**에 사람이 없지 않지마는 으레 깊은 잠에 떨어졌을 줄 알고 자기가 뛰어나감이었다. 가느름한 손이 어둠 속에서 희게 빗장을 잡고 한참 실랑이를 한다. 대문은 열렸다.

밤바람이 선득하게 얼굴에 앉힌다. 문밖에는 아무도 없다! 온 골목에 사람의 그림자도 볼 수 없다. 검푸른 밤빛이 허연 길 위에 **그물그물** 깃들었을 뿐이었다.

아내는 무엇에 놀란 사람 모양으로 한참 멀거니 서 있었다. 문득 **급거히** 대

낭자하다(狼藉--) 여기저기 흩어져 어지럽다.
행랑방(行廊房) 대문간에 붙어 있는 방.
그물그물 불빛 따위가 밝게 비치지 않고 몹시 침침해지는 모양.
급거히(急遽-) 몹시 서둘러 급작스러운 모양.

문을 닫친다. 마치 그 열린 사이로 악마나 들어올 것처럼.

"그러면 바람 소리였구먼."

하고 싸늘한 빰을 쓰다듬으며, 해쭉 웃고 발길을 돌리었다.

"아니, 내가 분명히 들었는데……. 혹 내가 잘못 보지를 않았나? 길바닥에 나 쓰러져 있었으면 보이지도 않을 터야……."

중문간까지 다다르자 별안간 이런 생각이 그의 걸음을 멈추게 하였다.

"대문을 또 좀 열어 볼까?…… 아니야, 내가 헛들었지……. 그래도 혹…… 아니야. 내가 헛들었지."

망설거리면서도 꿈꾸는 사람 모양으로, 저도 모를 사이에, 마루까지 올라왔다. 매우 기묘한 생각이 번개같이 그의 머리에 번쩍인다.

"내가 대문을 열었을 제 나 몰래 들어오지나 않았나?……"

과연 방 안에 무슨 소리가 나는 것 같았다. 확실히 사람의 기척이 있다. 어른에게 꾸중 모시러 가는 어린애처럼 조심조심 방문 앞에 왔다. 그리고 문간 아래로 손을 대며 하염없이 웃는다. 그것은 제 잘못을 용서해 줍시사 하는 어린애 같은 웃음이었다. 조심조심 방문을 열었다. 이불이 어째 **움직움직하는** 듯하였다.

'나를 속이려고 이불을 쓰고 누웠구먼.'

하고 마음속으로 소곤거렸다. 가만히 내려앉는다. 그 모양이 이것을 건드려서는 큰일이 나지요 하는 듯하였다. 이불을 펄찍 쳐들었다. 빈 요가 하얗게 드러난다. 그제야 확실히 아니 온 줄 안 것처럼,

"아니 왔구먼, 안 왔어!"

라고 울 듯이 부르짖었다.

움직움직하다 몸이나 몸의 일부가 잇따라 움직이다. 또는 몸이나 몸의 일부를 잇따라 움직이다.

남편이 돌아오기는 새로 두 점을 훨씬 지낸 뒤였다. 무엇이 털썩 하는 소리가 들리고 잇따라,

"아씨, 아씨!"

라고 부르는 소리가 귀를 때릴 때에야 아내는 비로소 아직도 앉았을 자기가 이불 위에 쓰러져 있음을 깨달았다. 기실, 잠귀 어두운 할멈이 대문을 열었으리만큼 아내는 깜박 잠이 깊이 들었었다. 하건만, 그는 **몽경**에서 방황하는 정신을 당장에 수습하였다. 두어 번 얼굴을 쓰다듬자마자 불현듯 밖으로 나왔다.

남편은 한 다리를 마루 끝에 걸치고 한 팔을 베고 옆으로 누워 있다. 숨소리가 씨근씨근한다.

막 구두를 벗기고 일어난 할멈은 검붉은 상을 찡그려 붙이며,

"어서 일어나 방으로 들어가셔요."

라고 한다.

"응, 일어나지."

'나리'는 혀를 억지로 돌리어 코와 입으로 대답을 하였다. 그래도 몸은 꿈쩍도 않는다. 도리어 그 **개개풀린** 눈을 자려는 것처럼 스르르 감는다. 아내는 눈만 비비고 서 있다.

"어서 일어나셔요, 방으로 들어가시라니까."

이번에는 대답조차 아니 한다. 그 대신, 무엇을 잡으려는 손처럼 손을 내어 젓더니,

"물, 물! 냉수를 좀 주어."

라고 중얼거렸다.

몽경(夢境) 꿈. 또는 꿈속. 꿈을 꾸는 것과 같은 상태.
개개풀리다 졸리거나 술에 취해서 눈에 정기가 흐려지다.

할멈은 얼른 물을 떠다 **이취자**의 코밑에 놓았건만, 그 사이에 벌써 아까 청을 잊은 것같이 취한 이는 물을 먹으려고도 않는다.

"왜 물을 아니 잡수셔요?"

곁에서 할멈이 깨우쳤다.

"응, 먹지 먹어."

하고 그제야 주인은 한 팔을 짚고 고개를 든다. 한꺼번에 물 한 대접을 다 들이켜 버렸다. 그러고는 또 쓰러진다.

"에그, 또 눕네."

하고 할멈은 우물로 기어드는 어린애를 안으려는 모양으로 두 손을 내어민다.

"할멈은 고만 가 자게."

주인은 귀치않다 하는 듯이 말을 한다.

이를 어찌해, 하는 듯이 멀거니 서 있는 아내도, 할멈이 그만 갔으면 하였다. 남편을 붙들어 일으킬 생각이야 간절하지마는 할멈 보는데, 어찌 그럴 수 없는 것 같았다. 혼인한 지가 칠팔 년이 되었으니 그런 **파수**야 되었으련만, 같이 있어 본 날을 꼽아 보면 그는 아직 갓 시집온 색시였다.

"할멈은 가 자게."

란 말이 목까지 올라왔지만 입술에서 사라지고 말았다. 마음 그윽이 할멈이 돌아가기만 기다릴 뿐이다.

"좀 일으켜 드려야지."

가기는커녕 이런 말을 하고 할멈은 선웃음을 치면서 마루로 부득부득 올라온다. 그 모양은 마치 주인 나리가 약주가 취하시거든 방에까지 모셔다 드려야 제 도리에 옳지요 하는 듯하였다.

이취자(泥醉者) 술이 몹시 취(醉)하여 곤드레만드레한 사람.
파수(破羞) 부끄러움이 없는 것.

"자아, 자아."

할멈은 아씨를 보고 히히 웃어 가며, 나리의 등 밑으로 손을 넣는다.

"왜 이래 왜 이래, 내가 일어날 터야."

하고 몸을 움직이더니, 정말 주인은 부스스 일어난다. 마루를 쾅쾅 눌러 디디며 비틀비틀 곧 쓰러질 듯한 보조로 방문을 향하고 걸어간다. 와지끈하며 문을 열어젖히고는 방 안을 들어간다. 아내도 뒤따라 들어왔다. 할멈은 중문 턱을 넘어설 제 몇 번 혀를 차고는 저 갈 데로 가 버렸다.

벽에 엇비슷하게 기대서 있는 남편은 무엇을 생각하는 듯이 고개를 숙이고 있다. 그의 말라붙은 관자놀이에 펄떡거리는, 푸른 맥을 아내는 걱정스럽게 바라보면서 남편 곁으로 다가온다. 아내의 한 손은 양복 깃을, 또 한 손은 그 소매를 잡으며 **화한** 목성으로,

"자아, 벗으셔요."

하였다.

남편은 문득 미끄러지는 듯이 벽을 타고 내려앉는다. 그의 쭉 뻗친 발 끝에 이불자락이 저리로 밀려간다.

"에그, 왜 이리 하셔요? 벗자는 옷은 아니 벗으시고."

그 서슬에 넘어질 뻔한 아내는 애달프게 부르짖었다. 그러면서도 같이 따라 앉는다. 그의 손은 또 옷을 잡았다.

"옷이 구겨집니다. 제발 좀 벗으셔요."

라고 아내는 애원을 하며, 옷을 벗기려고 애를 쓴다. 하나 취한 이의 등이 천근같이 벽에 척 들러붙었으니 벗겨질 리가 없다. 애를 쓰다 쓰다 옷을 놓고 물러앉으며,

"원 참, 누가 술을 이처럼 권하였노?"

화하다(和--) 날씨나 마음, 태도 따위가 따뜻하고 부드럽다.

라고 짜증을 낸다.

"누가 권하였노? 누가 권하였노? 흥흥."

남편은 그 말이 몹시 귀에 거슬리는 것처럼 **곱삶는다.**

"그래 누가 권했는지, 마누라가 좀 알아내겠소?"

하고 껄껄 웃는다. 그것은 절망의 가락을 띤 쓸쓸한 웃음이었다. 아내도 따라 방긋 웃고는 또 옷을 잡으며,

"자아, 옷이나 먼저 벗으셔요. 이야기는 나중에 하지요. 오늘 밤에 잘 주무시면 내일 아침에 알려드리지요."

"무슨 말이야, 무슨 말이야? 왜 오늘 일을 내일로 미루어? 할 말이 있거든 지금 해!"

"지금은 **약주**가 취하셨으니, 내일 약주가 깨시거든 하지요."

"무엇? 약주가 취해서?"

하고 고개를 쩔레쩔레 흔들며,

"천만에, 누가 술이 취했단 말이오? 내가 공연히 이러지, 정신은 말똥말똥하오. 꼭 이야기하기 좋을 만해, 무슨 말이든지……. 자아."

"글쎄, 왜 못 잡수시는 약주를 잡수셔요? 그러면 몸에 축이 나지 않아요?"

하고, 아내는 남편의 이마에 흐르는 진땀을 씻는다.

이취자는 머리를 흔들며,

"아니야 아니야, 그런 말을, 듣자는 것이 아니야."

하고 아까 일을 **추상하는** 것처럼 말을 끊었다가, 다시금 말을 이어,

"옳지, 누가 나에게 술을 권했단 말이오? 내가 술이 먹고 싶어서 먹었단 말이오?"

곱삶다 두 번 삶다. 여기서는 '두 번 반복하다'의 뜻으로 쓰였다.
약주(藥酒) '술'을 점잖게 이르는 말.
추상하다(追想--) 지나간 일을 돌이켜 생각하다.

"자시고 싶어 잡수신 건 아니지요. 누가 당신께 약주를 권하는지, 내가 알아낼까요. 저…… 첫째는 **화증**이 술을 권하고, 둘째는 **하이칼라**가 약주를 권하지요."

아내는 살짝 웃는다. 내가 어지간히 알아맞혔지요 하는 모양이었다.

남편은 **고소한다**.

"틀렸소, 잘못 알았소, 화증이 술을 권하는 것도, 아니고, 하이칼라가, 술을 권하는 것도 아니오. 나에게 권하는 것은 따로 있어. 마누라가 내가 어떤 하이칼라한테나 홀려 다니거니, 그 하이칼라가 늘 내게 술을 권하거니, 하고, 근심을 했으면, 그것은 헛걱정이지. 나에게 하이칼라는 아무 소용도 없소. 나의 소용은 술뿐이오. 술이 창자를 휘돌아, 이것저것을 잊게 맨드는 것을 나는 취(取)할 뿐이오."

하더니 홀연 어조를 고쳐 감개무량하게,

"아아 **유위유망한** 머리를, 알코올로 마비 아니 시킬 수 없게 하는, 그것이 무엇이란 말이오?"

하고 긴 한숨을 내어쉰다. **물큰물큰한** 술 냄새가 방 안에 흩어진다.

아내에게는 그 말이 너무 어려웠다. 그만 묵묵히 입을 다물었다. 눈에 보이지 않는 무슨 벽이 자기와 남편 사이에 가리는 듯하였다. 남편과 말이 길어질 때마다 아내는 이런 쓰디쓴 경험을 맛보았다. 이런 일은 한두 번이 아니었다.

이윽고 남편은 기막힌 듯이 웃는다.

"흥, 또 못 알아듣는군. 묻는 내가 그르지, 마누라야 그런 말을 알 수 있겠소? 내가 설명을 해 드리지. 자세히 들어요. 내게 술을 권하는 것은, 화증

화증(火症) 걸핏하면 화를 왈칵 내는 증세.
하이칼라(high collar) 예전에, 서양식 유행을 따르던 멋쟁이를 이르던 말.
고소하다(苦笑--) 어이가 없거나 마지못하여 웃음을 짓다.
유위유망하다(有爲有望--) 능력이 있어 쓸모가 있으며 앞으로 잘될 듯한 희망이나 전망이 있다.
물큰물큰하다 냄새 따위가 자꾸 심하게 풍기는 듯하다.

도 아니고, 하이칼라도 아니요, 이 사회란 것이 내게 술을 권한다오. 이 조선 사회란 것이, 내게 술을 권한다오. 알았소? 팔자가 좋아서 조선에 태어났지, 딴 나라에 났더면 술이나 얻어먹을 수 있나……."

사회란 것이 무엇인가? 아내는 또 알 수가 없었다. 어찌하였든, 딴 나라에는 없고, 조선에만 있는 요릿집 이름이어니 한다.

"조선에 있어도, 아니 다니면 그만이지요."

남편은 또 아까 웃음을 **재우친다**. 술이 정말 아니 취한 것같이, 또렷또렷한 어조로,

"허허, 기막혀. 그 한 **분자** 된 이상에 다니고 아니 다니는 게 무슨 상관이야? 집에 있으면 아니 권하고, 밖에 나가야 권하는 줄 아는가 보아? 그런 게 아니야. 무슨 사회란 사람이 있어서, 밖에만 나가면, 나를 꼭 붙들고 술을 권하는 게 아니야……. 무어라 할까……. 저어 우리 조선 사람으로 성립된 이 사회란 것이 내게 술을 아니 못 먹게 한단 말이오……. 어째 그렇소……? 또 내가 설명을 해 드리지. 여기 회를 하나 꾸민다 합시다. 거기 모이는 사람 놈치고, 처음은 민족을 위하느니, 사회를 위하느니 그러는데, 제 목숨을 바쳐도 아깝지 않다 아니하는 놈이 하나도 없지. 하다가, 단 이틀이 못 되어, 단 이틀이 못 되어……."

한층 소리를 높이며 손가락을 하나씩 둘씩 꼽으며,

"되지못한 명예 싸움, 쓸데없는 지위 다툼질, 내가 옳으니, 네가 그르니, 내 권리가 많으니, 네 권리가 적으니……. 밤낮으로 서로 찢고 뜯고 하지. 그러니 무슨 일이 되겠소? 무슨 사업을 하겠소? 회뿐이 아니지, 회사고 조합이고……. 우리 조선 놈들이 조직한 사회는 다 그 조각이지. 이런 사회에서

재우치다 어떤 행동이 잇따라 진행되다.
분자(分子) 집단을 이루는 구성원.

무슨 일을 한단 말이오? 하려는 놈이 어리석은 놈이야. 적이 정신이 바루 박힌 놈은, 피를 토하고, 죽을 수밖에 없지, 그렇지 않으면, 술밖에 먹을 게 도무지 없지. 나도 전자에는 무엇을 좀 해 보겠다고, 애도 써 보았어. 그것이 모두 **수포**야. 내가 어리석은 놈이었지, 내가 술을 먹고 싶어 먹는 게 아니야. 요사이는 좀 낫지마는, 처음 배울 때에는, 마누라도 알다시피, 죽을 애를 썼지. 그 먹고 난 뒤에 괴로운 것이야, 겪어 본 사람 아니면 알 수 없지, 머리가 지끈지끈 아프고, 먹은 것이 다 돌아 올라오고……. 그래도 아니 먹은 것보담 나았어, 몸은 괴로워도, 마음은 괴롭지 않았으니까. 그저 이 사회에서 할 것은, 주정꾼 노릇밖에 없어……."

"공연히, 그런 말 말아요. 무슨 노릇을 못 해서 주정꾼 노릇을 해요! 남이라서……."

아내는 **부지불식간**에 흥분이 되어, 열기 있는 눈으로 남편을 바라보고, 불쑥 이런 말을 하였다. 그는 제 남편이 이 세상에 가장 거룩한 사람이어니 한다. 따라서 어느 놖보다 제일 잘될 줄 믿는다. 몽롱하나마 그의 목적이 원대하고 고상한 것도 알았다. 얌전하던 그가 술을 먹게 된 것은 무슨 일이 맘대로 아니 되어 화풀이로 그러는 줄도 어렴풋이 깨달았다. 그러나 술은 노상 먹을 것이 아니다. 그러면 **패가망신하고** 만다. 그러므로 하루바삐 그 화가 풀리었으면, 또다시 얌전하게 되었으면 하는 생각이 그의 머리를 떠날 때가 없었다. 그리고 그날이 꼭 올 줄 믿었었다. 오늘부터는 내일부터는…… 하건만 남편은 어제도 술이 취하였다. 오늘도 한 모양이다. 자기의 기대는 나날이 틀려간다. 좇아서 기대에 대한 자신도 엷어 간다. 애달프고 원통한 생각이 가끔 그의 가슴을 누른다. 더구나 수척해 가는 남편의 얼굴을 볼 때에, 그런 감정

수포(水泡) 노력이 헛되게 된 상태를 비유적으로 이르는 말.
부지불식간(不知不識間) 생각하지도 못하고 알지도 못하는 사이.
패가망신하다(敗家亡身--) 집안의 재산을 다 써 없애고 몸을 망치다.

을 걷잡을 수 없었다. 지금 저도 모르게 흥분한 것이 또한 무리가 아니었다.

"그래도, 못 알아듣네그려. 참, 사람 기막혀. 본정신 가지고는, 피를 토하고 죽든지, 물에 빠져 죽든지 하지, 하루라도 살 수가 없다 말이야, **흉장**이 막혀서, 못 산단 말이야. 에엣, 가슴 답답해."

라고, 남편은 소리를 지르고 괴로워서 못 견디는 것처럼 얼굴을 찌푸리며 미친 듯이 제 가슴을 쥐어뜯는다.

"술 아니 먹는다고, 흉장이 막혀요!"

남편의 하는 짓은 본체만체하고, 아내는 얼굴을 더욱 붉히며 부르짖었다.

그 말에 몹시 놀란 것처럼 남편은 어이없이 아내의 얼굴을 바라보더니 그 다음 순간에는 말할 수 없는 고뇌의 그림자가 그의 눈을 거쳐 간다.

"그르지, 내가 그르지. 너 같은 **숙맥**더러 그런 말을 하는 내가 그르지. 너한테 조금이라도 위로를 얻으려는 내가 그르지, 후우."

스스로 탄식한다.

"아아 답답해!"

문득 기막힌 듯이, 외마디 소리를 치고는 벌떡 몸을 일으킨다. 방문을 열고 나가려 한다.

왜 내가 그런 말을 하였던고? 아내는 불시에 후회하였다. 남편의 저고리 뒷자락을 잡으며 안타까운 소리로,

"왜 어데를 가셔요? 이 밤중에 어데를 나가셔요? 내가 잘못하였습니다. 인제는, 다시 그런 말을, 아니 하겠습니다……. 그러게 내일 아침에 말을 하자니까……."

"듣기 싫어, 놓아, 놓아요."

흉장(胸腸) 가슴.
숙맥(菽麥) 사리 분별을 못 하고 세상 물정을 잘 모르는 사람.

하고 남편은 아내를 떠다 밀치고 밖으로 나간다. 비틀비틀 마루 끝까지 가서는 털썩 주저앉아 구두를 신기 시작한다.

"에그, 왜 이리 하셔요? 인제 다시 그런 말을 아니 한대도……."

아내는 뒤에서, 구두 신으려는 남편의 팔을 잡으며 말을 하였다. 그의 손은 떨고 있었다. 그의 눈에는 단박에 눈물이 쏟아질 듯하였다.

"이건 왜 이래, 저리로 가!"

뱉는 듯이 말을 하고 휙 뿌리친다. 남편의 발길은 뚜벅뚜벅 중문에 다다랐다. 어느덧 그 밖으로 사라졌다. 대문 빗장 소리가 덜컥 하고 난다. 마루 끝에 떨어진 아내는 헛되이 몇 번,

"할멈, 할멈!"

이라고 불렀다. 고요한 공기를 울리는 구두 소리는 점점 멀어 간다. 발자취는 어느덧 골목 끝으로 사라져 버렸다. 다시금 밤은 적적히 깊어 간다.

"가 버렸구먼, 가 버렸어!"

그 구두 소리를 영구히 아니 잃으려는 것처럼 귀를 기울이고 있는 아내는 모든 것을 잃었다 하는 듯이 부르짖었다. 그 소리가 사라짐과 함께 자기의 마음도 사라지고, 정신도 사라진 듯하였다. 심신이 텅 비어진 듯하였다. 그의 눈은 하염없이 검은 밤안개를 물끄러미 바라보고 있다. 그 사회란 독한 꼴을 그려 보는 것같이.

이 쓸쓸한 새벽바람이 싸늘하게 가슴에 부딪친다. 그 부딪치는 서슬에 잠 못 자고 피곤한 몸이 부서질 듯이 지긋하였다.

죽은 사람에게뿐, 볼 수 있는 **해쓱한** 얼굴이 경련적으로 떨며 절망한 어조로 소곤거렸다.

"그 몹쓸 사회가, 왜 술을 권하는고!"

해쓱하다 얼굴에 핏기나 생기가 없어 파리하다.

1934년 《조선중앙일보》에 발표된 이 작품은 작가의 실제 삶을 반영한 자전적 소설로, 하루 동안 경성(서울) 거리를 배회하며 대상을 관찰하는 주인공 구보의 시선과 의식이 이야기를 이끌고 있습니다.

예술가의 삶을 지향하는 구보는 외출에 나섰다가 한낮의 거리에 두통을 느끼며 귀와 시력에 이상을 느낍니다. 그가 처음 들른 곳은 백화점으로, 아이를 동반한 채 행복해 보이는 부부를 보며 그들을 부러워하다가 자신이 어디서 행복을 찾을 수 있을지 고민하게 됩니다. 이후 혼자 남겨지기 싫어 전차에 오른 구보는 고독과 일상인의 평범한 행복 사이에 갈등을 겪으며 삶의 뚜렷한 가치를 갖지 못한 채 방황하며 고뇌하죠. 구보는 단장과 노트를 손에 쥐고 세태를 살피며 소설을 창작하는 일이 자신에게 행복을 가져다주지 않는다는 생각을 하기도 하고, 자신에게 상처를 남긴 여인들을 떠올리기도 하며, 황금광 시대의 속물적 세태에 대해 비판합니다. 하지만 피로와 권태를 느끼며 집으로 돌아오는 길, 평범한 생활인으로서의 삶을 살기로 하면서 제 나름의 행복을 찾는 방법을 마련합니다.

1930년대 경성 거리를 하루 종일 돌아다니며 본 풍경을 통해 구보가 겪었을 고뇌를 살피고, 현대적인 감각이나 가치를 좇는 사람인 모더니스트(modernist)로서의 그가 근대적 공간을 어떻게 바라보고 그로부터 무엇을 깨달았을지 생각하며 이 작품을 감상해 봅시다.

박태원(朴泰遠, 1909~1986)

서울 출생. 호는 구보(仇甫/丘甫). 1920년대 말부터 시와 소설 등을 발표하였으며 1930년 《신생(新生)》에 단편 소설 〈수염〉을 발표하면서 본격적으로 활동했다. 순수 예술을 추구하던 구인회(九人會)의 일원으로 표현 기교의 실험에 치중하였으나, 1930년대 후반 들어 반계몽 및 반계급주의 문학의 입장에서 세태 풍속을 세밀하게 묘사하는 작품을 썼다. 6·25 전쟁 중 월북하여 북한에서 장편 역사 소설 《갑오 농민 전쟁》을 창작하기도 하였다. 주요 작품으로는 〈피로〉, 〈소설가 구보 씨의 일일〉, 〈성탄제〉, 《천변풍경(川邊風景)》 등이 있다.

소설가 구보 씨의 일일(一日) _박태원

어머니는

아들이 제 방에서 나와, 마루 끝에 놓인 구두를 신고, 기둥 못에 걸린 **단장**을 떼어 들고, 그리고 문간으로 향해 나가는 소리를 들었다.

"어디, 가니?"

대답은 들리지 않았다.

중문 앞까지 나간 아들은, 혹은, 자기의 한 말을 듣지 못하였는지도 모른다. 또는, 아들의 대답 소리가 자기의 귀에까지 이르지 못하였는지도 모른다. 그 둘 중의 하나라고 생각한 어머니는 이번에는 중문 밖에까지 들릴 목소리를 내었다.

"일쯔거니 들어오너라."

역시, 대답은 들리지 않았다.

중문이 소리를 내어 열려지고, 또 소리를 내어 닫혀졌다. 어머니는 얇은 실망을 느끼려는 자기 자신을 스스로 위로하려 한다. 중문 소리만 크게 나지 않

구보(仇甫/丘甫) 작가인 박태원의 호(號)이자 필명. 〈소설가 구보 씨의 일일〉을 쓰고 난 뒤 '거만한 사람'이라는 뜻의 '구보(仇甫)'라는 호가 생겼으나, 얼마 뒤 '높은 사람'이라는 뜻의 구보(丘甫)로 바뀌었다.
단장(短杖) 짧은 지팡이.

았다면, 아들의 "네" 소리를, 혹은 들을 수 있었을지도 모른다…….

어머니는 다시 바느질을 하며, 대체, 그애는, 매일, 어딜, 그렇게, 가는, 겐가, 하고 그런 것을 생각해 본다.

직업과 아내를 갖지 않은, 스물여섯 살짜리 아들은, 늙은 어머니에게는 온갖 종류의, 근심, 걱정거리였다. 우선, 낮에 한번 집을 나서면, 아들은 밤늦게나 되어 돌아왔다.

늙고, 쇠약한 어머니는, 자리도 깔지 않고, 맨바닥에 가, 팔을 괴고 누워, 아들을 기다리다가 곧잘 잠이 든다. 편안하지 못한 잠은, 두 시간씩 세 시간씩 계속될 수 없다. 잠깐 잠이 들었다, 깰 때마다, 어머니는 고개를 들어 아들의 방을 바라보고, 그리고, 기둥에 걸린 시계를 쳐다본다.

자정— 그리 늦지는 않았다. 이제 아들은 돌아올 게다. 어머니는 아들이 어서 돌아와지라 빌며, 또 어느 틈엔가 꼬빡 잠이 든다.

그가 두 번째 잠을 깨는 것은 새로 한 점 반이나, 두 점, 그러한 시각이다. 아들의 방에는 그저 불이 켜 있다.

아들은 잘 때면 반드시 불을 끈다. 그러나, 혹은, 어느 틈엔가 아들은 돌아와 자리에 누워 책이라도 읽고 있는 게 아닐까. 아들에게는 그런 버릇이 있다.

어머니는 소리 안 나게 아들의 방 앞에까지 걸어가 가만히 안을 엿듣는다. 마침내, 어머니는 방문을 열어 보고, 입때 웬일일까, 호젓한 얼굴을 하고, 다시 방문을 닫으려다 말고 방 안으로 들어온다.

나이 찬 아들의, 기름과 **분** 냄새 없는 방이, 늙은 어머니에게는 애달팠다. 어머니는 초저녁에 깔아 놓은 채 그대로 있는, 아들의 이부자리와 베개를 바로 고쳐 놓고, 그리고 그 옆에 가 앉아 본다. 스물여섯 해를 길렀어도 종시 마음이 놓이지 않는 것은 자식이었다. 설혹 스물여섯 해를 스물여섯 곱하는 일

분(粉) 얼굴빛을 곱게 하기 위하여 얼굴에 바르는 화장품의 하나.

이 있었더라도, 어머니의 마음은 늘 걱정으로 차리라. 그래도 어머니는 그가 작은며느리를 보면, 이렇게 밤늦게 한 가지 걱정을 덜 수 있으리라 생각한다.

"참, 이 애는 왜 장가를 들려구 안 하는 겐구."

언제나 혼인 말을 꺼내면, 아들은 말하였다.

"돈 한 푼 없이 어떻게 기집을 멕여 살립니까?"

하지만…… 어떻게 도리야 있느니라. 어디 월급쟁이가 되더라도, 두 식구 입에 풀칠이야 못헐라구…….

어머니는 어디 월급 자리라도 구할 생각은 없이, 밤낮으로, 책이나 읽고 글이나 쓰고, 혹은 공연스레 밤중까지 쏘다니고 하는 아들이, 보기에 딱하고, 또 답답하였다.

"그래두 장가를 들어 놓면 맘이 달러지지."

"제 계집 귀여운 줄 알면, 자연 돈 벌 궁릴 하겠지."

작년 여름에 아들은 한 '색시'를 만나 본 일이 있다. 그 애면 저도 싫다고는 않겠지. 이제 이놈이 들어오거든 단단히 따져 보리라……. 그리고 어머니는 어느 틈엔가 손주 자식을 눈앞에 그려 보기조차 한다.

아들은

그러나, 돌아와, 채 어머니가 무어라고 말할 수 있기 전에, 입때 안 주무셨어요, 어서 주무세요, 그리고 **자리옷**으로 갈아입고는 책상 앞에 앉아, 원고지를 펴 놓는다.

그런 때 옆에서 무슨 말이든 하면, 아들은 언제든 불쾌한 표정을 지었다. 그것은 어머니의 마음을 아프게 한다. 그래, 어머니는 가까스로, 늦었으니 어

자리옷 잠잘 때 입는 옷.

서 자거라, 그걸랑 낼 쓰구…… 한마디를 하고서 아들의 방을 나온다.

"얘기는 낼 아침에래두 허지."

그러나 열한 점이나 오정에야 일어나는 아들은, 그대로 소리 없이 밥을 떠 먹고는 나가 버렸다.

때로, 글을 팔아 몇 푼의 돈을 구할 수 있을 때, 그 어느 한 경우에, 아들은 어머니를 보고, 뭐 잡수시구 싶으신 거 없에요, 그렇게 묻는 일이 있었다.

어머니는 직업을 가지지 못한 아들이, 그래도 어떻게 몇 푼의 돈을 만들어, 자기에게 그런 말을 할 수 있는 것을 신기하게 기뻐하였다.

"어서 내 생각 말구, 네 양말이나 사 신어라."

그러면, 아들은 으레, 제 고집을 세웠다. 아들의 고집 센 것을, 물론 어머니는 좋게 생각 안 했다. 그러나 이러한 경우라면, 아들이 고집을 세우면 세울수록 어머니는 만족하였다. 어머니의 사랑은 보수를 원하지 않지만, 그래도 자식이 자기에게 대한 사랑을 보여 줄 때, 그것은 어머니를 기쁘게 하여 준다.

대체 무얼 사 줄 테냐, 뭐든 어머니 마음대로. 먹는 게 아니래도 좋으냐. 네. 그래 어머니는 **에누리** 없이 욕망을 말해 본다.

"너, 나, 치마 하나 해 주려무나."

아들이 흔연히 응락하는 걸 보고,

"네 아주멈은 뭐 안 해 주니?"

아들은 치마 두 **감**의 가격을 묻고, 그리고 갑자기 엄숙한 얼굴을 한다. 혹은 밤을 새우기까지 해 아들이 번 돈은, 결코 대단한 액수의 것이 아니었다. 그래, 어머니는 말한다.

"그럼 네 아주멈이나 해 주렴."

에누리 값을 깎는 일. 용서하거나 사정을 보아주는 일.
감 옷이나 이불 따위를 만드는 바탕이 되는 피륙. 주로 옷감의 뜻으로 쓴다.

아들은, 아니에요, 넉넉해요. 갖다 끊으세요. 그리고 돈을 내놓았다.

어머니는, 얼마를 주저한다. 그러나, 마침내, 그는 가장 자랑스러이 돈을 집어 들고, 얘애 옷감 바꾸러 나가자, 아재비가 치마 허라고 돈을 주었다. 네 아재비가……. 그렇게 건넌방에서 재봉틀을 놀리고 있던 맏며느리를 신기하게 놀래어 준다.

치마가 되면, 어머니는 그것을 입고, 나들이를 하였다.

일갓집 대청에 가 주인 아낙네와 마주 앉아, 갓난애같이 어머니는 치마 자랑할 기회를 엿본다. 주인마누라가, 선불리, 참 치마 좋은 거 해 입으셨구먼, 이라고나 한다면, 어머니는 서슴지 않고,

"이거 내 둘째 아이가 해 준 거죠. 제 **아주멈 해**하구, 이거하구……."

이렇게 묻지도 않은 말을 하였다. 어머니는 그것이 아들의 훌륭한 자랑거리라 생각하였다.

자식을 사랑할 때, 어머니는 얼마든지 뻔뻔스러울 수 있다.

그러나 그런 일은 늘 있을 수 없다. 어머니는 역시 글을 쓰는 것보다는 월급쟁이가 몇 갑절 낫다고 생각하고, 그리고 그렇게 재주 있는 내 아들은 무엇을 하든 잘하리라고 혼자 작정해 버린다. 아들은 지금 세상에서 월급 자리 얻기가 얼마나 힘든 것인가를 말한다. 하지만, 보통학교만 졸업하고도, 고등학교만 나오고도, 회사에서 관청에서 일들만 잘하고 있는 것을 알고 있는 어머니는, 고등학교를 졸업하고도, 또 동경엘 건너가 공불 하고 온 내 아들이, 구해도 일자리가 없다는 것이 도무지 믿어지지가 않았다.

일갓집(一家-) 일가[성(姓)과 본이 같은 겨레붙이]가 되는 집.
대청(大廳) 한옥에서, 몸채의 방과 방 사이에 있는 큰 마루.
아주멈 해 형수(兄嫂, 형의 아내를 이르는 말)의 것.

구보는

집을 나와 **천변** 길을 광교로 향해 걸어가며, 어머니에게 단 한마디 "네—" 하고 대답 못했던 것을 뉘우쳐 본다. 하기야 중문을 여닫으며 구보는 "네—" 소리를 목구멍까지 내어 보았던 것이나 중문과 안방과의 거리는 제법 큰 소리를 요구하였고, 그리고 공교롭게 활짝 열린 대문 앞을, 때마침 세 명의 여학생이 웃고 떠들며 지나갔다.

그렇더라도 대답은 역시 해야만 하였었다고, 구보는 어머니의 외로워할 때의 표정을 눈앞에 그려 본다. 처녀들은 어느 틈엔가 그의 시야에서 사라졌다.

구보는 마침내 다리 모퉁이에까지 이르렀다. 그의 일 있는 듯싶게 꾸미는 걸음걸이는 그곳에서 멈추어진다. 그는 어딜 갈까, 생각해 본다. 모두가 그의 갈 곳이었다. 한 군데라 그가 갈 곳은 없었다.

한낮의 거리 위에서 구보는 갑자기 격렬한 두통을 느낀다. 비록 식욕은 왕성하더라도, 잠은 잘 오더라도, 그것은 역시 신경 쇠약에 틀림없었다.

구보는 **떠름한** 얼굴을 해 본다.

취박 4.0
취나 2.0
취안 2.0
고정 4.0
물[水] 200.0
1일 3회 분복 2일분(一日 三回 分服 二日分)

천변(川邊) 냇물의 주변.
떠름하다 마음이 썩 내키지 아니하다.
취박(臭剝) 브롬과 칼륨의 화합물인 브롬화 칼륨(KBr, Brom化Kalium). 광택이 있는 정육면체의 흰색 결정은 신경 안정제, 사진용품의 원료 따위에 쓴다. 브롬은 한자로 '취(臭)'로 표기되므로, 여기서 취나(臭那), 취안(臭安) 모두 브롬 계통의 화합물을 뜻한다.
고정(苦丁) 일종의 차(茶)의 향 성분.

그가 다니는 병원의 젊은 간호부가 반드시 **"삼삐스이"**라고 발음하는 이 약은 그에게는 조그마한 효험도 없었다.

그러자 구보는 갑자기 옆으로 몸을 비킨다. 그 순간 자전거가 그의 몸을 가까스로 피하여 지났다. 자전거 위의 젊은이는 모멸 가득한 눈으로 구보를 돌아본다. 그는 구보의 몇 **칸통** 뒤에서부터 요란스레 종을 울렸던 것임에 틀림없었다. 그것을 위험이 **박두하였을** 때에야 비로소 몸을 피할 수 있었던 것은 반드시 그가 '삼B水'의 처방을 외우고 있었기 때문만이 아니었다.

구보는, 자기의 왼편 귀 기능에 스스로 의혹을 갖는다. 병원의 젊은 조수는 결코 익숙하지 못한 솜씨로 그의 귓속을 살피고, 그리고 대담하게도 그 안이 몹시 불결한 까닭 외에 아무 이상이 없다고 선언하였었다. 한 덩어리의 '귀지'를 갖기보다는 차라리 4주일간 치료를 요하는 중이염을 앓고 싶다, 생각하는 구보는, 그의 선언에 무한한 굴욕을 느끼며, 그래도 매일 신경질 나게 귀 안을 **소제하였었다.**

그러나, 구보는 다행하게도 중이 질환을 가진 듯싶었다. 어느 기회에 그는 의학 사전을 뒤적거려 보고, 그리고 별 까닭도 없이 자기는 **중이 가답아**에 걸렸다고 혼자 생각하였다. 사전에 의하면 중이 가답아에는 급성 **급** 만성이 있고, 만성 중이 가답아에는 또다시 이를 만성 건성(乾性) 급 만성 습성(濕性)의 이자(二者)로 나눈다 하였는데, 자기의 **이질**은 그 만성 습성의 중이 가답아에 틀림없다고 구보는 작정하고 있었다.

삼삐스이[-B水] 취박, 취나, 취안 세 가지 브롬 수용액. 긴장을 완화하고 수면을 유도하는 것으로 알려져 있다.
칸통 넓이의 단위. 한 칸통은 집의 몇 칸쯤 되는 넓이이다.
박두하다(迫頭--) 기일이나 시기가 가까이 닥쳐오다.
소제하다(掃除--) 더럽거나 어지러운 것을 쓸고 닦아서 깨끗하게 하다.
중이 가답아(中耳加答兒) 코나 목 안의 염증 따위가 퍼져서 생기는 귀의 점막 염증. '가답아'는 '카타르(catarrh, 염증)'의 음역어이다.
급(及) 문장에서 같은 종류의 성분을 연결할 때 쓰는 말. 여기서 '그리고', '그 밖에', '또'의 의미를 나타낸다.
이질(耳疾) 귀의 병.

그러나 부실한 것은 그의 왼쪽 귀뿐이 아니었다. 구보는 그의 **바른쪽** 귀에도 자신을 갖지 못한다. 언제든 쉬이 전문의를 찾아보아야겠다고 생각은 하면서도, 1년이나 그대로 내버려둔 채 지내 온 그는, 비교적 건강한 그의 바른쪽 귀마저, 또 한편 귀의 난청 보충으로 그 기능을 소모시키고, 그리고 불원한 장래에 '듄케르 청장관(聽長管)'이나 '전기 보청기'의 힘을 빌지 않으면 안 될지도 모른다.

구보는

갑자기 걸음을 걷기로 한다. 그렇게 우두커니 다리 곁에 가 서 있는 것의 무의미함을 새삼스러이 깨달은 까닭이다. 그는 종로 네거리를 바라보고 걷는다. 구보는 종로 네거리에 아무런 사무(事務)도 갖지 않는다. 처음에 그가 아무렇게나 내어놓았던 **바른발**이 공교롭게도 왼편으로 쏠렸기 때문에 지나지 않는다.

갑자기 한 사람이 나타나 그의 앞을 가로질러 지난다. 구보는 그 사내와 마주칠 것 같은 착각을 느끼고, 위태롭게 걸음을 멈춘다.

그리고 다음 순간, 구보는, 이렇게 대낮에도 조금의 자신을 가질 수 없는 자기의 시력을 저주한다. 그의 코 위에 걸려 있는 이십사 도의 안경은 그의 근시를 도와주었으나, 그의 망막에 나타나 있는 무수한 **맹점**을 제거하는 재주는 없었다. 총독부 병원 시대의 구보의 시력 검사표는 그저 그 우울한 '**안과 재래**'의 책상 서랍 속에 들어 있을지도 모른다.

R(오른쪽), 4 L(왼쪽), 3

바른쪽 오른쪽. 북쪽을 향하였을 때의 동쪽과 같은 쪽.
바른발 오른발.
맹점(盲點) 시각 신경을 이루는 신경 섬유들이 망막에서 한 곳으로 모이는 곳.
안과 재래(眼科再來) 안과 치료를 받은 적이 있는 환자의 진료 기록부를 모아 두는 곳.

구보는, 2주일 간 열병을 앓은 끝에, 갑자기 쇠약해진 시력을 호소하러 처음으로 안과의와 대하였을 때의, 그 조그만 테이블 위에 놓여 있던 '시야 측정기'를 지금 기억하고 있다. 제 자신 강도(強度)의 안경을 쓰고 있던 의사는, 백묵을 가져, 그 위에 용서 없이 무수한 맹점을 찾아내었었다.

그래도, 구보는, 약간 자신이 있는 듯싶은 걸음걸이로 **전차** 선로를 두 번 횡단하여 **화신 상회** 앞으로 간다. 그리고 저도 모를 사이에 그의 발은 백화점 안으로 들어서기조차 하였다.

젊은 내외가, 너덧 살 되어 보이는 아이를 데리고 그곳에 가 승강기를 기다리고 있었다. 이제 그들은 식당으로 가서 그들의 **오찬**을 즐길 것이다. 흘낏 구보를 본 그들 내외의 눈에는 자기네들의 행복을 자랑하고 싶어 하는 마음이 엿보였는지도 모른다. 구보는, 그들을 업신여겨 볼까 하다가, 문득 생각을 고쳐, 그들을 축복해 주려 하였다. 사실, 사오 년 이상을 같이 살아왔으면서도, 오히려 새로운 기쁨을 가져 이렇게 거리로 나온 젊은 부부는 구보에게 좀 다른 의미로서의 부러움을 느끼게 하였는지도 모른다. 그들은 분명히 가정을 가졌고, 그리고 그들은 그곳에서 당연히 그들의 행복을 찾을 게다.

승강기가 내려와 서고, 문이 열려지고, 닫히고, 그리고 젊은 내외는 수남(壽男)이나 복동(福童)이와 더불어 구보의 시야를 벗어났다.

구보는 다시 밖으로 나오며, 자기는 어디 가 행복을 찾을까 생각한다. 발 가는 대로, 그는 어느 틈엔가 **안전지대**에 가 서서, 자기의 두 손을 내려다보

전차(電車) 공중에 설치한 전선으로부터 전력을 공급받아 지상에 설치된 궤도 위를 다니는 차. 1898년에 설립된 한성 전기 회사가 정부의 허가를 받고 서대문에서 청량리에 이르는 전차 철도를 개설했는데, 이후 전차의 노선이 남대문에 이어 용산까지 연장되어 해방 후인 1968년까지 운행되었다.

화신 상회 화신 백화점(和信百貨店). 경영난을 겪던 화신 상회를 박흥식(朴興植)이 인수한 후, 최남(崔楠)이 세운 최초의 한국인 백화점인 동아 백화점(東亞百貨店)을 1932년 인수 합병함으로써 경성 유일의 한국인 백화점이 되었다.

오찬(午餐) 점심 식사.

안전지대(安全地帶) 교통이 복잡한 곳이나 정류소 따위에서 사람이 안전하게 피해 있도록 안전표지나 공작물로 표시한 도로 위의 부분.

았다. 한 손의 단장과 또 한 손의 공책과— 물론 구보는 거기에서 행복을 찾을 수는 없다.

안전지대 위에, 사람들은 서서 전차를 기다린다. 그들에게, 행복은 알 수 없다. 그러나 그들은 분명히, 갈 곳만은 가지고 있었다.

전차가 왔다. 사람들은 내리고 또 탔다. 구보는 잠깐 멍하니 그곳에 서 있었다. 그러나 자기와 더불어 그곳에 있던 온갖 사람들이 모두 저 차에 오른다 보았을 때, 그는 저 혼자 그곳에 남아 있는 것에, 외로움과 애달픔을 맛본다. 구보는, 움직이는 전차에 뛰어올랐다.

전차 안에서

구보는, 우선, 제자리를 찾지 못한다. 하나 남았던 좌석은 그보다 바로 한 걸음 먼저 차에 오른 젊은 여인에게 점령당했다. 구보는, **차장대** 가까운 한 구석에 가 서서, 자기는 대체, 이 동대문행 차를 어디까지 타고 가야 할 것인가를, 대체, 어느 곳에 행복은 자기를 기다리고 있을 것인가를 생각해 본다.

이제 이 차는 동대문을 돌아 **경성 운동장** 앞으로 해서…… 구보는, 차장대, 운전대로 향한, 안으로 파란 **융**을 받쳐 댄 창을 본다. 전차과(電車課)에서는 그곳에 '뉴스'를 게시한다. 그러나 사람들은 요사이 축구도 야구도 하지 않는 모양이었다.

장충단으로, 청량리로, 혹은 성북동으로……. 그러나 요사이 구보는 교외를 즐기지 않는다. 그곳에는, 하여튼 자연이 있었고, **한적**이 있었다. 그리고

차장대(車掌臺) 버스, 전차 따위에서 찻삯을 받거나 차의 원활한 운행과 승객의 편의를 도모하는 사람의 자리.
경성 운동장 현재 동대문 역사 문화 공원이 자리한 곳.
융(絨) 면사를 사용하여 평직 또는 능직으로 짠 후 보풀이 일게 한 직물. 촉감이 부드럽다.
한적(閑寂) 한가하고 고요함.

고독조차 그곳에는, 준비되어 있었다. 요사이, 구보는 고독을 두려워한다.

일찍이 그는 고독을 사랑한 일이 있었다. 그러나 고독을 사랑한다는 것은 그의 심경의 바른 표현이 못 될 것이다. 그는 결코 고독을 사랑하지 않았는지도 모른다. 아니 도리어 그는 그것을 그지없이 무서워하였는지도 모른다. 그러나 그는 고독과 힘을 겨루어, 결코 그것을 이겨 내지 못하였다. 그런 때, 구보는 차라리 고독에게 몸을 떠맡겨 버리고, 그리고, 스스로 자기는 고독을 사랑하고 있는 것이라고 꾸며 왔었는지도 모를 일이다…….

표, 찍읍쇼— 차장이 그의 앞으로 왔다. 구보는 단장을 왼팔에 걸고, 바지 주머니에 손을 넣었다. 그러나 그가 그 속에서 다섯 닢의 동전을 골라내었을 때, 차는 종묘 앞에 서고, 그리고 차장은 제자리로 돌아갔다.

구보는 눈을 떨어뜨려, 손바닥 위의 다섯 닢 동전을 본다. 그것은 공교롭게도 모두가 뒤집혀 있었다. **대정 12년**. 11년. 11년. 8년. 12년. 대정 54년—. 구보는 그 숫자에서 어떤 한 개의 의미를 찾아내려 들었다. 그러나 그것은 부질없는 일이었고, 그리고 또 설혹 그것이 무슨 의미를 가지고 있었다 하더라도, 그것은 적어도 '행복'은 아니었을 것이다.

차장이 다시 그의 옆으로 왔다. 어디를 가십니까. 구보는 전차가 향하여 가는 곳을 바라보며 문득 창경원에라도 갈까, 하고 생각한다. 그러나 그는 차장에게 아무런 사인도 하지 않았다. 갈 곳을 갖지 않은 사람이, 한번, 차에 몸을 의탁하였을 때, 그는 어디서든 섣불리 내릴 수 없다.

차는 서고, 또 움직였다. 구보는 창밖을 내다보며, 문득, 대학 병원에라도 들를 것을 그랬나 해 본다. 연구실에서, 벗은, 정신병을 공부하고 있었다. 그를 찾아가, 좀 다른 세상을 구경하는 것은, 행복은 아니어도, 어떻든 한 개의

대정 12년 '대정(다이쇼) 12년'은 1923년이고, '대정 11년'은 1922년, '대정 8년'은 1919년으로 모두 항일 무장 독립운동 단체인 의열단의 일련의 저항 사건들을 상징한다. 이때 '대정 54년'은 동전 뒷면에 새겨진 화폐 발행 연도를 모두 합한 수이자, 아직 오지 않은 먼 미래를 뜻한다.

일일 수 있다…….

구보가 머리를 돌렸을 때, 그는 그곳에, 지금 마악 차에 오른 듯싶은 한 여성을 보고, 그리고 신기하게 놀랐다. 집에 돌아가, 어머니에게 오늘 전차에서 '그 색시'를 만났죠 하면, 어머니는 응당 반색을 하고, 그리고, "그래서, 그래서," 뒤를 캐어물을 게다. 그가 만약 오직 그뿐이라고라도 말한다면, 어머니는 실망하고, 그리고 그를 주변머리 없다고 **책할지도** 모른다. 그러나 누가 그 일을 알고, 그리고 아들을 **졸하다**고라도 말한다면, 어머니는, 내 아들은 원체 얌전해서…… 그렇게 변호할 게다.

구보는 여자와 시선이 마주칠까 **겁하여**, 얼토당토않은 곳을 보며, 저 여자는 내가 여기 있는 것을 보았을까, 하고 생각한다.

여자는

혹은, 그를 보았을지도 모른다. 전차 안에, 승객은 결코 많지 않았고, 그리고 자리가 몇 군데 비어 있음에도 불구하고, 구석에 가 서 있는 사람이란, 남의 눈에 띄기 쉽다. 여자는 응당 자기를 보았을 게다. 그러나, 여자는 능히 자기를 알아볼 수 있었을까. 그것은 의문이다. 작년 여름에 단 한 번 만났을 뿐으로, 이래 일 년 간 길에서라도 얼굴을 대한 일이 없는 남자를, 그렇게 쉽사리 여자는 알아내지 못할 게다. 그러나, 자기가 기억하고 있는 여자에게, 자기의 기억이 없으리라고 생각하는 것은, 누구에게 있어서든, 외롭고 또 쓸쓸한 일이다. 구보는, 여자와의 **회견** 당시의 자기의 그 대담한, 혹은 뻔뻔스러

책하다(責--) 잘못을 꾸짖거나 나무라며 못마땅하게 여기다.
졸하다(拙--) 주변이 없고 생각이 좁아 옹졸하다.
겁하다(怯--) 겁이 나다.
회견(會見) 일정한 절차를 거쳐서 서로 만나 의견이나 견해 따위를 밝힘.

운 태도와 화술(話術)이, 그에게 적잖이 인상 주었으리라고 생각하고, 그리고 여자는 때때로 자기를 생각해 주고 있었다고 믿고 싶었다.

그는 분명히 나를 보았고 그리고 나를 나라고 알았을 게다. 그러한 그는 지금 어떠한 느낌을 가지고 있을까, 그것이 구보는 알고 싶었다.

그는 결코 대담하지 못한 눈초리로, 비스듬히 두 칸통 떨어진 곳에 앉아 있는 여자의 옆얼굴을 곁눈질하였다. 그리고 다음 순간, 그와 눈이 마주칠 것을 겁하여 시선을 돌리며, 여자는 혹은 자기를 곁눈질한 남자의 꼴을, 곁눈으로 느꼈을지도 모르겠다고, 그렇게 생각하여 본다. 여자는 남자를 그 남자라 알고, 그리고 남자가 자기를 그 여자라 안 것을 알고 있을지도 모른다. 이러한 경우에, 나는 어떠한 태도를 취해야 마땅할까 하고, 구보는 그러한 것에 머리를 썼다. 알은체를 해야 옳을지도 몰랐다. 혹은 모른 체하는 게 정당한 인사일지도 몰랐다. 그 둘 중에 어느 편을 여자는 바라고 있을까. 그것을 알았으면, 하였다. 그러다가, 갑자기, 그러한 것에 마음을 태우고 있는 자기가 스스로 괴이하고 우스워, 나는 오직 요만 일로 이렇게 흥분할 수가 있었던가 하고 스스로를 의심해 보았다. 그러면 나는 마음속 그윽이 그를 생각하고 있었던지도 모르겠다고 생각해 보았다. 그러나 그가 여자와 한 번 본 뒤로, 이래 일 년 간, 그를 일찍이 한 번도 꿈에 본 일이 없었던 것을 생각해 내었을 때, 자기는 역시 진정으로 그를 사랑하고 있는 것은 아닌지도 모르겠다고, 그러한 생각이 들었다. 만약 그렇다면 자기가 여자의 마음을 헤아려보고, 그리고 이리저리 공상을 달리고 하는 것은, 이를테면, 감정의 모독이었고, 그리고 일종의 죄악이었다.

그러나 만약 여자가 자기를 진정으로 그리고 있다면—.

구보가, 여자 편으로 눈을 주었을 때, 그러나, 여자는 자리에서 일어나 양산을 들고 차가 동대문 앞에 정류하기를 기다려 내려갔다. 구보의 마음은 또 한 번 동요하며, 창 너머로 여자가 청량리행 전차를 기다리느라, 그곳 안전지대로 가 서는 것을 보았을 때, 그는 자기도 차에서 곧 내리고 싶은 충동을 느꼈다. 그러나, 여자가 청량리행 전차 속에서 자기를 또 한 번 발견하고, 그리고 자기가 일도 없건만, 오직 여자와의 사이에 어떠한 기회를 엿보기 위하여 그 차를 탄 것에 틀림없다는 것을 눈치 챌 때, 여자는 그러한 자기를 얼마나 천박하게 생각할까. 그래, 구보가 망설거리는 동안, 전차는 달리고, 그들의 사이는 멀어졌다. 마침내 여자의 모양이 완전히 그의 시야에서 떠났을 때, 구보는 갑자기, 아차, 하고 뉘우친다.

행복은

그가 그렇게도 구하여 마지않던 행복은, 그 여자와 함께 영구히 가 버렸는지도 모른다. 여자는 자기에게 던져 줄 행복을 가슴에 품고서, 구보가 마음의 문을 열어 가까이 와 주기를 갈망하였는지도 모른다. 왜 자기는 여자에게 좀 더 대담하지 못하였나. 구보는, 여자가 가지고 있는 온갖 아름다운 점을 하나하나 세어 보며, 혹은 이 여자 말고 자기에게 행복을 약속해 주는 이는 없지나 않을까, 하고 그렇게 생각하였다.

방향판을 '한강교'로 갈고 전차는 **훈련원**을 지났다. 구보는 자리에 앉아, 주머니에서 오 전 백동화를 골라 꺼내면서, 비록 한 번도 꿈에 본 일은 없었더라도, 역시 그가 자기에게는 유일한 여자가 아닐까 하고 생각해 본다.

자기가, 그를, 그동안 대수롭지 않게 여겨왔던 것같이 생각하는 것은, 구보가 제 감정을 속인 것에 지나지 않을지도 모른다. 그가 여자를 만나 보고 돌아왔을 때, 그는 집에서 아들을 궁금히 기다리고 있던 어머니에게 '그 여자면' 정도의 뜻을 표시하였었던 것에 틀림없었다. 그러나 구보는, 어머니가 색시

훈련원(訓練院) 조선 시대에 군사 훈련, 선발 등을 담당하던 기관. 지금의 을지로 6가 부근에 있었다.

집으로 솔직하게 **구혼할** 것을 금하였다. 그것은 허영심만에서 나온 일은 아니다. 그는 여자가 자기 생각을 안 하고 있는 경우에 **객쩍게시리** 여자를 괴롭혀 주고 싶지 않았던 까닭이다. 구보는 여자의 의사와 감정을 존중하고 싶었다.

그러나, 물론, 여자에게서는 아무런 말도 하여 오지 않았다. 구보는, 여자가 은근히 자기에게서 무슨 말이 있기를 기다리고 있는 것이나 아닐까, 하고도 생각하여 보았다. 그러나 그런 것을 생각하는 것은 제 자신 우스운 일이다. 그러는 동안에, 날은 가고, 그리고 그것에 대한 흥미를 구보는 잃기 시작하였다. 혹시, 여자에게서라도 먼저 말이 있다면—. 그러면 구보는 다시 이 문제에 흥미를 가질 수 있을 게다. 언젠가 여자의 집과 어떻게 인척 관계가 있는 노(老) 마나님이 와서 색싯집에서도 이편의 동정(動靜)만 살피고 있는 듯싶더란 말을 들었을 때, 구보는 쓰디쓰게 웃고, 그리고 그것이 사실이라면, 그것은 희극이라느니보다는, 오히려 한 개의 비극이라고 생각하였다. 그러면서도 구보는 그 비극에서 자기네들을 구하기 위하여 팔을 걷고 나서려 들지 않았다.

전차가 **약초정** 근처를 지나갈 때, 구보는, 그러나, 그 흥분에서 깨어나, 뜻 모를 웃음을 입가에 띠어 본다. 그의 앞에 어떤 젊은 여자가 앉아 있었다. 그 여자는 자기의 두 무릎 사이에다 양산을 놓고 있었다. 어느 잡지에선가 구보는 그것이 비(非)처녀성을 나타내는 것임을 배운 일이 있다. 딴은, 머리를 틀어 올렸을 뿐이나, 그만한 나이로는 저 여인은 마땅히 남편을 가졌어야 옳을 게다. 아까, 그는 양산을 어디다 놓고 있었을까 하고, 구보는, 객쩍은 생각을 하다가, 여성에 대해 그러한 관찰을 하는 자기는, 혹은 어떠한 여자를 아내로

구혼하다(求婚--) 결혼을 청하다.
객쩍다(客--) 행동이나 말, 생각이 쓸데없고 싱겁다.
약초정(若草町) 오늘날의 서울 을지로 3가와 중구 저동 부근. 일제 강점기인 1936년에 동 명칭이 모두 일본식 '정(町, 마치)'으로 바뀌었다가 1942년에 구(區)제의 실시로 중구에 소속되었다.

삼든 반드시 불행하게 만들어 주지나 않을까, 하고 생각하였다. 그러나 여자는—. 여자는 능히 자기를 행복되게 해 줄 것인가. 구보는 자기가 알고 있는 온갖 여자를 차례로 생각해 보고, 그리고 가만히 한숨지었다.

일찍이

구보는, 벗의 누이에게 짝사랑을 느낀 일이 있었다. 어느 여름날 저녁, 그가 벗을 찾았을 때, 문간으로 그를 응대하러 나온 벗의 누이는, 혹은 정말, 나어린 구보가 동경의 마음을 갖기에 알맞도록 아름답고, 깨끗하였는지도 모른다. 열다섯 살짜리 문학 소년은 그를 사랑하고 싶다 생각하고, 뒷날 그와 결혼할 수 있다 하면, 응당 자기는 행복이리라 생각하고, 자주 벗을 찾아가 그와 만날 기회를 엿보고, 혹 만나면 저 혼자 얼굴을 붉히고, 그리고 돌아와 밤늦게 여러 편의 연애시를 **초하였다**. 그러나, 그가 자기보다 세 살이나 위라는 것을 생각할 때, 구보의 마음은 불안하였다. 자기가 한 여자의 앞에서 자기의 사랑을 고백해도 결코 서투르지 않을 나이가 되었을 때, 여자는, 이미, 그 전에, 다른, 더 나이 먹은 이의 사랑을 용납해 버릴 게다.

그러나 구보가 그것에 대하여 아무런 대책도 강구할 수 있기 전에, 여자는, 참말, 나이 먹은 남자의 품으로 갔다. 열입곱 살 먹은 구보는, 자기의 마음이 퍽이나 괴롭고 슬픈 것같이 생각하려 들고, 그리고, 그러면서도, 그들의 행복을, 특히 남자의 행복을, 빌려 들었다. 그러한 감정은 그가 읽은 문학 서류(類)에 얼마든지 씌어 있었다. 결혼 비용 삼천 원. 신혼여행은 동경으로. 관수동(觀水洞)에 그들 부처(夫妻)를 위해 개축된 집은 행복을 보장하는 듯싶었다.

초하다(草--) 기초하다. 글의 초안을 잡다.

이번 봄에 들어서서, 구보는 벗과 더불어 그들을 찾았다. 이미 두 아이의 어머니인 여인 앞에서, 구보는 얼굴을 붉히는 일 없이 평범한 이야기를 서로 할 수 있었다. 구보가 일곱 살 먹은 사내아이를 영리하다고 칭찬하였을 때, 젊은 어머니는, 그러나 그 애가 이 골목 안에서는 그중 나이 어림을 말하고, 그리고 나이 먹은 아이들이란, 저희보다 적은 아이에게 대하여 얼마든지 교활할 수 있음을 한탄하였다. 언제든 딱지를 가지고 나가서는 최후의 한 장까지 빼앗기고 들어오는 아들이 민망해, 하루는 그 뒤에 연필로 하나하나 표를 해 주고 그것을 또 다 잃고 돌아왔을 때, 그는 골목 안의 아이들을 모아, 그들이 가지고 있는 딱지에서 원래의 내 아이 물건을 가려내어, 거의 모조리 회수(回收)할 수 있었다는 이야기를, 젊은 어머니는 일종의 자랑조차 가지고 구보에게 들려주었었다…….

구보는 가만히 한숨짓는다. 그가 그 여인을 아내로 삼을 수 없었던 것은, 결코 불행이 아니었다. 그러한 여인은, 혹은, 한평생을 두고, 구보에게 행복이 무엇임을 알 기회를 주지 않았을지도 모른다.

조선은행 앞에서 구보는 전차를 내려, **장곡천정**으로 향한다. 생각에 피로한 그는 이제 마땅히 다방에 들러 한 잔의 홍차를 즐겨야 할 것이다.

몇 점이나 되었나. 구보는, 그러나, 시계를 갖지 않았다. 갖는다면, 그는 우아한 회중시계를 택할 게다. 팔뚝시계는— 그것은 소녀취미에나 맞을 게다. 구보는 그렇게도 팔뚝시계를 갈망하던 한 소녀를 생각하였다. 그는 동리에 **전당** 나온 십팔금 팔뚝시계를 탐내고 있었다. 그것은 사 원 팔십 전에 구할 수 있었다. 그리고, 그는, 그 시계 말고, 치마 하나를 해 입을 수 있을 때에,

---

조선은행(朝鮮銀行) 일제 강점기에, 조선은행권을 발행하고 일반 은행 업무를 맡아보던 중앙은행.
장곡천정(長谷川町) 오늘날의 서울 중구 소공동. 현재의 한국은행 뒤편에 있는 구역으로, 여기 등장하는 다방은 당시 문화 예술인들이 자주 찾던 '낙랑파라'로 짐작된다.
전당(典當) 전당포. 물건을 잡고 돈을 빌려주어 이익을 취하는 곳.

자기는 행복의 절정에 이를 것같이 생각하고 있었다.

'벰베르구' 실로 짠 **보이루 치마**. 삼 원 육십 전. 하여튼 팔 원 사십 전이 있으면, 그 소녀는 완전히 행복일 수 있었다. 그러나, 구보는, 그 결코 크지 못한 욕망이 이루어졌음을 듣지 못했다.

구보는, 자기는, 대체, 얼마를 가져야 행복일 수 있을까 생각해 본다.

다방의

오후 두 시, 일을 가지지 못한 사람들이 그곳 등의자에 앉아, 차를 마시고, 담배를 태우고, 이야기를 하고, 또 레코드를 들었다. 그들은 거의 다 젊은이들이었고, 그리고 그 젊은이들은 그 젊음에도 불구하고, 이미 자기네들은 인생에 피로한 것같이 느꼈다. 그들의 눈은 그 광선이 부족하고 또 불균등한 속에서 쉴 사이 없이 제 각각의 우울과 고달픔을 하소연한다. 때로, 탄력 있는 발소리가 이 안을 찾아들고, 그리고 호화로운 웃음소리가 이 안에 들리는 일이 있었다. 그러나 그것들은 이곳에 어울리지 않았고, 그리고 무엇보다도 다방에 깃들인 무리들은 그런 것을 업신여겼다.

구보는 아이에게 한 잔의 **가배차**와 담배를 청하고 구석진 등탁자로 갔다. 나는 대체 얼마가 있으면— 그의 머리 위에 한 장의 포스터가 걸려 있었다. 어느 화가의 〈**도구유별전**〉. 구보는 자기에게 **양행비**가 있으면, 적어도 지금 자기는 거의 완전히 행복일 수 있으리라 생각한다. 동경에라도—. 동경도 좋았다. 구보는 자기가 떠나온 뒤의 변한 동경이 보고 싶다 생각한다. 혹은 더 좀

벰베르구 독일 벰베르크(Bemberg) 회사에서 생산하는 인견 종류의 원단.
보이루 치마 성기게 짜서 비쳐 보이는 얇고 가벼운 직물인 보일(voile) 치마. 당시의 고급 유행 복장.
가배차(咖啡茶) '커피차'의 음역어.
도구유별전(渡歐留別展) 유럽 유학을 앞두고 벌이는 고별 전시회.
양행비(洋行費) 서양으로 가는 비용.

가까운 데라도 좋았다. 지극히 가까운 데라도 좋았다. 오십 리 이내의 여정에 지나지 않더라도, 구보는 조그만 **'슈트 케이스'**를 들고 **경성역**에 섰을 때, 응당 자기는 행복을 느끼리라 믿는다. 그것은 금전과 시간이 주는 행복이다. 구보에게는 언제든 여정에 오르려면, 오를 수 있는 시간의 준비가 있었다…….

구보는 차를 마시며, 약간의 금전이 가져다줄 수 있는 온갖 행복을 손꼽아 보았다. 자기도, 혹은, 팔 원 사십 전을 가지면, 우선, 조그만 한 개의, 혹은, 몇 개의 행복을 가질 수 있을 게다. 구보는, 그러한 제 자신을 비웃으려 들지 않았다. 오직 고만한 돈으로 한때, 만족할 수 있는 그 마음은 애달프고 또 사랑스럽지 않은가.

구보는 담배에 불을 붙이며 자기가 원하는 최대의 욕망은 대체 무엇일꼬, 하였다. **석천탁목**은, 화롯가에 앉아 곰방대를 닦으며, 참말로 자기가 원하는 것이 무엇일꼬, 생각하였다. 그러나 그것은 있을 듯하면서도 없었다. 혹은, 그럴 게다. 그러나 구태여 말해, 말할 수 없을 것도 없을 게다. **'願車馬衣輕裘 與朋友共 敝之而無憾'**은 **자로**의 뜻이요, **'座上客常滿 樽中酒不空'**은 **공융**의 원하는 바였다. 구보는, 저도 역시, 좋은 벗들과 더불어 그 즐거움을 함께하였으면 한다.

갑자기 구보는 벗이 그리워진다. 이 자리에 앉아 한 잔의 차를 나누며, 또

슈트 케이스(suit case) 주로 여행을 할 때 많은 짐을 넣기 위하여 쓰는 가방.

경성역 옛 서울역 역사(驛舍).

석천탁목(石川啄木) 이시카와 다쿠보쿠(いしかわ たくぼく, 1886~1912). 일본의 시인·작가. 일제의 조선 침략을 비판한 시 〈구월 밤의 불평〉으로 당시 조선 지식인들의 공감을 얻었다.

願車馬衣輕裘 與朋友共 敝之而無憾(원거마의경구 여붕우공 폐지이무감) 《논어》, 〈공야장(公冶長)〉의 한 구절. '거마(수레와 말)와 의복을 친구들과 함께 쓰다가 그것이 헤어져 못 쓰게 되어도 유감이 없습니다.'로 풀이된다. 여기서는 '높고 귀한 자리에 있어도 겸허한 사람이 되겠다.'는 의미로 쓰였다.

자로(子路, B.C.543~B.C.480) 공자의 제자였던 중국 춘추 시대 노나라의 유학자.

座上客常滿 樽中酒不空(좌상객상만 준중주불공) 《후한서》, 〈공융전(孔融傳)〉의 한 구절. '자리에는 늘 손님이 가득하고 술독에는 술이 비지 않으니 내게 시름이 없네.'라고 풀이된다. 공융이 관직에서 물러나 평생 소원이라며 한 말이다.

공융(孔融) 중국 후한(後漢) 말기의 학자(153~208). 조조를 비판하다가 일족과 함께 처형되었다.

같은 생각 속에 있고 싶다 생각한다…….

구둣발 소리가 바깥 **포도**를 걸어 와, 문 앞에 서고, 그리고 다음에 소리도 없이 문이 열렸다. 그러나 그는 구보의 벗이 아니었다. 뿐만 아니라, 두 사람의 시선이 마주쳤을 때, 두 사람은 거의 일시에 머리를 돌리고 그리고 구보는 그의 고요한 마음속에 음울을 갖는다.

그 사내와,

구보는, 일찍이, 인사를 한 일이 있었다. 그러나, 그것은 공교롭게 어두운 거리에서였다. 한 벗이 그를 소개하였다. 말씀은 많이 들었습니다, 하고 그는 말하였었다. 사실 그는 구보의 이름과 또 얼굴을 전부터 알고 있었던 것임에 틀림없었다. 그러나 구보는, 구보는 그를 몰랐다. 모른 채 어두운 곳에서 그대로 헤어져 버린 구보는 뒤에 그를 만나도, 그를 그라고 알아내지 못하였다. 그 사내는 구보가 자기를 보고도 알은체 안 하는 것에 응당 모욕을 느꼈을 게다. 자기를 자기라 알고도 모르는 체하는 것이라 생각할 때, 그의 마음은 평온할 수 없었을 게다. 그러나 구보는, 구보는 몰랐고, 모르면 태연할 수 있다. 자기를 볼 때마다 황당하게, 또 불쾌하게 시선을 돌리는 그 사내를, 구보는 오직 괴이하게만 여겨 왔다. 괴이하게만 여겨 오는 동안은 그래도 좋았다. 마침내 구보가 그를 그라고 알아낼 수 있었을 때, 그것은 그의 마음에 **암영**을 주었다. 그 뒤부터 구보는 그 사내와 시선이 마주치면, 역시 당황하게, 그리고 불안하게 고개를 돌리는 수밖에 없었다. 그것은 사람의 마음을 우울하게 해 놓는다. 구보는 다방 안의 한 구획을 그의 시야 밖에 두려 노력하며, 사람과

포도(鋪道) 포장도로.
암영(暗影) 어두운 그림자.

사람 사이의 교섭의 번거로움을 새삼스러이 느끼지 않으면 안 된다.

구보는 백동화를 두 푼, 탁자 위에 놓고, 그리고 공책을 들고 그 안을 나왔다. 어디로—. 그는 우선 **부청** 쪽으로 향하여 걸으며, 아무튼 벗의 얼굴을 보고 싶다, 생각하였다. 구보는 거리의 순서로 벗들을 마음속에 헤아려 보았다. 그러나 이 시각에 집에 있을 사람은 하나도 없을 듯싶었다. 어디로—, 구보는 한길 위에 서서, 넓은 마당 건너 **대한문**을 바라본다. 아동 유원지 **유동 의자**에라도 앉아서…… 그러나 그 빈약한, 너무나, 빈약한 옛 궁전은, 역시 사람의 마음을 우울하게 해 주는 것임에 틀림없었다.

구보가 다 탄 담배를 길 위에 버렸을 때, 그의 옆에 아이가 와 선다. 그는 구보가 놓아둔 채 잊어버리고 나온 단장을 들고 있었다. 고맙다. 구보는 그렇게도 방심한 제 자신을 쓰게 웃으며, 달음질해 다방으로 돌아가는 아이의 뒷모양을 이윽히 바라보고 있다가, 자기도 그 길을 되걸어갔다.

다방 옆 골목 안. 그곳에서 젊은 화가는 골동점을 경영하고 있었다. 구보는 그 방면에 대한 지식을 갖지 않는다. 그러나, 하여튼, 그것은 그의 취미에 맞았고, 그리고 기회 있으면 그 방면의 이야기를 듣고 싶다, 생각한다. 온갖 지식이 소설가에게는 필요하다.

그러나 벗은 점(店)에 있지 않았다. 바로 지금 나가셨습니다. 그리고 기둥에 걸린 시계를 쳐다보며

"한 십 분, 됐을까요."

점원은 덧붙여 말하였다.

구보는 골목을 전찻길로 향하여 걸어 나오며, 그 십 분이란 시간이 얼마만

부청(府廳) 일제 강점기에, 부[府, 오늘의 시(市)에 해당]의 행정 사무를 처리하던 관청.
대한문(大漢門) 덕수궁(서울시 중구 정동에 있는 조선 시대의 궁궐)의 정문. 역사상 대한문 앞은 국가의 큰일이 있을 때마다 사람들이 모여 들어 회의를 하던 곳이었다.
유동 의자(遊動椅子) 움직이는 의자. 놀이공원에 있는 어린이용 놀이기구.

한 영향을 자기에게 줄 것인가, 생각한다.

한길 위에 사람들은 바쁘게 또 일 있게 오고 갔다. 구보는 포도 위에 서서, 문득, 자기도 창작을 위하여 어디, 예(例)하면 서소문정 방면이라도 답사할까 생각한다. '**모데로노로지오**'를 게을리하기 이미 오래다.

그러나, 그러한 생각과 함께 구보는 격렬한 두통을 느끼며, 이제 한 걸음도 더 옮길 수 없을 것 같은 피로를 전신에 깨닫는다. 구보는 얼마 동안을 망연히 그곳, 한길 위에 서 있었다…….

얼마 있다,

구보는 다시 걷기로 한다. 여름 한낮의 뙤약볕이 맨머릿바람의 그에게 현기증을 주었다. 그는 그 속에 더 그렇게 서 있을 수 없다. 신경 쇠약. 그러나 물론, 쇠약한 것은 그의 신경뿐이 아니다. 이 머리를 가져, 이 몸을 가져, 대체 얼마만한 일을 나는 하겠단 말인고—. 때마침 옆을 지나는 장년의, 그 정력가형 육체와 탄력 있는 걸음걸이에 구보는 일종 위압조차 느끼며, 문득 아홉 살 적에 집안 어른의 눈을 기어 《춘향전》을 읽었던 것을 뉘우친다. 어머니를 따라 일갓집에 갔다 와서, 구보는 저도 얘기책이 보고 싶다 생각하였다. 그러나 집안에서는 그것을 금했다. 구보는 남몰래 **안잠자기**에게 문의하였다. 안잠자기는 **세책** 집에는 어떤 책이든 있다는 것과, 일 전이면 능히 한 권을 세내 올 수 있음을 말하고, 그러나 꾸중 들우. 그리고 다음에, 재밌긴 《춘향전》이 제일이지, 그렇게 그는 혼잣말을 하였었다. 한 분(分)의 동전과 한 개의 **주발** 뚜껑,

---

모데로노로지오 고현학(考現學, modernology). 변동이 격심한 현대의 풍속 세태(風俗世態)를 조사·기록하여 장래의 발전을 위한 자료를 제공하는 학문. 고고학·민속학이 과거 세대(世代)를 대상으로 하고 있어 역사학 범주에 속한다면, 고현학은 현대를 대상으로 하는 점에서 사회학 범주에 속하므로 '풍속 세태 사회학'이라고 할 수 있다.

안잠자기 안잠. 여자가 남의 집에서 먹고 자며 그 집의 일을 도와주는 일. 또는 그런 여자.

세책(貰冊) 돈을 받고 책을 빌려줌. 또는 그 책.

그것들이, 십칠 년 전의 그것들이, 뒤에 온, 그리고 또 올, 온갖 것의 근원이었을지도 모른다. 자기 전에 읽던 얘기책들. 밤을 새워 읽던 소설책들. 구보의 건강은 그의 소년 시대에 결정적으로 손상되었던 것임에 틀림없다…….

변비, **요의 빈삭**, 피로, 권태, 두통, **두중**, 두압(頭壓), **삼전정마** 박사의 단련 요법……. 그러한 것은 어떻든, 보잘것없는, 아니, 그 살풍경하고 또 어수선한 **태평통**의 거리는 구보의 마음을 어둡게 한다. 그는 저, 불결한 고물상들을 어떻게 이 거리에서 쫓아낼 것인가를 생각하며, 문득, **반자**의 무늬가 눈에 시끄럽다고, **양지**로 반자를 발라 버렸던 **서해** 역시 신경 쇠약이었음에 틀림없었다고, 이름 모를 웃음을 입가에 띠어 보았다. 서해의 너털웃음. 그것도 생각해 보면, 역시, 공허한, 적막한 음향이었다.

구보는 고인(故人)에게서 받은 〈홍염(紅焰)〉을, 이제도록 한 페이지도 들춰 보지 않았던 것을 생각해 내고, 그리고 딱한 표정을 지었다. 그가 읽지 않은 것은 오직 서해의 작품뿐이 아니다. 독서를 게을리하기 이미 삼 년. 언젠가 구보는 지식의 고갈을 느끼고 **악연하였다.**

갑자기 한 젊은이가 구보의 시야에 들어왔다. 그는 구보가 향해 걸어가고 있는 곳에서 왔다. 구보는 그를 어디서 본 듯싶었다. 자기가 마땅히 알아보아야만 할 사람인 듯싶었다. 마침내 두 사람의 거리가 한 칸통으로 단축되었을

주발(周鉢) 놋쇠로 만든 밥그릇. 위가 약간 벌어지고 뚜껑이 있다.

요의 빈삭(尿意頻數) 빈뇨 횟수(頻尿回數)가 증가한 상태를 말함.

두중(頭重) 머리가 무겁고 무엇으로 싼 듯한 느낌이 있는 증상.

삼전정마(森田正馬) 모리타 마사타케(1874~1938). 1920년경 불안 신경증에 대한 치료법으로 '모리타 요법'을 창시한 일본 교수·의사.

태평통(太平通) 서울시 중구 태평로(남대문 서북쪽에 조선 시대 중국 사신이 머물던 '태평관'이 있었던 데에서 유래)의 일제 강점기 때 명칭.

반자 지붕 밑이나 위층 바닥 밑을 편평하게 하여 치장한 각 방의 윗면.

양지(洋紙) 서양에서 들여온 종이. 또는 서양식으로 만든 종이.

서해(曙海) 소설가 최서해(1901~1932)의 호. 그는 자신이 체험한 극빈한 삶을 바탕으로 한 문학 작품을 창작했으며, 그의 작품 〈홍염〉은 일제 강점기 간도 조선 이주민들의 궁핍한 삶과 저항을 다루고 있는 단편 소설이다.

악연하다(愕然--) 몹시 놀라 정신이 아찔하다.

때, 문득 구보는 어린 시절을 회상하고, 그리고 그곳에 옛 동무를 발견한다. 그리운 옛 시절, 그리운 옛 동무, 그들은 보통학교를 나온 채 이제도록 한 번도 못 만났다. 그래도 구보는 그 동무의 이름까지 기억 속에서 찾아낸다.

그러나 옛 동무는 너무나 **영락하였다.** 모시 두루마기에 흰 고무신, 오직 새로운 맥고모자를 쓴 그의 행색은 너무나 초라하다. 구보는 망설거린다. 그대로 모른 체하고 지날까. 옛 동무는 분명히 자기를 알아본 듯싶었다. 그리고, 구보가 자기를 알아볼 것을 두려워하는 듯싶었다. 그러나 마침내 두 사람 서로 지나치는, 그 마지막 순간을 포착하여, 구보는 용기를 내었다.

"이거 얼마만이야, 유 군(劉君)."

그러나 벗은 순간에 약간 얼굴조차 붉히며,

"네, 참 오래간만입니다."

"그동안 서울에, 늘, 있었어."

"네."

구보는 다음에 간신히,

"어째서 그렇게 뵈올 수 없었에요."

한마디를 하고, 그리고 서운한 감정을 맛보며, 그래도 또 무슨 말이든 하고 싶다 생각할 때, 그러나 벗은, 그만 실례합니다. 그렇게 말하고, 그리고 구보의 앞을 떠나, 저 갈 길을 가 버린다.

구보는 잠깐 그곳에 섰다가 다시 고개 숙여 걸으며 울 것 같은 감정을 스스로 억제하지 못한다.

영락하다(零落--) 세력이나 살림이 줄어들어 보잘것없이 됨.

조그만

한 개의 기쁨을 찾아, 구보는 남대문을 안에서 밖으로 나가보기로 한다. 그러나 그곳에는 불어드는 바람도 없이, 양 옆에 웅숭그리고 앉아 있는 서너 명의 **지게꾼**들의 그 모양이 맥없다.

구보는 고독을 느끼고, 사람들 있는 곳으로, **약동하는** 무리들이 있는 곳으로, 가고 싶다 생각한다. 그는 눈앞에 경성역을 본다. 그곳에는 마땅히 인생이 있을 게다. 이 낡은 서울의 호흡과 또 감정이 있을 게다. 도회의 소설가는 모름지기 이 도회의 항구와 친해야 한다. 그러나 물론 그러한 직업의식은 어떻든 좋았다. 다만 구보는 고독을 삼등 대합실 군중 속에 피할 수 있으면 그만이다.

그러나 오히려 고독은 그곳에 있었다. 구보가 한옆에 끼어 앉을 수도 없게시리 사람들은 그곳에 빽빽하게 모여 있어도, 그들의 누구에게서도 인간 본래의 온정을 찾을 수는 없었다. 그네들은 거의 옆의 사람에게 한마디 말을 건네는 일도 없이, 오직 자기네들 사무에 바빴고, 그리고 간혹 말을 건네도, 그것은 자기네가 타고 갈 열차의 시각이나 그러한 것에 지나지 않았다. 그네들의 동료가 아닌 사람에게 그네들은 변소에 다녀올 동안의 그네들 짐을 부탁하는 일조차 없었다. 남을 결코 믿지 않는 그네들의 눈은 보기에 딱하고 또 가엾었다.

구보는 한구석에 가 서서, 그의 앞에 앉아 있는 노파를 본다. 그는 뉘 집에 **드난**을 살다가 이제 늙고 또 **쇠잔한** 몸을 이끌어, 결코 넉넉하지 못한 어느 시골, 딸네 집이라도 찾아가는지 모른다. 이미 굳어 버린 그의 안면 근육은

지게꾼 지게로 짐 나르는 일을 직업으로 하는 사람.
약동하다(躍動--) 생기 있고 활발하게 움직이다.
드난 임시로 남의 집 행랑에 붙어 지내며 그 집의 일을 도와줌. 또는 그런 사람.
쇠잔하다(衰殘--) 쇠하여 힘이나 세력이 점점 약해지다.

어떠한 다행한 일에도 펴질 턱 없고, 그리고 그의 몽롱한 두 눈은 비록 그의 딸의 그지없는 **효양**을 가지고도 감동시킬 수 없을지 모른다. 노파 옆에 앉은 중년의 시골 신사는 그의 시골서 조그만 백화점을 경영하고 있을 게다. 그의 점포에는 마땅히 **주단포목**도 있고, 일용 잡화도 있고, 또 흔히 쓰이는 약품도 갖추어 있을 게다. 그는 이제 그의 옆에 놓인 물품을 들고 자랑스러이 차에 오를 게다. 구보는 그 시골 신사가 노파와 사이에 되도록 간격을 가지려고 노력하는 것을 발견하고, 그리고 그를 업신여겼다. 만약 그에게 옅은 지혜와 또 약간의 용기를 주면 그는 삼등 승차권을 주머니 속에 간수하고, 일, 이등 대합실에 오만하게 자리 잡고 앉을 게다.

문득 구보는 그의 얼굴에 **부종**을 발견하고 그의 앞을 떠났다. 신장염. 그뿐 아니라, 구보는 자기 자신의 만성 위 확장을 새삼스러이 생각해 내지 않으면 안 되었다. 그러나 구보가 매점 옆에까지 갔었을 때, 그는 그곳에서도 역시 병자(病者)를 보지 않으면 안 되었다. 사십여 세의 노동자. **전경부**의 광범한 **팽륭**. 돌출한 **안구**. 또 손의 경미한 진동. 분명한 **바세도우씨병**. 그것은 누구에게든 결코 깨끗한 느낌을 주지는 못한다. 그의 좌우에는 좌석이 비어 있어도 사람들은 그곳에 앉으려 들지 않는다. 뿐만 아니라, 그에게서 두 칸통 떨어진 곳에 있던 아이 업은 젊은 아낙네가 그의 바스켓 속에서 꺼내다 잘못하여 시멘트 바닥에 떨어뜨린 한 개의 복숭아가, 굴러 병자의 발 앞에까지 왔을 때, 여인은 그것을 쫓아와 집기를 단념하기조차 하였다.

효양(孝養) 어버이를 효성으로 봉양함.
주단포목(紬緞布木) 명주, 비단, 베, 무명 따위의 온갖 직물류를 통틀어 이르는 말.
부종(浮腫) 몸이 붓는 증상. 심장병이나 콩팥병 또는 몸의 어느 한 부분의 혈액 순환 장애로 생긴다.
전경부(前頸部) 목 앞부분.
팽륭(澎隆) 팽창과 융기.
안구(眼球) 눈알.
바세도우씨병 바제도병(Basedow病). 눈알이 튀어나오며 갑상샘종(甲狀-腫)을 유발함. 일제 강점기 당시 그레이브스병[Grave's disease]으로도 불리는 이 병에 걸린 사람들이 상당수 존재했다.

구보는 이 조그만 사건에 문득, 흥미를 느끼고, 그리고 그의 '대학 노트'를 펴 들었다. 그러나 그가 문 옆에 기대어 섰는 캡 쓰고 **린네르 쓰메에리** 양복 입은 사내의, 그 온갖 사람에게 의혹을 갖는 두 눈을 발견하였을 때, 구보는 또다시 우울 속에 그곳을 떠나지 않으면 안 되었다.

개찰구 앞에

두 명의 사내가 서 있었다. 낡은 **파나마**에 모시 두루마기 노랑 구두를 신고, 그리고 손에 조그만 보따리 하나도 들지 않은 그들을, 구보는, 확신을 가져 **무직자**라고 단정한다. 그리고 이 시대의 무직자들은, 거의 다 **금광 브로커**에 틀림없었다. 구보는 새삼스러이 대합실 안팎을 둘러본다. 그러한 인물들은, 이곳에도 저곳에도 눈에 띄었다.

황금광 시대.

저도 모를 사이에 구보의 입술은 무거운 한숨이 새어 나왔다. 황금을 찾아, 황금을 찾아, 그것도 역시 숨김없는 인생의, 분명한, 일면이다. 그것은 적어도, 한 손에 단장과 또 한 손에 공책을 들고, 목적 없이 거리로 나온 자기보다는 좀 더 진실한 인생이었을지도 모른다. 시내에 산재한 무수한 **광무소**. 인지대 백 원. 열람비 오 원. 수수료 십 원. 지도대 십팔 전…… 출원 등

린네르 리넨(linen). 아마(亞麻)의 실로 짠 얇은 직물을 통틀어 이르는 말.
쓰메에리(tsumeeri) 깃의 높이가 4cm쯤 되게 하여, 목을 둘러 바싹 여미게 지은 양복. 학생복으로 많이 지었다.
파나마(panama) 파나마모자풀의 잎을 잘게 쪼개어서 만든 여름 모자.
무직자(無職者) 일정한 직업이 없는 사람.
금광 브로커(金鑛 broker) 금을 캐내는 광산 판매 대리인.
황금광 시대(黃金狂時代) 황금에 미쳐 있는 시대. 일제가 전쟁 물자 도입의 대외 지불 수단의 보충을 위한 국내 금광의 개발과 연료 확보를 위한 탄광 개발에 광분했던 1930년대를 말한다.
광무소(鑛務所) 일제 강점기 광업에 관한 모든 제출 서류를 광업령(鑛業令, 일제가 조선의 광업을 독점하기 위해 1915년에 조선 총독부에서 공포한 광업에 관한 총 64개 조의 법령)에 의거하여 대신 써 주던 영업소.

록된 **광구**, 조선 **전토**의 칠 할. 시시각각으로 사람들은 졸부가 되고, 또 몰락해 갔다. 황금광 시대. 그들 중에는 평론가와 시인, 이러한 문인들조차 끼어 있었다. 구보는 일찍이 창작을 위하여 그의 벗의 광산에 가 보고 싶다 생각하였다. 사람들의 **사행심**, 황금의 매력, 그러한 것들을 구보는 보고, 느끼고, 하고 싶었다. 그러나, 고도의 금광열은, 오히려, 총독부 청사, 동측 최고층, 광무과 열람실에서 볼 수 있었다…….

문득, 한 사내가 둥글넓적한, 그리고 또 **비속한** 얼굴에 웃음을 띠고, 구보 앞에 그의 모양 없는 손을 내민다. 그도 벗이라면 벗이었다. 중학 시대의 열등생. 구보는 그래도 약간 웃음에 가까운 표정을 지어 보이고, 그리고, 단장 든 손을 그대로 내밀어 그의 손을 가장 엉성하게 잡았다. 이거 얼마만이야. 어디, 가나. 응, 자네는—.

구보는 친하지 않은 사람에게 '자네' 소리를 들으면 언제든 불쾌하였다. '해라'는, 해라는 오히려 나았다. 그 사내는 주머니에서 금시계를 꺼내 보고, 다음에 구보의 얼굴을 쳐다보며, 저기 가서 차라도 안 먹으려나. 전당포 집의 둘째 아들. 구보는 그러한 사내와 자리를 같이해 차를 마실 생각은 없었다. 그러나, 그러한 경우에 한 개의 구실을 지어, 그 **호의**를 사절할 수 있도록 구보는 용감하지 못하다. 그 사나이는 앞장을 섰다. 자아 그럼 저리로 가지. 그러나 그것은 구보에게만 한 말이 아니었다.

구보는 자기 뒤를 따라오는 한 여성을 보았다. 그가 한번 흘낏 보기에도, 한 사나이의 애인 된 티가 있었다. 어느 틈엔가 이런 자도 연애를 하는 시대

광구(鑛區) 관청에서 어떤 광물의 채굴이나 시굴(값어치가 있는지를 알기 위하여 시험적으로 파 보는 일)을 허가한 구역.
전토(全土) 국토의 전체.
사행심(射倖心) 요행(뜻밖의 행운)을 바라는 마음.
비속하다(卑俗--) 격이 낮고 속되다.
호의(好意) 친절한 마음씨. 또는 좋게 생각하여 주는 마음.

가 왔나. 새삼스러이 그 천한 얼굴이 쳐다보였으나, 그러나 서정 시인조차 황금광으로 나서는 때다.

의자에 가 가장 자신 있이 앉아, 그는 주문 들으러 온 소녀에게, 나는 **가루삐스**, 그리고 구보를 향하여, 자네두 그걸루 하지. 그러나 구보는 거의 황급하게 고개를 흔들고, 나는 홍차나 커피로 하지.

음료 칼피스를, 구보는, 좋아하지 않는다. 그것은 **외설한** 색채를 갖는다. 또, 그 맛은 결코 그의 미각에 맞지 않았다. 구보는 차를 마시며, 문득, **끽다점**에서 사람들이 취하는 음료를 가져, 그들의 성격, 교양, 취미를 어느 정도까지는 알 수 있을 것이 아닌가, 하고 생각하여 본다. 그리고 그것은 동시에, 그네들의 그때, 그때의 기분조차 표현하고 있을 게다.

구보는 맞은편에 앉은 사내의, 그 교양 없는 이야기에 건성 맞장구를 치며, 언제든 그러한 것을 연구해 보리라 생각한다.

월미도로

놀러 가는 듯싶은 그들과 헤어져, 구보는 혼자 역 밖으로 나온다. 이러한 시각에 떠나는 그들은 적어도 오늘 하루를 그곳에서 묵을 게다. 구보는, 문득, 여자의 발가숭이를 아무 거리낌 없이 애무할 그 남자의, 야비한 웃음으로 하여 좀 더 추악해진 얼굴을 눈앞에 그려 보고, 그리고 마음이 편안하지 못했다.

여자는, 여자는 확실히 어여뻤다. 그는, 혹은, 구보가 이제까지 어여쁘다고 생각하여 온 온갖 여인들보다도 좀 더 어여뻤을지도 모른다. 그뿐 아니다. 남

가루삐스 '칼피스'의 일본식 발음. 1930년대 신문 광고로 크게 유행했던 음료.
외설하다(猥褻--) 사람의 성욕을 함부로 자극하여 난잡하다.
끽다점(喫茶店) 예전에, '찻집'을 이르던 말.
월미도(月尾島) 인천광역시 중구에 있는, 일제 강점기 대표적 행락지로 떠오른 임해(臨海) 유원지.

자가 같이 '가루삐스'를 먹자고 권하는 것을 물리치고, 한 접시의 아이스크림을 **지망할** 수 있도록 여자는 총명하였다.

문득, 구보는, 그러한 여자가 왜 그자를 사랑하려 드나, 또는 그자의 사랑을 용납하는 것인가 하고, 그런 것을 괴이하게 여겨 본다. 그것은, 그것은 역시 황금 까닭일 게다. 여자들은 그렇게도 쉽사리 황금에서 행복을 찾는다. 구보는 그러한 여자를 가엾이, 또 안타깝게 생각하다가, 갑자기 그 사내의 재력을 탐내 본다. 사실, 같은 돈이라도 그 사내에게 있어서는 헛되이, 그리고 또 아깝게 소비되어 버릴 게다. 그는 날마다 기름진 음식이나 실컷 먹고, 살찐 계집이나 즐기고, 그리고 아무 앞에서나 그의 금시계를 꺼내 보고는 만족해할 게다.

일순간, 구보는, 그 사내의 손으로 소비되어 버리는 돈이, 원래 자기의 것이나 되는 것같이 입맛을 다셔 보았으나, 그 즉시, 그러한 제 자신을 픽 웃고, 내가 언제부터 이렇게 돈에 걸신(乞神)이 들렸누…… 단장 끝으로 구두코를 탁 치고, 그리고 좀 더 빠른 걸음걸이로 전차 선로를 횡단해, 구보는 포도 위를 걸어갔다.

그러나 여자는, 여자는 확실히 어여뻤고, 그리고 또…… 구보는, 갑자기 그 여자가 이미 오래전부터 그자에게 몸을 허락하여 온 것이나 아닐까, 생각하였다. 그것은 생각만 해 볼 따름으로 그의 마음을 언짢게 하여 준다. 역시, 여자는 결코 총명하지 못했다. 또 생각하여 보면, 어딘지 모르게 **저속한** 맛이 있었다. 결코 기품 있는 인물은 아니다. 그저 좀 예쁠 뿐…….

그러나 그 여자가 그자에게 쉽사리 미소를 보여 주었다고 새삼스러이 여자의 값어치를 깎을 필요는 없었다. 남자는 여자의 육체를 즐기고, 여자는 남자

지망하다(志望--) 뜻을 두어 바라다.
저속하다(低俗--) 품위가 낮고 속되다.

의 황금을 소비하고, 그리고 두 사람은 충분히 행복할 수 있을 게다. 행복이 란 지극히 주관적인 것이다…….

어느 틈엔가, 구보는 조선은행 앞에까지 와 있었다. 이제 이대로, 이대로 집으로 돌아갈 마음은 없었다. 그러면, 어디로—. 구보가 또다시 고독과 피로를 느꼈을 때, **약칠해** 신으시죠 구두에. 구보는 혐오의 눈을 가져 그 사내를, 남의 구두만 항상 살피며, 그곳에 무엇이든 결점을 잡아내고야 마는 그 사내를 흘겨보고, 그리고 걸음을 옮겼다. **일면식**도 없는 나의 구두를 비평할 권리가 그에게 있기라도 하단 말인가. 거리에서 그에게 온갖 종류의 불유쾌한 느낌을 주는, 온갖 종류의 사물을 저주하고 싶다, 생각하며, 그러나, 문득, 구보는 이러한 때, 이렇게 제 몸을 혼자 두어 두는 것에 위험을 느낀다. 누구든 좋았다. 벗과, 벗과 같이 있을 때, 구보는 얼마쯤 명랑할 수 있었다. 혹은, 명랑을 가장(假裝)할 수 있었다.

마침내, 그는 한 벗을 생각해 내고, 길가 양복점으로 들어가 전화를 빌렸다. 다행하게도 벗은 아직 사(社)에 남아 있었다. 바로 지금 나가려던 차야, 하고 그는 말했다.

구보는 그에게 부디 다방으로 와 주기를 청하고, 그리고 잠깐 또 할 말을 생각하다가, 저편에서 전화를 끊어 버릴 것을 염려해 당황하게 덧붙여 말했다.

"꼭 좀, 곧 좀, 오—."

다행하게도

다시 돌아간 다방 안에, 사람들은 많지 않았다. 또, 문득, 생각하고 둘러보

약칠하다(藥漆--) 물건에 광이나 윤을 내기 위하여 약을 바르고 문지르다.
일면식(一面識) 서로 한 번 만나 인사나 나눈 정도로 조금 앎.

아, 그 벗 아닌 벗도 그곳에 있지 않았다. 구보는 카운터 가까이 자리를 잡고 앉아, 마침, 자기가 사랑하는 **스키파**의 〈아이 아이 아이〉를 들려주는 이 다방에 애정을 갖는다. 그것이 허락받을 수 있는 것이라면 그는 지금 앉아 있는 등의자를 안락의자로 바꾸어, 감미한 **오수**를 즐기고 싶다. 이제 그는 그의 앞에, 아까의 **신기료장수**를 보더라도, 고요한 마음을 가져 그를 용납해 줄 수 있을 게다.

조그만 강아지가, 저편 구석에 앉아, 토스트를 먹고 있는 사내의 그리 대단하지도 않은 구두코를 핥고 있었다. 그 사나이는 발을 뒤로 무르며, 쉬쉬 강아지를 쫓았다. 강아지는 연해 꼬리를 흔들며 잠깐 그 사내의 얼굴을 쳐다보다가, 돌아서서 다음 탁자 앞으로 갔다. 그곳에 앉아 있는 젊은 여자는, 그는 확실히 개를 무서워하는 듯싶었다. 다리를 잔뜩 옹크리고 얼굴빛조차 변해 가지고, 그는 크게 뜬 눈으로 개의 동정만 살폈다. 개는 여전히 꼬리를 흔들며 그러나, 저를 **귀애해** 주고 안 해 주는 사람을 용하게 가릴 줄이나 아는 듯이, 그곳에 오래 머무르지 않고, 또 옆 탁자로 갔다. 그러나 구보가 앉아 있는 자리에서는 그곳이 잘 안 보였다. 어떠한 대우를 그 가엾은 강아지가 그곳에서 받았는지 그는 모른다. 그래도 어떻든 만족한 결과는 아니었던 게다. 강아지는 다시 그곳을 떠나, 이제는 사람들의 사랑을 구하기를 아주 단념이나 한 듯이 구보에게서 한 칸통쯤 떨어진 곳에 가 네 발을 쭉 뻗고 모로 쓰러져 버렸다.

강아지의 반쯤 감은 두 눈에는 고독이 숨어 있는 듯싶었다. 그리고 그와 함께, 모든 것에 대한 단념도 그곳에 있는 듯싶었다. 구보는 그 강아지를 가엾

스키파 티토 스키파(Tito Schipa, 1888~1965). 일제 강점기였던 미국의 대공황 시대(1929~1939) 전성기를 누린 이탈리아의 테너 가수로, 작가 박태원의 모던한 취향을 드러내는 소재이다.

오수(午睡) 낮에 자는 잠.

신기료장수 헌 신을 꿰매어 고치는 일을 직업으로 하는 사람.

귀애하다(貴愛--) 귀엽게 여겨 사랑하다.

다, 생각한다. 저를 사랑하는 단 한 사람일지라도 이 다방 안에 있음을 알려 주고 싶다, 생각한다. 그는, 문득, 자기가 이제까지 한 번도 그의 머리를 쓰다듬어 준다거나, 또는 그가 핥는 대로 손을 맡겨 둔다거나, 그러한 그에 대한 사랑의 표현을 한 일이 없었던 것을 생각해 내고, 손을 내밀어 그를 불렀다. 사람들은 이런 경우에 휘파람을 분다. 그러나 원래 구보는 휘파람을 안 분다. 잠깐 궁리하다가, 마침내 그는 개에게만 들릴 정도로 "캄, 히어." 하고 말해 본다.

강아지는 영어를 **해득하지** 못하는지도 모른다. 머리를 들어 구보를 쳐다보고, 그리고 아무 흥미도 느낄 수 없는 듯이 다시 머리를 떨어뜨렸다. 구보는 의자 밖으로 몸을 내밀어, 조금 더 큰 소리로, 그러나 한껏 부드럽게, 또 한 번, "캄, 히어." 그리고 그것을 번역하였다. "이리 온." 그러나 강아지는 먼젓번 동작을 또 한 번 되풀이하였을 따름, 이번에는 입을 벌려 하품 비슷한 짓을 하고, 아주 눈까지 감는다.

구보는 초조와, 또 일종 분노에 가까운 감정을 맛보며, 그래도 그것을 억제하고, 이번에는 완전히 의자에서 떠나, 그의 머리를 쓰다듬어 주려 하였다. 그러나 그보다도 먼저 강아지는 진저리치게 놀라, 몸을 일으켜, 구보에게 향해 적대적 자세를 취하고, 캥, 캐캥 하고 짖고, 그리고, 제풀에 질겁을 하여 카운터 뒤로 달음질쳐 들어갔다.

구보는 저도 모르게 얼굴을 붉히고, 강아지의 방정맞은 **성정**을 저주하며, 수건을 꺼내어, 땀도 안 난 이마를 두루 씻었다. 그리고, 그렇게까지 당부하였건만, 곧 와 주지 않는 벗에게조차 그는 가벼운 분노를 느끼지 않으면 안 된다.

해득하다(解得--) 뜻을 깨쳐 알다.
성정(性情) 성질과 심정. 또는 타고난 본성.

마침내

벗이 왔다. 그렇게 늦게 온 벗을 구보는 **책망할까** 하고 생각해 보았으나, 그보다 먼저 진정 반가워하는 빛이 그의 얼굴에 떠올랐다. 사실, 그는, 지금 벗을 가진 몸의 다행함을 느낀다.

그 벗은 시인이었음에도 불구하고, 극히 건장한 육체와 또 먹기 위해 어느 신문사 사회부 기자라는 직업을 가지고 있었다. 그것이 때로 구보에게 애달픔을 주지 않은 것은 아니다. 그래도, 그래도 그와 대하고 있으면, 구보는 마음속에 밝음을 가질 수 있었다.

"나, **소오다스이**를 다우."

벗은, 즐겨 음료 **조달수**를 취하였다. 그것은 언제든 구보에게 가벼운 쓴웃음을 준다. 그러나 물론 그것은 적어도 불쾌한 감정은 아니다.

다방에 들어오면, 여학생이나 같이, 조달수를 즐기면서도, 그래도 벗은 조선 문학 건설에 가장 열의를 가지고 있었다. 그러한 그가 하루에 두 차례씩, 종로서와, 도청과, 또 **체신국**엘 들르지 않으면 안 되었던 것은 한 개의 비참한 현실이었을지도 모른다. 마땅히 시를 초하여야만 할 그의 만년필을 가져, 그는 매일같이 살인강도와 방화 범인의 기사를 쓰지 않으면 안 되었다. 그래 이렇게 제 자신의 시간을 가지면 그는 억압당하였던, 그의 문학에 대한 열정을 쏟아 놓는다…….

오늘은 주로 구보의 소설에 대해서였다. 그는, 즐겨 구보의 작품을 읽는 사람의 하나이다. 그리고, 또, 즐겨 구보의 작품을 비평하려 드는 **독지가**였다.

책망하다(責望--) 잘못을 꾸짖거나 나무라며 못마땅하게 여기다.

소오다스이 소다수(soda水).

조달수(曹達水) '소다수'의 일본식 음차어(한자의 음을 빌려 우리말을 표기한 말).

체신국(遞信局) 일제 강점기 조선 총독부 소속 관청. 주로 전신·전화·우편 업무 등 통신 관련 업무를 관장하였다. 광복 후 1947년에 체신부로 개편되었다.

독지가(篤志家) 도탑고 친절한 마음을 가진 사람.

그러나, 그의 그러한 **후의**에도 불구하고, 구보는 자기 작품에 대한 그의 의견에 그다지 신용을 두고 있지 않았다. 언젠가, 벗은 구보의 그리 대단하지 않은 작품을 오직 한 개 읽었을 따름으로, 구보를 완전히 알 수나 있었던 것같이 생각하고 있는 듯싶었다.

오늘은, 그러나, 구보는 그의 말에 귀를 기울이지 않으면 안 된다. 벗은, 요사이 구보가 발표하고 있는 작품을 가리켜 작자가 그의 나이 분수보다 엄청나게 늙었음을 말했다. 그러나 그뿐이면 좋았다. 벗은 또, 작자가 정말 늙지는 않았고, 오직 늙음을 가장하였을 따름이라고 단정하였다. 혹은 그럴지도 모른다. 구보에게는 그러한 경향이 있었을지도 모른다. 그리고 다시 돌이켜 생각하면, 그것이 오직 가장에 그치고, 그리고 작자가 정말 늙지 않았음은, 오히려 구보가 **기꺼해** 마땅할 일일 게다.

그러나 구보는 그의 작품 속에서 젊을 수가 없었을지도 모른다. 그가 만약 구태여 그러려 하면 벗은, 이번에는, 작자가 무리로 젊음을 가장하였다고 말할 게다. 그리고 그것은 틀림없이 구보의 마음을 슬프게 해 줄 게다.……

어느 틈엔가, 구보는 그 화제에 권태를 깨닫고, 그리고 저도 모르게 '다섯 개의 **임금**' 문제를 풀려 들었다. 자기가 완전히 소유한 다섯 개의 임금을 대체 어떠한 순차로 먹어야만 마땅할 것인가. 그것에는 우선 세 가지의 방법이 있을 게다. 그중 맛있는 놈부터 차례로 먹어 가는 법. 그것은, 언제든, 그중에 맛있는 놈을 먹고 있다는 기쁨을 우리에게 줄 게다. 그러나 그것은 혹은 그 결과가 비참하지나 않을까. 이와 반대로, 그중 맛없는 놈부터 차례로 먹어 가는 법. 그것은 **점입가경**, 그러한 뜻을 가지고 있으나, 뒤집어 생각하면, 사람

후의(厚意) 남에게 두터이 인정을 베푸는 마음.
기껍다 마음속으로 은근히 기쁘다.
임금(林檎) 능금나무의 열매. 사과와 비슷한 모양이지만 훨씬 작다.
점입가경(漸入佳境) 들어갈수록 점점 재미가 있음.

은 그 방법으로는 항상 그중 맛없는 놈만 먹지 않으면 안 되는 셈이다. 또 계획 없이 아무거나 집어 먹는 법. 그것은…….

구보는, 맞은편에 앉아, 그의 문학론에, **앙드레 지드**의 말을 인용하고 있던 벗을, 갑자기, 이 **유민**다운 문제를 가져 어이없게 만들어 주었다. 벗은 대체, 그 다섯 개의 임금이 문학과 어떠한 교섭을 갖는가 의혹하며, 자기는 일찍이 그러한 문제를 생각해 본 일이 없노라 말하고,

"그래, 그것이 어쨌단 말이야?"

"어쩌기는 무에 어째."

그리고 구보는 오늘 처음으로 명랑한, 혹은 명랑을 가장한 웃음을 웃었다.

문득,

창 밖 길가에, 어린애 울음소리가 들린다. 그것은 울음소리에 틀림없었다. 그러나 어린애의 것보다는 오히려 짐승의 소리에 가까웠다. 구보는 **《율리시스》**를 논하고 있는 벗의 **탁설**에는 상관없이, 대체, 누가 또 죄악의 자식을 낳았누, 하고 생각한다.

가엾은 벗이 있었다. 그는, 어렸을 때부터 그렇게도 불행하였던 그는, 온갖 고생을 겪지 않으면 안 되었었고, 또 그렇게 경난한 사람이었던 까닭에, 벗과의 사이에 있어서도 가장 관대한 품이 있었다. 그는 거의 구보의 친우(親友)였다. 그러나 그에게는 남자로서의 가장 불행한 약점이 있었다. 그의 앞에서 구

앙드레 지드(Andre Gide, 1869~1951) 프랑스의 소설가·비평가. 당시 지식인들은 세계 문학에 빠져 있었다.
유민(遊民) 직업이 없이 놀며 지내는 사람.
《율리시스(Ulysses)》 아일랜드 작가 제임스 조이스(James Joyce, 1882~1941)의 장편 소설. 그리스 서사시 〈오디세이(주인공 '오디세우스'의 라틴어 이름이 '율리시스'임.)〉를 본떠서 주인공들이 하루 동안 겪는 일이 의식의 흐름과 내면의 독백 등으로 펼쳐진다. 박태원의 작품 또한 지적 성찰자인 구보의 '방랑'을 중심축으로 한다.
탁설(卓說) 뛰어난 논설이나 의견.

보가 말을 한다면, '**다정다한**', 이러한 문자를 사용할 게다. 그러나 그것은 한 개의 수식에 지나지 않았고, 그 벗의 통제를 잃은 성 본능은 누가 보기에도 진실로 딱한 것임에 틀림없었다. 구보는, 왕왕히, 그 벗의 여성에 대한 심미안에 의혹을 갖기조차 하였다. 그러나 오히려 그러고 있는 동안은 좋았다. 마침내 비극이 왔다. 그 벗은, 결코 아름답지도 총명하지도 않은 한 여성을 사랑하고, 여자는 또 남자를 오직 하나의 사내라 알았을 때, 비극은 비롯한다. 여자가 어느 날 저녁 남자와 마주 앉아, 얼굴조차 붉히고, 그리고 자기가 이미 홑몸이 아님을 고백하였을 때, 남자는 어느 틈엔가 그 여자에게 대해 거의 완전히 애정을 상실하고 있었다. 여자는 어리석게도 모성됨의 기쁨을 맛보려 하였고, 그리고 남자의 사랑을 좀 더 확실히 포착할 수 있을 것같이 생각하였다. 그러나 남자는 오직 제 자신이 곤경에 빠졌음을 한(恨)하고, 그리고 또 그 젊은 어미에게 대한 자기의 책임을 느끼지 않으면 안 되었던 까닭에, 좀 더 그 여자를 미워하였을지도 모른다.

여자는, 그러나, 남자의 **변심**을 깨닫지 못하였을지도 모른다. 또, 설혹, 그가 알 수 있었더라도, 역시, 그 수밖에 없었을지도 모른다. 여자는 돌도 안 된 아이를 안고, 남자를 찾아 서울로 올라왔다. 그러나 그곳에는 그들 모자를 위해 아무러한 밝은 길이 없었다. 이미 반생(半生)을 **고락**을 같이해 온 아내가 남자에게는 있었고, 또 그와 견주어 볼 때, 이 가정의 **틈입자**는 어떠한 점으로든 떨어졌다. 특히 아이와 아이를 비해 볼 때 그러하였다. 가엾은 **사생자**는 나이 분수보다 엄청나게나 거대한 체구와, 또 **치매적 안모**를 가지

다정다한(多情多恨) 애틋한 정도 많고 한스러운 일도 많음.
변심(變心) 마음이 변함.
고락(苦樂) 괴로움과 즐거움을 아울러 이르는 말.
틈입자(闖入者) 기회를 타서 느닷없이 함부로 들어간 사람.
사생자(私生子) 법률적으로 부부가 아닌 남녀 사이에서 태어난 아이.
치매적(癡呆的) 지능, 의지, 기억 따위가 지속적·본질적으로 상실된, 또는 그런 것.
안모(顔貌) 얼굴의 생김새.

고 있었다.

그러나 그것만이라면, 오히려 좋았다. 한번 그 아이의 울음소리를 들을 수 있었을 때, 사람들은 가장 언짢고 또 야릇한 느낌을 갖지 않으면 안 되었다. 그것은 결코 사람의 아이의 울음이 아니었다. 그것은 그들의, 특히, 남자의 죄악에 진노한 신이, 그 아이의 비상한 성대(聲帶)를 빌려, 그들의, 특히, 남자의 죄악을 규탄하고, 또 영구히 저주하는 것인 것만 같았다…….

구보는 그저 《율리시스》를 논하고 있는 벗을 깨닫고, 불쑥, 그야 제임스 조이스의 새로운 시험에는 경의를 표하여야 마땅할 게지. 그러나 그것이 새롭다는, 오직 그 점만 가지고 과중 평가를 할 까닭이야 없지. 그리고 벗이 그 말에 대해, 항의를 하려 하였을 때, 구보는 의자에서 몸을 일으켜, 벗의 등을 치고, 자 그만 나갑시다.

그들이 밖에 나왔을 때, 그곳에 황혼이 있었다. 구보는 이 시간에, 이 거리에, 맑고 깨끗함을 느끼며, 문득, 벗을 돌아보았다.

"이제 어디로 가?"

"집으루 가지."

벗은 서슴지 않고 대답하였다. 구보는 대체 누구와 이 황혼을 지내야 할 것인가 망연해한다.

전차를 타고

벗은 이내 집으로 돌아가고 말았다. 집이 아니다. **여사**였다. 주인집 식구 말고, 아무도 없을 여사로, 그는 그렇게 저녁 시간을 맞추어 가야만 할까. 만약 그것이 단지 저녁밥을 먹기 위해서의 일이라면…….

여사(旅舍) 여관. 일정한 돈을 받고 손님을 묵게 하는 집.

"지금부터 집엘 가서 무얼 할 생각이오?"

그러나 그것은 물론 어리석은 물음이었다. '생활'을 가진 사람은 마땅히 제 집에서 저녁을 먹어야 할 게다. 벗은 구보와 비겨 볼 때, 분명히 생활을 가지고 있었다.

하루의 대부분을 **속무**에 헤매지 않으면 안 되었던 그는 이제 저녁 후에 조용한 제 시간을 가져, 독서와 창작에서 기쁨을 찾을 게다. 구보는, 구보는 그러나 요사이 그 기쁨을 못 갖는다.

어느 틈엔가, 구보는 종로 네거리에 서서, 그곳에 황혼과, 또 황혼을 타서 거리로 나온 노는계집의 무리들을 본다. 노는계집들은 오늘도 무지(無智)를 싸고 거리에 나왔다. 이제 곧 밤은 올 게요, 그리고 밤은 분명히 그들의 것이었다. 구보는 포도 위에 눈을 떨어뜨려, 그곳에 무수한 화려한 또는 화려하지 못한 다리를 보며, 그들의 걸음걸이를 가장 위태롭다 생각한다. 그들은, 모두가 **숙녀화**에 익숙하지 못한 것은 아니다. 그러나 그러함에도 불구하고, 그들은 모두들 가장 서투르고, 부자연한 걸음걸이를 갖는다. 그것은, 역시, '위태로운 것'이라고밖에 말할 수 없는 것임에 틀림없었다.

그들은, 그러나 물론 그런 것을 그네 자신 깨닫지 못한다. 그들의 세상살이의 걸음걸이가, 얼마나 불안정한 것인가를 깨닫지 못한다. 그들은 누구라 하나 인생에 확실한 목표를 가지고 있지 않았으나, 무지는 거의 완전히 그 불안에서 그들의 눈을 가려 준다.

그러나 포도를 울리는 것은 물론 그들의 가장 불안정한 구두 뒤축뿐이 아니었다. 생활을, 생활을 가진 온갖 사람들의 발끝은 이 거리 위에서 모두 자기네들 집으로 향해 놓고 있었다. 집으로 집으로, 그들은 그들의 만찬과 가

속무(俗務) 여러 가지 세속적인 잡무.
숙녀화(淑女靴) 숙녀가 신도록 만든 신. 고무신이 아닌, 근대 문명으로서 구두.

족의 얼굴과 또 하루 **고역** 뒤의 **안위**를 찾아 그렇게도 기꺼이 걸어가고 있다. 문득, 저도 모를 사이에 구보의 입술을 새어나오는 **탁목**의 단가(短歌)—.

누구나 모두 집 가지고 있다는 애달픔이여
무덤에 들어가듯
돌아와서 자옵네

그러나 구보는 그러한 것을 초저녁의 거리에서 느낄 필요는 없다. 아직 그는 집에 돌아가지 않아도 좋았다. 그리고 좁은 서울이었으나, 밤늦게까지 헤맬 거리와, 들를 **처소**가 구보에게 있었다.

그러나 대체 누구와 이 황혼을…… 구보는 거의 자신을 가지고, 걷기 시작한다. 벗이 있다. 황혼을, 또 밤을 같이 지낼 벗이 구보에게 있다. 종로 경찰서 앞을 지나 하얗고 납작한 조그만 **다료**엘 들른다.

그러나 주인은 없었다. 구보가 다시 문으로 향하여 나오면서, 왜 자기는 그와 미리 맞추어 두지 않았던가, 뉘우칠 때, 아이가 생각난 듯이 말했다. 참, 곧 돌아오신다구요, 누구 오시거든 기다리시라구요. '누구'가, 혹은 특정한 인물일지도 모른다. 벗은 혹은, 구보와 이제 행동을 같이할 수 없을지도 모른다. 그래도 사람은 언제든 희망을 가져야 하고, 달리 찾을 벗을 갖지 아니한 구보는, 하여튼 이제 자리에 앉아, 돌아올 벗을 기다려야 한다.

고역(苦役) 몹시 힘들고 고되어 견디기 어려운 일.
안위(安危) 편안함과 위태함을 아울러 이르는 말.
탁목(啄木) 조선 세종 때의 거문고 곡의 하나.
처소(處所) 어떤 일이 벌어지거나 어떤 물건이 있는 곳.
다료(茶寮) 다방. 찻집. 여기서는 박태원과 절친했던 시인 이상이 경영하던 '제비 다방'으로 짐작된다. 이상은 당시 신문에 연재되던 이 소설의 삽화를 '하융'이란 이름으로 그려 주었다.

여자를

동반한 청년이 **축음기** 놓여 있는 곳 가까이 앉아 있었다. 그는 노는계집 아닌 여성과 그렇게 같이 앉아 차를 마실 수 있는 것에 **득의**와 또 행복을 느낄 수 있었는지도 모른다. 그의 육체는 건강하였고, 또 그의 복장은 **화미하였고**, 그리고 그의 여인은 그에게 그렇게도 용이하게 미소를 보여 주었던 까닭에, 구보는 그 청년에게 옅은 질투와 또 선망을 느끼지 않으면 안 되었다. 그뿐 아니다. 그 청년은, 한 개의 **인단** 용기(容器)와 **로도 목약**을 가지고 있는 것에조차 철없는 자랑을 느낄 수 있었던 듯싶었다. 구보는 제 자신, 포용력을 가지고 있는 듯싶게 가장하는 일 없이, 그의 명랑성에 참말 부러움을 느낀다.

그 사상에는 황혼의 **애수**와 또 고독이 **혼화**되어 있었는지도 모른다. 구보는 극히 음울할 제 표정을 깨닫고, 그리고 이 안에 거울이 없음을 다행해한다. 일찍이, 어느 시인이 구보의 이 심정을 가르쳐 독신자의 비애라 하였다. 그러나 그것은 언뜻 그러한 듯싶으면서도 옳지 않았다. 구보가 새로운 사랑을 찾으려 하지 않고, 때로 좋은 벗의 우정에 마음을 의탁하려 한 것은 제법 오랜 일이다…….

어느 틈엔가, 그 여자와 축복받은 젊은이가 이 안에서 사라지고, 밤은 완전히 다료 안팎에 왔다. 이제 어디로 가나. 문득, 구보는 자기가 그동안 벗을 기다리면서 벗을 잊고 있었던 사실에 생각이 미치고, 그리고 호젓한 웃음을 웃었다. 그것은 일찍이 사랑하는 여자와 마주 대하여 권태와 고독을 느꼈던 것

축음기(蓄音機) 원통형 레코드 또는 원판형 레코드에 녹음한 음을 재생하는 장치.
득의(得意) 일이 뜻대로 이루어져 만족해하거나 뽐냄.
화미하다(華美--) 화려하다. 환하게 빛나며 곱고 아름답다.
인단(仁丹) '은단'의 옛날식 표기.
로도 목약(ロード目藥) '로도'라는 일본제 안약.
애수(哀愁) 마음을 서글프게 하는 슬픈 시름.
혼화(混和) 한데 섞이어 합쳐짐. 또는 한데 섞음.

보다도 좀 애처로운 일임에 틀림없었다.

구보의 눈이 갑자기 빛났다. 참 그는 그 뒤 어찌 되었을꼬. 비록 어떠한 종류의 것이든 추억을 갖는다는 것은 사람의 마음을 고요하게, 또 기쁘게 해준다.

동경의 가을이다. '**간다**' 어느 철물전에서 한 개의 '**네일 클리퍼**'를 구한 구보는 '**짐보오쪼오**' 그가 가끔 드나드는 끽다점을 찾았다. 그러나 휴식을 위함도, 차를 먹기 위함도 아니었던 듯싶다. 오직 오늘 새로 구한 것으로 손톱을 깎기 위해서만인지도 몰랐다. 그중 구석진 테이블. 그중 구석진 의자. **통속** 작가들이 즐겨 취급하는 종류의 로맨스의 발단이 그곳에 있었다. 광선이 잘 안 들어오는 그곳 마룻바닥에서 구보의 발길에 차인 것. 한 권 대학 노트에는 '윤리학' 석 자와 '임(姙)' 자가 든 성명이 기입되어 있었다.

그것은 일종의 죄악일 게다. 그러나 젊은이들에게 그만한 호기심은 허락되어도 좋다. 그래도 구보는 다른 좌석에서 잘 안 보이는 위치에 노트를 놓고, 그리고 손톱을 깎을 것도 잊고 있었다.

제1장 서론. 제1절 윤리학의 정의. 2. 규범 과학. 제2장 본론. 도덕 판단의 대상. C 동기설과 결과설. 예 1. 빈가(貧家)의 자손이 효양을 위해서 절도함. 2. 허영심을 만족키 위한 자선 사업. 제2학기. 3. 품성 형성의 요소. 1. 의지 필연론…….

그리고 여백에, 연필로, 그러나 수치심은 사랑의 상상 작용에 조력(助力)을 준다. 이것은 사랑에 생명을 주는 것이다. **스탕달**의 《연애론》의 일절, 그리고

간다[Kanda, 神田] 일본 동경의 거리 이름. 현재 도쿄도 지요다구 북동부에 위치하는 지역을 이름.
네일 클리퍼(nail clipper) 손톱을 깎는 기구.
짐보오쪼오[神保町] 일본 동경 간다의 거리 이름. 현재 '진보초'로 불리는 이곳은 야스쿠니(靖国) 신사와 메이지(明治) 대학 사이에 위치한 곳으로, 밀집형 고서점가로 유명하다.
통속(通俗) 비전문적이고 대체로 저속하며 일반 대중에게 쉽게 통할 수 있는 일.
스탕달(Stendhal) 프랑스의 소설가(1783~1842). 심리주의 소설의 전통을 수립했다.

는 연락 없이, **《서부 전선 이상 없다》**, **길옥신자**, **개천룡지개**. 어제 어디 갔었니. **〈라부 파레드〉**를 보았니. ……이런 것들이 씌어 있었다.

다료의 주인이 돌아왔다. 아 언제 왔소. 오래 기다렸소. 무슨 좋은 소식 있소. 구보는 대답 없이 자리에서 일어나, 노트와 단장을 집어 들고, 저녁 먹으러 나갑시다. 그리고 속으로 지난날의 조고만 로맨스를 좀 더 이어 생각하려 한다.

다료에서

나와, 벗과, **대창옥**으로 향하며, 구보는 문득 대학 노트 틈에 끼어 있었던 한 장의 엽서를 생각해 본다. 물론 처음에 그는 망설거렸었다. 그러나 여자의 숙소까지를 알 수 있었으면서도 그 한 기회에서 몸을 피할 수는 없었다. 그는 우선 젊었고, 또 그것은 흥미 있는 일이었다. 소설가다운 온갖 망상을 즐기며, 이튿날 아침 구보는 이내 이 여자를 찾았다. **우입구 시래정**. 그의 주인집은 **신조사** 근처에 있었다. 인품 좋은 주인 여편네가 나왔다 들어간 뒤, 현관에 나온 노트 주인은 분명히……. 그들이 걸어가고 있는 쪽에서 미인이 왔다. 그들을 보고 빙그레 웃고, 그리고 지났다. 벗의 다료 옆, 카페 여급. 벗이 돌아보고 구보의 의견을 청하였다. 어때 예쁘지. 사실, 여자는, 이러한 종류의

《서부 전선 이상 없다》 독일 작가 에리히 마리아 레마르크(Erich Maria Remarque, 1898~1970)의 반전 소설.
길옥신자(吉屋信子) 요시야 노부코(1896~1973). 근대 일본 소설가. 여류 문학사에 큰 업적을 남겼다.
개천룡지개(芥川龍之介) 아쿠타가와 류노스케(1892~1927). 일본의 소설가로, '아쿠타가와상'은 그를 기려 제정되었다.
〈라부 파레드〉 〈러브 퍼레이드(The Love Parade)〉. 1931년 서울 조선 극장에서 상영되기도 한 이 영화는 앞서 나열된 것들과 함께 당시 동경에서 유행하였던 문화 상품을 대표한다.
대창옥(大昌屋) 남대문 시장에 있던 설렁탕 집.
우입구 시래정(牛込區 矢來町) 일본 동경의 거리 이름. 도쿄도 중부에 있는 신주쿠(Shinjuku)구 야라이초를 말한다.
신조사(新潮社) 일본 출판사. 문예서 분야에서 일가를 이루고 있으며, 주간지와 논문 계열의 월간지에서는 보수적인 논조로 알려져 있다.

계집으로서는 드물게 어여뻤다. 그러나 그는 이 여자보다 좀 더 아름다웠던 것임에 틀림없었다.

어서 옵쇼. 설렁탕 두 그릇만 주우. 구보가 노트를 내어놓고, 자기의 실례에 가까운 **심방**에 대한 **변해**를 하였을 때, 여자는, 순간에, 얼굴이 붉어졌었다. 모르는 남자에게 정중한 인사를 받은 까닭만이 아닐 게다. 어제 어디 갔었니. 길옥신자. 구보는 문득 그런 것들을 생각해 내고, 여자 모르게 빙그레 웃었다. 맞은편에 앉아, 벗은 숟가락 든 손을 멈추고, 빤히 구보를 바라보았다. 그 눈은, 무슨 생각을 하고 있느냐, 물었는지도 모른다. 구보는 생각의 비밀을 감추기 위하여 의미 없이 웃어 보였다. 좀 올라오세요. 여자는 그렇게 말하였었다. 말로는 태연하게, 그러면서도 그의 볼은 역시 처녀답게 붉어졌다. 구보는 그의 말을 좇으려다 말고, 불쑥, 같이 산책이라도 안 하시렵니까, 볼일 없으시면. 그날은 일요일이었고, 여자는 막 어디 나가려던 차인지 나들이옷을 입고 있었다. 통속 소설은 템포가 빨라야 한다. 그 전날, 윤리학 노트를 집어 들었을 때부터 이미 구보는 한 개 통속 소설의 작자였고 동시에 주인공이었던 것임에 틀림없었다. 그는 여자가 기독교 신자인 경우에는 제 자신 목사의 졸음 오는 설교를 들어도 좋다고까지 생각하고 있었다. 여자는 또 한 번 얼굴을 붉히고, 그러나 구보가, 만약 볼일이 계시다면, 하고 말하였을 때, 당황하게, 아니에요 그럼 잠깐 기다려 주세요, 그리고 여자는 핸드백을 들고 나왔다. 분명히 자기를 믿고 있는 듯싶은 여자 태도에 구보는 자신을 갖고, 참, 이번 주일에 **무장야관** 구경하셨습니까. 그리고 그와 함께 그러한 자기가 할 일 없는 불량소년같이 생각되고, 또 만약 여자가 그렇게도 쉽사리 그의 유인(誘引)에 빠진다면, 그것은 아무리 통속 소설이라도 독자는 응당 작가를 신

심방(尋訪) 방문하여 찾아봄.
변해(辯解) 말로 풀어 자세히 밝힘.
무장야관(武藏野館) 무사시노칸. 일본 동경 신주쿠에 있는 극장가.

용하지 않을 게라고 속으로 싱겁게 웃었다. 그러나 설혹 그렇게도 쉽사리 여자가 그를 좇더라도 구보는 그것을 **경박**하다고 생각하고 싶지 않았다. 그것에는 경박이란 문자는 맞지 않을 게다. 구보의 자부심으로서는 여자가 초면임에도 불구하고 자기를 족히 믿을 만한 남자라 알아볼 수 있도록 그렇게 총명하다고 생각하고 싶었다.

여자는 총명하였다. 그들이 무장야관 앞에서 자동차를 내렸을 때, 그러나 구보는 잠시 그곳에 우뚝 서 있을 수밖에 없었다. 그것은 뒤에서 내리는 여자를 기다리기 위해서가 아니다. 그의 앞에 외국 부인이 빙그레 웃으며 서 있었던 까닭이다. 구보의 영어 교사는 남녀를 번갈아 보고, 새로이 의미심장한 웃음을 웃고 오늘 행복을 비오, 그리고 제 길을 걸었다. 그것에는 혹은 삼십 독신녀의 젊은 남녀에게 대한 빈정거림이 있었는지도 모른다. 구보는 소년과 같이 이마와 콧잔등이에 무수한 땀방울을 깨달았다. 그래 구보는 바지 주머니에서 수건을 꺼내어 그것을 씻지 않으면 안 되었다. 여름 저녁에 먹은 한 그릇의 설렁탕은 그렇게도 더웠다.

이곳을

나와, 그러나, 그들은 한길 위에 우두커니 선다. 역시 좁은 서울이었다. 동경이면, 이러한 때 구보는 우선 **은좌**로라도 갈 게다. 사실 그는 여자를 돌아보고, 은좌로 가서 차라도 안 잡수시렵니까, 그렇게 말하고 싶었었다. 그러나, 순간에, 지금 막 보았을 따름인 영화의 한 장면을 생각해 내고, 구보는 제가 취할 행동에 자신을 가질 수 없었을지도 모른다. **규중처자**를 꼬여 오페라 구

경박(輕薄) 언행이 신중하지 못하고 가벼움.
은좌(銀座) '은화를 만드는 거리'라는 뜻을 가진 동경의 유명 번화가인 긴자(Ginza).
규중처자(閨中處子) 집 안에 들어앉아 있는 처녀.

경을 하고, 밤늦게 다시 자동차를 몰아 어느 별장으로 향하던 불량 청년. 언뜻 생각하면 그의 옆얼굴과 구보의 것과 사이에 일맥상통한 점이 있었던 듯싶었다. 구보는 쓰디쓰게 웃고, 그러나 그러한 것은 어떻든, 은좌가 아니라도 어디 이 근처에서라도 차나 먹고…… 참, 내 정신 좀 보아. 벗은 갑자기 소리치고 자기가 이 시각에 꼭 만나야 할 사람이 있음을 말하고, 그리고 이제 구보가 혼자서 외로울 것을 알고 있었으므로, 그는 미안한 표정을 지었다. 여자가 주저하며, 그만 집으로 돌아가야겠다고 구보를 곁눈질하였을 때에도, 역시 그러한 표정이었던 것임에 틀림없었다. 우리 열 점쯤 해서 다방에서 만나기로 합시다. 열 점. 응, 늦어도 열 점 반. 그리고 벗은 전찻길을 횡단해 갔다.

전찻길을 횡단해 저편 포도 위를 사람 틈에 사라져 버리는 벗의 뒷모양을 바라보며, 어인 까닭도 없이, 이슬비 내리던 어느 날 저녁 **히비야 공원** 앞에서의 여자를 구보는 애달프다, 생각한다.

아. 구보는 악연히 고개를 들어 뜻 없이 주위를 살피고 그리고 기계적으로, 몇 걸음 앞으로 나갔다. 아아, 그예 생각해 내고 말았다. 영구히 잊고 싶다, 생각한 그의 일을 왜 기억 속에서 더듬었더냐, 애달프고 또 쓰린 추억이란, 결코 사람 마음을 고요하게도 기쁘게도 해 주는 것은 아니었다.

여자는 그가 구보와 알기 전에 이미 약혼하고 있었던 사내의 문제를 가져, 구보의 결단을 빌었다. 불행히 그 사내를 구보는 알고 있었다. 중학 시대의 동창생. 서로 소식 모르고 지낸 지 오 년이 넘었어도 그의 얼굴은 구보의 머릿속에 분명하였다. 그 운둔하고 또 **순직한** 얼굴. 더욱이 그 선량한 눈을 생각할 때 구보의 마음은 아팠다. 비 내리는 공원 안을 그들은 생각에 잠겨, 생각에 울어, 날 저무는 줄도 모르고 헤매 돌았다.

히비야 공원[日比谷公園] 일본 동경의 긴자와 신주쿠를 연결하는 지역에 있는 도심 속 공원으로, 1903년에 일본 최초의 서양식 정원으로 문을 열었다.

순직하다(純直--) 마음이 순박하고 곧다.

참지 못하고, 구보는 걷기 시작한다. 사실 나는 비겁하였을지도 모른다. 한 여자의 사랑을 완전히 차지하는 것에 행복을 느껴야만 옳았을지도 모른다. 의리라는 것을 생각하고, 비난을 두려워하고 하는, 그러한 모든 것이 도시 남자의 사랑이, 정열이, 부족한 까닭이라, 여자가 울며 탄하였을 때, 그 말은 그 말은, 분명히 옳았다, 옳았다.

구보가 바래다주려도 아니에요, 이대로 내버려 두세요, 혼자 가겠어요, 그리고 비에 젖어 눈물에 젖어, 황혼의 거리를 전차도 타지 않고 한없이 걸어가던 그의 뒷모양. 그는 약혼한 사내에게로도 가지 않았다. 그가 불행하다면 그것은 오로지 사내의 약한 기질에 근원할 게다. 구보는 때로, 그가 어느 다행한 곳에서 그의 행복을 차지하고 있는 것같이 생각하고 싶었어도, 그 사상은 너무나 공허하다.

어느 틈엔가 **황톳마루** 네거리에까지 이르러, 구보는 그곳에 충동적으로 우뚝 서며, 괴로운 숨을 토하였다. 아아, 그가 보고 싶다. 그의 소식이 알고 싶다. 낮에 거리에 나와 일곱 시간, 그것은 오직 한 개의 진정이었을지 모른다. 아아, 그가 보고 싶다. 그의 소식을 알고 싶다…….

광화문통

그 멋없이 넓고 또 쓸쓸한 길을 아무렇게나 걸어가며, 문득, 자기는, 혹은, 위선자나 아니었었나 하고, 구보는 생각하여 본다. 그것은 역시 자기의 약한 기질에 근원할 게다. 아아, 온갖 악은 인성(人性)의 약함에서, 그리고 온갖 불행이…….

황톳마루 지금의 광화문 네거리. 광화문통은 경복궁 앞길로, 그곳의 남쪽에 위치한 소담한 언덕이었던 황톳마루는 일제에 의해 깎여 육조(六曹) 거리와 함께 파괴되었다.

또다시 너무나 가엾은 여자의 뒷모양이 보였다. 레인코트 위에 빗물은 흘러내리고 우산도 없이 모자 안 쓴 머리가 비에 젖어 애달프다. 기운 없이, 기운 있을 수 없이, 축 늘어진 두 어깨. 주머니에 두 팔을 꽂고, 고개 숙여 내디디는 한 걸음, 또 한 걸음, 그 조그맣고 약한 발에 아무러한 자신도 없다. 뒤따라 그에게로 달려가야 옳았다. 달려들어 그의 조그만 어깨를 으스러져라 잡고, 이제까지 한 나의 말은 모두 거짓이었다고, 나는 결코 이 사랑을 단념할 수 없노라고, 이 사랑을 위하여는 모든 장애와 싸워 가자고, 그렇게 말하고, 그리고 이슬비 내리는 동경 거리에 두 사람은 무한한 감격에 울었어야만 옳았다.

구보는 발 앞에 조약돌을 힘껏 찼다. 격렬한 감정을, 진정한 욕구를, 힘써 억제할 수 있었다는 데서 그는 값없는 자랑을 얻으려 하였었는지도 모른다. 이것이, 이 한 개 비극이 우리들 사랑의 당연한 귀결이라고 그렇게 생각하려 들었던 자기. 순간에 또 벗의 선량한 두 눈을 생각해 내고 그의 원만한 천성과 또 금력(金力)이 여자를 행복하게 하여 주리라 믿으려 들었던 자기. 그 왜곡된 감정이 구보의 진정한 마음의 부르짖음을 틀어막고야 말았다. 그것은 옳지 않았다. 구보는 대체 무슨 권리를 가져 여자의, 그리고 자기 자신의 감정을 농락하였나. 진정으로 여자를 사랑하였으면서도 자기는 결코 여자를 행복하게 하여 주지는 못할 게라고, 그 **부전감**이 모든 사람을, 더욱이 가엾은 애인을 참말 불행하게 만들어 버린 것이 아니었던가. 그 길 위에 깔린 무수한 조약돌을, 힘껏, 차, 해뜨리고, 구보는, 아아, 내가 그릇하였다. 그릇하였다.

철겨운 봄노래를 부르며, 열 살이나 그밖에 안 된 아이가 지났다. 아이에게 근심은 없다. 잘 안 돌아가는 혀끝으로, 술주정꾼이 두 명, 어깨동무를 하고,

---

부전감(不全感) 온전하지 못하다는 데에 대한 자의식.
철겹다 제철에 뒤져 맞지 아니하다.

〈**수심가**〉를 불렀다. 그들은 지금 만족이다. 구보는, 문득, 광명을 찾은 것 같은 착각을 느끼고, 어두운 거리 위에 걸음을 멈춘다. 이제 그와 다시 만날 때, 나는 이미 약하지 않다. 나는 그 과오를 거듭 범하지 않는다. 우리는 영구히 다시 떠나지 않는다……. 그러나 그를 어디 가 찾누. 어허, 공허하고, 또 암담한 사상이여. 이 넓고, 또 휑한 광화문 거리 위에서 한 개의 사내 마음이 이렇게도 외롭고 또 가엾을 수 있었나.

각모 쓴 학생과, 젊은 여자가 어깨를 나란히 하여 구보 앞을 지나갔다. 그들의 걸음걸이에는 탄력이 있었고, 그들의 말소리는 은근하였다. 사랑하는 이들이여, 그대들 사랑에 언제든 다행한 빛이 있으라. 마치 자애 깊은 **부로**와 같이 구보는 너그럽고 사랑 가득한 마음을 가져 진정으로 그들을 축복하여 준다.

이제

어디로 갈 것을 잊은 듯이, 그러할 필요가 없어진 듯이, 얼마 동안을, 구보는, 그곳에 가, 망연히 서 있었다. 가엾은 애인. 이 작품의 결말은 이대로 좋을 것일까. 이제, 뒷날, 그들은 다시 만나는 일도 없이, 옛 상처를 스스로 어루만질 뿐으로, 언제든 외롭고 또 애달파야만 할 것일까. 그러나, 그 즉시 아아, 생각을 말리라. 구보는 의식하여 머리를 흔들고, 그리고 좀 급한 걸음걸이로 온 길을 되걸어갔다. 마음에 아픔은 그저 있었고, 고개 숙여 걷는 길 위에, 발에 차이는 조약돌이 회상의 무수한 파편이다. 머리를 들어 또 한 번 뒤흔들고, 구보는, 참말 생각을 말리라, 말리라…….

〈수심가(愁心歌)〉 구슬픈 가락의 서도 민요의 하나. 인생의 허무함을 한탄하는 사설.
각모(角帽) 윗면이 네모난 모자. 예전에는 대학생이나 전문학교 학생들이 쓰고 다녔다.
부로(父老) 한 동네에서 나이가 많은 남자 어른을 높여 이르는 말.

이제 그는 마땅히 다방으로 가, 그곳에서 벗과 다시 만나, 이 한밤의 시름을 덜 도리를 해야 한다. 그러나 그가 채 전차 선로를 횡단하기 전에 그는 "눈깔, 아저씨" 하고 불리고 그리고 그가 걸음을 멈추고 돌아보았을 때, 그의 단장과 노트 든 손은 아이들의 조그만 손에 붙잡혔다. 어디를 갔다 오니. 구보는 웃는 얼굴을 짓기에 바쁘다. 어느 벗의 조카아이들이다. 아이들은 구보가 안경을 썼대서 언제든 눈깔 아저씨라 불렀다. **야시** 갔다 오는 길이라우. 그런데 왜 요새 통 집에 안 오우, 눈깔 아저씨. 응, 좀 바빠서……. 그러나 그것은 거짓이었다. 구보는, 순간에, 자기가 거의 달포 이상을 완전히 이 아이들을 잊고 있었던 사실을 기억에서 찾아내고 이 천진한 소년들에게 참말 미안하다 생각한다.

가엾은 아이들이다. 그들은 결코 아버지의 사랑을 몰랐다. 그들의 아버지는 다섯 해 전부터 어느 시골서 따로 살림을 차렸고, 그들은, 그래, 거의 완전히 어머니의 손으로써만 길러졌다. 어머니에게, 허물은 없었다. 그러면, 아버지에게. 아버지도, 말하자면, 착한 이였다. 그러나 그에게는 역시 여자에게 대하여 **방종성**이 있었다. 극도의 생활난 속에서, 그래도, 어머니는 아이들을 학교에 보냈다. 열여섯 살짜리 큰딸과, 아래로 삼 형제. 끝의 아이는 **명년**에 **학령**이었다. 삶의 어려움을 하소연하면서도 그 애마저 보통학교에 입학시킬 것을 어머니가 기쁨 가득히 말하였을 때, 구보의 머리는 저 모르게 숙여졌었다.

구보는 아이들을 사랑한다. 아이들은 사랑을 받기를 좋아한다. 때로, 그는 아이들에게 아첨하기조차 하였다. 만약 자기가 사랑하는 아이들이 자기를 따르지 않는다면, 그것은 생각만 해 볼 따름으로 외롭고 또 애달팠다. 그러

야시(夜市) 야시장. 밤에 벌이는 시장.
방종성(放縱性) 제멋대로 행동하여 거리낌이 없는 성정.
명년(明年) 올해의 다음.
학령(學齡) 학교에 들어가야 할 나이.

나 아이들은 그렇게도 단순하다. 그들은, 그들을 사랑하는 사람을 반드시 따랐다.

눈깔 아저씨, 우리 이사한 담에 언제 왔수. 바루 저 골목 안이야. 같이 가아 응. 가 보고도 싶었다. 그러나 역시, 시간을 생각하고, 벗을 놓칠 것을 염려하고, 그는 이내 그것을 단념하는 수밖에 없었다. 어찌할꾸. 구보는 저편에 수박 실은 구루마를 발견하였다. 너희들 배탈 안 났니. 아아니, 왜 그러우. 구보는 두 아이에게 수박을 한 개씩 사서 들려 주고, 어머니 갖다 드리구 노놔 줍쇼, 그래라. 그리고 덧붙여 쌈 말구 똑같이들 노놔야 한다. 생각난 듯이 큰아이가 보고하였다. 지난번에 필운이 아저씨가 바나나를 사 왔는데, 누나는 배탈이 나서 먹지를 못했죠, 그래 막 **까시**를 올렸더니만……. 구보는 그 말괄량이 소녀의, 거의 **울가망**이 된 얼굴을 눈앞에 그려 보고 빙그레 웃었다. 마침 앞을 지나던 한 여자가 날카롭게 구보를 흘겨보았다. 그의 얼굴은 결코 어여쁘지 못했다. 뿐만 아니라 무엇이 그리 났는지, 그는 얼굴 전면에 대소 수십 편의 **삐꾸**를 붙이고 있었다. 응당 여자는 구보의 웃음에서 모욕을 느꼈을 게다. 구보는, 갑자기, **홍소하였다**. 어쩌면, 이제, 구보는 명랑해질 수 있을지도 모른다.

그래도

집으로 자꾸 가자는 아이들을 달래어 보내고, 구보는 다방으로 향한다. 이 거리는 언제든 밤에, 행인이 드물었고, 전차는 한길 한복판을 가장 게으르게

까시 놀림.
울가망 근심스럽거나 답답하여 기분이 나지 않음. 또는 그런 상태.
삐꾸 고약.
홍소하다(哄笑--) 입을 크게 벌리고 웃거나 떠들썩하게 웃다.

굴러갔다. 결코 환하지 못한 이 거리, 가로수 아래, 한두 명의 부녀들이 서고, 혹은, 앉아 있었다. 그들은, 물론, 거리에 몸을 파는 종류의 여자들은, 아니었을 게다. 그래도, 이, 밤들면 언제든 쓸쓸하고, 또 어두운 거리 위에 그것은 몹시 음울하고도 또 고혹적인 존재였다. 그렇게도 갑자기, **부란**된 성욕을, 구보는 이 거리 위에서 느낀다.

문득, 제비와 같이 경쾌하게 전보 배달의 자전차가 지나간다. 그의 허리에 찬 조그만 가방 속에 어떠한 인생이 압축되어 있을 것인고. 불안과 초조와 기대와…… 그 조그만 종이 위의, 그 짧은 문면(文面)은 그렇게도 용이하게, 또 확실하게, 사람의 감정을 지배한다. 사람은 제게 온 전보를 받아들 때 그 손이 가만히 떨림을 스스로 깨닫지 못한다. 구보는 갑자기 자기에게 온 한 장의 전보를 그 **봉함**을 떼지 않은 채 손에 들고 감동하고 싶은 충동을 느꼈다. 전보가 못 되면, 보통 우편물이라도 좋았다. 이제 한 장의 엽서에라도, 구보는 거의 감격을 가질 수 있을 게다.

흥, 하고 구보는 코웃음을 쳐 보았다. 그 사상은 역시 성욕의, 어느 형태로서의, 한 발현에 틀림없었다. 그러나 물론 결코 부자연하지 않은 생리적 현상을 무턱대고 업신여길 의사는 구보에게 없었다. 사실 서울에 있지 않은 모든 벗을 구보는 잊은 지 오래였고 또 그 벗들도 이미 오랫동안 소식을 전하여 오지 않았다. 그들은, 모두, 지금, 무엇들을 하구 있을구. 한 해에 단 한 번 연하장을 보내 줄 따름의 벗에까지, 문득 구보는 그리움을 가지려 한다. 이제 수천 매의 엽서를 사서, 그 다방 구석진 탁자 위에서, ……어느 틈엔가 구보는 가장 열정을 가져, 벗들에게 편지를 쓰고 있는 제 자신을 보았다. 한 장, 또 한 장, 구보는 재떨이 위에 생담배가 타고 있는 것도 깨닫지 못하고, 그가 기

부란(腐爛) 썩어 문드러짐. 생활이 문란함을 비유적으로 이르는 말.
봉함(封緘) 편지를 봉투에 넣고 봉함. 또는 그 편지.

억하고 있는 온갖 벗의 이름과 또 주소를 엽서 위에 흘려 썼다……. 구보는 거의 만족한 웃음조차 입가에 띠며, 이것은 한 개 단편 소설의 결말로는 결코 비속하지 않다, 생각하였다. 어떠한 단편 소설의—. 물론, 구보는, 아직 그 내용을 생각하지 않았다.

그러나 그러한 것은 어떻든 벗들의 편지가 참말 보고 싶었다. 누가 내게 그 기쁨을 주지는 않는가. 문득 구보의 걸음이 느려지며, 그동안, 집에, 편지가 와 있지나 않을까, 그리고 그것은 가장 뜻하지 않았던 옛 벗으로부터의 열정이 넘치는 글이나 아닐까, 하고 제 맘대로 꾸며 생각하고 그리고 물론 그것이 얼마나 근거 없는 생각인 줄 알았어도, 구보는 그 애달픈 기쁨을 그렇게도 가혹하게 깨뜨려 버리려 하지 않았다. 그러나 그것은 벗에게서 온 편지는 아닐지도 모른다. 혹은, 어느 신문사나, 잡지사나…… 그러면 그 인쇄된 봉투에 어머니는 반드시 기대와 희망을 갖고, 그것이 아들에게 무슨 크나큰 행운이나 약속하고 있는 거나 같이 몇 번씩 놓았다, 들었다, 또는 전등불에 비추어 보았다…… 그리고 기다려도 안 들어오는 아들이 편지를 늦게 보아 그만 그 행운을 놓치고 말지나 않을까, 그러한 경우까지를 생각하고 어머니는 안타까워할 게다. 그러나 가엾은 어머니가 그렇게까지 감동을 가진 그 서신이 급기야 뜯어 보면, 신문 일 회분의, 혹은 잡지 한 페이지분의, 잡문의 의뢰이기 쉬웠다.

구보는 쓰디쓰게 웃고, 다방 안으로 들어선다. 사람은 그곳에 많았어도, 벗은 있지 않았다. 그는 이제 이곳에서 벗을 기다려야 한다.

다방을

찾는 사람들은, 어인 까닭인지 모두들 구석진 좌석을 좋아하였다. 구보는 하나 남아 있는 가운데 탁자에 가 앉는 수밖에 없었다. 그래도, 그는 그곳에서 **엘만**의 〈**발스·센티멘털**〉을 가장 마음 고요히 들을 수 있었다. 그러나 그 선율이 채 끝나기 전에, **방약무인**한 소리가, 구포 씨 아니오—. 구보는 다방 안의 모든 사람들의 시선을 온몸에 느끼며, 소리 나는 쪽을 돌아보았다. 중학을 이삼 년 일찍 마친 사내. 어느 생명 보험 회사의 외교원이라는 말을 들었다. 평소에 결코 왕래가 없으면서도 이제 이렇게 알은체를 하려는 것은 오직 얼굴이 새빨개지도록 먹은 술 탓인지도 몰랐다. 구보는 무표정한 얼굴로 약간 끄떡해 보이고 즉시 고개를 돌렸다. 그러나 그 사내가 또 한 번, 역시 큰 소리로, 이리 좀 안 오시료, 하고 말하였을 때, 구보는 게으르게나마 자리에서 일어나, 그의 탁자로 가는 수밖에 없었다. 이리 좀 앉으시오. 참, 최 군, 인사하지. 소설가, 구포 씨.

이 사내는, 어인 까닭인지 구보를 반드시 '구포'라고 발음하였다. 그는 맥주병을 들어 보고, 아이 쪽을 향하여 더 가져오라고 소리치고, 다시 구보를 보고, 그래 요새두 많이 쓰시우. 뭐 별로 쓰는 것 '없습니다'. 구보는 자기가 이러한 사내와 접촉을 가지게 된 것에 지극히 불쾌를 느끼며, **경어**를 사용하는 것으로 그와 사이에 간격을 두기로 하였다. 그러나 이 딱한 사내는 도리어 그것에서 일종 득의감을 맛볼 수 있었는지도 모른다. 그뿐 아니라, 그는 한 잔 십 전짜리 차들을 마시고 있는 사람들 틈에서 그렇게 몇 병씩 맥주를 먹을 수 있는 것에 우월감을 갖고, 그리고 지금 행복이었을지도 모른다. 그는 구보에게 술을 따라 권하고, 내 참 구포 씨 작품을 애독(愛讀)하지. 그리고 그러한 말을 하였음에도 불구하고 구보가 아무런 감동도 갖지 않는 듯싶은 것을 눈치 채자,

"사실, 내 또 만나는 사람마다 보고, 구포 씨를 선전하지요."

엘만 미샤 엘만(Mischa Elman, 1891~1967). 러시아 출신의 미국 바이올린 연주자.
〈발스·센티멘털(Sentimental Valse)〉 러시아를 대표하는 작곡가 차이코프스키의 현악곡. 이때 'Valse'는 왈츠곡을 뜻함.
방약무인(傍若無人) 곁에 사람이 없는 것처럼 아무 거리낌 없이 함부로 말하고 행동하는 태도가 있음.
경어(敬語) 상대를 공경하는 뜻의 말.

그러한 말을 하고는 혼자 허허 웃었다. 구보는 의미 몽롱한 웃음을 웃으며, 문득 이 용감하고 또 무지한 사내를 고급으로 채용해 구보 독자 **권유원**을 시키면, 자기도 응당 몇십 명의 또는 몇백 명의 독자를 획득할 수 있을지 모르겠다고 그런 난데없는 생각을 하여 보고, 그리고 혼자 속으로 웃었다. 참 구포 선생, 하고 최 군이라 불린 사내도 말참견을 하여, 자기가 **독견**의 〈승방비곡〉과 **윤백남**의 〈대도전〉을 걸작이라 여기고 있는 것에 구보의 동의를 구하였다. 그리고, 이 어느 화재 보험 회사의 권유원인지도 알 수 없는 사내는, 가장 영리하게,

"구보 선생님의 작품은 따루 치고……."

그러한 말을 덧붙였다. 구보가 간신히 그것들을 좋은 작품이라 말하였을 때, 최 군은 또 용기를 얻어, 참 조선서 원고료는 얼마나 됩니까. 구보는 이 사내가 원호료라 발음하지 않는 것에 경의를 표하였으나 물론 그는 이러한 종류의 사내에게 조선 작가의 생활 정도를 알려주어야 할 아무런 의무도 갖지 않는다.

그래, 구보는 혹은 상대자가 모멸을 느낄지도 모를 것을 알면서도, 불쑥, 자기는 이제까지 고료라는 것을 받아 본 일이 없어, 그러한 것은 조금도 모른다 말하고, 마침 문을 들어서는 벗을 보자 그만 실례합니다. 그리고 그들이 뭐라 말할 수 있기 전에 제자리로 돌아와 노트와 단장을 집어 들고, 막 자리에 앉으려는 벗에게,

"나갑시다. 다른 데로 갑시다."

밖에, 여름밤, 가벼운 바람이 상쾌하다.

권유원(勸誘員) 어떤 일 따위를 하도록 권하는 사람.

독견(獨鵑) 소설가이자 연극인인 최상덕(崔象德, 1901~1970)의 호. 1927년 《조선일보》에 연재하여 많은 인기를 끈 그의 대표작 〈승방비곡(僧房悲曲)〉은 두 남녀의 숙명적 사랑을 그린 전형적인 대중 소설이다.

윤백남(尹白南, 1888~1954) 소설가이자 극작가·영화감독. 1930년에 《동아일보》에 연재한 대중 소설 《대도전(大盜傳)》은 사회 혼란기 의적(義賊)의 무협 활극으로 큰 인기를 끌었다.

조선 호텔

앞을 지나, 밤늦은 거리를 두 사람은 말없이 걸었다. 대낮에도 이 거리는 행인이 많지 않다. 참 요사이 무슨 좋은 일 있소. 맞은편에 경성 우편국 삼 층 건물을 바라보며 구보는 생각난 듯이 물었다. 좋은 일이라니. 돌아보는 벗의 눈에 피로가 있었다. 다시 걸어 황금정으로 향하며, 이를테면, 조그만 기쁨, 보잘것없는 기쁨, 그러한 것을 가졌소. 뜻하지 않은 벗에게서 뜻하지 않은 엽서라도 한 장 받았다는 종류의…….

"갖구말구."

벗은 서슴지 않고 대답하였다. **노형**같이 변변치 못한 사람은 죽을 때까지 받아 보지 못할 편지를. 그리고 벗은 허허 웃었다. 그러나 그것은 공허한 음향이었다. **내용 증명**의 서류 우편, 이 시대에는 조그만 한 개의 다료를 경영하기도 수월치 않았다. 석 달 밀린 집세. 총총하던 별이 자취를 감추고 하늘이 흐렸다. 벗은 갑자기 휘파람을 분다. 가난한 소설가와, 가난한 시인과…… 어느 틈엔가 구보는 그렇게도 구차한 내 나라를 생각하고 마음이 어두웠다.

"혹시 노형은 새로운 애인을 갖고 싶다 생각 않소."

벗이 휘파람을 마치고 장난꾼같이 구보를 돌아보았다. 구보는 호젓하게 웃는다. 애인도 좋았다. 애인 아닌 여자도 좋았다. 구보가 지금 원함은 한 개의 계집에 지나지 않는지도 몰랐다. 또는 역시 어질고 총명한 아내라야 하였을지도 모른다. 그러다가 구보는, 문득, 아내도 계집도 말고, 십칠팔 세의 소녀를, 만약 그럴 수 있다면, 딸로 삼고 싶다고 그러한 엄청난 생각을 해 보았다. 그 소녀는 마땅히 아리땁고, 명랑하고, 그리고 또 총명해야 한다. 구보는 자애 깊은 아버지의 사랑을 가져 소녀를 데리고 여행을 할 수 있을 게다—.

노형(老兄) 남자 어른이 자기보다 나이를 여남은 살 더 먹은 비슷한 지위의 남자를 높여 이르는 이인칭 대명사.
내용 증명(內容證明) 우체국에서 우편물의 내용을 서면으로 증명해 주는 제도. 당시 이상이 운영하던 제비 다방이 경영난에 시달리고 있음을 짐작할 수 있다.

갑자기 구보는 **실소하였다.** 나는 이미 그토록 늙었나. 그래도 그 욕망은 쉽사리 버려지지 않았다. 구보는 벗에게 알리고 싶은 것을 참고, 혼자 마음속에 그 생각을 즐겼다. 세 개의 욕망. 그 어느 한 개만으로도 구보는 이제 용이히 행복될지 몰랐다. 혹은 세 개 욕망의, 그 셋이 모두 이루어지더라도 결코 구보는 마음의 안위를 이룰 수 없을지도 몰랐다.

역시 그것은 '고독'이 빚어 내는 사상이었다.

나의 원하는 바를 월륜도 모르네

문득 '**춘부**'의 일행 시를 구보는 입 밖에 내어 외어 본다. 하늘은 금방 빗방울이 떨어질 것같이 어둡다. 월륜은커녕, 혹은 구보 자신 알지 못하고 있을지도 모른다. 어느 틈엔가 종로에까지 다시 돌아와, 구보는 갑자기 손에 든 단장과 대학 노트의 무게를 느끼며 벗을 돌아보았다. 능히 오늘 밤 술을 사 줄 수 있소. 벗은 생각해 보는 일 없이 고개를 끄덕였다. 구보는 다시 다리에 기운을 얻어, 종각 뒤, 그들이 가끔 드나드는 술집을 찾았을 때, 그러나 그곳에는 늘 보던 여급이 없었다. 낯선 여자에게 물어, 그가 지금 가 있는 **낙원정**의 어느 카페 이름을 배우자, 구보는 역시 피로한 듯싶은 벗의 팔을 이끌어 그리로 가자, 고집하였다. 그 여급을 구보는 이름도 몰랐다. 이를테면 벗이 흥미를 가지고 있는 계집이었다. 마치 경박한 불량소년과 같이, 계집의 뒤를 쫓는 것에서 값없는 기쁨이나마 구보는 맛보려는 심사인지도 모른다.

실소하다(失笑--) 어처구니가 없어 저도 모르게 웃음이 툭 터져 나오다.
월륜(月輪) 둥근 모양의 달. 또는 그 둘레.
춘부(春夫) 사토 하루오[佐藤春夫, 1892~1964]. 박태원이 유학 시절 다녔던 일본 호세이 대학[法政大學]의 교원이기도 했던 일본 서정 시인. 이 절의 제목 '나의 원하는 바를 월륜도 모르네'는 그의 시 〈孤叔(고숙)〉의 한 구절이다.
낙원정 지금의 서울 탑골 공원 근처. 본문에 언급된 곳은 당시 조선인 거주 지역의 대표적 카페였던 '엔젤 카페'로 짐작된다.

처음에

벗은, 그러나, 구보의 말을 좇지 않았다. 혹은, 벗은 그 여급에게 흥미를 느끼지 않고 있었던 것인지도 모른다. 그러나 만약 그가 그 여자에게 뭐 느낀 게 있었다 하면 그것은 분명히 흥미 이상의 것이었을 게다. 그들이 마침내, 낙원정으로, 그 계집 있는 카페를 찾았을 때, 구보는, 그러나, 벗의 감정이 그 둘 중의 어느 것도 아니었다는 것을 알았다. 혹은, 어느 것이든 좋았었는지도 몰랐다. 하여튼, 벗도 이미 늙었다. 그는 나이로 청춘이었으면서도, 기력과, 또 정열이 결핍되어 있었다. 까닭에 그가 항상 그렇게도 구하여 마지않는 것은, 온갖 의미로서의 자극이었는지도 모른다.

여급이 세 명, 그리고 다음에 두 명, 그들의 탁자로 왔다. 그렇게 많은 '미녀'를 그 자리에 모이게 한 것은, 물론 그들의 풍채도 재력도 아니다. 그들은 오직 이곳의 신선한 객이었고, 그러고 노는계집들은 그렇게도 많은 사내들과 알은체하기를 좋아하였다. 벗은 차례로 그들의 이름을 물었다. 그들의 이름에는 어인 까닭인지 모두 '코[子]'가 붙어 있었다. 그것은 결코 고상한 취미가 아니었고, 그리고 때로 구보의 마음을 애달프게 한다.

"왜, 호구 조사 오셨어요."

새로이 여급이 그들의 탁자로 와서 말하였다. 문제의 여급이다. 그들이 그 계집에게 알은체하는 것을 보고, 그들의 옆에 앉았던 두 명의 계집이 자리를 **양도하려** 엉거주춤히 일어섰다. 여자는, 아니 그대루 앉아 있에요, 사양하면서도 벗의 옆에 가 앉았다. 이 여자는 다른 다섯 여자들보다 좀 더 예쁠 것은 없었다. 그래도 어딘지 모르게 기품이 있어 보이기는 하였다. 벗이 그와 둘이서만 몇 마디 말을 주고받고 하였을 때, 세 명의 여급은 다른 곳으로 가 버리고 말았다. 동료와 친근히 하고 있는 듯싶은 객에게, 계집들은 결코 흥미를

양도하다(讓渡--) 재산이나 물건을 남에게 넘겨주다.

느끼지 않았다.

"어서 약주 드세요."

이 탁자를 맡은 계집이, 특히 벗에게 권하였다. 사실, 맥주를 세 병째 가져오도록 벗이 마신 술은 모두 한 **곱보**나 그밖에 안 되었던 것임에 틀림없었다. 그러나 벗은 오직 그 곱보를 들어 보고 또 입에 대는 척하고, 그리고 다시 탁자에 놓았다. 이 벗은 음주 불감증(飮酒不感症)이 있었다. 그러나 물론 계집들은 그런 병명을 알지 못한다. 구보에게 그것이 일종의 정신병임을 듣고, 그들은 철없이 눈을 둥그렇게 떴다. 그리고 다음에 또 철없이 그들은 웃었다. 한 사내가 있어 그는 평소에는 술을 즐기지 않으면서도 때때로 **남주**를 하여, 언젠가는 일본주를 두 되 이상이나 먹고, 그리고 거의 **혼도**를 하였다고 한 계집은 이야기를 하고, 그리고 그것도 역시 정신병이냐고 구보에게 물었다. 그것은 **기주증**, **갈주증**, 또는 **황주증**이었다. 얼마 전엔가 구보가 흥미를 가져 읽은《현대 의학 대사전》제23권은 그렇게도 유익한 서적임에 틀림없었다.

갑자기 구보는 온갖 사람을 모두 정신병자라 관찰하고 싶은 강렬한 충동을 느꼈다. 실로 다수의 정신병 환자가 그 안에 있었다. **의상 분일증**, 언어 도착증(言語倒錯症), 과대 망상증(誇大妄想症), 추외 언어증(醜猥言語症), 여자 음란증(女子淫亂症), 지리 멸렬증(支離滅裂症), 질투 망상증(嫉妬妄想症), 남자 음란증(男子淫亂症). 병적 기행증(病的奇行症), 병적 허언 기편증(病的虛言欺騙症), 병적 부덕증(病的不德症), 병적 낭비증(病的浪費症)…….

그러다가, 문득 구보는 그러한 것에 흥미를 느끼려는 자기가, 오직 그런 것

곱보 '컵'의 일본어 '고푸(コップ)'에서 온 말.
남주(濫酒) 지나치게 술을 마심.
혼도(昏倒) 정신이 어지러워 쓰러짐.
기주증(嗜酒症) 술을 좋아하지 않는 사람이 이따금씩 주기적(週期的)으로 무턱대고 술을 마시는 병.
갈주증(渴酒症) 술을 목말라하는 병.
황주증(荒酒症) 주색에 빠져 술을 많이 마시는 증상.
의상 분일증(意想奔逸症) 정신 분열증(精神分裂症).

에 흥미를 갖는다는 것만으로도 이미 하나의 환자에 틀림없다, 깨닫고, 그리고 유쾌하게 웃었다.

그러면

무어, 세상 사람이 다 미친 사람이게. 구보 옆에 조그마니 앉아, 말없이 구보의 이야기만 듣고 있던 여급이 당연한 질문을 하였다. 문득 구보는 그에게로 향해 비스듬히 고쳐 앉으며 실례지만, 하고 그러한 말을 사용하고, 그의 나이를 물었다. 여자는 잠깐 망설거리다가,

"갓 스물이에요."

여성들의 나이란 수수께끼다. 그래도 이 계집을 갓 스물이라 볼 수는 없었다. 스물다섯이나 여섯. 적어도 스물넷은 됐을 게다. 갑자기 구보는 일종의 잔인성을 가져, 그 역시 정신병자임에 틀림없음을 일러주었다. **당의 즉답증**. 벗도 흥미를 가져 그에게 그 병에 대해 자세한 것을 물었다. 구보는 그의 대학 노트를 탁자 위에 펴놓고, 그 병의 환자와 의원 사이의 문답을 읽었다. 코는 몇 개요. 두 갠지 몇 갠지 모르겠습니다. 귀는 몇 개요. 한 갭니다. 셋하구 둘하고 합하면. 일곱입니다. 당신 몇 살이오. 스물하납니다(기실 삼십팔 세). **매씨**는. 여든한 살입니다. 구보는 공책을 덮으며, 벗과 더불어 유쾌하게 웃었다. 계집들도 따라 웃었다. 그러나 벗의 옆에 앉은 여급 말고는 이 조그만 이야기를 참말 즐길 줄 몰랐던 것임에 틀림없었다. 특히 구보 옆의 환자는, 그것이 자기의 죄 없는 허위에 대한 가벼운 야유인 것을 깨달을 턱 없이 호호대고 웃었다. 그는 웃을 때마다, 말할 때마다, 언제든 수건 든 손으로 자연을 가

당의 즉답증(當意卽答症) 어떤 물음에 대하여 옳은 대답을 알고 있으면서도 일부러 모르는 체하거나 아무렇게나 대답하는 증상.

매씨(妹氏) 남의 손아래 누이를 높여 이르는 말.

장해, 그의 입을 가린다. 사실 그는 특히 입이 모양 없게 생겼던 것임에 틀림 없었다. 구보는 그 마음에 동정과 연민을 느꼈다. 그러나 그것은 물론, 애정과 구별되지 않으면 안 된다. 연민과 동정은 극히 애정에 유사하면서도 그것은 결코 애정일 수 없다. 그러나 증오는—. 증오는 실로 왕왕히 진정한 애정에서 폭발한다……. 일찍이 그의 어느 작품에서 사용하려다 말았던 이 일 절은 구보의 엷은 경험에서 추출된 것에 지나지 않았어도, 그것은 혹은 진리였을지도 모른다. 그런 객쩍은 생각을 구보가 하고 있었을 때, 문득, 또 한 명의 계집이 생각난 듯이 물었다. 그럼 이 세상에서 정신병자 아닌 사람은 선생님 한 분이겠군요. 구보는 웃고, 왜 나두…… 나는, 내 병은,

"**다변증**이라는 거라우."

"뭐요. 다변증……."

"응, 다변증. 쓸데없이 잔소리 많은 것두 다아 정신병이라우."

"그게 다변증이에요."

다른 두 계집도 입안말로 '다변증' 하고 중얼거려 보았다. 구보는 속주머니에서 만년필을 꺼내어 공책 위에다 초한다. 작가에게 있어서 관찰은 무엇에든지 필요하였고, 창작의 준비는 비록 카페 안에서라도 하여야 한다. 여급은 온갖 종류의 객을 대함으로써 온갖 지식을 얻으려 노력하였다—. 잠깐 펜을 멈추고, 구보는 건너편 탁자를 바라보다가, 또 가만히 만족한 웃음을 웃고, 펜 잡은 손을 놀린다. 벗이 상반신을 일으켜, 또 무슨 궁상맞은 짓을 하는 거야—, 그리고 구보가 쓰는 대로 그것을 소리 내어 읽었다. 여자는 남자와 마주 대해 앉았을 때, 그 다리를 탁자 밖으로 내어놓고 있었다. 남자의 낡은 구두가 탁자 밑에서 그의 조그만 모양 있는 숙녀화를 밟을 것을 염려하여서가 아닐 게다. 그는, 오늘, 그가 그렇게도 사고 싶었던 살빛 나는 비단 양말을 신

다변증(多辯症) 병적으로 말을 몹시 많이 하는 증상.

을 수 있었다. 그리고 그것이 그렇게도 자랑스러웠던 것임에 틀림없었다.

흥, 하고 벗은 코로 웃고 그리고 소설가와 벗할 것이 아님을 깨달았노라 말하고, 그러나 부디 별의별 것을 다 쓰더라도 나의 음주 불감증은 얘기 말우—. 그리고 그들은 유쾌하게 웃었다.

구보와 벗과

그들의 대화의 대부분을, 물론 계집들은 알아듣지 못하였다. 그러면서도 그들은 능히 모든 것을 이해할 수 있었던 듯이 가장하였다. 그러나, 그것은 결코 죄가 아니었고, 또 사람은 그들의 무지를 비웃어서는 안 된다. 구보는 펜을 잡았다. 무지는 노는계집들에게 있어서, 혹은, 없어서는 안 될 물건이나 아닐까. 그들이 총명할 때, 그들에게는 괴로움과 아픔과 쓰라림과…… 그 온갖 것이 더하고, 불행은 갑자기 나타나 그들의 마음을 사로잡고 말 게다. 순간, 순간에 그들이 맛볼 수 있는 기쁨을, 다행함을, 비록 그것이 얼마나 값없는 물건이더라도, 그들은 무지라야 비로소 가질 수 있다……. 마치 그것이 무슨 진리나 되는 듯이, 구보는 노트에 초하고, 그리고 계집이 권하는 술을 사양 안 했다.

어느 틈엔가 밖에 비가 내리고 있었다. **가만한** 비다. 은근한 비다. 그렇게 밤늦어, 은근히 비 내리면, 구보는 때로 애달픔을 갖는다. 계집들도 역시 애달픔을 가졌다. 그들은 우산의 준비가 없이 그들의 단벌옷과, 양말과 구두가 비에 젖을 것을 염려하였다.

유키짱—. 보이지 않는 구석에서 **취성**이 들려왔다. 구보는 창밖 어둠을 바

가만하다 움직임 따위가 그다지 드러나지 않을 만큼 조용하고 은은하다.
취성(醉聲) 취한 목소리.

라보며, 문득, 한 아낙네를 눈앞에 그려 보았다. 그것은 '유키'— 눈이 그에게 준 생각이었는지도 모른다. 광교 모퉁이 카페 앞에서, 마침 지나는 그를 작은 소리로 불렀던 아낙네는 분명히 소복을 하고 있었다. 말씀 좀 여쭤 보겠습니다. 여인은 거의 들릴락 말락 한 목소리로 말하고, 걸음을 멈추는 구보를 곁눈에 느꼈을 때, 그는 곧 외면하고, 겨우 손을 내밀어 카페를 가리키고, 그리고,

"이 집에서 모집한다는 것이 무엇이에요."

카페 창 옆에 붙어 있는 종이에 女給大募集. 여급 대모집. 두 줄로 나뉘어 씌어져 있었다. 구보는 새삼스러이 그를 살펴보고, 마음에 아픔을 느꼈다. **빈한**은 하였을지도 모른다. 그러나 그는 제 자신 일거리를 찾아 거리에 나오지 않아도 좋았을 게다. 그러나 불행은 뜻하지 않고 찾아와, 그는 아직 새로운 슬픔을 가슴에 품은 채 거리로 나오지 않으면 안 되었던 것일 게다. 그에게는 거의 장성한 아들이 있을지도 모른다. 혹은 그것이 아들이 아니라 딸이었던 까닭에 가엾은 이 여인은 제 자신 입에 풀칠하기를 꾀하지 않으면 안 되었을 게다. 그의 처녀 시대에 그는 응당 귀하게 아낌을 받으며 길러졌을지도 모른다. 그의 핏기 없는 얼굴에는 기품과, 또 거의 위엄조차 있었다. 구보가 말을, 삼가, 여급이라는 것을 **주석할** 때, 그러나, 그 분명히 마흔이 넘었을 아낙네는 그의 말을 끝까지 듣지 않고, 혐오와 절망을 얼굴에 나타내고, 구보에게 목례한 다음, 초연히 그 앞을 떠났다…….

구보는 고개를 돌려, 그의 시야에 든 온갖 여급을 보며, 대체 그 아낙네와 이 여자들과 누가 좀 더 불행할까, 누가 좀 더 삶의 괴로움을 맛보고 있는 걸까, 생각해 보고 한숨지었다. 그러나 그 좌석에서 그러한 생각을 하는 것은

빈한(貧寒) 살림이 가난하여 집안이 쓸쓸하다.
주석하다(註釋--) 낱말이나 문장의 뜻을 쉽게 풀이하다.

옳지 않았을지도 모른다. 구보는 새로이 담배를 피워 물었다. 그러나 탁자 위에 성냥갑은 두 갑이 모두 비어 있었다.

조그만 계집아이가 카운터로, 달려가 성냥을 가져왔다. 그 여급은 거의 계집아이였다. 그가 열여섯이나 열일곱, 그렇게 말하더라도, 구보는 결코 의심하지 않았을 게다. 그 맑은 두 눈은, 그의 두 뺨의 웃음우물은 아직 **오탁**에 물들지 않았다. 구보가 그 소녀에게 애달픔과 사랑과, 그것들을 한꺼번에 느낄 수 있었던 것은 결코 취한 탓만이 아니었을지도 모른다. 너 내일, 낮에, 나하구 어디 놀러 가련. 구보는 불쑥 그러한 말조차 하며 만약 이 귀여운 소녀가 동의한다면, 어디 야외로 반일(半日)을 산책에 보내도 좋다고 생각한다. 그러나 소녀는 그 말에 가만히 미소하였을 뿐이다. 역시 그 웃음우물이 귀여웠다.

구보는, 문득, 수첩과 만년필을 그에게 주고, 가(可)하면 ○를, 부(否)면 ×를 그리고, ○인 경우에는 내일 정오에 화신 상회 옥상으로 오라고, 네가 뭐라고 표를 질러 놓든 내일 아침까지는 그것을 펴 보지 않을 테니 안심하고 쓰라고, 그런 말을 하고, 그 새로 생각해 낸 조그만 유희에 구보는 명랑하게 또 유쾌하게 웃었다.

오전 두 시의

종로 네거리— 가는 비 내리고 있어도, 사람들은 그곳에 끊임없다. 그들은 그렇게도 밤을 사랑하여 마지않았는지도 모른다. 그들은 그렇게도 용이하게 이 밤에 즐거움을 구하여 얻을 수 있었는지도 모른다. 그리고 그들은 일순, 자기가 가장 행복된 것같이 느낄 수 있었는지도 모른다. 그러나 그들의 얼굴에, 그들의 걸음걸이에 역시 피로가 있었다. 그들은 결코 위안받지 못한 슬픔

오탁(汚濁) 더럽고 흐림.

을, 고달픔을 그대로 지닌 채, 그들이 잠시 잊었던 혹은 잊으려 노력하였던 그들의 집으로 그들의 방으로 돌아가지 않으면 안 된다.

이렇게 밤늦게 어머니는 또 잠자지 않고 아들을 기다릴 게다. 우산을 가지고 나가지 않은 아들에게 어머니는 또 한 가지의 근심을 가질 게다. 구보는 어머니의 조그만, 외로운, 슬픈 얼굴을 생각하였다. 그리고 제 자신 외로움과 슬픔을 맛보지 않으면 안 된다. 구보는 거의 외로운 어머니를 잊고 있었던 것임에 틀림없었다. 그러나 어머니는 그 아들을 응당, 온 하루, 생각하고 염려하고, 또 걱정하였을 게다. 오오, 한없이 크고 또 슬픈 어머니의 사랑이여. 어버이에게서 남편에게로, 그리고 다시 자식에게로, 옮겨 가는 여인의 사랑—그러나 그 사랑은 자식에게로 옮겨 간 까닭에 그렇게도 힘 있고 또 거룩한 것이 아니었을까.

구보는, 벗이, 그럼 또 내일 만납시다. 그렇게 말하였어도, 거의 그것을 알아듣지 못하였다. 이제 나는 생활을 가지리라. 생활을 가지리라. 내게는 한 개의 생활을, 어머니에게는 편안한 잠을, 평안히 가 주무시오. 벗이 또 한 번 말했다. 구보는 비로소 그를 돌아보고, 말없이 고개를 끄덕하였다. 내일 밤에 또 만납시다. 그러나, 구보는 잠깐 주저하고, 내일, 내일부터, 내 집에 있겠소, 창작하겠소—.

"좋은 소설을 쓰시오."

벗은 진정으로 말하고, 그리고 두 사람은 헤어졌다. 참말 좋은 소설을 쓰리라. **번** 드는 순사가 모멸을 가져 그를 훑어보았어도, 그는 거의 그것에서 불쾌를 느끼는 일도 없이, 오직 그 생각에 조그만 한 개의 행복을 갖는다.

"구보—."

문득 벗이 다시 그를 찾았다. 참, 그 수첩에다 무슨 표를 질렀나 좀 보우.

번(番) 차례로 숙직이나 당직을 하는 일.

구보는, 안주머니에서 꺼낸 수첩 속에서, 크고 또 정확한 ×를 찾아내었다. 쓰디쓰게 웃고, 벗에게 향해, 아마 내일 정오에 화신 상회 옥상으로 갈 필요는 없을까 보오. 그러나 구보는 적어도 실망을 갖지 않았다. 설혹 그것이 ○표라 하였더라도 구보는 결코 기쁨을 느낄 수는 없었을 게다. 구보는 지금 제 자신의 행복보다도 어머니의 행복을 생각하고 싶었을지도 모른다. 그 생각에 그렇게 바빴을지도 모른다. 구보는 좀 더 빠른 걸음걸이로 은근히 비 내리는 거리를 집으로 향한다.

어쩌면, 어머니가 이제 혼인 얘기를 꺼내더라도, 구보는 쉽게 어머니의 욕망을 물리치지는 않을지도 모른다.

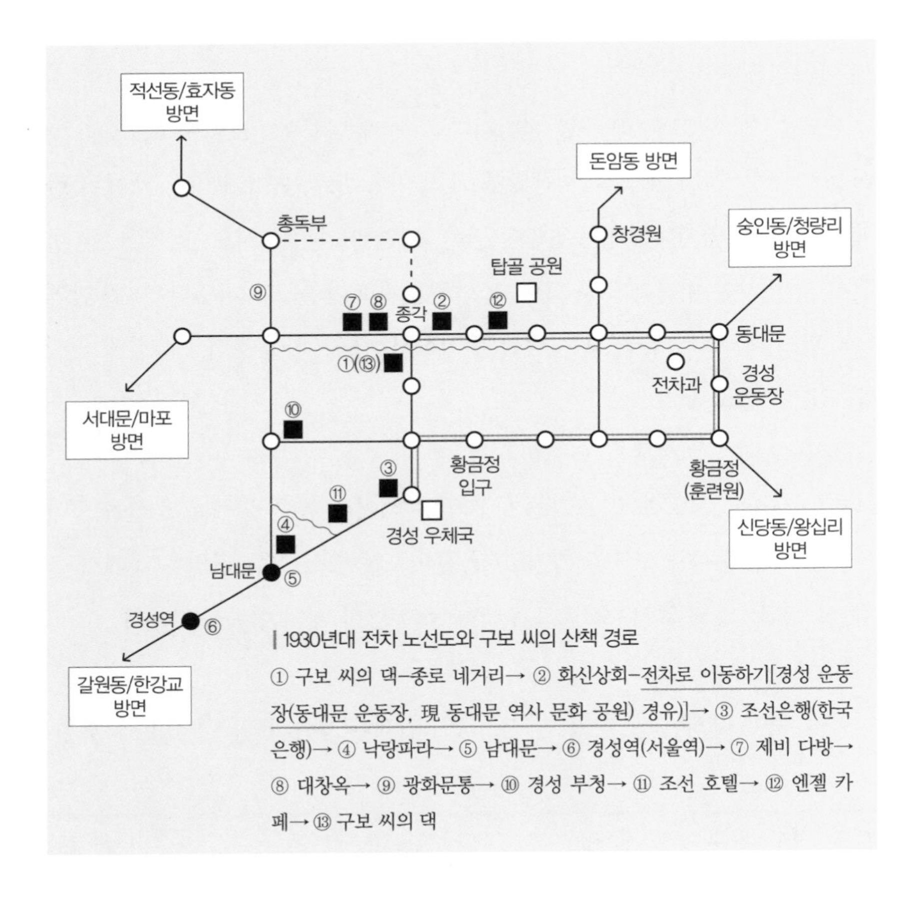

| 1930년대 전차 노선도와 구보 씨의 산책 경로

① 구보 씨의 댁–종로 네거리→ ② 화신상회–전차로 이동하기[경성 운동장(동대문 운동장, 現 동대문 역사 문화 공원) 경유)]→ ③ 조선은행(한국은행)→ ④ 낙랑파라→ ⑤ 남대문→ ⑥ 경성역(서울역)→ ⑦ 제비 다방→ ⑧ 대창옥→ ⑨ 광화문통→ ⑩ 경성 부청→ ⑪ 조선 호텔→ ⑫ 엔젤 카페→ ⑬ 구보 씨의 댁

서울 사람 박태원이 그린 1930년대 도시 풍경

서울은 조선 왕조 500년의 수도이자 우리나라 근현대사의 주요 현장으로, 시대에 따라 경계가 확장되고 도로 지형이 변화했다. 이에 따라 그곳에 사는 사람들의 삶 또한 크게 바뀌었다. 특히 도시화가 본격화되던 일제 강점기에는 청계천을 경계로 삼아 그 이북에는 조선인 거주지인 북촌이, 그 이남에는 일본인 거주지인 남촌이 자리하면서 식민인으로서 조선인의 생활 공간은 분리되었다. 결혼하여 분가하기까지 줄곧 청계 천변에 살았던 서울 토박이 박태원이 〈소설가 구보 씨의 일일〉에서 사진처럼 상세히 묘사한 1930년대 도심의 대표적인 풍경을 살펴보자.

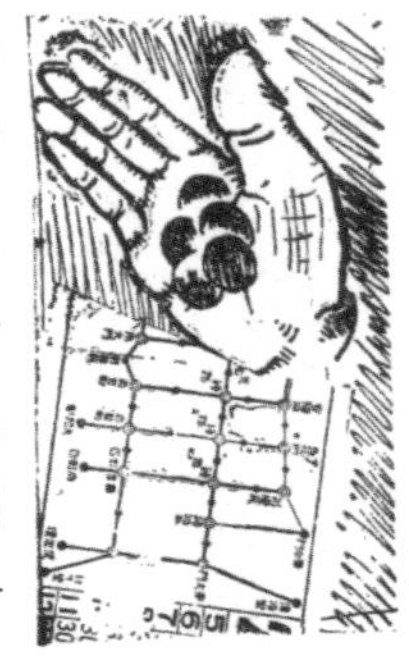

이상이 그린, 신문에 연재된 이 작품의 삽화

① 전차(電車): 일제 식민 도시가 되어 버린 경성의 주요한 교통수단으로, 선로를 천천히 달리는 전차에 탑승한 구보는 노선마다의 풍경을 살피며 행복을 찾는다.

② 화신 상회: 당시 종로는 북촌의 중심 거리로, 조선의 전통을 자랑할 점포 대신 벽돌이나 콘크리트의 근대적 빌딩들이 자리하기 시작했다. 그중 종로의 대표적인 근대식 건물이었던 화신 상회는 조선인 자본으로 세워진 백화점으로, 경성인의 일상적 공간이자 빈부 격차를 느끼게 하는 장소였다.

③ 조선은행: 현재 한국은행 화폐 박물관으로 변신한 조선은행은 과거 일본의 중앙은행인 일본 은행을 보조하던 대표적인 식민지 금융 기구로, 당시 일반 상업 은행 업무를 겸하면서 조선인 자본의 일반 은행이 성장하는 것을 막았다.

④ 경성역: 총독부와 더불어 식민지 지배 권력의 상징적 건축물로, 일제는 경인선, 경부선, 경의선을 부설하며 '시모노세키–부산–서울–신의주'를 잇는 한반도 종단 철도를 완성함으로써 대륙 침략을 위한 발판을 마련했다.

⑤ 카페와 다방: 남촌에서부터 생겨난 카페는 1930년대 북촌에까지 진출하여 경성 전역으로 확산되었다. 이로써 밤을 비추는 네온사인으로 경성은 새로운 모습을 갖게 되었고, 늘어난 도시 산책자들의 휴게소이자 자유를 즐기려던 그들에게 쾌락을 제공하던 카페와 다방은 1930년대 도시 문화의 상징이 되었다.

날개

1936년 《조광》에 발표된 이 단편 소설은 특별한 줄거리 없이 의식 속에 떠오르는 생각을 거침없이 써 내려가는 자동기술법(自動記述法)이 사용된 한국 최초의 심리주의 소설로 일컬어집니다. 당시 난해한 내용과 파격적인 형식으로 주목을 끌었는데, '박제'처럼 무기력하고 의미 없이 살아가는 상황에서 벗어나고픈 주인공 '나'의 간절한 소망이 드러나 있습니다.

이 소설의 서술자인 '나'는 외부 세계와 단절된 채 매춘부인 아내에게 기생(寄生)하며 살아갑니다. '나'는 아내가 수상한 외출을 하거나 방에 외간 남자를 불러들여도 그들이 아내에게 돈을 주고 가는 이유를 알지 못해 어리둥절해할 뿐, 아내에게 불만을 갖지 않는 기형적인 부부의 모습을 보여 줍니다. 이로써 '나'와 아내는 당대 통상적인 남편과 아내의 역할이 뒤바뀐 채, '숙명적으로 발이 맞지 않는 절름발이'라는 구절에서 알 수 있듯이 도저히 화합할 수 없는 관계로 등장합니다.

지식인이 자신의 소망이나 능력을 자유롭게 펼치며 살기 어려웠던 1930년대, 경성 거리로 외출한 주인공 '나'는 아내와의 관계가 주는 고통으로 상징되는 작은 방의 삶에서 벗어나 새로운 가치 질서와 이념이 지배하는 세계로 비약하고자 합니다. '날개'로 표상되는 '나'의 욕망을 살피며 이 작품을 감상해 봅시다.

이상(李箱, 1910~1937)

서울 출생. 1930년 《조선》에 첫 장편 소설 《12월 12일》을 연재하면서 본격적으로 작품 활동을 시작했다. 〈이상한 가역 반응〉, 〈파편의 경치〉, 〈거울〉 등의 일문시(日文詩)와 국문시 〈오감도(烏瞰圖)〉 등 다수의 작품을 썼는데, 난해한 작품 세계로 당시 문학계에 큰 충격을 주었다. 주요 작품으로 〈날개〉, 〈지주회시(蜘蛛會豕)〉, 〈동해(童骸)〉 등의 단편 소설과 〈권태〉 등의 수필이 있다. 이상의 작품은 1930년대 모더니즘의 특성을 보여 주었는데, 초현실주의 기법을 통해 현대인의 불안과 공포를 드러내고, 전통적인 창작 양식을 해체해 파편화되고 소외된 현대인의 내면을 그려 냈다.

날개 _이상

'**박제**가 되어 버린 천재'를 아시오? 나는 유쾌하오. 이런 때 연애까지가 유쾌하오.

육신이 흐느적흐느적하도록 피로했을 때만 정신이 은화(銀貨)처럼 맑소. 니코틴이 내 **횟배** 앓는 뱃속으로 스미면 머릿속에 으레 백지(白紙)가 준비되는 법이오. 그 위에다 나는 **위트**와 **패러독스**를 바둑 포석처럼 늘어놓소. 가증할 상식의 병이오.

나는 또 여인과 생활을 설계하오. 연애 기법에마저 서먹서먹해진, 지성의 극치를 흘깃 좀 들여다본 일이 있는 말하자면 일종의 정신 분일자(精神奔逸者) 말이오. 이런 여인의 반(半)—그것은 온갖 것의 반이오—만을 **영수하는** 생활을 설계한다는 말이오. 그런 생활 속에 한 발만 들여놓고 흡사 두 개의 태양처럼 마주 쳐다보면서 낄낄거리는 것이오. 나는 아마 어지간히 인생의 **제행**이 싱거워서 견딜 수가 없게쯤 되고 그만둔 모양이오. 꾿빠이.

박제(剝製) 동물의 가죽을 벗기고 썩지 아니하도록 한 뒤에 살아 있을 때와 같은 모양으로 만듦. 또는 그렇게 만든 물건.
횟배(蛔-) 회충으로 인한 배앓이.
위트(wit) 말이나 글을 즐겁고 재치 있고 능란하게 구사하는 능력.
패러독스(paradox) 일반적으로는 모순을 일으키지 않으나 특정한 경우에 논리적 모순을 일으키는 논증. 위트와 함께 이상 문학에서 자주 발견되는 수사법(修辭法)으로, 이해하기 어려운 현실의 모순을 드러내는 방법으로 쓰였다.
영수하다(領受--) 돈이나 물품 따위를 받아들이다.
제행(諸行) 깨달음에 도달하기 위하여 몸, 입, 뜻으로 행하는 모든 선행.

끝빠이. 그대는 이따금 그대가 제일 싫어하는 음식을 탐식(貪食)하는 아이러니를 실천해 보는 것도 좋을 것 같소. 위트와 패러독스와…….

그대 자신을 **위조하는** 것도 할 만한 일이오. 그대의 작품은 한 번도 본 일이 없는 기성품에 의하여 차라리 **경편하고 고매하리다.**

19세기는 될 수 있거든 봉쇄하여 버리오. **도스토옙스키** 정신이란 자칫하면 낭비인 것 같소. **위고**를 불란서의 빵 한 조각이라고는 누가 그랬는지 **지언**인 듯싶소. 그러나 인생 혹은 그 모형에 있어서 디테일 때문에 속는다거나 해서야 되겠소? 화를 보지 마오. 부디 그대께 고하는 것이니…….

테이프가 끊어지면 피가 나오(생채기도 머지않아 완치될 줄 믿소. 끝빠이).

감정은 어떤 포즈(그 포즈의 **소**만을 지적하는 것이 아닌지나 모르겠소). 그 포즈가 부동자세(不動姿勢)에까지 고도화할 때 감정은 딱 공급을 정지합네다.

나는 내 비범한 발육을 회고하여 세상을 보는 안목을 규정하였소.

여왕벌과 **미망인**— 세상의 하고많은 여인이 본질적으로 이미 미망인 아닌 이가 있으리까? 아니! 여인의 전부가 그 일상에 있어서 개개 '미망인'이라는 내 논리가 뜻밖에도 여성에 대한 모독이 되오? 끝빠이.

위조하다(僞造--) 어떤 물건을 속일 목적으로 꾸며 진짜처럼 만들다.

경편하다(輕便--) 가볍고 편하거나 손쉽고 편리하다.

고매하다(高邁--) 인격이나 품성, 학식, 재질 따위가 높고 빼어나다.

도스토옙스키(Fyodor Mikhailovich Dostoevsky, 1821~1881) 제정 러시아의 소설가. 인간의 내면에 깃들인 병적이고 모순된 세계를 해부한 작품들을 남겼다. 이상의 작품들에서 가장 많이 언급된 서양 문호로, 그가 경영하던 '제비 다방'의 골방은 '도스토예프스키의 방'이라 불렸다.

위고(Victor Mari Hugo, 1802~1885) 프랑스의 시인·극작가. 그의 소설 《레 미제라블(Les Misérables)》에는 굶주리는 일곱 조카들을 위해 빵 한 조각을 훔친 죄로 19년간 감옥살이를 한, 장 발장이 등장한다.

지언(至言) 지극히 당연한 말. 또는 지극히 좋거나 중요한 말.

소(素) 요소 또는 원소.

미망인(未亡人) 남편을 여읜 여자.

그 삼십삼(三十三) 번지라는 것이 구조가 흡사 유곽이라는 느낌이 없지 않다.

한 번지에 십팔(十八) 가구가 죽 어깨를 맞대고 늘어서서 창호가 똑같고 아궁이 모양이 똑같다. 게다가 각 가구에 사는 사람들이 송이송이 꽃과 같이 젊다. 해가 들지 않는다. 해가 드는 것을 그들이 모른 체하는 까닭이다. 턱살 밑에다 철줄을 매고 얼룩진 이부자리를 널어 말린다는 핑계로 미닫이에 해가 드는 것을 막아 버린다. 침침한 방 안에서 낮잠들을 잔다. 그들은 밤에는 잠을 자지 않나? 알 수 없다. 나는 밤이나 낮이나 잠만 자느라고 그런 것은 알 길이 없다. 삼십삼 번지 십팔 가구의 낮은 참 조용하다.

조용한 것은 낮뿐이다. 어둑어둑하면 그들은 이부자리를 걷어들인다. 전등불이 켜진 뒤의 십팔 가구는 낮보다 훨씬 화려하다. 저물도록 미닫이 여닫는 소리가 잦다. 바빠진다. 여러 가지 냄새가 나기 시작한다. **비웃** 굽는 **내** **탕고도란** 내 뜨물 내 비누 내…….

그러나 이런 것들보다도 그들의 **문패**가 제일로 고개를 끄덕이게 하는 것이다. 이 십팔 가구를 대표하는 대문이라는 것이 **일각**이 져서 외따로 떨어지기는 했으나 있다. 그러나 그것은 한 번도 닫힌 일이 없는 행길이나 마찬가지 대문인 것이다. 온갖 장사치들은 하루 가운데 어느 시간에라도 이 대문을 통하여 드나들 수가 있는 것이다. 이네들은 문간에서 두부를 사는 것이 아니라 미닫이만 열고 방에서 두부를 사는 것이다. 이렇게 생긴 삼십삼 번지 대문에 그들 십팔 가구의 문패를 몰아다 붙이는 것은 의미가 없다. 그들은 어느 사이

비웃 '청어(青魚)'를 식료품으로 이르는 말.

내 냄새. 코로 맡을 수 있는 온갖 기운.

탕고도란 1930년대 여성들 사이에 유행하던, 요즘의 파운데이션에 해당하는 화장품의 상품명.

문패(門牌) 주소, 이름 따위를 적어서 대문 위나 옆에 붙이는 작은 패. 1894년 군국기무처(軍國機務處)가 전국 각 집에 달도록 하면서 부착되기 시작했는데, 여기서는 소유권을 상징하여 아무 가진 것 없는 주인공의 처지를 강조하고 있다.

일각(一角) 한 귀퉁이. 또는 한 방향.

엔가 각 미닫이 위 **백인당**이니 **길상당**이니 써 붙인 한 곁에다 문패를 붙이는 풍속을 가져 버렸다.

내 방 미닫이 위 한 곁에 **칼표 딱지**를 넷에다 낸 것만 한 내— 아니! 내 아내의 명함이 붙어 있는 것도 이 풍속을 좇은 것이 아닐 수 없다.

나는 그러나 그들의 아무와도 놀지 않는다. 놀지 않을 뿐만 아니라 인사도 않는다. 나는 내 아내와 인사하는 외에 누구와도 인사하고 싶지 않았다.

내 아내 외의 다른 사람과 인사를 하거나 놀거나 하는 것은 내 아내 낯을 보아 좋지 않은 일인 것만 같이 생각이 들었기 때문이다. 나는 이만큼까지 내 아내를 소중히 생각한 것이다.

내가 이렇게까지 내 아내를 소중히 생각한 까닭은 이 삼십삼 번지 십팔 가구 가운데서 내 아내가 내 아내의 명함처럼 제일 작고 제일 아름다운 것을 안 까닭이다. 십팔 가구에 각기 별러 든 송이송이 꽃들 가운데서도 내 아내는 특히 아름다운 한 떨기의 꽃으로 이 함석지붕 밑 볕 안 드는 지역에서 어디까지든지 찬란하였다. 따라서 그런 한 떨기 꽃을 지키고— 아니 그 꽃에 매어 달려 사는 나라는 존재가 도무지 형언할 수 없는 거북살스러운 존재가 아닐 수 없었던 것은 물론이다.

나는 어디까지든지 내 방이—집이 아니다. 집은 없다— 마음에 들었다. 방 안의 기온은 내 체온을 위하여 쾌적하였고 방 안의 침침한 정도가 또한 내 **안력**을 위하여 쾌적하였다. 나는 내 방 이상의 서늘한 방도 또 따뜻한 방도

백인당(百忍堂) 백 번 참는 가정. 4왕조에 걸쳐 99세까지 장수한 중국 인물 장공예(張公藝)의 일화 중 “百忍堂中有太和(백인당중유태화)”, 즉 ‘백 번 참는 가운데 가정 화목이 있다.’란 말에서 유래하여 ‘화목한 가정’을 뜻한다.
길상당(吉祥堂) 상서로운 집. 조선 후기부터 일상 잡기(雜器)에 길운을 바라는 문자나 무늬를 새기는 풍속이 생겼다.
칼표 딱지 ‘칼표(당시 담배갑의 상표)’, 무늬가 도안된 한 면.
안력(眼力) 시력.

희망하지는 않았다. 이 이상으로 밝거나 이 이상으로 아늑한 방을 원하지 않았다. 내 방은 나 하나를 위하여 요만한 정도를 꾸준히 지키는 것 같아 늘 내 방이 감사하였고, 나는 또 이런 방을 위하여 이 세상에 태어난 것만 같아서 즐거웠다.

그러나 이것은 행복이라든가 불행이라든가 하는 것을 계산하는 것은 아니었다. 말하자면 나는 내가 행복되다고도 생각할 필요가 없었고 그렇다고 불행하다고도 생각할 필요가 없었다. 그냥 그날그날을 그저 까닭 없이 **펀둥펀둥** 게으르고만 있으면 **만사**는 그만이었던 것이다.

내 몸과 마음에 옷처럼 잘 맞는 방 속에서 뒹굴면서 축 처져 있는 것은 행복이니 불행이니 하는 그런 세속적인 계산을 떠난 가장 편리하고 **안일한** 말하자면 절대적인 상태인 것이다. 나는 이런 상태가 좋았다.

이 절대적인 내 방은 대문간에서 세어서 똑— 일곱째 칸이다. 럭키 세븐의 뜻이 없지 않다. 나는 이 일곱이라는 숫자를 훈장처럼 사랑하였다. 이런 이 방이 가운데 **장지**로 말미암아 두 칸으로 나뉘어 있었다는 그것이 내 운명의 상징이었던 것을 누가 알랴?

아랫방은 그래도 해가 든다. 아침결에 책보만 한 해가 들었다가 오후에 손수건만 해지면서 나가 버린다. 해가 영영 들지 않는 윗방이 즉 내 방인 것은 말할 것도 없다. 이렇게 볕 드는 방이 아내 **해**이오 볕 안 드는 방이 내 해이오 하고 아내와 나 둘 중에 누가 정했는지 나는 기억하지 못한다. 그러나 나에게는 불평이 없다.

펀둥펀둥 아무 일도 하지 않고 자꾸 뻔뻔스럽게 놀기만 하는 모양.
만사(萬事) 여러 가지 온갖 일.
안일하다(安逸--) 편안하고 한가롭다. 또는 편안함만을 누리려는 태도가 있다.
장지(障-) 방과 방 사이, 또는 방과 마루 사이에 칸을 막아 끼우는 문.
해 그 사람의 소유물임을 나타내는 말.

아내가 외출만 하면 나는 얼른 아랫방으로 와서 그 동쪽으로 난 들창을 열어 놓고 열어 놓으면 들이비치는 볕살이 아내의 화장대를 비쳐 가지각색 병들이 아롱지면서 찬란하게 빛나고 이렇게 빛나는 것을 보는 것은 다시없는 내 오락이다. 나는 조그만 '돋보기'를 꺼내 가지고 아내만이 사용하는 **지리가미**를 그슬어 가면서 불장난을 하고 논다. 평행 광선을 굴절시켜서 한 초점에 모아 가지고 고 초점이 따끈따끈해지다가 마지막에는 종이를 그슬기 시작하고 가느다란 연기를 내면서 드디어 구멍을 뚫어 놓는 데까지에 이르는 고 얼마 안 되는 동안의 초조한 맛이 죽고 싶을 만치 내게는 재미있었다.

이 장난이 싫증이 나면 나는 또 아내의 손잡이 거울을 가지고 여러 가지로 논다. 거울이란 제 얼굴을 비칠 때만 실용품이다. 그 외의 경우에는 도무지 장난감인 것이다.

이 장난도 곧 싫증이 난다. 나의 **유희심**은 육체적인 데서 정신적인 데로 비약한다. 나는 거울을 내던지고 아내의 화장대 앞으로 가까이 가서 나란히 늘어놓인 고 가지각색의 화장품 병들을 들여다본다. 고것들은 세상의 무엇보다도 매력적이다. 나는 그중의 하나만을 골라서 가만히 마개를 빼고 병 구멍을 내 코에 가져다 대고 숨죽이듯이 가벼운 호흡을 하여 본다. 이국적인 **센슈얼한** 향기가 폐로 스며들면 나는 저절로 스르르 감기는 내 눈을 느낀다. 확실히 아내의 **체취**의 파편이다. 나는 도로 병마개를 막고 생각해 본다. 아내의 어느 부분에서 요 냄새가 났던가를……. 그러나 그것은 분명치 않다. 왜? 아내의 체취는 요기 늘어섰는 가지각색 향기의 합계일 것이니까.

지리가미(ちりがみ) '휴지'의 일본어. 낱장으로 된 누런 종이로, 티슈가 등장한 이후 자취를 감췄다.
유희심(遊戲心) 즐겁게 놀며 장난하고 싶은 마음.
센슈얼하다(sensual--) 감각적이다. 관능적이다.
체취(體臭) 몸에서 나는 냄새.

아내의 방은 늘 화려하였다. 내 방이 벽에 못 한 개 꽂히지 않은 소박한 것인 반대로 아내 방에는 천장 밑으로 쫙 돌려 못이 박히고 못마다 화려한 아내의 치마와 저고리가 걸렸다. 여러 가지 무늬가 보기 좋다. 나는 그 여러 조각의 치마에서 늘 아내의 동체(胴體)와 그 동체가 될 수 있는 여러 가지 포즈를 연상하고 연상하면서 내 마음은 늘 점잖지 못하다.

그렇건만 나에게는 옷이 없었다. 아내는 내게는 옷을 주지 않았다. 입고 있는 코르텐 양복 한 벌이 내 자리옷이었고 통상복과 나들이옷을 겸한 것이었다. 그리고 **하이넥**의 스웨터가 한 조각 사철을 통한 내 내의다. 그것들은 하나같이 다 빛이 검다. 그것은 내 짐작 같아서는 즉 빨래를 될 수 있는 데까지 하지 않아도 보기 싫지 않도록 하기 위한 것이 아닌가 한다. 나는 허리와 두 가랑이 세 군데 다 고무 밴드가 끼여 있는 부드러운 **사루마다**를 입고 그리고 아무 소리 없이 잘 놀았다.

어느덧 손수건만 해졌던 볕이 나갔는데 아내는 외출에서 돌아오지 않는다. 나는 요만 일에도 좀 피곤하였고 또 아내가 돌아오기 전에 내 방으로 가 있어야 될 것을 생각하고 그만 내 방으로 건너간다. 내 방은 침침하다. 나는 이불을 뒤집어쓰고 낮잠을 잔다. 한 번도 걷은 일이 없는 내 이부자리는 내 몸뚱이의 일부분처럼 내게는 참 반갑다. 잠은 잘 오는 적도 있다. 그러나 또 전신이 까칫까칫하면서 영 잠이 오지 않는 적도 있다. 그런 때는 아무 제목으로나 제목을 하나 골라서 연구하였다. 나는 내 좀 축축한 이불 속에서 참 여러 가지 발명도 하였고 논문도 많이 썼다. 시도 많이 지었다. 그러나 그것들은 내가 잠이 드는 것과 동시에 내 방에 담겨서 철철 넘치는 그 **흐늑흐늑한** 공기에

하이넥(high necked) 목에까지 (옷깃이) 높이 올라온.
사루마다[sarumata, 猿股] 일본의 남성용 속바지. 허리에서 허벅지까지 덮는 속옷이다.
흐늑흐늑하다 물건 따위가 느슨하게 자꾸 되다.

다 비누처럼 풀어져서 온데간데가 없고 한잠 자고 깬 나는 속이 무명 헝겊이나 메밀껍질로 띵띵 찬 한 덩어리 베개와도 같은 한 벌 신경이었을 뿐이고 뿐이고 하였다.

그러기에 나는 빈대가 무엇보다도 싫었다. 그러나 내 방에서는 겨울에도 몇 마리씩의 빈대가 끊이지 않고 나왔다. 내게 근심이 있었다면 오직 이 빈대를 미워하는 근심일 것이다. 나는 빈대에게 물려서 가려운 자리를 피가 나도록 긁었다. 쓰라리다. 그것은 그윽한 쾌감에 틀림없었다. 나는 **혼곤히** 잠이 든다.

나는 그러나 그런 이불 속의 사색 생활에서도 적극적인 것을 궁리하는 법이 없다. 내게는 그럴 필요가 대체 없었다. 만일 내가 그런 좀 적극적인 것을 궁리해 내었을 경우에 나는 반드시 내 아내와 의논하여야 할 것이고 그러면 반드시 나는 아내에게 꾸지람을 들을 것이고— 나는 꾸지람이 무서웠다느니보다도 성가셨다. 내가 제법 한 사람의 사회인의 자격으로 일을 해 보는 것도, 아내에게 **사설** 듣는 것도. 나는 가장 게으른 동물처럼 게으른 것이 좋았다. 될 수만 있으면 이 무의미한 인간의 탈을 벗어 버리고도 싶었다.

나에게는 인간 사회가 **스스러웠다.** 생활이 스스러웠다. 모두가 서먹서먹할 뿐이었다.

아내는 하루에 두 번 세수를 한다. 나는 하루 한 번도 세수를 하지 않는다. 나는 밤중 3시나 4시 해서 변소에 갔다. 달이 밝은 밤에는 한참씩 마당에 우두커니 섰다가 들어오곤 한다. 그러니까 나는 이 십팔 가구의 아무와도 얼굴이 마주치는 일이 거의 없다. 그러면서도 나는 이 십팔 가구의 젊은 여인네

혼곤히(昏困-) 정신이 흐릿하고 고달프게.
사설(辭說) 늘어놓는 말이나 이야기. 잔소리나 푸념을 길게 늘어놓음. 또는 그 잔소리와 푸념.
스스럽다 서로 사귀는 정분이 두텁지 않아 조심스럽다. 수줍고 부끄러운 느낌이 있다.

얼굴들을 **거반** 다 기억하고 있었다. 그들은 하나같이 내 아내만 못하였다.

11시쯤 해서 하는 아내의 첫 번 세수는 좀 간단하다. 그러나 저녁 7시쯤 해서 하는 두 번째 세수는 손이 많이 간다. 아내는 낮에보다도 밤에 더 좋고 깨끗한 옷을 입는다. 그리고 낮에도 외출하고 밤에도 외출하였다.

아내에게 직업이 있었던가? 나는 아내의 직업이 무엇인지 알 수 없다. 만일 아내에게 직업이 없었다면, 같이 직업이 없는 나처럼 외출할 필요가 생기지 않을 것인데— 아내는 외출한다. 외출할 뿐만 아니라 **내객**이 많다. 아내에게 내객이 많은 날은 나는 온종일 내 방에서 이불을 쓰고 누워 있어야만 된다. 불장난도 못한다. 화장품 냄새도 못 맡는다. 그런 날은 나는 의식적으로 우울해하였다. 그러면 아내는 나에게 돈을 준다. 50전짜리 은화다. 나는 그것이 좋았다. 그러나 그것을 무엇에 써야 옳을지 몰라서 늘 머리맡에 던져두고 두고 한 것이 어느 결에 모여서 꽤 많아졌다. 어느 날 이것을 본 아내는 금고처럼 생긴 벙어리를 사다 준다. 나는 한 푼씩 한 푼씩 고 속에 넣고 열쇠는 아내가 가져갔다. 그 후에도 나는 더러 은화를 그 벙어리에 넣은 것을 기억한다. 그리고 나는 게을렀다. 얼마 후 아내의 머리 쪽에 보지 못하던 **누깔잠**이 하나 여드름처럼 돋았던 것은 바로 그 금고형 벙어리의 무게가 가벼워졌다는 증거일까. 그러나 나는 드디어 머리맡에 놓였던 그 벙어리에 손을 대지 않고 말았다. 내 게으름은 그런 것에 내 주의를 환기시키기도 싫었다.

아내에게 내객이 있는 날은 이불 속으로 암만 깊이 들어가도 비 오는 날만큼 잠이 잘 오지는 않았다. 나는 그런 때 아내에게는 왜 늘 돈이 있나 왜 돈이 많은가를 연구했다.

거반(居半) 거지반. 거의 절반. 거지
내객(來客) 찾아온 손님.
누깔잠(–簪) 여자의 쪽 찐 머리가 풀어지지 않도록 꽂는 비녀의 한 종류.

내객들은 장지 저쪽에 내가 있는 것은 모르나 보다. 내 아내와 나도 좀 하기 어려운 농(弄)을 아주 서슴지 않고 쉽게 해 내던지는 것이다. 그러나 내 아내의 내객 가운데 서너 사람의 내객들은 늘 비교적 점잖았다고 볼 수 있는 것이 자정이 좀 지나면 으레 돌아들 갔다. 그들 가운데는 퍽 교양이 옅은 자도 있는 듯싶었는데 그런 자는 보통 음식을 사다 먹고 논다. 그래서 보충을 하고 대체로 무사하였다.

나는 우선 내 아내의 직업이 무엇인가를 연구하기에 착수하였으나 좁은 시야와 부족한 지식으로는 이것을 알아내기 힘이 든다. 나는 끝끝내 내 아내의 직업이 무엇인가를 모르고 말려나 보다.

아내는 늘 **진솔** 버선만 신었다. 아내는 밥도 지었다. 아내가 밥 짓는 것을 나는 한 번도 구경한 일은 없으나 언제든지 끼니때면 내 방으로 내 **조석**을 날라다 주는 것이다. 우리 집에는 나와 내 아내 외의 다른 사람은 아무도 없다. 이 밥은 분명히 아내가 손수 지었음에 틀림없다.

그러나 아내는 한 번도 나를 자기 방으로 부른 일이 없다.

나는 늘 윗방에서 나 혼자서 밥을 먹고 잠을 잤다. 밥은 너무 맛이 없었다. 반찬이 너무 엉성하였다. 나는 닭이나 강아지처럼 말없이 주는 모이를 넙죽넙죽 받아먹기는 했으나 내심 야속하게 생각한 적도 더러 없지 않다. 나는 안색이 여지없이 창백해 가면서 말라 들어갔다. 나날이 눈에 보이듯이 기운이 줄어들었다. 영양 부족으로 하여 몸뚱이 곳곳이 뼈가 불쑥불쑥 내어밀었다. 하룻밤 사이에도 수십 차를 돌쳐눕지 않고는 여기저기가 배겨서 나는 배겨낼 수가 없었다.

그렇기 때문에 나는 내 이불 속에서 아내가 늘 흔히 쓸 수 있는 저 돈의 출

진솔 옷이나 버선 따위가 한 번도 빨지 않은 새것 그대로인 것.
조석(朝夕) 아침과 저녁을 아울러 이르는 말.

처를 탐색해 보는 **일변** 장지 틈으로 새어 나오는 아랫방의 음식은 무엇일까를 간단히 연구하였다. 나는 잠이 잘 안 왔다.

깨달았다. 아내가 쓰는 돈은 그, 내게는 다만 실없는 사람들로밖에 보이지 않는 까닭 모를 내객들이 놓고 가는 것에 틀림없으리라는 것을 나는 깨달았다. 그러나 왜 그들 내객은 돈을 놓고 가나. 왜 내 아내는 그 돈을 받아야 되나 하는 예의 관념이 내게는 도무지 알 수 없는 것이었다.

그것은 그저 예의에 지나지 않는 것일까. 그렇지 않으면 혹 무슨 대가일까 보수일까. 내 아내가 그들의 눈에는 동정을 받아야만 할 한 가엾은 인물로 보였던가?

이런 것들을 생각하노라면 으레 내 머리는 그냥 혼란하여 버리고 버리고 하였다. 잠들기 전에 획득했다는 결론이 오직 불쾌하다는 것뿐이었으면서도 나는 그런 것을 아내에게 물어보거나 할 일이 참 한 번도 없다. 그것은 대체 귀찮기도 하려니와 한잠 자고 일어나는 나는 사뭇 딴사람처럼 이것도 저것도 다 깨끗이 잊어버리고 그만두는 까닭이다.

내객들이 돌아가고, 혹 밤 외출에서 돌아오고 하면 아내는 경편한 것으로 옷을 바꾸어 입고 내 방으로 나를 찾아온다. 그리고 이불을 들추고 내 귀에는 영 **생동생동한** 몇 마디 말로 나를 위로하려 든다. 나는 **조소**도 고소도 홍소도 아닌 웃음을 얼굴에 띠고 아내의 아름다운 얼굴을 쳐다본다. 아내는 방그레 웃는다. 그러나 그 얼굴에 떠도는 일말의 애수를 나는 놓치지 않는다.

아내는 능히 내가 배고파하는 것을 눈치챌 것이다. 그러나 아랫방에서 먹고 남은 음식을 나에게 주려 들지는 않는다. 그것은 어디까지든지 나를 존경

일변(一邊) 한편.
생동생동하다 본디의 기운이 그대로 남아 있어 생생하다.
조소(嘲笑) 비웃음. 흉을 보듯이 빈정거리거나 업신여기는 일. 또는 그렇게 웃는 웃음.

하는 마음일 것임에 틀림없다. 나는 배가 고프면서도 적이 마음이 든든한 것을 좋아했다. 아내가 무엇이라고 지껄이고 갔는지 귀에 남아 있을 리가 없다. 다만 내 머리맡에 아내가 놓고 간 은화가 전등불에 흐릿하게 빛나고 있을 뿐이다.

고 금고형 벙어리 속에 고 은화가 얼마큼이나 모였을까. 나는 그러나 그것을 쳐들어 보지 않았다. 그저 아무런 의욕도 기원도 없이 그 단춧구멍처럼 생긴 틈바구니로 은화를 **들이뜨려** 둘 뿐이었다.

왜 아내의 내객들이 아내에게 돈을 놓고 가나 하는 것이 풀 수 없는 의문인 것같이 왜 아내는 나에게 돈을 놓고 가나 하는 것도 역시 나에게는 똑같이 풀 수 없는 의문이었다. 내 비록 아내가 내게 돈을 놓고 가는 것이 싫지 않았다 하더라도 그것은 다만 고것이 내 손가락에 닿는 순간에서부터 고 벙어리 주둥이에서 자취를 감추기까지의 하잘것없는 짧은 촉각이 좋았달 뿐이지 그 이상 아무 기쁨도 없다.

어느 날 나는 고 벙어리를 변소에 갖다 넣어 버렸다. 그때 벙어리 속에는 몇 푼이나 되는지는 모르겠으나 고 은화들이 꽤 들어 있었다.

나는 내가 지구 위에 살며 내가 이렇게 살고 있는 지구가 **질풍신뢰**의 속력으로 **광대무변**의 공간을 달리고 있다는 것을 생각했을 때 참 허망하였다. 나는 이렇게 부지런한 지구 위에서는 현기증도 날 것 같고 해서 한시바삐 내려 버리고 싶었다.

이불 속에서 이런 생각을 하고 난 뒤에는 나는 고 은화를 고 벙어리에 넣고

들이뜨리다 안쪽으로 아무렇게나 막 집어넣다.
질풍신뢰(疾風迅雷) 심한 바람과 번개라는 뜻으로, 빠르고 심하게 변하는 상태를 이르는 말.
광대무변(廣大無邊) 넓고 커서 끝이 없음.

넣고 하는 것조차가 귀찮아졌다. 나는 아내가 손수 벙어리를 사용하였으면 하고 희망하였다. 벙어리도 돈도 사실에는 아내에게만 필요한 것이지 내게는 애초부터 의미가 **전연** 없는 것이었으니까 될 수만 있으면 그 벙어리를 아내는 아내 방으로 가져갔으면 하고 기다렸다. 그러나 아내는 가져가지 않는다. 나는 내 아내 방으로 가져다 둘까 하고 생각하여 보았으나 그 즈음에는 아내의 내객이 원체 많아서 내가 아내 방에 가 볼 기회가 도무지 없었다. 그래서 나는 하는 수 없이 변소(便所)에 갖다 집어넣어 버리고 만 것이다.

나는 서글픈 마음으로 아내의 꾸지람을 기다렸다. 그러나 아내는 끝내 아무 말도 나에게 묻지도 하지도 않았다. 않았을 뿐 아니라 여전히 돈은 돈대로 내 머리맡에 놓고 가지 않나? 내 머리맡에는 어느덧 은화가 꽤 많이 모였다.

내객이 아내에게 돈을 놓고 가는 것이나 아내가 내게 돈을 놓고 가는 것이나 일종의 쾌감—그 외의 다른 아무런 이유도 없는 것이 아닐까 하는 것을 나는 또 이불 속에서 연구하기 시작하였다. 쾌감이라면 어떤 종류의 쾌감일까를 계속하여 연구하였다. 그러나 그것은 이불 속의 연구로는 알 길이 없었다. 쾌감 쾌감, 하고 나는 뜻밖에도 이 문제에 대해서만 흥미를 느꼈다.

아내는 물론 나를 늘 **감금하여** 두다시피 하여 왔다. 내게 불평이 있을 리 없다. 그런 중에도 나는 그 쾌감이라는 것의 유무를 체험하고 싶었다.

나는 아내의 밤 외출 틈을 타서 밖으로 나왔다. 나는 거리에서 잊어버리지 않고 가지고 나온 은화를 지폐로 바꾼다. 5원이나 된다. 그것을 주머니에 넣고 나는 목적을 잃어버리기 위하여 얼마든지 거리를 쏘다녔다. 오래간만에

전연(全然) 전혀. '도무지', '완전히'의 뜻을 나타낸다.
감금하다(監禁--) 드나들지 못하도록 일정한 곳에 가두다.

보는 거리는 거의 경이에 가까울 만치 내 신경을 흥분시키지 않고는 마지않았다. 나는 금시에 피곤하여 버렸다. 그러나 나는 참았다. 그리고 밤이 이슥하도록 까닭을 잊어버린 채 이 거리 저 거리로 **지향** 없이 헤매었다. 돈은 물론 한 푼도 쓰지 않았다. 돈을 쓸 아무 엄두도 나서지 않았다. 나는 벌써 돈을 쓰는 기능을 완전히 상실한 것 같았다.

나는 과연 피로를 이 이상 견디기가 어려웠다. 나는 가까스로 내 집을 찾았다. 나는 내 방으로 가려면 아내 방을 통과하지 않으면 안 될 것을 알고 아내에게 내객이 있나 없나를 걱정하면서 미닫이 앞에서 좀 거북살스럽게 기침을 한 번 했더니 이것은 참 또 너무 **암상스럽게** 미닫이가 열리면서 아내의 얼굴과 그 등 뒤에 낯선 남자의 얼굴이 이쪽을 내다보는 것이다. 나는 별안간 내어쏟아지는 불빛에 눈이 부셔서 좀 머뭇머뭇했다.

나는 아내의 눈초리를 못 본 것은 아니다. 그러나 나는 모른 체하는 수밖에 없었다. 왜? 나는 어쨌든 아내의 방을 통과하지 않으면 안 되니까…….

나는 이불을 뒤집어썼다. 무엇보다도 다리가 아파서 견딜 수가 없었다. 이불 속에서는 가슴이 울렁거리면서 암만해도 까무러칠 것만 같았다. 걸을 때는 몰랐더니 숨이 차다. 등에 식은땀이 쭉 내배인다. 나는 외출한 것을 후회하였다. 이런 피로를 잊고 어서 잠이 들었으면 좋았다. 한잠 잘 자고 싶었다.

얼마 동안이나 비스듬히 엎드려 있었더니 차츰차츰 뚝딱거리는 가슴 **동기**가 가라앉는다. 그만해도 우선 살 것 같았다. 나는 몸을 돌쳐 반듯이 천정을 향하여 눕고 쭉 다리를 뻗었다.

그러나 나는 또다시 가슴의 동기를 피할 수 없게 되었다. 아랫방에서 아내와 그 남자의 내 귀에도 들리지 않을 만치 옅은 목소리로 소곤거리는 기척이

지향(指向) 작정하거나 지정한 방향으로 나아감. 또는 그 방향.
암상스럽다 보기에 남을 시기하고 샘을 잘 내는 데가 있다.
동기(動氣) 두근거림.

장지 틈으로 전하여 왔던 것이다. 청각을 더 예민하게 하기 위하여 나는 눈을 떴다. 그리고 숨을 죽였다. 그러나 그때는 벌써 아내와 남자는 앉았던 자리를 툭툭 털며 일어섰고 일어서면서 옷과 모자 쓰는 기척이 나는 듯하더니 이어 미닫이가 열리고 구두 뒤축 소리가 나고 그리고 뜰에 내려서는 소리가 쿵 하고 나면서 뒤를 따르는 아내의 고무신 소리가 두어 발자국 찍찍 나고 사뿐사뿐 나나 하는 사이에 두 사람의 발소리가 대문간 쪽으로 사라졌다.

나는 아내의 이런 태도를 본 일이 없다. 아내는 어떤 사람과도 결코 소곤거리는 법이 없다. 나는 윗방에서 이불을 쓰고 누웠는 동안에도 혹 술이 취해서 혀가 잘 돌아가지 않는 내객들의 담화(談話)는 더러 놓치는 수가 있어도 아내의 높지도 얕지도 않은 말소리는 일찍이 한 마디도 놓쳐 본 일이 없다. 더러 내 귀에 거슬리는 소리가 있어도 나는 그것이 태연한 목소리로 내 귀에 들렸다는 이유로 충분히 안심이 되었다. 그렇던 아내의 이런 태도는 필시 그 속에 여간하지 않은 사정이 있는 듯싶이 생각이 되고 내 마음은 좀 서운했으나 그러나 그보다도 나는 좀 너무 피곤해서 오늘만은 이불 속에서 아무것도 연구치 않기로 굳게 결심하고 잠을 기다렸다. 잠은 좀처럼 오지 않았다. 대문간에 나간 아내도 좀처럼 들어오지 않았다. 그러는 동안에 흐지부지 나는 잠이 들어 버렸다. 꿈이 얼쑹덜쑹 종을 잡을 수 없는 거리의 풍경을 여전히 헤맸다.

나는 몹시 흔들렸다. 내객을 보내고 들어온 아내가 잠든 나를 잡아 흔드는 것이다. 나는 눈을 번쩍 뜨고 아내의 얼굴을 쳐다보았다. 아내의 얼굴에는 웃음이 없다. 나는 좀 눈을 비비고 아내의 얼굴을 자세히 보았다. 노기가 눈초리에 떠서 얇은 입술이 바르르 떨린다. 좀처럼 이 노기가 풀리기는 어려울 것 같았다. 나는 그대로 눈을 감아 버렸다. 벼락이 내리기를 기다린 것이다. 그러나 쌔근 하는 숨소리가 나면서 푸스스 아내의 치맛자락 소리가 나고 장지가 여닫히며 아내는 아내 방으로 돌아갔다. 나는 다시 몸을 돌쳐 이불을 뒤집어쓰고는 개구리처럼 엎드리고, 엎드려서 배가 고픈 가운데에도 오늘 밤의 외출을 또 한 번 후회하였다.

나는 이불 속에서 아내에게 사죄하였다. 그것은 네 오해라고…….

나는 사실 밤이 퍽이나 이슥한 줄만 알았던 것이다. 그것이 네 말마따나 자정 전인 줄은 나는 정말이지 꿈에도 몰랐다. 나는 너무 피곤하였다. 오래간만에 나는 너무 많이 걸은 것이 잘못이다. 내 잘못이라면 잘못은 그것밖에는 없다. 외출은 왜 하였더냐고?

나는 그 머리맡에 저절로 모인 5원 돈을 아무에게라도 좋으니 주어 보고 싶었던 것이다. 그뿐이다. 그러나 그것도 내 잘못이라면 나는 그렇게 알겠다. 나는 후회하고 있지 않나?

내가 그 5원 돈을 써 버릴 수가 있었던들 나는 자정 안에 집에 돌아올 수 없었을 것이다. 그러나 거리는 너무 복잡하였고 사람은 너무도 들끓었다. 나는 어느 사람을 붙들고 그 5원 돈을 내어 주어야 할지 갈피를 잡을 수가 없었다. 그러는 동안에 나는 여지없이 피곤해 버리고 말았던 것이다.

나는 무엇보다도 좀 쉬고 싶었다. 그래서 나는 하는 수 없이 집으로 돌아온 것이다. 내 짐작 같아서는 밤이 어지간히 늦은 줄만 알았는데 그것이 불행히도 자정 전이었다는 것은 참 안된 일이다. 미안한 일이다. 나는 얼마든지 사죄하여도 좋다. 그러나 **종시** 아내의 오해를 풀지 못하였다 하면 내가 이렇게까지 사죄하는 보람은 그럼 어디 있나? 한심하였다.

한 시간 동안을 나는 이렇게 초조하게 굴지 않으면 안 되었다. 나는 이불을 홱 젖혀 버리고 일어나서 장지를 열고 아내 방으로 비칠비칠 달려갔던 것이다. 내게는 거의 의식이라는 것이 없었다. 나는 아내 이불 위에 엎드러지면서

종시(終是) 끝내. 끝까지 내내.

바지 포켓 속에서 그 돈 5원을 꺼내 아내 손에 쥐여 준 것을 간신히 기억할 뿐이다.

이튿날 잠이 깨었을 때 나는 내 아내 방 아내 이불 속에 있었다. 이것이 이 삼십삼 번지에서 살기 시작한 이래 내가 아내 방에서 잔 맨 처음이었다.

해가 들창에 훨씬 높았는데 아내는 이미 외출하고 벌써 내 곁에 있지는 않다. 아니! 아내는 엊저녁 내가 의식을 잃은 동안에 외출한 것인지도 모른다. 그러나 나는 그런 것을 조사하고 싶지 않았다. 다만 전신이 찌뿌드드한 것이 손가락 하나 꼼짝할 힘조차 없었다. **책보**보다 좀 작은 면적의 볕이 눈이 부시다. 그 속에서 수없는 먼지가 흡사 미생물처럼 **난무한다**. 코가 콱 막히는 것 같다. 나는 다시 눈을 감고 이불을 푹 뒤집어쓰고 낮잠을 자기에 착수하였다. 그러나 코를 스치는 아내의 체취는 꽤 도발적이었다. 나는 몸을 여러 번 여러 번 비비 꼬면서 아내의 화장대에 늘어선 고 가지각색 화장품 병들과 고 병들이 마개를 뽑았을 때 풍기던 냄새를 더듬느라고 좀처럼 잠은 들지 않은 것을 어찌하는 수도 없었다.

견디다 못하여 나는 그만 이불을 걷어차고 벌떡 일어나서 내 방으로 갔다. 내 방에는 다 식어 빠진 내 끼니가 가지런히 놓여 있는 것이다. 아내는 내 모이를 여기다 주고 나간 것이다. 나는 우선 배가 고팠다. 한 숟갈을 입에 떠 넣을 때 그 촉감은 너무도 **냉회**와 같이 써늘하였다. 나는 숟갈을 놓고 내 이불 속으로 들어갔다. 하룻밤을 **비워 때린** 내 이부자리는 여전히 반갑게 나를 맞아 준다. 나는 내 이불을 뒤집어쓰고 이번에는 참 늘어지게 한잠 잤다. 잘—.

책보(冊褓) 책을 싸는 보자기.
난무하다(亂舞--) 엉킨 듯이 어지럽게 춤을 추다.
냉회(冷灰) 불기운이 전혀 없이 차가워진 재.
비워 때리다 비워 놓다.

내가 잠을 깬 것은 전등이 켜진 뒤다. 그러나 아내는 아직도 돌아오지 않았나 보다. 아니! 들어왔다 또 나갔는지도 알 수 없다. 그러나 그런 것을 **삼고하여** 무엇 하나?

정신이 한결 난다. 나는 지난밤 일을 생각해 보았다. 그 돈 5원을 아내 손에 쥐여 주고 넘어졌을 때에 느낄 수 있었던 쾌감을 나는 무엇이라고 설명할 수가 없었다. 그러나 내객들이 내 아내에게 돈 놓고 가는 심리며 내 아내가 내게 돈 놓고 가는 심리의 비밀을 나는 알아낸 것 같아서 여간 즐거운 것이 아니다. 나는 속으로 빙그레 웃어 보았다. 이런 것을 모르고 오늘까지 지내온 내 자신이 어떻게 우스꽝스러워 보이는지 몰랐다. 나는 어깨춤이 났다.

따라서 나는 또 오늘 밤에도 외출하고 싶었다. 그러나 돈이 없다. 나는 엊저녁에 그 돈 5원을 한꺼번에 아내에게 주어 버린 것을 후회하였다. 또 고 벙어리를 변소에 갖다 처넣어 버린 것도 후회하였다. 나는 실없이 실망하면서 습관처럼 그 돈 5원이 들어 있던 내 바지 포켓에 손을 넣어 한번 휘둘러보았다. 뜻밖에도 내 손에 쥐어지는 것이 있었다. 2원밖에 없다. 그러나 많아야 맛은 아니다. 얼마간이고 있으면 된다. 나는 그만한 것이 여간 고마운 것이 아니었다.

나는 기운을 얻었다. 나는 그 단벌 다 떨어진 코르덴 양복을 걸치고 배고픈 것도 주제 사나운 것도 다 잊어버리고 활갯짓을 하면서 또 거리로 나섰다. 나서면서 나는 제발 시간이 화살 닫듯 해서 자정이 어서 홱 지나 버렸으면 하고 조바심을 태웠다. 아내에게 돈을 주고 아내 방에서 자 보는 것은 어디까지든지 좋았지만 만일 잘못해서 자정 전에 집에 들어갔다가 아내의 눈총을 맞는 것은 그것은 여간 무서운 일이 아니었다. 나는 저물도록 길가 시계를 들여다보고 들여다보고 하면서 또 지향 없이 거리를 방황하였다. 그러나 이날은 좀

삼고하다(三考--) 세 번 생각하다. 또는 여러 번 생각하다.

처럼 피곤하지는 않았다. 다만 시간이 좀 너무 더디게 가는 것만 같아서 안타까웠다.

경성역 시계가 확실히 자정이 지난 것을 본 뒤에 나는 집을 향하였다. 그날은 그 일각 대문에서 아내와 아내의 남자가 이야기하고 섰는 것을 만났다. 나는 모른 체하고 두 사람 곁을 지나서 내 방으로 들어갔다. 뒤이어 아내도 들어왔다. 와서는 이 밤중에 평생 안 하던 **쓰레질**을 하는 것이다. 조금 있다가 아내가 눕는 기척을 엿듣자마자 나는 또 장지를 열고 아내 방으로 가서 그 돈 2원을 아내 손에 덥석 쥐여 주고 그리고—하여간 그 2원을 오늘 밤에도 쓰지 않고 도로 가져온 것이 참 이상하다는 듯이 아내는 내 얼굴을 몇 번이고 엿보고— 아내는 드디어 아무 말도 없이 나를 자기 방에 재워 주었다. 나는 이 기쁨을 세상의 무엇과도 바꾸고 싶지는 않았다. 나는 편히 잘 잤다.

이튿날도 내가 잠이 깨었을 때는 아내는 보이지 않았다. 나는 또 내 방으로 가서 피곤한 몸이 낮잠을 잤다.

내가 아내에게 흔들려 깨었을 때는 역시 불이 들어온 뒤였다. 아내는 자기 방으로 나를 오라는 것이다. 이런 일은 또 처음이다. 아내는 끊임없이 얼굴에 미소를 띠고 내 팔을 이끄는 것이다. 나는 이런 아내의 태도 이면에 엔간치 않은 음모가 숨어 있지나 않은가 하고 적이 불안을 느끼지 않을 수 없었다.

나는 아내의 하자는 대로 아내 방으로 끌려갔다. 아내 방에는 저녁 밥상이 조촐하게 차려져 있는 것이다. 생각하여 보면 나는 이틀을 굶었다. 나는 지금 배고픈 것까지도 긴가민가 잊어버리고 **어름어름하던** 차다.

쓰레질 비로 쓸어 집 안을 청소하는 일.
어름어름하다 말이나 행동을 똑똑하게 분명히 하지 못하고 자꾸 우물쭈물하다.

나는 생각하였다. 이 최후의 만찬을 먹고 나자마자 벼락이 내려도 나는 차라리 후회하지 않을 것을. 사실 나는 인간 세상이 너무나 심심해서 못 견디겠던 차다. 모든 일이 성가시고 귀찮았으나 그러나 불의(不意)의 재난이라는 것은 즐겁다. 나는 마음을 턱 놓고 조용히 아내와 마주 이 해괴한 저녁밥을 먹었다. 우리 부부는 이야기하는 법이 없었다. 밥을 먹은 뒤에도 나는 말이 없이 그냥 부스스 일어나서 내 방으로 건너가 버렸다. 아내는 나를 붙잡지 않았다. 나는 벽에 기대어 앉아서 담배를 한 대 피워 물고 그리고 벼락이 떨어질 테거든 어서 떨어져라 하고 기다렸다.

5분! 10분!

그러나 벼락은 내리지 않았다. 긴장이 차츰 늘어지기 시작한다. 나는 어느덧 오늘 밤에도 외출할 것을 생각하고 있었다. 돈이 있었으면 하고 생각하고 있었다.

그러나 돈은 확실히 없다. 오늘은 외출하여도 나중에 올 무슨 기쁨이 있나. 나는 앞이 그냥 **아뜩하였다**. 나는 화가 나서 이불을 뒤집어쓰고 이리 뒹굴 저리 뒹굴 굴렀다. 금시 먹은 밥이 목으로 자꾸 치밀어 올라온다. 메스꺼웠다.

하늘에서 얼마라도 좋으니 왜 지폐가 소낙비처럼 퍼붓지 않나, 그것이 그저 한없이 야속하고 슬펐다. 나는 이렇게밖에 돈을 구하는 아무런 방법도 알지는 못했다. 나는 이불 속에서 좀 울었나 보다. 돈이 왜 없냐면서…….

그랬더니 아내가 또 내 방에를 왔다. 나는 깜짝 놀라 아마 인제서야 벼락이 내리려나 보다 하고 숨을 죽이고 두꺼비 모양으로 엎디어 있었다. 그러나 떨어진 입으로 새어나오는 아내의 말소리는 참 부드러웠다. 정다웠다. 아내는 내가 왜 우는지를 안다는 것이다. 돈이 없어서 그러는 게 아니냔다. 나는 실

아뜩하다 갑자기 어지러워 정신을 잃고 까무러칠 듯하다.

없이 깜짝 놀랐다. 어떻게 저렇게 사람의 속을 환하게 들여다보는구 해서 나는 한편으로 슬그머니 겁도 안 나는 것은 아니었으나 저렇게 말하는 것을 보면 아마 내게 돈을 줄 생각이 있나 보다. 만일 그렇다면 오죽이나 좋은 일일까. 나는 이불 속에 뚤뚤 말린 채 고개도 들지 않고 아내의 다음 거동(擧動)을 기다리고 있으니까, 옜소 하고 내 머리맡에 내려뜨리는 것은 그 가뿐한 음향으로 보아 지폐에 틀림없었다. 그리고 내 귀에다 대고 오늘일랑 어제보다도 좀 더 늦게 들어와도 좋다고 속삭이는 것이다. 그것은 어렵지 않다. 우선 그 돈이 무엇보다도 고맙고 반가웠다.

어쨌든 나섰다. 나는 좀 **야맹증**이다. 그래서 될 수 있는 대로 밝은 거리로 골라서 돌아다니기로 했다. 그러고는 경성역 일이등 대합실 한 곁 티룸에를 들렀다. 그것은 내게는 큰 발견이었다. 거기는 우선 아무도 아는 사람이 안 온다. 설사 왔다가도 곧들 가니까 좋다. 나는 날마다 여기 와서 시간을 보내리라 속으로 생각하여 두었다.

제일 여기 시계가 어느 시계보다도 정확하리라는 것이 좋았다. 섣불리 서투른 시계를 보고 그것을 믿고 시간 전에 집에 돌아갔다가 큰코를 다쳐서는 안 된다.

나는 한 **박스**에 아무것도 없는 것과 마주 앉아서 잘 끓은 커피를 마셨다. 총총한 가운데 여객들은 그래도 한 잔 커피가 즐거운가 보다. 얼른얼른 마시고 무얼 좀 생각하는 것같이 담벼락도 좀 쳐다보고 하다가 곧 나가 버린다. 서글프다. 그러나 내게는 이 서글픈 분위기가 거리의 티룸들의 거추장스러운 분위기보다는 절실하고 마음에 들었다. 이따금 들리는 날카로운 혹은 우렁찬 기적(汽笛) 소리가 모차르트보다도 더 가깝다. 나는 메뉴에 적힌 몇 가지 안

야맹증(夜盲症) 밤에는 사물이 잘 보이지 아니하는 증상.
박스(box) 사방을 둘러막은 그 선의 안. 여기서는 '칸막이 한 좌석'을 의미한다.

되는 음식 이름을 **치읽고** 내리읽고 여러 번 읽었다. 그것들은 아물아물한 것이 어딘가 내 어렸을 때 동무들 이름과 비슷한 데가 있었다.

거기서 얼마나 내가 오래 앉았는지 정신이 오락가락하는 중에 객이 슬며시 뜸해지면서 이 구석 저 구석 걷어치우기 시작하는 것을 보면 아마 닫을 시간이 된 모양이다. 11시가 좀 지났구나, 여기도 결코 내 **안주**의 곳은 아니구나, 어디 가서 자정을 넘길까, 두루 걱정을 하면서 나는 밖으로 나섰다. 비가 온다. 빗발이 제법 굵은 것이 우비도 우산도 없는 나 고생을 시킬 작정이다. 그렇다고 이런 괴이한 **풍모**를 차리고 이 홀에서 어물어물하는 수는 없고 예이 비를 맞으면 맞았지 하고 나는 그냥 나서 버렸다.

대단히 선선해서 견딜 수가 없다. 코르덴 옷이 젖기 시작하더니 나중에는 속속들이 스며들면서 **처근거린다.** 비를 맞아 가면서라도 견딜 수 있는 데까지 거리를 돌아다녀서 시간을 보내려 하였으나 인제는 선선해서 이 이상은 더 견딜 수가 없다. **오한**이 자꾸 일어나면서 이가 딱딱 맞부딪는다.

나는 걸음을 재우치면서 생각하였다. 오늘 같은 궂은 날도 아내에게 내객이 있을라구. 없겠지 하는 생각이 드는 것이다. 집으로 가야겠다. 아내에게 불행히 내객이 있거든 내 사정을 하리라. 사정을 하면 이렇게 비가 오는 것을 눈으로 보고 알아주겠지.

부리나케 와 보니까 그러나 아내에게는 내객이 있었다. 나는 그만 너무 춥고 척척해서 얼떨김에 노크하는 것을 잊었다. 그래서 나는 보면 아내가 좀 덜 좋아할 것을 그만 보았다. 나는 **갑발** 자국 같은 발자국을 내면서 덤벙덤벙 아

치읽다 밑에서 위쪽으로 글을 읽다.
안주(安住) 한곳에 자리를 잡고 편안히 삶.
풍모(風貌) 풍채(風采)와 용모를 아울러 이르는 말.
처근거리다 물기 있는 물건이 약간 끈기 있게 달라붙다.
오한(惡寒) 몸이 오슬오슬 춥고 떨리는 증상.
갑발 (匣鉢) 도자기를 구울 때 도자기 위에 씌워 불길이 도자기에 직접 닿지 않게 하는 원기둥꼴 그릇.

내 방을 디디고 그리고 내 방으로 가서 쭉 빠진 옷을 활활 벗어 버리고 이불을 뒤썼다. 덜덜덜덜 떨린다. 오한이 점점 더 심해 들어온다. 여전 땅이 꺼져 들어가는 것만 같았다. 나는 그만 의식을 잃어버리고 말았다.

이튿날 내가 눈을 떴을 때 아내는 내 머리맡에 앉아서 제법 근심스러운 얼굴이다. 나는 감기가 들었다. 여전히 으스스 춥고 또 골치가 아프고 입에 군침이 도는 것이 씁쓸하면서 다리 팔이 척 늘어져서 노곤하다.

아내는 내 머리를 쓱 짚어 보더니 약을 먹어야지 한다. 아내 손이 이마에 선뜩한 것을 보면 **신열**이 어지간한 모양인데 약을 먹는다면 해열제를 먹어야지 하고 속생각을 하자니까 아내는 따뜻한 물에 하얀 정제약 네 개를 준다. 이것을 먹고 한잠 푹 자고 나면 괜찮다는 것이다. 나는 널름 받아먹었다. 쌉싸름한 것이 짐작 같아서는 아마 아스피린인가 싶다. 나는 다시 이불을 쓰고 단번에 그냥 죽은 것처럼 잠이 들어 버렸다.

나는 콧물을 훌쩍훌쩍하면서 여러 날을 앓았다. 앓는 동안에 끊이지 않고 그 정제약을 먹었다. 그러는 동안에 감기도 나았다. 그러나 입맛은 여전히 소태처럼 썼다.

나는 차츰 또 외출하고 싶은 생각이 났다. 그러나 아내는 나더러 외출하지 말라고 이르는 것이다. 이 약을 날마다 먹고 그리고 가만히 누워 있으라는 것이다. 공연히 외출을 하다가 이렇게 감기가 들어서 저를 고생을 시키는 게 아니냔다. 그도 그렇다. 그럼 외출을 하지 않겠다고 **맹서**하고 그 약을 **연복하여** 몸을 좀 **보해** 보리라고 나는 생각하였다.

나는 날마다 이불을 뒤집어쓰고 밤이나 낮이나 잤다. 유난스럽게 밤이나

신열(身熱) 병으로 인하여 오르는 몸의 열.
맹서(盟誓) '맹세'의 원말.
연복하다(連服--) 약을 일정한 기간 동안 계속하여 복용하다.
보하다(補--) 영양분이 많은 음식이나 약을 먹어 몸의 건강을 돕다.

낮이나 졸려서 견딜 수가 없는 것이다. 나는 이렇게 잠이 자꾸만 오는 것은 내가 몸이 훨씬 튼튼해진 증거라고 굳게 믿었다.

나는 아마 한 달이나 이렇게 지냈나 보다. 내 머리와 수염이 좀 너무 자라서 **훗훗해서** 견딜 수가 없어서 내 거울을 좀 보리라고 아내가 외출한 틈을 타서 나는 아내 방으로 가서 아내의 화장대 앞에 앉아 보았다. 상당하다. 수염과 머리가 참 **산란하였다.** 오늘은 이발을 좀 하리라 생각하고 겸사겸사 고 화장품 병들 마개를 뽑고 이것저것 맡아 보았다. 한동안 잊어버렸던 향기 가운데서는 몸이 배배 꼬일 것 같은 체취가 전해 나왔다. 나는 아내의 이름을 속으로만 한번 불러 보았다.

"**연심**이!"

하고…….

오래간만에 돋보기 장난도 하였다. 거울 장난도 하였다. 창에 든 볕이 여간 따뜻한 것이 아니었다. 생각하면 5월이 아니냐.

나는 커다랗게 기지개를 한번 펴 보고 아내 베개를 내려 베고 벌떡 자빠져서는 이렇게도 편안하고 즐거운 세월을 하느님께 흠씬 자랑하여 주고 싶었다. 나는 참 세상의 아무것과도 교섭을 가지지 않는다. 하느님도 아마 나를 칭찬할 수도 처벌할 수도 없는 것 같다.

그러나 다음 순간 실로 세상에도 이상스러운 것이 눈에 띄었다. 그것은 최면약 **아달린** 갑이었다. 나는 그것을 아내의 화장대 밑에서 발견하고 그것이 흡사 아스피린처럼 생겼다고 느꼈다. 나는 그것을 열어 보았다. 똑 네 개가 비었다.

훗훗하다 약간 갑갑할 정도로 훈훈하게 덥다.
산란하다(散亂--) 어수선하고 뒤숭숭하다.
연심(蓮心) 기생이라는 직업을 가진 주인공의 아내 이름이자 작가 이상의 연인 '금홍'의 본명.
아달린(Adalin) 최면제(催眠劑)나 진정제로 쓰는 약품.

나는 오늘 아침에 네 개의 아스피린을 먹은 것을 기억하고 있었다. 나는 잤다. 어제도 그제도 그끄제도— 나는 졸려서 견딜 수가 없었다. 나는 감기가 다 나았는데도 아내는 내게 아스피린을 주었다. 내가 잠이 든 동안에 이웃에 불이 난 일이 있다. 그때에도 나는 자느라고 몰랐다. 이렇게 나는 잤다. 나는 아스피린으로 알고 그럼 한 달 동안을 두고 아달린을 먹어 온 것이다. 이것은 좀 너무 심하다.

별안간 아뜩하더니 하마터면 나는 까무러칠 뻔하였다. 나는 그 아달린을 주머니에 넣고 집을 나섰다. 그리고 산을 찾아 올라갔다. 인간 세상의 아무것도 보기가 싫었던 것이다. 걸으면서 나는 아무쪼록 아내에 관계되는 일은 일체 생각하지 않도록 노력하였다. 길에서 까무러치기 쉬우니까다. 나는 어디라도 양지가 바른 자리를 하나 골라서 자리를 잡아 가지고 서서히 아내에 관하여서 연구할 작정이었다. 나는 길가에 도랑창, 핀 구경도 못한 진 개나리 꽃, 종달새, 돌멩이도 새끼를 까는 이야기, 이런 것만 생각하였다. 다행히 길가에서 나는 졸도하지 않았다.

거기는 벤치가 있었다. 나는 거기 정좌(正坐)하고 그리고 그 아스피린과 아달린에 관하여 연구하였다. 그러나 머리가 도무지 혼란하여 생각이 체계를 이루지 않는다. 단 5분이 못 가서 나는 그만 귀찮은 생각이 버쩍 들면서 심술이 났다. 나는 주머니에서 가지고 온 아달린을 꺼내 남은 여섯 개를 한꺼번에 질겅질겅 씹어 먹어 버렸다. 맛이 익살맞다. 그러고 나서 나는 그 벤치 위에 가로 기다랗게 누웠다. 무슨 생각으로 내가 그따위 짓을 했나? 알 수가 없다. 그저 그러고 싶었다. 나는 게서 그냥 깊이 잠이 들었다. 잠결에도 바위틈을 흐르는 물소리가 졸졸 하고 귀에 언제까지나 어렴풋이 들려왔다.

내가 잠을 깨었을 때는 날이 환히 밝은 뒤다. 나는 거기서 **일주야**를 잔 것

일주야(一晝夜) 만 하루. 24시간을 이른다.

이다. 풍경이 그냥 노랗게 보인다. 그 속에서도 나는 번개처럼 아스피린과 아달린이 생각났다.

아스피린, 아달린, 아스피린, 아달린, **맑스**, **말사스**, **마도로스**, 아스피린, 아달린.

아내는 한 달 동안 아달린을 아스피린이라고 속이고 내게 먹였다. 그것은 아내 방에서 이 아달린 갑이 발견된 것으로 미루어 증거가 너무나 확실하였다.

무슨 목적으로 아내는 나를 밤이나 낮이나 재웠어야 됐나?

나를 밤이나 낮이나 재워 놓고 그리고 아내는 내가 자는 동안에 무슨 짓을 했나?

나를 조금씩 조금씩 죽이려던 것일까?

그러나 또 생각하여 보면 내가 한 달을 두고 먹어 온 것은 아스피린이었는지도 모른다. 아내는 무슨 근심되는 일이 있어서 밤 되면 잠이 잘 오지 않아서 정작 아내가 아달린을 사용한 것이나 아닌지, 그렇다면 나는 참 미안하다. 나는 아내에게 이렇게 큰 의혹을 가졌다는 것이 참 안됐다.

나는 그래서 부리나케 거기서 내려왔다. 아랫도리가 홰홰 내저이면서 어찔어찔한 것을 나는 겨우 집을 향하여 걸었다. 8시 가까이였다.

나는 내 잘못 든 생각을 죄다 일러바치고 아내에게 사죄하려는 것이다. 나는 너무 급해서 그만 또 말을 잊어버렸다.

그랬더니 이건 참 너무 큰일났다. 나는 내 눈으로는 절대로 보아서 안 될 것을 그만 딱 보아 버리고 만 것이다. 나는 얼떨결에 그만 냉큼 미닫이를 닫

맑스 마르크스(Marx, Karl Heinrich, 1818~1883). 독일의 경제학자·정치학자·철학자.

말사스 맬서스(Malthus, Thomas Robert, 1766~1834) 영국의 고전파 경제학자.

마도로스(matroos) 외항선의 선원을 이르는 말. '아스피린, 아달린~아달린.'은 발음에 의한 연상 작용을 나타낸 것이다.

고 그리고 현기증이 나는 것을 진정시키느라고 잠깐 고개를 숙이고 눈을 감고 기둥을 짚고 섰자니까 일 초 여유도 없이 홱 미닫이가 다시 열리더니 매무새를 풀어헤친 아내가 불쑥 내밀면서 내 멱살을 잡는 것이다. 나는 그만 어지러워서 게가 그냥 나둥그러졌다. 그랬더니 아내는 넘어진 내 위에 덮치면서 내 살을 함부로 물어뜯는 것이다. 아파 죽겠다. 나는 사실 반항할 의사도 힘도 없어서 그냥 넙죽 엎뎌 있으면서 어떻게 되나 보고 있자니까 뒤이어 남자가 나오는 것 같더니 아내를 한 아름에 덥석 안아 가지고 방 안으로 들어가는 것이다. 아내는 아무 말 없이 다소곳이 그렇게 안겨 들어가는 것이 내 눈에 여간 미운 것이 아니다. 밉다.

아내는 너 밤 새워 가면서 도적질하러 다니느냐, 계집질하러 다니느냐고 발악이다. 이것은 참 너무 억울하다. 나는 어안이 벙벙하여 도무지 입이 떨어지지를 않았다.

너는 그야말로 나를 살해하려던 것이 아니냐고 소리를 한번 꽥 질러 보고도 싶었으나 그런 긴가민가한 소리를 섣불리 입밖에 내었다가는 무슨 화를 볼는지 알 수 있나. 차라리 억울하지만 잠자코 있는 것이 우선 상책인 듯싶이 생각이 들길래 나는 이것은 또 무슨 생각으로 그랬는지 모르지만 툭툭 털고 일어나서 내 바지 포켓 속에 남은 돈 몇 원 몇십 전을 가만히 꺼내서는 몰래 미닫이를 열고 살며시 문지방 밑에다 놓고 나서는 나는 그냥 줄달음박질을 쳐서 나와 버렸다.

여러 번 자동차에 치일 뻔하면서 나는 그대로 경성역을 찾아갔다. 빈자리와 마주 앉아서 이 쓰디쓴 입맛을 거두기 위하여 무엇으로나 입가심을 하고 싶었다.

커피— 좋다. 그러나 경성역 홀에 한 걸음을 들여놓았을 때 나는 내 주머니에는 돈이 한 푼도 없는 것을 그것을 깜박 잊었던 것을 깨달았다. 또 아뜩하였다. 나는 어디선가 그저 맥없이 머뭇머뭇하면서 어쩔 줄을 모를 뿐이었다.

얼빠진 사람처럼 그저 이리 갔다 저리 갔다 하면서…….

나는 어디로 어디로 들입다 쏘다녔는지 하나도 모른다. 다만 몇 시간 후에 내가 **미쓰코시** 옥상에 있는 것을 깨달았을 때는 거의 대낮이었다.

나는 거기 아무 데나 주저앉아서 내 자라온 스물여섯 해를 회고하여 보았다. 몽롱한 기억 속에서는 이렇다는 아무 제목도 불거져 나오지 않았다.

나는 또 내 자신에게 물어보았다. 너는 인생에 무슨 욕심이 있느냐고. 그러나 있다고도 없다고도, 그런 대답은 하기가 싫었다. 나는 거의 나 자신의 존재를 인식하기조차도 어려웠다.

허리를 굽혀서 나는 그저 금붕어나 들여다보고 있었다. 금붕어는 참 잘들 생겼다. 작은 놈은 작은 놈대로 큰 놈은 큰 놈대로 다 싱싱하니 보기 좋았다. 내리비치는 5월 햇살에 금붕어들은 그릇 바탕에 그림자를 내려뜨렸다. 지느러미는 하늘하늘 손수건을 흔드는 흉내를 낸다. 나는 이 지느러미 수효를 헤아려보기도 하면서 굽힌 허리를 좀처럼 펴지 않았다. 등허리가 따뜻하다.

나는 또 **회탁**의 거리를 내려다보았다. 거기서는 피곤한 생활이 똑 금붕어 지느러미처럼 흐늑흐늑 **허비적거렸다**. 눈에 보이지 않는 끈적끈적한 줄에 엉켜서 헤어나지들을 못한다. 나는 피로와 공복 때문에 무너져 들어가는 몸뚱이를 끌고 그 회탁의 거리 속으로 섞여 들어가지 않는 수도 없다 생각하였다.

나서서 나는 또 문득 생각하여 보았다. 이 발길이 지금 어디로 향하여 가는 것인가를…….

그때 내 눈앞에는 아내의 모가지가 벼락처럼 내려 떨어졌다. 아스피린과 아달린.

우리들은 서로 오해하고 있느니라. 설마 아내가 아스피린 대신에 아달린의

미쓰코시(Mitsukoshi) 일본의 삼정(三井) 재벌이 1906년 서울 충무로 1가에 설립한 백화점.
회탁(灰濁) 회색으로 탁함.
허비적거리다 손톱이나 날카로운 물건 따위로 자꾸 긁어 헤치다.

정량(定量)을 나에게 먹여 왔을까? 나는 그것을 믿을 수는 없다. 아내가 그럴 대체 까닭이 없을 것이니. 그러면 나는 날밤을 새면서 도적질을 계집질을 하였나? 정말이지 아니다.

우리 부부는 숙명적으로 발이 맞지 않는 절름발이인 것이다. 나나 아내나 제 거동에 **로직**을 붙일 필요는 없다. 변해할 필요도 없다. 사실은 사실대로 오해는 오해대로 그저 끝없이 발을 절뚝거리면서 세상을 걸어가면 되는 것이다. 그렇지 않을까?

그러나 나는 이 발길이 아내에게로 돌아가야 옳은가 이것만은 분간하기가 좀 어려웠다. 가야 하나? 그럼 어디로 가나?

이때 뚜우 하고 **정오 사이렌**이 울렸다. 사람들은 모두 네 활개를 펴고 닭처럼 푸드덕거리는 것 같고 온갖 유리와 강철과 대리석과 지폐와 잉크가 부글부글 끓고 수선을 떨고 하는 것 같은 찰나, 그야말로 **현란**을 극한 정오다.

나는 불현듯이 겨드랑이 가렵다. 아하, 그것은 내 인공의 날개가 돋았던 자국이다. 오늘은 없는 이 날개, 머릿속에서는 희망과 야심의 **말소된** 페이지가 **딕셔너리** 넘어가듯 번뜩였다.

나는 걷던 걸음을 멈추고 그리고 어디 한번 이렇게 외쳐 보고 싶었다.

날개야 다시 돋아라.

날자. 날자. 날자. 한 번만 더 날자꾸나.

한 번만 더 날아 보자꾸나.

로직(logic) 논리. 타당성.
정오 사이렌 한말(韓末)과 일제 강점기에 정오(正午)를 알리던 신호. 시계가 귀한 시절 시보(時報)로 오포(午砲, 정오를 알리는 대포)를 쏘았는데, 일제가 전쟁 물자를 공출하면서 사이렌을 울리는 것으로 대체했다.
현란(絢爛) 눈이 부시도록 찬란함.
말소되다(抹消--) 기록되어 있는 사실 따위가 지워져 아주 없어지다.
딕셔너리(dictionary) 사전.

술 권하는 사회

1_ 이 작품에 대한 설명으로 옳지 않은 것을 골라 봅시다.

① 1920년대 경성을 배경으로 하는 단편 소설이다.

② 일제의 폭압, 지식인 사회의 갈등과 분열 등 암울한 시대적 상황을 사실주의적 기법으로 서술하고 있다.

③ 작품 속 서술자가 일제 강점기의 모순된 사회를 살아가는 지식인의 고뇌와 방황을 직접적으로 제시하고 있다.

④ 모순된 현실을 무기력하게 살아가는 지식인 남편과 그 고뇌와 고통을 이해하지 못하는 아내와의 대화를 통해 식민지 조선 사회의 모습을 날카롭게 비판하고 있다.

⑤ 식민지 현실에 대한 근본적인 인식보다는 지식인의 생활 현실과 그에 쉽게 좌절하는 모습만을 제시하고 있다는 점에서 현실 인식상 한계를 노출하고 있음을 알 수 있다.

[2~6] 다음 제시문을 읽고 물음에 답해 봅시다. [2008년 4월 모의평가 응용]

> 남편이 돌아왔다. 한 달이 지나가고 두 달이 지나간다. 남편의 하는 행동이 자기의 기대하던 바와 조금 배치되는 듯하였다. ㉠공부 아니 한 사람보다 조금도 다른 것이 없었다. 아니다. 다르다면 다른 점도 있다. 남은 돈벌이를 하는데 그의 남편은 도리어 집안 돈을 쓴다. 그러면서도 어디인지 분주히 돌아다닌다. 집에 들면 정신없이 무슨 책을 보기도 하고, 또는 밤새도록 ㉡무엇을 쓰기도 하였다.
>
> '저러는 것이 참말 부자 방망이를 맨드는 것인가 보다.' (중략)
>
> 또 두어 달 지나갔다. 남편의 하는 일은 늘 한 모양이었다. 한 가지 더한 것은 때때로 깊은 한숨을 쉬는 것뿐이었다. (중략) 아내도 따라서 근심을 하게 되었다. 하고는 그 여윈 것을 보충하려고 갖가지로 애를 썼다. 곧 될 수 있는 대로 그의 ㉢밥상에 맛난 반찬 가지를 붇게 하며 또 곰 같은 것도 만들었다. (중략)
>
> 또 몇 달 지나갔다. 인제 출입을 뚝 끊고 늘 집에 붙어 있다. (중략)
>
> 잃은 것을 찾으려는 것처럼, 눈을 부스스 떴다. ㉣책상 위에 머리를 쓰러뜨리고,

두 손으로 그것을 움켜쥐고 있는 남편을 보았다. 흐릿한 의식이 돌아옴을 따라 남편의 어깨가 들썩들썩 움직임도 깨달았다. (중략)

또 한 두어 달 지나갔다.

[가] 처음처럼 다시 출입이 자조로웠다. 구역질이 날 듯한 술 냄새가 밤늦게야 돌아오는 남편의 입에서 나게 되었다. (중략)

"어데를 가서 이때껏 오시지 않아!"

아내는 인제 아픈 것도 잊어버리고 짜증을 내었다. (중략)

아내에게는 그 말이 너무 어려웠다. 그만 묵묵히 입을 다물었다. 눈에 보이지 않는 무슨 벽이 자기와 남편 사이에 가리는 듯하였다. 남편의 말이 길어질 때마다 아내는 이런 쓰디쓴 경험을 맛보았다. 이런 일은 한두 번이 아니었다. (중략)

"흥, 또 못 알아듣는군. 묻는 내가 그르지, 마누라야 그런 말을 알 수 있겠소? 내가 설명을 해 드리지. 자세히 들어요. 내게 술을 권하는 것은, 화증도 아니고, 하이칼라도 아니요, 이 사회란 것이 내게 술을 권한다오. 이 조선 사회란 것이, 내게 술을 권한다오. 알았소? ⓐ팔자가 좋아서 조선에 태어났지, 딴 나라에 났더면 술이나 얻어먹을 수 있나……."

사회란 것이 무엇인가? 아내는 또 알 수가 없었다. 어찌하였든, 딴 나라에는 없고, 조선에만 있는 ㉤요릿집 이름이어니 한다. (중략)

[나] "되지못한 명예 싸움, 쓸데없는 지위 다툼질, 내가 옳으니, 네가 그르니, 내 권리가 많으니, 네 권리가 적으니……. 밤낮으로 서로 찢고 뜯고 하지. 그러니 무슨 일이 되겠소? 무슨 사업을 하겠소? 회뿐이 아니지, 회사고 조합이고……. 우리 조선 놈들이 조직한 사회는 다 그 조각이지. 이런 사회에서 무슨 일을 한단 말이오? 하려는 놈이 어리석은 놈이야. 적이 정신이 바루 박힌 놈은, 피를 토하고, 죽을 수밖에 없지, 그렇지 않으면, 술밖에 먹을 게 도무지 없지. 나도 전자에는 무엇을 좀 해 보겠다고, 애도 써 보았어. 그것이 모두 수포야. (중략)"

[A] "술 아니 먹는다고, 흉장이 막혀요!"

남편의 하는 짓은 본체만체하고, 아내는 얼굴을 더욱 붉히며 부르짖었다. (중략)

"그르지, 내가 그르지. 너 같은 숙맥더러 그런 말을 하는 내가 그르지. 너한테 조금이라도 위로를 얻으려는 내가 그르지, 후우."

2_ 제시문을 다음과 같이 구조화했을 때, 이에 따른 아내의 심리나 태도 변화로 알맞은 것을 골라 봅시다.

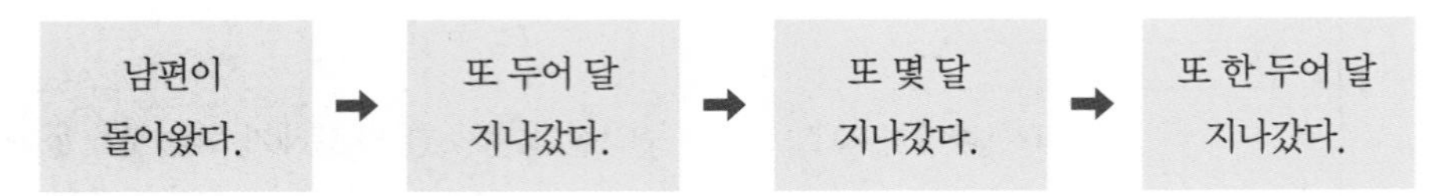

① 희망 → 근심 → 실망 → 회의
② 의심 → 후회 → 애처로움 → 단절감
③ 기대 → 근심 → 애처로움 → 짜증스러움
④ 의심 → 걱정 → 긴장 → 단절감
⑤ 기대 → 후회 → 긴장 → 짜증스러움

3_ 제시문의 ㉠~㉤에 대한 설명으로 적절하지 않은 것을 골라 봅시다.

① ㉠에 대해 아내는 물질적 가치와 연관 짓고 있다.
② ㉡을 통해 남편은 자신의 열정을 표출하고 있다.
③ ㉢을 통해 남편에 대한 아내의 애정이 드러난다.
④ ㉣은 아내에 대한 남편의 잘못을 드러내는 소재이다.
⑤ ㉤은 아내의 무지함을 드러내는 장치이다.

4_ 제시문의 [가]와 [나]에 대한 적절한 설명을 〈보기〉에서 골라 봅시다.

보기

ㄱ. [가]와 [나]의 상황은 서로 대립적인 가치를 보여 주고 있다.
ㄴ. [가]의 상황이 일어나는 이유가 [나]에 드러나 있다.
ㄷ. [나]는 [가]의 상황에 사회적 의미를 부여하고 있다.
ㄹ. [나]에는 [가]의 상황을 극복할 수 있다는 전망이 제시되어 있다.

5_ 제시문의 ⓐ에 사용된 것과 동일한 표현이 쓰인 것을 골라 봅시다.

① 동네에서 소문이 났거니와, 나도 한때는 걱실걱실히 일 잘하고 얼굴 예쁜 계집앤 줄 알았더니, 시방 보니까 그 눈깔이 꼭 여우 새끼 같다.

② 거의 울음이 다 된 마지막 목소리를 남기고 돌아선, 계연의 저만치 가고 있는 항라 적삼을, 고운 햇볕과 늘어진 버들가지와 산울림처럼 울려오는 뻐꾸기 울음 속에, 성기는 우두커니 지켜보고 있을 뿐이었다.

③ 이때 손가락 끝에 먼지만 묻으면 불호령이 터지고, 간호원은 하루 종일 신경질에 부대껴야 한다. 아무튼 단골 고객들은 그의 정결한 결벽성에 감탄과 경의를 표해 마지않는다.

④ 산다는 것과 존재한다는 것은 다른 문제죠. 당신같이 썩은 사람은 살아 있지도 않고, 살 가망도 없습니다. 산 송장이요, 구더기가 이물이물하는.

⑤ 심청이 여짜오되, "빌어 온 밥이나마 자식의 정성이니 설워 말고 잡수시오." 좋은 말로 위로하여 기어이 먹게 하니, 날마다 얻어 온 밥 한 쪽박에 오색이라. 흰밥, 콩밥, 팥밥이며, 보리, 기장, 수수밥이 갖가지로 다 있으니, 심 봉사 집은 끼니때마다 정월 보름 쇠는구나.

6_ [A]의 상황에 대한 독자의 반응으로 가장 적절한 것을 골라 봅시다.

① 아내는 모난 돌이 정 맞는 건 당연하지 않느냐고 여기고 있어.

② 아내는 물은 위에서 아래로 흐른다고 굳게 믿고 있는 상황이로군.

③ 남편은 누울 자리를 보고 다리를 뻗어야 했다고 생각하고 있군.

④ 남편은 목마른 사람이 우물을 파게 되어 있다고 강조하고 있어.

⑤ 남편은 팔이 안으로 굽지 밖으로 굽느냐고 아내에게 반문하고 있어.

7_ 작품 전문의 내용을 참고하여 아내와 남편이 생각하는 '사회'의 의미를 비교해 봅시다.

• 아내가 생각하는 '사회': ______________________

____

____

• 남편이 생각하는 '사회': ______________________

____

____

8_ '술 권하는 사회'라는 제목에 담긴 작가의 생각을 추론해 봅시다.

____

____

____

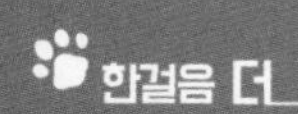

일제 강점기 지식인의 자화상

작가의 체험이 짙게 녹아 있는 〈술 권하는 사회〉 외에도 현진건의 작품에는 유학을 다녀온 실력파 지식인들이 종종 등장합니다. 이들은 자신의 능력에 걸맞은 사회적 역할을 찾지만 사회가 이들을 받아들이지 않아 무력감에 빠져 있는 모습으로 그려지곤 합니다. 이들이 식민지 사회에서 살고 있다는 점을 떠올려보면, 그 체제에 순응할 수도 없고 그렇다고 그 사회와 동떨어져 살아갈 수도 없는 지식인들로서 제대로 정착하지 못하는 현실적 무능에 따른 이들의 우울감은 어쩌면 당연해 보입니다. 한편, 지식인 남편의 내적 고뇌를 이해할 수 없는 아내의 시점으로 이를 관찰케 함으로써 식민지 시대의 지식인의 답답한 모습이 더욱 효과적으로 그려지고 있습니다.

소설가 구보 씨의 일일(一日)

1. 다음은 이 작품을 감상한 후 이루어진 문학 수업의 대화 내용입니다. 작품의 서술상 특징을 고려하여 빈칸에 알맞은 말을 써 봅시다.

선생님: 이 작품은 작가 박태원의 실제 생활을 반영한 자전적 소설로, 하루 동안의 **원점 회귀적 여로** 형식을 취하고 있어서 독자들은 구보 씨의 시선을 통해 당대 사회의 모습과 지식인의 생활을 간접적으로 체험할 수 있습니다. 이때 '발단–전개–위기–절정–결말'이라는 일반적인 소설의 구성 방식을 따르지 않고, ㉠(   ) 기법으로 세태를 묘사한 점이 두드러진 특징입니다.

동　우: 그 기법에 대해 자세히 알고 싶어요.

선생님: ㉠(   ) 기법이란 현대 소설의 한 창작 기법으로, 소설 속 인물의 무질서하며 잡다한 의식 세계를 자유로운 연상 작용을 통해 가감 없이 그려 내는 방법입니다. 그밖에, 따로따로 촬영한 화면을 적절하게 떼어 붙여서 하나의 긴밀하고도 새로운 장면으로 만드는 '몽타주(montage)' 및 하나의 화면이 끝나기 전에 다음 화면이 겹치면서 먼저 화면이 차차 사라지게 하는 '오버랩(overlap)' 같은 영화적 기법도 사용되었답니다.

민　경: 작품 속 인물이 제 눈앞에서 벌어지는 장면을 노트에 적고 그것을 그대로 소설화하는 작가 특유의 창작 방법 또한 독특하게 느껴졌어요.

선생님: 정말 중요한 기법인데 잘 읽어 냈네요. 현대인의 세세한 풍속을 조사·기록하여 탐구하고 창작한 그 기법에 대해 작가 스스로는 ㉡(   ) (이)라고 불렀답니다.

하　영: 저는 이 작품에서 현재 시제를 사용하여 ㉢(   )을(를) 느끼도록 한 점이 좋았어요. 또 ㉣(   )을(를) 소제목으로 처리한 점은 지금까지 접했던 작품들과 다른 독특함을 느끼게 했어요. 다만 쉼표를 자주 사용하고 긴 ㉤(   ) 문장이어서 읽기 힘든 면도 있었어요. 그럼에도 인물의 심리를 세세하게 드러내고 당대 서울의 모습과 세태를 구체적으로 살펴볼 수 있어 무척 흥미로웠습니다.

- **원점 회귀적**(原點回歸的) 시작이 되는 출발점으로 돌아오거나 돌아가는. 또는 그런 것.
- **여로**(旅路) 여행하는 길. 또는 나그네가 가는 길.

[2~9] 다음 제시문을 읽고 물음에 답해 봅시다. [2014학년도 9월 고2 학력평가(B) 응용]

가 "어디, 가니?"

대답은 들리지 않았다.

중문 앞까지 나간 아들은, 혹은, 자기의 한 말을 듣지 못하였는지도 모른다. 또는, 아들의 대답 소리가 자기의 귀에까지 이르지 못하였는지도 모른다.

나 구보는 다시 밖으로 나오며, 자기는 어디 가 행복을 찾을까 생각한다. 발 가는 대로, 그는 어느 틈엔가 안전지대에 가 서서, 자기의 두 손을 내려다보았다. ㉠한 손의 [단장]과 또 한 손의 [공책]과— 물론 구보는 거기에서 행복을 찾을 수는 없다.

안전지대 위에, 사람들은 서서 전차를 기다린다. 그들에게, 행복은 알 수 없다. 그러나 그들은 분명히, 갈 곳만은 가지고 있었다.

전차가 왔다. 사람들은 내리고 또 탔다. 구보는 ㉡잠깐 멍하니 그곳에 서 있었다.

다 그는 눈앞에 ⓐ경성역을 본다. 그곳에는 마땅히 인생이 있을 게다. 이 낡은 서울의 호흡과 또 감정이 있을 게다. 도회의 소설가는 모름지기 이 도회의 항구와 친해야 한다. (중략) 다만 구보는 고독을 삼등 대합실 군중 속에 피할 수 있으면 그만이다.

그러나 오히려 고독은 그곳에 있었다. 구보가 한옆에 끼어 앉을 수도 없게시리 사람들은 그곳에 빽빽하게 모여 있어도, 그들의 누구에게서도 인간 본래의 온정을 찾을 수는 없었다. (중략)

노파 옆에 앉은 중년의 시골 신사는 그의 시골서 조그만 백화점을 경영하고 있을 게다. (중략) 구보는 그 시골 신사가 노파와 사이에 되도록 간격을 가지려고 노력하는 것을 발견하고, 그리고 그를 업신여겼다. (중략)

[A] 문득 구보는 그의 얼굴에 부종을 발견하고 그의 앞을 떠났다. 신장염. (중략) 그러나 구보가 매점 옆에까지 갔었을 때, 그는 그곳에서도 역시 병자(病者)를 보지 않으면 안 되었다. 사십여 세의 노동자. 전경부의 광범한 팽륭. 돌출한 안구. 또 손의 경미한 진동. 분명한 바세도우씨병. 그것은 누구에게든 결코 깨끗한 느낌을 주지는 못한다. 그의 좌우에는 좌석이 비어 있어도 사람들은 그곳에 앉으려 들지 않는다. (중략)

그러나 그가 문 옆에 기대어 섰는 캡 쓰고 린네르 쓰메에리 양복 입은 사내의, 그 온갖 사람에게 의혹을 갖는 두 눈을 발견하였을 때, 구보는 또다시 우울 속에 그곳을 떠나지 않으면 안 되었다.

라 두 명의 사내가 서 있었다. 낡은 파나마에 모시 두루마기 노랑 구두를 신고, 그리고 손에 조그만 보따리 하나도 들지 않은 그들을, 구보는, 확신을 가져 무직자라고 단정한다. 그리고 이 시대의 무직자들은, 거의 다 금광 브로커에 틀림없었다. 구보는 새삼스러이 대합실 안팎을 둘러본다. 그러한 인물들은, 이곳에도 저곳에도 눈에 띄었다.

황금광 시대.

저도 모를 사이에 구보의 입술은 무거운 한숨이 새어 나왔다. 황금을 찾아, 황금을 찾아, 그것도 역시 숨김없는 인생의, 분명한, 일면이다. 그것은 적어도, 한 손에 단장과 또 한 손에 공책을 들고, 목적 없이 거리로 나온 자기보다는 좀 더 진실한 인생이었을지도 모른다. (중략) 시시각각으로 사람들은 졸부가 되고, 또 몰락해 갔다. 황금광 시대. 그들 중에는 평론가와 시인, 이러한 문인들조차 끼어 있었다. (중략)

그도 벗이라면 벗이었다. 중학 시대의 열등생. 구보는 그래도 약간 웃음에 가까운 표정을 지어 보이고, 그리고, 단장 든 손을 그대로 내밀어 그의 손을 가장 엉성하게 잡았다. 이거 얼마만이야. 어디, 가나. 응, 자네는—. (중략)

문득, 구보는, 그러한 여자가 왜 그자를 사랑하려 드나, 또는 그자의 사랑을 용납하는 것인가 하고, 그런 것을 괴이하게 여겨 본다. 그것은, 그것은 역시 황금 까닭일 게다. 여자들은 그렇게도 쉽사리 황금에서 행복을 찾는다. 구보는 그러한 여자를 가엾이, 또 안타깝게 생각하다가, 갑자기 그 사내의 재력을 탐내 본다. ㉢사실, 같은 돈이라도 그 사내에게 있어서는 헛되이, 그리고 또 아깝게 소비되어 버릴 게다.

마 그 벗은 시인이었음에도 불구하고, 극히 건장한 육체와 또 먹기 위해 어느 신문사 사회부 기자라는 직업을 가지고 있었다. 그것이 때로 구보에게 애달픔을 주지 않은 것은 아니다. 그래도, 그래도 그와 대하고 있으면, 구보는 마음속에 밝음을 가질 수 있었다.

2_ 다음 등장인물들의 특징을 정리해 봅시다.

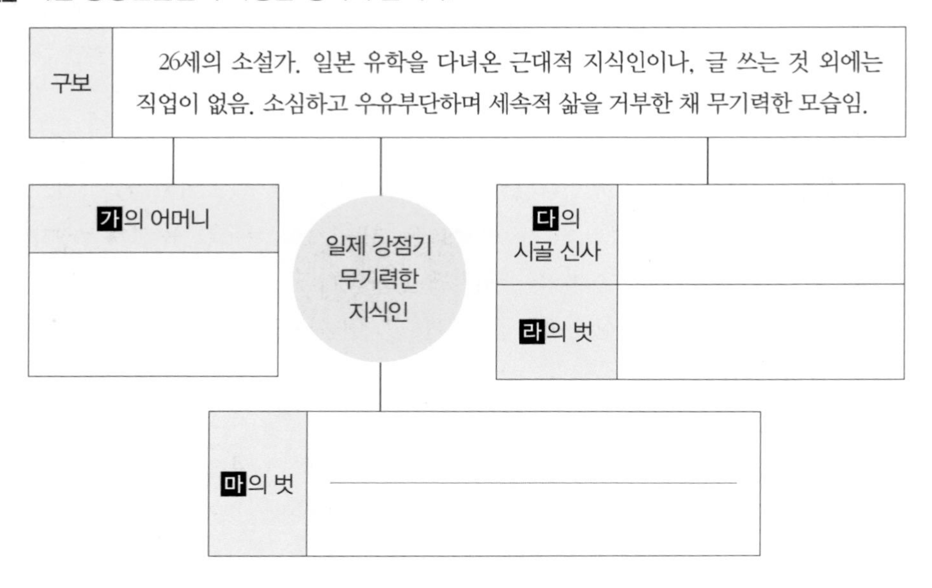

3_ 제시문 나와 라의 '단장'과 '공책'이 하는 역할과 의미를 써 봅시다.

4_ 문제 3번의 답을 바탕으로 제시문 나의 밑줄 친 ㉠이 의미하는 바로 가장 적절한 것을 골라 봅시다.

① 소설가는 가정을 꾸리고 살 수가 없다.

② 자신이 가진 이상만으로는 행복한 세상을 만들 수 없다.

③ 거리를 배회하며 관찰하는 것만으로는 행복을 찾을 수 없다.

④ 경제적 가치가 없는 것은 현대 사회에서 아무런 의미가 없다.

⑤ 자신의 삶의 동반자가 인정해 주지 않는 물품으로는 진정한 기쁨을 누릴 수 없다.

5_ '구보'가 제시문 **나**의 밑줄 친 ㉡과 같이 행동한 이유를 한 문장으로 써 봅시다.

6_ 제시문 **다**의 ⓐ와 〈보기〉의 ⓑ에 대한 설명으로 적절한 것끼리 묶인 것을 골라 봅시다.

보기

그러고는 ⓑ 경성역 일이등 대합실 한 곁 티룸에를 들렀다. 그것은 내게는 큰 발견이었다. 거기는 우선 아무도 아는 사람이 안 온다. 설사 왔다가도 곧들 가니까 좋다. 나는 날마다 여기 와서 시간을 보내리라 속으로 생각하여 두었다. (중략)

나는 한 박스에 아무것도 없는 것과 마주 앉아서 잘 끓은 커피를 마셨다. 총총한 가운데 여객들은 그래도 한 잔 커피가 즐거운가 보다. 얼른얼른 마시고 무얼 좀 생각하는 것같이 담벼락도 쳐다보고 하다가 곧 나가 버린다. 서글프다. 그러나 내게는 이 서글픈 분위기가 거리의 티룸들의 그 거추장스러운 분위기보다는 절실하고 마음에 들었다. – 이상, 〈날개〉

ㄱ. ⓐ와 ⓑ는 주인공이 찾아간 공간이라는 점에서 공통점을 갖지만, 그곳을 찾아간 이유라는 면에서는 차이점이 있다.
ㄴ. ⓐ와 ⓑ는 표면적으로 동일한 공간일 뿐만 아니라, 주인공에게 끼치는 심리적 효과 면에서도 동일한 공간으로 해석된다.
ㄷ. ⓐ가 인물들의 다양한 모습들을 보여 주는 공간이라면, ⓑ는 인물들의 유사한 모습을 보여 주는 공간으로 작용한다.
ㄹ. ⓐ와 달리 ⓑ에는 다양한 사연을 가진 군상들의 모습이 구체적으로 드러난다.

① ㄱ, ㄴ ② ㄱ, ㄷ ③ ㄱ, ㄹ ④ ㄴ, ㄷ ⑤ ㄷ, ㄹ

7_ 제시문 **다**의 [A]를 통해 작가가 말하고자 하는 바를 써 봅시다.

8_ 제시문 **라**의 밑줄 친 ㉢이 의미하는 바를 써 봅시다.

9_ 〈보기〉를 바탕으로 이 작품을 감상한 내용으로 적절하지 않은 것을 골라 봅시다.

보기

이 작품의 배경이 되는 1930년대는 근대화와 도시화가 진행되면서 여러 병폐가 생겨났고 황금 열풍이 불기 시작했다. 당시 세태를 바라보는 주인공의 비판적이고 냉소적인 시선에는 이러한 병폐에서 벗어나야 한다는 생각이 바탕에 깔려 있다.

① 주인공은 고독을 벗어나기 위해 '경성역'을 찾았으나 그곳에서 오히려 군중 속의 고독을 느끼는군.

② 주인공은 경성역 대합실에 모인 '사람들'의 모습을 보며 인정이 메마르고 인간적 신뢰가 약화된 도시의 모습에 안타까움을 느끼는군.

③ 주인공은 린네르 쓰메에리 '양복 입은 사내'가 타인을 경계하고 의심하는 모습을 보며 서글픔을 느끼는군.

④ 낡은 파자마에 모시 두루마기 노랑 구두를 신은 '두 명의 사내'를 보면서 주인공은 무직자가 양산되었던 당시의 불안정한 경제 상황을 부정적으로 생각하고 있군.

⑤ 황금을 좇는 '문인들'을 비판적으로 바라보는 주인공은 물질적인 가치관에 의해 타락한 현실에서 벗어날 대책을 모색하고 있군.

날개

1_ 이 작품에 대한 설명으로 옳지 않은 것을 골라 봅시다.

① 이상이 쓴 단편 소설로, 1936년《조광》에 발표되었다.

② '나'의 의식의 흐름에 따라 이야기가 서술되고 있다.

③ **전도**된 삶과 잃어버린 자아를 회복하려는 한 지식인의 내면세계를 그리고 있다.

④ 식민지 지식인의 절망적 상황이 주인공의 자의식 과잉과 자아 분열을 통해 드러나고 있다.

⑤ **물신주의**에 빠진 '나'와 이를 극복해 나가려는 아내의 대립이 소설의 주된 갈등을 이루고 있다.

- **전도**(顚倒) 차례, 위치, 이치, 가치관 따위가 뒤바뀌어 원래와 달리 거꾸로 됨. 또는 그렇게 만듦.
- **물신주의**(物神主義) 어떤 물건이나 대상이 초자연적인 힘을 가지고 있다고 믿어 그것을 숭배하는 태도.

2_ 작품 전문의 내용과 연관지어 생각해 볼 때, 다음 제시문에서 '나'의 돈에 대한 관념이 어떻게 변하는지 써 봅시다.

> **가** 내 비록 아내가 내게 돈을 놓고 가는 것이 싫지 않았다 하더라도 그것은 다만 고것이 내 손가락에 닿는 순간에서부터 고 벙어리 주둥이에서 자취를 감추기까지의 하잘것없는 짧은 촉각이 좋았달 뿐이지 그 이상 아무 기쁨도 없다.
>
> **나** 하늘에서 얼마라도 좋으니 왜 지폐가 소낙비처럼 퍼붓지 않나, 그것이 그저 한없이 야속하고 슬펐다. 나는 이렇게밖에 돈을 구하는 아무런 방법도 알지는 못했다. 나는 이불 속에서 좀 울었나 보다. 돈이 왜 없냐면서…….

- **가**: ______________________

____

↓

- **나**: ______________________

____

3_ 다음 중 작품 속 '나'의 고립이나 분열된 모습과 가장 거리가 먼 것을 골라 봅시다.

① '박제가 되어 버린 천재'를 아시오? 나는 유쾌하오. 이런 때 연애까지가 유쾌하오.

② 이런 여인의 반(半)—그것은 온갖 것의 반이오—만을 영수하는 생활을 설계한다는 말이오. 그런 생활 속에 한 발만 들여놓고 흡사 두 개의 태양처럼 마주 쳐다보면서 낄낄거리는 것이오.

③ 나는 그러나 그들의 아무와도 놀지 않는다. 놀지 않을 뿐만 아니라 인사도 않는다.

④ 이런 이 방이 가운데 장지로 말미암아 두 칸으로 나뉘어 있었다는 그것이 내 운명의 상징이었던 것을 누가 알랴?

⑤ 나에게는 인간 사회가 스스러웠다. 생활이 스스러웠다. 모두가 서먹서먹할 뿐이었다.

4_ 다음 제시문의 두 소재를 '나'가 어떻게 인식하는지 그 차이점을 밝히고, 제시문의 사건이 '나'에게 어떤 변화를 일으키는지 써 봅시다.

> 나는 감기가 다 나았는데도 아내는 내게 [아스피린]을 주었다. 내가 잠이 든 동안에 이웃에 불이 난 일이 있다. 그때에도 나는 자느라고 몰랐다. 이렇게 나는 잤다. 나는 아스피린으로 알고 그럼 한 달 동안을 두고 [아달린]을 먹어 온 것이다. 이것은 좀 너무 심하다.

[5~7] 다음 제시문을 읽고 물음에 답하시오. [2007년 9월 고3 모의평가 응용]

나는 어디로 어디로 들입다 쏘다녔는지 하나도 모른다. 다만 몇 시간 후에 내가 미쓰코시 옥상에 있는 것을 깨달았을 때는 거의 대낮이었다.

나는 거기 아무 데나 주저앉아서 내 자라온 스물여섯 해를 회고하여 보았다. 몽롱한 기억 속에서는 이렇다는 아무 제목도 불거져 나오지 않았다.

나는 또 내 자신에게 물어보았다. 너는 인생에 무슨 욕심이 있느냐고. 그러나 있다고도 없다고도, 그런 대답은 하기가 싫었다. 나는 거의 나 자신의 존재를 인식하기조차도 어려웠다.

허리를 굽혀서 나는 그저 ⓐ금붕어나 들여다보고 있었다. 금붕어는 참 잘들 생겼다. 작은 놈은 작은 놈대로 큰 놈은 큰 놈대로 다 싱싱하니 보기 좋았다. 내리비치는 5월 햇살에 금붕어들은 그릇 바탕에 그림자를 내려뜨렸다. 지느러미는 하늘하늘 손수건을 흔드는 흉내를 낸다. 나는 이 지느러미 수효를 헤아려보기도 하면서 굽힌 허리를 좀처럼 펴지 않았다. 등허리가 따뜻하다.

나는 또 회탁의 거리를 내려다보았다. 거기서는 피곤한 생활이 똑 금붕어 지느러미처럼 흐늑흐늑 허비적거렸다. 눈에 보이지 않는 끈적끈적한 줄에 엉켜서 헤어나지들을 못한다. 나는 피로와 공복 때문에 무너져 들어가는 몸뚱이를 끌고 그 회탁의 거리 속으로 섞여 들어가지 않는 수도 없다 생각하였다. 나서서 나는 또 문득 생각하여 보았다. 이 발길이 지금 어디로 향하여 가는 것인가를……. (중략)

㉠이때 뚜우 하고 정오 사이렌이 울렸다. 사람들은 모두 네 활개를 펴고 닭처럼 푸드덕거리는 것 같고 온갖 유리와 강철과 대리석과 지폐와 잉크가 부글부글 끓고 수선을 떨고 하는 것 같은 찰나, 그야말로 현란을 극한 정오다.

나는 불현듯이 겨드랑이 가렵다. 아하, 그것은 내 인공의 날개가 돋았던 자국이다. 오늘은 없는 이 날개, 머릿속에서는 희망과 야심의 말소된 페이지가 딕셔너리 넘어가듯 번뜩였다.

나는 걷던 걸음을 멈추고 그리고 어디 한번 이렇게 외쳐 보고 싶었다.

ⓑ날개야 다시 돋아라.

날자. 날자. 날자. 한 번만 더 날자꾸나.

한 번만 더 날아 보자꾸나.

5_ 일제 강점기에 미쓰코시 백화점은 서울에서 매우 높은 건물이었습니다. 이 사실에 비추어 볼 때, 제시문의 '미쓰코시 옥상'이 가지는 기능에 대한 설명으로 적절하지 않은 것을 골라 봅시다.

① '나'로 하여금 내면적 성찰을 시도하게 한다.
② '나'에게 이전과는 다른 삶의 태도를 갖게 한다.
③ '회탁의 거리'를 압축적으로 조감할 수 있게 한다.
④ '나'와 '회탁의 거리' 사이의 괴리감을 드러내 준다.
⑤ '회탁의 거리'를 부자유와 체념의 공간으로 인식하게 한다.

6_ 다음 인물의 상황을 고려하여 제시문의 ⓐ, ⓑ가 상징하는 바를 써 봅시다.

'박제(剝製)가 되어 버린 천재'를 아시오? 나는 유쾌하오.

• ⓐ:

• ⓑ:

7_ 제시문의 밑줄 친 ㉠에 관한 설명의 일부인 〈보기〉를 참고하여 이 작품을 감상한 내용으로 적절하지 않은 것을 골라 봅시다.

보기

철학과 문학에서는 전통적으로 시간을 가리키는 말에 함축적인 의미를 부여해 왔다. 특히 독일의 철학자 니체는 '정오'를 각성(覺醒)과 재생(再生)의 시간으로 여겼다. '정오'는 인식의 태양이 가장 높이 솟아오른 때라는 것이다.

① '나'의 의식 상태는 ㉠ 이전과 이후로 나누어 볼 수 있겠군.
② '정오'의 사이렌 소리가 '나'의 생명력을 일깨운 것으로 볼 수 있겠군.
③ '정오'의 함축적 의미 때문에 ㉠을 경계로 어조와 분위기가 바뀐 것이겠군.
④ '나'는 '정오'가 되면서 자아의 문제에서 사회의 문제로 시선을 전환하게 되겠군.
⑤ 이 작품은 시간의 물리적인 의미보다 심리적인 의미에 중점을 두고 읽어야겠군.

이상의 〈날개〉에서 숨은 그림 찾기

이상의 〈날개〉는 현대인의 무의미한 삶과 자아 분열을 그려 낸 최초의 심리 소설로, 작가가 세상을 뜨기 1년 전인 1936년에 발표된 자전적 소설이다. 〈날개〉의 서술 및 구성상 특징을 통해 작가가 당대 현실을 어떻게 바라보고 있는지 살펴보자.

① 의식의 흐름 기법: 박태원의 〈소설가 구보 씨의 일일〉에서와 마찬가지로, 서술자인 '나'가 떠올리는 생각들이 필연성을 갖기보다 의식의 흐름에 따라 기술되고 있다. 이는 모더니즘 소설의 특징 중 하나로, 작품 속 '나'가 지닌 자의식의 혼란을 드러낸다.

② 절름발이 부부 관계: 시인 장석주는 〈날개〉에 대해 "매춘부에 기생하는 작가의 자폐적 일상과 무기력을 내용으로 하는 이 소설은 다섯 번 외출했다가 네 번 귀가하는 '나'의 권태에 대한 얘기다."라고 말했다. 이처럼 〈날개〉에는 자유연애와 자유결혼으로 전근대적 결혼 문화가 변화하면서 여필종부(女必從夫)로 대표되는 전근대적 부부 관계마저 변해 갔던 현실에서 한발 더 나아가, 돈으로 매개된 비윤리적 부부가 등장한다. 이는 근대적 변화에 대한 작가 자신의 내면적 갈등을 드러낸다.

③ 밤낮이 바뀐 '나'의 생활 방식: '나'가 사는 33번지는 낮에는 조용하다가 밤이 되면 생기를 찾는다. '나'는 이곳 한 방의 어두침침한 북쪽 윗방에 살며 밤이 되어야 깨어나는데, 이는 식민지 지식인의 무력감과 절망 의식을 형상화하기 위한 설정으로 보인다.

④ 골방과 미쓰코시 백화점 옥상 정원: 당시 미쓰코시 백화점의 옥상 정원은 경성 시가지가 한눈에 내려다보이는 곳으로, '나'는 오랜 시간 강제 최면에서 깨어나 도시 전체를 조망할 수 있는 이곳에서 각성의 시간을 갖는다. 〈날개〉에서 대조를 이루는 유곽의 골방과 미쓰코시 백화점 옥상 정원은 식민지 근대 자본주의 도시의 우울과 매혹이라는 이중성을 상징하며, 식민지 근대 체제에 적응하지 못하는 구시대 지식인의 소외감을 드러낸다.

Step_1 그들의 괴로움은 무엇 때문인가

다음 제시문을 읽고 물음에 답해 봅시다.

가 이윽고 남편은 기막힌 듯이 웃는다.

"흥, 또 못 알아듣는군. 묻는 내가 그르지, 마누라야 그런 말을 알 수 있겠소? 내가 설명을 해 드리지. 자세히 들어요. 내게 술을 권하는 것은, 화증도 아니고, 하이칼라도 아니요, 이 사회란 것이 내게 술을 권한다오. 이 조선 사회란 것이, 내게 술을 권한다오. 알았소? 팔자가 좋아서 조선에 태어났지, 딴 나라에 났더면 술이나 얻어먹을 수 있나……."

사회란 것이 무엇인가? 아내는 또 알 수가 없었다. 어찌하였든, 딴 나라에는 없고, 조선에만 있는 요릿집 이름이어니 한다. (중략)

"공연히, 그런 말 말아요. 무슨 노릇을 못 해서 주정꾼 노릇을 해요! 남이라서……."

아내는 부지불식간에 흥분이 되어, 열기 있는 눈으로 남편을 바라보고, 불쑥 이런 말을 하였다. 그는 제 남편이 이 세상에 가장 거룩한 사람이어니 한다. 따라서 어느 뉘보다 제일 잘될 줄 믿는다. 몽롱하나마 그의 목적이 원대하고 고상한 것도 알았다. 얌전하던 그가 술을 먹게 된 것은 무슨 일이 맘대로 아니 되어 화풀이로 그러는 줄도 어렴풋이 깨달았다. 그러나 술은 노상 먹을 것이 아니다. 그러면 패가망신하고 만다. 그러므로 하루바삐 그 화가 풀리었으면, 또다시 얌전하게 되었으면 하는 생각이 그의 머리를 떠날 때가 없었다. 그리고 그날이 꼭 올 줄 믿었었다. 오늘부터는 내일부터는…… 하건만 남편은 어제도 술이 취하였다. 오늘도 한 모양이다. 자기의 기대는 나날이 틀려 간다. 좇아서 기대에 대한 자신도 엷어 간다. 애달프고 원통한 생각이 가끔 그의 가슴을 누른다. 더구나 수척해 가는 남편의 얼굴을 볼 때에, 그런 감정을 걷잡을 수 없었다. 지금 저도 모르게 흥분한 것이 또한 무리가 아니었다.

– 현진건, 〈술 권하는 사회〉

나 현진건의 창작 활동이 활발했던 때는 1920년대 이후 식민지 시대였다. 이때는 1919년 3·1 운동 이후 비록 기대했던 독립을 쟁취하지는 못했지만 한민족(韓民族)이 일제의 지배를 맹렬히 반대한다는 의지를 드러냄으로써 일제가 원래의 강압 정책에서 표면적으로나

마 회유 정책으로 전환하는 것이 불가피했던 시기였다.

일제는 회유 정책의 한 가지로 1920년 3월, 《조선일보》와 《동아일보》 등 민간지의 발행을 허가했다. 이에 따라 조선의 민족 운동은 점진적인 문화·사회 운동으로 전개되었고, 언론·문화·체육·교육·종교의 진흥 및 이를 통한 저항, 여성 및 청년 운동 등의 사회 인권 운동, 산업 개발과 자립 경제 운동 등으로 펼쳐졌다.

다소 자유가 허용된 듯한 분위기 속에서 1919년 순문예지 《창조》가 창간되고 그다음 해에는 《개화》, 《학생계》 등의 종합지와 함께 순문예지 《폐허》가 간행되었다. 이러한 3·1 운동 이후 계속 출현하는 언론지와 그 발전 양상은 사회적으로는 본격적인 근대 시민운동의 모습을, 문단적으로는 일종의 문예 부흥의 모습을 띠었다. 그러나 일제는 소위 문화 정책을 표방할 뿐 안으로는 오히려 탄압의 체계를 만들어 갔다. 일제는 경찰 수의 증가, 조선인에 대한 검사 강화, **치안유지법**에 의한 탄압, 사상법의 **연차적** 검증으로 침략 정책의 당위성을 홍보·육성하는 것을 가장 중요한 정책으로 삼았으며 수많은 지주, 자본가, 친일 관료 및 친일파 들이 이에 동조하였다. (중략)

회유 정책의 일환으로 교육 제도가 확대되면서—조선인과 일본인의 교육 불평등 개선이라는 표면적 이유 아래 체제화된 식민지 관료 기술자를 만들고 학교 교육을 통해 '**동화**'를 추진하려는 일제의 실질적 필요가 숨겨져 있었다.— 많은 사람들이 고등 교육을 받았으나, 적당한 직장을 구하지는 못했다. 게다가 문학이 정치적·사회적 무관심을 강요받는 분위기여서 역사적 사실을 밝혀내기가 어려워 역사는 왜곡되고 문학의 가치 또한 제대로 드러나지 못하는 등 지식인들은 물질적 고통에 또 다른 고통을 겪어야 했다. (중략)

일제는 지식인들을 무력하게 만들기 위해서 **간교한** 정책으로 직장을 줄이고 이들의 실업 문제를 방치했다. 그래서 1920년대 지식인 계층은 대부분 맹목적인 **향학열**로 대학 교육 과정을 밟은 **인텔리**들임에도 불구하고, 지식인으로서의 정체성을 획득하는 데 실패하고 사회 속에서도 자기실현의 가능성을 찾지 못함으로써 무기력하고 굴욕적인 삶을 살아갈 수밖에 없었다. 이렇듯 물질적으로 **빈궁**을 겪으면서도 정신적으로 사회에 대한 비판 의식을 상실하지 않았다는 게 이들을 더욱 고통스럽게 했다. 이상과 현실의 모순 속에서 정신적 고통을 겪으며 현실에 대한 실망감을 안고 있던 지식인들은 술 혹은 기생과 어울려 타락한 생활을 하게 된다.

– 포문전첨, 〈한국어 교육을 위한 한·중 단편 소설 비교 연구〉

다 창밖에 밤비가 **속살거려**
육첩방은 남의 나라.

시인이란 슬픈 **천명**인 줄 알면서도
한 줄 시를 적어 볼까.

땀내와 사랑내 포근히 품긴
보내 주신 학비 봉투를 받아

대학 노-트를 끼고
늙은 교수의 강의를 들으러 간다.

생각해 보면 어릴 때 동무들
하나, 둘, 죄다 잃어버리고

나는 무얼 바라
나는 다만, 홀로 **침전**하는 것일까?

인생은 살기 어렵다는데
시가 이렇게 쉽게 씌어지는 것은
부끄러운 일이다.

육첩방은 남의 나라,
창밖에 밤비가 속살거리는데,

등불을 밝혀 어둠을 조금 내몰고,
시대처럼 올 아침을 기다리는 최후의 나,

나는 나에게 작은 손을 내밀어
눈물과 위안으로 잡는 최초의 악수.

– 윤동주, 〈쉽게 씌어진 시〉

- **치안유지법**(治安維持法) 1923년 간토 대지진(일본의 간토 지방에 발생하여 10만여 명의 사망자를 냈던 큰 지진으로, 재일 한국인이 폭동을 일으켜 약탈과 방화를 일삼는다는 유언비어가 돌아 수천 명의 한국인이 학살되었다.) 직후, 천황제나 사유 재산제를 부정하는 운동을 단속할 목적으로 제정된 일제의 법률.
- **연차적**(年次的) 햇수의 차례에 따라 단계적으로 하는 것.
- **동화**(同化) 성질, 양식(樣式), 사상 따위가 다르던 것이 서로 같게 됨.
- **간교하다**(奸巧--) 간사하고 교활하다.
- **향학열**(向學熱) 배움에 뜻을 두어 그 길로 나아가려는 열의.
- **인텔리**[intelligentsia] 지적 노동에 종사하는 사회 계층. 또는 지식이나 학문, 교양을 갖춘 사람.
- **빈궁**(貧窮) 가난하고 궁색함.
- **속살거리다** 남이 알아듣지 못하도록 작은 목소리로 자질구레하게 자꾸 이야기하다.
- **육첩방**(六疊房) 다다미(일본식 돗자리) 여섯 장을 깐 일본식의 작은 방.
- **천명**(天命) 타고난 운명.
- **침전**(沈澱) 액체 속에 있는 물질이 밑바닥에 가라앉음. 또는 그 물질.

1_ 제시문 **가**에 드러난 갈등의 양상을 찾고, 제시문 **나**를 참고하여 그 원인을 함께 써 봅시다.

2_ 제시문 **가**의 '남편'과 제시문 **다**의 시적 화자를 비교해 보고, 자신이 생각하는 바람직한 지식인상을 제시해 봅시다.

한걸음 더

지식인의 역할

시대를 막론하고, 사회 문제를 찾아내어 그 해결책을 모색하는 것은 지식인의 역할이라 인식되어 왔습니다. 그 대가로 지식인은 많은 사람들의 존경을 받으며 시대의 표상(表象)이 되곤 했지요. 프랑스의 작가 장 폴 사르트르(Jean-Paul Sartre, 1905~1980)는 《지식인을 위한 변명》에서 지식인은 지배 계급이 자기의 기득권을 지키려는 목적으로 민중 계급에게 주입(注入)시키고자 하는 이데올로기가 거짓됨을 밝히고, 이를 통해 지배 계급과 민중 계급 사이의 착취 관계를 드러냄으로써 민중이 인간성을 회복하는 데 기여해야 한다고 주장했습니다. 또 미국의 언어학자 노엄 촘스키(Noam Chomsky, 1928~)는 《지식인의 책무》에서 진실을 알려야 할 뿐만 아니라 실질적인 역할을 해낼 민중을 찾아 진실에 대해 함께 이야기함으로써 변화를 한 행동을 이끌어 내야 한다며 지식인의 역할을 강조했습니다.

변화의 속도가 빠른 오늘날, 사회 문제가 다양하고도 복잡한 양상으로 나타나면서 지식인의 역할 또한 그에 걸맞게 변화·발전하고 있습니다. 그러한 점에서 어떠한 유혹이나 위협 앞에서도 신념을 꺾지 않는 오래전 우리나라의 선비 정신이 오늘날 지식인의 자세로 재조명되고 있다는 것은 특기할 만합니다.

Step_2 모던 보이들은 거리에서 무엇을 보았을까

다음 제시문을 읽고 물음에 답해 봅시다.

가 문학 작품은 '장소의 경험'을 포함해서 친밀한 경험에 **가시성**을 부여한다. 문학 작품은 우리가 그 작품을 접하지 않았더라면 알지 못했을 경험 지역들에 관심을 기울이게 할 뿐만 아니라, 그 당시 도시 공간이 사람들에게 어떻게 체험되고 의식 속에 남아 있게 되는지 이해할 수 있게 해 주는 예술적 매개로 역할한다. (중략)

박태원의 소설들은 1930년대 경성이라는 도시를 산책하며 일상을 세밀하게 관찰하고 당시 도시가 지닌 현상과 본질을 밝혀내는 태도에 있어서 보기 드문 면을 지니고 있다. 그는 고현학(考現學) 기법으로 근대 도시 경성의 모습을 관찰하고 기록했는데, 이는 '산책자 **모티프**'로도 설명되어 왔다. 이때 '산책자'란 군중도 **무위 도식자**도 아닌 **주변인**으로서 도시의 거리를 돌아다니며 근대적 도시를 새롭게 경험하는 인물을 가리킨다. (중략)

1930년대 박태원 같은 모더니스트들의 일상을 통하여 드러나는 '산책'을 들여다보는 일은 발터 벤야민(Walter Benjamin, 1892~1940)에게서 빌려 온 개념인데, 벤야민은 "산책자는 근대 세계가 자신의 존재를 드러냈을 때 이를 가장 먼저 알아차린 존재"라고 말했다. 산책자는 시각적인 존재이며, 근대 도시가 제공하는 시각적인 즐거움을 알아차리고 누구보다 거기에 빠져드는 사람이다. 무엇보다 산책자에게 도시는 거대한 경관(景觀)이며, 주위의 경치와 더불어 그 자신의 상점이자 거울이자 쇼윈도이며 디스플레이된 백화점이다. 박태원은 이와 같이 '경성 산책자' 혹은 '경성 **만보객**'으로서 자신이 겪은 도시의 구체적인 일상을 소설화하였다.

그런데 박태원이 〈소설가 구보 씨의 일일〉을 썼던 1930년대 근대 도시 경성에는 '산책자들'이 실재하고 있었다. 바로 구보 박태원과 '모던 보이'들로, 경성에 나타난 '모던 보이'는 박태원과 함께 이상, 김기림, 이태준, 구본웅, 김유정, 조용만, 정인택 등 모더니즘 영향을 받은 작가나 예술가들이었다. (중략)

알다시피 1930년대 모더니즘은 도시 공간과 밀착되어 있다. 이른바 '도회의 아들'이고자 하였던 모더니스트들은 도시화에 능동적인 수용자인 동시에 적극적인 비판자였다. 이들은 새로운 도시 공간을 경험하면서 근대화에 대한 열정을 피워 내는 한편, 도시화에 대한 경계심도 늦추지 않았다. 도시의 물질적인 풍요로움과 정신적인 빈곤은 필연적으로 양가적(兩價的)인 감정을 초래하지만, 우리의 경우 도시화의 주체가 식민주의라는 점에서 1930년대가 갖고 있던 문제는 한층 복합적이다. 즉 도시화에 대한 동경과 동시에 식민 자본이 초래하는 모순에 대한 비판이라는 이중성 속에서 당대 모더니스트들의 의식은 본질적으로 균열될 수밖에 없었다.

이러한 1930년대 도시 공간은 식민지 지배 메커니즘(mechanism)과 밀접한 관련성을 지닌다. 공간은 독립된 물리적 실체가 아니라, 사회 현상들과의 관계에서 이해되는 '사회적 개념'이기 때문이다. 특히 1930년대 경성은 식민지 도시화가 가속화되고 피지배 민족으로서 식민 정책을 수용해야 하는 조선인의 위치가 어느 지역보다 선명하게 부각되면서, 식민지 근대와 탈식민주의가 은밀하고 강력하게 상충(相衝)하는 공간이었다.

나 젊은 내외가, 너덧 살 되어 보이는 아이를 데리고 그곳에 가 승강기를 기다리고 있었다. 이제 그들은 식당으로 가서 그들의 오찬을 즐길 것이다. 흘낏 구보를 본 그들 내외의 눈에는 자기네들의 행복을 자랑하고 싶어 하는 마음이 엿보였는지도 모른다. 구보는, 그들을 업신여겨 볼까 하다가, 문득 생각을 고쳐, 그들을 축복해 주려 하였다. 사실, 사오 년 이상을 같이 살아왔으면서도, 오히려 새로운 기쁨을 가져 이렇게 거리로 나온 젊은 부부는 구보에게 좀 다른 의미로서의 부러움을 느끼게 하였는지도 모른다.

(박태원, 〈소설가 구보 씨의 일일〉 중에서)

여기서 구보는 아무것도 사지 않고 승강기 앞에까지 갔다가 한 가족을 슬쩍 본 후 바로 나올 뿐이다. 아내가 없는 구보는 자기네들의 행복을 자랑하고 싶어 한다고 생각하는 아이가 있는 부부를 보며 업신여기려다가 마음을 고쳐먹고 축복해 준다. 굳이 '돈' 이 있고 없고를 떠나 구보에게 없는 '가정'을 자각시켜 줌과 동시에, 아이와 함께 백화점 식당으로 가족 외식을 하러 온 그들에게 구보는 상대적 박탈감을 느끼기도 한다. 이처럼 도시 빈민과 달리, 백화점에 자유로운 출입은 허락되나 가난한 **룸펜** 혹은 빈민은 아니어도 출입이 무의미했던 가난한 이들에게 문화적 차별화를 제공하는 곳이 당시 백화점이었다.

다 그러고는 경성역 일이등 대합실 한 곁 티룸에를 들렀다. 그것은 내게는 큰 발견이었다. 거기는 우선 아무도 아는 사람이 안 온다. 설사 왔다가도 곧들 가니까 좋다. 나는 날마다 여기 와서 시간을 보내리라 속으로 생각하여 두었다. (중략)

나는 한 박스에 아무것도 없는 것과 마주 앉아서 잘 끓은 커피를 마셨다. 총총한 가운데 여객들은 그래도 한 잔 커피가 즐거운가 보다. 얼른얼른 마시고 무얼 좀 생각하는 것 같이 담벼락도 좀 쳐다보고 하다가 곧 나가 버린다. 서글프다. 그러나 내게는 이 서글픈 분위기가 거리의 티룸들의 거추장스러운 분위기보다는 절실하고 마음에 들었다. (중략)

여러 번 자동차에 치일 뻔하면서 나는 그대로 경성역을 찾아갔다. 빈자리와 마주 앉아서 이 쓰디쓴 입맛을 거두기 위하여 무엇으로나 입가심을 하고 싶었다.

커피— 좋다. 그러나 경성역 홀에 한 걸음을 들여놓았을 때 나는 내 주머니에는 돈이 한 푼도 없다는 것을 그것을 깜박 잊었던 것을 깨달았다. (이상, 〈날개〉 중에서)

이 작품에서 보듯 이상은 박태원처럼 경성 시내 다방과 카페를 자주 찾던 예술인이었다. 아마 활동 반경이 제한된 그에게는 자주 가던 다방에 들어가면 최소한 얼굴이라도 아는 이와 종종 마주쳤을 것이다. 그러나 도회의 항구인 경성역 내 티룸은 아는 이가 없기 때문에 익명의 군중 속에 숨어 혼자 차를 마시며 사색을 즐기기 좋은 곳이었을 것이다. 이때 다른 여객들이 티룸에 들어와 '나'처럼 커피 맛을 음미하지 않고 얼른 마시고 나가 버린다는 것은 기차를 놓치지 않기 위함이었던 것 같다. 본래 경성역 내 티룸은 여객들이 기차 시간을 기다리며 잠시 시간을 보내거나 경성역에 마중을 나온 이들이 상대방을 기다리는 공간이었을 것이다. 그러나 '나'는 바로 '그렇기 때문에' 매일 와서 시간을 보내리라 다짐한다('나'에게는 다른 의미가 부여된 공간이었다.). 아내가 그동안 아스피린이라고 준 것이 수면제라는 사실을 안 날, 다시 '자동차에 치일 뻔하면서'까지 굳이 경성역 티룸으로 커피를 마시러 가는 것은 보통 사람이라면 하지 않았을 행동이다. 그러나 '나'는 경성역에 들어서자마자 돈이 없음을 깨닫고 바로 발을 돌린다. '항구'인 경성역에서조차 '나'는 '돈'에 의해 차별된다.

– 전정은, 〈문학 작품을 통한 1930년대 경성 중심부의 장소성 해석〉

- **모던 보이**(modern boy) 1900년대 초반에 들어온 외국 문화를 적극적으로 수용하여 서양 의복을 입고 서구적인 사고와 가치관을 가진 남자.
- **가시성**(可視性) 눈으로 볼 수 있는 성질.
- **모티프**(motif) 회화, 조각, 소설 따위의 예술 작품을 표현하는 동기가 된 작가의 중심 사상.
- **무위 도식자**(無爲徒食者) 하는 일 없이 놀고먹는 사람.
- **주변인**(周邊人, marginal man) 이질적 두 문화 속에서 어느 쪽에도 동화되지 않은 사람.
- **만보객**(漫步客) 도시를 배회하고 걸어 다니며 도시 생활을 경험하는 사람을 가리키는 말.
- **룸펜**(Lumpen) 부랑자 또는 실업자를 이르는 말.

1_ 작품 전문의 내용을 참고하여 다음 장소에서 '구보'가 어떤 경험과 생각을 했는지 정리해 봅시다.

장소	'구보'의 경험과 생각
집을 나선 후 거리	직업과 아내를 갖지 않은 스물여섯 살의 구보는 정오에 집을 나와 광교·종로를 걸으며 귀도 잘 들리지 않고 시력에도 문제가 있다는 신체적인 불안감을 느낀다.
전차 안	㉠
다방	혼자 다방에 앉아 차를 마시면서 자기에게 여행비만 있으면 행복할 것 같다고 생각한다.
경성역 대합실	㉡
다방	㉢
다방을 나온 후 거리	동경 시절에서의 옛사랑을 추억하며 자신의 용기 없음으로 인해 여자를 불행하게 만들었다는 죄책감을 느낀다. 또 전보 배달의 자동차가 지나가는 것을 보며 오랜 벗에게서 한 장의 편지를 받고 싶다는 생각에 젖는다.
술집	여급이 있는 종로 술집에서 친구와 술을 마시며 세상 사람들을 모두 정신병자로 간주하고 싶은 충동을 느끼기도 하고, 하얀 소복을 입은 아낙이 카페 창 옆에 붙은 '여급대모집'에 대하여 물어 오던 일을 기억하며 가난에서 오는 불행에 대하여 생각한다.
거리에서 집으로	㉣

2_ 문제 1번과 제시문 **가**를 참고하여, 당대 모더니스트들의 특징을 서술해 봅시다.

3_ 제시문 **나**와 **다**에 제시된 근대적 장소들이 갖는 공통점과 그에 대한 모더니스트로서의 작가들의 인식을 분석해 봅시다.

백화점, 자본주의적 소비문화의 전시장

1906년 경성에 일본의 미쓰코시 백화점 서울 지점이 문을 열었습니다. 미쓰코시 백화점은 '리틀 도쿄'로 불리던 경성의 상업적·정치적 중심지 남촌에 자리했는데, 양옆으로 경성 우편국과 조선 저축 은행 등 각종 기관들을 낀 최고의 입지였습니다. 이후 조지야[丁字屋, 1921]·미나카이[三中井, 1922]·히라다[平田, 1926] 백화점이 차례로 세워지면서 경성은 자본주의적 식민 도시로 빠르게 변모해 갔습니다. 당시 경성의 백화점 중 유일하게, 조선인들의 근거지였던 북촌의 종로네거리에 자리한 화신 백화점(1931)은 민족 자본으로 설립되어 종로 상점가의 중심이 되었습니다. 이들 백화점은 근대 문명을 체험할 수 있는 장소이자 경제력을 지닌 자들을 위한 가족 나들이 장소였으며, 소비할 능력이 없는 도시 빈민에게는 차별을 경험케 하는 공간이었다는 점에서는 내남없이 자본주의적 소비문화의 전시장으로 역할했습니다.

Step_3 왜 날고자 했을까

다음 제시문을 읽고 물음에 답해 봅시다.

가 소설의 공간을 연구할 때 작가나 작중 인물이 공간을 어떻게 지각하고 있는가라는 '공간 의식' 파악은 매우 중요하다. 이때 작가의 공간 의식은 결코 장소적 의미에 국한되지 않으며, 작가의 상상력이나 주제 의식과 맥(脈)이 닿아 있다.

작가의 주제 의식은 세계를, 삶을, 인간을 파악하는 시각이나 구조에서 발현되기 때문에 공간 의식과 긴밀하게 연관될 수밖에 없다. 그런 면에서 공간은 작중 인물의 성격을 만들 뿐만 아니라 공간의 상징성을 통해 작중 인물의 심리나 운명을 독자들이 추측하거나 사건 전개를 예측하는 복선으로 활용될 수 있다. 이밖에 작가나 작중 인물이 공간에 형이상학적인 의미를 부여하는 경우도 있다. 이러한 이유로 인해서 소설에서의 공간 의식 연구는 점점 중요해지고 있다. (중략)

이상의 〈날개〉에서 '아내의 방'과 '나의 방'은 여/남의 차이에 대한 상징적 공간 대비로 볼 수 있는데, 기존의 사회에서 관습적으로 이루어지던 여성과 남성의 역할이 역전(逆轉)되어 나타난다. 방 밖의 세계, 즉 사회와 관계를 맺고 돈을 버는 '아내의 방'은 생산성의 공간이자 노동·자본성이 자리한 공간이다. 이러한 생산성을 지닌 아내의 방은 '아내'와 '나'라는 가정의 울타리이자 중심적 공간이 될 수밖에 없고, 생산성이라는 세계와 관계하고 있는 공적(公的) 공간을 소유한 아내는 비생산의 공간을 차지하고 있는 '나'에게 '강제'라는 권력을 휘두를 수 있다. 한편 '나의 방'은 남자로서의 사회적 위치를 획득하지 못한 자발적 자폐(自閉)의 공간이자, 세상과 단절된 자기만의 세계를 의미한다. 결국 관습적으로 유지되어 오던 남성과 여성의 위치는 역전되고, 남성으로서의 권위를 상실한 '나'는 아내에게 종속되며 무기력하게 존재한다.

나 이상의 〈날개〉에서는 총 다섯 번의 외출과 네 번의 귀가가 이루어지는데, 이때 '외출'과 '귀가'는 각각 사회적인 공간과 개인적인 공간으로의 이동을 의미한다. 특히 '외출'은 타자와의 소통을 위한 행위이자 현재와는 다른 상태를 추구하는 적극적인 행위로서 자아와 존재론적인 탐구와도 연결된다. 따라서 '외출'은 하나의 공간에서 다른 공간을 향하는 지향성이자, 시간적으로는 과거–현재–미래 또는 정지된 시간에서 이상적 시간을 향한 변화의 뜻을 지니기도 한다. '외출'이야말로 인물의 의식과 무의식의 혼란으로부터, 또한

중의적 의미의 공간을 얽매고 있는 고착과 감금의 제한된 공간으로부터 열린 세계로 나아가게 하는 직접적이고 **제의적**인 움직임이다. 결국 외출을 통해 고립된 공간에서 열린 공간으로 이동하고자 하는 '나'의 욕구는 구체화된다.

– 최경미, '이상의 〈날개〉 연구: 시공간적 의식을 중심으로'

다 나는 어디로 어디로 들입다 쏘다녔는지 하나도 모른다. 다만 몇 시간 후에 내가 미쓰코시 옥상에 있는 것을 깨달았을 때는 거의 대낮이었다. (중략)

그때 내 눈앞에는 아내의 모가지가 벼락처럼 내려 떨어졌다. 아스피린과 아달린.

우리들은 서로 오해하고 있느니라. 설마 아내가 아스피린 대신에 아달린의 정량(定量)을 나에게 먹여 왔을까? 나는 그것을 믿을 수는 없다. 아내가 그럴 대체 까닭이 없을 것이니. 그러면 나는 날밤을 새면서 도적질을 계집질을 하였나? 정말이지 아니다.

우리 부부는 숙명적으로 발이 맞지 않는 절름발이인 것이다. 나나 아내나 제 거동에 로직을 붙일 필요는 없다. 변해할 필요도 없다. 사실은 사실대로 오해는 오해대로 그저 끝없이 발을 절뚝거리면서 세상을 걸어가면 되는 것이다. 그렇지 않을까?

그러나 나는 이 발길이 아내에게로 돌아가야 옳은가 이것만은 분간하기가 좀 어려웠다. 가야 하나? 그럼 어디로 가나?

이때 뚜우 하고 정오 사이렌이 울렸다. 사람들은 모두 네 활개를 펴고 닭처럼 푸드덕거리는 것 같고 온갖 유리와 강철과 대리석과 지폐와 잉크가 부글부글 끓고 수선을 떨고 하는 것 같은 찰나, 그야말로 현란을 극한 정오다.

나는 불현듯이 겨드랑이 가렵다. 아하, 그것은 내 인공의 날개가 돋았던 자국이다. 오늘은 없는 이 날개, 머릿속에서는 희망과 야심의 말소된 페이지가 딕셔너리 넘어가듯 번뜩였다.

나는 걷던 걸음을 멈추고 그리고 어디 한번 이렇게 외쳐 보고 싶었다.

날개야 다시 돋아라.

날자. 날자. 날자. 한 번만 더 날자꾸나.

한 번만 더 날아 보자꾸나.

– 이상, 〈날개〉

- **중의적**(重義的) 한 단어나 문장이 두 가지 이상의 뜻으로 해석될 수 있는. 또는 그런 것.
- **제의적**(祭儀的) 제사의 의식과 같은.

1_ 〈날개〉의 전문 내용과 제시문 **가**를 참고하여 다음 공간에서 일어난 '나'의 행동과 심리를 정리해 봅시다.

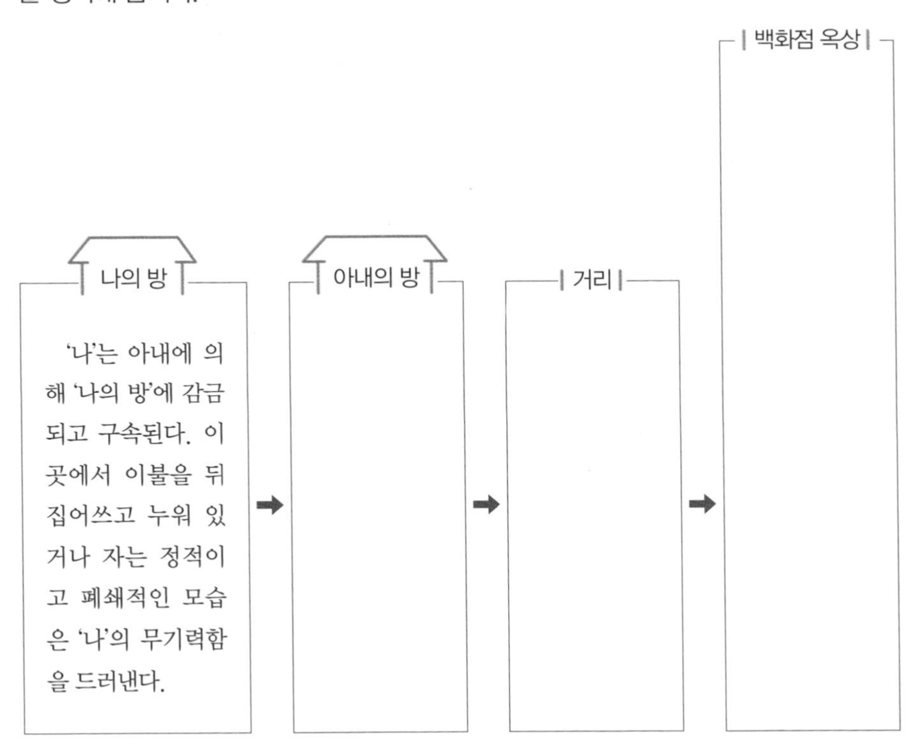

2_ 문제 1번의 답을 바탕으로 제시문 **나**를 참고하여 '외출'이 '나'의 의식에 미친 영향에 대해 써 봅시다.

3_ 다음 밑줄 친 '작가의 문제의식'이 제시문 **다**와 같은 결말을 통해 어떻게 드러나는지 써 봅시다.

[2008년 6월 고3 모의평가 응용]

> 오늘날 〈날개〉는 근대 문명과 불화(不和)를 겪고 있는 지식인의 내면세계를 '아내'와 '나'의 **부조리한** 관계에 빗대어 표현한 작품으로 평가받고 있다. 여기서 '아내'는 근대 문명을, '나'는 지식인의 내면세계를 상징한다. 이때 두 인물은 모두 비윤리적인 모습으로 형상화되고 있다. 작품 속 '아내'는 남편이 있음에도 불구하고 매춘을 하고, '나'는 아내가 부도덕한 방법으로 번 돈을 받아 생활한다. 이러한 인물들의 비윤리적인 모습에는 당대의 시대적 상황에 대한 작가의 문제의식이 반영되어 있다.
>
> • **부조리하다**(不條理--) 이치에 맞지 아니하거나 도리에 어긋나다.

한걸음 더

돈을 둘러싼 '나'와 아내의 갈등

〈날개〉에서 '아내'는 매춘으로 번 돈을 자신의 부도덕성에 대한 침묵의 대가인 양 남편인 '나'에게 주곤 합니다. 처음에 '나'는 '아내'가 매춘으로 번 돈을 돌려주기도 하고 저금통째 화장실에 버리기도 하며 돈과 대결하죠. 하지만 돈을 지니고 외출했다가 근대 사회의 문명 세계를 경험하게 된 이후 점차 그 즐거움을 욕망하는가 하면, 돈 한 푼 없이 외출했다가 도시 경성으로부터 소외감을 느끼기도 합니다. 그리하여 〈날개〉는 자본주의의 핵심인 '돈'을 소비하려는 '아내'와 그와 갈등하는 '나'의 모습을 통해 물신주의가 지배하던 도시의 모습을 잘 그려 냈다는 평가를 받고 있습니다.

"〈날개〉라는 소설에서 주목해야 할 점은 주인공과 그의 아내 사이에 사실 사랑과 같은 남녀 사이의 애틋한 감정이 전혀 도입되지 않는다는 점입니다. 오직 돈과 상품의 교환만이 두 사람 사이에 중요한 소재로 다루어질 뿐입니다. 이 때문에 유학적(儒學的) 사고에 기반을 둔 기존 부부 윤리도 마치 돈으로 살 수 있는 일종의 상품처럼 다루어질 수 있었지요."

— 강신주, 〈상처받지 않을 권리〉

1930년대 가난한 지식인들

1930년대 문단의 대표적인 작가로 손꼽히는 박태원과 이상은 그들의 자서전적인 작품 〈소설가 구보 씨의 일일〉과 〈날개〉에서 자신들이 태어나고 거주했던 식민지 도시 경성을 배경으로 삼아, 소비와 향락의 도시에서 살아가는 지식인의 내면세계를 잘 그려 냈다. 당시 경성은 백화점, 카페, 전차 등을 갖춘 근대적 대도시로 변모하고 있었지만, 식민지 경제가 악화되면서 실업자 수는 증가하고 도시적이고 근대적인 삶을 즐기면서도 소비적 삶을 지탱할 경제력이 없던 당대 지식인들은 무기력한 모습을 보일 수밖에 없었다. 다음 기사는 당시의 가난한 지식인들의 심경을 짐작케 한다.

실업자의 심경은 그가 아니면 모른다. 아침에 뜨는 해도 보기 싫고, 밤에 뜨는 달도 보기 싫고, 모든 색채 모든 움직이는 물체, 아무리 좋은 소리라도 다 듣기 싫고, 도대체 사는 것이 싫다. (중략) 어쨌든 그 날의 그 해는 지내 버려야 할 터이니 돈 십 전만 있으면 찻집이 좋다고 들어가나 커피차 한 잔만 먹고 왠종일 앉아 있을 수는 없으니, 길로 헤맨다. 이래서 양복쟁이 룸펜이 된다.

– 안석영, 〈도회점경(都會點景)〉(《조선일보》, 1934. 02. 09.)

독일의 사회학자 게오르그 짐멜(Georg Simmel, 1858~1918)은 〈대도시와 정신적 삶〉에서 "대도시의 개인들에게 전형적인 심리 상태는 신경과민이다. 이는 외적·내적 자극들이 급속도로 그리고 끊임없이 바뀌기 때문에 생기는 심리 상태라고 할 수 있다."고 말했다.

이처럼 식민지 시대를 살아가는 조선인들 또한 근대 사회로 급격히 변화하는 현실에 극도의 신경 쇠약에 걸릴 정도로 심각한 피로감을 느꼈고, 박태원과 이상의 두 작품을 포함한 식민지 시대 문학 작품에 정신적 질병을 앓는 지식인들이 종종 등장하는 것도 이와 같은 맥락에서 이해할 수 있다. 게다가 일제의 식민 권력에 따르지 않는 지식인은 당시 유행하던 대중문화를 욕망하면서도 이를 누릴 수 없는 현실적 모순까지 안고 있었다. 그리하여 무기력한 일상을 지내는 당대 가난한 지식인들은 정신적으로도 비정상적인 상황에 놓일 수밖에 없었다.

박태원의 소설에는 신경 쇠약을 앓는 주인공이 등장하고, 이상의 소설에는 자신의 삶을 주체적으로 살아 내지 못하는 병약한 주인공이 등장한다. 이는 당대 지식인들이 비정상적인 상황에서 정신적으로도 비정상적일 수밖에 없음을 말해 준다.

1970년대 최인훈은 〈소설가 구보 씨의 일일〉을 통해 월남한 실향 소설가의 하루를 보여 주었고, 1990년대 주인석은 〈소설가 구보 씨의 하루〉에서 1980년 광주 민주화 운동의 비극을 보고 자란 젊은 소설가의 하루를 그려 냈습니다. 다음 제시문을 참고하여 〈소설가 구보 씨의 일일〉이 재창조에 자주 차용되는 까닭을 생각해 보고, 조건에 맞게 〈다시 쓰는 구보 씨의 일일〉을 써 봅시다.(1,000자 내외)

조건

- 자신이 살고 있는 시·공간을 배경으로 삼되, 고현학[考現學, modernology]적으로 유의미한 장소나 인물 및 풍속을 2개 이상 포함하여 작성할 것.
- 그 장소나 인물 및 풍속에 대한 자신의 성찰이 드러나도록 작성할 것.

가 일본 와세다 대학 건축학과 교수였던 곤 와지로(今和次郎, 1888~1973)는 1925년 〈도쿄 긴자 풍속 거리 기록〉에서 고현학이라 이름 붙인 도시 풍속 연구를 하였다. 이때 고현학은 변동이 심한 당시 풍속·세태를 조사·기록해 자료로 남기는 학문으로, 공간 조사를 포함하여 풍속을 직접 관찰·기록하고 스케치하는 등 자료를 수집하고 그것을 항목별로 분류·집계한 후 비교하는 학문을 말한다.

곤 와지로는 〈고현학이란 무엇인가〉(1928)와 〈고현학 총론〉(1931) 등의 글에서 고현학의 학문적 방법에 대해 다음 세 가지 특징을 들었다. 첫째, 저널리즘에 가까운 객관성을 가져야 하고, 둘째, 관찰의 객관성을 확보하기 위해 물질적인 것을 대상으로 하며, 셋째, 채집된 결과를 통계로 표현함과 동시에 그 통계 결과상 관찰에서는 보이지 않는 사상의 모습을 부각해야 한다는 것이다. 예를 들어 도쿄 긴자에서는 여성의 쪽진머리 양식이 '일본머리 3, 서양머리 4'인 것에 반해 오사카 신사이바시[心斎橋]에서는 그 비율이 반대인데, 이러한 결과로 "도쿄에 사는 아녀자들은 그 숫자가 보여 주는 만큼 전통적인 생활과 동떨어져 있다고 생각해 볼 수 있다."고 말했다.

곤 와지로는 경험 가능한 관찰 기록의 통계를 근거로 그에 숨겨진 측면을 밝히려는 방법적 태도를 들어 고현학이 과학적임을 강조하면서, 직접 현장에 가서 생활의 실상을 파악해 간다는 점에서 이와 유사한 학문인 민속학과는 차이점을 갖는다고 얘기한다. 그는 민속학자를 "현존 사상(事象)을 매체로 삼아 봉건 사회의 생활을 연구하는 자"라고 표현하면서, 민속학이 관찰 대상으로서 "옛 그대로의 모습"을 연구한다면 고현학은 대상의 "변해 가는 모습"을 파악하고자 한다며 그 차이점을 강조했다. 나아가 사람들의 일상성이나 생활에 대해 살피는 고현학은 '상식'을 파악하는 데에 그치지 않고 '상식'으로부터 거리를 두고 그것을 의심하며 우리의 인식을 흔들어 보는 안목(眼目)에 그 본질적 특징이 있다고도 말했다.

– 오노데라 켄타, 〈다양성으로부터의 비판 정신〉

나 일제 강점기 소설가 박태원은 일상의 의미를 소설적으로 재구성한 자신의 작품을 '고현학'이라고 불렀는데, 당시 복잡한 사회의 관습·가치관·**습속**을 정교하고 상세한 관찰에 입각하여 재구성한 그의 소설은 '세태 소설'로 손색이 없었다. 특히 박태원의 소설 〈소설가 구보 씨의 일일〉에서 주인공은 주변의 생활이나 다른 인물들과 아무런 관계를 맺지 않은 채 도시 공간을 방황하며 근대적 일상을 지적으로 성찰함으로써 고현학적 태도를 보여 주었다.

다 18세기까지 유럽에서 자연 풍경을 중심으로 유행하던 '산책'은 19세기 **파리 대개조 사업** 이후 도시의 자본주의화로 변화해 가던 도시 거리를 대상으로 삼기 시작하였다. 이를 계기로 도시 문학이 유행하였는데, 서울에서는 일제 강점기였던 20세기 초반, 특히 1930년대 경성 시대에 산책자 소설이 등장했다. 박태원의 〈소설가 구보 씨의 일일〉(1934)이나 이상의 〈날개〉(1936) 등 도시 문학 작품들이 그 좋은 예이다. 이후 〈소설가 구보 씨의 일일〉과 유사한 제목의 서울 도시 산책 소설이 출간되는 흥미로운 현상도 발생하였다.

이들 문학 작품에 나타나는 도시 경관에 대한 표현상 특징을 살펴보면, 먼저 식민지 근대였던 1930년대 경성을 산책하는 두 작품 중 박태원의 〈소설가 구보 씨의 일일〉은 경성을 식민자와 피식민자들 간의 생활 영역이 구분된 '심리적 이중 도시'로 인식하고 있음을 알 수 있다. 그는 하루의 낮과 밤을 새로운 교통수단인 전차와 도보로 순환 탐방을 하면서 특히 전차의 속도가 반영된 동적인 경관 변화를 몽타주 기법으로 묘사하였다. 또한 근대적 공공 거점이자 대표 경관인 경성역에서 관찰한 다양한 모순적 사회상을 고현학적 관점에서 기술하였다. 같은 시기 쓰여진 이상의 〈날개〉는 소설의 대표적 배경으로 도심 속의 음습한 33번지 유곽 속의 거처와 근대화된 자본주의 도심을 대표하는 미쓰코시 백화점의 옥상을 양극적으로 배치하고 있다. 이들 대비적 장소들은 식민지 근대 경성의 양극적 구조인 개인과 대중, 퇴폐와 유토피아, 밤과 낮, 최면과 각성 등을 상징한다.

해방 이후 근대 서울을 산책하는 최인훈의 〈소설가 구보 씨의 일일〉과 주인석의 〈소설가 구보 씨의 하루〉는 각각 1970년대와 1990년대의 서울을 묘사한다. 이들은 6·25 전쟁의 피난민 세대와 그 다음 세대를 대표한다. 최인훈은 북한 출신의 서울 거주 피난민 소설가로, 그의 이방인으로서의 소외 의식은 일상적으로 방문하는 원도심의 경관들, 특히 광화문 거리와 고궁을 애증의 양면적 시각으로 바라본다. 특히 과거 창경원 동물원을 서두와 말미에 반복하여 방문하면서 우리나라 근대사의 허구와 모순을 상징적으로 표현하였다. 또 주인석은 피난민 2세대로, 파주라는 분단의 경계 도시에서 태어나 서울의 불광동에서 거주하면서 원도심을 불규칙적으로 방문한다. 그는 정치와 사상이 격변하는 시대를 겪었고, 그 현장으로서 서울의 역사적 장소들을 방문하면서 그에 나타난 1980~1990년대 한국사와 세계사의 의미를 묻고 있다.

– 김한배·조윤승, 〈도시 문학을 통해 본 서울 도시 명관의 인식〉

라 박태원의 〈소설가 구보 씨의 일일〉과 이상의 〈날개〉 두 작품은 몇 가지 공통된 특징들을 갖고 있다.

첫째, 두 작품 모두 정체성 상실의 모습을 뚜렷하게 보여 주고 있다. 〈소설가 구보 씨의 일일〉에서 목적 없이 외출하여 갈 곳을 몰라 하며 방황하는 '구보'나, 〈날개〉의 유폐된 일상에 머물러 있는 '나'는 정체성 상실의 모습을 보여 준다. 인물의 정체성 상실이 서사의 출발점에 위치함으로써 상실된 정체성의 회복으로 서술되어 갈 것임이 암시적으로 드러나고, 작품이 가진 의미는 정체성 회복을 드러내는 스토리의 최종 단계에서 드러날 것임을 짐작할 수 있다. 즉 〈소설가 구보 씨의 일일〉에서는 벗과 헤어져 집으로 향하는 시점이, 〈날개〉에서는 다섯 번째 외출이 서술의 의미를 확인할 수 있는 지점이다. 물론 정체성 상실을 지각하는 수준에 멈춤으로써 문제가 완전히 해결되는 것은 아니며 미래에 대한 불확실성 또한 공통적으로 드러나지만, 두 작품에서 정체성 상실을 지각하는 것 자체가 정체성의 회복이자 확립이라고 말할 수 있다.

둘째, 두 작품은 모두 내적 독백이나 의식의 흐름과 같은 독특한 서술 형식을 사용하고 있다. 이때 삼인칭 서사에서의 의식의 흐름과 일인칭 서사에서의 내적 독백은 서술을 두드러지게 하는 동시에 서술 행위 자체에 의미가 발생하게끔 유도한다. 다시 말해 스토리보다 서술이 우위를 점하면서 스토리 세계에서 발생하는 사건보다 서술에 의해 중개되는 인물의 내면 심리가 더 중요한 서술 형식이다. 때문에 서사에 대한 분석에서도 인물의 행위보다는 그것의 원인이 되는 인물의 심리나 인식에 초점이 맞추어질 수밖에 없다. 일반적으로 심리 소설이 내적 독백이나 의식의 흐름을 주로 사용한다는 점을 인지한다면, 심리 소설의 서사 분석 시 인물의 행위보다 사건 진행에 따른 인물의 내면 심리 변화와 그것을 제시하는 서술에 초점을 맞추어야 함을 이해할 것이다.

– 여지영, 〈1930년대 심리 소설의 서사적 정체성 연구〉

- **습속**(習俗)　습관이 된 풍속.
- **파리 대개조 사업**(Paris 大改造事業)　1853년부터 20세기 초까지 진행된 프랑스의 수도 파리를 재건설하였던 사업. 방사형 순환도로와 녹지 공간 확보로 인구 급증에 따른 도시 환경을 개선했다.

04 해방 전후 : 환희와 혼돈의 시대

작품 읽기

- 염상섭, 〈두 파산〉
- 채만식, 〈논 이야기〉
- 채만식, 〈미스터 방〉

학습 목표

1. 해방 이후 한국 사회와 개인의 도덕적 변화를 살펴보고, 그 원인을 분석할 수 있다.
2. 풍자 문학의 기법과 의의를 파악하여, 소설을 감상할 수 있다.
3. 해방 전후 대표적 문학 작품을 둘러싼 쟁점을 이해하고, 자신의 비판적 관점을 세울 수 있다.
4. 다양한 독후 활동을 통해 해방 전후 작가와 문학 작품에 대한 자신의 감상을 말할 수 있다.

일본의 식민 통치로부터 벗어나 해방을 맞은 우리나라 사람들. 자유를 되찾은 우리 민족의 현실은 희망적이었을까요? 안타깝게도 해방 이후 미소 군정이 남북을 점령하고 남한 단독 정부 수립을 거쳐 6·25 전쟁에 이르는 지난한 한국 현대사로 미루어 보아, 당시를 지나왔던 어떤 삶도 호락호락하진 않았으리라 쉽게 짐작할 수 있습니다. 전환기적 상황에서 낡은 질서는 붕괴되고 새로운 국가 및 사회를 건설하려는 의지들이 충돌하여 갖은 갈등 양상을 낳았으며, 와중에 자기(혹은 민족) 정체성을 찾아가야 하는 혼란이 해방기 우리 민족이 마주한 현실이었습니다.

이 작품은 1949년 《신천지》에 발표된 염상섭의 단편 소설로, 삶의 가장 중요한 가치를 돈으로 여겨 모든 것을 돈과 연관시켜 생각하면서 돈이면 무엇이든 할 수 있다고 생각하는 물질 만능주의가 팽배하던 시절의 이야기입니다. 작가는 한때 신여성이었으나 해방 후 삶이 위태로워지면서 돈에 집착하는 옥임과 빚을 내어 살아 보려 몸부림치다 물질적 몰락을 겪는 정례 모친이라는 두 여인을 통해 당대 혼란을 재현하고, 해방 후 팽배한 물질 만능주의 및 돈의 지배를 받고 살아가는 사람들의 모습을 비판합니다.

해방 공간에서 경제적 몰락을 겪은 사람들이 돈의 노예가 되어 인간성마저 잃어버리는 세태를 그린 이 작품을 통해, 물질적·경제적 성과를 최고의 가치로 삼는 물신주의가 여전한 오늘날 삶을 돌아보도록 합시다.

염상섭(廉想涉, 1897~1963)

서울 출생. 1920년 동인지 《폐허》를 창간하고, 1921년 한국 최초의 자연주의 단편 소설 〈표본실의 청개구리〉를 발표하며 소설가로 등단했다. 40여 년 동안 160여 편의 중 단편 소설과 17편의 장편 소설을 발표하면서 신소설의 뒤를 이어 오늘날 현대 소설의 문법을 개척하고 완성했다는 평가를 받고 있다. 주요 작품으로는 〈만세전(萬歲前)〉, 〈잊을 수 없는 사람들〉, 〈금반지〉, 〈고독〉, 〈일대의 유업(遺業)〉, 〈짖지 않는 개〉, 《삼대(三代)》, 《취우(驟雨)》 등이 있다.

두 파산 _염상섭

1

"어머니, 교장 또 오는군요."

학교가 파한 뒤라 갑자기 조용해진 상점 앞길을, 열어 놓은 유리창 밖으로 내다보고 **등상**에 앉았던 정례가, 눈살을 찌푸리며 돌려다본다. 그렇지 않아도 돈 걱정에 팔려서 테이블 앞에 멀거니 앉았던 정례 모친도 저절로 양미간이 **짜붓**하여졌다. 점방 안에는 학교를 파해 가는 길에, 공짜 만화를 보느라고 아이들이 저편 구석 진열대에 옹기종기 몰려 섰다가, 교장이라는 말에 귀가 번쩍하였는지 조그만 얼굴들을 쳐든다. 그러나 모시 두루마기 자락이 펄럭하며, 우둥퉁한 중늙은이가 단장을 짚고 쑥 들어서는 것을 보고, 학생 아이들은 저희끼리 눈짓을 하고 킥킥 웃어 버린다. 저희 학교 교장이 온다는 줄 알았던 모양이다.

"어째 이렇게 쓸쓸하우?"

영감은 언제나 오면 하는 버릇으로 상점 안을 휘휘 둘러보며 말을 건다.

"어서 옵쇼……. 아침 한때와 점심 한나절이 한참 붐비죠. 지금쯤이야 다 파해 가지 않았에요."

파산(破産) 재산을 모두 잃고 망함.
등상(凳床) 나무로 만든 세간의 하나.
짜붓 '짜긋'. 눈 따위를 살짝 짜그리는 모양.

안주인은 일어나지도 않고 앉은 채 **무관히** 대꾸를 하였다. 교장은, 정례가 앉았던 등상을 내어 주니까 대신 걸터앉으며,

"딴은 그렇겠군요. 그래도 팔리는 거야 여전하겠죠?"

하고 눈이 저절로 테이블 위의 **손금고**로 갔다. 이 역시 올 제마다 늘 캐어묻는 말이지마는, 또 무슨 딴 까닭이 있어서 붙이는 수작 같아서 정례 어머니는,

"그야 다소 들쭉날쭉야 있죠마는, 온 요새 같아서는……."

하고 시들히 대답을 하여 준다.

"어쨌든 **좌처**가 좋으니까……. 하루에 두어 번쯤 바쁘고, 편히 앉아서 네다섯 식구가 뜯어먹고 살면야, 아낙네 소일루 그만 장사가 어디 있을까마는, 그래 그러구두 빚에 쫄리다니 알 수 없는 일이로군."

왜 그런지 이 영감이 싫고 멸시하는 정례는, '누가 해 달라는 걱정인감!' 하는 생각에 입이 삐죽하여졌다.

"날마다 쑬쑬히 나가기야 하지만, 원체 물건이 자[細]니까 남는 게 변변해야죠."

여주인은 마지못해 늘 하는 수작을 뇌었다. 그러나 오늘은 이 영감이 더 유난히 물건 쌓인 것이며 진열장에 늘어놓인 것을 눈여겨보는 것이었다. 정례 모녀는 그 뜻을 짐작하겠느니만큼 불쾌하였다.

여기는 여자 중학교와 국민학교가 길 건너로 마주 붙은 네거리에서 조금 외진 골목 안이기는 하나, 두 학교를 상대로 하고 벌인 학용품 상점으로는 그야말로 좌처가 좋은 셈이다. 원체는 선술집이었다던가 하는 방 한 칸 달린 이 점방을 작년 봄에 팔천 원 월세로 얻어 가지고 이것을 벌이고 앉을 제, 국민학교 안에는 벌써 매점이 있어서 어떨까도 하였으나, 여학교만은 시작하기

무관히(無關-) 관계나 상관이 없이.
손금고(-金庫) 손으로 들고 다닐 수 있게 만든 작은 금고.
좌처(坐處) 집이나 방 따위가 차지하고 있는 자리.

전부터 아는 선생을 **새**에 넣고 선전도 하고 **특약**하다시피 하였던 관계인지, 이때껏 재미를 보는 편이지, 이 장삿속으로만은 꿀리는 셈속은 아니다.

"이번에, 두 달 셈을 한꺼번에 드리쟀더니 또 역시 꿀립니다그려. 우선 밀린 거 한 달치만 받아 가시죠."

정례 어머니는 테이블 위에 놓인 손금고를 땡그렁 열고서 백 원짜리를 척척 센다.

"이번에는 본전까지 될 줄 알았는데, 이자나마 또 밀리니……. 장사는 **깔축없이** 잘되는데, 그 원 어째 그렇단 말씀유?"

하며, 영감은 혀를 찬다. 저편에서 만화를 보며 소곤거리던 아이들은 교장이라던 이 늙은이의 본전이니 변리니 하는 소리에 눈들이 휘둥그레서 건너다본다.

"칠천오백 원입니다. 세 보십쇼. 그러니 댁 한 군델 세야 말이죠. 제일 무거운 짐이 아시다시피 김옥임이네 십만 원의 일 할(割) 오 부, 일만 오천 원이죠, 은행 조건 삼십만 원의 이자가 또 있죠……. 기껏 벌어서 남 좋은 일 하는 거예요. 당신에게 이자 벌어 드리고 앉았는 셈이죠."

영감은 옆에서 주인댁이 하는 말은 귀담아듣지도 않고 골똘히 돈을 세더니 커다란 검정 헝겊 주머니를 허리춤에서 꺼내서 넣는다. 옆에 섰는 정례는 그 돈이 아깝고 영감의 **푸둥푸둥한** 넓적한 손까지 밉기도 하여 가만히 내려다보고 있으려니까,

"그래 이달 치를 또 언제쯤 들르리까? 급히 내가 쓸 데가 있으니까 아무래도 본전까지 해 주어야 하겠는데……."

새 사이.
특약(特約) 특별한 편의나 이익이 있는 계약.
깔축없다(–縮––) 조금도 축나거나 버릴 것이 없다.
푸둥푸둥하다 통통하게 살이 찌고 부드럽다.

하고, 아까와는 딴판으로 퉁명스럽게 볼멘소리를 하였다. 만화를 들여다보던 아이들은 또 한 번 이편을 건너다본다.

부옇고 점잖게 생긴 신수가 딴은 교장 선생 같고, 저기다가 양복이나 입고 운동장의 교단에 올라서면 저희들도 움찔하려니 싶은 생각이 드는데, 이잣돈을 받아 넣고 나서도 또 조르고 **두덜대는** 소리를 들으니, 설마 저런 교장이 어디 있으랴 싶어서 저희들끼리 또 눈짓을 하였다.

"되는 대로 갖다 드리죠. 하지만 본전은 조금만 더 참아 주십쇼. 선생님 같으신 어른이 돈 오만 원쯤에 무얼 그렇게 시급히 구십니까."

정례 어머니는 본전을 해 내라는 데에 **얼레발**을 치며 설설 기는 수작을 한다.

"아니, 이자 안 물구 어서 갚는 게 수가 아니겠나요?"

"선생님두 속 시원한 말씀을 하십니다."

정례 어머니는 기가 막혀 웃어 보인다.

"참, 그런데 김옥임 여사가 무어라지 않습디까?"

그만 일어설 줄 알았던 교장은 담배를 붙이어 새판으로 말을 꺼낸다.

"왜, 무어라구 해요?"

정례 모녀는 무슨 말이 나오려는지 벌써 알아채고 입이 삐쭉들 하여졌다.

"글쎄, 그 이십만 원 조건을 대지르구 날더러 예서 받아 가라니 그래 어떻게들 이야기가 **귀정**이 났나요?"

영감의 말이 떨어지기가 무섭게 정례는 잔뜩 벼르고 있었던 듯이 모친의 앞장을 서서 가로 탄한다.

"교장 선생님! 그따위 경위 없는 말이 어디 있에요? 그건 요나마 우리 가게

두덜대다 남이 알아듣기 어려울 정도의 낮은 목소리로 자꾸 불평을 하다.
얼레발 '설레발'의 방언. 몹시 서두르며 부산하게 구는 행동.
귀정(歸正) 그릇되었던 일이 바른길로 돌아옴.

를 판 들어먹게 하구 말겠단 말이지 뭐예요!"
하고, 얼굴이 발끈해지며 눈을 세로 뜬다.
"응? 교장이라니? 교장은 별안간 무슨 교장…… 허허허……."
영감은 **허청** 나오는 웃음을 터뜨리며 저편 아이들을 잠깐 거들떠보고 나서,
"글쎄, 그러니 빤히 사정을 아는 터에 이럴 수도 없고 저럴 수도 없고……."
하며 말끝을 어물어물해 버린다. 이 영감이 해방 전까지는 어느 시골에선지 오랫동안 보통학교 교장 노릇을 하였다는 말을 옥임이에게서 들었기에 이 집에서는 이름은 자세 모르고 하여 '교장 교장' 하고 불러왔던 것이 입버릇으로 급히 튀어나온 말이나, **고리대금업**의 패를 차고 나선 지금에는 그것을 내세우기도 싫고, 더구나 저런 **소학교** 아이들 앞에서는 창피한 생각도 드는 눈치였다.
"교장 선생님이 이럴 수도 없구 저럴 수도 없으실 게 뭐예요. 그 아주머니한테 받으실 건 그 아주머니한테 받으십쇼그려."
정례는 또 모친이 입을 벌릴 새도 없이 퐁퐁 쏘아 준다.
"얜 왜 이러니!"
모친은 딸을 나무라 놓고,
"그렇겐 못하겠다구 벌써 끝낸 말인데 또 왜 그럴꾸."
하며, 말을 잘라 버린다.
"아, 그런데 김씨 편에서는 댁에서 승낙한 듯이 말하던데요?"
영감의 **말눈치**는 김옥임이 편을 들어서 이십만 원 조건인가를 여기서 받아내려는 생각인 모양이다.

허청 아무 생각 없이 문득 나서거나 움직이는 꼴.
고리대금업(高利貸金業) 고리대금(비싼 이자를 받는 돈놀이)을 직업으로 하는 일.
소학교(小學校) '초등학교'의 전 용어.
말눈치 말하는 가운데에 은근히 드러나는 어떤 태도.

"딴소리! 내가 아무리 어수룩하기루 제 **사폐**만 봐주구 제 춤에만 놀까요?"

정례 어머니는 코웃음을 쳤다.

김옥임이의 이십만 원 조건이라는 것이, 요사이 이 두 모녀의 자나깨나 큰 걱정거리요, 그것을 생각하면 밥맛이 다 없을 지경이지마는, **자초**는, 정례 모녀가 이 상점을 벌이고 나자 장사가 잘될 성싶으니까 김옥임이가 저도 한몫 끼이자고 자청(自請)을 하여 십만 원을 들여놓고 들어왔던 것이다. 그리고 그 가지고 들어온 **동사** 밑천 십만 원의 두 곱을 빼 가고도 또 새끼를 쳐서 오늘에 와서는 이십이만 원까지 달라는 것이다.

2

정례 모친은 남편을 졸라서 집문서를 은행에 넣고 **천신만고하여** 삼십만 원을 얻어 가지고, **부비** 쓰고 당장 급한 것 가리고 한 나머지 이십이삼만 원을 들고 이 가게를 벌였던 것이었다. 팔천 원 월세의 보증금 팔만 원은 그만두고라도 점방 꾸미고 탁자 들이고 진열대 세 채 들여놓고 하기에만도 육칠만 원 들었으니, 갖다 놓은 물건이라야 십만 원어치도 못 되는 것이었다. 그러나 학생 아이들이 차츰 꼬이게 될수록 찾는 것은 많아 가고 점심때에 찾는 빵이며 과자라도 벌여 놓고 싶고, **수실**이니 수틀이니 여학교의 수예(手藝) 재료들도 **갖추갖추** 가져다 놓고는 싶은데, 매일 시나브로 팔리는 것을 가지고는 미처 무더기 돈을 돌려 빼내는 수도 없는데, 짤끔짤끔 들어오는 그 돈 중에서 조금

사폐 사정(私情). 개인의 사사로운 점.
자초(自初) 어떤 일이 비롯된 처음.
동사(同事) 같은 종류의 일을 함. 또는 그 일.
천신만고하다(千辛萬苦--) '천 가지 매운 것과 만 가지 쓴 것'처럼, 온갖 어려운 고비를 다 겪으며 심하게 고생하다.
부비(浮費) 일을 하는 데 써서 없어지는 돈.
수실(繡-) 수를 놓는 데에 쓰는 실.
갖추갖추 여럿이 모두 있는 대로.

씩 뜯어서 당장 그날그날 살아가야는 하겠으니, 자연 쫄리는 판에 김옥임이 가 한 다리 걸치자고 덤비니, 동사란 애초에 재미없는 일이거니와, 요 조그만 구멍가게를 동사로 해서 뜯어먹을 것이 무에 있겠느냐는 생각도 없지 않았으나, 당장에 아쉬우니 오만 원씩 두 번에 질러서 십만 원 밑천을 받아들였던 것이었다. 그러나 말이 동사지 이 할 너머의 고리(高利)로 십만 원 빚을 쓴 거나 다름이 없었다. 빚놀이에 눈이 벌게 다니는 옥임이는 제 벌이가 바빠서도 그렇겠지만, 하루 한 번이고 이틀에 한 번 저녁때 슬쩍 들러서 물건 판 **치부장**이나 떠들어보고 가는 것밖에는 별로 거드는 일도 없었다. 실상은 그것이 **쌩이질**이나 하고 **부라퀴**같이 덤비는 것보다는 정례 모녀에게는 편하기도 하였던 것이다. 하여튼 그러면서도 월말이 되면 이익의 삼분지 일가량은 되는 이만 원 돈을 또박또박 따 가곤 하였다. 담보물이 있으면 일 할, 신용 **대부**로 일 할 오 푼 변(邊)인데, 동사란 말만 걸고 이 할, 이 할이 안 될 때도 있었지마는 셈속 좋을 때면 이 할 이상의 **배당**도 차례에 오니, 옥임이 생각에는 사실에는 실속으로는 이익이 좀 더 되려니 하는 의심도 없지 않았으나 그래도 별로 힘드는 일을 하는 것도 아니요, 가만히 앉아서 이 할이면 허구한 날 삘삘거리고 싸지르면서 긁어 들이는 변리 돈보다는 나은 셈이라고 생각하였던 것이다. 하여간 올 들어서 밑천을 빼어 가겠다고 하기까지 아홉 달 동안에 이십만 원 가까운 돈을 벌어 갔던 것이다.

그러나 정례 부친이 만날 요 구멍가게서 용돈을 얻어다 쓰는 것도 못할 일이라고, 작년 겨울에 들어서 마지막 남은 땅뙈기를, 그야 예전과 달라서 **삼칠제**

치부장(置簿帳) 치부책. 돈이나 물건이 들고 나고 하는 것을 기록하는 책.
쌩이질 한창 바쁠 때에 쓸데없는 일로 남을 귀찮게 구는 짓.
부라퀴 자신에게 이로운 일이면 기를 쓰고 덤벼드는 사람.
대부(貸付) 주로 은행 따위의 금융 기관에서 이자와 기한을 정하고 돈을 빌려줌.
배당(配當) 일정한 기준에 따라 나누어 줌.
삼칠제(三七制) 수확한 곡식의 3할은 지주가 가지고 나머지 7할을 소작인이 가지던 제도.

인 데다가 세금이니 비료니 하고 부담에 얽매이니까 그렇겠지마는, 하여간 아버지 천량으로 물려받은 것의 마지막으로 남은 것을 팔아 가지고 **연래**에 없는 눈[降雪]이라고 하여, 서울 시내에서 전차가 사흘을 못 통할 동안에, 택시를 부리면 땅을 짚고 기기라 하여 하이어를 한 대 사들여 놓고 택시로 부려 보았던 것이지만 이것이 사흘돌이로 말썽을 부려 고장이요 수선이요 하고, 나중에는 이 상점의 돈까지 하루만 돌려라, 이틀만 참아라 하고, 만 원 이만 원 빼내 가고는 시치미를 딱 떼기 시작하니 점방의 타격은 의외로 큰 것이었었다. 이 꼴을 본 옥임이는 에그머니나 하는 생각이 들었던지, 올 들어서부터 제 밑천은 빼내어 가겠다는 것이었다. 사실 잘못하다가는 자동차가 이 **저자** 터까지 들어먹을 판인데 별안간 옥임이가 빠져나간다니 한편으로는 시원하나 십만 원을 **모개**로 빼내 주는 도리가 없었다.

"이렇게 거덜거덜할 바에야 집어치우지."

겨울방학 때라, 더구나 팔리는 것은 없고 쓸쓸하기도 하였지만, 옥임이는 날마다 십만 원 재촉을 하러 와서는 이런 소리도 하는 것이었다. 남은 **집문서**를 잡혀서 이거나마 시작해 놓고 다섯 식구의 입을 매달고 있는 터인데 제 발만 쏙 빼놓았다고 이런 야멸찬 소리를 할 제, 정례 모녀는 얼굴을 빤히 쳐다보곤 하였다.

"세전 보증금이나 빼내구 뉘게 넘겨 버리지? 설비한 것하구 물건 남은 것 얼러서 한 십만 원은 받을까? 그렇다면 내 누구 하나 지시해 줄까?"

이렇게 권하기도 하는 것이었다. 뉘게 넘기게 해서라도 자기의 십만 원 어서 뽑아 가려는 말이겠지마는, 어떻게 들으면 십만 원에 이 점방을 자기가 맡

연래(年來) 지나간 몇 해. 또는 여러 해 전부터 지금까지 이르는 동안.
저자 시장에서 물건을 파는 가게.
모개 죄다 한데 묶은 수효.
집문서(-文書) 집의 소유권을 증명하는 서류.

아 잡겠다는 말눈치인 듯도 싶었다.

"내가 바쁘지만 않으면 **도틀어** 맡아 가지고 훨씬 확장을 해 놓으면 이 꼴은 안 되겠지만 어디 내가 틈이 있는 몸이어야지……."

이렇게 운자를 떼는 것을 들으면, 한 발 들여놓고 한 발 내놓는 수작 같기도 하였다. 자동차 **동티**로 밑천을 홀딱 집어먹힐까 보아서 발을 뺀다는 수작이다. 한편으로는 이렇게 한참 꿀리고, 학교들은 방학을 하여 흥정이 없는 이 판에 번연히 나올 구멍이 없는 십만 원을 해내라고 못살게 굴면, 성이 가시니 상점을 맡아 가라는 말이 나오고 말리라는 배짱같이 보이는 것이었다. 모녀는 그것이 더 분하였다.

"저의 **자수**로는 엄두도 안 나구 남이 해놓으니까 펜 듯싶어서, **솔개미가 까치집 채어들** 듯이 이거나마 뺏어 가지고 저의 판을 만들어 보겠다는 것이지만, 첫째 이런 좋은 좌처를 왜 내놓을라구!"

누구보다도 정례가 바르르 떨었다.

"매사가 그렇지! 될성부르니까 뺏어 차구 앉자지, 거덜거덜하면 누가 눈이나 떠 본다던!"

정례 모친은 코웃음을 치기만 하였다.

하여간 이렇게 졸리기를 반달쯤이나 하다가 급기야 팔만 원 보증금의 영수증을 옥임이에게 담보로 내주고, 출자금 십만 원은 일 할 오 푼 변의 빚으로 **돌라매고** 말았다. 옥임이로서는 **매삭** 이 할 배당의 맛도 잊을 수 없었으나

도틀어 이러니저러니 여러 말 할 것 없이 죄다 몰아서.

동티 건드려서는 안 될 것을 공연히 건드려서 스스로 걱정이나 해를 입음. 또는 그 걱정이나 피해를 비유적으로 이르는 말.

자수(自手) 자기 혼자의 노력이나 힘.

솔개미가 까치집 채어들다 '솔개가 만만한 까치를 둥지에서 몰아내고 그 둥지를 차지하다.'는 뜻으로, 힘을 써서 남의 것을 강제로 빼앗는 경우를 이르는 말.

돌라매다 이자 따위를 본전에 합하여 새로 본전으로 삼다.

매삭(每朔) 다달이.

이왕 상점을 제 손으로 못 휘두를 바에는 이 편이 든든은 하였던 것이다.

그러고도 정례 모친은, 옥임이와 가끔 함께 들러서 알게 된 교장 선생님의 돈 오만 원을 얻어 가지고, 개학 초부터 찌부러져 가던 상점의 **만회책**을 다시 세웠던 것이다. 그러나 땅떼기는 자동차 바람에 날려 보내고, 자동차는 수선비로 녹여 버리고 나니, 상점에서 흘려 내간 칠팔만 원이라는 돈을 고스란히 떼 버렸고, 그 보충으로 걸머진 것이 교장의 빚 오만 원이었었다. 점점 더 심해 가는 물가에 뜯어먹고 살아야는 하겠고, **내남직없이** 종이 한 장, 연필 한 자루라도 덜 사갔지 더 팔리지는 않으니, 매삭 두 자국 세 자국의 변리만 꺼 가기도 **극난**이었다. 그러고 보니 자연 좋지 못한 감정으로 헤어진 옥임이한테 보낼 변리가 한 달 두 달 밀리기 시작했던 것이다. 팔만 원 증서가 집문서만큼 믿음직하지 못하다고 기어이 일 할 오 푼으로 떼를 써서 제멋대로 매 놓은 것이 얄미워서, 어디 네가 그 이자를 긁어다가 먹나 내가 안 내고 배기나 해 보자는 뱃심도 정례 모친에게는 없지 않았다. 옥임이 역시 제가 좀 과하게 하였다고 뉘우쳤던지, 또 혹은 팔만 원 증서를 가졌느니만치 마음이 놓여서 그런지 별로 들르지도 않으려니와, 들러서도 변리 재촉은 그리 하지 않았다. 도리어 정례 어머니 편에서 변리가 밀려 미안하다는 말을 꺼내고 그 끝에,

"이 여름방학이나 지내고 개학 초에 한목 보면 모개 내리다마는 원체 일 할 오 부야 과한 것이요. 그때 형편에는 한 달 후면 자동차를 팔아서라두 곧 갚겠거니 해서 아무려나 해 둔 것이지만 벌써 이월서부터 여덟 달이나 됐으니 무슨 수로 그걸 다 내우. 일 할씩만 해두 팔만 원이구려. 어이구…… 한 반만 깎읍시다."

하고 슬쩍 비쳐 보면 옥임이도 그럴싸한 듯이,

만회책(挽回策) 어떤 일을 바로잡아 회복시키기 위한 계책이나 대책.
내남직없이 내남없이. 나와 다른 사람이나 모두 마찬가지로.
극난(極難) 몹시 어려움.

"아무려나 좋도록 합시다그려."

하고 웃어 버리곤 하였다. 그러던 것이 개학이 되자, 이달 들어서 부쩍 **잦추면서** 일 할 오 부 여덟 달 치 변리 십이만 원 아울러서 이십이만 원을 이 교장 영감에게 치러 달라는 것이다. 급한 사정으로 이 영감에게 이십만 원을 돌려썼는데, 한 달 변리 일 할 이만 원을 얹으면 꼭 이십이만 원 **부리**가 맞으니 셈 치기도 좋고 마침 잘되었다고 싱글싱글 웃어 가며 조르는 옥임이의 늙어 가는 얼굴이 더 모질어 보이고 밉살스러워 보였다. 마치 이십이만 원 부리를 채우느라고 그동안 여덟 달을 모른 척하고 내버려 두었던 것 같다. 정례 어머니는 기가 막혀 말이 나오지를 않았다. 옥임이에게 속아 넘어간 것 같아서 분하였다. 그러나 분한 것은 고사하고 이러다가는 이 구멍가게나마 들어먹고 집 한 채 남은 것마저 **까불려지지나** 않을까 하는 생각을 곰곰 하면 가슴이 더럭 내려앉는 것이었다. 소학교 적부터 한 반에서 콧물을 흘리며 같이 자라났고 동경 가서 여자 대학을 다닐 때도 함께 고생하던 옥임이다. 더구나 제가 내놓은 십만 원은 한 푼 깔축도 안 내고 이십만 원 가까운 돈을 벌어 주었으니, 아무리 눈에 돈 **동록**이 슬었기로 제가 설마 내게 일 할 오 푼 변을 다 받으려 들기야 하랴! 한 반절 얹어서 십육만 원쯤 해 주면 되려니 하는 속셈만 치고 있던 자기가 **어리보기**라고 혼자 어이가 없어 실소를 하고 말았다. 그러나 십오륙만 원이기로 한꺼번에 빼내는 수는 없으니 이번에 변리 육만 원만 마감을 하고서 본전은 오만 원씩 두 번에 갚자는 요량이었다. 집안 식구는 조밥에 새우젓 꽁댕이를 우격대더라도 어떻든지 이 겨울방학이 돌아오기 전에 그 아니꼬운 옥임이 조건만이라도 끝을 내고야 말겠다고 이를 악무는 판인데, 이렇

잦추다 동작을 재게 하여 잇따라 재촉하다.
부리(附利) 이자가 붙음.
까불리다 재물 따위를 함부로 써 버리다.
동록(銅綠) 구리의 표면에 녹이 슬어 생기는 푸른빛의 물질. 돈에 대한 욕심을 비유적으로 이르는 말.
어리보기 말이나 행동이 다부지지 못하고 어리석은 사람을 낮잡아 이르는 말.

게 둘러대고 보니 살겠다고 기를 쓰고 기어 올라가는 놈의 발목을 아래에서 붙들고 늘어지는 것 같아서, 맥이 풀리고 사는 것이 귀찮게만 생각되는 것이었다. 평생에 빚이라고는 모르고 지냈는데 펀펀히 노는 남편만 바라보고 있을 수가 없어서 시작한 노릇이라 은행에 삼십만 원이 그대로 있고 옥임이에게 이십이만 원, 교장 영감에게 오만 원 도합 오십칠만 원 빚을 어느덧 걸머지고 앉은 생각을 하면 밤에 잠이 아니 오고 앞이 캄캄하여 양잿물이라도 먹고 싶은 요사이의 정례 어머니다.

"하여간 제게 십만 원 썼으면 썼지, 그걸 못 받을까 봐 선생님을 팔구 선생님더러 받아오라는 것이지만, 내가 아무리 죽게 돼두 제 돈 떼먹지는 않을 거니 염려 말라구 하셔요."

정례 어머니는 화를 바락 내었다. 해방 덕에 빚놀이를 시작해 가지고 돈 백만 원이나 착실히 잡았고, 깔려 있는 것만도 백만 원 이상은 되리라는 소문인데, 이 영감에게 이십만 원 빚을 쓰다니 말이 되는 소린가. 못 받을까 애도 씌지만 십이만 원 변리를 본전으로 돌라매어 놓고 변리의 새끼 변리, 손자 변리까지 우려먹자는 수단인 것이 뻔한 노릇이었다. 십만 원에 일 할 오 푼이면 일만 오천 원밖에 안 되나, 이십이만 원으로 돌라매 놓으면 일 할 변만 해도 매삭 이만 이천 원이니 칠천 원이 더 붙는 것이다.

"그야, 내 돈 안 쓴 것을 썼다겠소. 깔려만 있고 회수가 안 되면 피차 돌려두 쓰는 것이지마는 나 역, 한 자국에 이십만 원씩 모개 내놓고 오래 둘 수는 없으니까 이렇게 하면은 어떻겠소……?"

영감은 무척 생색을 내고, 이편 사폐를 보아서 석 달 기한하고 자기 조카의 돈 이십만 원을 돌려주게 할 터이니, 다시 말하면 조카에게 이십만 원을 일 할로 얻어 쓸 터이니, **우수리** 이만 원만 현금으로 내놓고 표를 한 장 써

우수리 일정한 수나 수량에 차고 남는 수나 수량.

내라는 것이다. 옥임이는 이 영감에게로 미루고, 영감은 또 조카의 돈을 돌려쓴다고 표를 받겠다는 꼴이, 저희끼리 무슨 꿍꿍이속인지 알 수가 없으나, 요컨대 석 달 기한의 표를 받아 놓자는 것이요, 그 사품에 칠천 원 변리를 더 받겠다는 수작이다. 특별히 일 할 변인 대신에 석 달 기한이라는 조건을 붙이는 것도 무슨 **계교** 속인지 알 수가 없다. 석 달 동안에 이십만 원을 만드는 재주도 없지마는, 석 달 후면 마침 겨울방학이 될 때니 차차 꿀려 들어가는 제일 어려운 고비일 것이다. 정례 어머니는, 이 연놈들이 무슨 원수를 졌다고 이렇게 짜고서들 못살게 구는 것인가 하는 생각에 한바탕 들이대고 싶은 것을 꾹 참으며,

"선생님께 쓴 돈 아니니, 교장 선생님은 아랑곳 마세요. 옥임이더러, 와서 조르든 이 상점을 떠메어 가든 마음대로 하라죠."

하고 딱 잘라 말을 하여 쫓아 보냈다.

3

그 후 근 일주일은 옥임이의 그림자도 보이지 않았다. 정례 모녀는 맞닥뜨리면 말수도 부족하거니와 아귀다툼하는 것이 싫어서 그날그날 소리 없이 넘어가는 것만 다행하나, 어느 때 달려들어서 또 무슨 조건을 내놓고 졸라 댈지 불안은 한층 더하였다.

"응, 마침 잘 만났군. 그런데 그만하면 얘기는 끝났을 텐데, 웬 **세도**가 그리 좋아서 누구를 오너라 가너라 하구 아니꼽게 야단야……."

정례 모친이 황토현 정류장에서 차를 기다리며 열 틈에 끼어 섰으려니까,

계교(計巧) 요리조리 헤아려 보고 생각해 낸 꾀.
세도(勢道) 정치상의 권세. 또는 그 권세를 마구 휘두르는 일.

이곳으로 향하여 오던 옥임이가 옆에 와서 딱 서며 시비를 건다.

"바쁘기야 하겠지만, 좀 못 들를 건 뭐구."

정례 모친은 옥임이의 기색이 좋지는 않아 보이나, 실없는 말이거니 하고 대꾸를 하며 열에서 빠져 나서려니까,

"그래 그 돈은 갚는다는 거야 안 갚을 작정야? 세도 좋은 젊은 서방을 믿고 그 **떠세**루 남의 돈을 무쪽같이 떼먹으려 드나 보다마는, 김옥임이두 그렇게 호락호락하지는 않어……."

원체 예쁘장한 상판이기는 하면서도 쌀쌀한 편이지마는, 눈을 곤두세우고 대드는 품이 어려서부터 삼십 년 동안이나 보던 옥임이는 아니다. 전부터 "네 영감은 어째 점점 더 젊어 가니? 거기다 대면 넌 어머니 같구나." 하고, 새롱새롱 놀리기도 하고, 육십이 넘은 아버지 같은 영감 밑에 쓸쓸히 사는 옥임이는 은근히 부러워도 하는 눈치였지마는, 밑도 끝도 없이 길바닥에서 '젊은 서방'을 들추어내는 것을 보고 정례 어머니는 어이가 없었다.

"늙은 영감에 넌더리가 나거든 젊은 서방 하나 또 얻으려무나."

하고 정례 모친도 비꼬아 주고 싶었으나 열을 지어 섰는 사람들이 쳐다보며 픽픽 웃는 바람에,

"이거 미쳐나려나? 이건 무슨 **객설**야."

하고, 달래며 나무라며 끌고 가려 하였다.

"그래 내 돈을 곱게 먹겠는가 생각을 해 보렴. 매달린 식솔은 많구, 병 들어 누운 늙은 영감의 약값이라두 뜯어 쓰려구, 이렇게 쩔쩔거리구 다니는 이 년의 돈을 먹겠다는 너 같은 의리가 없는 년은 욕을 좀 단단히 봬야 정신이 날 거다마는, 제 사정 보아서 싼 변리에 좋은 자국을 지시해 바친 밖에! 그

떠세 재물이나 힘 따위를 내세워 젠체하고 억지를 씀. 또는 그런 짓.
객설(客說) 객쩍게 말함. 또는 그런 말.

것두 마다니 남의 돈 생으루 먹자는 도둑년 같은 배짱 아니구 뭐냐?"

오고 가는 사람이 **우중우중** 서며 구경났다고 바라보는데, 원체 히스테리증이 있는 줄은 짐작하지만 창피한 줄도 모르고 기가 나서 대든다. 히스테리는 고사하고 이것도 빚쟁이의 돈 받는 **상투** 수단인가 싶었다.

"누가 안 갚는대나? 돈두 중하지만 이게 무슨 꼬락서니냔 말이야."

정례 어머니는 그래도 달래서 뒷골목으로 끌고 들어가려 하였다.

"난 돈밖에 몰라. 내일모레면 거리로 나앉게 된 년이 체면은 뭐구, 우정은 다 뭐냐? 어쨌든 내 돈만 내놓으면 이러니저러니 너 같은 장래 대신(大臣) 부인께 나 같은 년이야 감히 말이나 붙여 보려 들겠다던!"

하고 허청 나오는 코웃음을 친다. 구경꾼은 자꾸 꾀어드는데, 정례 모친은 생전에 처음 당하는 이런 **봉욕**에 눈앞이 아찔하여지고 가슴이 꼭 메어 올랐으나, 언제까지나 이러고 섰다가는 예서 더 무슨 창피한 꼴을 볼까 무서워서 선뜻 몸을 빼쳐 옆의 골목으로 줄달음질을 쳐 들어갔다. 뒤에서 발소리가 없으니 옥임이는 제대로 간 모양이다. 정례 모친은 눈물이 핑 돌았다.

스물예닐곱까지 동경 바닥에서 **신여성** 운동이네, 연애네, 어쩌네 하고 멋대로 놀다가, 지금 영감의 **후실**로 들어앉아서, 세상 고생을 알까, 아이를 한 번 낳아 보았을까, 사십 전의 젊은 한때를 도지사 대감의 **실내마님**으로 떠받들려 제멋대로 호강도 하여 본 옥임이다. 지금도 어디가 사십이 훨씬 넘은 중늙은이로 보이랴. 머리를 곱게 지지고 엷은 얼굴 단장에, 번질거리는 미국제

우중우중 몸을 일으켜 서거나 걷는 모양.
상투(常套) 늘 써서 버릇이 되다시피 한 것.
봉욕(逢辱) 욕된 일을 당함.
신여성(新女性) 개화기 때에 신식 교육을 받은 여자를 이르던 말. 전통적인 삶의 방식을 그대로 따르던 '구여성(舊女性)'과 대비되던 이들은 단발머리와 뾰족구두, 통치마 등의 외형적 모습뿐 아니라 자유연애와 자유 결혼 등 삶의 방식에서도 근본적인 차이를 보였다.
후실(後室) 남의 후처를 높여 이르는 말.
실내마님(室內--) 남의 아내를 높여 이르는 말.

핸드백을 착 끼고 나선 맵시가 어느 댁 **유한마담**으로 알 것이지, 설마 일 할, 일 할 오 푼으로 아귀다툼을 하고 어려운 예전 동무를 쫓아다니며 울리는 고리대금업자로야 그 누가 짐작이나 할까? 해방이 되자, 고리대금이 **전당국** 대신으로 터놓고 하는 큰 **생화**가 되었지마는, 옥임이는 **반민자**의 아내가 되리라는 것을 도리어 간판으로 내세우고 부라퀴같이 덤빈 것이다. 중경 도지사요, 전쟁 말기에는 무슨 군수품 회사의 **취체역**인가 감사역을 지냈으니 **반민법**이 국회에서 통과되는 날이면, 중풍으로 삼 년째나 누웠는 영감이, 어서 돌아가 주기나 하기 전에야 으레 걸리고 말 것이요, 걸리는 날이면 떠메어다가 징역은 시키지 않을지 모르되, 지니고 있는 집칸이며 땅섬지기나마 몰수당할 것이니, 비록 자신은 없을망정 자기는 자기대로 살길을 차려야 하겠다고 나선 길이 이 길이었다. 상하 식솔을 혼자 떠맡고 영감의 약값을 제 손으로 벌어야 될 가련한 신세같이 우는소리를 하지마는, 그래야 남의 욕을 덜 먹는 발뺌이 되는 것이다.

옥임이는 정례 모친이 혼쭐이 나서 달아나는 꼴을 그것 보라는 듯이 곁눈으로 흘겨보고는 **입귀**를 샐룩하여 비웃으며, 버젓이 사람 틈을 헤치고 종로 편으로 내려갔다. 의기양양할 것도 없지마는 가슴속이 후련하니 머릿속이고 가슴속이고 무언지 뭉치고 비비 꼬이던 것이 확 풀어져 스러지고 회가 제대로 도는 것 같아서 기분이 시원하다. 그러나 그 뭉치고 비비 꼬인 것이라는 것이 반드시 정례 어머니에게 대한 악감정은 아니었다. 옥임이가 그 오랜 동

유한마담(有閑madame) 유한계급의 부인. 생활이 넉넉하여 놀러 다니는 것을 일삼는 부인을 이른다.
전당국(典當局) 전당포. 물건을 잡고 돈을 빌려주어 이익을 취하는 곳.
생화(生貨) 먹고 살아가는 데 도움이 되는 벌이나 직업.
반민자(反民者) 반민족주의자.
취체역(取締役) 예전에, 주식회사의 이사(理事)를 이르던 말.
반민법(反民法) 반민족 행위 처벌법(反民族行爲處罰法). 1948년에 일제 강점기 반민족적인 행위를 한 사람을 소급 입법에 의하여 처벌할 수 있도록 한 특별법.
입귀 '입아귀'의 사투리. 입의 양쪽 구석.

무에게 이렇다 할 감정이 있을 까닭은 없었다. 다만 아무리 요샛돈이라도 이십여만 원이라는 대금을 받아 내려면은 한번 혼을 단단히 내고 **제독**을 주어야 하겠다고 벼르기는 하였지만, 얼떨결에 나온다는 말이 젊은 서방을 둔 떠세냐 무어냐고 한 것은 **구성없는** 말이었고, 지금 생각하니 우스웠다. 그러나 자기보다도 훨씬 늙어 보이고 살림에 찌든 정례 모친에게는 과분한 남편이라는 생각을 늘 하던 옥임이기는 하였다. 남의 남편을 보고 부럽다거나 샘이 나거나 하는 그런 몰상식한 옥임이도 아니지만 자식도 없이 군식구들만 들썩거리는 집에 들어가서 몸도 제대로 가누지 못하는 늙은 영감의 방을 들여다보면 공연히 짜증이 나고, 정례 어머니가 자식들을 공부시키느라고 어려운 살림에 얽매이고 고생은 하나 자기보다는 팔자가 좋다는 생각도 나는 것이었다. 내년이면은 공과 대학을 나오는 맏아들에, 중학교에 다니는 어머니보다도 키가 큰 둘째 아들이 있고, 딸은 지금이라도 사위를 보게 다 길러놓았고, 남편은 펀둥펀둥 놀며 마누라가 **조리차**를 하는 용돈이나 받아쓰고 자동차로 땅때기는 까불렸을망정 신수가 멀쩡한 **호남자**가 무슨 정당이라나 하는 곳의 조직 부장이니 훈련 부장이니 하고 돌아다니니 때를 만나면 아닌 게 아니라 장래 대신이 되지 말라는 법도 없을 것이다. 팔구 **삭** 동안 동사를 하느라고 매일 들러 보면, 젊은 영감을 등이라도 두드리고 머리를 쓰다듬어 줄 듯이 지성으로 **고이는** 꼴이란 아닌 게 아니라 옆에서 보기에도 부러운 생각이 들 때가 없지 않았지마는, 결혼들을 처음 했을 예전 시절이나 도지사 관사에 들어서 드날릴 때에야 어디 존재나 있던 위인들인가? 그것이 처지가 뒤바뀌어서 관

제독(制毒) 미리 해독(害毒)을 막음. 상대편의 기운을 꺾어서 감히 다른 마음을 먹지 못하게 하다.
구성없다 격에 어울리지 않다.
조리차 알뜰하게 아껴 쓰는 일.
호남자(好男子) 호걸의 풍모나 기품이 있고 남성다우며 풍채가 좋은 사나이.
삭 개월. 달을 세는 단위.
고이다 '봉양하다'의 방언.

속에 한 발을 들여놓은 영감이나마 반민자로 지목이 가다니, 이런 것 저런 것을 생각하면 쭉쭉 뽑아 놓은 자식들과, 한참 활동적인 **허위대** 좋은 남편에 둘러싸여 재미있고 기운꼴 차게 사는 양이 역시 부럽고 저희만 잘된다는 것에 시기도 나는 것이었다. 보기 좋게 이년 저년을 붙이며 한바탕 해 대고 나서 속이 후련한 것도 그러한 은연중의 시기였고 공연한 자기 화풀이였는지 모른다.

옥임이는 그길로 교장 영감 집에 들러서,

"혼을 단단히 내 주었으니까 인제는 딴소리 안 할 거외다. 내일 가서 표라두 받아다 주슈."

하고 일러놓았다.

4

"오늘은 **아퀴**를 지어 주시렵니까? 언제 갚으나 갚고 말 것인데 그걸루 의상할 거야 있나요?"

이튿날 교장이 슬쩍 들러서 매우 점잖은 수작을 하는 것이었다.

"이렇게 말씀드리면 교장 선생님부터가 어떻게 들으실지 모르지만 김옥임이가 그렇게 되다니 불쌍해 못 견디겠어요. 예전에 **셰익스피어**의 원서를 끼구 다니고, **《인형의 집》**에 신이 나구, **엘렌 케이**의 숭배자요 하던 그런 옥

허위대 허우대. 겉으로 드러난 체격. 주로 크거나 보기 좋은 체격을 이른다.

아퀴 일을 마무르는 끝매듭.

셰익스피어(William Shakespeare, 1564~1616) 영국의 극작가·시인. 그의 작품은 일제 강점기 지식인의 핵심 교양서로 읽혔는데, 그중 〈베니스의 상인〉에는 유대인 고리대금업자가 채무자의 '살 1파운드'를 채무로 계약하는 사건이 등장한다.

《인형의 집(人形--)》 노르웨이의 작가 입센(Henrik Ibsen, 1828~1906)의 희곡(1879). 여주인공 노라가 남성에 종속된 여성으로서의 삶을 거부하고 하나의 인간으로서 독립하려는 과정을 묘사한 작품이다.

엘렌 케이(Ellen Karolina Sofia Key, 1849~1926) 스웨덴의 교육학자·사상가. 남성 중심의 사회에 대해 비판하며 여성의 자유를 논한 대표적인 근대 여성으로 꼽힌다.

임이가 동냥자루 같은 돈 전대를 차구 나서면 세상이 모두 노랑 돈닢으로 보이는지, 어린애 코 묻은 돈푼이나 바라고 이런 구멍가게에 나와 앉았는 나두 불쌍한 신세지마는 난 옥임이가 가엾어서 어제 울었습니다. 난 살림이나 파산 지경이지 옥임이는 성격 파산인가 보더군요…….”

정례 어머니는 분하다 할지 딱하다 할지, 속에 맺히고 서린 불쾌한 감정을 스스로 풀어 버리려는 듯이 웃으며 하소연을 하는 것이었다.

“그런 말씀을 하시니 나두 듣기에 좀 **괴란쩍습니다마는** 다 어려운 세상에 살자니까 그런 거죠. 별수 있나요. 그래도 제 돈 내놓고 싸든 비싸든 이자라고 **명토** 있는 돈을 어엿이 받아먹는 것은 아직도 양심이 있는 생활입니다. 입만 가지고 속여먹고, 등쳐먹고, 알로 먹고, 꿩으로 먹는 허울 좋은 불한당 아니고는 밥알이 올곧게 들어가지 못하는 지금 세상 아닙니까……. 허허허.”

하고 교장은 자기변명인지 옥임이 **역성**인지를 하는 것이었다.

이날 정례 어머니는 딸이 옆에서 한사코 말리며, “그따위 돈은 안 갚아도 좋으니 **정장**을 하든 어쩌든 마음대로 하라고 내버려 두세요.” 하며 팔팔 뛰는 것을 모른 척하고 이십만 원 표에 이만 원 현금을 얹어서 옥임이에게 갖다 주라고 내놓았다.

정례 모친은 그 후 두 달 걸려서 교장 영감의 오만 원 빚은 갚았으나, 석 달째 가서는 이 상점 주인이 바뀌어 들고야 말았다. 정말 교장 영감의 조카가 나서는가 하였더니 교장의 딸 내외가 들어앉았다. 상점을 내놓고 만 바에는 자질구레한 셈속을 따진대야 죽은 아이 귀 만져 보기지 별수 없지만, 하여튼

괴란쩍다(愧赧--) 얼굴이 붉어지도록 부끄러운 느낌이 있다.
명토(名-) 누구 또는 무엇이라고 구체적으로 하는 지적.
역성 옳고 그름에는 관계없이 무조건 한쪽 편을 들어 주는 일.
정장(呈狀) 소장(訴狀, 소송을 제기하기 위하여 제일심 법원에 제출하는 서류)을 관청에 냄.

이십만 원의 석 달 변리 육만 원이 또 늘어서 이십육만 원인데 정례 모녀가 사글세의 보증금 팔만 원마저 못 찾고 두 손 털고 나선 것을 보면, 그 팔만 원을 아끼고 남은 십팔만 원을 점방의 설비와 남은 물건 값으로 치운 것이었다. 물론 옥임이가 뒤에 앉아 맡은 것이나, 권리 값으로 오만 원 더 얹어서 교장 영감에게 팔아넘긴 것이었다. 옥임이는 좀 더 남겨먹었을 것이로되 교장 영감이 그 빚 받아내는 데에 공로가 있었기 때문에 오만 원만 얹어먹고 말았고, 또 교장은 이북에서 내려온 딸 내외에게는 꼭 알맞은 장사라는 생각이 있어서 애초부터 침을 삼키고 눈독을 들이던 것이라, 이 상점을 손에 넣으려고 애도 썼지마는, **매득하였다고** 좋아하였다.

정례 모녀는 일 년 반 동안이나 죽도록 벌어서 죽 쑤어 개 좋은 일 한 셈이라고 **절통**을 하였으나 그보다도 정례 모친은 오래간만에 몸이 편해져서 그렇기도 하였겠지마는 몸살감기에 울화가 터져서 그만 누운 것이 반달이나 끌었다.

"마누라, 염려 말아요. 김옥임이 돈쯤 먹자고 들면 삼사십만 원쯤 금세루 녹여 내지. 가만있어요."

정례 부친은 앓는 마누라 앞에 앉아서 이렇게 위로하였다.

"옥임이 돈을 먹자는 것도 아니지만 무슨 재주루."

마누라는 말리는 것도 아니요 부채질하는 것도 아닌 소리를 하였다.

"김옥임이도 요사이 자동차를 놀려 보구 싶어 한다는데 마침 어수룩한 자동차 한 대가 나섰단 말이지. 조금만 참아요. 우리 집문서는 아무래두 김옥임 여사의 돈으로 찾아놓고 말 것이니……."

하며, 정례 부친은 앓는 아내를 위하여 뱃속 **유하게** 껄껄 웃었다.

매득하다(買得--) 물건을 싼값으로 사다.
절통(切痛) 뼈에 사무치도록 원통함.
유하다(柔--) 부드럽고 순하다. 걱정이 없다.

'돈'을 통해 시대를 그려 낸 작가 염상섭

염상섭은 일제 강점기–해방기–한국 전쟁기–4·19 혁명 등으로 이어지는 굵직한 한국 근현대사를 겪은 작가로, 동안 시대를 관찰하여 자신의 언어로 기록하는 창작 활동을 멈추지 않았다. 그의 작품은 흔히 사실주의 문학으로 평가되는데, 〈두 파산〉처럼 '돈'을 매개로 당대를 그려 낸 작품이 많다. 이는 근·현대 사회의 주된 갈등이 '돈(자본 혹은 경제)'을 둘러싸고 생겨날 것이라는 작가의 앞선 문제의식에 따른 결과이다.

일제 강점기인 1925년에 발표한 그의 〈전화(電話)〉는 근대 문명의 이기(利器)로써 전화를 들인 한 가정에서 일어나는 부부 갈등과 이를 둘러싼 에피소드를 그린 작품으로, 염상섭은 이를 통해 식민지 경성에 살고 있는 유산 계급의 일그러진 일상을 드러내는 동시에 인간의 약삭빠른 이해타산을 그려 냈다. 이와 마찬가지로 일제 강점기를 배경으로 한 《삼대(三代)》(1931)는 사건 전개상 중심축이 '돈'으로, 할아버지–아버지–손자로 이어지는 세대 간 갈등이 유산 상속을 둘러싸고 극대화됨을 보여 준다.

해방 후인 1948년 《자유신문》에 1여 년간 연재되었던 〈효풍(曉風, 새벽에 부는 바람)〉은 미국이란 외세의 영향력이 강화되면서 민족의 자결성이 심각한 위기를 겪는 와중에 돈을 벌어 출세하려는 인간과 민족 운명을 구하려는 인간 간의 갈등을 다룬 작품이다. 같은 해에 발표된 〈양과자갑(洋菓子匣)〉도 미군정 당시의 상황을 다루고 있는데, 미국에서 들어온 신생 물품인 양과자에 대한 탐욕을 통해 미국이라는 새로운 권력에 아부하며 부정적으로 부를 축적하던 당대 현실을 비판하고 있다. 6·25 전쟁 발발 직후에서 1·4 후퇴 때까지의 긴박한 상황이 전개되는 〈취우〉(1953) 또한 전쟁의 극한 고통보다 돈에 집착하는 인간의 욕망을 그려 낸 작품이라 평가받고 있다.

많은 사람들이 돈을 좇는 세상에서 그 갈등과 모순을 포착하고 비판하는 그의 작품은 오늘날 물신주의에 길들여진 우리를 돌아보게 한다.

> 서울 본토박이 염상섭은 서울 어디에도 자기 집 한 칸이 없었다. 염상섭이 돈과 권력으로부터 초연했다는 것은 그만큼 자유롭게 살았음을 말한다. 문인 중에서 유일하게 친일의 오점을 남기지 않은 것도 돈과 권력의 유혹으로부터 벗어나 있었기 때문이다. 염상섭은 결코 가난을 부끄러워하지 않았다. 그만큼 그는 당당하게 한세상을 살았다.
>
> – 김종균(한국외국어대학교 명예 교수, 염상섭 연구의 권위자)

해방 이후 농민들이 식민지 지주제의 철폐를 내용으로 하는 토지 개혁을 열망하는 가운데, 1946년 소련 군정하의 북한에서는 '무상 몰수 무상 분배'의 토지 개혁이 실시되었습니다. 한편 미군정하의 남한에서는 1949년 '유상 매입 유상 분배'의 원칙에 따른 토지 개혁 시행이 지연되는 틈을 타서, 많은 지주들이 소작권을 박탈하여 자작농으로 전환하거나 비(非)농지로 전환하는 등 개혁에 따른 스스로들의 손실에 대비했기에 토지 개혁에 대한 농민들의 불만이 컸습니다.

이 작품은 해방 직후의 과도기적 사회상을 풍자한 농촌 소설입니다. 작가는 술과 노름으로 인한 빚 때문에 일본인 지주에게 팔아 버린 땅을 해방이 되면 찾을 수 있다고 큰소리치고 다니는 한덕문의 행태를 풍자하고 있지만, 그러한 한덕문의 태도를 통해 시대의 변화에도 불구하고 땅을 갖고 싶다는 농민의 소망을 외면하는 국가에 대한 비판까지를 아우르고 있습니다.

자신의 생명 터이자 삶 자체인 '논'을 둘러싼 한덕문의 태도와 백성의 땅을 팔아먹는 나라라는 그의 현실 인식에 주목하며, 풍자 문학의 기법과 의의를 파악하여 이 작품을 감상해 봅시다.

채만식(蔡萬植, 1902~1950)

전북 옥구 출생. 1924년 《조선문단》에 단편 소설 〈세 길로〉를 발표하며 문단에 등단했다. 그의 주된 작품 세계는 당대의 현실을 반영하고 이를 비판하는 것이었다. 그는 일제 강점기 농민의 궁핍, 지식인의 고뇌, 도시 하층민의 몰락과 광복 후의 혼란상 등을 실감 나게 그렸다. 이와 함께 그 바탕을 이루는 역사적·사회적 상황을 신랄하게 비판했다. 주요 작품으로 단편 소설 〈레디메이드 인생〉, 〈명일〉, 〈치숙〉, 〈미스터 방〉, 〈논 이야기〉 등과 장편 소설 《탁류》, 《태평천하》 등이 있다.

논 이야기 _채만식

1

일인(日人)들이 토지와 그 밖에 온갖 재산을 죄다 그대로 내어놓고 보따리 하나에 몸만 쫓겨 가게 되었다는 이야기를 듣는 한 생원은 어깨가 우쭐하였다.

"거 보슈 송 생원. 인전들, 내 생각 나시지?"

한 생원은 허연 **텁석부리**에 묻힌 쪼글쪼글한 얼굴이 위아래 다섯 대밖에 안 남은 누런 이빨과 함께 흐물흐물 웃는다.

"그러면 그렇지, 글쎄 놈들이 제아무리 영악하기로서니 논에다 네 귀탱이 말뚝 박구섬 **인도깨비**처럼 어여차 어여차, 땅을 떠 가지구 갈 재주야 있을 이치가 있나요?"

한 생원은 참으로 일본이 항복을 하였고, 조선은 독립이 되었다는 그날—8월 15일 적보다도 신이 나는 소식이었다. 자기가 한 말(예언)이 꿈결같이도 이렇게 와 들어맞다니……. 그리고 자기가 한 말대로, 자기가 일인에게 팔아넘긴 땅이 꿈결같이도 도로 자기의 것이 되게 되었다니……. 이런 세상에 신기하고 희한할 도리라고는 없었다.

조선이 독립이 되었다는 8월 15일, 그때는 한 생원은 **섬뻑** 만세를 부르고 싶

텁석부리 텁석나룻(짧고 더부룩하게 많이 난 수염)이 난 사람을 놀림조로 이르는 말.
인도깨비(人---) 사람 모양을 한 도깨비.
섬뻑 일이 행하여진 후 곧바로.

은 생각이 나지 않았어도, 이번에는 저절로 만세 소리가 나와지려고 하였다.

8월 15일 적에 마을에서는 젊은 사람들이 **설도**를 하여 태극기를 만들고, 닭을 **추렴하고**, 술을 사고 하여 놓고 조촐히 만세를 불렀다.

한 생원은 그 자리에 **참례**를 하지 아니하였다. 남들이 가서 같이 만세를 부르자고 하였으나 한 생원은 조선이 독립이 되었다는 것이 **별양** 반가운 줄을 모르겠었다. 그저 덤덤할 뿐이었었다.

물론 일본이 항복을 하였으니 전쟁은 끝이 난 것이요, 전쟁이 끝이 났으니 벼 **공출**을 비롯하여 솔뿌리 공출이야, **마초** 공출이야, 채소 공출이야, 가지가지의 그 억울하고 성가신 공출이 없어지고 말 것이었다.

또, 열여덟 살배기 손자 놈 용길이가 징용에 뽑혀 나갈 염려가 없을 터이었다. 얼마나 한 생원은 일찍이 애비를 여의고, 늙은 손으로 여지껏 길러 온 외톨 손자놈 용길이가 징용에 뽑히지 말게 하려고, 구장과 면의 **노무계** 직원과, 부락 담당 직원에게 굽은 허리를 굽실거리며 건사를 물고 하였던고. 굶는 끼니를 더 굶어 가면서 그들에게 쌀을 보내어 주기, 그들이 마을에 **얼찐하면** 부랴부랴 청해다 씨암탉 잡고 술대접하기, 한참 농사일이 몰릴 때라도 내 농사는 손이 늦어도 용길이를 시켜 그들의 논에 모심고 김매어 주고 하기. 이 노릇에 흰머리가 도로 검어질 지경이요 빚[債]은 **고패**가 넘도록 지고 하였다.

설도 설두(設頭). 앞장서서 일을 주선함.
추렴하다 모임이나 놀이 또는 잔치 따위의 비용으로 여럿이 각각 얼마씩의 돈을 내어 거두다.
참례(參禮) 예식, 제사, 전쟁 따위에 참여함.
별양(別樣) 보통과 다름. 별반.
공출(供出) 국민이 국가의 수요에 따라 농업 생산물이나 기물 따위를 의무적으로 정부에 내어놓음.
마초(馬草) 말꼴. 말을 먹이기 위한 풀.
노무계(勞務係) 일제 강점기에 직접 노무 동원 송출 관련 업무를 전담한 중앙 행정 기구. 일제가 1931년부터 1945년 사이 전쟁 수행에 필요한 인적·물적 자원 공급을 강제하기 위해 조선 총독부 산하에 둔 부서 중 하나.
얼찐하다 눈앞에 자꾸 나타나다.
고패 고비. 한창 막다른 때의 상황.

하던 것이 인제는 전쟁이 끝이 났으니, 징용 이자는 싹 씻은 듯 없어질 것. 마음 턱 놓고 두 발 쭉 뻗고 잠을 자도 좋았다.

이런 일을 생각하면 한 생원도 **미상불** 다행스럽지 아니한 것은 아니었다. 그러나 오직 그뿐이었다.

독립?

신통할 것이 없었다.

독립이 되기로서니, 가난뱅이 농투성이가 별안간 나으리 주사 될 리 만무하였다. 가난뱅이 농투성이가 남의 **세토** 얻어 비지땀 흘려 가면서 일 년 농사 지어 절반도 넘는 도지 물고 나머지로 굶으며 먹으며 연명이나 하여 가기는 독립이 되거나 말거나 매양 일반일 터이었다.

공출이야 징용이야 하여서 살기가 더럭 어려워지기는 전쟁이 나면서부터였었다. 전쟁이 나기 전에는 일 년 농사 지어 작정한 도지 실수 않고 물면 모자라나따나 아무 시비와 성가심 없이 내 것 삼아 놓고 먹을 수가 있었다.

징용도 전쟁이 나기 전에는 없던 **풍도**였었다. 마음 놓고 일을 하였고 그것으로써 그만이었지, 달리는 근심 걱정될 것이 없었다.

전쟁 사품에 생겨난 공출이니 징용이니 하는 것이 전쟁이 끝이 남으로써 없어진 다음에야 독립이 되기 전 일본 정치 밑에서도 남의 세토 얻어 도지 물고 나머지나 **천신하는** 가난뱅이 농투성이에서 벗어날 것이 없을진대, 한갓 전쟁이 끝이 나서 공출과 징용이 없어진 것이 다행일 따름이지, 독립이 되었다고 만세를 부르며 날뛰고 할 흥이 한 생원으로는 나는 것이 없었다.

일인에게 빼앗겼던 나라를 도로 찾고, 그래서 우리도 다시 나라가 있게 되

미상불(未嘗不) 아닌 게 아니라 과연.
세토(稅土) 해마다 일정한 양의 벼를 주인에게 세(稅)로 바치고 부치는 논밭.
풍도(風度) 풍채와 태도를 아울러 이르는 말. 여기서는 풍속을 이르는 것으로 짐작된다.
천신하다(薦新--) 처음으로 또는 오랜만에 차례가 돌아와 얻을 수 있게 되다.

었다는 이 **잔주**도, 역시 한 생원에게는 **시쁘둥한** 것이었다. 한 생원은 나라를 도로 찾는다는 것은, **구한국** 시절로 다시 돌아가는 것으로밖에는 달리는 생각할 수가 없었다.

한 생원네는 한 생원의 아버지의 부지런으로 장만한 열서 마지기와 일곱 마지기의 두 자리 논이 있었다. 선대의 유업도 아니요, **공문서** 땅을 거저주운 것도 아니요, 버젓이 값을 내고 산 것이었다. 하되 그 돈은 **체계**나 돈놀이(고리대금업)로 모은 돈이 아니요, 품삯 받아 푼푼이 모으고 **악의악식하면서** 모은 돈이었다. 피와 땀이 어린 땅이었다.

그 피땀 어린 논 두 자리에서, 열서 마지기를 한 생원네는 산 지 겨우 오 년 만에 고을 원(군수)에게 빼앗겨 버렸다.

지금으로부터 오십 년 전, 갑오 을미 병신 하는 병신(丙申)년 한 생원의 나이 스물한 살 적이었다.

그 **안해** 을미년 늦은 가을에 김아무[金某]라는 원이 동학란에 도망 뺀 원 대신으로 새로이 **도임**을 해 와서 동학의 **잔당**을 비질하듯 잡아 죽였다.

피비린내 나는 살육이 이듬해 병신년 봄까지 계속되었고, 그리고 여름……인제는 다 지났거니 하여 겨우 안도를 한 참인데 한태수(한 생원의 아버지)가 원두막에서 **동헌**으로 붙잡혀가 옥에 갇히었다. 혐의는 동학(東學)에 가담하였

잔주(−註) 큰 주석 아래에 더 자세히 단 주석.
시쁘둥하다 마음에 차지 아니하여 아주 시들한 기색이 있다.
구한국(舊韓國) 대한 제국. 조선 고종 34년(1897)에 새로 정한 우리나라의 국호(國號).
공문서(空文書) 등기(登記, 국가 기관이 법정 절차에 따라 등기부에 부동산이나 동산·채권 등의 담보 따위에 관한 일정한 권리관계를 적는 일. 또는 적어 놓은 것)가 되지 않음.
체계(遞計) 예전에, 장에서 비싼 이자로 돈을 꾸어 주고 장날마다 본전의 일부와 이자를 받아들이던 일.
악의악식하다(惡衣惡食−−) 너절하고 조잡한 옷을 입고 맛없는 음식을 먹다.
안해 지난해. 이해의 바로 앞의 해.
도임(到任) 지방의 관리가 근무지에 도착함.
잔당(殘黨) 대부분이 패망하고 조금 남아 있는 무리를 부정적으로 이르는 말.
동헌(東軒) 지방 관아에서 고을 원(員)이나 감사(監司), 그 밖의 수령(守令)들이 공사(公事)를 처리하던 중심 건물.

다는 것이었다.

한태수는 전혀 동학에 가담한 일이 없었다. 그의 말대로 하면, 동학 근처에도 가 보지 아니한 사람이었다.

옥에 가두어 놓고는 매일 끌어내다 실토를 하라고, 동류의 성명을 불라고 주리를 틀면서 **문초**를 하였다. 육십이 넘은 늙은 정강이가 살이 으깨어지고 뼈가 아스러졌다.

나중 가서야 어찌 될값에 당장의 아픔을 견디다 못하여 동학에 가담하였노라고 **자복**을 하였다. 입에서 나오는 대로 아는 사람의 이름을 불렀다.

불린 일곱 사람이 잡혀 들어와 같은 문초를 받았다. 처음에는들 내뻗었으나 원체 아픔을 이기지 못하여 자복을 하였다.

남은 것은 처형을 하는 것뿐이었다.

하루는 이방이, 한태수의 아내와 아들(한 생원)을 조용히 불렀다.

이방은 모자더러, 좌우간 살려 낼 도리를 하여야 않느냐고 하였다.

모자는 엎드려 빌면서, 제발 이방님 덕택에 목숨만 살려지이다고 하였다.

"꼭 한 가지 묘책이 있기는 있는데……. 그럼 내가 시키는 대로 할 테냐?"

"불속이라도 뛰어 들어가겠습니다."

"논문서를 가져오느라. 사또께다 바쳐라."

"논문서를요?"

"아까우냐?"

"……."

"가장이나 애비의 목숨보다 논이 더 소중하냐?"

"그 땅이 다른 땅과도 달라서……."

문초(問招) 죄나 잘못을 따져 묻거나 심문함.
자복(自服) 저지른 죄를 자백하고 복종함.

"정히 그렇게 아깝거던 고만두는 것이고."

"논문서만 가져다 바치면 정녕 모면을 할까요?"

"아니 될 노릇을 시킬까?"

"그럼 이 길로 나가서 가지고 오겠습니다."

"밤에 조용히 **내아**로 오도록 하여라. 나도 와서 있을 테니. 그러고 네 논이 두 자리가 있겠다?"

"네."

"열서 마지기와 일곱 마지기?"

"네."

"그 열서 마지기를 가지고 오느라."

"열서 마지기를요?"

"아까우냐?"

"……."

"아깝거들랑 고만두려무나."

"그걸 바치고 나면 소인네는 논 겨우 일곱 마지기를 가지고 **수다한 권솔**에 살아 갈 방도가……."

"당장 가장이나 애비의 목숨은 어데로 갔던지?"

"……."

"땅이야 다시 장만도 할 수가 있는 것이 아니냐?"

모자는 서로 돌아보면서 말하였다.

"바칩시다."

"바치자."

내아(內衙) 조선 시대에, 지방 관아에 있던 안채. 관사(官舍).

수다하다(數多--) 수효가 많다.

권솔(眷率) 한집에 거느리고 사는 식구.

사흘 만에 한태수는 놓여나왔다. 다른 일곱 명도 이방이 각기 사이에 들어, 각기 얼마씩의 땅을 바치고 놓여나왔다.

그 뒤 경술(庚戌)년에 일본이 조선을 **합방**하여 나라는 망하였다.

사람들이 나라 망한 것을 원통히 여길 때 한 생원은

"그깟 놈의 나라, 시언히 잘 망했지."

하였다. 한 생원 같은 사람으로는 나라란 백성에게 고통이지 하나도 고마운 것이 아니었다. 또 꼭 있어야 할 요긴한 것도 아니었다.

그런 나라라는 것을 도로 찾았다고 하여 섬뻑 감격이 일지 아니한 것도 **일변 의당한** 노릇이라 할 것이었다.

논 스무 마지기에서 열서 마지기를 빼앗기고 나니, 원통한 것도 원통한 것이지만, 앞으로 일이 딱하였다. 논이나 겨우 일곱 마지기를 가지고는 어림도 없었다.

하릴없이 남의 세토를 얻어 그 보충을 하여야 하였다. 그러나 남의 세토는 도지를 물어야 하는 것이라, 힘은 내 논을 지을 때와 마찬가지로 들면서도 가을에 가서 차지를 하기는 절반이 못되는 것이었었다. 그렇지만 그렇다고 남의 세토를 소작 아니할 수는 없었다.

이리하여 한 생원네는 나라 명색이 망하지 않고 내 나라로 있을 적부터 가난한 소작농이었다.

경술년 나라가 망하고 삼십육 년 동안 일본의 다스림 밑에서도 같은 가난한 소작농이었다.

그리고, 속담에 **남의 불에 게 잡기**로, 남의 덕에 나라를 도로 찾기는 하였

합방(合邦) 둘 이상의 나라가 하나로 합쳐짐. 또는 둘 이상의 나라를 합침.
일변(一邊) 한편. 어떤 일의 한 측면.
의당하다(宜當--) 사물의 이치와 같이 그러하다.
남의 불에 게 잡기 남의 덕택으로 거저 이익을 보게 됨을 비유적으로 이르는 말.

다지만 한국 **말년**의 나라만을 여겨 그 나라가 오죽할 리 없고, 여전히 남의 세토나 지어 먹는 가난한 소작농이기는 일반일 것이라고 한 생원은 생각하던 것이었었다.

일본이 항복을 하던 바로 전의 삼사 년에, 공출이야 징용이야 하면서 별안간 **군색함**과 불안이 생겼던 것이지, 그 밖에는 나라가 망하여 없어지고서 일본의 **속국** 백성으로 사는 것이 경술년 이전 나라가 있어 가지고 조선 백성으로 살 적보다 별양 못할 것이 한 생원에게는 없었다. 여전히 남의 세토를 지어 절반 이상이나 도지를 물고 그 나머지를 천신하는 가난한 소작인이요, 순사나 일인이나 면 서기들의 교만과 압박이 원이나 아전이나 **토반**들의 교만과 압박보다 못할 것도 없거니와 더할 것도 없었다.

독립이 된 이 앞으로도 그것이 천지개벽이 아닌 이상 가난한 농투성이가 느닷없이 부자 장자 될 이치가 없는 것이요, 원·아전·토반이나 일본 놈 대신에 만만하고 가난한 농투성이를 핍박하는 '권세 있는 양반들'이 생겨날 것이요 할 것이매, 빼앗겼던 나라를 도로 찾아 다시금 조선 백성이 되었다는 것이 조금도 신통하거나 반가울 것이 없었다.

원과 토반과 아전이 있어, **토색질**이나 하고 붙잡아다 때리기나 하고 교만이나 피우고 하되 **세미**는 국가의 이름으로 꼬박꼬박 받아 가면서 백성은 죽어야 모른 체를 하고 하는 나라의 백성으로도 살아 보았다.

천하 오랑캐, 애비와 자식이 맞담배질을 하고, 남매간에 혼인을 하고, 뱀을 먹고 하는 왜인들이, 저희가 주인이랍시고서 교만을 부리고, 순사와 헌병은

말년(末年) 어떤 시기의 마지막 몇 해 동안.
군색하다(窘塞--) 필요한 것이 없거나 모자라서 딱하고 옹색하다.
속국(屬國) 법적으로는 독립국이지만, 실제로는 정치나 경제、군사 면에서 다른 나라에 지배되고 있는 나라.
토반(土班) 여러 대를 이어서 그 지방에서 붙박이로 사는 양반.
토색질(討索-) 돈이나 물건 따위를 억지로 달라고 하는 짓.
세미(稅米) 조세로 바치던 쌀. 납세.

칼바람에 조선 사람을 개도야지 대접을 하고, 공출을 내어라 징용을 나가거라 **야미**를 하지 마라 하면서 볶아 대고, 또 일본이 우리 나라다, 나는 일본 백성이다 이런 도무지 그럴 마음이 우러나지를 않는 억지춘향이 노릇을 시키고 하는 나라의 백성으로도 살아 보았다.

결국 그러고 보니 나라라고 하는 것은 내 나라였건 남의 나라였건 있었댔자 백성에게 고통이나 주자는 것이지, 유익하고 고마울 것은 조금도 없는 물건이었다. 따라서 앞으로도 새 나라는 말고 더한 것이라도, 있어서 요긴할 것도 없어서 아쉬울 일도 없을 것이었다.

2

신해(辛亥)년……, **경술합방** 바로 이듬해였다. 한 생원은—때의 젊은 한덕문—은 빼앗기고 남은 논 일곱 마지기를 **불가불** 팔아야 할 형편에 이르렀다.

칠팔 명이나 되는 권솔인데, 내 논 일곱 마지기에다 남의 논이나 몇 마지기를 소작하여 가지고는 여간한 규모와 악의악식이 아니고서는 도저히 현상 유지를 하기가 어려웠다.

한덕문은 그 부친과는 달라 살림 규모가 없었다. 사람이 좀 허황하고 헤픈 편이었다.

부친 한태수가 죽고, 대신 **당가산**을 한 지 불과 오륙 년에 한덕문은 힘에 넘치는 빚을 졌다.

야미(yami) '뒷거래'의 일본말.
경술합방(庚戌合邦) 1910년, 우리나라가 일본과 맺은 한일 병합 조약(韓日併合條約)에 따라 대한 제국의 통치권을 일본에 넘겨줌. 이로써 우리나라는 일제의 식민지가 되었다.
불가불(不可不) 하지 아니할 수 없어. 또는 마음이 내키지 아니하나 마지못하여.
당가산(當家産) 집안 살림을 맡음.

이 빚은 단순히 살림에 보태느라고만 진 빚은 아니었다.

한덕문은 허황하고 헤픈 값을 하느라고 술과 노름을 **쏠쏠히** 좋아하였다.

일 년 농사를 지어야 일 년 가계가 번연히 모자라는데, 거기다 술을 먹고 노름을 하니, 늘어 가느니 빚밖에는 있을 것이 없었다.

빚은 갚아야 되었다.

팔 것이라고는 논 일곱 마지기 그것뿐이었다.

한덕문이 빚을 이리 틀어막고 저리 틀어막고, 오늘로 밀고 내일로 밀고 하여 오던 끝에, 마침내는 더 꼼짝을 할 도리가 없어 논을 팔기로 작정을 대었을 무렵에, 그러자 용말[龍田] 사는 일인 길천(吉川)이가 요새로 바싹 땅을 많이 사들인다는 소문이 들리었다. 그리고 값으로 말하여도 썩 좋은 **상답**이면 한 마지기(200평)에 스무 냥으로 스물닷 냥(20냥 이상 25냥, 4원~5원)까지 내고, 아주 **박토**라도 열 냥(2원) 안짝은 없다고 하였다.

땅마지기나 가진 인근의 다른 농민들도 다들 그러하였지만, 한덕문은 그중에서도 귀가 반짝 뜨였다.

시세의 갑절이었다.

고래실논으로, 개똥배미 상지상답이라야 한 마지기에 열 냥으로 열두어 냥(2원~2원 4, 50전)이요, 땅 나쁜 것은 기지개 써야 닷 냥(1원)이었다.

'팔자!'

한덕문은 작정을 하였다.

일곱 마지기 논이 상지상답은 못되어도 상답은 되니, 잘하면 열 냥(2원)은 받을 것. 열 냥이면 이칠십사 일백마흔 냥(28원).

쏠쏠히 품질이나 수준, 정도 따위가 웬만하여 기대 이상으로.
상답(上畓) 토양 조건과 물의 형편이 좋아서 농사가 잘되는 논.
박토(薄土) 메마른 땅.
고래실논 바닥이 깊고 물길이 좋아 기름진 논.

빚이 이럭저럭 한 오십 냥(10원) 되니, 그것을 갚고 나면 아흔 냥(18원)이 남아. 아흔 냥을 가지고 도로 논을 장만해. 판 일곱 마지기만한 **토리**의 논을 사더라도 아홉 마지기를 살 수가 있어.

결국 논 한 번 팔고 사고 하는 노릇에, 빚 오십 냥 거저 갚고도, 논은 두 마지기가 늘어 아홉 마지기가 생기는 판이 아니냐.

이런 어수룩한 노릇을 아니하잘 **며리**가 없는 것이었었다.

양친은 이미 다 없은 때요, 한덕문 그가 **대주**였으므로 혼자서 일을 결단하여도 간섭을 받을 일은 없었다.

곡우 머리의 어느 날 한덕문은 맨발 짚신 풀 상투에 삿갓 쓰고 곰방대 물고, 마을에서 십리 **상거**의 용말 출입을 나갔다. 일인 길천이가 **적실히** 그렇게 후한 값으로 논을 사는지 **진가**를 알아보자 함이었다.

금강(錦江) 어귀의 항구 군산(群山)에서 시작되어, 동북 **간방**으로 임피읍(臨陂邑)을 지나 용말로 나온 행길이, 용말 동쪽 변두리에서 솜리[이리(裡里)]로 가는 길과 황등 장터[黃登市]로 가는 길의 두 갈래 길로 갈리는, 그 샅에가 전주(全州)집이라는 주모가 업을 하고 있는 주막이 오도카니 호올로 놓여 있었다.

한덕문은 전주집과는 생소치 아니한 사이였다.

마당이자 바로 행길인, 그 마당 앞에 섰는 한 그루의 실버들이 한창 푸르른 전주집네 주막, 살진 봄볕이 드리운 마루에 나란히 걸터앉아 세상 물정 이야

토리(土理) 메마르거나 기름진 흙의 성질.
며리 '까닭'이나 '필요'의 뜻을 나타내는 말.
대주(大主) 호주.
곡우(穀雨) 이십사절기의 하나. 양력으로는 4월 20일경이다.
상거(相距) 서로 떨어짐.
적실히(的實-) 틀림이 없이 확실하게.
진가(眞假) 진짜와 가짜를 아울러 이르는 말.
간방(間方) 정동(正東), 정남(正南), 정서(正西), 정북(正北) 네 방위의 각 사이를 가리키는 방위.

기, 피차간 살아가는 이야기, 훨씬 **한담**을 하던 끝에 한덕문이 지날말처럼 넌지시 물었다.

"참, 저, 일인 길천이가 요새 땅을 많이 산다구?"

"많얼 게 아니라, 그 녀석이 아마 이 근처 **일판**을, 땅이라구 생긴 건 깡그리 쓸어 사자는 배폰가 봅디다!"

"헷소문은 아니루구면?"

"달리 큰 배포가 있던지, 그렇잖으면 그 녀석이 **상성**을 했던지."

"?……"

"한 서방 으런두 속내 아는배, 이 근처 논이 물 걱정 가뭄 걱정 없구 한 마지기에 넉 섬은 먹는 논이라야 열 냥(2원)이 상값 아니우? 그런 걸 글쎄, 녀석은 스무 냥 스물댓 냥을 퍼 주구 사는구랴. 제 마석(1**두락**에 1석)두 못 먹는 자갈 바탕의 박토라두 논 명색이면 열 냥 안짝 잽히는 건 없구."

"허긴 값이나 그렇게 월등히 많이 내야 일인한테 논을 팔지, 그렇잖구서야 누가."

"제엔장, 나두 진작에 논이나 시늉만 생긴 거라두 몇 섬지기 장만해 두었더라면 이런 판에 큰 **횡재**를 했지."

"그래, 많이들 와 파나?"

"대가릴 싸구 덤벼든답디다. 한 서방 으런두 논 좀 파시구랴? 이런 때 안 팔구, 언제 팔우?"

"팔 논이 있나!"

이유와 조건의 어떠함을 물론하고 농민이 논을 판다는 것은 남의 앞에 심

한담(閑談) 심심하거나 한가할 때 나누는 이야기. 또는 별로 중요하지 아니한 이야기.
일판(一一) 어떤 지역의 전부.
상성(喪性) 발광(發狂). 본래의 성질을 잃어버리고 전혀 다른 사람처럼 됨.
두락(斗落) 논밭 넓이의 단위.
횡재(橫財) 뜻밖에 재물을 얻음. 또는 그 재물.

히 떳떳스럽지 못한 일이었다. 번연히 내일모레면 다 알게 될 값이라도 되도록 그런 기색을 숨기려고 드는 것이 **통정**이었다.

뚜벅뚜벅 말굽 소리가 나더니 말 탄 길천이가 주막 앞을 지난다. 언제나 그러하듯이 깜장 됫박모자(**중산모자**)에 깜장 복장[양복, 쓰메에리]을 입고 깜장 목 깊은 구두를 신고 허리에는 **육혈포**를 차고 하였다.

한덕문은 길에서 몇 차례 본 적이 있어 그가 길천인 줄을 안다.

"어디 갔다 와요?"

전주집이 웃으면서 알은체를 하는 것을 길천은 웃지도 않으면서

"응, 조기. 우리, 나쁜 사레미 자바리 갔소 왔소."

길천의 **차인꾼**이요 통역꾼이요 한 백남술이가 밧줄로 **결박**을 지은 촌 젊은 사람 하나를 앞참 세우고 뒤미처 나타났다.

죄수(?)는 상투가 풀어지고, 발기발기 찢긴 옷과 면상으로 피가 묻고 한 것으로 보아, 한바탕 늘씬 두들겨 맞은 것이 역력하였다.

"어디 갔다 오시우?"

전주집이 이번에는 백남술더러 인사로 묻는다.

백남술은 분연히

"남의 돈 집어먹구 도망 댕기는 놈은 죽어 싸지."

하면서 죄수에게 잔뜩 눈을 흘긴다.

그러고 나서 전주집더러

"댕겨오께시니, 닭이나 한 마리 잡구 해 놓게나. 놈을 붙잡느라구 한 **승강**

통정(通政) 세상 일반의 사정이나 인정.
중산모자(中山帽子) 꼭대기가 둥글고 높은 서양 모자.
육혈포(六穴砲) 탄알을 재는 구멍이 여섯 개 있는 권총.
차인꾼(差人-) 남의 장사하는 일에 시중드는 사람.
결박(結縛) 몸이나 손 따위를 움직이지 못하도록 동이어 묶음.
승강(昇降/陞降) 승강이. 서로 자기주장을 고집하며 옥신각신하는 일.

했더니 목이 컬컬허이."

그러느라고 잠깐 한눈을 파는 순간이었다. 죄수가 밧줄 한끝 붙잡힌 것을 홱 뿌리치면서 몸을 날려 쏜살같이 오던 길로 내뺀다.

"엇!"

백남술이 병신처럼 놀라다 이내 죄수의 뒤를 쫓는다.

길천의 탄 말이 두 앞발을 번쩍 들어 머리를 돌리면서 땅을 차고 달린다. 그러면서 길천의 손에서 육혈포가 땅…… 풀씬 연기가 나면서 재우쳐 땅…….

죄수는 그러나 첫 한 방에 그대로 길바닥에 가 동그라진다. 같은 순간 버선발로 뛰어 내려간 전주집이 에구머니 비명을 지른다.

죄수는 백남술에게 **박승** 한끝을 다시 붙잡히어 일어난다. 길천은 피스톨 사격의 명인(名人)은 아니었었다. 그보다도 엄포의 사격이었기가 쉬웠을 것이다.

일인에게 빚을 쓰는 것을 왜채(倭債)라고 하고, 이 젊은 친구는 왜채를 쓰고서 갚지 아니하고 몸을 피해 다니다가 붙잡힌 사람이었다.

길천은 백남술이가

"이 사람은 논이 몇 마지기가 있소."

하고 조사 보고를 하면 서슴지 아니하고 왜채를 주곤 한다. 이자도 **항용** 체계나 **장변**보다 헐하였다.

빚을 주는 데는 무른 것 같아도 받는 데는 무서웠다.

기한이 지나기를 기다려 채무자를 제 집으로 데려다 감금을 하고 **사형**으로

박승(縛繩) 포승. 죄인을 잡아 묶는 노끈.
항용(恒用) 흔히 늘.
장변(場邊) 장에서 꾸는 돈의 이자. 한 장도막, 곧 닷새 동안의 이자를 얼마로 셈한다.
사형(私刑) 국가 또는 공공의 권력이나 법률에 의하지 아니하고 개인이나 사적 단체가 범죄자에게 벌을 주는 일.

써 빚 **채근**을 하였다.

부형이나 처자가 돈을 가지고 와서 빚을 갚는 날까지 감금과 사형을 늦추지 아니하였다.

논문서를 가지고 오는 자리는 '우대'를 하였다. 이자를 탕감하고 본전만 쳐서 논으로 받는 것이었다. 논이 있는 사람은 돈을 두어두고도 즐거이 논으로 갚고 하였다.

한덕문은 다시 끌려가고 있는 죄수의 뒷모양을 우두커니 바라다보면서

'제엔장, 양반 호랑이도 **지질한데** 우환 중에 왜놈 호랑이까지 들어와서 이 등쌀이니 갈수록 죽어나는 건 만만한 백성뿐이로구나.'

'쯧, 번연히 알면서 왜채를 쓰는 사람이 잘못이지 누구를 원망하나.'

'참새가 방앗간을 거저 지날까. 이왕 외상술이라도 한잔 먹고 일어설까, 어떡할까?'

이런 생각을 하고 앉았는 차에, 생각잖이 외가 편으로 아저씨뻘 되는 윤 첨지가 푸뜩 거기에 당도하였다. 윤 첨지는 황등 장터에서 제 논 석지기나 지니고 **탁신히** 사는 농민이었다.

아저씨 웬일이시냐고. 조카 잘 있었더냐고. 항용 하는 인사가 끝난 후에 이 동네 사는 길천이라는 일인이 값을 후히 내고 땅을 사들인다는 소문이 있으니 적실하냐고 아까 한덕문이 전주집더러 묻던 말을 윤 첨지가 한덕문더러 물었다.

그렇단다는 한덕문의 대답에, 윤 첨지는 이슥히 생각을 하고 있더니 혼잣말같이

채근(採根) 남에게 받을 것을 달라고 독촉함.
부형(父兄) 아버지와 형을 아울러 이르는 말.
지질하다 싫증이 날 만큼 지루하다.
탁신히 그럭저럭 굶지 않고.

"그럼 나두 이왕 **궐**한테나 팔아야 하겠군."

하다가 한덕문더러

"황등까지 가서두 살까? 예서 이십 리나 되는데."

하고 묻는다.

"글쎄요……. 건데 논은 어째 파실 영으루?"

"허, 그거 온 참……. 저어 공주 한밭[大田]서 무안 목포(木浦)루 철로(鐵路)가 새루 나는데, 그것이 계룡산(鷄龍山) 앞을 지나 연산(連山)·팥거리[豆溪]루 해서 논메[論山]·강경(江景)으루 나와 가지구 황등 장터를 지나게 된다네 그려."

"그런데요?"

"그런데 철로가 난다 치면 그 십 리 안짝은 논을 죄 버리게 된다는 거야."

"어째서요?"

"차가 댕기는 바람에 땅이 울려 가지구 모를 심어두 뿌릴 제대루 잡지 못하구 해서, 벼가 자라질 못한다네그려!"

"무슨 그럴 리가……."

"건 조카가 속을 몰라 하는 소리지. 속을 몰라 하는 소린 것이, 나두 작년 정월에 공주 한밭엘 갔다 그놈 차가 철로 위루 달리는 걸 구경했지만, 아 그 쇳덩이루 만든 집채더미 같은 시꺼먼 수레가 찻길 위루 벼락 치듯 달리는데 땅바닥이 사뭇 움죽움죽하드라니깐! 여승 **지동**이야……. 그러니, 땅이 그렇게 지동하듯 사철 들이 울리니, 근처 논의 모가 뿌리를 잡을 것이며 자라기를 할 것인가?"

"……."

궐(厥) '그'를 낮잡아 이르는 말.
지동(地動) 지진. 오랫동안 누적된 변형 에너지가 갑자기 방출되면서 지각이 흔들리는 일.

듣고 보니 미상불 **근리한** 말이었다.

"몰랐으면이어니와 알구두 그대루 있겠던가? 그래 좀 덜 받더래두 팔아넘길 영으루 하구 있는데, 소문을 들으니 길천이라는 손이 요새 값을 시세보담 갑절씩이나 내구 논을 산다데그려. 정녕 그렇다면 철로 쪼간이 아니라두 팔아 가지구 판 데루 가서 판 논 갑절 되는 논을 장만함직두 한 노릇인데, 항차……."

"철로가 그렇게 난다는 건 아주 적실한가요?"

"말끔 다 칙량을 하구, 말뚝을 박아 놓구 한 걸……. 황등 장터 그 일판은 그래, 논들을 못 팔아 난리가 났다니까."

3

일인 길천이에게 일곱 마지기 논을 일백마흔 냥(28원)에 판 것과, 그중 쉰 냥(10원)은 빚을 갚은 것, 이것까지는 한덕문의 예산대로 되었었다.

그러나 나머지 아흔 냥(18원)으로 판 논 일곱 마지기보다 토리가 못하지 아니한 논으로 두 마지기가 더한 아홉 마지기를 삼으로써 빚 쉰 냥은 공으로 갚고, 그러고도 논이 두 마지기가 불게 된다던 것은 완전히 허사가 되고 말았다.

아무도 한덕문에게 상답 한 마지기를 열 냥씩에 팔려는 사람은 없었다. 이왕 일인 길천이에게 팔면 그 갑절 스무 냥씩을 받는 고로 말이었다.

필경 돈 아흔 냥은 한덕문의 수중에서 한 반년 동안 구르는 동안 **스실사실** 다 없어지고 말았다.

이리하여 한덕문은 논 일곱 마지기로 겨우 빚 쉰 냥을 갚고는 아무 것도 남

근리하다(近理--) 이치에 거의 맞다.
스실사실 표나지 않게 조금씩.

은 것이 없이 손 싹싹 털고 나선 셈이었다. 친구가 있어 한덕문을 책하면서 물었다.

"어떡허자구 논을 판단 말인가?"

"인제 두구 보게나."

"무얼 두구 보아?"

"일인들이 다 쫓겨 가면, 그 땅 도로 내 것 되지 갈 데 있던가?"

"쫓겨 갈 놈이 논을 사겠나?"

"저이놈들이 천지운수를 안다든가?"

"자네는 아나?"

"두구 보래두 그래."

한덕문은 혼자 속으로는 아뿔싸, 논이라야 단지 그것뿐인 것을 팔고서 인제는 송곳 꽂을 땅도 없으니 이 노릇을 어찌한단 말이냐고 심히 후회하여 마지아니하였다.

그러면서도 남더러는 그렇게 배포 있이 장담을 탕탕 하였다.

한덕문은 장차에 일인들이 쫓기어 가리라는 것을 확언할 아무런 근거도 가진 것이 없었다. 따라서 자신도 없었다. 오직 그는 논을 판 명예롭지 못함과 어리석음을 싸기 위하여 그런 **희떠운** 소리를 한 것일 따름이었다.

한덕문이, 일인들이 다 쫓기어 가면 그 논이 도로 제 것이 될 터이라서 논을 팔았다고 한다더라, 이 소문이 한입 두입 퍼지자 듣는 사람마다 그의 희떠움을 혹은 실없음을 웃었다.

하는 양을 보느라고 **위정**

"자네 논 팔았다면서?"

희떱다 말이나 행동이 분에 넘치며 버릇이 없다.
위정 '일부러'의 방언.

한다 치면

"팔았지."

"어째서?"

"돈이 좀 아쉬워서."

"돈이 아쉽다고 논은 팔구서 어떡허자구?"

"일인들이 다 쫓겨 가면 그 논 도루 내 것 되지 갈 데 있나?"

"일인들이 쫓겨 간다든가?"

"그럼 백 년 살까?"

또 누구는 **수작**을 바꾸어

"일인들이 쫓겨 간다지?"

한다 치면

"그럼!"

"언제쯤 쫓겨 가는구?"

"건 쫓겨 가는 때 보아야 알지."

"에구 요 맹추야, 요 허풍선이야, 우리나라 상감님을 쫓아 내구 저이가 왕 노릇을 하는데 쫓겨 가?"

"자넨 그럼 일인들이 안 쫓겨 가구 영영 그대루 있으면 좋을 건 무언가?"

"좋기루 할 말이야 일러 무얼 하겠나만, 우리 좋구픈 대루 세상 일이 돼 준다던가?"

"그래두 인제 내 말을 일를 때가 오너니."

"괜히 논 팔구섬 할 말 없거들랑 국으로 잠자쿠 가만히나 있어요."

"체에, 내 논 내가 팔아먹는데 죄 될 일이 있나?"

"걸 누가 죄라나?"

수작(酬酌) 남의 말이나 행동, 계획을 낮잡아 이르는 말.

"길천이한테 논 팔아먹은 놈이 한덕문이 하나뿐인감?"

"누가 논 판 걸 나무래? 희떤 장담을 하니깐 그러는 거지."

"희떤 장담인지 아닌지 두구 보잔 말야."

이로부터 한덕문은 그 말로 인하여 마을과 인근에서 아주 **호**가 났고, 어느 겨를인지 그것이 한 속담(俗談)까지 되었다.

가령 어떤 엉뚱한 계획을 세운다든지 **허랑한** 일을 시작하여 놓고서는 천연스럽게 성공을 자신한다든지, 결과를 기다린다든지 하는 사람이 있은다 치면

"흥, 한덕문이 길천이한테 논 팔아먹던 대 났구나."

하고 비웃곤 하는 것이었었다.

그 호, 그 속담은 삼십오 년을 두고 전하여 내려왔다. 전하여 내려올 뿐만이 아니었다. 일본 제국주의의 조선에 있어서의 지반이 해가 갈수록 **완구한** 것이 되어 감을 따라, 더욱이 **만주 사변** 때부터 시작하여 **중일 전쟁**을 거쳐 **태평양 전쟁**으로 일이 거창하게 벌어진 결과, 전쟁 수단으로서 조선의 가치는 안으로 밖으로, 적극적으로 소극적으로 나날이 더 커 감을 좇아, 일본이 조선에다 박은 뿌리는 더욱 깊이 뻗어 들어가고 가지와 잎은 더욱 무성하여서, 일본이 조선으로부터 물러간다는 것은 독립과 한가지로 나날이 더 잠꼬대 같은 생각이던 것처럼 되어 버려 감을 따라, 그래서 한덕문의 장담하던 "일인들이 다 쫓겨 가면……." 이 말이 해가 가고 날이 갈수록 속절없이 무색

호(號) 세상에 널리 드러난 이름.

허랑하다(虛浪--) 언행이나 상황 따위가 허황하고 착실하지 못하다.

완구하다(完久--) 어떤 상태가 완전하여 오래 견딜 수 있다. 또는 오래갈 수 있다.

만주 사변(滿洲事變) 1931년 일본군의 중국 둥베이(東北) 지방에 대한 침략 전쟁. 중국 통일이 가시화되자 일제는 만주를 중국과 분리시켜 자신의 지배 영역으로 만들 계획으로 일대를 침략하고 만주국을 수립하여 만주 전역에 대한 지배권을 행사했다. 이것은 그 뒤 중일 전쟁의 발단이 되었다.

중일 전쟁(中日戰爭) 1937년 중국과 일본 사이에 벌어진 전쟁. 일본이 중국 본토를 정복하려고 일으켰는데, 1945년에 일본이 연합국에 무조건 항복함으로써 끝났다.

태평양 전쟁(太平洋戰爭) 1941년부터 1945년까지 일본과 연합국 사이에 벌어진 전쟁. 제2차 세계 대전의 일부로서, 일본의 진주만 기습으로 시작되어 일본의 무조건 항복으로 끝났다.

하여 감을 따라 그와 반비례하여 그 말의 속담으로서의 가치와 효과만이 멸하지 않고 찬란히 빛을 내었다.

바로 8월 14일까지도 그러하였다. 8월 14일까지도

"흥, 한덕문이 길천이한테 논 팔아먹던 대 났구나."

는 당당히 행세를 하였었다.

그랬던 것이, 8월 15일에 일본이 항복을 하고 조선은 독립(실상은 우선 해방)이 되고 하였다. 그리고 며칠 아니하여 "일인들이 토지와 그 밖에 온갖 재산을 죄다 그대로 내어놓고 보따리 하나에 몸만 쫓기어 가게 되었다."는 데까지 이르렀다.

한 생원(한덕문)의

"일인들이 다 쫓겨 가면……."

은 이리하여 부득불 빛이 화안하여지고 반대로

"한덕문이 길천이한테 논 팔아먹던 대 났구나."

는 그만 얼굴이 벌게서 납작하고 말 수밖에 없었다.

4

"여보슈 송 생원?"

한 생원이 허연 텁석부리에 묻힌 쪼글쪼글한 얼굴이 위아래 다섯 대밖에 안 남은 누런 이빨과 함께 흐물흐물 자꾸만 웃어지는 웃음을 언제까지고 거두지 못하면서, 그러다 별안간 송 생원의 팔을 잡아 흔들면서 아주 **긴하게**

"우리 독립만세 한번 부르실까?"

"남 다아 부르구 난 댐에 건 불러 무얼 허우?"

긴하다(緊--) 매우 간절하다.

송 생원은 한 생원과 달라 길천이한테 팔아먹은 논도 없으려니와, 따라서 일인들이 쫓기어 가더라도 도로 찾을 논도 없었다.

"송 생원, 접때 마을에서 만세를 부를 제 나가 부르셨던가?"

"난 그날 허리가 아파 꼼짝 못하구 누웠었는걸."

"나두 그날 고만 못 불렀어."

"아따, 못 불렀으면 못 불렀지, 늙은 것들이 만세 좀 아니 불렀기루 귀양살이 보내겠수?"

"난 그래두 좀 섭섭해 그랬지요……. 그럼 송 생원 우리 술 한잔 자실까?"

"술이나 한잔 사 주신다면."

"주막으루 나갑시다."

두 늙은이가 지팡이를 짚고 마을에 단 한 집밖에 없는 주막으로 나갔다.

"에구머니, 독립두 되구 볼 거야. 영감님들이 술을 다 자시러 오시구."

이십 년이나 여기서 주막을 하느라고 인제는 중늙은이가 된 주모 판쇠네가, 손님을 환영이라기보다 다뿍 걱정스러워한다.

"미리서 외상인 줄이나 알구, 술 좀 주게나."

한 생원이 그러면서 **술청**으로 들어가 앉는 것을, 송 생원도 따라 들어가 앉으면서 주모더러

"외상 두둑이 드리게. **수**가 나섰다네."

"독립되는 **운덤**에 어느 고을 원님이나 한자리해 가시는감?"

"원님을 걸 누가 성가시게, 흐흐……."

한 생원은 그러다 다시

"거, 안주가 무어 좀 있나?"

술청 술집에서 술을 따라 놓는 널빤지로 만든 긴 탁자. 또는 그런 탁자를 두고 술을 마실 수 있게 한 곳.
수 일을 처리하는 방법이나 수완.
운덤 운이 좋아 덤으로 생기는 소득.

"안주두 벤벤찮구 술두 막걸린 없구 소주뿐인걸, 노인네들이 소주 잡숫구 어떡허시게."

"아따, 오줌은 우리가 아니 싸리."

젊었을 적에는 **동이 술**을 사양치 아니하던 영감들이었다. 그러나 둘이가 다 내일모레가 칠십. 더구나 자주자주는 술을 입에 대지 않던 차에, 싱겁다고는 하지만 소주를 칠팔 잔씩이나 하였으니 과음일 수밖에 없었다.

송 생원은 그대로 술청에 쓰러져 과연 소변을 지리기까지 하였다.

한 생원은 송 생원보다는 아직 기운이 조금은 좋은 덕에 정신을 놓거나 몸을 가누지 못할 지경은 아니었다.

"우리 논을 좀 보러 가야지, 우리 논을. 서른다섯 해만에, 우리 논을 보러 간단 말야, 흐흐흐."

비틀거리면서 한 생원은 술청으로부터 나왔다.

주모 판쇠네가 성화가 나서

"방으루 들어가 누섰다, 술 깨신 댐에 가세요. 노인네들 술 드렸다구 날 또 욕허게 됐구먼."

"논 보러 가, 논. 길천이게다 판 우리 논. 흐흐흐, 서른다섯 해만에 도루 찾은, 우리 일곱 마지기 논, 흐흐흐."

"글쎄 논은 이 댐에 보러 가시면 어디루 가요?"

"날, 희떤 소리 한다구들 웃었지. 미친놈이라고 웃었지, 들. 흐흐. 서른다섯 해만에 내 말이 들어맞일 줄을 누가 알았어? 흐흐흐."

말은 혀 꼬부라진 소리로, 몸은 위태로이 비틀거리면서 한 생원은 지팡이를 휘젓고 밖으로 나간다. 나가다 동네 젊은 사람과 마주쳤다.

"아 한 생원 웬일이세요?"

동이 술 동이(질그릇의 하나)에 담아 파는 술.

"논 보러 간다, 논. 흐흐흐. 너두 이 녀석, 한덕문이 길천이한테 논 팔아먹던 대 났구나, 그런 소리 더러 했었지? 인제두 그런 소리가 나오까?"
"취하셨군요."
"나, 외상술 먹었지. 논 찾았은깐 또 팔아서 술값 갚으면 고만이지. 그럼 한 서른다섯 해만에 또 내 것 되겠지, 흐흐흐. 그렇지만 인전 안 팔지, 안 팔아. 우리 용길이 놈 물려줘야지, 우리 용길이놈."
"참, 용길이 요새 있죠?"
"있지. 길천이한테 팔아먹었을까?"
"저, 읍내 사는 영남이가 **산판** 하날 사서 벌목(伐木)을 하는데, 이 동네 사람들더러 와 **남구** 비어 주구, 그 대신 **우죽** 가져가라구 하니, 용길이두 며칠 보내서 땔나무나 좀 장만하시죠."
"걸 누가…… 논을 도루 찾았는데."
"논만 찾으면 땔나문 없어두 사시나요?"
"논두 없이두 서른다섯 해나 살지 않었느냐?"
"허허 참, 그러지 마시구 며칠 보내세요. 어서서 다 비어 버려야 할 텐데 도무지 사람을 못 구해 그러니, 절더러 부디 그럭허두룩 서둘러 달라구, 영남이가 여간만 부탁을 해 싸야죠. 아, 바루 동네서 가찹겠다. 져 나르기 수월허구……. 요 위 가잿골 있는 길천 농장 **멧갓**이래요."
"무어?"
한 생원은 별안간 정신이 번쩍 나면서 대어든다.
"가잿골 있는 길천 농장 멧갓이라구?"

산판(山坂) 나무를 함부로 베지 못하게 가꾸는 산.
남구 '나무'의 방언.
우죽 지엽(枝葉). 식물의 가지와 잎.
멧갓 '산판'과 같은 말.

"네."
"네라니? 그 멧갓이…… 가마안 있자, 아니, 그 멧갓이 뉘 멧갓이길래?"
"길천 농장 멧갓 아녜요? 걸 영남이가 일인들이 이번에 **거덜**이 나는 바람에 농장 산림 감독하던 장 서방한테 샀대요."
"하, 이런 도적놈들. 이런 천하 불한당 놈들. 그래, 지끔두 벌목을 하구 있더냐?"
"오늘버틈 시작했다나 봐요."
"하, 이런 천하 날불한당 놈들이."
한 생원은 천방지축으로 가잿골을 향하여 비틀걸음을 친다.
솔은 잘 자라지 않고, 개간하여 밭을 만들자 하니 힘이 부치고 하여, 이름만 멧갓이지 있으나 마나 한 멧갓 한 자리가 있었다. 한 삼천 평 될까 말까, 그다지 크지도 못한 것이었었다.
이 멧갓을 한 생원은 길천이에게다 논을 팔던 이듬핸지 그 이듬핸지, 돈은 아쉽고 한 판에 또한 어수룩히 비싼 값으로 팔아넘겼었다.
길천은 그 멧갓에다 낙엽송을 심어, 삼십여 년이 지난 지금 와서는 아주 한다한 산림이 되었었다.
늙은이의 총기요, 논을 도로 찾게 되었다는 것에만 정신이 팔려, 깜빡 멧갓 생각은 미처 아직 못하였던 모양이었다.
마침 전신주 감의 쪽쪽 곧은 낙엽송이 총총들이 섰다. 베기에 아까워 보이는 나무였다.
한 서넛이나가 한편에서부터 깡그리 베어 눕히고, **일변** 우죽을 치고 한다.
"이놈, 이 불한당 놈들, 이 멧갓 벌목한다는 놈이 어떤 놈이냐?"

거덜 재이나 살림 같은 것이 여지없이 허물어지거나 없어지는 것.
일변(一邊) 어느 한편. 또는 한쪽 부분.

비틀거리면서 고함을 치고 쫓아오는 한 생원을, 사람들은 영문을 몰라 일하던 손을 멈추고 빼언히 바라다보고 섰다.

"이놈 너루구나?"

한 생원은 영남이라는 읍내 사람 벌목 주인 앞으로 달려들면서 한 대 갈길 듯이 지팡이를 둘러멘다.

명색이 읍내 사람이라서, 촌 농투성이에게 무단히 **해거**를 당하면서 **공수**하거나 늙은이 대접을 하려고는 않는다.

"아니, 이 늙은이가 환장을 했나? 왜 그러는 거야, 왜?"

"이놈, 네가 왜 이 멧갓을 손을 대느냐?"

"무슨 상관여?"

"어째 이놈아 상관이 없느냐?"

"뉘 멧갓이길래?"

"내 멧갓이다. 한덕문이 멧갓이다, 이놈아."

"허허, 내 별꼴 다 보니. 괜시리 술잔 **듣질렀거들랑** 고히 삭히진 아녀구서, 나이깨 먹은 것이 왜 남 일하는 데 와서 이 **행악**야 행악이. 늙은인 다리뼉다구 부러지지 말란 법 있나?"

"오냐 이놈, 날 죽여라. 너구 나구 죽자."

"대체 **내력**을 말을 해요. 무엇 때문에 이 **야료**인지 내력을 말을 해요."

"이 멧갓이 그새까진 길천이 것이라두, 조선이 독립됐은깐 인전 내 것이란 말야, 이놈아."

해거(駭擧) 괴상하고 얄궂은 짓.
공수(拱手) 두 손을 앞으로 모아 포개어 잡음.
듣질르다 '들이지르다(닥치는 대로 흉하게 많이 먹다)'의 방언.
행악(行惡) 모질고 나쁜 짓을 행함. 또는 그런 행동.
내력(來歷) 일정한 과정을 거치면서 이루어진 까닭.
야료(惹鬧) 까닭 없이 트집을 잡고 함부로 떠들어 댐.

"조선이 독립이 됐는데 어째 길천이 멧갓이 한덕문이 것이 되는구?"

"길천인, 일인들은, 땅을 죄다 내놓구 간깐 그전 임자가 도루 차지하는 게 옳지 무슨 말이냐?"

"오오, **이녁**이 이 멧갓을 전에 길천이한테다 팔았다?"

"그래서."

"그랬으니깐, 일인들이 땅을 다 내놓구 가니깐, 이녁은 팔았던 땅을 공짜루 도루 차지하겠다?"

"그래서."

"그 개 뭣 같은 소리 인전 엔간치 해 두구 어서 없어져 버려요. 난 뻐젓이 길천 농장 산림 관리인 강태식이한테 시퍼런 돈 이천 환 주구서 계약서 받구 샀어요. 강태식인 길천이가 해 준 위임장 가지구 팔구. 돈 내구 산 사람이 임자지, 저 옛날 돈 받구 팔아먹은 사람이 임잘까?"

8·15 직후 낡은 법이 없어지고 새로운 영이 서기 전, 혼란한 틈을 타서 잇속에 눈이 밝은 무리들이 일본인 농장이나 회사의 관리자와 **부동**이 되어 가지고, 일인의 재산을 부당히 처분하여 배를 불린 일이 허다하였다. 이 산판 사건도 그런 것의 하나였다.

5

그 뒤 훨씬 지나서.

일인의 재산을 조선 사람에게 판다, 이런 소문이 들렸다.

사실이라고 한다면 한 생원은 그 논 일곱 마지기를 돈을 내고 사지 않고서

이녁 듣는 이를 조금 낮추어 이르는 이인칭 대명사.
부동(符同) 그른 일에 어울려 한통속이 됨.

는 도로 차지할 수가 없을 판이었다. 물론 한 생원에게는 그런 재력이 없거니와, 도대체 전의 임자가 있는데 그것을 아무나에게 판다는 것이 한 생원으로 보기에는 불합리한 처사였다.

한 생원은 분이 나서 두 주먹을 쥐고 구장에게로 쫓아갔다.

"그래 일인들이 죄다 내놓구 가는 것을 백성들더러 돈을 내구 사라구 마련을 했다면서?"

"아직 자세힌 모르겠어두 아마 그렇게 되기가 쉬우리라구들 하드군요."

해방 후에 새로 난 구장의 대답이었다.

"그런 놈의 법이 어딨단 말인가? 그래, 누가 그렇게 마련을 했는구?"

"나라에서 그랬을 테죠."

"나라?"

"우리 조선 나라요."

"나라가 다 무어 말라비틀어진 거야? 나라 명색이 내게 무얼 해 준 게 있길래, 이번엔 일인이 내놓구 가는 내 땅을 저이가 팔아먹으려구 들어? 그게 나라야?"

"일인의 재산이 우리 조선 나라 재산이 되는 거야 당연한 일이죠."

"당연?"

"그렇죠."

"흥, 가만둬 두면 저절루 백성의 것이 될 걸, 나라 명색은 가만히 앉었다 어디서 툭 튀어나와 가지구 걸 뺏어서 팔아먹어? 그따위 행사가 어딨다든가?"

"한 생원은 그 논이랑 멧갓이랑 길천이한테 돈을 받구 파셨으니깐 임자로 말하면 길천이지 한 생원인가요?"

"암만 팔았어두, 길천이가 내놓구 쫓겨 갔은깐 도루 내 것이 돼야 옳지, 무슨 말이야. 걸 무슨 **탁**에 나라가 뺏을 영으루 들어?"

"한 생원한테 뺏는 게 아니라 길천이한테 뺏는 거랍니다."
"흥, 둘러다 대긴 잘들 허이. 공동묘지 가 보게나. 핑계 없는 무덤 있던가? 저, 병신년에 원놈(군수) 김가가 우리 논 열두 마지기 뺏을 제두 핑곈 다 있었드라네."
"좌우간, 아직 그렇게 지레 염렬 하실 게 아니라, 기대리구 있노라면 나라에서 다 억울치 않두룩 처단을 하겠죠."
"일없네. 난 오늘버틈 도루 나라 없는 백성이네. 제길, 삼십육 년두 나라 없이 살아왔을려 드냐. 아니 글쎄, 나라가 있으면 백성한테 무얼 좀 고마운 노릇을 해 주어야 백성두 나라를 믿구 나라에다 마음을 붙이구 살지. 독립이 됐다면서 고작 그래, 백성이 차지할 땅 뺏어서 팔아먹는 게 나라 명색야?"
그러고는 털고 일어서면서 혼잣말로
"독립됐다구 했을 제, 내, 만세 안 부르기, 잘했지."

탁 '턱'의 방언. 마땅히 그리하여야 할 까닭이나 이치.

해방 후 미군정의 통치하에 놓인 남한에서는 일제 강점기에 일인들에게 협력했던 친일파들이 주요한 자리를 차지하면서 그들의 정책 자문 또한 맡게 되었습니다. 미군정의 편의적 발상으로 영어를 할 수 있는 사람들을 찾다 보니 생겨난 결과로, 당시 영어를 할 줄 아는 대부분의 조선인이 식민지 시대에도 부(富)의 축적이 가능했던 친일파였던 까닭입니다. 그런데 이들이 자신의 이해에 따라 해방 후 남한 정세를 왜곡하여 미군정에 전달하면서 '불통(不通)의 통역 정치'라는 얼룩진 역사를 남기게 됩니다.

1946년에 발표된 〈미스터 방〉에는 광복 전후 외세로 인한 국가적 혼란기에 변화무쌍한 권력에 아부하며 자신의 부귀만을 추구하던 기회주의적 인간들이 등장합니다. 특히 시골에서 상경하여 신기료장수로 살아가던 보잘것없는 인물 '방삼복'이 '미스터 방'이라는 인물로 인정받게 되는 과정을 채만식 특유의 희화적이고 풍자적인 문체로 그려 내어, 통역의 폐해가 심각하던 해방기의 단면을 보여 줍니다.

이 작품을 통해 당시 식민지 조선인이 갖는 해방의 의미를 다시 한번 돌아보고, 당대 한국 사회와 개인의 도덕적 변화를 함께 살펴봅시다.

채만식(蔡萬植, 1902~1950)

전북 옥구 출생. 1924년 《조선문단》에 단편 소설 〈세 길로〉를 발표하며 문단에 등단했다. 그의 주된 작품 세계는 당대의 현실을 반영하고 이를 비판하는 것이었다. 그는 일제 강점기 농민의 궁핍, 지식인의 고뇌, 도시 하층민의 몰락과 광복 후의 혼란상 등을 실감 나게 그렸다. 이와 함께 그 바탕을 이루는 역사적·사회적 상황을 신랄하게 비판했다. 주요 작품으로 단편 소설 〈레디메이드 인생〉, 〈명일〉, 〈치숙〉, 〈미스터 방〉, 〈논 이야기〉 등과 장편 소설 《탁류》, 《태평천하》 등이 있다.

미스터 방 _채만식

주인과 나그네가 한가지로 술이 거나하니 취하였다. 주인은 미스터 방(方), 나그네는 주인의 고향 사람 백(白) 주사.

주인 미스터 방은 술이 거나하여 감을 따라, 그러지 않아도 이즈음 의기(意氣) 자못 양양(揚揚)한 참인데 거기다 술까지 들어간 판이고 보니, 가뜩이나 기운이 불끈불끈 솟고 하늘이 바로 **돈짝**만 한 것 같은 모양이었다.

"내 참, 뭐, **흰말**이 아니라 참, 거칠 것 없어, 거칠 것. 흥, 어느 눔이 아, 어느 눔이 날 뭐라구 허며, 날 괄시헐 눔이 어딨어, 지끔 이 천지에. 흥 참, 어림없지, 어림없어."

누가 옆에서 저를 무어라고를 하며, 괄시를 한단 말인지, 공연히 연방 그 툭 나온 눈방울을 부리부리 왼편으로 삼십 도는 넉넉 삐뚤어진 코를 벌씸벌씸해 가면서 그래쌓는 것이었다.

"내 참, 이래 봬두, 응, 동양 삼국 물 다 먹어 본 방삼(方三)복이우. 청얼(淸語) 뭇허나, 일얼(日語) 뭇허나, 영어야 뭐 말할 것두 없구……."

하다가, 생각난 듯이 맥주 컵을 들어 벌컥벌컥 단숨에 다 마신다. 그러고는 시꺼먼 손등으로 입술을 쓱, 손가락으로 김치 쪽을 늘큼 한 점, 그러던 버릇이, 미스터 방이요, 신사요, 방 선생으로도 불리어지는 시방도 무심중(無心中)

돈짝 엽전의 크기.

흰말 '흰소리(터무니없이 자랑으로 떠벌리거나 거드럭거리며 허풍을 떠는 말)'의 방언.

절로 나와, 손등으로 입술의 맥주 거품을 쓱 씻고 손가락으로 라조기 한 점을 집어다 으득으득 씹는다.

"술은 참, 맥주가 술입넨다……."

어느 놈이 만일 무어라고 시비를 하거나 괄시를 한다면 당장 그 라조기를 씹듯이 으득으득 잡아 씹기라도 할 듯이 괄괄하던 결기가, 그러다 별안간 어디로 가고서 이번엔 맥주 **추앙**이 나오던 것이다.

"술두 미국 사람네가 문명했죠. 죄선 사람은 안직두 멀었어."

"멀구말구. 아직두 멀었지."

쥐 **상호**의 대추씨만 한 얼굴에 앙상한 노랑 수염 백 주사가, 병을 들어 주인의 빈 컵에다 따르면서, 그렇게 맞장구를 쳐 **보비위**를 한다.

"아, 백상두 좀 드슈."

"난 과해."

"괜히 그리셔. 백상 주량을 다아 아는데. 만난 진 **오랐어두**."

"다아 젊었을 적 말이지, 지금은……."

"올에 참 몇이시지?"

"갑술생 마흔여덟 아닌가!"

"그럼 나보담 열한 살 위시군. 그래두 백상은 안 늙으신 심야. 허허허허."

"안 늙는 게 다 무언가. 머리 선 걸 보게!"

"건 **조백**이시지."

백 주사는 흔연히 수작을 하면서 내색은 아니 하나, **어심**엔 미스터 방이 괘

추앙(推仰) 높이 받들어 우러러봄.
상호 얼굴의 형상.
보비위(補脾胃) 남의 비위를 잘 맞추어 줌. 또는 그런 비위.
오라다 '오래다'의 옛말.
조백(早白) 늙기도 전에 머리가 셈.
어심(於心) 마음의 속.

씸하기 짝이 없었다.

향리의 예법으로, 십 년 장(長)이면 절하고 뵈어야 한다. 무릎 꿇고 앉아야 하고, 말은 깍듯이 공대(恭待)를 해야 한다. 그 앞에서 **주초**가 당치 않고, **막부득이한** 경우면 모로 앉아 잔을 마셔야 한다. 그런 것을, 마치 제 **연갑** 친구나 타관 나그네게나 하는 것처럼, 백상이니, 술 드슈, 조백이시지 하고 말버릇이 고약해, 발 개키고 앉아서 정면하고 술을 먹어, 담배 뻐끔뻐끔 피워, 이런 괘씸할 도리가 없었다.

또 나이도 나이려니와, 문벌이나 지체를 가지고 논한다면, 이건 도저히 용서할 수 없는 일이었다.

이래 보여도 나는 삼 대조(代祖)가 진사를 하였고(그 **첩지**가 시방도 버젓이 있다.) 오 대조가 호조 판서를 지냈고(족보에 그렇게 분명히 올라 있다.) 칠 대조가 영의정을 지냈고(역시 족보에 그렇게 분명히 올라 있다.) 이런 명문거족(名門巨族)의 집안이었다. 또 내 십이 촌이 ××군수요, 그 십이 촌의 아들이 만주국 ××현 ××촌 촌장이요 하였다. 또 그리고, 시방은 원수의 독립인지 **막덕**인지 때문에 다 그렇게 되었다지만, 아무튼 두 달 전까지도 어느 놈 그 앞에서 기침 한번 크게 못 하던 백 부장—**훈팔등**에, ××경찰서 경제계 주임이던 백 부장의 어르신네 이 백 주사가 아닌가. 두 달 전 그때만 같았어도

'이놈!'

하고 호통을 하여 당장 **물고**를 내련만, 그 좋은 세상이 어디로 가고 이 지경이란 말인지 몰랐다.

주초(酒草) 술과 담배를 아울러 이르는 말.
막부득이하다(莫不得已--) '부득이하다(마지못하여 할 수 없다)'를 강조하여 이르는 말.
연갑(年甲) 어떤 범위에 속하는 나이. 또는 그런 나이의 사람. 주로 성인에 대하여 이른다.
첩지(帖紙) 관아에서 벼슬아치와 노비를 고용할 때 쓰던 사령장(辭令狀).
막덕 마르크스 추종자를 낮춰 부르는 말.
훈팔등(勳八等) 과거 일제 강점기에 일본 정부에서 수여한 8등급 훈장.
물고(物故) 죄를 지은 사람을 죽임.

하여튼 그만치나 혼란스런 백 주사에다 대면 미스터 방의 **근지**야 아주 보잘것이 없었다.

미스터 방의 증조가 타관에서 떠들어온 명색 없는 사람이었다. 그 조부가 고을의 아전을 다녔다. 그 아비가 짚신 장수였다. 칠십에, 고로롱고로롱 아직도 살아 있지만, 시방도 짚신 곱게 삼기로 고을에서 첫째가는 방 첨지가 바로 그였다. 그리고 이 방삼복이는…….

먹고 자고 꿍꿍 일하고, 자식새끼 만들고 할 줄밖에는 모르는 **상일꾼**이었다. 그러나마 삼십을 바라보도록 남의 집 머슴살이로, 이 집 저 집 살고 다니던 코삐뚤이 삼복이었다. 물론 낫 놓고 기역 자도 못 그리는 **판무식**이었다.

상일꾼일 바엔 남의 세토 마지기라도 얻어 제 농사를 짓는 것이 아니라, 삼십을 바라보도록 남의 집 머슴살이만 하고 다니던 코삐뚤이 삼복이가 하루아침 무슨 생각이 났던지, 돈벌이를 간답시고, 조석이 간데없는 부모에게다 처자식 떠맡기고는 훌쩍 일본으로 떠나 버렸다. 그것이 열두 해 전.

떠난 지 칠팔 년을 별반 신통한 벌이도 못하는지, 돈 한 푼 보내는 싹도 없더니, 하루는 느닷없이 중국 상해에 와 있노라 기별이 전해져 왔다. 그러고는 감감 소식이 없다가 삼 년 만에 퍼뜩 고향엘 돌아왔다. 십여 년을, 저의 말마따나 동양 삼국 물 골고루 먹고 다녔으면서, 별로이 때가 벗은 것도 없어 보이고, 행색은 해어진 양복 누더기에 볼 꿰어진 구두짝을 꿰고 들어서는 모양이, 군데군데 **김질**은 하였으나 빨아 다린 무명 고의적삼을 입고 고향을 떠날 적보다 차라리 초라한 것 같았다.

늙은 어미 아비와 젊은 **가속**이 뼈품으로 버는 것을 얻어먹으며 굶으며 하

근지(根地) 자라 온 환경과 경력을 아울러 이르는 말.
상일꾼(常--) 별로 기술이 필요하지 않은 막일을 직업으로 하는 사람.
판무식(判無識) 아주 무식함. 또는 그런 사람.
김질 기름칠.
가속(家屬) '아내'의 낮춤말.

면서 한 일 년 번둥거리고 놀더니, 적이 회심이 들었는지, 이번엔 처자식 데리고 서울로 올라왔다.

서울로 올라와서는 현저동 비탈의 다 찌부러진 행랑방을 얻어 살면서, 처음 일 년은 용산 있는 연합군 포로수용소엘 다니며 입에 풀칠을 하였고— 이 동안 그는 상해에서 귀로 익힌 토막 영어가 조금 더 진보되었고.

다시 일 년이나는, 그것 역시 상해에서 익힌 것을 밑천 삼아, 구두 직공으로 구둣방엘 다니며 그럭저럭 살았고. 그러다 일본이 싸움에 지느라고 구두를 너무 **해트려** 가죽이 동이 나서 구둣방이 너나없이 문을 닫는 바람에, 할 수 없이 이번엔 궤짝 한 개 걸머지고 신기료장수로 나서고 말았다.

골목골목 돌아다니며 혹은 종로 복판의 한길에 가 앉아 신기료장수를 하자니, 자연 서울 온 고향 사람의 눈에 종종 뜨일밖에. 소식이 고향에 퍼지자, 누구 한 사람 칭찬은 없고 저마다 빈정거리는 소리뿐이었다.

"일본으로, 청국으로, 십여 년 타국 바람 쏘이고 온 놈이 겨우 고거야?"

"부전자전이로구먼. 아범은 짚신 장수, 자식은 구두 깁는 장수."

"아마 신발 명당에다 무덤을 썼든감."

이렇듯 근지는 미천하고 속에 든 것 없고, 가랑이가 찢어지게 가난하고, 생화라는 것이 고작 거리에 앉아 오는 사람 가는 사람 해어지고 고린내 나는 구두짝 꿰매어 주고 징 박아 주고 닦아 주고 하는 천업이고 하던, 그 코삐뚤이 삼복이었다.

'흥, 개구리가 올챙이 적을 못 생각한다더니. 발칙한 놈. 고얀 놈.'

백 주사는 생각하자니 속으로 이렇게 분개스럽지 않을 수가 없었다.

그러나 일변으로는, 그러던 코삐뚤이 삼복이가 그야말로 **선영**이 명당엘 들

해트리다 닳아서 떨어지게 하다.
선영(先塋) 조상의 무덤. 또는 그 근처의 땅.

었단 말인지, 무슨 조화를 지녔단 말인지, 불과 몇 달지간에 이렇게 훌륭히 되고, 부자가 되고, 미씨다 방인지 구리다 방인지가 되고 하여 가지고는 갖은 호강 다 하며 천하에 무서울 것이 없고, **기광**이 나서 막 이러니, 한편 생각하면 신기하기도 하고 부럽기도 하고 또한 안타깝기도 하였다.

'사람의 운수란 참 모를 일이야.'

백 주사는 속으로 절절히 이렇게 탄복도 아니치 못하였다.

코삐뚤이 삼복의 이 눈부신 발전은, 그러나 백 주사가 희한히 여기는 것처럼 무슨 명당 바람이 났다거나 조화를 지녔다거나 그런 신기한 곡절이 있는 바가 아니요, 지극히 간단하고도 수월한 것이었다. **다못** 몸에 지닌 재주 가운데 총기가 좀 좋아서 일찍이 영어 마디나 익힌 것을 잊어버리지 아니하였다는, 일종의 특수 조건이 없던 바는 아니지만.

1945년 8월 15일, 역사적인 날.

이날도 신기료장수 방삼복은 종로의 공원 건너편 응달에 앉아서 구두 징을 박으면서 해방의 날을 맞이하였다. 그러나 삼복은 감격한 줄도 기쁜 줄도 모르겠었다. 지나가는 행인이 서로 모르던 사람끼리면서 덥석 서로 껴안고 기뻐하고 눈물을 흘리고 하는 것이 삼복은 속을 모르겠고 차라리 쑥스러 보일 따름이었다. 몰려 닫는 군중이 오히려 성가시고, 만세 소리가 귀가 아파 이맛살이 찌푸려질 지경이었다.

몰켜다니고 만세를 부르고 하기에 미쳐 날뛰느라고 정신이 없어, 손님이 없어, 손님이 부쩍 줄었다.

"우라질! 독립이 배부른가?"

기광(氣狂) 극성스레 마구 날뛰는 행동이나 기세.
다못 '다만'의 방언.

이렇게 그는 두런거리면서 반감이 솟았다.

이삼 일 지나면서부터야 삼복에게도 삼복에게다운 해방의 혜택이 나누어졌다.

10전이나 15전에 박아 주던 징을, 50전을 받아도 눈을 부라리는 순사를 볼 수가 없었다. 순사가 없어졌다면야 활개를 쳐 가면서 무슨 짓을 하여도 상관이 없고 무서울 것이 없던 것이었다.

"옳아. 그렇다면 독립도 할 만한 건가 보다."

삼복은 징 10개를 박아 주고 5원을 받아 넣으면서 이렇게 속으로 중얼거리기까지 하였다.

그러나 며칠이 못 가서 삼복은 다시금 해방을 저주하여야 하였다. 삼복이 저 혼자만 돈을 더 받으며, 더 받아 상관이 없는 것이 아니라, 첫째 **도가**들이 제 맘대로 재료 값을 올리던 것이었다. 징, 가죽, 고무, 실 모두가 오 곱 십 곱 비싸졌다. 그러니 신기료장수는 손님한테 아무리 비싸게 받는댔자 재료를 비싼 값으로 사야 하니, 결국 도가만 살찌울 뿐이지 소득은 전과 크게 다를 것이 없었다.

"이런 옘병헐! 그눔에 경제곈 다 어디루 가 뒈졌어. 독립은 우라진다구 독립을 헌담."

석양 때 신기료 궤짝 어깨에 멘 채 홧김에 막걸리청으로 들어가, 서너 사발 들이켜고는 그는 이렇게 **게걸거렸다**.

그럭저럭 구월도 열흘이 되고, 서울 거리에는 미국 병정이 꼬마 차와 함께 그득히 퍼졌다.

그 미국 병정들이, 거리를 구경하면서 혹은 물건을 사려면서 말이 서로 통

도가(都家) 동업자들이 모여서 계나 장사에 대한 의논을 하는 집.
게걸거리다 상스러운 말로 소리를 지르며 불평스럽게 자꾸 떠들다.

하지를 못하여 답답해하는 양을 보고 삼복은 무릎을 탁 쳤다.

그러나 슬플진저, 땟국과 땀에 찌든 이 누더기를 걸치고는 가망이 없을 말이었다.

'무슨 도리가 없을까?'

반일을 궁리를 하다가, 정오 때에야 한 줄기 서광을 얻었다.

총총히 집으로 돌아가, 마누라를 시켜 구두 고치는 연장 일습과 재료 남은 것에다 이불이며 헌 옷가지해서 한 짐을 동네 아는 가게에다 맡기고는 한 달 기한으로 돈 백 원을 서 푼 변으로 취해 오게 하였다.

그 돈 백 원을 가지고 삼복은 흔한 **넝마전**으로 가서, 백 원 돈이 꼭 차는 한 도까지에 양복이란 명색 한 벌과 모자를 샀다. 신발은 부득이 안방 사람의 병정 구두 사 신은 것을 이다음 창갈이를 거저 해 주겠다는 조건으로 닷새만 제 것과 바꾸어 신기로 하였다.

이튿날 아침 느지감치, 새로 장만한 헌 양복 헌 모자에 헌 구두로써 궤짝 멘 신기료장수보다는 제법 말쑥하여진 차림을 차리고 막 나서려는데, 간밤부터 통통 부어 가지고는 시중도 말대꾸도 잘 아니하던 애꾸쟁이 마누라가 와락 양복 뒷자락을 움켜쥐고 늘어진다.

"바른 대루 대요."

"이게 별안간 미쳤나?"

"요 **막난**아, 반해 가지군 이럭허구 찾아가는 고년이 어떤 년야? 응?"

"속을 모르거든 밥값을 내지 말랬어, 요 맹추야."

"날 죽이구 가지, 거전 못 가."

"이년아, 너 이랬단, 내 인제 둔 벌문, 증말 첩 얻는다."

넝마전(--廛) 의전. 헌옷을 판매하거나 대여하는 가게.
막난(이) '망나니'의 비표준어. 여기서는 언동이 몹시 막된 사람을 비난조로 이르는 말로 쓰였다.

"오냐 잘한다. 날 죽여라, 날……."

"아, 이 우라 주리땔 앵길 년이……."

한 주먹 보기 좋게 갈겨 넘어뜨리고는, 찌부러진 오두막집을 나서 종로로 향을 잡았다.

노예도 노예 이전이면 상전을 선택할 자유를 가지는 수도 있다고.

삼복은 종로서 전차를 내려 동쪽으로 천천히 걸으면서 물색을 하였다. 생김새가 맘씨 좋아 보이고, 여느 병정이 아니라 장교쯤 가는 이라야 할 것이었다.

청년 회관 앞에서 담뱃대를 사고 있는 하나가, 몸집이 **부대하고** 여느 병정은 아닌 듯하고, 얼굴이 자못 선량하여 보이는 게 선뜻 마음에 들었다. 구경하는 체하고 넌지시 그 옆으로 가 섰다.

미국 장교는 담뱃대를 집어 들고 **기물스러워하면서** 연방 들여다보다가 값이 얼마냐고

"하우 머취? 하우 머취?"

하고 묻는다.

담뱃대 장수 영감은, 30원이라고 **소래기**만 지른다.

알아들을 턱이 없어, 고개를 깨웃거리면서 다시금 하우 머취만 찾는 것을, 기회 좋을시고라고, 삼복이가 나직이

"더티원."

하여 주었다.

홱 돌려다보더니,

"오, 캔 유 시피크?"

하면서, 사뭇 그러안을 듯이 반가워하는 양이라니. 아스러지도록 손을 잡고

부대하다(富大--) 몸뚱이가 뚱뚱하고 크다.
기물스럽다 '귀물(貴物)스럽다'의 방언. 귀중한 물건인 듯하다.
소래기 '소리'를 속되게 이르는 말.

흔드는 데는 질색할 뻔하였다.

직업이 있느냐고 물었다. 방금 실직하였노라고 대답하였다.

그럼, 내 통역이 되어 주겠느냐고 물었다. 그러겠노라고 대답하였다.

이 자리에서 신기료장수 코삐뚤이 삼복은 미스터 방으로 승차를 하여, S라는 미국 주둔군 소위의 통역이 되었다. **주급** 15불(210원)가량의.

거진 매일같이 미스터 방은 S 소위를, 낮에는 거리의 구경으로, 밤이면 계집 있는 술집으로 인도하였다.

한번은 탑골 공원의 사리탑을 구경하면서, 얼마나 오랜 것이냐고 S 소위가 물었다. 미스터 방은 언젠가, 수천 년 된 것이란 말을 들었기 때문에, 투 따우샌드 이얼스라고 대답하였다.

또 한번은, **경회루**를 구경하면서 무엇 하던 건물이냐고 물었다. 미스터 방은 서슴지 않고

"킹 듀링크 와인 앤드 딴쓰 앤드 씽, 위드 땐써."

라고 대답하였다. 임금이 기생 데리고 술 마시고, 춤추고 노래 부르고 하던 집이란 뜻이었다.

내가 보기엔, 조선 여자의 옷이 퍽 아름답고 점잖스럽던데, 어째서 **양장**들을 하는지 모르겠다고 S 소위가 물었다. 미스터 방은 여자들이 서양 사람한테로 시집을 가고파서 그런다고 대답하였다.

서울역을 비롯하여 거리에 **분뇨**가 범람한 것을 보고, 혹시 조선 가옥에는 변소가 없느냐고 S 소위가 물었다. 미스터 방은, 있기야 집집마다 다 있느니라고 대답하였다.

주급(週給) 한 주일을 단위로 하여 지급하는 급료. 또는 그런 방식.

경회루(慶會樓) 경복궁 서북쪽 연못 안에 있는 누각.

양장(洋裝) 옷차림이나 머리 모양을 서양식으로 꾸밈. 또는 그런 옷이나 몸단장.

분뇨(糞尿) 분(糞)과 요(尿)를 아울러 이르는 말.

써 좋은 조선 그림을 한 장 사고 싶다고 하여서, 문지방 위에다 흔히들 붙이는 사슴이 **불로초**를 물고, 신선이 앉았고 한 것을 5원에 한 장 사 주었다.

제일 재미있고 유명한 소설이 무엇이냐고 물어서, **《추월색》**이라고 대답하였고, 그럼 그것을 한 권 사고 싶다고 하여서, 여러 날 사러 다니다 못해, 동네 노마네 집의 것을 2원에 사 주었다. 이밖에도 미스터 방은 S 소위에게 조선을 소개한 공로가 여러 가지로 많으나 대강은 그러하였다.

그 공로에 정비례해서, 미스터 방은 나날이 훌륭하여져 갔다. 8·15 이전에 어떤 은행의 중역의 사택이라던 지금의 이 집으로, 현저동 그 집에서 옮아오기는 S 소위의 통역이 되는 사흘 후였다. 위아래 층을 다 양식 절반 일본식 절반으로 꾸민 호화스런 저택이었다. 정원엔 때마침 단풍과 가을 화초가 아름다웠고, 연못에선 잉어가 뛰놀고 하였다.

시방 **주객**이 앉아 술을 마시는 방은, 앞은 **노대**가 딸리고 햇볕 잘 들고 밝아서, 여러 방 가운데 제일 좋은 방이었다. 그러나 방 안에는 벽에 그림 한 장 붙어 있는 바 아니요, 방에 알맞은 가구 한 벌 놓여 있는 바 아니요, 단지 방일 따름이어서, 싱겁게 넓기만 하였다. 그렇지만 미스터 방은 실내의 장식 같은 것쯤 그다지 관심할 줄을 아직은 몰랐다.

처음엔 식모를 두었다. 그다음엔 **침모**를 두었다. 그다음엔 손심부름할 계집아이를 두었다.

하루에도 방 선생을 찾는 이가 여러 패씩 있었다. 그들의 대개는 자동차를 타고 오고, 인력거짜리도 흔치 않았다. 그렇게 찾아오는 그들은 결단코 빈손으로 오는 법이 드물었다. 좋은 양과자 상자 밑바닥에는 으레껏 따로이 뿌듯

불로초(不老草) 먹으면 늙지 않는다고 하는 풀.
《추월색》 신문학 운동에 이바지한 소설가 최찬식(1881~1951)이 1912년에 발표한, 개화기 전형적인 애정 소설.
주객(主客) 주인과 손을 아울러 이르는 말.
노대 이 층 이상의 양옥에서, 건물 벽면 바깥으로 돌출되어 난간이나 낮은 벽으로 둘러싸인 뜬 바닥이나 마루.
침모(針母) 남의 집에 매여 바느질을 맡아 하고 일정한 품삯을 받는 여자.

한 봉투가 들었곤 하였다.

미스터 방의, 신기료장수 코삐뚤이 삼복이로부터의 **발신** 경로란 이렇듯 심히 간단하고 순조로운 것이었다.

주인 미스터 방이 백 주사의 컵에다 술을 따르려고 병을 집어 들다가

"오이, 기미코."

하고 아래층으로 대고 부른다.

"심부름 갔어요."

애꾸쟁이 마누라의 꼬챙이 같은 대답.

"안주 어떻게 됐어?"

"글쎄, 안주 시키러 갔어요."

"**증종** 있지?"

"……."

층계 밟는 소리가 나더니, 퍼머넌트한 머리가 나오고, 좁디좁은 이마에 이어서 애꾸눈이 나오고, 분 바른 얼굴이 나오고, 원피스 입은 커다란 젖통의 가슴이 나오고, 마지막 비단 양말 신은 두리기둥 같은 두 다리가 나오고 한다.

"서 주사가 이거 두구 갑디다."

들고 올라온 각봉투 한 장을 남편에게 건네어준다.

"어디?"

그러면서 받아 봉을 뜯는다. **소절수** 한 장이 나온다. 액면 만 원짜리다.

미스터 방은 성을 벌컥 내면서

"겨우 돈 만 원야?"

발신(發身) 천하거나 가난한 처지를 벗어나 앞길이 훤히 트임.

증종 정종. 일본식으로 빚어 만든 맑은술. 일본 상품명이다.

소절수(小切手) 은행에 당좌 예금을 가진 사람이 소지인에게 일정한 금액을 줄 것을 은행 등에 위탁하는 유가 증권.

하고 소절수를 다다미 바닥에다 홱 내던진다.

"내가 알우?"

"우라질 자식, 어디 보자. 그래 전, 걸 십만 원에 **불하** 맡아다 백만 원 하난 냉겨 먹을 테문서, 그래 겨우 돈 만 원야? 옘병헐 자식, 내가 **엠피**헌테 말 한마디문, 전 어느 지경 갈지 모를 줄 모르구서."

"정종으루 가져와요?"

"내 말 한마디에 죽을 눔이 살아나구, 살 눔이 죽구 허는 줄을 모르구서. 흥, 이 자식 경 좀 쳐 봐라……. 증종 따근허게 데와. 날두 산산허구 허니."

새로이 안주가 오고, 따끈한 정종으로 술이 몇 잔 더 오락가락하고 나서였다.

백 주사는 마침내 진작부터 벼르던 이야기를 꺼내었다.

백 주사의 아들 백선봉은, 순사 임명장을 받아 쥐면서부터 시작하여 8·15 그 전날까지 칠 년 동안, 세 곳 주재소와 두 곳 경찰서를 전근하여 다니면서, 2백 석 추수의 토지와, 만 원짜리 저금통장과, 만 원어치가 넘는 옷이며 비단과, 역시 만 원어치가 넘는 여편네의 패물(佩物)과를 장만하였다.

남들은 주린 창자를 졸라맬 때 그의 광에는 옥 같은 정백미(精白米)가 몇 가마니씩 쌓였고, 반년 일 년을 남들은 구경도 못하는 고기와 생선이 끼니마다 상에 오르지 않는 날이 없었다.

××경찰서의 경제계 주임으로 있던 마지막 이 년 동안은 더욱더 호화판이었다. 8·15 그날 밤, 군중이 그의 집을 습격하였을 때에 쏟아져 나온 물건이 쌀 말고도

불하(拂下) 국가 또는 공공 단체의 재산을 개인에게 팔아넘기는 일.
엠피(MP, military police) 헌병. 군사 경찰의 구실을 하는 병과. 또는 그런 군인.

광목 여섯 통
고무신 스물세 켤레
지까다비 여덟 켤레
빨랫비누 세 궤짝
양말 오십 타(打)
정종 열세 병
설탕 한 부대

이렇게 있었더란다. 만 원어치 여편네의 패물과, 만 원어치의 옷감이며 비단과 만 원짜리 저금통장은 고만두고 말이었다.

물건 하나 없이 죄다 빼앗기고, 집과 세간은 조각도 못쓰게 산산 다 부서지고, 백선봉은 팔이 부러지고, 첩은 머리가 절반이나 뽑히고, 겨우겨우 목숨만 살아 본집으로 도망해 왔다.

일변 고을에서는 백 주사가 자식이 그런 짓을 해서 산 토지를 가지고 동네 사람한테 거만히 굴고, 작인들한테 팔 할 가까운 도지를 받고, 고리대금을 하고 하였대서, 백선봉이 도망해 와 눕는 그날 밤, 그의 본집인 백 주사의 집을 습격하였다.

집과 세간 죄다 부수고, 백선봉이 보낸 통제 배급 물자 숱한 것 죄다 빼앗기고, 가족들은 죽을 매를 맞고, 백선봉은 처가로, 백 주사는 서울로 각기 피신하여 목숨만 우선 보전하였다.

백 주사는 비싼 여관 밥을 사 먹으면서, 울적히 거리를 오락가락, 어떻게 하면 이 분풀이를 할까, 어떻게 하면 빼앗긴 돈과 물건을 도로 다 찾을까 하고 궁리를 하던 것이나, 아무런 묘책도 없었다.

지까다비(じかたび) (노동자용의) 작업화(왜버선 모양에 고무창을 댐).

그러자 오늘은 우연히 이 미스터 방을 만났다. 종로를 지향 없이 거니는데, 지나가던 자동차가 스르르 멈추면서, 서양 사람과 같이 탔던 신사 양반 하나가 내려서더니, 어쩌다 눈이 마주치자

"아, 백 주사 아니신가요?"

하고 반기는 것이었다.

자세히 보니, 무어 길바닥에서 신기료장수를 한다던 코삐뚤이 삼복이가 분명하였다.

"자네가, 저, 저, 방, 방……."

"네, 삼복입니다."

"아. 건데, 자네가……."

"허, **살 때**가 됐답니다."

그러고는 내 집으루 갑시다 하고 잡아끄는 대로 끌려온 것이었다.

의표하며, 집하며, 식모에 침모에 계집 하인까지 부리면서 사는 것하며, 신수가 훤히 트여 가지고, 말도 제법 의젓하여진 것 같은 것이며, **진소위** 개천에서 용이 났다고 할 것인지.

옛날의 영화가 꿈이 되고, **일조**에 몰락하여 가뜩이나 초상집 개처럼 초라한 자기가 또 한 번 어깨가 옴츠러듦을 느끼지 아니치 못하였다. 그런 데다 이 녀석이, 언제 적 저라고 무엄스럽게 굴어 심히 불쾌하였고, 그래서 엔간히 자리를 털고 일어설 생각이 몇 번이나 나지 아니한 것도 아니었다. 그러나 참았다.

보아하니 큰 세도를 부리는 것이 분명하였다. 잘만 하면 그 힘을 빌려 분풀이와 빼앗긴 재물을 도로 찾을 **여망**이 있을 듯싶었다. 분풀이를 하고, 더구나

살 때 한창 때. 전성기.
의표(儀表) 몸을 가지는 태도. 또는 차린 모습.
진소위(眞所謂) 정말 그야말로.
일조(一朝) 하루아침. 갑작스러울 정도의 짧은 시간.
여망(餘望) 아직 남은 희망. 앞으로의 희망.

재물을 도로 찾고 하는 것이라면야, 코 삐뚤이 삼복이는 말고, 그보다 더한 놈한테라도 머리 숙이는 것쯤 상관할 바 아니었다.

"그러니, 여보게 미씨다 방……."

있는 말 없는 말 보태 가며, 일장 경과 설명을 한 후에 백 주사는 끝을 맺기를.

"어쨌든지 그놈들을 말이네. 그놈들을 한 놈 냉기지 말구섬 죄다 붙잡아다가 말이네. 괴수 놈들일랑 목을 썰어 죽이구, 다른 놈들일랑 뼉다구가 부러지두룩 두들겨 주구. 꿇어앉히구 항복받구. 그리구 빼앗긴 것 일일이 도루다 찾구. 집허구 세간 쳐부신 것 말끔 다 물리구……. 그렇게만 해 준다면, 내, 내, 재산 절반 노나 주문세, 절반. 응, 여보게 미씨다 방."

"염려 마슈."

미스터 방은 선뜻 쾌한 대답이었다.

"진정인가?"

"머, 지끔 당장이래두, 내 입 한 번만 떨어진다 치면, 기관총 들멘 엠피가 백 명이구 천 명이구 들끓어 내려가서, 들이 **쑥밭**을 만들어 놉니다, 쑥밭을."

"고마우이!"

백 주사는 복수하여지는 광경을 **선히** 연상하면서, 미스터 방의 손목을 덥석 잡는다.

"**백골난망**이겠네."

"놈들을 깡그리 죽여 놀 테니, 보슈."

쑥밭 쑥대밭. 매우 어지럽거나 못 쓰게 된 모양을 비유적으로 이르는 말.
선히 잊히지 않고 눈앞에 생생하게 보이는 듯이.
백골난망(白骨難忘) 죽어서 백골이 되어도 잊을 수 없다는 뜻으로, 남에게 큰 은덕을 입었을 때 고마움의 뜻으로 이르는 말.

"자네라면야 어련하겠나."

"흰말이 아니라 참 이승만 박사두 내 말 한마디면, 고만 다 **제바리**유."

미스터 방은 그러고는 냉수 그릇을 집어 한 모금 물고 꿀쩍꿀쩍 양치를 한다. 웬 버릇인지, 하여간 그는 미스터 방이 된 뒤로, 술을 먹으면서 양치하는 버릇이 생겼다.

양치한 물을 처치하려고 휘휘 둘러보다, 일어서서 노대로 성큼성큼 나간다. 노대는 현관 정통 위였다.

미스터 방이 그 걸쭉한 양칫물을 노대 아래로 아낌없이 좍 뱉는 바로 그 순간이었다. 그 순간이 공교롭게도, 마침 그를 찾으러 온 S 소위가 현관으로 일단 들어서려다 말고 (미스터 방이 노대로 나오는 기척이 들렸기 때문에) 뒤로 서너 걸음 도로 물러나,

"헬로."

부르면서 웃는 얼굴을 쳐드는 순간과 그만 일치가 되었다.

"에구머니!"

놀라 질겁을 하였으나 이미 뱉어진 양칫물은 퀴퀴한 냄새와 더불어 **백절폭포**로 내리쏟아져 웃으면서 쳐드는 S 소위의 얼굴 정통에 가 좌르르.

"유 데빌!"

이 **기급할** 자식이라고 S 소위는 주먹질을 하면서 고함을 질렀고. 그 주먹이 쳐든 채 그대로 있다가, 일변 허둥지둥 버선발로 뛰쳐나와 손바닥을 싹싹 비비는 미스터 방의 턱을

"상놈의 자식!"

하면서 철컥 어퍼컷으로 한 대 갈겼더라고.

제바리 막일꾼들이 자기의 불만을 나타낼 때 하는 말.
백절폭포(百折瀑布) 여러 번 꺾여 흐르는 모양의 폭포.
기급하다 '기겁(氣急)하다'의 잘못. 숨이 막힐 듯이 갑작스럽게 겁을 내며 놀라다.

두 파산

1_ 이 작품의 내용을 소설 구성 단계에 따라 요약할 때, 다음 빈칸에 적절한 말을 써 봅시다.

구성 단계	내용
발단	해방 직후 정치하는 남편을 대신해 학교 앞에 ㉠(　　　　　)을(를) 차려 벌어먹고 사는 정례 모친에게 교장을 지낸 영감이 변리 이자를 받으러 온다.
전개	가게가 어려워져 어려움을 겪던 정례 모친에게 ㉡(　　　　　)이(가) 투자를 제의해 오고, 정례 모친은 이를 받아들인다. 그러고도 경영 자금이 부족해 ㉢(　　　　　)에게 5만 원을 더 빌린다.
위기	정례 부친의 ㉣(　　　　　　　　　　)(으)로 인해 살림은 더욱 어려워지고, 이자는 새끼를 쳐서 더욱 불어난다.
절정	정례 모친은 많은 사람들이 오가는 길거리에서 옥임에게 돈 때문에 큰 수모를 당한다.
결말	이자를 감당하지 못한 채 정례 모친은 결국 ㉤(　　　　　　　　), 정례 부친은 돈을 되찾아 주겠다며 정례 모친을 위로한다.

2_ 이 작품의 등장인물에 대한 설명으로 적절하지 않은 것을 골라 봅시다.

① 정례: 빌린 돈 갚기를 기피하는 기회주의자이다.

② 정례 모친: 자녀와 남편을 소중히 여기는 억척 여성이다.

③ 정례 부친: 사업 실패로 경제적 능력을 상실한 가장이다.

④ 옥임: 정례 모친에게 열등감을 느끼고 있는 고리대금업자이다.

⑤ 교장: 고리대금업을 하는 자신을 정당화시키는 속물적 인물이다.

[3~6] 다음 제시문을 읽고 물음에 답해 봅시다. [2013학년도 3월 고3 학력평가 응용]

가 전부터 "네 영감은 어째 점점 더 젊어 가니? 거기다 대면 넌 어머니 같구나." 하고, 새롱새롱 놀리기도 하고, 육십이 넘은 아버지 같은 영감 밑에 쓸쓸히 사는 옥임이는 은근히 부러워도 하는 눈치였지마는, 밑도 끝도 없이 ⓐ길바닥에서 '젊은 서방'을 들추어내는 것을 보고 정례 어머니는 어이가 없었다. (중략)

"누가 안 갚는대나? 돈두 중하지만 이게 무슨 꼬락서니냔 말이야."

정례 어머니는 그래도 달래서 ⓑ뒷골목으로 끌고 들어가려 하였다.

"난 돈밖에 몰라. 내일모레면 거리로 나앉게 된 년이 체면은 뭐구, 우정은 다 뭐냐? 어쨌든 내 돈만 내놓으면 이러니저러니 너 같은 장래 대신(大臣) 부인께 나 같은 년이야 감히 말이나 붙여 보려 들겠다던!"

하고 허청 나오는 코웃음을 친다. 구경꾼은 자꾸 꾀어드는데, 정례 모친은 생전에 처음 당하는 이런 봉욕에 눈앞이 아찔하여지고 가슴이 꼭 메어 올랐으나, 언제까지나 이러고 섰다가는 예서 더 무슨 창피한 꼴을 볼까 무서워서 선뜻 몸을 빼쳐 ⓒ옆의 골목으로 줄달음질을 쳐 들어갔다. 뒤에서 발소리가 없으니 옥임이는 제대로 간 모양이다. 정례 모친은 눈물이 핑 돌았다.

나 옥임이는 정례 모친이 혼쫄이 나서 달아나는 꼴을 그것 보라는 듯이 곁눈으로 흘겨보고는 입귀를 샐룩하여 비웃으며, 버젓이 사람 틈을 헤치고 ⓓ종로 편으로 내려갔다. 의기양양할 것도 없지마는 가슴속이 후련하니 머릿속이고 가슴속이고 ㉠무언지 뭉치고 비비 꼬이던 것이 확 풀어져 스러지고 회가 제대로 도는 것 같아서 기분이 시원하다. 그러나 그 뭉치고 비비 꼬인 것이라는 것이 반드시 정례 어머니에게 대한 악감정은 아니었다. 옥임이가 그 오랜 동무에게 이렇다 할 감정이 있을 까닭은 없었다. 다만, 아무리 요샛돈이라도 이십여 만 원이라는 대금을 받아 내려면은 한번 혼을 단단히 내고 제독을 주어야 하겠다고 벼르기는 하였지만, ㉡얼떨결에 나온다는 말이 젊은 서방을 둔 떠세냐 무어냐고 한 것은 구성없는 말이었고, 지금 생각하니 우스웠다. 그러나 자기보다도 훨씬 늙어 보이고 살림에 찌든 정례 모친에게는 과분한 남편이라는 생각을 늘 하던 옥임이기는 하였다. (중략) 결혼들을 처음 했을 예전 시절이나 도지사 관사에 들어서 드날릴 때에야 어디 존재나 있던 위인들인가? 그것이 처지가 뒤바뀌어서 관 속에 한 발을 들여놓은 영감이나마 반민자로 지목이 가다니, 이런 것 저런 것을 생각하면 쭉쭉 뽑아 놓은 자식들과, 한참 활동적인 허위대 좋은 남편에 둘러싸여 재미있고 기운꼴 차게 사는 양이 역시 부럽고 저희만 잘된다는 것에 시기도 나는 것이었다. 보기 좋게 이년 저년을 붙이며 한바탕 해 대고 나서 속이 후련한 것도 그러한 은연중의 시기였고 공연한 자기 화풀이였는지 모른다.

3_ 제시문의 서술상 특징으로 가장 적절한 것을 골라 봅시다.

① 배경의 묘사를 통해 인물의 심리를 암시하고 있다.
② 극적인 반전을 통해 작품의 분위기를 고조시키고 있다.
③ 잦은 장면 전환을 통해 긴박한 분위기를 형성하고 있다.
④ 서술의 초점이 되는 인물을 바꾸어 인물들의 내면을 드러내고 있다.
⑤ 과거와 현재를 교차 서술하여 과거에 발생한 사건의 의미를 밝히고 있다.

4_ ⓐ~ⓓ와 관련하여 이 제시문을 이해한 내용으로 적절하지 않은 것은?

① 옥임은 ⓐ에 구경꾼들이 모여들었지만 계속해서 정례 모친을 비난했다.
② 정례 모친은 옥임을 달래 ⓑ에서 대화를 나누고자 하였으나 뜻대로 되지 않았다.
③ 정례 모친은 구경꾼들의 시선과 옥임의 비난을 피하기 위해 ⓒ로 향했다.
④ ⓐ에서 표현하지 못한 정례 모친의 속내가 ⓒ에서 다른 사람들에게 표출되고 있다.
⑤ 옥임은 ⓓ로 향하면서 ⓐ에서 정례 모친에게 했던 행위에 대해 생각하고 있다.

5_ 제시문 **나**의 밑줄 친 ㉠에 담긴 옥임의 심리를 추측해 봅시다.

6_ 옥임이 제시문 **나**의 밑줄 친 ㉡과 같이 생각한 이유를 간단히 써 봅시다.

7_ 이 작품에 대한 설명으로 거리가 먼 것을 골라 봅시다.

① 6·25 전쟁 직후의 혼란한 상황을 비판하고 있다.

② 물질 만능주의의 각박한 세태를 비판하고 있다.

③ 혼란한 사회 상황으로 인한 인간성의 파괴를 다루고 있다.

④ 교장의 이중적 성격은 당시의 가치관이 전도된 사회상을 반영한다.

⑤ 작품의 제목은 주요 등장인물이 처해 있는 상황을 상징하는 기능을 한다.

8_ '두 파산'이라는 제목을 고려하여 이 작품에 내포된 작가의 의도를 다음과 같이 구조화할 때, ㉮와 ㉯에 들어갈 알맞은 내용을 써 봅시다.

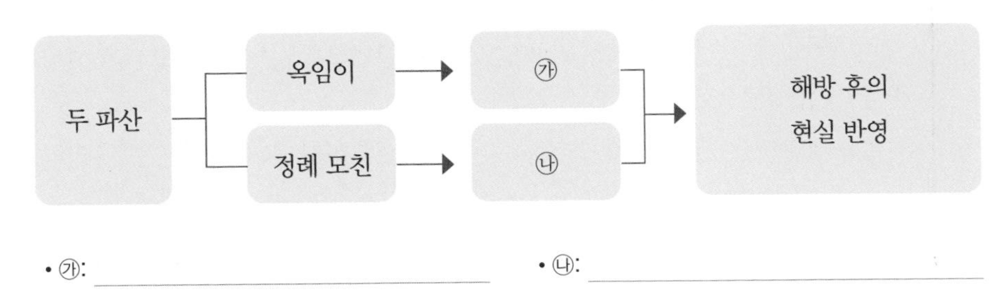

• ㉮:

• ㉯:

논 이야기

1. 다음은 이 작품의 사건 전개에 따른 주인공의 상황 및 심리 변화를 정리한 표입니다. 작품 전문의 내용을 참고하여 빈칸을 완성해 봅시다.

시대	상황	심리
구한말	논 13마지기를 ㉠(　　　　　) 에게 빼앗김.	나라는 백성에게 고통만 줄 뿐이라 생각하며 원통해함.
조선의 패망	소유하고 있는 논 7마지기로는 살림이 어려움.	누명을 씌워 농민의 재산을 빼앗는 나라에 대한 ㉡(　　　　　) 을(를) 드러냄.
일제 강점기	㉢(　　　　　)에게 논을 팜.	후회하면서도 일인들이 쫓겨 가면 제 논을 되찾을 거라 기대함.
광복 직후	일인이 토지와 재산을 버리고 쫓겨 감.	광복은 신통할 것 없지만 일인에게 판 땅을 되찾을 수 있다며 들뜸.
	나라가 토지를 ㉣(　　　　　) 은(는) 소식을 들음.	불만을 토로하며 냉소함.

[2~7] 다음 제시문을 읽고 물음에 답해 봅시다. [2014학년도 3월 고1 학력평가 응용]

가 전쟁 사품에 생겨난 공출이니 징용이니 하는 것이 전쟁이 끝이 남으로써 없어진 다음에야 독립이 되기 전 일본 정치 밑에서도 남의 세토 얻어 도지 물고 나머지나 천신하는 가난뱅이 농투성이에서 벗어날 것이 없을진대, 한갓 전쟁이 끝이 나서 공출과 징용이 없어진 것이 다행일 따름이지, 독립이 되었다고 만세를 부르며 날뛰고 할 흥이 한 생원으로는 나는 것이 없었다.

일인에게 빼앗겼던 나라를 도로 찾고, 그래서 우리도 다시 나라가 있게 되었다는 이 잔주도, 역시 한 생원에게는 시쁘둥한 것이었다. ㉠한 생원은 나라를 도로 찾는다는 것은, 구한국 시절로 다시 돌아가는 것으로밖에는 달리는 생각할 수가 없었다.

한 생원네는 한 생원의 아버지의 부지런으로 장만한 열서 마지기와 일곱 마지기의 두 자리 논이 있었다. 선대의 유업도 아니요, 공문서 땅을 거저주운 것도 아니요, 버젓이 값을 내고 산 것이었다. 하되 그 돈은 체계나 돈놀이(고리대금업)로 모은 돈이 아니요, 품삯 받아 푼푼이 모으고 악의악식하면서 모은 돈이었다. 피와 땀이 어린 땅이었다.

그 피땀 어린 논 두 자리에서, 열서 마지기를 한 생원네는 산 지 겨우 오 년만에 고을 원(군수)에게 빼앗겨 버렸다.

지금으로부터 오십 년 전, 갑오 을미 병신 하는 병신(丙申)년 한 생원의 나이 스물한 살 적이었다.

나 한덕문이, 일인들이 다 쫓기어 가면 그 논이 도로 제 것이 될 터이라서 논을 팔았다고 한다더라, 이 소문이 한입 두입 퍼지자 듣는 사람마다 그의 희떠움을 혹은 실없음을 웃었다. (중략)

"일인들이 쫓겨 간다지?" / 한다 치면

"그럼!"

"언제쯤 쫓겨 가는구?"

"건 쫓겨 가는 때 보아야 알지."

"에구 요 맹추야, 요 허풍선이야, 우리나라 상감님을 쫓아 내구 저이가 왕 노릇을 하는데 쫓겨 가?"

"자넨 그럼 일인들이 안 쫓겨 가구 영영 그대루 있으면 좋을 건 무언가?"

"좋기루 할 말이야 일러 무얼 하겠나만, 우리 좋구픈 대루 세상 일이 돼 준다던가?"

"그래두 인제 내 말을 일를 때가 오너니."

"괜히 논 팔구섬 할 말 없거들랑 국으로 잠자쿠 가만히나 있어요." (중략)

"길천이한테 논 팔아먹은 놈이 한덕문이 하나뿐인감?"

"누가 논 판 걸 나무래? 희떤 장담을 하니깐 그러는 거지."

"희떤 장담인지 아닌지 두구 보잔 말야."

이로부터 한덕문은 그 말로 인하여 마을과 인근에서 아주 호가 났고, 어느 겨를인지 그것이 한 ㉡속담(俗談)까지 되었다.

다 "그래 일인들이 죄다 내놓구 가는 것을 백성들더러 돈을 내구 사라구 마련을 했다면서?"

"아직 자세힌 모르겠어두 아마 그렇게 되기가 쉬우리라구들 하드군요."

해방 후에 새로 난 구장의 대답이었다.

"그런 놈의 법이 어딨단 말인가? 그래, 누가 그렇게 마련을 했는구?"

"나라에서 그랬을 테죠."

"나라?"/ "우리 조선 나라요."

"나라가 다 무어 말라비틀어진 거야? 나라 명색이 내게 무얼 해 준 게 있길래, 이번엔 일인이 내놓구 가는 내 땅을 저이가 팔아먹으려구 들어? 그게 나라야?"

"일인의 재산이 우리 조선 나라 재산이 되는 거야 당연한 일이죠."

"당연?"/ "그렇죠."

"흥, 가만둬 두면 저절루 백성의 것이 될 걸, 나라 명색은 가만히 앉었다 어디서 툭 튀어나와 가지구 걸 뺏어서 팔아먹어? 그따위 행사가 어딨다든가?"

"한 생원은 그 논이랑 멧갓이랑 길천이한테 돈을 받구 파셨으니깐 임자로 말하면 길천이지 한 생원인가요?"

"암만 팔았어두, 길천이가 내놓구 쫓겨 갔은깐 도루 내 것이 돼야 옳지, 무슨 말이야. 걸 무슨 탁에 나라가 뺏을 영으루 들어?"

"한 생원한테 뺏는 게 아니라 길천이한테 뺏는 거랍니다."

"흥, 둘러다 대긴 잘들 허이. 공동묘지 가 보게나, 핑계 없는 무덤 있던가? 저, 병신년에 원놈(군수) 김가가 우리 논 열두 마지기 뺏을 제두 핑곈 다 있었드라네."

"좌우간, 아직 그렇게 지레 염렬 하실 게 아니라, 기대리구 있노라면 나라에서 다 억울치 않두룩 처단을 하겠죠."

"일없네. 난 오늘버틈 도루 나라 없는 백성이네. 제길, 삼십육 년두 나라 없이 살아왔을려 드냐. 아니 글쎄, 나라가 있으면 백성한테 무얼 좀 고마운 노릇을 해 주어야 백성두 나라를 믿구 나라에다 마음을 붙이구 살지. 독립이 됐다면서 고작 그래, 백성이 차지할 땅 뺏어서 팔아먹는 게 나라 명색야?"

그러고는 털고 일어서면서 혼잣말로

㉢"독립됐다구 했을 제, 내, 만세 안 부르기, 잘했지."

2_ 구술·면접시험에서 이 작품에 대해 설명하라는 요구를 받았을 때, 그 대답으로 적절하지 않은 것을 골라 봅시다.

① 현재와 과거의 사건을 교차시키면서 토지와 밀착된 삶을 살아가는 농민들의 애환을 그려 낸 작품이라고 생각합니다.

② 땅에 대한 기대감과 좌절감을 맛보는 주인공을 희화화하여 드러냈다는 점에서 **골계미**를 엿볼 수 있다고 생각합니다.

③ 역사적 사건을 재구성하여 일제에 의해 왜곡된 가치관과 그로 인해 민중들이 겪어야 했던 고통을 사실적으로 형상화했다고 생각합니다.

④ 개인적 입장에서만 현상을 판단하는 한 인물을 통해 인간의 부조리한 속성을 폭로하고 있다는 점에서 풍자성이 강한 작품이라고 생각합니다.

⑤ 서술자가 인물의 행동뿐 아니라 심리까지도 언급하고 있어서 독자가 인물의 성격을 능동적으로 탐색해 보는 묘미는 조금 떨어진다고 생각합니다.

• **골계미**(滑稽美) 풍자와 해학의 수법으로, 우스꽝스러운 상황이나 인간상을 구현하며 익살을 부리는 가운데 어떤 교훈을 주는 미적(美的) 방식.

3_ 한 생원이 제시문 **가**의 밑줄 친 ㉠과 같이 생각하게 된 이유를 전후의 내용을 참고하여 써 봅시다.

4_ 제시문 **나**의 밑줄 친 ㉡은 한덕문에 대한 마을 사람들의 인식을 반영한 것입니다. ㉡의 내용에 대한 추측으로 가장 적절한 것을 골라 봅시다.

① 줏대 없이 남의 말에 쉽게 휘둘리는 사람을 비꼬는 속담이겠군.

② 자신의 앞가림도 못하면서 다른 사람을 걱정하는 사람을 비꼬는 속담이겠군.

③ 목표를 위해 아무 행동도 하지 않고 성과를 거두려는 사람을 비꼬는 속담이겠군.

④ 이루어질 수 없는 일을 시작하여 놓고 성공을 자신하는 사람을 비꼬는 속담이겠군.

⑤ 자신이 잘못을 해 놓고도 다른 사람에게 책임을 전가하는 사람을 비꼬는 속담이겠군.

5_ 제시문 **다**에 나타난 한 생원과 구장의 대화에 대한 설명으로 적절하지 않은 것을 골라 봅시다.

① 구장은 나라의 정책을 신뢰하는 입장에서 말하고 있다.

② 구장은 근거를 대 가며 한 생원의 주장을 반박하고 있다.

③ 한 생원은 경륜을 내세우며 자신의 정당성을 강조하고 있다.

④ 한 생원은 과거의 사건을 언급하며 구장의 말을 비판하고 있다.

⑤ 구장과 한 생원은 타협점을 찾지 못한 채 대화를 마무리하고 있다.

6_ 작품 전문의 내용을 참고하여 한 생원이 제시문 **다**의 ㉢과 같이 말한 이유를 다음 조건에 맞게 써 봅시다.

조건

• 한 생원의 감정을 포함하여 서술할 것.

7_ 다음 작품을 읽고 제시문 **다**와 비교한 것으로 적절하지 않은 것을 골라 봅시다.

> 윤 직원 영감은 팔을 부르걷은 주먹으로 방바닥을 땅 치면서 성난 황소가 영각을 하듯 고함을 지릅니다.
>
> "화적패가 있너냐아? 부랑당 같은 수령(守領)들이 있더냐?…… 재산이 있대야 도적놈의 것이요, 목숨은 파리 목숨 같던 말세(末世)넌 다 지내가고오……. 자 부아라, 거리 거리 순사요, 골골마다 공명한 정사(政事), 오죽이나 좋은 세상이여……. 남은 수십만 명 동병(動兵)을 히여서, 우리 조선 놈 보호히여 주니, 오죽이나 고마운 세상이여? 으응?…… 제 것 지니고 앉어서 편안허게 살 태평 세상, 이걸 태평천하라구 허는 것이여, 태평천하!…… 그런디 이런 태평천하에 태어난 부잣놈의 자식이, 더군다나 왜지 가 떵떵거리구 편안허게 살 것이지, 어찌서 지가 세상 망쳐 놀 부랑당패에 참섭을 헌담 말이여, 으응?" (중략)
>
> "……착착 깎어 죽일 놈……! 그놈을 내가 핀지히여서, 백 년 징역을 살리라구 헐걸! 백 년 징역 살리라구 헐 테여…… 오냐, 그놈을 삼천 석거리는 직분하여 줄라구 히였더니, 오-냐, 그놈 삼천 석거리를 톡톡 팔어서, 경찰서으다가 사회주의 허는 놈 잡어 가두는 경찰서으다가 주어 버릴걸! 으응, 죽일 놈!" (중략)
>
> "……이 태평천하에! 이 태평천하에……."
>
> – 채만식, 《태평천하》

① 제시문 **다**와 이 작품 모두 대사를 통해 주인공의 성격을 간접적으로 보여 줌으로써 극적인 생동감을 높이고 있다.

② 제시문 **다**와 이 작품 모두 표면적으로 개인과 개인의 갈등 양상을 보이고 있지만, 이면에는 개인과 사회와의 갈등이 내재되어 있다.

③ 제시문 **다**의 '한 생원'과 이 작품의 '윤 직원' 모두 개인적 관점에서 사회 현상을 바라보는, 역사의식이 전혀 없는 인물이라는 점에서 비판의 대상이라고 할 수 있다.

④ 제시문 **다**와 달리 이 작품에서는 경어체를 사용하여 등장인물을 풍자하려는 서술자의 의도가 부각되고 있다. 이는 또한, 서술자와 독자 사이의 거리를 가깝게 해 친밀감을 주고 있다.

⑤ 제시문 **다**에 비해 이 작품은 작중 상황에 대한 편집자적 논평이 더해져 서술자가 좀 더 적극적으로 작품에 개입하고 있다.

미스터 방

[1~8] 다음 제시문을 읽고 물음에 답해 봅시다. [2014학년도 6월 3학년 모의평가(A) 응용]

가 1945년 8월 15일, 역사적인 날.

이날도 신기료장수 방삼복은 종로의 공원 건너편 응달에 앉아서 구두 징을 박으면서 해방의 날을 맞이하였다. 그러나 삼복은 감격한 줄도 기쁜 줄도 모르겠었다. (중략)

몰켜다니고 만세를 부르고 하기에 미쳐 날뛰느라고 정신이 없어, 손님이 없어, 손님이 부쩍 줄었다.

ⓐ"우라질! 독립이 배부른가?" (중략)

이삼 일 지나면서부터야 삼복에게도 삼복에게다운 해방의 혜택이 나누어졌다.

10전이나 15전에 박아 주던 징을, 50전을 받아도 눈을 부라리는 순사를 볼 수가 없었다. 순사가 없어졌다면야 활개를 쳐 가면서 무슨 짓을 하여도 상관이 없고 무서울 것이 없던 것이었다.

ⓑ"옳아. 그렇다면 독립도 할 만한 건가 보다." (중략)

그러나 며칠이 못 가서 삼복은 다시금 해방을 저주하여야 하였다. 삼복이 저 혼자만 돈을 더 받으며, 더 받아 상관이 없는 것이 아니라, 첫째 도가들이 제 맘대로 재료 값을 올리던 것이었다. 징, 가죽, 고무, 실 모두가 오 곱 십 곱 비싸졌다. 그러니 신기료장수는 손님한테 아무리 비싸게 받는댔자 재료를 비싼 값으로 사야 하니, 결국 도가만 살찌울 뿐이지 소득은 전과 크게 다를 것이 없었다.

ⓒ"이런 옘병헐! 그눔에 경제겐 다 어디루 가 뒈졌어. 독립은 우라진다구 독립을 헌담." (중략)

그럭저럭 구월도 열흘이 되고, 서울 거리에는 미국 병정이 꼬마 차와 함께 그득히 퍼졌다.

그 미국 병정들이, 거리를 구경하면서 혹은 물건을 사려면서 말이 서로 통하지를 못하여 답답해하는 양을 보고 삼복은 무릎을 탁 쳤다.

나 청년 회관 앞에서 담뱃대를 사고 있는 하나가, 몸집이 부대하고 여느 병정은 아닌 듯하고, 얼굴이 자못 선량하여 보이는 게 선뜻 마음에 들었다. 구경하는 체하고 넌지시 그 옆으로 가 섰다. (중략)

"오, 캔 유 시피크?"
하면서, 사뭇 그러안을 듯이 반가워하는 양이라니. 아스러지도록 손을 잡고 흔드는 데는 질색할 뻔하였다.

직업이 있느냐고 물었다. 방금 실직하였노라고 대답하였다.

그럼, 내 통역이 되어 주겠느냐고 물었다. 그러겠노라고 대답하였다.

이 자리에서 ㉠신기료장수 코삐뚤이 삼복은 미스터 방으로 승차를 하여, S라는 미국 주둔군 소위의 통역이 되었다. 주급 15불(210원)가량의.

다 보아하니 큰 세도를 부리는 것이 분명하였다. 잘만 하면 그 힘을 빌려 ㉡분풀이와 빼앗긴 재물을 도로 찾을 여망이 있을 듯싶었다. 분풀이를 하고, 더구나 재물을 도로 찾고 하는 것이라면야, 코 삐뚤이 삼복이는 말고, 그보다 더한 놈한테라도 머리 숙이는 것쯤 상관할 바 아니었다. (중략)

[A] "어쨌든지 그놈들을 말이네, 그놈들을 한 놈 냉기지 말구섬 죄다 붙잡아다가 말이네, 괴수 놈들일랑 목을 썰어 죽이구, 다른 놈들일랑 뼉다구가 부러지두룩 두들겨 주구, 꿇어앉히구 항복받구, 그리구 빼앗긴 것 일일이 도루 다 찾구, 집허구 세간 쳐부신 것 말끔 다 물리구……. 그렇게만 해 준다면, 내, 내, 재산 절반 노나 주문세, 절반. 응, 여보게 미씨다 방."

"염려 마슈."

미스터 방은 선뜻 쾌한 대답이었다.

"진정인가"

"머, 지끔 당장이래두, 내 입 한 번만 떨어진다 치면, 기관총 들멘 엠피가 백 명이구 천 명이구 들끓어 내려가서, 들이 쑥밭을 만들어 놉니다, 쑥밭을."

"고마우이!"

백 주사는 복수하여지는 광경을 선히 연상하면서, 미스터 방의 손목을 덥석 잡는다.

"백골난망이겠네."

"놈들을 깡그리 죽여 놀 테니, 보슈."

"자네라면야 어련하겠나."

"흰말이 아니라 참 이승만 박사두 내 말 한마디면, 고만 다 제바리유."

[B]

미스터 방은 그러고는 냉수 그릇을 집어 한 모금 물고 꿀쩍꿀쩍 양치를 한다. 웬 버릇인지, 하여간 그는 미스터 방이 된 뒤로, 술을 먹으면서 양치하는 버릇이 생겼다.

양치한 물을 처치하려고 휘휘 둘러보다, 일어서서 노대로 성큼성큼 나간다. 노대는 현관 정통 위였다.

미스터 방이 그 걸쭉한 양칫물을 노대 아래로 아낌없이 좍 뱉는 바로 그 순간이었다. 그 순간이 공교롭게도, 마침 그를 찾으러 온 S 소위가 현관으로 일단 들어서려다 말고 (미스터 방이 노대로 나오는 기척이 들렸기 때문에) 뒤로 서너 걸음 도로 물러나,

"헬로."

부르면서 웃는 얼굴을 쳐드는 순간과 그만 일치가 되었다.

"에구머니!"

놀라 질겁을 하였으나 이미 뱉어진 양칫물은 퀴퀴한 냄새와 더불어 백절폭포로 내리쏟아져 웃으면서 쳐드는 S 소위의 얼굴 정통에 가 좌르르.

"유 데빌!"

이 기급할 자식이라고 S 소위는 주먹질을 하면서 고함을 질렀고, 그 주먹이 쳐든 채 그대로 있다가, 일변 허둥지둥 버선발로 뛰쳐나와 손바닥을 싹싹 비비는 미스터 방의 턱을

"상놈의 자식!"

하면서 철컥 어퍼컷으로 한 대 갈겼더라고.

1_ 제시문의 서술상 특징으로 가장 적절한 것을 골라 봅시다.

① 서술자가 자신의 이야기를 중심으로 사건을 전개하고 있다.

② 서술자를 작중 인물로 설정하여 사건의 현장감을 높이고 있다.

③ 서술자가 작중 상황과 사건을 전지적 시점으로 전달하고 있다.

④ 서술자가 회상을 통해 외부 이야기에서 내부 이야기로 이동하고 있다.

⑤ 서술자는 과거와 현재를 반복적으로 교차시켜 사건에 입체감을 부여하고 있다.

2_ 제시문에 드러나는 '해방'과 관련한 당시의 분위기로 적절하지 않은 것을 골라 봅시다.

① 미국 군인들의 숫자가 눈에 띄게 늘었다.

② 거리에서 순사의 모습을 찾아볼 수 없었다.

③ 대다수의 사람들은 해방을 진심으로 기뻐하였다.

④ 사회 질서가 제대로 통제되지 않아 혼란스러웠다.

⑤ 미군들은 미국인 통역관만을 채용하여 쓰고 있었다.

3_ 제시문 **가**의 ⓐ~ⓒ를 다음과 같이 정리할 때, ⓓ에 들어갈 내용으로 가장 적절한 것을 골라 봅시다.

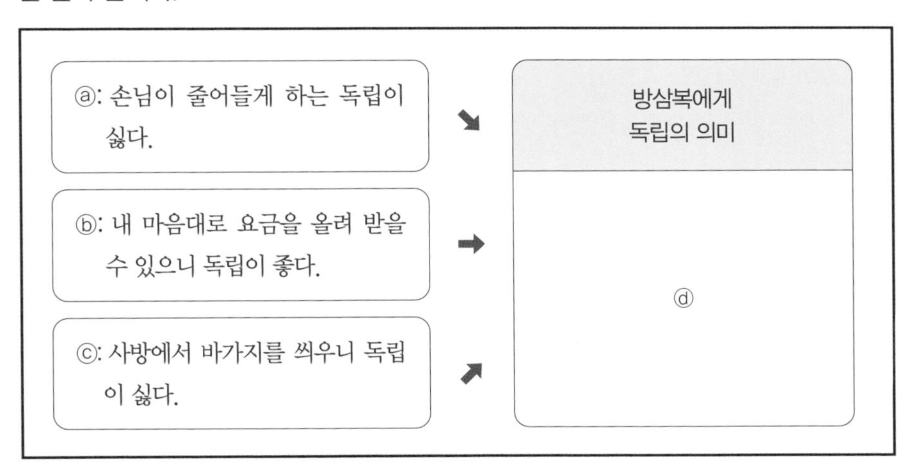

① 조선 사회를 더욱 혼탁한 상황으로 몰고 갔다.

② 일본인들의 간섭이 완전히 없어져야 의미가 있다.

③ 자신에게 물질적으로 이익이 되어야 의미가 있다.

④ 사회가 경제적으로 안정을 이루어야 진정한 독립이다.

⑤ 제대로 된 지도자가 탄생되어야 독립이라고 할 수 있다.

4_ 제시문 **나**의 밑줄 친 ㉠이 방삼복에게 어떤 의미를 갖는지 다음 두 가지로 나누어 써 봅시다.

• 경제적 의미: ______________________________

____

• 사회적 의미: ______________________________

____

5_ 제시문 **다**의 밑줄 친 ㉡의 상황을 나타내기에 가장 적절한 속담을 골라 봅시다.

① 꿩 먹고 알 먹는다.

② 되로 주고 말로 받는다.

③ 소 잃고 외양간 고친다.

④ 오는 말이 고와야 가는 말이 곱다.

⑤ 종로에서 뺨 맞고 한강에서 눈 흘긴다.

6_ 제시문 **다**의 [A]와 같이 말하는 백 주사라는 인물을 통해 알 수 있는 당대의 사회상을 써 봅시다.

____

____

____

7_ 제시문 **다**의 [B]를 다음과 같이 나타낼 때, ㉮와 ㉯에 들어갈 알맞은 말을 써 봅시다.

> [B]는 작품 전문의 내용으로 볼 때 (㉮)을(를) 암시한다. 하지만 이와 같은 무거운 내용을 상반되는 (㉯) 분위기의 장면을 통해 드러냄으로써 이 작품은 독특한 심미적 효과를 거둔다.

• ㉮: ______________ • ㉯: ______________

8_ 다음 〈보기〉를 참고하여 이 작품을 이해한 내용으로 적절하지 않은 것을 골라 봅시다.

> **보기**
>
> 채만식은 일제 강점기와 해방이라는 역사적인 격변기에 살았다. 이 시기에는 기회주의적인 인간들의 횡포가 매우 심하였다. 국민 모두가 힘을 합해 국가적 어려움을 헤쳐 나가도 모자란 상황에서, 국가의 이익은 상관하지 않고 변화하는 권력에 기생하는 인물들이 많았다.

① 일제에서 미군으로 권력이 변화하는 모습이 드러나 있군.

② 작가가 목격한 역사적 격변기의 상황이 작품의 배경이 되었군.

③ 방삼복을 통해 권력에 기생하는 인물에 대해 풍자하려고 했군.

④ 작가는 기회주의적인 인간들의 횡포에 대해 비판적 시각을 드러내고 있군.

⑤ 작가는 우리 민족이 화합을 이루어 내지 못했기 때문에 해방 이후의 혼란이 심화되었다고 여기고 있군.

Step_1 해방 이후 사회와 개인

다음 제시문을 읽고 물음에 답해 봅시다.

가 "난 돈밖에 몰라. 내일모레면 거리로 나앉게 된 년이 체면은 뭐구, 우정은 다 뭐냐? 어쨌든 내 돈만 내놓으면 이러니저러니 너 같은 장래 대신(大臣) 부인께 나 같은 년이야 감히 말이나 붙여 보려 들겠다던!" (중략)

머리를 곱게 지지고 엷은 얼굴 단장에, 번질거리는 미국제 핸드백을 착 끼고 나선 맵시가 어느 댁 유한 마담으로 알 것이지, 설마 일 할, 일 할 오 푼으로 아귀다툼을 하고 어려운 예전 동무를 쫓아다니며 울리는 고리대금업자로야 그 누가 짐작이나 할까? 해방이 되자, 고리대금이 전당국 대신으로 터놓고 하는 큰 생화(장사)가 되었지마는, 옥임이는 반민자의 아내가 되리라는 것을 도리어 간판으로 내세우고 부라퀴같이 덤빈 것이다. 중경도지사요, 전쟁 말기에는 무슨 군수품 회사의 취체역인가 감사역을 지냈으니 반민법이 국회에서 통과되는 날이면, 중풍으로 삼 년째나 누웠는 영감이, 어서 돌아가 주기나 하기 전에야 으레 걸리고 말 것이요, 걸리는 날이면 떠메어다가 징역은 시키지 않을지 모르되, 지니고 있는 집칸이며 땅섬지기나마 몰수당할 것이니, 비록 자신은 없을망정 자기는 자기대로 살길을 찾아야 하겠다고 나선 길이 이 길이었다. – 염상섭, 〈두 파산〉

나 미국 장교는 담뱃대를 집어 들고 기물스러워하면서 연방 들여다보다가 값이 얼마냐고

"하우 머취? 하우 머취?" / 하고 묻는다.

담뱃대 장수 영감은, 30원이라고 소래기만 지른다. (중략)

"오, 캔 유 시피크?"

하면서, 사뭇 그러안을 듯이 반가워하는 양이라니. 아스러지도록 손을 잡고 흔드는 데는 질색할 뻔하였다.

직업이 있느냐고 물었다. 방금 실직하였노라고 대답하였다.

그럼, 내 통역이 되어 주겠느냐고 물었다. 그러겠노라고 대답하였다.

이 자리에서 신기료장수 코삐뚤이 삼복은 미스터 방으로 승차를 하여, S라는 미국 주둔군 소위의 통역이 되었다. 주급 15불(210원)가량의. – 채만식, 〈미스터 방〉

다 한국사에서 '해방기'는 아노미적 세태와 전환기적 도덕의 모습이 모두 드러나던 때였다. 한반도는 해방 후 6·25 전쟁에 이르기까지 좌우 대립, 신탁 통치, 남한 단독 정부 수립 등의 정치적 문제와 극심한 **인플레이션**으로 인한 경제적 혼란을 두루 겪고 있었다. 이에 따라 해방 전후 문학에는 친일 잔재 청산, 선거의 타락상과 부정부패, 사회 전반에 퍼져 있는 전도된 가치 의식, 외세에 의한 반민족적 해방 공간의 모습 등 사회의 모순과 부조리에 대한 날카로운 시각이 드러나곤 했다. (중략)

해방 이후 미군정 치하의 남한은 '**무정부** 상태'라고 부를 만큼 불안하고 혼란한 경제 상황에 놓여 있었고, 민족적 해방은 개인에게 '정치적 주체'를 요구하면서도 당장의 **호구지책**과 경제적 안정을 보장하진 못했다. 정치적 해방기에 닥친 경제적 대혼란은 각 개인들에게 국가가 얼마나 허약한 존재인지를 느끼게 함과 동시에, 국가가 지켜 주지 않는 생명 혹은 생계를 스스로 해결하도록 내몰았다. 이때 '**모리배**'로 통칭되는 '경제적 인간'들이 등장했다. 이들은 민족 국가의 이상적인 '정치적 주체'로서의 역할을 스스로 벗어던지고 생존과 **치부**를 최우선시했던 인간형이었다. 당대 사회에서 모리배는 악질적인 '반민족자'로 규탄받았지만, 동시대의 소설들은 이들의 행위에 대한 **단죄**보다는 그것을 불가피한 선택으로 형상화하기도 했다. (중략)

반민족적 모리배는 이 시기 일제의 경제권과 통제 체제가 사라지며 나타난 무질서와 혼란의 틈에 생겨난 인간 유형으로, 그들의 문제적 삶과 처세가 다양한 계층에서 나타났다는 점은 해방기 사회를 구성하던 개인들의 경제 도덕 감각과 가치관에 중대한 변화가 일어났음을 말해 준다. 그리하여 이들을 비판하던 당대 작가들의 목소리는 공동체 구성원들의 도덕적 변화를 포착하고 이를 재조정하려던 움직임이라 볼 수 있다.

– 임세화, 〈모리배의 탄생〉

라 사회와 개인은 분리될 수 없고, 그것들은 서로에게 필수적이고 **보완적**인 것이지 대립적인 것이 아니다. 인간은 '함께 모이기' 이전에도 존재했다고, 또는 어떤 종류의 실체를 가지고 있다고 전제하는 것은 잘못이다. 세계는 우리에게 작용하기 시작하여 우리를 단순히 생물학적인 단위로부터 사회적인 단위로 변화시킨다. 역사의 혹은 역사 이전의 모든 단계에서 인간은 누구나 한 사회 속에서 태어나고, 아주 어렸을 적부터 그 사회에 의해서 형성된다. (중략)

사회의 발전과 개인의 발전은 **병행**하며, 서로를 조건 짓는다. 우리가 이해하고 있는 복잡한 혹은 발전한 사회란 개인들 상호 간의 의존 관계가 발전한, 그리고 복잡한 형태를 취해 온 사회일 뿐이다.

– E. H. 카, 《역사란 무엇인가》

마 공동체가 개인의 자유와 권리를 보장해 주고 행복 실현에 기여하는 데 중요한 것처럼, 개인도 공동체의 구성원과 함께 소속감을 가지고 공동체의 정체성 확립에 영향을 주고받으면서 **공동선**과 목적을 실현하는 데 이바지해야 한다. (중략)

개인적 선(善)이 공동선과 조화를 이룰 수 있는 것은 바로 공동선이 개인적 선을 바탕으로 하기 때문이다. 따라서 개개인의 선이 공동선이 되기 위해서는 사회 구성원의 노력과 협력이 필요하다. 그러나 이 둘은 반드시 일치하지 않기 때문에 그에 따라 나타나는 문제를 최소화해야 한다.

공동선과 개인적 선이 조화를 이루려면 반드시 연대가 필요하다. 연대감, 연대 의식 등과 같은 정서적인 면과 함께 개인이 속해 있는 가정, 사회, 국가와 같은 공동체 연대는 개인의 삶의 목적과 공동체의 목표를 조화롭게 추구하는 데 중요한 요소가 된다. 연대는 단지 공동체에 속해 있다는 상황이나 의식만을 말하는 것이 아니라, 각 개인이 공동선을 추구하고자 하는 책임이 전제되어야 한다. 공동선과 관련된 개인의 책임은 공동의 목표를 이루려는 개인의 의무를 함축한다. 이와 함께 상대방에 대한 배려와 관용, 민주적 절차와 소통 등도 공동선과 개인적 선의 조화를 이루어 내는 데 필수적인 요소이다.

– 《고등학교 윤리와 사상》

- **인플레이션**(inflation) 통화량이 팽창하여 화폐 가치가 떨어지고 물가가 계속적으로 올라 일반 대중의 실질적 소득이 감소하는 현상.
- **무정부**(無政府) 정부가 존재하지 않음.
- **호구지책**(糊口之策) 가난한 살림에서 그저 겨우 먹고살아 가는 방책.
- **모리배**(謀利輩) 온갖 수단과 방법으로 자신의 이익만을 꾀하는 사람. 또는 그런 무리.
- **치부**(致富) 재물을 모아 부자가 됨.
- **단죄**(斷罪) 죄를 처단함. 죄로 단정함.
- **보완적**(補完的) 모자라거나 부족한 것을 보충하여 완전하게 하는.
- **병행**(竝行) 둘 이상의 사물이 나란히 감.
- **공동선**(共同善) 사회 구성원이 공동으로 추구하고자 하는 개인적 선의 공통부분을 뜻한다는 점에서, 집단적 의미에서 사회가 목표를 설정하여 개인들에게 요구하는 전체의 목표로서의 공공선(公共善)과 구별됨.

1_ 제시문 **다**를 참고하여 제시문 **가**와 **나**에 제시된 인물과 사회의 도덕적 변화를 파악해 봅시다.

- 제시문 **가**: ____________________

____

- 제시문 **나**: ____________________

____

2_ 제시문 **라**와 **마**를 참고하여 제시문 **가**와 **나**의 두 인물(옥임, 삼복)에게 공동선의 가치를 설득해 봅시다.

____

____

____

등장인물들을 통해 알 수 있는 〈두 파산〉의 시대상

새로운 시대가 열린다는 것은 그 시대를 살아가는 사람들에게 가치관의 혼란 및 방향성의 상실이라는 이중적 문제를 안겨 줍니다. 〈두 파산〉에 등장하는 옥임과 정례 모친은 그러한 상황을 제대로 헤쳐 나가지 못하는 부정적인 인물로 그려집니다. 뿐만 아니라 반민족주의자인 옥임의 남편과, 친일 행위를 하지는 않았지만 건실하지 못한 생활로 아내를 고통에 빠뜨리고 결말 부분에서 사기를 쳐서 옥임의 돈을 빼앗아 올 궁리를 하는 정례 부친도 긍정적 인물로 보이진 않습니다. 옥임과 정례 모친 사이에서 이득을 보려는 속물적 인간으로 그려지는 교장 또한 해방 전에 시골의 보통 학교에서 교장을 하던 사람이라는 이미지를 뒤집고 속물적 인간으로 그려집니다. 이들 부정적인 인물들은 해방 이후의 가치관이 전도된 시대상을 그대로 반영하고 있습니다.

Step_2 채만식의 풍자 문학이 갖는 의미

다음 제시문을 읽고 물음에 답해 봅시다.

가 문학 작품은 내용과 형식이 **유기적**으로 짜인 언어 예술이다. 작품의 내용은 작품 속 주제 의식으로 구현되며 그 주제 의식은 문화적·관습적으로 형성된 언어 형식으로 표현된다. 따라서 문학 작품의 수용은 작가가 자신의 문제의식이나 주제를 작품에 드러내기 위해 선택한 언어적 형식, 즉 내용과 형식 간의 긴밀한 연관성을 이해할 때 이루어진다.

'풍자'와 '해학'은 이러한 언어 예술의 특성을 명확히 보여 주는 요소로, 웃음을 수반하는 문학 양식이라는 공통점을 지닌다. 특히 부정적 인물을 소설의 전면에 내세우고 긍정적 인물을 후면에 내세우거나 희화화하는 방법을 취한다는 점에서도 유사한 서술 방식을 취하고 있다. 등장인물의 언어나 행동을 우스꽝스럽게 그려 내는 이러한 표현은 특히 판소리의 성격을 계승한 것으로, 우리 문학의 전통 속에서 아주 중요한 요소로 자리 잡고 있다. 그런데 풍자의 웃음이 비판과 부정, 폭로의 성격을 지닌 공격적인 웃음이라면, 해학의 웃음은 삶의 지혜에 입각한 **포용**과 **융화**의 성격을 지닌다. 따라서 풍자의 웃음이 차갑고 냉소적인 데에 비해 해학의 웃음은 따뜻하고 온정적이다.

나 한국 문학사에서 풍자의 기법을 동원하여 당대의 현실을 드러낸 작가로 채만식을 꼽을 수 있다. 풍자 소설로 분류되는 그의 작품들은 대부분 1930~40년대에 발표된 것으로, 〈레디메이드 인생〉, 〈치숙〉, 〈미스터 방〉, 《탁류》, 《태평천하》 등이 있다.

그의 문학에서의 풍자적 경향은 통제된 시대적 상황에서의 등장인물들이 선택의 여지 없이 시대에 순응하는 모습으로 비춰지고 있다. 이러한 자신의 풍자적 경향에 대해 그는 스스로,

"나도 이 길을 평생 두고 가려고는 않고, 그 길—부정면(否定面)만 골라내는 것이 위험함을 우리네 스승이 경계한 바라 잊어버린 것은 아니다."

라고 언급하였다. 하지만 참담한 현실을 극복하는 방안으로 풍자 문학을 선택하였던 채만식에게 풍자는 어쩔 수 없는 표현의 방식이기보다는 오히려 무궁무진한 가능성의 세계였다. "긍정 면을 두드러지게 하는 부정 면은 결단코 **유독하지** 않은 것"이라는 그의 말을 통해 그 스스로 풍자 문학의 긍정성과 가치를 인식하고 있었음을 알 수 있다.

– 김민웅, 〈국어과 교과서 수록 풍자 소설 분석과 교육적 의의〉

다 [전체 줄거리: 아버지가 구한말 화적들에게 죽임을 당한 아픈 기억을 갖고 있는 대지주 윤 직원 영감은 불한당을 막아 주고 자신의 안전을 보장해 준다고 생각하며 일인들에게 고마워한다. 그는 재산을 지키기 위해 양반을 사고, 손자 종수와 종학을 각각 군수와 경찰서장으로 만들어 가문을 세우고자 하나, 아들 윤 주사는 노름으로 가산을 탕진하고 손자 종수도 방탕한 생활에 빠져 있다. 결국 윤 직원 영감은 일본에 유학 간 손자 종학에게 모든 기대를 걸었는데, 종학이 피검되었다는 전보를 받게 된다.]

"종학, 사—상 관계—로, 경—시청에 피검!……이라니? 이게 무슨 소리다냐?"
"종학이가 사상 관계로 경시청에 붙잽혔다는 뜻일 테지요!" (중략)
"화적패가 있너냐아? 부랑당 같은 수령(守領)들이 있더냐?…… 재산이 있대야 도적놈의 것이요, 목숨은 파리 목숨 같던 말세(末世)넌 다 지내가고오……. 자 부아라, 거리거리 순사요, 골골마다 공명한 정사(政事), 오죽이나 좋은 세상이여……. 남은 수십만 명 동병(動兵)을 히여서, 우리 조선 놈 보호히여 주니, 오죽이나 고마운 세상이여? 으응?…… 제 것 지니고 앉어서 편안허게 살 태평 세상, 이걸 태평천하라구 허는 것이여, 태평천하!…… 그런디 이런 태평천하에 태어난 부잣놈의 자식이, 더군다나 왜지 가 떵떵거리구 편안허게 살 것이지, 어찌서 지가 세상 망쳐 놀 부랑당패에 참섭을 헌담 말이여, 으응?"

– 채만식, 《태평천하》

라 미스터 방이 그 걸쭉한 양칫물을 노대 아래로 아낌없이 좍 뱉는 바로 그 순간이었다. 그 순간이 공교롭게도, 마침 그를 찾으러 온 S 소위가 현관으로 일단 들어서려다 말고 (미스터 방이 노대로 나오는 기척이 들렸기 때문에) 뒤로 서너 걸음 도로 물러나,

"헬로."

부르면서 웃는 얼굴을 쳐드는 순간과 그만 일치가 되었다.

"에구머니!"

놀라 질겁을 하였으나 이미 뱉어진 양칫물은 퀴퀴한 냄새와 더불어 백절폭포로 내리쏟아져 웃으면서 쳐드는 S 소위의 얼굴 정통에 가 좌르르.

"유 데빌!"

이 기급할 자식이라고 S 소위는 주먹질을 하면서 고함을 질렀고, 그 주먹이 쳐든 채 그

대로 있다가, 일변 허둥지둥 버선발로 뛰쳐나와 손바닥을 싹싹 비비는 미스터 방의 턱을
"상놈의 자식!"
하면서 철컥 어퍼컷으로 한 대 갈겼더라고. – 채만식, 〈미스터 방〉

마 "나라가 다 무어 말라비틀어진 거야? 나라 명색이 내게 무얼 해 준 게 있길래, 이번엔 일인이 내놓구 가는 내 땅을 저이가 팔아먹으려구 들어? 그게 나라야?"
"일인의 재산이 우리 조선 나라 재산이 되는 거야 당연한 일이죠." (중략)
"흥, 둘러다 대긴 잘들 허이. 공동묘지 가 보게나. 핑계 없는 무덤 있던가? 저, 병신년에 원놈(군수) 김가가 우리 논 열두 마지기 뺏을 제두 핑곈 다 있었드라네."
"좌우간, 아직 그렇게 지레 염렬 하실 게 아니라, 기대리구 있노라면 나라에서 다 억울치 않두룩 처단을 하겠죠."
"일없네. 난 오늘버틈 도루 나라 없는 백성이네. 제길, 삼십육 년두 나라 없이 살아왔을려 드냐. 아니 글쎄, 나라가 있으면 백성한테 무얼 좀 고마운 노릇을 해 주어야 백성두 나라를 믿구 나라에다 마음을 붙이구 살지. 독립이 됐다면서 고작 그래, 백성이 차지할 땅 뺏어서 팔아먹는 게 나라 명색야?"
그러고는 털고 일어서면서 혼잣말로
"독립됐다구 했을 제, 내, 만세 안 부르기, 잘했지." – 채만식, 〈논 이야기〉

- **유기적**(有機的) 생물체처럼 전체를 구성하고 있는 각 부분이 서로 밀접하게 관련을 가지고 있음.
- **포용**(包容) 남을 너그럽게 감싸 주거나 받아들임.
- **융화**(融和) 서로 어울려 갈등이 없이 화목하게 됨.
- **유독하다**(遺毒--) 해독(害毒)을 끼치다.

1_ 제시문 **가**를 참고하여 문학적 기법으로서 풍자와 해학을 구분하여 써 봅시다.

2_ 제시문 **나**를 참고하여 채만식의 '풍자 문학의 긍정성과 가치'가 제시문 **다**와 **라**에서 어떻게 드러나는지 써 봅시다.

____

____

____

3_ 제시문 **마**에서 풍자의 대상은 관점에 따라 달라질 수 있습니다. 다음 '관점 1'과 '관점 2'에 따라 작가가 이 작품에서 풍자하고자 하는 대상이 어떻게 달라지는지 써 봅시다.

[관점 1] 주인공 '한 생원'은 갑자기 찾아온 해방과 그 직후의 사회 혼란의 와중에 자신의 권리만을 찾겠다고 우기는, 자신의 이익에 부합되지 않으면 '나라'도 필요 없다고 생각하는 이기주의자이다. 예를 들어 일인이 물러나고 땅을 다시 찾을 것을 기대했다가 그것이 무산되자 자신은 '다시 나라 없는 백성'이라며, '해방되던 날 만세 안 부르기 잘했다.'고 말하는 부분에서 그의 이기적이고 편협한 국가관이 드러난다.

[관점 2] 농민들에게 독립이란, 민족 해방이니 독립 국가의 건설이니 하는 추상적 구호보다 농토를 되찾는 일일 것이다. 그런데 국가와 정치가는 그들이 실감할 수 있는 기쁨을 전혀 제공해 주지 못했다. 그리하여 작가는 엉뚱한 모함(동학의 가담 등)으로 농토를 수탈했던 시대나, 독립을 맞아 새로운 정부가 들어선 시대나, 농민 입장에서 보면 토지 수탈이란 점에서 조금도 달라진 게 없다는 점을 풍자하고 있다.

• 관점 1: ______________________________

____

• 관점 2: ______________________________

____

Step_3 해방 문학에 대한 비판적 수용

다음 제시문을 읽고 물음에 답해 봅시다.

가 [다음은 해방 이후 문인들의 실제 좌담회 내용을 요약 정리한 것입니다. 이들은 일제 강점기 친일 행위에 대한 자기비판에 비교적 양심적으로 접근하였으며, 이는 좌담회에 참석한 문인뿐만 아니라 해방 공간을 살아가는 대다수 문인들의 태도이기도 했습니다.]

갑: 나로서는 우리말로 쓰는 것보다도 좀 더 자유스럽게 쓸 수 있지 않을까, 탄압이 덜할까 생각하고 일어로 썼다기보다 조선의 **진상**, 우리의 생활 감정, 이러한 것을 리얼하게 펼치고 호소한다는 높은 기개와 정열로 붓을 들었던 것이었지만, 지금 와서 반성해 볼 때 그 내용은 여하간 하나의 오류를 범하지 않았나 생각하고 있음을 고백하는 바입니다. (중략)

을: 우리 문인들의 자아비판은 지식인으로서 내팽개친 사회적 책무에 대한 반성이기도 합니다. (중략) 갑 씨가 일본어로 붓을 든 것에 대해 큰 오류를 범한 것이라고 고백하셨는데, 그것은 대단히 양심적이고 아름다운 일이라고 생각합니다.

병: 사실 과거를 자기비판한다면서 8·15 해방 이전의 자기 행동을 합리화하려고 애쓰는 경향도 보입니다. 이는 결코 참된 자기비판이 아닙니다. 이번 전쟁을 통하여 조선 사람치고 어느 누구를 막론하고 협력적인 태도를 취하지 않은 사람은 없다고 말해도 무방할 것입니다. 그러므로 이러한 과거에 대하여 조금도 감춤 없이 **준열한** 자기비판을 한다는 것은 결코 불명예스러운 일이라고 할 수 없습니다.

정: 자기비판이란 우리가 생각했던 것보다 훨씬 더 깊고 근본적인 문제인 것 같습니다. 따라서 새로운 조선 문학의 정신적 출발점의 하나로서 자기비판의 문제는 반드시 제기되어야 한다고 생각합니다. 그런데 자기비판의 근거를 어디에 두어야 하겠느냐 할 때 저는 이렇게 생각합니다. 물론 그럴 리도 없고 사실 그렇지도 않았지만, 이것은 단순히 예를 들어 말하는 것인데, 가령 이번 태평양 전쟁에 만일 일본이 지지 않고 승리를 한다— 이렇게 생각해 볼 순간에 우리는 무엇을 생각했고 어떻게 살아가려고 생각했느냐고 묻는 것이 자기비판의 근원이 되어야 한다고 생각합니다. 이때 만일 내가 한 명의 **초부**로 평생을 두메에 묻혀 끝내자는 한 줄기 양심이 있었는가, 아니면 내 마음속 어느 한 귀퉁이에 강렬히 숨어 있는 생명욕이 승리한 일본과 타협하고 싶지는 않았던가, 하고 질문할 수 있어야 합니다.

나 〈민족의 죄인〉은 채만식이 해방 직후인 1946년에 집필하고 1948년에 발표한 작품으로, 작가 자신의 대일 협력 행위에 대한 내용을 일체의 풍자적 기법 없이 비교적 차분하게 진술하고 있는 자전적 형식의 소설이다. 채만식의 작품 창작 시기는 주로 대여섯 시기로 나누어 살펴볼 수 있는데, 〈민족의 죄인〉은 광복 직후부터 작가가 **작고하기** 전까지인 1950년, 즉 마지막 시기에 창작된 작품으로 분류된다. (중략) 이 작품의 가치에 대한 논의는 **양극성**을 띤다. 즉, 〈민족의 죄인〉에 대해 작가의 친일 행위에 대한 고도의 자기 합리화라는 평가와, 해방 이후 대일 협력을 한 수많은 작가들 중 자신의 양심에 따라 진정으로 **참회하고** 반성하는 내용을 담은 유일한 작품이라는 상반된 평가가 있다. (중략)

우선, 〈민족의 죄인〉을 작가의 진정한 참회의 소설이라고 보는 견해는 김홍기, 이수라, 장양수, 조창환 등의 논의에서 찾아볼 수 있다. 이들의 논의는 〈민족의 죄인〉이 비록 자기 합리화와 자기변명의 요소를 지니고 있지만, 해방 공간의 다른 지식인에 비해 그의 참회의 정도가 남다르고 그가 자기비판 문제에 대해 많이 **고심했으며** 작가적 성실성을 지키고자 노력한 점을 인정해야 한다는 것으로 집약된다. 특히 김홍기는 〈민족의 죄인〉을 "진정한 참회의 작품"이라 언급하면서, 이 작품은 채만식 자신의 대일 협력에 대한 반성뿐만 아니라 당대에 제대로 이루어지지 못했던 친일 잔재 청산과 민족의 동질성 회복이라는 두 과제를 동시에 수행하고 있다고 밝혔다. 조창환 역시 이 작품이 진정한 자기 참회의 문학임과 동시에 사회적인 책임 의식을 드러내고 있다고 주장했다.

다음으로 〈민족의 죄인〉이 표면적으로는 자신의 잘못을 참회하고 고백하는 형식이지만, 궁극적으로는 자기 합리화적 성격을 띤 작품이라고 보는 견해는 김윤식, 김양호, 정호웅, 박영순 등의 논의에서 찾아볼 수 있다. 이 논의는 김윤식의 주장과 유사하거나 그 주장을 좀 더 세분화한 것이 대부분인데, 이들은 〈민족의 죄인〉에 담긴 작가의 참회가 당대 다른 지식인의 그것에 비해 진실된 요소를 지니고 있음에도 불구하고 자기 합리화 및 자기변명으로서의 색채가 짙다는 평가이다. 특히 박영순은 〈민족의 죄인〉의 서술 과정을 분석하며 이 작품이 친일 행위에 대한 자기 합리화의 의도를 드러내고 있다고 밝혔다. 그는 이 작품이 자기 합리화의 작품인 근거로 첫째, 1인칭의 서술 상황과 서술적 자아의 과도한 개입으로 윤리적으로 비판받아야 할 대일 협력 행위에 대해 독자에게 **관용**의 여지를 두고 있다는 점, 둘째, 과거를 서술할 때 시제를 변화시켜 접근하지 않고 현재 시제에서의 **회고담** 방식으로 사건을 진행하여 과거의 사실보다는 현재 서술 자아의 심리에 주목하게 하였고, 이에 따라 친일 행위 이면에 숨어 있는 내면적 진실, 즉 인물의 양심적 가책이나 괴로움에 더 초점을 맞추도록 하고 있다는 점을 들었다.

그 밖에 작품에 대해 비교적 객관적인 시선을 두고 분석한 연구들도 있다. 권영민, 김재용, 박종수, 유임하, 방민호, 이주형 등의 논의가 대표적이다. 이들 논의는 채만식의 날카로운 현실 인식이 〈민족의 죄인〉에서도 드러나며, 따라서 이 작품을 단순히 자기변명이냐 자기비판이냐의 판단으로만 따져서는 안 될 것이라 말하고 있다. 특히 권영민은 〈민족의 죄인〉이 김동인의 〈반역자〉나 이태준의 〈해방 전후〉에 비해 어느 정도 자기 합리화에서 벗어났으며, 작품에 나타난 '김'과 '윤' 그리고 '나'의 논쟁은 대일 협력에 대한 비판의 논리가 개인의 윤리적 차원이 아닌 객관적 인식에 근거한 민족 전체의 자기비판이어야 함을 드러낸다고 언급했다. 그리고 김재용은 〈민족의 죄인〉에서 작가가 드러내고자 한 것은 자신의 대일 협력에 대한 양면성, 즉 표면으로의 친일 행위와 그 이면에 숨어 있는 작가의 고민과 죄의식이며, 이러한 양면성이 모든 친일 행위를 변명하는 의도를 가진 것은 아니라고 했다. 방민호는 〈민족의 죄인〉이 가지는 한계는 장르의 한계라고 주장했다. 즉, 작가는 자신의 솔직한 심정을 토로하기 위해 사소설이라는 장르를 선택했지만, 이는 독자들로 하여금 이 작품이 허구가 아니라 사실일 것이라는 환상을 심어 주어 작품에서 거짓과 변명의 요소를 찾아내게 만들고 이로써 작품의 의미를 온전히 전달하지 못하게 된다는 것이다. 이주형은 〈민족의 죄인〉과 〈역로(歷路)〉를 함께 언급하면서 작가 채만식이 '민족의 죄인'이 된 과거의 행적을 스스로 논죄하고 있다고 밝혔다. 또한 작품에서 일말의 자기 변명적 요소가 드러나기는 하지만 이광수나 최남선의 그것과는 다르며, 무엇보다도 그는 현실에 대한 비판 의식과 자기에 대한 비판 의식을 동시에 가지고 있는 작가였다고 주장했다.

– 황애경, '모의 공청회를 활용한 〈민족의 죄인〉 교수·학습 방안 연구'

- **진상**(眞相) 사물이나 현상의 거짓 없는 모습이나 내용.
- **준열하다**(峻烈--) 매우 엄하고 매섭다.
- **초부**(樵夫) 땔나무를 하는 사람. 나무꾼.
- **작고하다**(作故--) 사람이 죽다.
- **양극성**(兩極性) 자석의 두 극처럼 하나가 두 극으로 나누어지는 성질.
- **참회하다**(懺悔--) 자기의 잘못에 대하여 깨닫고 깊이 뉘우치다.
- **고심하다**(苦心--) 몹시 애를 태우며 마음을 쓰다.
- **관용**(寬容) 남의 잘못 따위를 너그럽게 받아들이거나 용서함. 또는 그런 용서.
- **회고담**(回顧談) 지나간 일을 생각하며 하는 이야기.

1_ 제시문 **가**를 참고하여 해방 이후 문인들의 시대적 과제를 찾고, 그 과제 해결이 중요한 이유를 함께 써 봅시다.

2_ 제시문 **나**를 참고하여 다음 중 한 가지 입장을 골라 토론해 봅시다.

주장 1 〈민족의 죄인〉을 고등학교 문학 교과서에 수록하는 것에 찬성한다.

주장 2 〈민족의 죄인〉을 고등학교 문학 교과서에 수록하는 것에 반대한다.

1. 다음은 씨앤에이학교의 갑동이가 문학 시간에 작성한 주제 발표 활동의 개요입니다. 주어진 조건을 참고하여 주제 발표문을 완성해 봅시다.

발표 주제	〈한국 근현대 문학을 일군 작가와 그 문학 세계 연구〉 학습 목표: 문학적으로 가치 있는 이론이나 개념을 탐구하고, 이를 살펴볼 수 있는 한국 근현대 소설과 작가의 문학 세계에 대한 특성을 학우들에게 소개한다.	
발표 단계 및 내용	도입	탐구 과제 및 작가 소개
	전개	1. ________ 2. ________
	정리	자신의 감상 및 마무리

안녕하세요.

이번 학기 주제 발표 활동은 '한국 근현대 문학을 일군 작가와 그 문학 세계 연구'로, 제가 정한 탐구 과제는 ____

____ 입니다.

먼저 제가 탐구한 작가를 소개하겠습니다. 작가 ○○○은(는) ________________

____

____

이제 본격적으로 탐구 과제를 발표하겠습니다.

학우 여러분, 지난 수업 때 배웠던 문학적으로 가치 있는 이론이나 개념 중

______________________________ (ex. 풍자와 해학)을(를) 기억하시나요?

이는 ______________________________

____

____

그럼 작가 ○○○은(는) ______________________________ (ex. 풍자와 해학)을(를)

어떻게 활용했을까요? 그의 가장 대표적인 소설 ______________________________ 을(를)

통해 이를 함께 살펴보고자 합니다.

____

____

____

지금까지 작가 ○○○의 작품 ______________________________ 을(를) 통해

____

______________________________ 을(를) 살펴보았습니다.

학우 여러분도 꼭 그의 작품을 직접 읽어 보고, 제가 전한 감동을 함께 느껴 보시기를 바랍니다. 감사합니다.

2_ 《교과서 소설 다보기 4》에서 읽은 작품들의 인물들은 모두, 일제 강점기와 해방 전후까지의 비슷한 시대를 살아갔습니다. 지금까지 읽은 작품 중 서로 다른 작품의 두 인물을 골라 비교·분석하고, 그들 간의 가상 대화를 구성해 봅시다.

예시

- 〈고향〉에서 유랑민의 삶을 겪은 사내와 〈만무방〉에서 고향에 남은 응오와의 대화
- 〈술 권하는 사회〉의 아내와 〈날개〉의 아내와의 대화
- 〈소설가 구보 씨의 일일(一日)〉의 구보와 〈날개〉의 '나'와의 카페에서의 대화
- 〈화랑의 후예〉의 황 진사와 〈미스터 방〉의 방삼복과의 대화

구분	작가 및 작품명	수록 교과서 (연계 기출 포함)	참고 도서
1	현진건, 〈고향〉	고등 비상 국어/ 고등 창비 문학	《운수 좋은 날, 빈처, 벙어리 삼룡이, 화수분》 (창작과비평사, 2005)
	김유정, 〈떡〉	고등 창비 문학	《동백꽃》 (문학과지성사, 2005)
	김유정, 〈만무방〉	고등 비상 국어(前)/ 2021 EBS 수능 특강/ 2017 EBS 수능 특강/ 2014 EBS N제/ 2007 수능 모의 고사	《동백꽃》 (문학과지성사, 2005)
2	김동리, 〈화랑의 후예〉	2016 고2 3월 모의 평가/ 2002 수능 모의 고사	《무녀도·황토기》 (민음사, 2005)
	이태준, 〈달밤〉	고등 해냄에듀 문학/ 고등 미래엔 국어	《까마귀》 (문학과지성사, 2006)
	이태준, 〈복덕방〉	고등 지학(최) 문학(前)/ 고등 비상(유) 문학(前)/ 2020 EBS 수능 특강/ 2016 EBS 인터넷 수능/ 2007 9월 고3 모의 평가	《까마귀》 (문학과지성사, 2006)
3	현진건, 〈술 권하는 사회〉	디딤돌 문학(前)/ 2014 EBS 인터넷 수능/ 2008 4월 고3 모의 평가	《운수 좋은 날》 (문학과지성사, 2008)
	박태원, 〈소설가 구보 씨의 일일(一日)〉	고등 금성 문학/ 고등 미래엔 문학/ 고등 지학사 문학	《소설가 구보 씨의 일일》, (문학과지성사, 2005)
	이상, 〈날개〉	고등 지학사 문학	《날개》(범우사, 1994)

(계속)

4	염상섭, 〈두 파산〉	고등 천재 문학(前)/ 2015 EBS 인터넷 수능/ 2013 3월 고3 모의 평가	《두 파산》 (문학과지성사, 2006)
	채만식, 〈논 이야기〉	고등 해냄에듀 문학	《동백꽃, 봄·봄, 레디메이드 인생, 치숙》 (창작과비평사, 2005)
	채만식, 〈미스터 방〉	고등 동아 문학/ 고등 신사고 문학	《동백꽃, 봄·봄, 레디메이드 인생, 치숙》 (창작과비평사, 2005)

* 186쪽 사진[경성 우편국과 미쯔코시 백화점 주변의 전경(좌), 경성역(우)] 출처: 서울역사박물관(https://museum.seoul.go.kr)

Memo